W0311758

BASTEI LÜBBE

Von Jason Darks Sonderausgaben
sind bisher folgende Titel erschienen:

73 901 Willkommen in der Hölle
73 902 Zeit der Monster
73 903 In Satans Diensten
73 904 Flüche aus dem Jenseits
73 905 Kämpfer gegen die Hölle
73 906 Dämonenbrut
73 907 Geister, Zombies und Vampire
73 908 Gegen Tod und Teufel
73 909 Alptraum Atlantis
73 910 Im Bann der schwarzen Magie
73 911 Vampir-Schrecken
73 912 Monster aus dem Schattenreich
73 913 Hexenspuk und Teufelssaat
73 914 Im Reich des Bösen
73 915 Grauen aus der Hölle
73 916 Sarggeflüster
73 917 Im Haus der Angst
73 918 Todesträume
73 919 Das Spiel der Dämonen
73 920 Schreckenswelten

JASON DARK

JOHN SINCLAIR

Nächte des Wahnsinns

Acht spannende Grusel-Abenteuer

BASTEI LÜBBE

BASTEI LÜBBE TASCHENBUCH
Band 73 921

Erste Auflage: Juli 1999

Sie finden uns im Internet unter
http://www.luebbe.de

© Copyright 1999 by
Bastei-Verlag Gustav H. Lübbe GmbH & Co.,
Bergisch Gladbach
All rights reserved
Lektorat: Rainer Delfs
Titelbild: Maren / Publiderec, Barcelona
Umschlaggestaltung: QuadroGrafik, Bensberg
Satz: Druckzentrum Südwest GmbH,
Villingen-Schwenningen
Druck und Verarbeitung: 47017
Groupe Hérissey, Évreux, Frankreich
Printed in France
ISBN 3-404-73920-3

Der Preis dieses Bandes versteht sich einschließlich der gesetzlichen Mehrwertsteuer

Inhalt

Myxins
Entführung

Dr. Tod wartete auf der Brücke!

Er war nicht allein gekommen, denn das Treffen mit Asmodina würde kein reines Freudenfest werden. Solo Morasso, alias Dr. Tod, hatte ihr einige Dinge zu sagen. Im Hintergrund lauerten seine beiden stärksten Leibwächter. Vampiro-del-mar und Tokata.

Dr. Tod hatte nicht allein kommen wollen. Diese Welt war zu gefährlich, denn hier regierte Asmodina, die das Treffen auch gewollt hatte. In der Schädelwelt wollte sie Dr. Tod sehen, und jetzt stand er auf der Brücke, die eine tiefe Schlucht überspannte, auf deren Grund zahlreiche Gebeine und Knochen lagen.

Dr. Tod wurde langsam ärgerlich. Hart umspannten seine Hände den geheimnisvollen Würfel, dessen Besitz ihn zu einem mächtigen Mann machte. Dieser Würfel hatte ihn auch in die Welt hier katapultiert, er war praktisch unbezahlbar, und Dr. Tod hatte trotz intensiver Forschungen noch immer nicht herausgefunden, welche Fähigkeiten der Würfel des Unheils oder des Heils wirklich hatte.

Auf jeden Fall zwei Seiten. Er paßte sich immer dem jeweiligen Besitzer an.

Der Mittelpunkt der Brücke sollte der Treffpunkt sein. Noch war von Asmodina nichts zu sehen, und Solo Morasso ging wieder zurück, wo Tokata und Vampiro-del-mar warteten.

Der Samurai des Satans sah aus wie immer. Dunkle Lederkleidung, dazu die Gesichtsmaske, und er hatte die rechte Hand auf den Griff seines Schwertes gelegt. Der linke Arm fehlte ihm. Er war von einem Bumerang buchstäblich abrasiert worden, als Tokata gegen John Sinclair gekämpft hatte.

Vampiro-del-mar war noch nicht richtig zum Einsatz gekommen. Er starrte Dr. Tod aus blutunterlaufenen Augen an. Blut klebte auch um seine Mundwinkel, denn erst vor wenigen Minuten hatte er sich ein Opfer geholt.

Eine der lebenden und menschengroßen Ratten, die hier existierten. Vampiro-del-mar hatte sie bis auf den letzten Blutstropfen ausgesaugt, jetzt fühlte er sich ziemlich frisch. Besser hätte er sich gefühlt, wenn er Menschenblut gehabt hätte, doch daran war momentan nicht zu denken.

Vampiro-del-mar war noch größer als Tokata. Ein wahrer Riese mit einem Gebiß aus Vampirzähnen, einer fleckigen Haut, einem verwüsteten Gesicht und mörderischen Pranken.

Er und Tokata waren als Tandem so gut wie unschlagbar. Das wußte auch ihr Boß, Dr. Tod, und deshalb hatte er sie in diese Welt mitgenommen.

»Wenn sie uns noch länger warten läßt, verschwinden wir«, sagte Dr. Tod.

Seine beiden Leibwächter nickten.

Solo Morasso war nervös. Sein eisgraues Haar schien zu zittern. Er kochte innerlich, denn er hatte es nicht nötig, auf Asmodina zu warten. Sie stand zwar über ihm, doch Solo Morasso hatte gesehen, daß auch Asmodina nicht unfehlbar war. Sie hatte in der letzten Zeit so manche Niederlage einstecken müssen, und daß es John Sinclair gelungen war, Destero zu töten, hatte sich ungeheuer schnell herumgesprochen.

Aus dem Kreis der Mordliga hatte der Geisterjäger noch keinen getötet.

Aber Destero!

Und das hatte sich Dr. Tod genau gemerkt. Dieses Wissen stärkte seine Position, denn es paßte ihm überhaupt nicht, daß eine Frau über ihn bestimmen sollte, auch wenn sie die Teufelstochter war. Nein, das mußte man ändern.

Morasso hatte Pläne gewälzt. In der letzten Zeit hatte er sich sogar zurückgezogen, um in Ruhe nachdenken zu können. Er wollte herrschen, aber allein, und Asmodina störte ihn gewaltig.

Diese Gedanken behielt er jedoch für sich, denn die Zeit war nicht reif.

Noch nicht...

Sie warteten weiter. Die menschengroßen Ratten, die in dieser Welt lebten, trauten sich nicht mehr näher heran, seitdem sie Vampiro-del-mar kennengelernt hatten. Da blieben sie lieber in sicherer Entfernung und warteten ab.

»Wir werden nicht mehr lange warten«, versprach Dr. Tod seinen Leibwächtern.

Vampiro-del-mar nickte, und auch Tokata stieß ein Grunzen der Zustimmung aus.

Sie waren ebenfalls nicht bereit, sich hier auf den Arm nehmen zu lassen. Schließlich hatte Asmodina etwas von ihnen gewollt und nicht umgekehrt.

Wer einen Blick in die düstere Schlucht warf, sah zumeist den Dunst, der über den Knochen schwebte. Die Gebeine füllten den Grund der Schlucht völlig aus, sie lagen dicht an dicht, wie Pflastersteine auf einem Weg.

Es waren die blanken Knochen der getöteten Rattenwesen, die diese Unterlage bildeten, aber auch die Gebeine anderer lagen dort. Asmodina ließ ihre getöteten Gegner kurzerhand in diese Knochenschlucht werfen, wo die Ratten warteten, um mit ihrem grausigen Mahl zu beginnen.

Vampiro-del-mar stieß ein gereiztes Knurren aus. Ein Zeichen, daß er wieder ›durstig‹ war.

Dr. Tod fuhr herum. »Nicht jetzt«, sagte er hart.

Der Supervampir zuckte zusammen, gehorchte aber.

Sie warteten weiter. Längst war die Zeit überschritten, die sie vereinbart hatten, und Dr. Tod wurde das Gefühl nicht los, daß Asmodina ihn und seine Leibwächter bewußt warten ließ. Wenn er daran dachte, wurde seine Wut nur noch stärker.

Aber es geschah etwas. Ein Flattern war zu hören.

Jemand flog heran.

Sie hoben die Köpfe.

Tokata zog dabei sein Schwert halb aus der Scheide. Sollte Gefahr drohen, würde er sich sofort wehren.

Aus dem düsteren, schwarzroten Himmel schälten sich die Konturen zweier Todesengel. Sie waren die Botinnen der Asmodina und gleichzeitig ihre Leibwächter.

Es waren gefallene Engel, Dienerinnen des Bösen, obwohl sie äußerlich wie Menschen wirkten. Nur etwas war anders. Die beiden dunklen Flügel auf ihrem Rücken.

Sie schwebten herbei, wischten dicht über die Köpfe der drei Wartenden hinweg und landeten vor ihnen.

Die Flügel falteten sich zusammen.

Dr. Tod und seine beiden Leibwächter schauten sie nur an, sagten aber keinen Ton.

Beide Engel hatten brandrotes Haar, das, wenn sie flogen, wie eine Fahne flatterte. Sie trugen enge, schwarze Lederkleidung, die in der Körpermitte durchbrochen war, so daß die weiße Haut dort schimmerte. Ihre Gesichter waren maskenhaft starr und glichen dem Antlitz ihrer Herrin.

Diese Todesengel waren bereit, für Asmodina zu sterben. Sie schienen ein Teil von ihr selbst zu sein, gehorchten aufs Wort und taten alles für sie.

»Meine Herrin erwartet euch!«

»Wo?« fragte Dr. Tod.

»Wir werden euch führen!« Sie breiteten schon die Flügel aus, weil sie damit rechneten, daß die anderen ihnen folgen würden, aber sie hatten sich getäuscht.

Dr. Tod dachte gar nicht daran. »Nein«, erwiderte er hart. »Wenn Asmodina etwas von uns will, dann soll sie herkommen. Wir bleiben hier. Fliegt allein!«

Mit dieser Antwort hatten die Todesengel nicht gerechnet. Sie waren für einen Moment sprachlos. So hatte noch nie jemand mit ihnen und von ihrer Herrin geredet.

Das grenzte schon an Meuterei...

»Ich warne euch. Asmodina hat es nicht gern, wenn man ihre Pläne durchkreuzt. In dieser und in vielen anderen Welten ist sie die Herrin und bestimmt. Richtet euch danach!«

»Entweder sie kommt – oder wir gehen!« Solo Morassos Antwort ließ keinen Kompromiß zu.

Doch die Todesengel hatten ihren Auftrag, und den wollten sie ausführen. »Dann werden wir euch zwingen!«

Darauf hatte Dr. Tod gerade gewartet. Er trat zur Seite und sagte nur ein Wort.

»Tokata!«

Der Samurai des Satans wußte genau, was er zu tun hatte. Es gab ein schleifendes Geräusch, als er sein schmales Schwert, das in der tiefsten Hölle geschmiedet war, aus der Scheide zog. Die Klinge blitzte auf, eine pfeilschnelle Bewegung, die mit den Augen kaum zu verfolgen war, und einer der Todesengel bestand plötzlich aus zwei Teilen. Die Schneide hatte ihn glatt durchtrennt.

Beide Hälften kippten zur Seite. In dicken Tropfen fiel dunkelgrünes Blut zu Boden, breitete sich zur Lache aus und rann an der Wand der Schlucht hinab.

Der zweite Todesengel breitete die Flügel aus und stieß sich ab. Er wollte verschwinden, seine Herrin warnen und hatte sich auch schon vom Boden erhoben, als Tokata das Schwert warf.

Zielsicher traf es den Todesengel und drang ihm schräg in den Rücken. Der Flügelschlag wurde matter, hörte ganz auf, und dann fiel das Wesen zu Boden.

Tot blieb es liegen.

Tokata ging hin und zog sein Schwert aus dem Körper. Gelassen steckte er es wieder in die Scheide.

Dr. Tod aber lachte. »Das wird sie sich merken«, sagte er. »Bestimmt weiß sie Bescheid, daß wir zwei ihrer Dienerinnen erledigt haben. Bin gespannt, ob sie reagiert.«

Vampiro-del-mar starrte auf die beiden Toten. Er war drauf und dran, deren Blut zu trinken, zuckte aber zurück, denn diese grüne, dicke Flüssigkeit schien nicht gerade das Wahre zu sein.

Dr. Tod gab Tokata den Auftrag, die Leichen in die Schlucht zu stürzen.

Das tat der Samurai des Satans auch.

Die Körper fielen über den Rand und landeten zwischen den zahlreichen Knochen, die klappernd in Bewegung gerieten.

»Das wird sie sich merken«, sagte Morasso, verstummte aber, weil er aus der Tiefe der Schlucht Geräusche gehört hatte.

Er blickte hinunter.

Es war nichts Genaues zu erkennen, aber er glaubte, die Bewegung von Körpern zu sehen.

Die Riesenratten hatten wieder ihre Opfer gefunden...

»Warum habt ihr sie getötet?« Die Stimme klang urplötzlich im Rücken der drei auf, und als sie sich umdrehten, stand Asmodina, die Teufelstochter, vor ihnen...

Solo Morasso gab keine Antwort. Er ließ erst einige Zeit verstreichen und sah sich seine »Chefin« an.

Asmodina hatte ebenfalls das brandrote Haar wie ihre Dienerinnen, nur war es bei ihr noch länger, es reichte bis weit über die Schultern. Ihr Gesicht war glatt und schimmerte leicht bläulich, genau wie die beiden Hörner, die aus ihrer Stirn wuchsen und bewiesen, wessen Tochter sie war. Aus kalten, erbarmungslosen Augen blickte sie Dr. Tod und seine beiden Leibwächter an. Niemand wußte zu sagen, welche Gedanken sie hinter ihrer Stirn wälzte.

»Wir lassen uns nicht wie Lakaien behandeln«, sagte Solo Morasso.

»Was seid ihr denn?« lautete die kalte Gegenfrage.

Dr. Tod ließ sich nicht provozieren. »Partner, wenn schon.«

Darauf ging Asmodina gar nicht ein. »Ist euch eigentlich klar, daß ich jeden anderen töten würde, der eine meiner Dienerinnen umbringt?«

»Das kann sein, doch bei uns wirst du dich hüten. Eben weil wir Partner sind. Zudem bin ich selbst stark genug, um mich wehren zu können. John Sinclair hast du auch nicht getötet, und er hat mehr als eine deiner Dienerinnen umgebracht.«

»Du vergißt, daß du dich in meiner Welt befindest. Wenn ich will, kann ich ein Heer von menschengroßen Ratten über euch schicken.« Sie drehte sich halb um und deutete nach hinten. »Da, seht!«

Morasso und seine beiden Leibwächter schauten an Asmodinas Schulter vorbei.

Die Teufelstochter hatte nicht gelogen. Hinter ihr hatten sich in der Tat Hunderte von Ratten aufgebaut, die nur noch auf ihr Zeichen warteten.

Wenn Dr. Tod geschockt war, so zeigte er es nicht. Im Gegenteil, seine Antwort klang sehr überzeugend und selbstbewußt.

»Wenn du uns wirklich zum Kampf zwingen und uns besiegen würdest, dann hättest du dich selbst in den Finger geschnitten, Asmodina. Du würdest nämlich auf der Erde einen sicheren Stützpunkt verlieren und Verbündete, die dir die Wege ebnen. Das würde ich an deiner Stelle bedenken.«

Asmodina lächelte. »Gut gesprochen, Solo Morasso, und auch wahr gesprochen. Aus diesen und ähnlichen Gründen verzichte ich auf eine Bestrafung. Aber«, ihre Stimme wurde plötzlich hart, »treibe es nicht zu weit. Versuche so etwas nicht noch einmal, und vor allen Dingen maße dir nicht an, mich zu hintergehen, denn ich habe beim Spuk dafür gesorgt, daß er deine Seele freigibt, damit sie in einen anderen Körper eingehen konnte. Daran solltest du immer denken, Solo Morasso.«

»Keine Angst, ich vergesse es nicht.« Die Antwort klang flach, ohne Gefühl, aber Solo Morasso dachte völlig anders. Asmodina war ihm ein Dorn im Auge. Er haßte es, gegängelt zu werden, und suchte fieberhaft nach einer Möglichkeit, sie loszuwerden. Dieser Plan mußte so raffiniert und heimtückisch sein, daß sie nichts davon merkte, denn Asmodina war sehr schlau, sie rechnete immer mit dem Schlimmsten.

Dr. Tod hatte zwei Probleme. Das Problem Asmodina und ein anderes. Er wollte endlich seine Mordliga zusammenbekommen, denn noch fehlte ein Mitglied. Xorron, Herr der Zombies, vielleicht auch der Ghouls, denn Dr. Tod hatte gehört, daß in uralter Zeit auch die Ghouls Xorrons Kommando unterstanden. Leider wußte er nicht, wo sich Xorron befand. Er war Spuren nachgegangen, die aber immer in eine Sackgasse führten. Zuletzt hatte er Lady X, eine Vertraute, nach Deutschland geschickt, damit sie zwei alte Ghouls befragte, die seit langer Zeit in einer verfallenen Burg hausten.

Die Mission der ehemaligen Terroristin hatte keinen Erfolg gezeigt. Im Gegenteil, dabei waren Lady X noch John Sinclair und Kommissar Mallmann in die Quere gekommen.

Dr. Tod aber mußte weiterhin nach Xorron suchen. Deshalb ließ er das Sinclair-Team momentan in Ruhe, weil die andere Aufgabe wichtiger war. Sinclair konnte er sich noch widmen, wenn die Mordliga vollständig war und mit geballter Kraft zuschlug.

Morasso ging allerdings von der Voraussetzung aus, daß Asmodina unter Umständen wußte, wo Xorron steckte. Ob tief unter der Erde oder irgendwo im Meer wie Vampiro-del-mar, er wollte ihn finden. Und er hoffte, daß Asmodina ihm die Antwort geben würde.

Deshalb hatte er mit ihr sprechen wollen.

»Sind die Fronten jetzt geklärt?« fragte die Teufelstochter.

Solo Morasso lächelte. »Natürlich. Es gibt wohl keine Schwierigkeiten mehr.«

»Dann können wir ja beginnen. Weshalb wolltest du unbedingt mit mir reden?«

»Du kennst meine Probleme«, sagte Dr. Tod.

Die Teufelstochter lachte. »Und wie ich die kenne. In der letzten Zeit hat es viele Ausfälle gegeben. Es ist dir zwar gelungen, die gefangene Lady X zu befreien, aber das hat doch gezeigt, daß ihr John Sinclair und seine Truppe unterschätzt habt.«

»Vielleicht. Doch einen entscheidenden Durchbruch hat er auch nicht errungen.«

»Das stimmt.«

»Deshalb muß ich unbedingt meine Mordliga zusammenbekommen, um an mehreren Orten der Welt gleichzeitig zuschlagen zu können. Du verstehst. Mir fehlt noch ein Mitglied. Xorron!«

»Ja, ich weiß.«

»Dann weißt du auch sicherlich, wo er sich befindet?«

»Es könnte sein.«

Diese Antwort war gut. Asmodina gab eigentlich zu, daß sie wußte, wo sich Xorron aufhielt. Jetzt brauchte Dr. Tod nur noch den genauen Ort zu wissen. Er fühlte, wie erregt er innerlich war. Solo Morasso sah sich dicht vor dem Ziel seiner Wünsche.

Würde es klappen?

»Sag es!« forderte er, und sein hartes Gesicht nahm einen lauernden Ausdruck an.

Asmodina hatte längst gemerkt, wie wichtig für Morasso die Antwort war. Und sie dachte gar nicht daran, es ihm so leicht zu machen, denn instinktiv hatte sie gemerkt, daß Dr. Tod doch nicht solch ein treuer Vasall war, wie sie ihn sich vorgestellt hatte.

»Nein, Solo Morasso, so leicht mache ich es dir nicht.«

»Und warum nicht?«

»Hast du nicht eben von einer Partnerschaft gesprochen?«

»Das stimmt.«

»Und so wollen wir auch handeln. Wie Partner, wie Geschäftspartner, um mich mal des irdischen Ausdrucks zu bedienen. Ich stehe auf dieser Seite, du auf der anderen. Wir beide haben ein Ziel, wollen die Macht. Es könnte zu einem Wettrennen werden. Aber darauf will ich nicht näher eingehen, sondern auf deine und meine Probleme. Deine kennst du, meine vielleicht auch, aber ich will sie dir noch einmal ins Gedächtnis zurückrufen. Du weißt, daß wir nicht nur das Sinclair-Team als gemeinsamen Gegner haben, sondern auch noch einen abtrünnigen Dämon, der dabei ist, seine alten Fähigkeiten wieder zu entdecken. Er beruft sich dabei auf die uralte Atlantis-Tradition und hat sogar schon Hilfe gefunden. Kara, das Mädchen aus dem Totenreich. Sie ist nicht mehr wie früher die Feindin des Magiers, sondern jetzt seine Verbündete. Sie hat die alten Riten und Praktiken des großen, versunkenen Kontinents nicht vergessen und wird Myxin in seiner Macht stärken. Doch für mich ist der Magier ein Feind, und Kara ebenfalls. Deshalb möchte und muß ich sie beide ausschalten. Aus bestimmten internen Gründen, die ich hier nicht diskutieren will, bin ich gezwungen, mich auch um andere Dinge zu kümmern, so daß ich bei Myxin die Zügel etwas schleifen lassen muß. Aber das braucht nicht zu sein. Denn ich habe ja einen Partner, nicht wahr, Solo Morasso?«

Dr. Tod begann zu begreifen. Er durchschaute plötzlich den raffinierten Plan der Teufelstochter. »Was habe ich zu tun?« fragte er knapp.

»Du willst Xorron, ich will Myxin, und da gibt es für mich nur eine Lösung. Wir tauschen. Wenn du mir Myxin bringst, werde ich dir sagen, wo du Xorron finden kannst!«

Damit hatte Dr. Tod gerechnet. Diese Asmodina war ungeheuer raffiniert. Sie trieb ihn mit ihrem Vorschlag in die Enge. Sie wußte genau, wie scharf er darauf war, Xorron zu finden. Ging er nicht auf den Vorschlag ein, konnte er suchen, bis er schwarz wurde. Doch selbst wenn er ihr Myxin brachte, hieß das noch nicht, daß Asmodina auch ihr Geheimnis preisgeben würde.

Darauf sprach Dr. Tod sie an.

»Du mußt mir schon vertrauen«, erklärte sie. »Schließlich sind wir Partner.«

»Ja, Partner«, dehnte Morasso. Er wechselte das Thema. »Und wo finde ich den Magier?«

»Auf der Erde.«

»Verdammt, die ist groß.«

»Versuche mit Hilfe des Würfels eine magische Verbindung herzustellen. Dann findest du ihn.«

»Ich brauche einen Anhaltspunkt«, knirschte Solo Morasso.

Asmodina überlegte. »Es gibt überall auf der Welt Hinweise, die auf Atlantis deuten. Nimm die Flammenden Steine. Dieser

Platz ist mit Magie gefüllt. Dort hat Myxin auch John Sinclair hingeführt, als er das Grab in der Hölle suchte.* Dort wirst du sicherlich eine Spur von dem Magier finden. Mehr kann ich dir nicht sagen.«

Dr. Tod überlegte. Asmodina war raffiniert. Es konnte auch sein, daß sie ihn auf eine falsche Spur führte. Er versuchte, im Gesicht der Teufelstochter etwas zu lesen, was aber unmöglich war, denn Asmodina zeigte keinerlei Gefühle.

»Nun?«

Solo Morasso nickte. »Ja«, sagte er, »ja, ich werde dir Myxin bringen. Aber ich warne dich. Wenn du dich dann nicht an die Abmachung hältst, können mich deine Ratten auch nicht mehr schrecken.«

Diese Antwort gefiel der Teufelstochter überhaupt nicht. »Drohe mir nie, Solo Morasso. Noch bin ich die Herrin, und ich habe auch vor, es zu bleiben. Und die Ratten sind nur Fußvolk, mehr nicht. Ich habe andere Mittel, um dich zu vernichten.«

»Das glaube ich dir sogar, Asmodina!«

Ohne ein Wort des Abschieds drehte sich die Teufelstochter um und ging davon.

Dr. Tod aber starrte ihr aus sichelförmig verengten Augen nach. »Ich werde ihn dir bringen«, flüsterte er, »aber dann stelle ich die Bedingungen. Du wirst dich noch wundern...«

Ewigkeiten schienen zwischen dem Jetzt und seiner Geburt zu liegen. Zeiten, die ein Mensch zahlenmäßig nicht erfassen konnte, die auch die Erinnerung nicht mehr freigab.

Und doch versuchte Myxin es.

Zusammengekrümmt hockte der kleine Magier am Boden. Er wollte wissen, was geschehen war, er sandte seinen Geist aus, um die Ursprünglichkeit, das Werden und das Sein zu erreichen. Er wollte die Barrieren von Raum und Zeit durchbrechen, versuchen, sich in andere Dimensionen vorzutasten, um in die Äonen einzudringen, die vor der großen Stadt, vor dem großen Untergang und überhaupt vor Atlantis waren.

---

* Siehe John-Sinclair-Taschenbuch, Band 73003: ›Das Grab in der Hölle‹

Sterne, Galaxien, Welten – sie waren gekommen und gegangen. Nicht alle hatten sich halten können, aber der Geist war geblieben, er verging nicht, die Erinnerung an die Zeiten schwebte irgendwo im Raum, und Myxin suchte den Schlüssel.

Den Schlüssel des Lebens, des Entstehens anderer grausamer Welten in einer Zeit, als an eine Existenz des Menschen noch gar nicht zu denken war, als es nur den Geist und sie gab.

Sie, die fremden Sternenvölker, die aus der Unendlichkeit kamen, die neue Welt besuchten, sie mit ihrem Geist erfüllten und wieder verschwanden.

Sie hatten ein Erbe hinterlassen. Nicht umsonst wurde in uralten Schriften von den Großen Alten, den Grausamen, gesprochen, von Wesen, die der menschliche Verstand nicht erfassen konnte, weil sie eben zu schlimm waren.

Aber da war nichts mehr.

Aus – vorbei, ausgelöscht die Erinnerung an Zeiten, die in keinem Geschichtsbuch niedergeschrieben waren, weil es keine Zeugen gegeben hatte. Sie lagen so unendlich weit zurück, waren noch vor der Großen Trennung zwischen Gut und Böse geboren, bevor der Erzengel Michael den abtrünnigen Luzifer in die tiefe Verdammnis schleuderte.

Myxin schüttelte sich wie im Fieber. Die Séance hatte ihn ungeheuer angestrengt und sehr an seinen Kräften gezehrt. Daran merkte er, daß er noch nicht die Kraft besaß, die nötig war, um voll in die Vergangenheit zu dringen.

Er hörte leichte Schritte hinter sich und drehte sich langsam um. Kara kam herbei.

Sie lächelte.

Auch die Lippen des kleinen Magiers verzogen sich zu einem Lächeln. »Du bist da?«

»Ja, ich konnte dich nicht allein lassen.«

»Darüber freue ich mich.«

Kara, das schwarzhaarige Mädchen aus Atlantis, das bereits zum zweitenmal lebte, ließ sich neben Myxin auf dem kühlen Steinboden nieder und blickte den kleinen Magier an.

»Du hast es nicht geschafft?«

Myxin nickte. »Es ist zu schwer. Ich komme einfach nicht

durch. Da gibt es eine Barriere, die mich aufhält und die ich beim besten Willen nicht durchbrechen kann.«

»Das glaube ich.«

»Aber was war vor Atlantis? Und wie bin ich geworden? Ich will es endlich wissen!«

»Du kannst es nicht erfahren.«

»Aber ich muß. Ich habe einige tausend Jahre auf dem Meeresgrund gelegen. Eine sehr lange Zeit, ich habe wenig von der Entwicklung mitbekommen, bis man mich weckte. Auch da hatte ich anderes zu tun, als der alten Zeiten zu gedenken, aber jetzt brauche ich die Erinnerung, um mich gegen die Feinde behaupten zu können. Damals, vor Atlantis, muß es die reine Magie gegeben haben.«

»Die schreckliche Magie«, bemerkte Kara.

»Wie meinst du das?«

»Denke an die alten Götter!«

Myxin nickte. »Ja, daran habe ich gedacht. Und dort beginnt auch die Barriere, die ich nicht aufreißen kann. Davon weiß man nichts, es war vor dem Entstehen der uns heute bekannten Welt. Vor dem großen Kampf zwischen Michael und Luzifer. Aber ich spüre, daß diese Zeit nicht vergessen ist, daß sie vielleicht in unser Leben hier eingreifen wird. Das ist möglich...«

»Sicher, Myxin, sicher.«

Der kleine Magier schaute Kara an. »Und du hast auf deinen Reisen nichts festgestellt?«

»Nein, Myxin, auch für mich gibt es Grenzen. Ich halte dich für ein wenig vermessen, daß du versuchst, die Grenzen einzureißen. Du wirst es nicht schaffen.«

»Warum nicht?« begehrte Myxin auf. »Warum soll ich es nicht schaffen? Ich muß es aber. Ich will die Magie der Alten kennenlernen, um mit ihr die neuere Magie zu bekämpfen.«

Hastig schüttelte Kara den Kopf, und ihre langen Haare flogen. »Das schaffst du nie!«

»Ich muß es schaffen!«

»Bist du denn inzwischen im Vollbesitz deiner Kräfte?« fragte sie ein wenig spöttisch.

»Nein.«

»Dann wirst du es nicht erreichen.«

»O ja, meine Liebe. Ich setze alles daran, um meine Feinde zu überlisten. Wer weiß, vielleicht erinnern sich Asmodina und ihre Schergen gar nicht an die Magie der Uralten.«

»Das ist ein Trugschluß.«

»Laß mich dir das Gegenteil beweisen.«

»Bitte.«

Myxin sah aus wie immer. Er trug den alten Mantel, den er wohl nie auszog. Seine leicht grünliche Haut wirkte blasser als sonst. In dem schmalen Gesicht lagen die Augen tief in den Höhlen, ein Zeichen der hinter ihm liegenden Anstrengung.

»Ich werde es also noch einmal versuchen«, sagte er mit fester Stimme und schaute Kara dabei an.

Sie lächelte. »Bitte, dabei stehe ich dir bestimmt nicht im Wege«, erwidert sie.

Myxin nickte. Wieder kauerte er sich zusammen und konzentrierte sich. Er dachte an das alte Atlantis, versuchte, sein früheres Leben plastisch in seine Erinnerung zurückzuholen, preßte seine schmalen Hände gegen die Schläfen, und ein regelrechtes Zittern durchlief seinen schmalen Körper.

Kara beobachtete ihn gespannt, besorgt und auch lauernd. Es paßte ihr überhaupt nicht, daß Myxin sich jetzt schon in Dinge einmischte, die über seine Kraft gingen. Er hatte einfach noch nicht das Wissen und die Macht dazu, um schlafende Dinge zu wecken, deren Tragweite man gar nicht vorausahnen konnte, weil sie so schlimm waren. Kein menschliches Gehirn war fähig, sich das Grauen, das weit vor der Menschheit auf der Erde geweilt hatte, überhaupt vorzustellen.

Und das versuchte Myxin.

Kara kannte ihn lange genug. Sie hätte ihn auch nie von seinem Vorhaben abbringen können, da ging er gewissermaßen mit dem Kopf durch die Wand.

Es herrschte fast eine absolute Ruhe um sie herum. Die brauchte Myxin, um in die Trance zu fallen, die er für sein Vorhaben benötigte. Er zitterte stärker. Ein regelrechter Schüttelfrost hatte den kleinen Magier überfallen.

Das konnte Kara einfach nicht mit ansehen. Wenn Myxin so weitermachte, dann zerstörte er sich selbst.

Die anderen Kräfte waren stärker und würden ihn erbarmungslos vernichten.

Kara wollte schon eingreifen und ihn aus seiner Trance herausholen, als etwas geschah, das jegliches Vorhaben auf den Kopf stellte und hart in die Entwicklung der Dinge einschnitt.

An der Decke sah sie plötzlich einen blauen Punkt. Erst nur winzig, nicht größer als der Kopf einer Stecknadel, doch er breitete sich gedankenschnell aus.

Auf einmal war er so groß wie ein Fußball, und er strahlte einen intensiven hellblauen Schein ab, der in direkter Linie auf den am Boden hockenden Myxin fiel und ihn einhüllte.

Kara hatte eingreifen wollen, doch die andere Magie war einfach zu stark. Das Mädchen aus Atlantis schaffte es nicht, von seinem Platz wegzukommen, gebannt blieb es sitzen und schaute auf Myxin, der wie unter einem Schlag zusammenzuckte, seinen Kopf in den Nacken warf und gepeinigt aufstöhnte.

Dann ertönte ein Fauchen, und im nächsten Augenblick wurde Myxin in die Höhe gerissen, raste der Decke zu, wurde kleiner und verschmolz im intensiven Blau des Strahls, dessen Leuchtkraft nach dem erfolgten Angriff sofort völlig verblaßte und schließlich verschwand.

Alles war wie zuvor.

Kara saß auf dem Boden, als hätte sie jemand festgeleimt. Sie konnte nicht glauben, daß Myxin vor ihren Augen verschwunden war und daß sie gegen die Magie nichts hatte ausrichten können.

Sollte es dem kleinen Magier vielleicht doch gelungen sein, in die magische Phase vor der Entstehung der bekannten Welten hineingeraten zu sein?

Hatte die Verbindung geklappt?

Kara konnte und wollte es nicht glauben. Was ihr nicht und auch in Atlantis kaum jemandem gelungen war, sollte Myxin einfach so geschafft haben? Das war ein Ding der Unmöglichkeit, das konnte es einfach nicht geben, es widersprach sämtlichen Gesetzen.

Myxin war zwar ein Magier, aber doch nicht so stark wie die Weisen von Atlantis.

Nein, eine andere Kraft, die mit der von Myxin herbeigesehnten unter Umständen gar nichts zu tun hatte, mußte in das Spiel der Magie eingegriffen haben.

Nur – welche?

Sie dachte über viele Möglichkeiten nach, suchte Verbindungen zur Magie des versunkenen Kontinents Atlantis, doch ihr kam keine Idee, die zutreffend erschien.

Oder hatte Asmodina direkt zugeschlagen? Denn sie war schließlich Myxins Feindin. Sie hatte es ihm nie verziehen, daß er die Seiten gewechselt hatte. Jetzt war sie darauf programmiert, den kleinen Magier zu vernichten. Nur war Myxin bisher dem Schicksal entgangen, obwohl er oft dem endgültigen Tod nahe genug gewesen war und der große Schnitter schon seine Sense geschliffen hatte.

Je intensiver und länger Kara über das Problem nachdachte, um so wahrscheinlicher erschien es ihr, daß Asmodina ihre schmutzigen Finger im Spiel hatte.

Aber gegen die Teufelstochter kam sie nicht an. Wenigstens nicht allein. Da brauchte sie Unterstützung, und sie wußte auch, wer ihr da helfen konnte.

Ein Mann, nein, ein Team, das Asmodina ebenso haßte wie sie selbst.

Die Freunde um John Sinclair!

Das Bettlaken war bis hinunter zur Hüfte gerutscht, und mein Blick brannte sich auf dem nackten Busen der schwarzhaarigen Frau fest, die mich anlächelte.

Ich war gerade aus dem Bad gekommen und hatte mir ein Handtuch um die Hüften geschlungen.

»Du kannst, Nadine«, sagte ich.

Geschmeidig schwang sich Nadine Berger aus dem Bett. So wie Gott sie erschaffen hatte, lief sie an mir vorbei, wobei ihre langen Haare noch meine nackte Schulter streiften.

»Es war schön mit dir«, sagte sie im Hinausgehen.

Das Kompliment konnte ich nur zurückgeben. Meine Güte, hatten wir eine Nacht hinter uns. Ich kannte Nadine Berger schon sehr lange, hatte aber nie mit ihr geschlafen und war ihr doch so nahe gewesen. Gestern noch hatte ich die Teufelsuhr zerschlagen und damit einen magischen Bann gebrochen*, und heute fand ich mich mit Nadine in einem Zimmer wieder.

Wenn das Jane Collins herausbekam...

Himmel, ich durfte gar nicht daran denken. Aber verdammt, es war einfach so gekommen. Nadine, die sich eigentlich hatte verloben wollen – ihr fast Verlobter hatte den Fall leider nicht überlebt –, war wie in einem Rausch gewesen. Ich hatte sie nur mit nach London nehmen wollen, die Idee mit dem kleinen Hotel war von ihr gewesen. Der Wirt hatte uns ein Zimmer gegeben, in dem nur ein Bett stand. Breit genug für uns beide.

Es war gekommen, wie es kommen mußte. Auch ich bin nur ein Mann, und Nadine ist eine wunderschöne Frau. Als Filmstar wurde sie umschwärmt, ich hatte ihr einige Male geholfen, und daß sie mit mir geschlafen hatte, war nicht nur Dankbarkeit gewesen, auch eine tiefe und echte Sympathie.

So war eben alles gekommen.

Ich mußte nur achtgeben, daß Jane nichts erfuhr. Sie würde unheimlich sauer sein. Aber wir waren weit weg, niemand wußte eigentlich, wo wir uns aufhielten, und bevor wir fuhren, wollte ich noch meinen Chef, Superintendent Powell, anrufen und ihm sagen, daß er mich am heutigen Tag noch in London zurückerwarten konnte.

Bei der Erinnerung an die vergangene Nacht mußte ich lächeln. Manchmal gab es wirklich Situationen, die nicht vorauszuberechnen waren. Da stolperte man dann einfach hinein – wie ich.

Und verflixt, es hatte mir gefallen.

Nebenan rauschte die Dusche. Ich hatte mich schon eingeseift, fühlte mich frisch und freute mich auf das Frühstück, das hier besonders gut sein sollte, wie mir Nadine mehrmals versichert hatte.

Müde war ich komischerweise nicht, obwohl ich höchstens drei Stunden geschlafen hatte.

Ich wickelte mir das Handtuch von den Hüften und fuhr ein paarmal kräftig durch das nasse Haar. Dann horchte ich auf, als

---

* Siehe John-Sinclair-Sonderausgabe, Band 73920: ›Schreckenswelten‹

das Rauschen der Dusche aufhörte und Nadine rief: »Kannst du mal kommen, John?«

Grinsend wickelte ich mir das Handtuch wieder um und verließ das Zimmer.

Das kleine Bad bot gerade genügend Platz für die Duschkabine, die Toilette und das Waschbecken.

Nadine hatte den Vorhang zurückgezogen. Abermals konnte ich ihren Körper bewundern, an dem das Wasser in langen Bahnen herabperlte und sich an bestimmten Stellen Schaumreste gesammelt hatten.

Sie lachte. »Du schaust mich an, als...«

»Wie schaue ich dich an?« fragte ich zurück.

»Das werde ich dir gleich sagen. Gib mir bitte mal das große Handtuch da!«

Es war ein nilgrünes, flauschiges Badelaken, das an einem in der Wand befestigten Haken hing.

Ich warf es Nadine rüber, und sie hängte es über die obere Stange des Duschvorhangs.

Dann zog sie ihn zu. Ich mußte mich mit ihrem Schattenriß zufriedengeben.

Freunde, das tat richtig gut. Einmal nicht an Dämonen und Geister zu denken, mal so richtig leben können, das war schon etwas, aber in den nächsten Stunden würde der Zauber vorbei sein, dessen war ich mir sicher. Der Moloch London wartete, und sicherlich auch wieder ein neuer Fall.

Wenn ich allerdings geahnt hätte, daß das Unheil viel näher war, als ich dachte, wäre ich vielleicht durch den Lüftungsschlitz gekrochen. So aber ging ich nichtsahnend zurück in das Zimmer – und blieb wie festgeleimt stehen.

Vor dem Bett stand jemand.

Eine schwarzhaarige Frau.

Kara!

Ich war wohl so perplex, daß ich ein saublödes Gesicht gemacht hatte, denn Kara begann zu lachen, wurde aber sehr schnell wieder ernst.

»Guten Morgen, John Sinclair. Ich hoffe, du hast gut geschlafen?«

»Klar, sicher, bestens...« Ich war immer noch durcheinander und stellte die dumme Frage: »Wo kommst du denn her?«

»Nicht durch die Tür.«

»Sondern?«

»Ich bin einfach hier.«

Das nahm ich ihr sogar ab. Kara war ein Phänomen. Sie konnte ihren Geist vom Körper trennen, aber das war momentan nicht wichtig. In meinem Kopf überschlugen sich die Gedanken. Kara kannte Myxin, und Myxin kannte wiederum Suko und der auch Jane.

Himmel, war das eine Verbindung.

Ich konnte plötzlich nicht mehr sprechen, wurde blaß und mußte mir erst die Kehle freiräuspern. An Karas Lächeln erkannte ich, daß sie sehr wohl wußte, in welch einer Situation ich mich befand, denn sie sagte: »Es ist nichts so fein gesponnen, es kommt ans Licht der Sonnen. So heißt es doch, nicht?«

»Klar, aber ich kenne ein anderes Sprichwort. Immer Mensch bleiben.« Ich breitete die Arme aus. »Das war ich in der vergangenen Nacht. Tut mir leid.«

»John, das ist deine private Sache. Ich kümmere mich nicht darum. Ich hätte dich nie gestört...«

»Woher hast du überhaupt gewußt, daß ich hier zu finden bin?«

»Die Polizei hat mir geholfen. Jeder weiß, daß du einen silbergrauen Bentley fährst und wo du deinen letzten Fall erlebt hast. Mit Hilfe deines Freundes Suko und der Unterstützung der Polizei habe ich herausgefunden, wo du dich aufhältst. Das war alles.«

»Fantastisch«, erwiderte ich. »Aber wenn du dir schon solch eine Mühe gemacht hast, muß es doch um irgend etwas gehen. Ein Fall brennt dir auf den Nägeln.«

»Ja.«

»Dann laß mich hören.«

»Mit wem unterhältst du dich denn da?« fragte Nadine Berger plötzlich hinter mir. »Eine Frau?«

Ich drehte mich um. Nadine trug einen flauschigen weißen Bademantel, dessen Ränder rot abgenäht waren, und sie sah mich ziemlich verdutzt an.

Und ich wurde rot.

»Darf ich Ihnen vielleicht erklären...«, begann Kara, doch Nadine schnitt ihr das Wort ab.

»Nein, das soll John selbst machen.«

»Es ist nicht das, was du denkst«, sagte ich. »Diese Dame heißt Kara, sie ist zwanzigtausend Jahre alt und die Freundin meines Freundes Myxin.«

»So alt sieht sie mir gar nicht aus.«

Ich verdrehte die Augen. Diese Antwort hatte kommen müssen. Ich wußte auch jetzt keine Erklärung und versuchte es noch einmal von vorn. »Myxin kennst du?«

»Ja.«

Dann erklärte ich Nadine behutsam die einzelnen Zusammenhänge. Ihre finster zusammengezogenen Augenbrauen wurden wieder normal, schließlich lächelte sie sogar und reichte Kara die Hand.

Endlich!

»Und darf ich mich vielleicht jetzt anziehen?« erkundigte ich mich bei den Damen.

»Klar.«

»Und ich bestelle noch ein drittes Frühstück«, sagte Nadine Berger schnell. »Soviel Zeit haben Sie doch noch?«

»Ich weiß nicht so recht...«

»Auf Minuten kommt es bestimmt nicht an.« Nadine schnappte sich den Hörer und telefonierte mit der kleinen Rezeption.

Ich zog mich im Bad an. Das gab es doch nicht. Da machte man mal eine Nacht einen drauf und wurde prompt erwischt. So was Dummes.

Eine halbe Stunde später saßen wir im Frühstücksraum und blickten durch die große Scheibe auf den Parkplatz, wo mein Bentley neben einem kleinen Lieferwagen stand.

Der silbergraue Schlitten war nicht zu übersehen.

Während ich Kaffee bestellte, nahm Nadine Berger Tee. Kara trank ebenfalls Kaffee.

Das Frühstück war wirklich reichhaltig. Sogar Eier aus der Pfanne gab es.

Die taten mir besonders gut...

Kara hatte keinen Appetit. Sie trank ihren Kaffee, ansonsten ging ihr Blick ins Leere. Sie schien Probleme zu wälzen, wartete aber höflich, bis wir fertig waren.

Auch Nadine redete nicht mehr von der vergangenen Nacht, sondern erzählte von ihren Plänen. Ein Regisseur aus den Staaten hatte ihr eine Hauptrolle in einem gesellschaftskritischen Film angeboten.

»Es gibt zwar keine hohe Gage«, meinte sie, »aber ich finde den Regisseur gut. Der hat neue Ideen, weißt du?«

Ich nickte. Mit meinen Gedanken war ich woanders. Ich wußte, daß Kara etwas auf dem Herzen brannte, und als ich mir eine Zigarette zur Verdauung angezündet hatte, redete sie. Sie begann mit einem Satz, der mich schockierte.

»Myxin ist entführt worden!«

Fast wäre mir das Stäbchen aus der Hand und auf die Hose gefallen. »Wo und wann?«

»Es war in der Nacht. Er versuchte, eine magische Verbindung herzustellen, mußte aber mit irgendeinem großen Dämon konträr gegangen sein, und es kam zu einer Entladung, in dessen Zentrum sich Myxin plötzlich befand und hinwegteleportiert wurde.«

Toll, wie sie das erzählte. Nadine saß mit offenem Mund da, schluckte und staunte.

»Jetzt erzähle das gleiche noch mal für Anfänger«, bat ich.

Kara berichtete haarklein. Genau hörte ich zu, aber eine Lösung wußte ich auch nicht.

»Dann kannst du dir auch nicht vorstellen, wer Myxin entführt hat?« wollte sie wissen.

»Asmodina!«

»Das denke ich auch!«

Ich drückte meine Zigarette aus und blickte Kara sehr ernst an. »Ich weiß, was dir Myxin bedeutet, Kara, aber wenn Asmodina ihn tatsächlich entführt hat, müssen wir damit rechnen, daß sie ihn tötet. Du begreifst das?«

»Ja«, erwiderte sie tonlos und senkte den Kopf.

Trotz ihrer Fähigkeiten machte sie einen ungeheuer hilflosen Eindruck. Schmal und blaß wirkte sie. Das dunkle Haar fiel wie ein Vorhang vor ihr Gesicht, niemand sollte ihre Tränen sehen.

»Hast du Nachforschungen angestellt?« wollte ich wissen.

»Ich habe es versucht, John.« Sie hob den Kopf und schluckte. »Aber ich kam nicht durch. Da war etwas, das mich hinderte. Eine geistige Barriere oder Sperrzone.«

»Die wird Asmodina aufgebaut haben.«

»Das vermute ich auch.«

»Was können wir tun?«

»Ich weiß es nicht.«

»Auf jeden Fall solltest du mir zeigen, wo diese Entführung stattgefunden hat«, sagte ich. »Vielleicht finden wir dort einen Anhaltspunkt. Einen Rest von Magie, den wir aktivieren können.«

»Aber wie?«

»Durch mein Kreuz.«

Da lachte Kara auf. »Nein, damit würdest du genau das Gegenteil erreichen. Das Kreuz weist die Magie ab. Du müßtest schon eine Waffe der Schwarzblüter besitzen.«

»Ich habe die Dämonenpeitsche.«

»Und Desteros Schwert, nicht wahr?«

Ich schlug mir gegen die Stirn. »Klar, daran habe ich gar nicht gedacht.«

»Dann könnten wir es versuchen. Aber wir müssen uns beeilen.«

Ich nickte, doch dann dachte ich an Nadine Berger. »Was ist mir dir, Mädchen?«

Sie lächelte. »John, es war schön mit dir. Aber du hast einen Job, ich habe meinen. Irgendwann sehen wir uns bestimmt mal wieder. Ich nehme mir einen Wagen. Der Wirt wird ihn mir besorgen.«

Davon war ich überzeugt.

Wir mußten noch mal hoch aufs Zimmer. Kara blieb unten, und ich verabschiedete mich von Nadine Berger.

Ich nahm sie in die Arme. Fest preßte sie sich an mich. »Ich danke dir, John«, sagte sie, »danke dir für alles. Und jetzt geh, bitte.« Ihre Stimme klang plötzlich rauh.

Ich drehte mich um und verschwand. Eine Gänsehaut kroch über meinen Rücken, und ich mußte mir die Kehle freiräuspern.

Als ich im Bentley saß und Kara neben mir wußte, da hatte mich der harte Alltag wieder.

Ich sah Nadine Berger nicht mehr, wie sie am Fenster stand und dem Wagen so lange nachschaute, bis er nicht mehr zu sehen war.

Am Nachmittag erreichten wir London. Allerdings schüttelte Kara den Kopf, als ich den Silbergrauen in die Stadt lenken wollte.

»Warum nicht?«

»Weil wir die Beschwörung an einer ziemlich einsamen Stelle durchgeführt haben«, erwiderte sie.

»Na denn.« Wir hatten die ersten Vororte gerade erreicht. Es lagen noch einige Meilen vor uns und auch viel grüne Gegend und Landschaft. Kara wies mich an, rechts abzufahren. An den Schildern hatte ich schon erkannt, daß sich dort ein militärisches Sperrgebiet befand. »Aber da ist ein Schießplatz«, sagte ich ihr.

»Ich weiß.«

»Und ihr habt euch dort verkrochen?«

»Sicher. Dort wurden wir wenigstens nicht gestört.«

Da hatte sie recht.

Eine Straße führte an dem Gelände vorbei. Es war auch nicht völlig eingezäunt, nur der militärische Bereich. Ich bog in die schmale Straße ein, die frisch asphaltiert aussah. Es war ein klarer Tag, wir hatten eine gute Sicht, und am Himmel türmten sich schneeweiße, gewaltige Wolkenberge. Der Wind war wärmer geworden. Einige Sträucher entfalteten ihre ersten Knospen. Es gab keinen Zweifel, der Frühling war auf dem Vormarsch.

Rechts lag der Schießplatz, links von uns erstreckten sich Felder. Dahinter sah ich die Silhouette einiger Hochhäuser. Dort begannen die ersten Siedlungen.

Wir passierten einen im Graben stehenden, verrotteten Jeep, ein Radfahrer kam uns entgegen, und dann sagte Kara: »Halt!« weil rechts der Zaun begann.

Ich stoppte. »Und nun?«

»Wir müssen uns in die Büsche schlagen und dabei dicht am Zaun entlanggehen.«

»Viel Vergnügen«, murmelte ich, stieg aus, öffnete die Kofferraumhaube und nahm das Schwert hervor. Mir war vorhin noch eingefallen, daß die Dämonenpeitsche bei Suko war.

Vielleicht klappte es mit Desteros Waffe.

Zudem wollte ich Suko und Sir James noch anrufen. Das war mir doch tatsächlich in dem ganzen Trubel durchgegangen. Meinen Chef rief ich zuerst an.

Der zeigte sich mal wieder sauer. »Wo haben Sie sich eigentlich herumgetrieben?«

Ich preßte den Hörer des Autotelefons härter ans Ohr. »Ich habe beim ›Herumtreiben‹ einen Zombie erledigt und drei vom Teufel besessene Kinder.«

»Das hat sich bereits bis zu mir herumgesprochen. Nur hätten Sie schon längst in London sein können. Dieser... dieser Myxin ist entführt worden.

»Das weiß ich und bin schon auf der Fährte.«

»Hm.« Mehr konnte er nicht sagen. Ich grinste und gab meinen Standort durch.

»Brauchen Sie Hilfe?«

»Nein, Sir. Bis jetzt nicht. Ich will trotzdem Suko noch Bescheid geben, damit er kommt. Es kann sein, daß ich die Dämonenpeitsche für eine Beschwörung brauche.«

»Tun Sie das. Wenn alles erledigt ist, sagen Sie mir Bescheid.«

»Geht in Ordnung, Sir.«

Kara, die neben der halboffenen Wagentür stand, war ziemlich nervös.

Ich beruhigte sie und wählte dann die Nummer meines chinesischen Freundes.

Suko schien neben dem Apparat gestanden zu haben, denn er meldete sich sofort. »Hört man von dir auch mal was?« knurrte er mich an.

»Ja. Wieso?«

»Du scheinst neuerdings die Fälle im Alleingang zu lösen.«

»Entschuldige mal, ich war nur auf einer kleinen Feier in Wales.«

»Und was ist da passiert?«

»Erzähle ich dir später genauer. Jetzt sei so gut und komm mit der Dämonenpeitsche her.«

»Nach Wales?«

»Nein.« Ich erklärte ihm, wo ich mich aufhielt. »Du wirst den Wagen ja sehen. Von dort führt ein schmaler Pfad in den Wald und genau zu der Hütte, von der Kara gesprochen hat.«

»Geht in Ordnung.«

Wir marschierten los. Kara wollte unbedingt das Schwert tragen. Ich gab es ihr.

»Solche Waffen hatten wir auch in Atlantis«, sagte sie mir.

»Kannst du damit umgehen?«

»Sicher.«

Sie antwortete so spontan, daß ich ihr glaubte. Der Weg war ziemlich matschig und führte dann von dem umzäunten Gelände weg in den noch lichten Wald hinein.

Die Hütte, mehr ein kleines Blockhaus, war winzig. Schief hing die Tür in den Angeln, und als ich sie vorsichtig aufzog, erzeugte das knarrende Geräusch bei mir eine Gänsehaut.

Der eine Raum war leer.

Es gab nichts, was auf eine Bewohnbarkeit hindeutete. Nur ein paar Zigarettenkippen und Dosen in der Ecke machten mir klar, daß hin und wieder jemand in der Hütte Schutz suchte. Durch ein kleines Fenster fiel wenig Licht. Es erhellte den Raum nur spärlich.

Ich blieb in der Mitte stehen, drehte mich im Kreis und sah mich um. »Hier habt ihr euch also aufgehalten.«

Kara schloß die Tür und nickte. »Ja, da hat uns wenigstens keiner gestört.«

»Hoffentlich lassen sie uns auch in Ruhe.«

»Bestimmt.«

Ich hatte den Koffer zu Boden gestellt. »Wie fangen wir es an?« fragte ich.

»Am besten hältst du dich zurück. Ich werde versuchen, eine Verbindung zu schaffen.«

»Okay.« Ich trat zur Seite und lehnte mich mit dem Rücken gegen die Wand, während sich Kara in die Mitte des Raumes hockte und das Schwert mit der flachen Seite auf die Oberschenkel legte.

Wenn ich daran dachte, daß es einmal Destero gehört hatte, freute ich mich diebisch, es ihm abgenommen zu haben.

Kara konzentrierte sich.

Diese Frau war wirklich ein Phänomen. Sie konnte ihre Seele vom Körper lösen und so die Dimensionen und die Reiche des Schreckens durchwandern, ohne daß ihr etwas zustieß.

So etwas fehlte mir auch noch.

Die Schöne aus dem Totenreich hielt ihre Augen halb geschlossen. Ihr Blick schien in unendliche Fernen gerichtet zu sein, erfaßte die Allmacht des Weltalls, und sie schaute einfach durch mich hindurch. Hart traten ihre Wangenknochen hervor, ich sah die etwas blasse dünne Haut und gespannten Adern am Hals.

Ihre Hände strichen über das Schwert. Es waren behutsame, tastende Bewegungen, als wollten sie jeden Zoll erforschen und nachprüfen.

Sie begann auch zu sprechen. Und das mit einer Stimme, die ich noch nie bei ihr gehört hatte.

Dumpfe, krächzende Laute drangen aus ihrem Mund. Sie erinnerten mich einmal an das Knurren eines Wolfs, dann an die Laute eines Vogels.

Es war eine Sprache, die ich nicht verstand, wahrscheinlich hatte man sie im alten Atlantis gesprochen. Für mich jedenfalls war sie ein Rätsel.

Kara versuchte, die Magie oder den Rest Magie zu beschwören. Sie benutzte dabei das Schwert als einen Katalysator, einen Beschleuniger, doch es schien sich nichts mehr in dieser Blockhütte zu befinden. Nach einigen Minuten heftiger Konzentration atmete sie tief durch, hob den Kopf und blickte mich an.

»Tut mir leid, John, ich schaffe es nicht. Es ist nichts mehr vorhanden.«

Ich nickte. »Das hatte ich mir fast gedacht.«

»Was machen wir jetzt?«

»Wir haben noch eine Chance«, erwiderte ich. »Ich habe ja mit Suko telefoniert und bin gespannt, was geschieht, wenn wir die Dämonenpeitsche hier haben. Vielleicht erreichen wir mit ihr etwas.«

»Das wäre möglich.«

»Hast du denn einen winzigen Rest der anderen Magie hier gefunden?« wollte ich wissen.

Kara hob die Schultern. »Wenn ja, dann kann es durchaus auch eine Täuschung gewesen sein, so schwach war der Rest.«

»Du hast ihn gespürt?«

»Sicher.«

»Und wo wies er hin? Hat er dir ein Zeichen gegeben, wenn ich mal so fragen darf?«

»Ja und nein.«

Kara sprach oft in Rätseln. Das ärgerte mich immer. Nie wollte sie sich exakt ausdrücken. »Welch einen Hinweis hast du?« hakte ich nach.

»Verrückt«, sagte sie. »Es ist verrückt, aber ich habe etwas von den flaming stones gehört.«

»Die Steine?«

»Ja.«

»Hm. Was sollten die mit Myxins Entführung zu tun haben?«

»Das weiß ich nicht. Es war einfach zu schwach.«

»Ob man ihn dorthin geschleift hat?« murmelte ich. »Aber ich sehe da keinen Sinn, denn die Flammenden Steine haben uns doch damals unterstützt.«

»Das stimmt«, sagte auch Kara.

»Wenn wir davon ausgehen, daß Asmodina Myxin entführt hat, wird sie doch nicht so dumm sein und ihn zu den Flammenden Steinen schaffen, sondern in ihr Reich.«

»Das wäre zumindest normal«, stand Kara mir bei.

»Es sei denn, die Teufelstochter hat Myxin gar nicht entführt.«

»Wer dann?«

»Ein anderer Dämon, der Asmodina einen großen Gefallen erweisen möchte. Du kennst das doch. Auch im Reich der Finsternis gibt es Günstlinge.«

»Dann mußt er schon sehr mächtig gewesen sein.«

»Das bestimmt.« Ich drehte mich um und schaute Kara an. »Versuche doch, deinen Geist vom Körper zu lösen und dich bei den Steinen umzusehen.«

Kara schlug sich gegen die Stirn. »Meine Güte, daß ich daran nicht gedacht hatte.« Dann nahm sie wieder auf dem Boden Platz und konzentrierte sich...

Myxin war hineingerissen worden in einen mörderischen Wirbel. Vergebens versuchte er, seine eigenen Kräfte zu aktivieren, die anderen waren zu stark. Sie rissen ihn mit und bauten gegen seine eigenen eine Barriere auf.

Myxin wußte nichts mehr. Er hatte das Gefühl, der Inhalt seines Kopfes würde herausgedrückt werden. Wie ein Blatt im Herbstwind, so tanzte er durch den Zeit- und Dimensionskanal.

Und trotzdem arbeitete sein Gehirn klar und präzise. Die Zeit verzögerte sich dabei. Aus einer tausendstel Sekunde schienen drei Minuten zu werden, so daß Myxin auf seiner Reise noch über sich nachdenken konnte.

Bereits jetzt stellte er sich die Frage, wer ihm das da wohl eingebrockt hatte.

Eigentlich war sie leicht zu beantworten. Es gab nur eine, die besonders scharf auf seinen »Skalp« war.

Asmodina!

Doch Myxin befand sich auf dem falschen Dampfer. Asmodina hatte zwar indirekt damit zu tun, aber in Wirklichkeit führten andere den Auftrag durch.

Die Gedanken des kleinen Magiers wurden abrupt gestoppt, als der Druck und das Brausen in seinem Kopf erst nachließen und dann völlig verschwanden.

Er spürte, wie man so schön sagt, wieder »festen Boden« unter den Füßen und öffnete die Augen.

Zuerst konnte er nichts sehen. Um ihn herum schien alles in ein Rot getaucht zu sein, das sämtliche Farbnuancen in sich vereinigte. Vom schwachen Rosa bis hin zum hellen, kräftigen Rot. Und er, Myxin, befand sich inmitten dieser Farbskala.

Sofort war auch die Erinnerung da.

Der kleine Magier kannte die Farbzusammensetzung genau. Die gab es nur einmal auf der Welt.

Bei den flaming stones!

Auf einmal vollführten Myxins Gedanken regelrechte Freudensprünge. Die Angst war verflogen. Irgendeine Macht hatte ihn zu den Flammenden Steinen geschafft, doch diese Magie beherrschte er. Hoffnung erfaßte den Magier.

Die Steine kannte er sehr gut. Zusammen mit Kara hatte er ihre Magie schon ausgenutzt.

Myxin setzte sich hin.

Tatsächlich – er hockte inmitten des magischen Feldes, das

zwischen den Steinen existierte. Und sein Aufatmen glich einem Aufstöhnen. Die Gefahr schien gebannt zu sein.

Aber das schien nur so.

Denn Myxin sah plötzlich die Gestalten, die sich aus der Deckung der Steine lösten.

Es waren die Mitglieder der Mordliga!

Karas Schrei zitterte durch die Hütte.

Ihr Körper, vorhin noch in eine Art Totenstarre gefallen, bäumte sich plötzlich auf. Das schwarzhaarige Mädchen bog den Rücken durch, hatte den Mund weit geöffnet und schrie seine Panik hinaus.

Mit einem Schritt war ich bei ihr, berührte ihre Schulter und zuckte zurück, als hätte ich einen elektrischen Schlag erhalten. Das Rieseln zog bis in meine Schulter hinauf.

Was war geschehen?

Ich sprach sie an, doch sie hörte nicht. Sie schrie weiter. Abgehackt jetzt, schluchzend, dann sank sie zusammen und fiel langsam zur Seite, wo sie liegenblieb.

Die letzten Sekunden hatten mich so aufgeputscht, daß ich in Schweiß gebadet war. Wieder riskierte ich es und berührte die Schöne aus dem Totenreich.

Diesmal war alles normal.

»Kara«, sprach ich sie an. »Kara, hörst du mich?«

Sie öffnete die Augen. Eine mühsame Bewegung, wie ich feststellen konnte. Ihre Lippen zitterten, die Pupillen waren glanzlos, die Haut auf dem Gesicht zuckte.

»Kara, bitte, gib Antwort!«

»Ich... ich habe ihn gesehen!« keuchte sie. »Ich weiß jetzt, wo er ist. Gefährlich... mein Geist, er kam nicht durch. Sie haben eine magische Barriere darüber gelegt.«

»Worüber?«

»Flaming stones«, flüsterte sie.

Ich zuckte zusammen. Himmel, die Flammenden Steine. Welch eine Rolle spielten sie plötzlich?

»Was ist da bei den Steinen?« forschte ich weiter. »Befindet sich Myxin dort?«

Sie nickte langsam.

»Dann ist es ja nicht so schlimm«, sagte ich lächelnd. »Die Steine können Myxin nichts anhaben. Er beherrscht die Magie. Glaub mir, Kara...«

»Nein, nein, nein!« Sie schrie die Worte und richtete sich ruckartig auf. »Andere haben die Steine entweiht.«

»Asmodina?«

Kara schüttelte den Kopf. Groß und dunkel waren ihre Augen, der Mund stand halb offen. »Nein, John Sinclair, nicht Asmodina, sondern die Mordliga mit Dr. Tod.«

Jetzt war es heraus. Und verdammt, ich war nicht gerade erfreut darüber. Ob Asmodina oder die Mordliga – beide waren gleich schlimm. Und beide steckten auch unter einer Decke. Zwar konnte man Dr. Tod als den Gründer und Chef der Mordliga bezeichnen, aber über ihm stand noch die Teufelstochter. Sicherlich hatten er und sie den Plan der Entführung ausgeheckt. Es war also das eingetreten, was wir immer versucht hatten zu verhindern.

Myxin befand sich in den Klauen seiner Feinde. Und die würden sich furchtbar an ihm rächen. Ich wußte um den Haß, den Asmodina dem ehemaligen Dämon entgegenbrachte. Nichts war schlimmer im Dämonenreich als ein Abtrünniger. Er würde vor Maddox, den unheimlichen Richter, gestellt und abgeurteilt werden, um anschließend in das Reich des Spuks einzugehen, wo er bis in alle Ewigkeiten dahinsiechen konnte. Eine Vorstellung, die so schlimm war, daß ich gar nicht darüber nachdenken wollte. Wer sich einmal im Reich des Spuks befand, der kam nie wieder frei. Man hatte versucht, auch mich dorthin zu verschleppen, aber mit viel Glück war ich bisher diesem Schicksal entgangen.

Daß Kara am Boden zerstört und völlig verzweifelt war, konnte ich verdammt gut verstehen. Sie und der kleine Magier gehörten irgendwie zusammen, und jetzt passierte so etwas.

Auch ich war in diesem Augenblick ratlos. Fast wie von selbst drang die Frage über meine Lippen. »Was können wir tun?«

»Ich weiß es nicht.«

»Auch dein zweites Ich kann nicht eingreifen?« erkundigte ich mich noch einmal.

»Nein, John. Die magische Sperre ist zu stark. Bestimmt hat Asmodina sie persönlich gelegt, da ist wirklich nichts zu machen. Ich habe es ja versucht und wurde so zurückgeschmettert, daß ich das Gefühl hatte, sterben zu müssen. Es ist vorbei.«

Ich hatte Kara nie so deprimiert gesehen. Sie, die schon ungeheuer alt war, hatte einfach aufgegeben, weil sie nicht mehr weiterwußte.

Aber ich wollte nicht aufgeben. Verdammt, da mußte doch etwas zu machen sein. Fieberhaft dachte ich über einen Ausweg nach. Meine Gedanken wurden unterbrochen, als ich draußen Schritte hörte.

Suko?

Ich ging zur Tür, zog sie spaltbreit auf und blickte hinaus.

Es war tatsächlich der Chinese, der durch den Wald auf die Hütte zustampfte. Er trug seine Lederkleidung und einen Sturzhelm. Für mich ein Beweis, daß er mit seiner Harley angebraust war.

Ich öffnete und blieb auf der Schwelle stehen.

Suko hob die Hand, während er mit der anderen seinen Helm vom Kopf nahm. »Endlich sieht man sich wieder«, sagte er und grinste. Doch als er mein ernstes Gesicht sah, verging ihm das Lächeln.

»Was ist geschehen, John?«

»Komm erst mal rein.«

Suko begrüßte auch Kara. Anschließend berichtete ich, und der Chinese stöhnte auf.

»Verdammt, verdammt, das ist wirklich eine unangenehme Sache«, murmelte er, »was können wir tun?«

Ich hob die Schultern.

»Aber du warst doch schon bei den Steinen.«

»Das stimmt, doch ich fürchte, bis wir da sind, ist Myxin längst verschwunden.«

»Ein Versuch kann nicht schaden.« Suko war noch optimistisch. Er hatte die schlimmen Szenen nicht miterlebt, und vielleicht war dies sogar gut.

»Wir könnten ja einen Hubschrauber chartern«, schlug er vor. »Da sind wir schnell am Ziel.«

Plötzlich horchte auch Kara auf. Dieser Vorschlag war wirklich nicht schlecht.

»Und wer soll fliegen?« fragte ich.

»Du natürlich. Es ist viel zu gefährlich, für den Job einen Piloten zu nehmen.«

Da hatte der Chinese recht.

»Und ich bin natürlich auch dabei«, sagte Kara, die Schöne aus dem Totenreich. Sie hatte sich wieder etwas gefangen. In ihren Augen blitzte Unternehmungsgeist auf. Sie wollte jetzt nicht mehr zurückstecken, sondern voll mit einsteigen.

Ich stimmte zu.

Wir verließen die Hütte und hatten es plötzlich sehr eilig. Von unterwegs setzte ich mich mit meinem Chef in Verbindung. Sir James sah keine Schwierigkeiten, einen Hubschrauber zu besorgen. Die Armee mußte mal wieder einspringen, und so fuhren wir nicht zum Yard Building, sondern nahmen den direkten Weg zu einem der Luftwaffenstützpunkte.

Bisher hatte sich Myxin nicht sehr um die Mordliga gekümmert. Dieses Problems wollte und sollte sich John Sinclair annehmen, während er nach den alten Verbindungen forschte, die es zwischen der jetzigen Welt und dem untergegangenen Kontinent Atlantis noch gab.

Natürlich hatte er auch von der Mordliga gehört, er kannte auch deren Mitglieder, deshalb wußte er, wer sich da nun aus dem Schatten der Steine löste.

Da war einmal Dr. Tod.

Sein eisgraues Haar war zu einer kurzen Bürste geschnitten. Er hatte ein menschliches Gesicht, da der Geist ja im Körper eines Mafioso steckte, aber wer in seine Augen sah, der erkannte sofort, wie erbarmungslos dieser Mensch letzten Endes war.

Solo Morasso war ein Mann ohne positive Gefühle.

Myxin sah auch Tokata, den Samurai des Satans. Ein Untoter, der die Jahrhunderte in ungeweihter japanischer Erde gelegen hatte und erst von Dr. Tod erweckt worden war. Eine Bestie, die mit dem Schwert fantastisch umgehen konnte. Tokata hatte nur noch den rechten Arm, der linke war ihm von dem rasenden Bumerang, den John Sinclair geschleudert hatte, abgetrennt worden. Sein Gesicht versteckte er unter einer Maske. Dicke Lederkleidung schützte seinen Körper.

Aber noch ein Monster war vertreten. Vampiro-del-mar, Kaiser der Vampire. Mit ihm hatte es eine besondere Bewandtnis. Auch er war uralt, und man konnte ihn nicht mit den moderneren Vampiren vergleichen, wie der legendäre Dracula einer war. Vampiro-del-mar hatte in früheren Zeiten gewütet, bis man ihn auf den Meeresgrund verbannte, und eigentlich mußte er etwas über das Geheimnis der voratlantischen Zeit, der Ära des Großen Alten, wissen. Aber ihn konnte Myxin auf keinen Fall fragen. Er würde sowieso keine Antwort erhalten.

Als Myxin sich drehte, sah er ein weiteres Mitglied der Mordliga. Lupina, die Werwölfin. Eine Mischung aus Bestie und Mensch. Der Kopf war menschlich. Er und das blonde Haar hoben sich sehr deutlich von dem fellbedeckten Körper der Werwölfin ab. Diese Frau war ein Phänomen. Sie fühlte manchmal als Mensch und handelte als Bestie. Sie liebte die Gewalt, und in ihren kalten Tieraugen stand jedesmal ein gieriges Funkeln, wenn andere um sie stritten oder kämpften. Sogar John Sinclair hatte sich mal in sie verliebt, nachdem er von Mr. Mondo, einem weiteren Mitglied der Mordliga, zu einem Werwolf gemacht worden war.

Die Situation war eindeutig.

Auf der einen Seite stand Myxin, der kleine Magier, auf der anderen die Mordliga.

Und die Bestien um Dr. Tod würden nicht zögern, Myxin umzubringen. Aber sie hielten sich zurück, betraten die innere Fläche der inzwischen erkalteten und normal gewordenen grauen Steine und blieben stehen wie Zinnsoldaten.

Es wurde ruhig.

Die Flammenden Steine standen in einem engen Tal, das von bewaldeten Hängen und Hügeln umgeben war. Ein Bach floß durch das Tal und teilte es in zwei Hälften. Sein Murmeln war das einzige Geräusch, das Myxin vernahm.

Da der kleine Magier wußte, wer hier das Kommando führte, konzentrierte er sich auf Dr. Tod. Ihn allein starrte er an, und Solo Morasso enttäuschte ihn auch nicht.

Er trat vor.

Ein zynisches Lächeln überflog sein sonst so starres Gesicht, als er in drei Schritten Entfernung vor Myxin stehenblieb. »Es war leichter, als wir es uns vorgestellt hatten«, erklärte er. »So groß scheinst du nicht zu sein. Ich wundere mich, daß Asmodina dich für einen gefährlichen Feind hält.«

»Wie hast du es geschafft?« wollte Myxin wissen, denn dieses Problem interessierte ihn brennend.

»Ganz einfach. Der Würfel hat mir geholfen. Dieses Instrument ist für mich ungeheuer wertvoll. Mit seiner Hilfe kann ich Welten verändern und mich zu einem König aufschwingen.«

»Aber vor dir steht noch Asmodina.«

Dr. Tods Lippen zuckten. »Ich weiß«, sagte er nur. »Sie hat mir den Auftrag gegeben, dich hierherzuschaffen.«

»Dann willst du mich ihr ausliefern?«

»Du hast es erfaßt.«

Myxin merkte, daß ihn diese Antwort verdammt schmerzte. Von Morasso und der Mordliga hatte er kein Pardon zu erwarten. Die würden ihn ausliefern, und damit er nicht noch eine Fluchtchance ergriff, hatte Dr. Tod seine teuflischen Vasallen mitgebracht.

Myxin war Realist genug, um seine Chancen einzuschätzen. Sie waren minimal.

»Ich hoffe, du siehst ein, daß wir am längeren Hebel sitzen«, sagte Dr. Tod. »Ich hatte erst vor, dich als Leiche der Teufelstochter zu übergeben, überlegte es mir aber anders. Ich will ihr nicht das Vergnügen nehmen, dich endgültig zu vernichten.« Er lachte.

Morasso schien genau Bescheid zu wissen. Auch Myxin erinnerte sich. Es war noch gar nicht so lange her, da hatte er sich verkriechen müssen. Nach dem großen Kampf gegen den Schwarzen Tod hatte Asmodina ihn gedemütigt. Sie nahm in gefangen, wollte ihn quälen, und es war John Sinclair gelungen, ihn zu befreien.

Danach hatte ihn Asmodina wieder erwischt. Als Häufchen Elend hockte er in einer verfallenen schottischen Burg, wo die grausamen Ritter ihr Unwesen trieben und von John Sinclair in einem verzweifelten Kampf besiegt werden konnten. Damals war auch die Wandlung von einem Dämon zu einem fast normalen Menschen vor sich gegangen. Myxin hatte dem Bösen abgeschworen. Er war sogar in der Lage, Johns Kreuz anzufassen, und er kämpfte jetzt auf der Seite des Sinclair-Teams, wobei er allerdings zusammen mit Kara seinen eigenen Weg ging.

Er hatte Asmodina zwar keine großen Niederlagen beibringen können, aber seine Nadelstichtaktik ärgerte sie, und zwar so sehr, daß sie ihn vernichten wollte.

Nun stand sie dicht davor.

Morasso lächelte wieder. Es schien, als könnte er die Gedanken des kleinen Magiers lesen. »Einen Ausweg wirst du kaum finden«, erklärte er. »Wir sind zu stark.«

Myxin versuchte verzweifelt, geistigen Kontakt mit Kara aufzunehmen, aber das mißlang.

Eine Sperre hinderte ihn.

»Was kann ich tun, damit du mich freiläßt?« wandte er sich an Solo Morasso. Myxin versuchte jetzt zu verhandeln.

»Nichts.«

»Aber Asmodina wird dir doch auch etwas geben.«

»Das stimmt.«

»Was ist es?«

Dr. Tod hatte Zeit, und er sah nicht ein, warum er Myxin nichts von seinem Geschäft mit der Teufelstochter sagen sollte. »Auch sie tut nichts ohne Gegenleistung. Dafür, daß ich ihr einen Feind praktisch auf dem silbernen Tablett serviere, wird sie mir Auskunft über Xorron geben.«

»Den Herrn der Zombies?«

Dr. Tod zuckte zusammen. »Du kennst ihn?«

»Natürlich«, behauptete der kleine Magier.

»Das ist ja interessant.«

Myxin merkte mit seinem untrüglichen Instinkt, daß etwas in der Luft lag. Dr. Tod hatte seine Mordliga nicht vollständig, soviel war dem Magier bekannt. Jetzt suchte Solo Morasso verzweifelt nach Xorron, dem letzten Mitglied dieser teuflischen Gruppe. Niemand wußte, wo sich Xorron versteckt hielt. Morasso ging alten Spuren nach, die aber im Nichts endeten. Das alles wußte Myxin von John Sinclair, und jetzt schien Dr. Tod die Teufelstochter in seine Suche mit eingeschaltet zu haben. Sie hatte auch angebissen, aber nur unter der Bedingung, daß Morasso ihr Myxin lieferte.

Der kleine Magier dachte daran, die beiden gegeneinander auszuspielen. Das mußte doch irgendwie möglich sein. Deshalb wollte er seine Worte sehr sorgfältig wählen.

»Weißt du, wo ich ihn finden kann?« wollte Dr. Tod wissen.

»Vielleicht.«

Diese Antwort gefiel dem Chef der Mordliga überhaupt nicht. Er verzog das Gesicht, als hätte er in eine Zitrone gebissen. »Ich an deiner Stelle würde verdammt vorsichtig mit den Äußerungen sein. Wir lassen uns nicht hinhalten.«

»Was habe ich denn zu verlieren?« fragte Myxin dagegen. »Mein Leben, das ist klar, aber du willst etwas erfahren, was für dich von ungeheurer Wichtigkeit ist.«

»Wenn du es mir nicht sagst, wird es Asmodina tun«, erklärte Solo Morasso.

»Bist du davon so überzeugt?«

»Ja.«

»Das glaube ich dir nicht. Auch Asmodina sucht ihre Vorteile, und sie wird es sich sehr überlegen, ob sie auf deinen Vorschlag eingeht. Ich kenne sie besser, glaube mir, die spielt immer falsch. Das hat sie schon bei mir getan. Du wärst ein Narr, wenn du auf sie hörst.«

»Und was sollte ich nach deiner Meinung anders machen? Auf dich etwa hören?« höhnte Morasso.

»Vielleicht.«

»Nein.«

»Laß dir doch meinen Vorschlag erst einmal durch den Kopf gehen«, sagte Myxin.

»Bitte.«

»Du läßt mich frei, und ich werde dir in spätestens drei Tagen sagen, wo du Xorron findest.«

Morassos Gesicht verzerrte sich. »War dieser Vorschlag dein Ernst?«

»Natürlich.«

»Dafür hätte ich dich normalerweise getötet. Ich lasse mich nämlich nicht gern auf den Arm nehmen. Du bist wohl wahnsinnig! Wie kannst du dich unterstehen, mir so etwas vorzuschlagen? Hast du vergessen, daß du es bist, der sich in meiner Hand befindet? Nein, ich glaube dir nicht. Du bluffst hier um dein Leben, Myxin. Wahrscheinlich weißt du gar nicht, wo sich Xorron versteckt hält. Du versuchst nur alles, um dein Leben zu retten.«

Da konnte Myxin nichts erwidern. Im Prinzip hatte Dr. Tod schon recht. Myxin wußte in der Tat nicht, wo sich Xorron aufhielt. Was allerdings nicht heißen sollte, daß er es nicht herausfinden würde. Myxin war ganz sicher, daß er das schaffte, wenn er seine alten Verbindungen aktivierte. Doch damit konnte man Solo Morasso nicht kommen. Er würde sich an die Verbindung mit Asmodina halten.

Als Tokata einen warnenden Zischlaut ausstieß, horchten alle auf. Morasso drehte sich sogar um.

Der Samurai des Satans zog sein Schwert aus der Scheide und deutete zum Himmel hoch.

Da kamen sie.

Zwei Todesengel schwebten dicht über den bewaldeten Hügeln. Ihr rotes Haar leuchtete wie Feuer. Sie schlugen die dunklen Schwingen und flogen lautlos näher.

Dabei hielten sie irgend etwas zwischen sich, das wie ein grüner Sack wirkte.

Die beiden Todesengel glitten einmal über das magische Quadrat hinweg, wendeten und setzten dann zur Landung an.

Geschmeidig fingen sie den Schwung ab und blieben vor Dr. Tod stehen. »Asmodina hat uns geschickt«, erklärten sie. »Wir sollen Myxin mitnehmen.«

Morasso streckte den Arm aus. »Da ist er«, sagte er. »Packt ihn euch...«

Waren die Chancen verspielt?

Myxin glaubte daran. Er hatte zu hoch gereizt, hatte darauf gesetzt, Solo Morasso und Asmodina auseinanderbringen zu können, doch das war ihm nicht gelungen. Die beiden hielten trotz mancher Gegensätze zusammen, wie die Szene hier zeigte.

Die Todesengel hatten den Befehl wohl verstanden. Sie schwebten nicht, sondern gingen auf Myxin zu. Dabei hielten sie diesen grünen Gegenstand zwischen sich, der den Magier an ein Tuch erinnerte, wie es die Torreros hatten.

Eine Fluchtchance sah Myxin nicht. Er war seinen Feinden ausgeliefert. Zwar versuchte er, die Todesengel durch gedankliche Kraft zu stoppen, doch das mißlang ihm. Sie ließen sich nicht beirren und kreisten Myxin von zwei Seiten ein, wobei das teuflische Lächeln auf ihren Gesichtern eingefroren war.

Dann schwangen sie blitzschnell den grünen Gegenstand hoch, warfen ihn Myxin wie ein Tuch über den Kopf, und im nächsten Augenblick spürte der kleine Magier die Wirkung.

Sie war enorm.

Der Gegenstand, vorhin noch leicht gewesen, verhärtete sich in Windeseile und wurde steinern. Plötzlich konnte sich Myxin nicht mehr rühren, seine Bewegungen waren festgefroren, und er, der Dämon, wurde in die Materie eingeschlossen. Nicht den kleinsten Finger konnte er rühren. Ihm schien es, als wäre er ein Stück von diesem geheimnisvollen Stein geworden.

Aus!

Jetzt hatte Asmodina ihn dort, wo sie ihn immer hinhaben wollte. Die beiden teuflischen Dienerinnen brauchten sich nur in die Lüfte zu erheben und zu verschwinden. Sie würden ihn zu Asmodina bringen, ohne daß er nur einen Finger rühren konnte.

Myxins letzte Hoffnung schwand. Bisher hatte er darauf gesetzt, daß Kara und vielleicht auch John Sinclair ihn finden könnten. Doch sie hatten sich bisher nicht gezeigt und würden wohl auch nicht erscheinen. Es war vorbei.

Obwohl er in den Stein eingeschlossen war, konnte er verstehen und auch sehen, was um ihn herum geschah. Die Todesengel hielten den Block an zwei Seiten fest, drehten sich nun, und es sah so aus, als wollten sie wegfliegen.

Dagegen hatte Dr. Tod etwas.

»Einen Augenblick«, sagte er und gab Tokata einen knappen Wink.

Der Samurai des Satans gehorchte wie eine Marionette. Er wußte genau, was er zu tun hatte. Bevor die Geschöpfe reagieren konnten, war er hinter ihnen und setzte ihnen die Längsseite der langen Schwertklinge gegen die Nacken.

Ein Schnitt nur, und beide Köpfe würden rollen...

Die Todesengel schienen gehört zu haben, daß Tokata nicht spaßte, denn sie blieben stocksteif stehen.

Dr. Tod aber baute sich vor ihnen auf. »So«, sagte er nur. »Ich habe meinen Teil der Aufgabe erfüllt. Jetzt will ich von Asmodina wissen, wo ich Xorron finden kann. Oder hat sie euch etwas gesagt?«

»Sie hat uns nichts mitgeteilt.«

Morassos Augen funkelten wild. »Das hatte ich mir fast gedacht!« zischte er. »Sie will falschspielen, dieses verdammte und verfluchte Weib. Aber ohne mich!«

Die Todesengel schwiegen. Sie sahen sich nur an und senkten dann den Blick.

»Was hattet ihr vor?« fragte Morasso.

»Wir sollten ihn zu ihr bringen.«

»Und dann?«

»Wir wissen es nicht.«

Dr. Tod nickte. »Das hatte ich mir fast so gedacht. Aber Asmodina hat sich verrechnet. Ich lasse euch hier nicht weg. Nicht, bevor ich weiß, wo Xorron steckt.«

Damit hatten die Dienerinnen der Asmodina nicht gerechnet. Sie zuckten unter den Worten zusammen, als hätten sie Schläge erhalten.

Myxin schöpfte wieder ein wenig Hoffnung. Ein irres Gefühl breitet sich in ihm aus. Am liebsten hätte er gelacht, aber das paßte wohl nicht zu dieser Situation.

Plötzlich hatte es ein Patt gegeben. Jetzt wußte niemand so recht, wie es weiterging.

Sekunden verstrichen. Und noch immer lag die scharfe Klinge des Schwerts auf den Nacken der beiden Todesengel. Sie wagten sich nicht zu rühren, sondern blieben stocksteif stehen.

Auch Solo Morasso suchte nach einem Kompromiß. Es war ihm klar, daß er die Dienerinnen nicht so ohne weiteres wegfliegen lassen durfte. Damit wäre seine ganze Autorität dahingewesen, und es war Lupina, die ihm die Entscheidung abnahm.

Sie sagte: »Laß doch einen dieser Todesengel als Geisel hier! Der andere soll zu Asmodina fliegen und ihr Bescheid geben!«

Morasso zuckte herum. Sein Blick bohrte sich in die grüngelben Raubtieraugen der Werwölfin.

»Ja, die Idee ist gut«, meinte er nach einer Weile. »So könnten wir es wirklich machen.« Er schaute wieder die Todesengel an. »Habt ihr den Vorschlag gehört?«

»Ja.«

»Wer von euch will fliegen?«

Sie konnten sich nicht entscheiden. Keiner wollte nachgeben, denn wer zurückblieb, konnte so gut wie tot sein.

»Ich warte noch drei Sekunden«, sagte Solo Morasso, »dann gebe ich Tokata den Befehl, euch zu töten!«

»Nicht nötig!«

Die Stimme schien von allen Seiten zu kommen. Jeder hörte sie, und jeder kannte sie.

Asmodina war da!

Ich hatte es schon oft erlebt. Wenn wir auf einer Air-Base eintrafen, war schon alles vorbereitet. Mittlerweile war ich bei den Soldaten auch bekannt, denn hier war ich gelandet, als ich dem geheimnisvollen Todesnebel zum zweitenmal entkommen war.

Dieser Nebel war eine der stärksten Waffen, über die Solo Morasso verfügte. Und jetzt mischte er wieder mit. Dabei fragte ich mich, ob ihm auch diesmal der Nebel zur Seite stand.

»Ihr Hubschrauber steht bereit«, wurde mir gemeldet. Ein Lieutenant führte mich zum Rollfeld.

Wir hatten keine Zeit mehr, uns erst noch groß umzuziehen, sondern kletterten so, wie wir waren, in die Maschine. Kara wurde mit besonderen Blicken bedacht, denn daß eine Frau diesen Flug mitmachte, war eine kleine Sensation.

Ich nahm auf dem Pilotensitz Platz, Suko hockte sich neben mich. Ein schon fast vertrautes Bild, denn wir beide waren sogar schon im hohen Himalayagebirge geflogen, als wir uns auf der Suche nach dem Goldenen Buddha befanden.

Die Maschine war ausgezeichnet in Schuß, lief rund, wie ich sofort feststellte. Auf der Startbahn stand ein Mann im Overall. Durch die Scheibe sah ich sein Zeichen.

Alles klar.

Start!

Zum Glück regnete es nicht. Wir stießen in einen zwar wolkenreichen Himmel vor, aber die weißen Berge schwammen weit über uns am Firmament. So hoch würden wir nicht steigen.

Unter uns wurde die Militärbasis kleiner und war dann verschwunden. Ich schlug einen westlichen Kurs ein, der uns wieder von der Riesenstadt London wegbrachte.

In meinem Kopfhörer quakte es, und unsere Maschine wurde direkt angesprochen.

Ich meldete, daß alles okay war.

Ruhig flogen wir weiter. Es gab keine großen Turbulenzen, die Windgeschwindigkeit hielt sich auch in Grenzen. Über meine Schulter warf ich einen Blick zurück.

Kara hockte zwischen Suko und mir. Die Augen hielt sie halb geschlossen, die Hände lagen gefaltet auf ihren Knien. Ihre Haut wirkte irgendwie durchsichtig, die Lippen zuckten.

Auch Suko hatte sie angesehen. Er hob nur die Schultern. Wir ließen sie in Ruhe.

Meine Gedanken wanderten zu Nadine Berger. Wo sie wohl jetzt steckte? Wahrscheinlich telefonierte sie schon mit dem Regisseur in den Staaten. Sie hatte sich verloben wollen, doch Don Mitchell, der Auserwählte, war von den Dämonen umgebracht worden.

Ein teuflisches Kind hatte ihm ein Messer in den Rücken geworfen. Die Mächte der Finsternis machten vor nichts halt. Auch nicht vor Frauen und Kindern. Sie kannten kein Erbarmen, wenn es um ihren eigenen Vorteil ging.

Ich ließ die Maschine etwas steigen. Wenn wir nach unten schauten, sahen wir kleine Städte und Dörfer unter uns weghuschen. Und weit vorn am Horizont, wo Erde und Himmel zusammenzuwachsen schienen, stießen die Schornsteine einer Industrieanlage wie schmale graue Finger in die Luft.

Die Instrumente funktionierten, die einzelnen Nadeln zitterten leicht unter den Vibrationen.

Alles war okay.

Ich spürte das Kreuz auf meiner Brust. Sollten wir tatsächlich in den Todesnebel fliegen, würde es mich schützen. Aber auch die anderen Waffen hatte ich mitgenommen. Suko achtete mit Argusaugen auf meinen Einsatzkoffer. Selten waren wir so gut ausgerüstet in einen Kampf gegangen.

Ich dachte an die Flammenden Steine. Hoffentlich behielt Kara recht, und hoffentlich fanden wir Myxin dort vor. Der kleine Magier war mir in den vergangenen Monaten regelrecht ans Herz gewachsen und zu einem echten Freund geworden. Wie oft hatte er uns Tips gegeben und uns unterstützt. Wenn ihm etwas zustieß, würde ich mir immer Vorwürfe machen.

Deshalb hockte ich auf dem Sitz wie auf heißer Kohle. Weit vor uns erschien eine Gebirgskette. Noch grau und verschwommen, aber ich wußte, daß zwischen den Bergen – und zwar dort, wo sie an Höhe verloren und in eine Hügellandschaft übergingen – das Tal lag, in dem die flaming stones standen.

Die Flammenden Steine.

Wenn ich daran dachte, lief es mir fast immer kalt den Rücken hinab. Welch ein Geheimnis bargen sie? Ich wußte es nicht. Mir war nur bekannt, daß sie mit einer mir unbekannten Magie prall gefüllt waren.

Aber Kara und Myxin schienen mehr darüber zu wissen, hatten aber bisher geschwiegen, und ich drang nicht weiter in sie. Bestimmt würden sie mir von allein darüber berichten, wenn die Zeit reif war. Irgendwie hatte ihr Geheimnis etwas mit Atlantis zu tun, wie überhaupt unser Kampf, wenn man ihn als Ganzes betrachtete, immer mehr Verbindung zu dem alten versunkenen Kontinent bekam.

Ich war wirklich gespannt, was in Zukunft da noch alles auf uns zukommen würde.

Zuerst mußte ich an die Gegenwart denken. Die war schlimm genug, denn Myxin, der praktisch den Schlüssel zu Atlantis besaß, befand sich in großen Schwierigkeiten.

Ich war nervös und mußte mich zur Ruhe zwingen. Irgendwie hatte ich das Gefühl, zu spät zu kommen, daß alles vorbei war, und der Ansicht schien auch Kara zu sein, wenn ich sie so leichenblaß auf ihrem Platz sitzen sah.

Ihr waren ebenfalls die Hände gebunden. Sie konnte ihren Geist nicht vom Körper trennen und Myxin beistehen.

Wir erreichten die ersten Ausläufer der Berge. Weit im Westen wurden die Wolken bereits wieder dunkler. Der Wetterbericht hatte eine Regenfront angekündigt.

Manche Berggipfel waren kahl oder nur mit Gras bewachsen, das der Wind kämmte.

»Du willst direkt bei den Steinen landen?« erkundigte sich Suko ein wenig besorgt.

»Nein, ich fliege erst einmal darüber hinweg.«

Der Chinese nickte.

Schon bald verschwanden die karstigen Berge. Jetzt nahmen die Erhebungen mehr eine hügelige, sanftere Form an, dafür wurden seltsamerweise die Täler etwas enger.

Manchen Menschen würde die Gegend Magendrücken bereiten. Sie wirkte sogar aus der Entfernung gesehen düster. Man konnte sich wirklich gut vorstellen, daß sie mit Magie aufgeladen war.

Aber wo lag das Tal?

Beim erstenmal war ich durch einen Zeitsprung dorthin gelangt. Jetzt mußte ich suchen.

Ich fragte Kara.

Sie schaute mich abwesend an, so daß ich meine Frage laut wiederholen mußte.

»Ich erkläre dir den Weg«, sagte sie.

Und sie war eine gute Dirigentin. Ich hatte mich schon leicht verflogen, mußte auf Südkurs gehen und wieder ein Stück zurückfliegen. Dann dirigierte sie mich tiefer.

Jetzt wuchs meine Spannung.

Aber ich mußte mich auch sehr auf die Fliegerei konzentrieren, denn es war gar nicht so einfach, dicht über den Wipfeln der Nadelbäume zu fliegen.

Zum Glück gehorchte der Hubschrauber ausgezeichnet. Die Armee pflegte ihre Geräte.

Vor uns wuchs eine dicht bewaldete Hügelflanke hoch. Als wir sie angingen, wirbelten zahlreiche Vögel aus den Baumwipfeln und flogen hastig davon.

Wir hatten sie erschreckt.

»Hinter diesem Hügel liegt das Tal«, hörte ich Karas Stimme.

Na denn.

Ich zog die Maschine höher, weil ich das Gefühl hatte, die Spitzen der Nadelbäume würden bereits die Kufen berühren.

Dann hatten wir den höchsten Punkt erreicht und flogen über ihn hinweg.

Wir schauten nach unten.

Dort lag das Tal und auch die Flammenden Steine. Sie standen noch genauso, wie ich sie in Erinnerung hatte.

Und wir hatten klare Sicht.

Kein Nebelstreifen trübte sie, so daß ich innerlich aufatmete, denn vor Dr. Tods Nebel hatte ich mich sehr gefürchtet. Anscheinend jedoch fühlte er sich hier dermaßen sicher, daß er auf den Nebel verzichtete.

Ich riskierte es und senkte die Maschine. Wie eine riesige Libelle ging sie in den Kreis, den ich über die vier Steine zog.

Sie sahen aus wie immer. Wuchtige Erinnerungen einer längst vergangenen Epoche. Nicht so gewaltig wie die in Stonehenge und auch nicht so bekannt, aber dafür mit einer voll funktionierenden Magie geladen, die ich bereits am eigenen Körper zu spüren bekommen hatte.

Als ich einen Kreis flog, saugte ich das Bild förmlich in meine Gehirnzellen.

Ich konnte Dr. Tod erkennen, sogar Asmodina, und ich sah Tokata, Vampiro-del-mar und die Werwölfin Lupina. Ferner zwei Todesengel, die etwas zwischen sich hielten, das grün schimmerte, das ich aber nicht genau identifizieren konnte.

Meine Güte! Wann bekam ich solch ein Bild schon mal zu sehen! Fast die gesamte Mordliga und zusätzlich meine Erzfeindin Asmodina waren dort versammelt.

Und ich schwebte mit dem Hubschrauber über ihnen.

Mein Herz klopfte plötzlich schneller. Auch Suko war etwas blaß geworden. Wie Kara reagierte, wußte ich nicht, denn sie saß hinter mir, und ich hatte keine Zeit, mich umzudrehen.

Aber Asmodina hatte uns gesehen.

Und mir war klar, daß sie uns vernichten konnte, wenn sie wollte.

»Weg!« rief Suko, den ähnliche Gedanken plagten wie mich.

Im selben Augenblick hob Asmodina den Arm.

Und der Horror begann!

Asmodina materialisierte zwischen den Steinen. Ein kurzes Flimmern, dann stand sie da.

Und ihre Stimme hallte in dem engen Tal, als wären an mehreren Stellen Lautsprecher angebracht. Kalt starrte sie ihren ersten Vasallen, Dr. Tod, an.

Morasso hielt dem Blick stand.

Leicht schürzte Asmodina die Lippen. Sie trug ein schwarzes Gewand, das etwas durchscheinend war und ihren gutgeformten Körper ahnen ließ. Das kräftige rote Haar stand im starken Kontrast zu dem Kleidungsstück und lag auf den Schultern.

»Ich habe dir doch gesagt, daß ich es nicht zulasse, wenn du weitere Diener von mir tötest.«

»Sie ließen mir keine andere Wahl, den sie wollten mich betrügen«, erwiderte Dr. Tod kalt.

»Nein!«

Morasso stampfte mit dem Fuß auf. »Ich habe keine Gegenleistung gesehen.«

»Das ist kein Grund, deinem Henker Tokata Bescheid zu geben!« zischte die Teufelstochter. »Sag ihm, er soll sein Schwert wegnehmen!«

»Ich denke nicht daran!«

Im selben Augenblick wußte Dr. Tod, daß er den Bogen überspannt hatte. So ließ Asmodina nicht mit sich spielen. Eine kaum zu verfolgende Bewegung mit der linken Hand, ein flammender Hauch in der Luft, und im nächsten Augenblick legte sich ein feuriger Ring um die Kehle von Solo Morasso.

Stocksteif blieb er stehen. Noch spürte er die Schmerzen nicht, da sich zwischen dem Ring und seinem Hals noch ein freier Raum befand, aber Asmodinas nächste Worte ließen keinen Zweifel darüber aufkommen, was sie beabsichtigte.

»Ich werde dich umbringen, wenn du deinem Henker nicht den Befehl gibst, zurückzutreten. Drei Sekunden hast du!«

Solo Morasso befand sich in einer Zwickmühle. Bisher hatte er immer den Herrscher gespielt, und er war auch der Herrscher. Er hatte sich vor keinem geduckt.

Doch nun wies ihn Asmodina, die Teufelstochter, in seine Grenzen. Sie machte ihm klar, daß er nicht größenwahnsinnig werden durfte und daß sie noch den Ton angab.

»Eins!«

Ihre Stimme klirrte. Die Augen leuchteten erbarmungslos, während Solo Morasso so hart die Zähne aufeinanderbiß, daß es schon knirschte.

»Zwei!«

»Verdammt!« keuchte Morasso. »Du hast mich betrogen. Du...«

»Drei!«

»Ich werde... ahhhgghhh...« Dr. Tod konnte nicht mehr weitersprechen, denn der feurige Ring hatte sich blitzschnell zusammengezogen und lag wie eine Krawatte um seinen Hals.

Morasso taumelte nach vorn, würgte, die Augen traten ihm aus den Höhlen, und er verspürte Schmerzen.

Hart fiel er auf die Knie, hob die Arme, konnte sich nicht mehr halten und knallte aufs Gesicht. Schwerfällig drehte er sich auf die Seite, und kein Mitglied der Mordliga griff ein.

»Das... das Schwert weg!« keuchte er.

Da erst gehorchte Tokata. Seine in der Hölle geschmiedete Waffe verschwand in der Scheide.

Sofort zog Asmodina den kleinen Flammenring wieder zurück. Dr. Tod konnte frei atmen.

»Das war nur ein kleiner Trick«, sagte sie. »Damit du erkennst, daß du nur ein Vasall bist, mehr nicht. Denke immer daran, daß du mir allein deine Existenz verdankst. Auf die Knie mit dir!«

Und Dr. Tod gehorchte.

Er kniete vor der Teufelstochter und erlebte in den nächsten Augenblicken die beschämendsten Sekunden seines unseligen Lebens.

Doch tief in seinem Innern wühlte sich etwas hoch, das wie eine helle Flamme loderte.

Haß!

Alles zerstörender, grenzenloser Haß auf die Teufelstochter, die ihn so demütigte. Vor seinen Leuten degradierte sie ihn, Solo Morasso, zur Lächerlichkeit.

Das vergaß er niemals!

Asmodina lachte ihn eiskalt aus. »Glaube nur nicht, daß ich nicht bemerkt habe, welche Gedanken dein Hirn peinigen. Du willst die Macht, aber nicht nur die einfache, du willst alles an dich reißen. Du bist wie ein wahnsinniger Irrer. Es wurde Zeit, daß ich dich einmal in deine Schranken weise. Ich ahnte von deinen Plänen, mich eventuell zu vernichten. Wenn dir alles gelingen sollte, das jedoch nicht. Im Gegenteil, ich werde dich und deine Mordliga zerstören, wenn ich merken sollte, daß du gegen mich bist. Wie kann man nur so größenwahnsinnig sein! Mir gehorchen Legionen von Dämonen, ich habe Reiche unterjocht, die nie eines Menschen Auge sehen wird, ich produziere das absolute Grauen und habe Verbindung mit den schlimmsten Dämonen der Urzeit. Und dann kommt so ein Wicht wie du und will mich stürzen und mir Bedingungen stellen. Es war deine Pflicht, daß du mir Myxin herbeigeschafft hast, deine verdammte Pflicht und Schuldigkeit, merke dir das. Schließlich habe ich dir das Leben gegeben. Ohne mich würde deine Seele im Reiche des Spuks dahinsiechen, daran solltest du immer denken. Und ich werde einen Teufel tun und dir erzählen, wo du Xorron finden kannst. Such ihn selbst, dann bist du beschäftigt. Aber etwas will ich dir sagen. Glaube nur nicht, daß du Xorron so einfach auf deine Seite ziehen kannst. Er ist es nicht gewohnt, Befehle entgegenzunehmen. Ich habe mich sehr gründlich informiert. Ab jetzt gelten andere Gesetze. Ich habe Myxin und werde ihn vernichten. In meinem Reich, in meiner eigenen Welt wird er einen grauenvollen Tod finden, weil er nicht auf meine Warnungen gehört hat.«

Asmodina wandte den Blick von Morasso ab und sah jetzt den kleinen Magier an.

Myxin hatte alles gehört. Hatte er zu Beginn ein gewisses Triumphgefühl in sich verspürt, so war das nun verflogen. Bei Dr. Tod hätte er noch eher eine Chance gehabt – Asmodina ließ ihm keine.

Morasso kam wieder auf die Füße. Und jeder konnte sehen, daß sich um seinen Hals ein knallroter Ring gelegt hatte, wo die Flamme das Fleisch berührte.

Spöttisch schaute Asmodina Solo Morasso an. »Nimm deine Vasallen, und verschwinde von hier. Geh mir aus den Augen, und sieh zu, daß du John Sinclair vernichtest. Du wirst...«

Sie unterbrach ihre Rede plötzlich, denn sie hatte etwas gehört, das auch die anderen vernahmen.

Motorengeräusch!

Über ihnen.

Die Geräusche des Motors und Rotors schallten hinunter in das Tal, und schon schwebte ein Hubschrauber über den Höhenrücken.

Er zog einen weiten Kreis über das Tal. Auf einmal verzerrte sich Asmodinas Gesicht. »Das ist kein normaler Hubschrauber!« schrie sie. »Darin sitzt John Sinclair!«

Wild lachte sie auf und streckte ihren rechten Arm aus...

Ja, Asmodina wußte, wer dort anflog. Und Sukos Warnung war wirklich nötig gewesen, denn die Gefahr befand sich bereits auf dem Weg zu uns.

Obwohl die Personen aus der Höhe gesehen klein wirkten, konnten wir doch erkennen, daß sich von Asmodinas ausgestreckter Hand ein Flammenkreis löste, der sich, um die eigene Achse rotierend, sehr schnell der Maschine näherte.

Mir blieb keine andere Wahl, als den Hubschrauber hochzureißen. Das geschah ziemlich abrupt. Dabei legte ich ihn noch auf die Seite, und wir alle wurden ziemlich durchgeschüttelt.

Ich preßte hart die Zähne zusammen, während ich den höher steigenden Flammenring nicht aus den Augen ließ.

Er folgte uns.

Wenn auch in größeren Kurven, aber er machte jede Bewegung mit, die auch die Maschine vollführte.

Das war wirklich gefährlich, denn so hatten wir kaum eine Chance, lebend aus dem Hubschrauber zu kommen.

Ich sah kurz zu Suko hinüber. In seinem Gesicht stand die Ratlosigkeit geschrieben, obwohl er sichtlich hart überlegte, wie man der brenzligen Gefahr ausweichen konnte.

Von der linken Seite her sah ich die Gefahr heranschweben. Sie war schon verdammt nah, zog die Kurve jetzt enger und überholte uns sogar, um frontal anzugreifen.

Da reagierte Kara.

Ich sah es nicht, aber ich bemerkte, daß hinter mir etwas geschah. Die Schöne aus dem Totenreich stand auf. »Bleibt ihr sitzen«, hörte ich ihre Stimme, und sie drängte sich an uns vorbei auf den Ausstieg zu. Dann sahen wir, was sie vorhatte.

Kara riß die Tür auf.

Und das bei dieser Geschwindigkeit. Es war ein Risiko. Sie konnte aus dem Hubschrauber fallen, und ich wollte sie zurückhalten, doch der Fahrtwind riß mir die Wortfetzen vom Mund. Ich bekam auch nicht richtig mit, was Kara tat, denn ich mußte mich auf das Steuern des Hubschraubers konzentrieren. So sah ich es praktisch mehr oder weniger aus den Augenwinkeln oder mußte raten.

Kara stand in der offenen Tür.

Und in der rechten Hand hielt sie das Schwert, das ich Destero abgenommen hatte. Mit der Linken klammerte sie sich am Haltegriff fest. Dabei beugte sie sich noch vor, und der harte Fahrtwind packte ihre Haare und ließ sie flattern.

Ich versuchte, den Hubschrauber möglichst ruhig zu halten, damit Kara nicht das Gleichgewicht verlor und hinausfiel. Sie riskierte eine ganze Menge, aber sie wußte Myxin in Gefahr, und da war ihr kein Risiko zu groß.

Deshalb setzte Kara alles auf eine Karte.

Da war der Flammenkreis heran.

In seiner Geschlossenheit zitterte er hin und her, sprühte an seinen Rändern und war wesentlich größer, als ich angenommen hatte.

Auch Suko hatte es nicht auf seinem Platz gehalten. Er war ebenfalls aufgestanden, hielt sich aber noch zurück und hockte dabei geduckt am Boden.

Und dann war der Kreis da.

Jetzt mußte Kara einfach etwas unternehmen, um unsere und ihre letzte Chance wahrzunehmen. Während unter den Kufen die vom Wind bewegten Gipfel der Nadelbäume hinweghuschten, schlug Kara zu.

Sie beugte sich dabei weit aus dem Einstieg, hielt das Schwert mit der rechten Hand fest umklammert und führte es wie ein alter, kampferprobter Krieger.

Kara traf.

Die Schneide des Schwerts schnitt in den Flammenring hinein. Schwarze Magie gegen Schwarze Magie.

Wer würde stärker sein?

Das Zischen blendete mich für den Bruchteil einer Sekunde. Mir kam es vor, als hätte man tausend Wunderkerzen gleichzeitig angezündet. Die gleißenden Funken umsprühten die Maschine wie ein glühender Regen und spritzten auf das Dach sowie gegen die breite Sichtscheibe, wo sie abprallten und verglühten.

Ich merkte, wie meine Arme zitterten. Kaum konnte ich das Steuer halten, und ich hoffte, daß Kara es schaffen würde. Konnte das Schwert den Flammenkreis zerstören?

Ja, es gelang!

Plötzlich zog sich Kara zurück, und sie rammte den Einstieg auch wieder zu.

Suko klatschte sogar. Als ich nach unten schaute, sah ich die letzten Funken verglühen.

Kara hatte es geschafft!

»Das war es!« hörte ich ihre Stimme.

Vorerst waren wir einer Gefahr entkommen. Wie ich Asmodina allerdings kannte, würde sie nicht so leicht aufgeben. Sie suchte bestimmt nach einer neuen Möglichkeit, um uns hier vom Himmel zu holen und für immer zu vernichten.

Es lag doch auf der Hand. Unter uns befanden sich fast unsere gesamten Feinde, die mit ungeheuer starker Magie angreifen konnten. Wann bekamen sie schon mal die Chance?

Ich hatte den Hubschrauber in eine weite Kurve gelegt und befand mich jetzt ziemlich am Ende des Talkessels. Im nächsten Augenblick hüpften wir förmlich über die Baumwipfel hinweg und waren vorerst den Blicken unserer Feinde entschwunden.

Unsere strapazierten Nerven beruhigten sich wieder ein wenig. Wir atmeten auf.

Kara blieb hinter uns, quasi zwischen den beiden Sitzen, stehen. Ich warf ihr einen schrägen Blick zu.

Ihr Gesicht war hart. Die Züge schienen eingefroren zu sein, während die Augen leuchteten. Sie war bereit zu kämpfen, das sah man ihr auf den ersten Blick an.

Und ich merkte, daß sie auf Vorschläge wartete.

Von Suko kam der erste. »Sollen wir wieder zurück und es noch mal versuchen?«

»Wie denn?«

Die Frage hatte ich gestellt, und Kara gab mir die Antwort. »Sie sind zu stark. Wir können uns nicht auf einen offenen

Kampf einlassen. Wir dürfen Myxin aber auch nicht im Stich lassen«, sagte sie weiter. »Also eine andere Taktik.«

Damit war ich einverstanden. Nur hockten wir hier in dem Hubschrauber und waren relativ unbeweglich, denn durch einen einzigen präzisen Angriff konnte Asmodina uns alle vernichten.

»Landen«, sagte ich.

Die anderen nickten.

Meine nächste Bemerkung zerstörte ihren Optimismus. »Aber wo? Ich sehe keine Chance, das heißt keinen Landeplatz.«

In der Tat war keine freie Fläche zu entdecken, wo wir unseren Hubschrauber hätten aufsetzen können. Nur Hügel und Wald, keine Wiesen oder Felder.

Um einen geeigneten Platz zu finden, hätten wir weit zurückfliegen müssen, um den gleichen Weg zu Fuß zu gehen. Das aber konnten wir in Anbetracht der Dinge nicht riskieren, da sich Myxin in höchster Lebensgefahr befand.

Wir steckten in einer Zwickmühle.

Kara hatte die Lippen zusammengepreßt. Auch sie sorgte sich um den kleinen Magier. Hinzu kam noch, daß sie trotz ihrer besonderen Fähigkeiten ihm nicht helfen konnte, denn Asmodina hatte die magische Barriere errichtet.

Eine Entscheidung jedoch wurde uns abgenommen, denn die Gegenseite handelte.

Asmodina wußte, was sie als Herrscherin den anderen schuldig war. Wollte sie weiterhin die Oberhand behalten, dann mußte sie etwas tun. Und sie griff an.

Nicht sie selbst, sondern die, die auf sie hörten.

Suko entdeckte die Gefahr zuerst!

»Da!« rief er und streckte seinen Arm aus. Der Finger wies durch die große Cockpitscheibe, und wir alle sahen mit Entsetzen, was sich vor uns zusammenbraute.

Aus dieser großen Entfernung sah die Gefahr wie eine drohende Wand aus, die aber sehr schnell näher kam.

Und wir erkannten Einzelheiten.

Die Wand bestand aus zahlreichen Personen. Wesen, Dämonen. Es waren Asmodinas Todesengel.

Sie hatte eine ganze Armee ihrer Helfer zusammengeholt, damit sie uns angriff.

Hatten wir noch eine Chance?

Ich spürte ein dumpfes Gefühl im Magen und schluckte. Verflucht, die waren einfach zu nah. Wenn wir auswichen, würden sie uns unter Garantie bekommen.

So oder so...

Ich sog hart die Luft ein und sah mich um.

Auch von der anderen Seite kamen sie. Die Todesengel kreisten uns jetzt ein.

Asmodina wollte unser Ende, und es sah ganz so aus, als würde sie es auch schaffen...

Gespannt beobachtete die Teufelstochter, wie sich der von ihr ausgesandte Flammenkreis dem Hubschrauber näherte. Der Streit mit Dr. Tod war vergessen. Jetzt hielten sie wieder zusammen, um ihre gemeinsamen Feinde zu vernichten.

Plötzlich wurde die Luke aufgerissen.

Eine Frau erschien.

Mit einem Schwert in der Hand.

Asmodinas Gesicht verzerrte sich. Auf der sonst so glatten Visage spiegelten sich ihre Gefühle wider, denn sie hatte das Schwert erkannt. Es befand sich jetzt im Besitz des Sinclair-Teams, aber es hatte einmal Destero gehört.

Nun wendeten sie die eigenen Waffen gegen Asmodina und deren Vasallen an. Die Teufelstochter wußte, daß dies keine normale Waffe war. Sie war mit Schwarzer Magie geweiht worden und sogar ziemlich stark. Sie konnte sich vorstellen, daß Desteros Schwert stärker war als der Flammenkreis.

Schon schlug die Frau zu.

Und sie schaffte es.

Voller Wut sahen Asmodina und die Mitglieder der Mordliga zu, wie der magische Flammenkreis durch das Schwert zerstört wurde und inmitten eines Funkenregens zerplatzte.

Der Hubschrauber und seine Insassen aber kamen mit dem Leben davon und nahmen Kurs auf das Ende des Tals.

Das alles hatte auch Myxin, der kleine Magier, gesehen. Er steckte nach wie vor in seinem gläsernen Gefängnis und konnte sich nicht rühren. Aber er bekam alles mit, und er konnte die Dialoge hören, die Asmodina mit den anderen führte.

Bis jetzt hatte Myxin noch eine Galgenfrist. Er war jedoch sicher, daß Asmodina ihn in den nächsten Minuten in ihr Reich schleudern würde, um ihn zu vernichten.

Myxin irrte.

Erst einmal hatte Asmodina etwas anderes vor. Sie ging davon aus, daß der kleine Magier ihr nicht weglaufen würde. Er war ja auch kein Gegner mehr, dafür aber das Sinclair-Team.

Das wollte sie haben.

Die Teufelstochter wandte sich an Dr. Tod, der mit geballten Händen dastand.

»Wir müssen sie packen«, knirschte sie, »und ich werde sie kriegen. Du hältst dich zurück, denn ich will dir beweisen, daß ich mehr Macht besitze als du mit deiner Mordliga.«

»Vielleicht.«

»Paß genau auf, Solo Morasso!«

Asmodina griff unter ihren Umhang und holte eine goldene Schlange hervor. Sie war nicht lebendig, zeigte aber genau die Form einer Schlange, die in der Bewegung erstarrt zu sein schien.

Die Schlange war das Sinnbild der Teufelstochter. Sie öffnete ihren Mund, steckte die Schlange hinein, die plötzlich lebendig wurde und in Asmodinas Rachen verschwand.

Im nächsten Augenblick schien die Teufelstochter zu wachsen. Ihre Augen nahmen eine andere Färbung an, sie schillerten grünlich. Dr. Tod fühlte plötzlich den ungeheuren Ansturm der Schwarzen Magie. In seinem Gehirn schien der Teufel los zu sein, er vernahm fremde Gedanken und hörte, wie Asmodina ihre Helfer rief.

Dann verebbte der magische Ansturm.

Die Teufelstochter öffnete ihren Mund und holte die Schlange wieder hervor. Sie hatte als Verbindungsglied zwischen Asmodina und ihren Dienerinnen gedient.

Und die Todesengel hörten den Ruf.

»Sieh da hin«, forderte Asmodina Dr. Tod auf. »Ich will dir meine Macht beweisen.«

Morasso drehte den Kopf.

Wie auch alle anderen sah er die dunkle Wand, die plötzlich

am Himmel stand. Sie bewegte sich und kam sehr schnell näher. Und aus der Wand schälten sich die Gestalten der rothaarigen Todesengel.

»Meine Armee greift an!« flüsterte die Teufelstochter. In wilder Vorfreude rieb sie sich die Hände...

Aus der Wolke fächerten die Todesengel. Wir alle sahen, wie sich ihre dunklen Flügel bewegten und sie Kurs auf unseren Hubschrauber nahmen.

Was blieb uns übrig?

Wir befanden uns in der Luft. Unter uns die Wipfel der Bäume, über uns der Himmel.

Und kein Platz zum Landen!

»Eigentlich können wir uns aussuchen, wie wir sterben wollen«, sagte Suko sarkastisch. »Auch mit meinem Stab kann ich nichts anfangen. Wenn ich die Zeit anhalte, sind wir trotzdem nicht gerettet.«

Da hatte er ein wahres Wort gesprochen.

Aber ich wollte nicht aufgeben. »Ich lande!« sagte ich hart.

»Wo denn?«

»Zwischen den Bäumen!«

»Na ja«, meinte Suko nur und schnallte sich wieder an.

»Tu es«, sagte Kara. »Unsere einzige Chance!«

Wir durften keine Sekunde mehr verlieren, denn die Todesengel waren schon verdammt nahe. Sie flogen in geschlossener Front, einige lösten sich auch und glitten voran.

Ich hatte es aufgegeben, sie zu zählen, das brachte nur Depressionen. Deshalb konzentrierte ich mich voll und ganz auf die gefährliche Bruchlandung.

Ich ging so weit mit der Fluggeschwindigkeit herunter, daß der Hubschrauber in der Luft stand. Der Rotorwind bog bereits die Wipfel der Nadelbäume durch, so dicht befanden wir uns über den Bäumen.

Jetzt wurde es kritisch.

»Runter!« schrie Suko.

»Okay!«

Ich setzte alles auf eine Karte und ließ den Hubschrauber

absacken. Ich hatte nur eine unheimliche Angst davor, daß die Maschine in Flammen aufgehen würde.

Schon drückten die Kufen die ersten Zweige nieder. Andere waren sperrig und richteten sich auf, wobei sie gegen den Unterbau des Hubschraubers schlugen.

Dann kratzten die ersten an der Außenwand entlang, schlugen gegen die Scheibe, und wir sackten immer tiefer. Wild drehte der Rotor, der die Blätter peitschte, Baumspitzen kaputthieb, die als Fetzen durch die Gegend flogen.

Ich hielt krampfhaft das Steuer fest.

Auf dem Copilotensitz hockte Suko. Sein Gesicht war verkantet, die Lippen bildeten einen Strich, die Augen waren noch schmaler, seine Nasenflügel vibrierten. Er wartete ebenso auf den dumpfen Fall und die Bruchlandung wie Kara hinter uns, die sich zusammengekrümmt auf den Boden des Hubschraubers gelegt hatte und dabei den Schwertgriff nicht losließ.

Wild schlugen die scharfen Rotorblätter um sich und wirkten dabei wie Sägen.

Sie hieben Bäume entzwei, um uns herum war ein Gewirr von fallenden Zweigen, abgesägten Ästen und ...

Ich schaltete den Motor aus.

Irgendwo hörte ich ein Knacken. Wahrscheinlich waren die Rotorblätter gebrochen, aber das machte nichts, denn jetzt kam der Fall.

Die Maschine sackte die letzten Yards nach unten.

Krachen, Bersten, das Aufstöhnen des Metalls. Bäume kippten, der Hubschrauber hieb eine Schneise in den dichten Wald, senste den Baumbestand einfach um, und wir wurden wie Puppen durcheinandergeschleudert.

Ich kam mir dabei vor wie ein künstlicher Mensch bei einem Crashtest, nur mit dem einen Unterschied, daß ich lebte und die Puppen nicht.

Ich betete, daß das Metall hielt, daß der Tank nicht explodierte und wir in einer rasenden Flammenhölle das Leben verloren.

Dann kam der Aufschlag.

Er schüttelte uns durch. Ich wurde nach vorn katapultiert, der Gurt hielt zum Glück, und auch Suko erging es nicht anders. Ich hörte Karas Schrei und einen dumpfen Aufschlag. Die Angst um das Mädchen packte mich.

Glas bekam Sprünge, ein Baum kippte auf die Maschine, deren Kufen brachen, und dann legte sich der schwere Hubschrauber ganz langsam nach links.

Man konnte das Gefühl haben, in einem schwerkranken Monstrum zu hocken, so sehr ächzte und stöhnte die Maschine, und mir schien es, als würde sie ihr Leben langsam aushauchen.

Dann lag sie still.

Still und schräg.

Und wir lebten, hatten den Flug und die Landung tatsächlich überstanden.

Ich atmete auf.

»Suko?«

»Ich bin okay.«

Es war seltsam still um uns herum. Ich horchte auf gluckernde Geräusche, die entstanden, wenn Benzin auslief, doch das war nicht der Fall, der Tank hatte gehalten.

Suko klickte seinen Gurt los, aber mir lief es kalt den Rücken hinunter.

Ich hatte nichts von Kara gehört.

War sie verletzt?

Auch ich löste meinen Gurt und rollte mich aus dem Sitz. Ja, rollte, denn von Aufstehen konnte man bei dieser schrägen Lage der Maschine wirklich nicht sprechen.

An der Rückenlehne hielt ich mich fest, damit ich nicht kippte, kämpfte mich förmlich um den Sitz herum und sah Kara.

Sie lag noch immer am Boden.

Reglos ...

Ein heißer Schreck durchschoß mich, mein Herz trommelte schneller, ich bückte mich und sah das Blutrinnsal an ihrem Kopf, das seinen Ursprung an der Stirn hatte und von dort einen roten Streifen produzierte, der an der Wange entlanglief und erst in der Nähe des Mundwinkels aufhörte.

Der Sitz stützte mich seitlich, als ich in die Knie ging und Kara untersuchte.

Ihr Puls schlug.

Ich atmete auf. Demnach war die Schöne aus dem Totenreich nur bewußtlos.

Aber damit war auch eine Kämpferin ausgefallen. Sogar eine sehr gute, denn wir hatten feststellen können, wie hart sie war und wie sie sich der Magie entgegengestemmt hatte.

Keiner von uns wußte, wie schwer es sie erwischt hatte, und Kara wurde für uns ein Problem, denn wir mußten nicht nur gegen die Todesengel kämpfen, sondern auch auf sie achtgeben.

Suko war an der Tür. Verzweifelt versuchte er, den Ausstieg zu öffnen. Er warf sich ein paarmal mit seinem Körpergewicht dagegen, so gut es die Lage erlaubte, aber es klappte nicht.

Der Ausstieg war und blieb verklemmt!

Kein Durchkommen.

»Wir schaffen es so nicht!« rief der Chinese. »Was ist mit Kara?«

»Bewußtlos.«

»Verdammt.«

Neben Kara lag das Schwert. Auf keinen Fall durften wir es vergessen. Der Griff befand sich in meiner Nähe. Ich wollte ihn schon umfassen, als Suko sagte: »Sie kommen!«

Ich zuckte hoch und blickte durch die mit einem Spinnennetz überzogene, aber noch heil gebliebene Scheibe der Pilotenkanzel.

Verschwommen sah ich die Dienerinnen der Teufelstochter.

Sie drangen durch den dichten Nadelwald. Die meisten von ihnen gingen über den Boden, weil sie einfach nicht den Platz hatten, um ihre Flügel auszubreiten, andere schwebten über den Spitzen der Bäume. Es würde nicht mehr lange dauern, dann hatten sie die abgestürzte Maschine erreicht.

Sie zwangen uns zum Handeln. Nie hätte ich gedacht, daß Asmodina einmal so direkt auf der Erde in den Kampf eingreifen würde. Sie mußte wirklich einen ungeheuren Haß auf uns haben, oder sie wollte Dr. Tod ihre Macht demonstrieren.

Suko warf mir einen schnellen Blick zu. »Sollen wir raus, John?«

Ich überlegte. Klar, wir konnten den Hubschrauber verlassen und versuchen, uns draußen durchzuschlagen, aber da gab es ein großes Hindernis.

Kara!

Solange sie noch bewußtlos war, konnten wir es nicht riskieren.

Das sagte ich auch Suko.

Der Chinese teilte meine Bedenken. »Dann verteidigen wir uns also hier«, sagte er, kroch zu mir und nahm das Schwert. »Du erlaubst es doch – oder?«

»Sicher.« Ich hockte am Boden und tätschelte die Wangen der Bewußtlosen. Kara sollte so schnell wie möglich wieder aus diesem Zustand erwachen, damit sie uns unterstützen konnte.

Eine Mischung aus Klirren, Splittern und Kratzen ließ mich herumzucken.

Suko war dabei, die Scheibe einzuschlagen. Er hieb mit dem Schwert zu und fetzte die Stücke aus dem Rahmen, die nach draußen fielen und dort liegenblieben.

Wir hatten freie Sicht.

Sie waren schon verdammt nahe – und sie waren wieder bewaffnet. Wir kannten das Spiel ja. Diese Todesengel schossen zwar nicht mit modernen Pistolen oder Gewehren, dafür verstanden sie es ausgezeichnet, mit Pfeil und Bogen umzugehen.

Ich schluckte.

Da lagen wir wie auf dem Präsentierteller. Die Pfeile würden wie ein mörderischer Hagel über uns kommen.

Ich warnte Suko. »Bleib unten!«

»Okay, okay.« Der Chinese duckte sich. »Die Biester haben sich verkrochen!« schimpfte er.

»Paßt mir überhaupt nicht, daß wir hier Indianer und Trapper spielen sollen!« zischte ich und nahm mein Schwert entgegen, das Suko mir zurückreichte.

Ich hielt es in der linken Hand, in der rechten hatte ich die Beretta. Und mit der schoß ich.

Urplötzlich war dieser rothaarige Todesengel aufgetaucht. Ich sah ihn zwischen zwei Bäumen, er legte soeben einen Pfeil auf die Sehne. Das Silbergeschoß erwischte ihn dicht oberhalb der waagerechten Bogensehne.

Ich sah, wie das Monster zusammenzuckte, wild um sich schlug und dann zusammenbrach.

Aber dieser Schuß war auch ein Zeichen für die anderen. Urplötzlich wischten die Pfeile heran. Lautlose Todesboten, erst im letzten Moment zu hören, wenn das gefährliche Sirren erklang.

Es waren keine normalen Pfeile, sondern feurige Stäbe, an

deren Spitzen kleine Flammen flackerten. Wenn sie in ihre Ziele hieben, verlöschten die Flammen sofort, aber sie hinterließen dicke, faustgroße Spuren.

Jetzt kamen sie blitzschnell hintereinander. Suko warf sich zu Boden. Die glühenden Pfeile fauchten in den Hubschrauber und wuchteten in die Sitze.

Ich hatte hinter der Rückenlehne des Pilotensitzes Deckung gefunden und hörte die Schläge vor mir. Es stank nach angesengtem Leder, und ich bekam Angst, wenn ich daran dachte, daß der verdammte Hubschrauber in Flammen aufgehen konnte.

Wenn doch Kara wenigstens zu sich kommen würde, dann konnten wir einen Ausbruch versuchen. Ich hatte das Mädchen aus dem Totenreich ziemlich nahe an mich herangezogen und deckte sie so ab.

Suko lag schräg vor mir.

Und wieder fiel der Hagel über uns her. Diesmal erwischte mich ein Pfeil. Es war ein Abpraller, und er landete schräg auf meiner Schulter, rollte dann herunter, aber das Zeug hatte ein Loch in meine Kleidung gebrannt, und auf der Haut verspürte ich einen schmerzhaften Stich.

Auch Suko schimpfte jetzt, weil ihm ein Pfeil fast ein Ohr wegrasiert hätte.

»Lange können wir hier nicht mehr bleiben«, knurrte er.

Die Bestätigung erhielten wir bald. Schon einen Atemzug später riß etwas über uns.

Das Dach!

Ich drehte mich und sah nach oben.

Dort mußten die Todesengel hocken. Eine Metallschiene an der Seite wurde aufgebogen, und ich konnte durch den Spalt schauen.

Aber auch schießen.

Die Kugel traf genau.

Asmodinas Dienerin wurde vom Hubschrauberdach heruntergefegt. Ihr klagender Schrei erreichte noch meine Ohren, dann verwehte er. Nur gut, daß sie unseren geweihten Silberkugeln nichts entgegenzusetzen hatten.

Dann regte sich Kara.

Sie schlug die Augen auf und wollte sich hochstemmen, doch ich drückte sie sofort wieder zurück.

»Nicht jetzt!«

»Was ist geschehen?«

»Die Todesengel haben uns eingekreist.«

Sie erwiderte nichts, aber in ihren Augen las ich die große Sorge. Und die teilte ich.

»Kommen wir raus?« flüsterte sie.

»Ich hoffe. Wir mußten warten, bis du aus deiner Bewußtlosigkeit erwachst.«

»Dann bin ich schuld.«

»Unsinn.« Während der Worte hatte ich nie das aufgerissene Dach aus dem Auge gelassen, aber dort tat sich nichts. Die Todesengel hielten sich zurück. Sie schossen auch nicht mehr weiter. Ich war sicher, daß sie eine andere Teufelei ausheckten.

Wenn ich daran dachte, daß auch noch der größte Teil der Mordliga im Hintergrund lauerte, dann konnte ich schon Depressionen kriegen. Wir saßen wirklich in der Klemme.

Draußen war alles ruhig. Suko richtete sich ein wenig auf und riskierte einen Blick durch die Scheibe.

»Was ist?« rief ich zischend.

»Nichts zu sehen.« Er wiegte die Dämonenpeitsche in der Hand. »Sie haben sich in Deckung begeben.«

»Trotzdem müssen wir raus, bevor sie einen neuen Angriffsplan ausgeheckt haben.«

»Klar. Aber wie?«

»Versuche du es zuerst, ich gebe dir Feuerschutz.«

»Und ich gehe mit«, sagte Kara. »Gib mir das Schwert. Ich kann damit umgehen.«

Ja, das konnte sie. Kara stammte aus Atlantis. Dort hatte man noch mit Schwertern gekämpft. So reichte ich ihr die Waffe, die einmal Destero gehört hatte.

Kara wischte sich das Blut aus der Stirn und bewegte sich schlangengleich an mir vorbei. Neben Suko blieb sie liegen. »Gibt es nur die eine Möglichkeit?«

Suko nickte.

Ich wollte noch etwas hinzufügen, doch die Worte blieben mir im Halse stecken. Wie Kara und Suko hatte auch ich das Krachen und Bersten gehört, das plötzlich den Wald um uns herum erfüllte. Man konnte das Gefühl haben, ein gewaltiger Bulldozer würde sich eine Bresche schlagen.

»Kannst du was sehen?« rief ich Suko zu.

Er richtete sich auf. »Kaum, aber da ist was im Busch, John. Jetzt wird's gefährlich.«

Sukos Stimme klang ruhig, aber auch er wußte, daß Asmodina zu einem neuen Trick gegriffen hatte.

Und den bekamen wir bald zu spüren.

Der Hubschrauber erhielt von der rechten Seite her einen gewaltigen Schlag, der uns weiter zur Seite trieb. Wir fanden keinen Halt und knallten gegen die Innenverkleidung, während Kara auf mich fiel und mich noch fast mit dem Schwert verletzte.

Durch die zerbrochene Cockpitscheibe hatte ich einen guten Blick nach draußen, und ich glaubte, meinen Augen nicht trauen zu dürfen.

Aber das Bild blieb.

Was da durch den Wald walzte, hatte uns schon mal an den Rand der Verzweiflung getrieben, weil wir gegen das Riesenvieh nichts ausrichten konnten.

Es war Apep – die Höllenschlange!

»Das darf doch nicht wahr sein«, hörte ich Sukos Stimme. Auch er erinnerte sich noch deutlich an das Abenteuer in unserm Hochhaus, als Shao ihren Geburtstag feiern wollte. Urplötzlich waren die Schlangen aufgetaucht, und zum Schluß sogar Asmodina selbst in Gestalt dieser Riesenschlange, die uns auf dem Dach des Hochhauses hatte fressen wollen. Damals hatten wir einen Helfer. Garuda, den Adler und Todfeind der Höllenschlange.

Doch hier standen wir allein.

Von Garuda war weit und breit keine Spur zu sehen.

Mir lief es heiß und kalt den Rücken hinunter, denn Asmodina persönlich hatte in den Kampf eingegriffen. Sie war Apep, sie war die Schlange, denn in dieser Gestalt griff sie an.

Es erübrigt sich, die Ausmaße der Schlange zu beschreiben. Nur soviel sei gesagt – sie waren riesig.

Ein Höllenbiest, wie man es sich kaum vorstellen konnte, groß wie ein Hochhaus, und sie knickte die Bäume, als wären es einfache Streichhölzer.

Ich blickte an Sukos Schulter vorbei und sah die Schlange. Sie befand sich vor uns und hatte sich aufgerichtet. Eine Bewegung mit dem Kopf, wieder wurden mehrere Bäume geknickt.

Dann öffnete sie ihr Maul!

Ich bekam Angst, als ich in den gewaltigen Schlund schaute. Er kam mir vor wie der Eingang zur Hölle, und aus dem Schlund schlug, einer riesigen Peitsche ähnlich, die gespaltene Zunge.

Ein Schlag damit reichte...

Für uns kam es jetzt auf jede Sekunde an, denn dieses gewaltige Biest konnte mit einem Schlag unseren Hubschrauber zerschmettern und uns unter dem Metall begraben.

Wir würden keine Überlebenschance haben.

Suko versuchte es zuerst. Er schnellte hoch und kletterte wieselflink durch das zerstörte Cockpitfenster. Dabei rollte er sich zusammen, bot so gut wie kein Ziel und war draußen.

Ich sah die Pfeile. Schräg zischten sie heran, denn die Todesengel hatten sehr wohl bemerkt, was sich da tat.

Kara und ich waren gleichzeitig dort, wo Suko noch vor wenigen Sekunden gelegen hatte.

»Jetzt du«, sagte ich zu Kara. »Ich decke dir den Rücken.«

Das Mädchen aus Atlantis hob sein Bein, und ein Spreizschritt brachte es aus der Öffnung.

Gut, daß ich aufpaßte.

Zwei Todesengel erschienen aus ihren Deckungen und legten auf Kara an.

Ich dachte nicht mehr an die Schlange und damit auch nicht an die Gefahr, in der wir schwebten.

Ich schoß.

Zweimal blitzte es fahl vor der Berettamündung auf, und beide Kugeln saßen im Ziel.

Eine Bestie fiel sofort zu Boden. Die andere versuchte hochzuschweben, konnte aber nur noch die Flügel ausbreiten, dann verging auch sie.

»Ich bin in Ordnung, John!« vernahm ich Karas Stimme und war einigermaßen beruhigt.

Im nächsten Augenblick zischten mehrere Pfeile dicht an der zerbrochenen Scheibe des Hubschraubers vorbei. Ich wandte den Kopf nach rechts, verfolgte ihren Weg und sah, daß sie in den gewaltigen Schlangenleib hieben.

Sie fielen nicht ab, sondern blieben stecken, aber es waren nur Nadelstiche.

Doch wer hatte geschossen?

»John, los!« hörte ich Sukos Stimme. Da wußte ich, daß er es gewesen war. Mich hielt nichts mehr. Auch ich machte einen großen Schritt, klemmte mir die Beretta zwischen die Zähne, damit ich freie Hand hatte, und ließ mich fallen.

Ich landete weich, kam sofort wieder hoch und rannte geduckt und mit eingezogenem Kopf weiter in den Wald hinein. Zwei glühende Grüße wischten an mir vorbei. Ich ließ mich fallen, rollte um die eigene Achse und hörte das Krachen.

Es war nicht nur ein Krachen und Splittern, sondern auch ein höllisches Kreischen und Ächzen.

Der Hubschrauber wurde buchstäblich zermalmt.

Apep hatte zugeschlagen.

Mir wurde ganz anders. Hätte ich noch gezögert, dann hätten mich das verbogene Metall begraben und der wuchtige Schlangenkörper zerschmettert.

Ich riskierte einen schnellen Blick zurück. Die Schlange hatte sich jetzt aufgerichtet, ihr Körper schwang wild hin und her, und wieder zerschlug sie einige Bäume. Sie fielen auf die Trümmer.

Rechts von mir hetzte Kara heran. Fest hielt sie das Schwert umklammert. Sie winkte mir zu. Ich verstand die Geste.

Sie hieß: weg von hier!

Auch ich rannte los. Jetzt hatte ich die Beretta wieder schußbereit in der Rechten. Ich suchte Suko und sah ihn, wie er mit drei Todesengeln kämpfte.

Die vier standen auf einer kleinen Lichtung. Der Chinese war arg in Bedrängnis geraten, hatte den erbeuteten Bogen fallen lassen. Eine Dienerin hatte sich von hinten an seine Beine gehängt und brachte Suko aus dem Gleichgewicht, so daß er nicht genau zuschlagen konnte.

Ich wollte schon schießen, doch Kara war näher am Schauplatz des Geschehens.

Zum ersten Mal sah ich, wie sie mit dem Schwert umgehen konnte. Sie führte es wie ein alter Kämpfer, schlug rechts und links, und selbst ich hörte die Schreie, die die sterbenden Todesengel ausstießen, als sie zu Boden sanken.

Dann war ich da.

Suko blickte wich wild um und nickte mir zu. »Ist gerade noch mal gutgegangen«, sagte er.

»Und jetzt?«

»Weg«, erwiderte der Chinese. Er stürmte schon los, denn das bekannte Brechen der Äste bewies uns, daß Apep bereits die Verfolgung aufgenommen hatte.

Sie wollte uns zermalmen!

Wir hetzten tiefer in den Wald hinein.

Dabei schlugen wir automatisch den Weg ins Tal ein, denn Myxin befand sich nach wie vor in der Gewalt der Teufelstochter. Trotz der Gefahr, in der wir steckten, wollten wir ihn auf keinen Fall im Stich lassen, auch wenn Dr. Tod und die Mordliga dort auf uns lauerten.

Alle drei konnten wir uns schon auf eine erbarmungslose Auseinandersetzung gefaßt machen.

In den vergangenen Tagen hatte es ein paarmal geregnet. Entsprechend war auch der Boden. Glitschig, schlammig, feucht und an einigen Stellen sehr naß.

Wir mußten den schrägen Hang hinunter, was beileibe kein Spaziergang war, denn wir konnten uns nur von Baum zu Baum hangeln und uns dort immer wieder abstützen.

Die Nadeln der Fichten schnitten unangenehm in die Haut unserer Hände, und die Verfolger blieben uns auf den Fersen.

Plötzlich huschten zwei Pfeile heran. Sie waren auf Kara gezielt, die in die entgegengesetzte Richtung blickte. Ein rascher Griff, und ich zog sie in Deckung.

Die tödlichen Grüße wischten vorbei. Erschreckt schaute mich Kara an.

Ich grinste verzerrt. »Aufpassen.« Gern hätte ich die Todesengel erledigt, aber sie waren zu schnell wieder verschwunden.

Und dann bekamen wir Stoff von oben. Wir hörten das Splittern und Bersten, rissen die Köpfe hoch und sahen, wie die Höllenschlange in einem wahren Anfall von Wut ein Dutzend Bäume auf einmal aus dem festverankerten Wurzelwerk riß. Mit großer Wucht wurden sie nach unten geschleudert, stürzten, überschlugen sich und bogen andere Bäume, die ihnen Widerstand entgegensetzten, einfach um. Sie wurden geknickt, hielten die stürzenden Bäume zwar nicht auf, aber sie verlangsamten ihren Fall.

Ich war der letzte. Vor mir floh Kara, während Suko den Anfang machte.

»Schneller!« peitschte ich meine beiden Partner voran. Wir nahmen auch keine Rücksicht mehr auf den feuchten Boden, sondern sprangen vor, rutschten aus, überschlugen uns und kugelten so den Hang hinunter. Krampfhaft hielten wir unsere Waffen fest, denn sie waren so etwas wie eine Lebensversicherung.

Apep räumte auf.

Wir konnten gar nicht so schnell rennen, denn die Höllenschlange warf die Bäume um, als wären sie nur Kegelfiguren.

Dann erwischte es uns.

Zuerst bekam ich den Schlag ins Kreuz. Ich hatte mich zwar kurz zuvor noch umgesehen und die Gefahr auch erkannt, aber völlig ausweichen konnte ich nicht.

Es hob mich vom Boden ab. Wie ein Blatt Papier wurde ich davongeschleudert und sah noch, daß auch Suko und Kara getroffen wurden. Ein anderer Baum überrollte sie förmlich von hinten. Sie verloren ebenfalls das Gleichgewicht und verschwanden rechts von mir.

Jetzt waren wir getrennt.

Ich lag unter den Zweigen, kämpfte gegen die Schmerzen im Rücken, aber es war wenigstens nichts gebrochen. Nur beim Luftholen spürte ich ein Ziehen in den Rippen.

Auf allen vieren krabbelte ich unter den Zweigen hinweg, kümmerte mich nicht darum, ob sie mir ins Gesicht schlugen oder nicht. Ich wollte nur weg, bevor mich die Höllenschlange mit ihrem ungeheuren Gewicht zermalmte.

Andere Bäume waren über mich hinweggeflogen, hatten mich praktisch überholt und weiter unten Breschen geschlagen. Sie waren auch dort zur Ruhe gekommen, lagen kreuz und quer und bildeten dabei ein verwirrendes Muster.

Irgendwie gelangte ich auf die Füße. Ich keuchte, spie Dreck aus und ächzte.

Aber ich lief weiter.

Bis die Todesengel auftauchten.

Diesmal kamen sie aus der Luft. Ich spürte die Gefahr, sah sie aus den Augenwinkeln heranwischen, und dann flog etwas Glühendes durch die Luft.

Pfeile!

Mit einem zirkusreifen Sprung, in den ich noch einmal alle Kraft legte, rettete ich mich aus dem unmittelbaren Gefahrenbereich und prallte dafür mit vollem Gewicht gegen einen Baum. Fast wären mir die Zweige noch in die Augen geschlagen, wenn ich sie nicht im letzten Augenblick geschlossen hätte.

Diese eine Sekunde der Unaufmerksamkeit reichte meinen Gegnern. Plötzlich spürte ich kalte Todesklauen an den Knöcheln, ein Ruck. Ich versuchte, mich am Stamm festzuhalten, doch es half nichts. Ich wurde zu Boden geschleudert.

Zweige schrammten über meine Stirn. Sie waren verflucht hart und rissen mir die Haut auf. Ich achtete nicht auf das Blut, wälzte mich herum und sah die vier Todesengel vor mir.

Sie standen in einer Reihe und hatten Pfeile auf ihre Bogen gelegt. Dabei zielten sie auf mich.

Mein Herzschlag beschleunigte sich. Jeden Augenblick konnten sie schießen, ich würde ihnen nie entgehen.

Doch sie zögerten.

Und das nicht ohne Grund.

Denn vom Tal her stampfte eine Gestalt durch den Wald und schlug sich mit seinem in der Hölle geschmiedeten Schwert den Weg zu mir frei.

Es war Tokata!

Die Gewalt des fallenden Baumes erwischte auch Kara und den Chinesen. Beide wurden nach vorn katapultiert, verloren den Boden unter ihren Füßen und fielen.

Sich mehrmals überschlagend, rutschten sie über feuchtes Laub, und erst dicht wachsendes Unterholz hielt sie auf.

Suko hörte Kara schluchzen.

»Bist du okay?« fragte er.

»Ja.«

»Dann weiter.«

Sie wühlten sich aus dem Unterholz hervor und suchten weiterhin den Weg ins Tal.

Dann hatten sie Pech.

Vor ihnen fiel das Gelände plötzlich steil ab. Sie sahen es zu spät. Während sich Suko noch fangen konnte, rutschte Kara den steil abfallenden Hang hinab. Sie landete in einer kleinen Mulde, die zum Glück mit Laub gefüllt war und ihren Aufprall dämpfte. Sie war sofort wieder auf den Füßen.

»Spring!« rief sie dem Chinesen zu.

Suko schüttelte den Kopf. »Nein, lauf du weiter zu Myxin. Ich muß hierbleiben.«

»Und warum?«

»Weil ich nicht weiß, was mit John Sinclair geschehen ist.«

»Wieso? Wo ist er denn?«

»Ich habe nur gesehen, wie der Baum ihn unter sich begraben hat. Mehr nicht...«

Kara nickte. »Ich verstehe dich, Suko. Versuche es. Ich laufe ins Tal. Wir müssen eben alles riskieren.«

Da hatte sie ein wahres Wort gesprochen. »Viel Glück«, sagte der Chinese. Er konnte nicht vermeiden, daß seine Stimme dabei rauh klang und kratzte.

Dann verschwand er.

Suko mußte den Weg wieder hoch. Er blickte nach oben, suchte die gefährlichen Gegnerinnen, sah sie aber nicht.

Dafür verdunkelte Apeps Schatten den Raum zwischen den dichtstehenden Nadelbäumen.

Die Höllenschlange lag auf der Lauer. Sie räumte nicht mehr weiter ab, und Suko sinnierte über den Grund nach.

Er ging weiter.

Genau drei Schritte ließen sie ihn kommen. Dann griffen sie an. Es waren vier Todesengel, die auf ihn gelauert hatten und ihn auch erwischt hätten, wäre eine Bestie nicht so vorwitzig gewesen und hätte sich hinter einem Baumstamm zu weit vorgewagt.

Suko sah einen Teil ihrer Schulter und auch das rote Haar. Der Todesengel hatte bereits auf ihn angelegt.

Blitzschnell warf sich der Chinese zu Boden. Diese Bewegung rettete ihn auch vor dem zweiten Pfeil, der hinter ihm abgeschossen worden war und als glühender Gruß jetzt über seinen Rücken hinwegzischte.

Sofort rollte sich Suko herum.

Die Dämonenpeitsche in der linken, die Beretta in der rechten Hand und auf dem Rücken liegend, so stellte er sich zum Kampf.

Suko feuerte.

Die Kugeln waren schneller als die verdammten Pfeile, und zwei Todesengel sanken getroffen zu Boden, wo sie vergingen.

Die beiden anderen schossen ihre Pfeile ab.

Diesmal war Suko nicht schnell genug. Der erste Pfeil verfehlte ihn, der zweite aber hieb in seinen Oberarm.

Suko stöhnte auf.

Selten in seinem Leben hatte er einen solch brennenden Schmerz verspürt. Er hatte das Gefühl, sein Arm würde abfallen. Er konnte sich nicht mehr bewegen und sah plötzlich kleine Flämmchen über seine Kleidung zucken.

Der Todesengel griff gedankenschnell über seine Schulter und holte einen neuen Pfeil hervor, während sein Artgenosse das gleiche tat.

Für Suko ging es um das nackte Leben. Er ließ die Dämonenpeitsche fallen und holte mit der gesunden Hand seinen von Buddha ererbten Stab hervor.

Ehe die beiden tödlichen Grüße auf die Reise geschickt werden konnten, rief Suko das Wort.

»Topar!«

Die Magie funktionierte. Auf der Stelle erstarrten die beiden Mörderinnen.

Suko aber handelte.

Fünf Sekunden blieben ihm. Und er riskierte ein Experiment. Er wußte, daß der Stab mit einer starken Weißen Magie aufgeladen war. Wie stark jedoch, war nicht bekannt.

Das wollte er jetzt herausfinden.

Er strich einmal mit dem Stab über seine Wunde an der Schulter. Das kleine Wunder geschah.

Die Wunde schloß sich wieder, als wäre sie nie vorhanden gewesen. Sofort spürte der Chinese die Kraft, die seinen wie abgestorbenen Arm wieder durchströmte.

Er hatte freie Bahn.

Suko nahm die Dämonenpeitsche auf und huschte zur Seite. Genau zum richtigen Zeitpunkt, denn die fünf Sekunden waren abgelaufen. In die Todesengel geriet Bewegung.

Zwei glühende Pfeile zischten von den Sehnen. Und sie bohrten sich dorthin, wo Suko eben noch gelegen hatte, jetzt aber nicht mehr war. Den Kreis hatte er schon längst geschlagen, so daß er die Peitsche gut einsetzen konnte.

Und er schlug zu.

Die drei Riemen pfiffen dem am nächsten stehenden Todesengel um die Ohren. Sie rissen das Gesicht auf, und aus den Spalten rieselte grauer Staub zu Boden.

Mit einem gewaltigen Sprung war der Chinese bei der zweiten Teufelsdienerin.

Auch hier schlug er zu.

Sie wollte noch fliehen, doch Suko ließ sie dazu nicht kommen. Die Riemen klatschten in ihren Rücken. Fast hob der Treffer den weiblichen Höllenboten hoch. Der Todesengel brach zusammen und wurde zu Staub.

Suko atmete auf.

Er drehte sich im Kreis, suchte nach den anderen Gegnerinnen. Da war nichts zu sehen.

Allerdings hatte sich doch etwas verändert.

Als Suko nämlich seinen Blick in die Höhe warf, sah er die Riesenschlange nicht mehr.

Sie war verschwunden!

Wieso? Aus welchem Grund? Hatte das vielleicht etwas mit John Sinclair zu tun?

Dem Chinesen schwante Schreckliches...

Die Todesengel machten Platz. Sie traten zwar zur Seite, aber so geschickt, daß die Spitzen der Feuerpfeile nach wie vor auf meinen Körper zielten.

Tokata kam heran.

Ausgerechnet er. Einer meiner schlimmsten Feinde, denn er

würde mir nicht verzeihen, daß es mein Bumerang gewesen war, der ihm seinen linken Arm abgeschlagen hatte.

Furchtbar wollte er sich rächen. Ich sollte unter seinen Schwerthieben sterben, buchstäblich zerschlagen werden, das hatte er mir angedroht, und es sah ganz so aus, als würde er gleich dieses Vorhaben in die Tat umsetzen.

Diesmal würde ich wohl nicht soviel Glück haben wie bei Destero, als es Suko gelungen war, die Zeit anzuhalten und ich Destero das Schwert aus den Fäusten winden konnte.

Verändert hatte sich der Samurai des Satans nicht. Er sah aus wie immer. Er trug seinen Brustpanzer und auch weiterhin seinen Gesichtsschutz, damit niemand seine grauenhafte Visage zu sehen bekam. Wenn man genau hinschaute, schimmerte es heller durch die Maske. Das waren seine bleichen Knochen, die durch die Hautreste lugten.

Einen Schritt vor mir blieb er stehen.

Ich spürte noch immer den Baumstamm im Rücken und hockte auf dem Boden. Tokata hatte ich nichts entgegenzusetzen, trotz meiner Bewaffnung, aber an die kam ich nicht heran.

Die Beretta steckte im Holster. Ich hatte sie verschwinden lassen müssen, weil ich beide Hände benötigte. Jetzt fehlte sie mir natürlich, aber mit den geweihten Silbergeschossen hätte ich sowieso nichts gegen Tokata ausgerichtet.

Das Schwert hatte Kara, blieb noch mein Kreuz. Und das steckte unter dem Hemd. Bis ich nur mit den Fingerspitzen drankam, hatte mich Tokata zweigeteilt.

Ich wußte nicht, warum die Todesengel plötzlich auf Tokatas Seite standen. Vielleicht wollten sie ihm den Triumph überlassen, mich zu töten.

Und wo steckte Apep?

Ich schielte zur Seite und hätte sie eigentlich sehen müssen, aber da war nichts mehr. Die Riesenschlange hatte sich zurückgezogen oder wieder verwandelt.

Mir war bekannt, daß Asmodina die Gestalt der Schlange annehmen konnte. Schon seit altersher war die Schlange als Sinnbild der Falschheit verflucht worden.

Fast körperlich spürte ich den Haß, den der Samurai des Satans ausströmte. Mit einer kurzen Bewegung schlug er einige

Zweige zur Seite, die ihn gestört hatten, dann hob er das Schwert über seinen Kopf.

Fasziniert und ängstlich zugleich starrte ich auf die Klinge. Sie war nicht einmal breit, aber ungeheuer geschmeidig und biegsam. Er hielt sie mit der rechten Hand umklammert, der Stumpf an seiner linken Schulter zitterte.

Tokata bebte vor Triumph!

Würde er zuschlagen?

Schweiß trat mir auf die Stirn. Ich kannte das Schauspiel. Auch Destero hatte schon mal so vor mir gestanden, aber da war Suko gewesen, der mich hatte retten können.

Hier befand ich mich allein auf weiter Flur.

Und die Todesengel, ebenfalls meine Feinde, würden sich einen Teufel darum scheren, ob ich starb oder nicht. Schließlich wollten auch sie mein Ende.

Ich merkte, wie das Blut schneller durch meine Adern strömte. Das machte mir Angst.

Ich konnte die Ungewißheit nicht mehr ertragen, schaute Tokata an, dessen Bild vor meinen Augen verwischte, weil der Schweiß einen Film über meine Pupillen gelegt hatte.

»Schlag zu!« schrie ich.

»Nein, laß es!«

Die peitschende Stimme ließ uns in der Bewegung verharren. Sie war dort aufgeklungen, wo wir hergekommen waren und Apep gelauert hatte.

Doch nicht Apep kam, sondern eine andere.

Asmodina!

Kara hatte Glück.

Sie lief den Hang weiter hinab und wurde nicht angegriffen. Das Gelände war jetzt wieder flacher, zwischen den Bäumen gab es mehr Raum, und Kara merkte, daß sie sich ihrem eigentlichen Ziel, dem schmalen Tal, näherte.

Wenn Hindernisse ihr den Weg versperrten, räumte sie diese mit einigen Schwerthieben zur Seite.

Dabei vergaß sie nie die Vorsicht, obwohl sie es kaum erwarten konnte, in Myxins Nähe zu gelangen. Des öfteren blieb sie stehen und schaute sich suchend um.

Nichts zu sehen.

Die Todesengel mußten sich woanders aufhalten. Kara wurde nicht von ihnen angegriffen.

Natürlich hatte sie große Angst um Myxin. Sie hoffte nur, ihn lebend vorzufinden, das allein war ihre große Sorge. Sie wußte ja, wie sehr Asmodina den kleinen Magier haßte. Daß sie ihn nicht sofort getötet hatte, entsprach ihrem dämonischen Naturell. Sie und auch alle anderen Dämonen wollten die Gegner erst leiden sehen, sie quälen, bevor sie dann endgültig Schluß machten.

Das wußte Kara, und deshalb rechnete sie sich eine kleine Chance aus.

Ein paar Schritte lief sie noch vor, dann gelang es ihr, einen ersten Blick in das Tal zu werfen.

In der Tat gab es dort einiges zu sehen.

Zuerst Myxin.

Der kleine Magier, der ihr soviel bedeutete, war ein Gefangener. Man hatte ihn auf eine magische Art und Weise gefesselt. Er war eingeschweißt in einen grünlich schillernden Stein oder einen Kristall. Auf jeden Fall konnte er sich nicht rühren. Es war unmöglich für Myxin, sich zu befreien.

Das sah Kara mit Schrecken.

Und sie sah noch mehr.

Myxin wurde von zwei Todesengeln bewacht, die ihre Hände zu beiden Seiten auf den Stein gelegt hatten. Also eine zusätzliche Sicherung, damit Myxin nicht entfliehen konnte.

Mit zwei Gegnern wäre Kara leicht fertig geworden, schließlich besaß sie das Schwert, aber Dr. Tod, Lupina und vor allen Dingen der riesenhafte Vampiro-del-mar hielten sich ebenfalls in dem schmalen Talkessel auf. Und die ließen Myxin natürlich nicht aus den Augen. Sie hatten einen größeren Kreis um ihn gebildet, wobei Dr. Tod und Vampiro-del-mar auf der einen Seite und Lupina auf der anderen Seite stand.

Die Werwölfin interessierte Kara besonders. Sie glaubte daran, daß Lupina die Schwachstelle in der Bewachercrew war.

Kara schätzte sie nicht so stark ein wie Vampiro-del-mar oder auch Dr. Tod.

Der Werwölfin wollte sie an den Kragen. Von der Stelle aus sollte Myxins Befreiung eingeleitet werden.

Aber sie ließ sich noch etwas Zeit. Kara versuchte, mit ihren Gedanken den kleinen Magier zu erreichen, doch sie kam nicht durch. Eine zu starke Magie schirmte ihn ab.

Zudem hielten sich alle in dem Quadrat zwischen den hohen Steinen auf. Dort war die Magie konzentriert, die gefährlichen Kräfte aus dem Jenseits, denen Kara im Augenblick nichts entgegenzusetzen hatte. Sie mußte sich voll und ganz auf ihre körperlichen Fähigkeiten verlassen und das Überraschungsmoment für sich ausnutzen.

Kara bewegte sich nach links. Dabei behielt sie ihr Ziel immer im Auge. Sie sah auch die Steine an, aber die wirkten völlig normal, flammten nicht auf, und Kara fragte sich, weshalb sie wohl dann diesen Namen trugen.

Die Schöne aus Atlantis glitt fast lautlos durch den Wald. Sie verstand es, sich geschmeidig zu bewegen, und umging größere Äste oder Zweige, damit sie nicht unter ihrem Gewicht brachen und somit verräterisch knackten.

Schließlich befand sie sich auf einer Höhe mit der Werwölfin. Kara maß genau die Entfernung und die Stellung der Werwölfin ab. Dabei duckte sie sich, so daß das Unterholz ihr Deckung gab.

Lupina ahnte von nichts. Starr stand sie auf der Stelle, und der Wind spielte mit ihrem langen blonden Haar. Wäre sie allein gewesen, so hätte Kara das Schwert auf ihren Rücken geschleudert, aber sie würde die Waffe bestimmt noch brauchen, und so entschloß sie sich zu einem anderen tollkühnen Plan.

Fast auf dem Bauch robbte sie so nahe wie irgendwie möglich an die Werwölfin mit den blonden Haaren heran. Braungelbes Wintergras und Unterholz gaben ihr die nötige Deckung.

Schließlich war sie soweit, daß sie schon fast hätte einen Stein anfassen können.

Jetzt mußte sie auftauchen.

Vorsichtig schob sich Kara in die Senkrechte. So behutsam, daß sie möglichst kein Geräusch verursachte. Sie behielt auch Dr. Tod und Vampiro-del-mar im Auge.

Die beiden sahen an ihr vorbei. Mehrmals glitten ihre Blicke den Hügelrücken hoch. Wenn sie mit einer Gefahr rechneten, dann nur von dort.

Ausgezeichnet für Kara.

Sie zögerte keine Sekunde länger, stieß sich ab, startete und rannte mit stoßbereitem Schwert auf Lupina zu, um ihr die Klinge in den Rücken zu wuchten...

Aus der Höllenschlange war wieder Asmodina geworden. So, wie ich sie besser kannte.

Und wir starrten uns an.

Schweigend.

Unsere Blicke fraßen sich ineinander. Mir entging nicht der erbarmungslose Ausdruck in ihren Augen, diese Kälte des Weltalls, die die Pupillen ausströmten und mich frösteln ließen.

»John Sinclair«, sagte sie nur.

Ich schaffte es zu grinsen. »Ja, ich bin's persönlich.«

»Wie oft wolltest du mich besiegen?« fragte sie. »Wie oft? Aber du hast es nie geschafft, denn ich bin einfach zu mächtig für dich, Geisterjäger. Du hast mir zwar einige Niederlagen beigebracht, die mich schmerzten, aber geschafft hast du mich nicht. Und über Desteros Verlust komme ich auch hinweg, glaube mir.«

»Okay«, sagte ich, »du hast deinen Erfolg. Und warum bringst du mich nicht um?«

»Hast du es so eilig zu sterben?«

»Nein, aber ich kenne dich. Du wirst mich doch wohl kaum am Leben lassen.«

»Das stimmt. Nur möchte ich dich nicht hier töten, sondern im Tal. Ich habe da einen bestimmten Grund. Dein spezieller Freund Solo Morasso, alias Dr. Tod, hält sich dort auf. Er hat dich ja auch schon genug gejagt, es aber nie geschafft, dich umzubringen. Und ihm will ich beweisen, wie leicht es im Prinzip ist, dich aus der Welt zu schaffen. Ich werde dich vor seinen Augen und den Augen seiner Helfer töten, ihn damit lächerlich machen und demütigen. Wie gefällt dir das?«

»Gar nicht.«

»Das kann ich mir denken. Und ich gönne auch Tokata den

Triumph nicht, obwohl er dich gern umgebracht hätte, aber das Vergnügen werde ich ihm nicht bereiten. Tokata hat erlebt, wie ich seinen Chef gedemütigt habe. Er wird sich hüten, einzugreifen. Er kennt meine Macht und weiß, daß ich ihn mit einer Handbewegung vernichten kann.«

Tokata hörte die Worte wohl, aber er reagierte nicht darauf. Er schien zu einer Statue geworden zu sein. Das Schwert allerdings hielt er noch immer schlagbereit.

»Dann möchte ich noch etwas wissen«, sagte die Teufelstochter, »wo befinden sich deine Freunde?«

»Wer?«

Die Teufelstochter stieß einen Zischlaut aus. »Ich habe selbst gesehen, daß dieser Chinese und die Schwarzhaarige aus Atlantis mit dir gekommen sind.«

»Schon gut«, wiegelte ich ab. »Die beiden haben sich irgendwo im Wald versteckt.«

Asmodina sagte erst einmal nichts. Das schien ihr nicht zu passen. Sie wußte gern, woran sie war.

Ich aber hatte auf Suko und Kara meine Hoffnungen gesetzt. Hoffentlich konnten sie entkommen und irgendwann in den Kampf eingreifen. Ich drückte ihnen jetzt schon beide Daumen.

Die Teufelstochter hatte sich zu einer Entscheidung durchgerungen. Sie wandte sich an Tokata. »Du gehst und suchst sie!« befahl sie dem Samurai. »Und wenn du sie hast, dann töte sie. Alle beide kannst du umbringen, ich bin darauf nicht scharf!«

Tokata schaute Asmodina unter seiner Maske hervor an. Langsam ließ er das Schwert sinken, wobei die vier Todesengel sofort eine gespannte Haltung einnahmen und sich die Spitzen der Pfeile wieder auf mich richteten und ich keine Chance hatte zu entkommen.

Mit großen Schritten verschwand Tokata zwischen den Bäumen.

»Wir gehen auch«, sagte Asmodina, streckte ihre Arme aus, und ich sah die feurigen Kreise um ihre Gelenke.

Sie rotierten wild, drehten sich um die Hände und erreichten auch mich.

Sie wischten über meinen Kopf, senkten sich dann. Ich spürte den Hauch dieser magischen Fesseln, und im nächsten Augenblick setzten sie sich um meinen Hals fest.

Ich würgte.

Asmodina lachte. »Da siehst du es, Geisterjäger. Das ist meine magische Fessel. Sie ist mit mir verbunden. Wenn du nur eine Bewegung machst, die mir nicht gefällt, dann wird die Fessel zugezogen, damit sie dir langsam die Luft abwürgt. So zum Beispiel!«

Sie gab den geistigen Befehl.

Ich keuchte, würgte, ging in die Knie und taumelte, während die Todesengel zur Seite spritzten, dabei ihre Bogen aber schußbereit in den Händen hielten.

Asmodina lachte blechern.

Ich lachte auch, jedoch nur innerlich, denn ich spielte der Teufelstochter Theater vor.

In Wirklichkeit quälte mich die magische Halsfessel keineswegs. Ich spürte sie nicht einmal, und das mußte einen Grund haben. An Asmodinas Reaktion erkannte ich, daß sie die Verbindung wieder zurücknahm. Also konnte ich mich normal bewegen.

Ich stand wieder auf.

Die Teufelstochter lächelte kalt. »Du wirst mir gehorchen, Sinclair!« zischte sie.

Ich nickte und schnappte noch immer nach Luft. Dabei überlegte ich krampfhaft, wieso die Fessel bei mir nicht wirkte.

Dann hatte ich es!

Die silberne Kette! Sie lag um meinen Hals, und an ihr hing das Kreuz. Die Kette war magisch aufgeladen, aber konträr, nicht mit schwarzer Magie. Sie kompensierte die andere, deshalb machte mir der magische Halsreifen nichts.

Aber das wußte nur ich und nicht Asmodina. Ich würde mich hüten, ihr ein Wort zu sagen.

»Gehen wir!« befahl sie.

Die Todesengel nahmen mich in die Mitte. Zwei gingen vor, die beiden anderen hinter mir. Ihre Bögen hielten sie nach wie vor schußbereit. Obwohl Asmodinas Magie bei mir nicht wirkte, fühlte ich mich dennoch ziemlich mies. Ich dachte an Myxin, der gefangen war. Eine gute Chance, ihn zu befreien, sah ich trotz allem. Zudem schlich auch noch Tokata durch den Wald und suchte Suko. Wenn die beiden aufeinandertrafen, würde Suko bestimmt den kürzeren ziehen, denn Tokata war einfach zu mächtig.

Und Kara?

Sie allein gegen Vampiro-del-mar, Dr. Tod und Lupina?

Ein fast aussichtsloses Unterfangen. So kam es nicht von ungefähr, daß mir die Knie zitterten, als ich zwischen den Todesengeln den Hügel hinunterschritt und wir uns immer mehr dem Ziel näherten, wo es schon bald zu einer Eskalation kommen sollte...

Auch Suko bewegte sich vorsichtig durch den Wald. Er wußte genau, daß zahlreiche Gefahren lauerten, und hatte sich ungefähr gemerkt, wo er und Kara von John Sinclair getrennt worden waren.

Der Chinese wollte die Stelle wiederfinden.

Auch er wunderte sich, daß Apep, die Höllenschlange, so plötzlich verschwunden war. Anscheinend hatte sie ihre Aufgabe erfüllt, und der Zweck war erreicht.

Sollte das vielleicht heißen, daß sich John in den Klauen seiner Gegner befand?

Davon mußte Suko nach reiflicher Überlegung und Einschätzung der Dinge leider ausgehen. John hätte bestimmt versucht, sich zu melden, aber Suko hatte nichts gehört.

Er suchte weiter. Eigentlich drängte es ihn ins Tal, aber er nahm den Weg hügelan. Oft zog er sich an den stärker aussehenden Zweigen und Ästen weiter, hangelte sich so nach oben und suchte die Stelle, die für ihn wichtig war.

Die Bäume waren, von Apep in wilder Wut herausgerissen und geschleudert, irgendwo aufeinandergefallen. Dort ungefähr hatten Suko und Kara John Sinclair aus den Augen verloren, und in der Tat erkannte er die Stelle wieder.

Es war ein wildes Durcheinander von jungen und älteren Fichten, die kreuz und quer übereinanderlagen. Suko konnte den Weg, den sie genommen hatten, zurückverfolgen. Die Bäume hatten eine regelrechte Schneise gerissen.

Apep hatte wirklich mit unvorstellbarer Gewalt gewütet. Suko wollte noch näher an den Schauplatz heran, zuckte aber zurück, da er Geräusche gehört hatte.

Er lauschte, konzentrierte sich und identifizierte die Geräusche auch. Es waren Schritte. Vorsichtige Schritte.

Jemand schlich durch den Wald.

Aber wer?

Die Schritte klangen von Suko aus gesehen rechts auf. Der Chinese hörte genau, wenn kleine Zweige brachen oder der heimliche Schleicher irgendwo gegenschrammte.

Suko hatte sich geduckt und hinter einer breiten Fichte Deckung gefunden. Der Baum stand schräg, das Wurzelwerk schaute zum Teil aus dem Boden hervor. Daran stützte sich Suko ab und drehte vorsichtig den Kopf, um zu sehen, wer sich da so klammheimlich durch den Wald bewegte.

Zuerst sah der Chinese nichts.

Er horchte weiter, beugte sich noch weiter vor und sah dann unterhalb seines Verstecks die Gestalt.

Es war Tokata!

Für einen Moment zogen sich die Magenmuskeln des Chinesen zusammen. Auch er kannte den einarmigen Dämon, wußte um seine Gefährlichkeit, und wenn er Suko entdeckte, würde ein mörderischer Kampf unausweichlich sein.

Der Samurai des Satans hatte sein Schwert gezogen. Er benutzte es mal als Schlaginstrument, um sich den Weg freizubahnen, und dann wieder als Stütze, wenn der Hang zu schräg wurde und Tokata sonst das Gleichgewicht verlor.

Suko behielt ihn im Auge. Und wie der Teufel es wollte, der verdammte Dämon schritt genau in seine Richtung.

Ahnte er, wer hinter dem Baum hockte?

Suko spürte das kalte Gefühl im Nacken und machte sich auf eine Auseinandersetzung gefaßt.

Er dachte an seine Waffen.

Beretta, Dämonenpeitsche – und der Stab.

Letzterer war am besten, nur hatte es mit ihm eine besondere Bewandtnis. Suko konnte ihn einsetzen, dann wurde die Zeit für fünf Sekunden angehalten, aber er durfte seine Gegner nicht töten. Würde er das tatsächlich tun, dann wäre damit die Magie des von Buddha ererbten Stabs aufgehoben.

Diese Gedanken schossen Suko durch den Kopf. Er dachte auch weiterhin darüber nach, wie er Tokata unschädlich machen konnte, wenn es zu einem Zusammentreffen zwischen ihnen kam.

Immer mehr näherte sich der Samurai des Satans dem Versteck des Chinesen. Manchmal blitzte seine Klinge auf, wenn er sie hastig bewegte und irgendwelche Hindernisse damit zur Seite räumte.

Ein anderer Plan nahm in Sukos Hirn Gestalt an. Wenn Tokata ihn ungesehen passierte, konnte er ihn ruhig laufen lassen, dann war ein Gegner weniger im Tal.

Aber diese Hoffnung wurde zerstört.

Die Gefahr kam von einer anderen Seite, denn nicht nur Tokata war unterwegs, sondern auch Asmodinas Todesengel. Sie schwebten über den Bäumen und beobachteten. Da die abgeschlagenen Fichten eine Schneise gerissen hatten, hatten sie zum Teil sogar eine ziemlich gute Sicht.

Und sie entdeckten Suko.

Nach wie vor konzentrierte sich der Chinese auf Tokata, während zwei Todesengel ihre Chance wahrnahmen und aus dem Köcher ihre verdammten Pfeile holten.

Sie befanden sich noch in der Luft, als sie die Pfeile bereits auf die Sehnen legten.

Um Suko jedoch zu treffen, mußten sie nahe genug an ihren Gegner heran. Für den Chinesen erwies es sich als Vorteil, daß den beiden Todesengeln zahlreiche Baumkronen im Weg standen. Wenn sie jetzt schon schossen, würden die Pfeile unter Umständen von den Zweigen der Fichten abgelenkt.

Sie flogen näher.

Und auch Tokata kam.

Suko hatte sich entschieden.

Er wollte den Samurai des Satans nicht vorbeilassen, sondern die einmalige Chance nützen.

Der Chinese holte den Stab hervor.

Fest hielt er ihn in der rechten Hand und richtete sich langsam dabei auf.

Jetzt hatten die zwei Todesengel freie Schußbahn.

Sie spannten die Sehnen. Ihre Gesichter wirkten kalt und starr.

Noch ein Flügelschlag, dann befand sich ihr Gegner genau in der richtigen Entfernung...

Mit nahezu lautlosen Sprüngen hetzte Kara auf ihre Gegnerin zu. Lupina hatte noch nichts bemerkt, war völlig ahnungslos, und die Augen des schwarzhaarigen Mädchens, das schon einmal gelebt hatte, leuchteten auf.

Doch Lupina war nicht nur zur Hälfte ein Tier, sie besaß auch einen untrüglichen Raubtierinstinkt...

Als Dr. Tod, der die Gefahr im letzten Augenblick sah, ihr einen Warnschrei zurief, da wirbelte sie herum. Dies geschah mit einer geschmeidigen Bewegung, und gleichzeitig duckte sich Lupina zur Seite.

Kara hatte Pech.

Sie war noch nicht nahe genug heran, es fehlte der berühmte Bruchteil einer Sekunde. Lupina schaffte es, sich nach hinten zu werfen, als die Schöne aus dem Totenreich zustieß.

Die Schwertklinge wischte zwischen Hals und Schulter der blondhaarigen Werwölfin vorbei. Sie rasierte nur ein paar Haare vom dichten Fell, das war alles.

Kara schrie vor Wut auf.

Ihr eigener Schwung war schwer zu bremsen, und so taumelte sie voll in das Quadrat zwischen den Steinen und stolperte auch über die Linien, die das Quadrat außen an den Rändern und diagonal im Innern verbanden.

Aber Kara fing sich wieder. Und zwar schneller, als Dr. Tod und Vampiro-del-mar gerechnet hatten.

Sie griff die Todesengel an.

Die beiden hielten noch immer Myxin fest, der nach wie vor in dem magischen Stein eingeschlossen war.

Bevor die Todesengel überhaupt reagieren konnten, war Kara bei ihnen und kam über sie wie ein Gewitter.

Ihr Schwert pfiff durch die Luft

Nun zeigte es sich, daß sie nichts verlernt hatte. Die langen Jahre in Atlantis waren eine wirklich gute Schule gewesen. Kara konnte fechten und kämpfen. Sie führte die Klinge wie ein Krieger, und die Dienerinnen der Asmodina bekamen dies zu spüren.

Die erste starb unter einem Hieb, den Kara von oben nach unten führte. Plötzlich verlor das rothaarige Wesen mit den schwarzen Flügeln den Halt und sank in sich zusammen.

Grauer Staub blieb zurück.

Kara lachte wild auf, ihre Augen funkelten, während sie schrie: »Ich befreie dich, Myxin, ich ganz allein!« Sie attackierte den zweiten Todesengel.

Der wollte sich mit einem raschen Sprung aus dem unmittelbaren Gefahrenbereich retten, kam aber nicht weit, denn Kara war einfach zu schnell für ihn.

Sie machte einen Ausfallschritt, der schon fast ein Spagat war, und ihr rechter Arm, der durch das Schwert verlängert wurde, rammte vor. Die Klinge traf den Todesengel dort, wo sich der freie Streifen Haut zwischen der Lederkleidung befand.

Das Gesicht verzerrte sich, wurde noch starrer, als es ohnehin schon war, und schien einzufrieren. Dann zeigten sich die ersten Risse, und es fiel buchstäblich auseinander.

Kara hatte gesiegt.

Das sah auch Myxin.

Der kleine, zur Untätigkeit verdammte Magier hatte bisher dem Kampf zugesehen. Er konnte die Gefühle, die ihn durchtobten, kaum fassen. Da waren Angst, Sorge und Hoffnung, die gleichzeitig in ihm aufbrandeten und zu einem wahren Sturm wurden.

Konnte Kara es schaffen?

Zwei Gegnerinnen hatte sie erledigt, aber die waren nichts im Vergleich zu dem wilden Vampiro-del-mar, der nun von Dr. Tod in den Kampf geschickt wurde.

»Hol sie dir!« brüllte Solo Morasso.

So etwas ließ sich das Monster mit dem zerklüfteten und aufgerissenen Gesicht nicht zweimal sagen.

Er griff an.

Vampiro-del-mar kam von der einen Seite, aber auch Lupina wollte nicht untätig sein. Sie näherte sich Kara von der anderen Seite. Beide wollten die Schöne aus dem Totenreich in die Zange nehmen.

Kara war stehengeblieben.

Jetzt warf sie sich herum, weil sie versuchen wollte, mit dem

Schwert den Stein aufzuhacken, in dem Myxin gefangen war. Doch dieses Vorhaben vereitelte Vampiro-del-mar. Er war bereits zu nahe herangekommen, so daß sich Kara um ihn kümmern mußte.

Riesig wuchs die unheimliche Gestalt, die nach Blut lechzte, vor dem schwarzhaarigen Mädchen auf. Kara hatte gar keine Zeit, Angst zu empfinden und sich einen Verteidigungsplan zu überlegen, sie stieß kurzerhand zu.

Vampiro-del-mar sah die Klinge auf seine breite Brust zuwischen, und er reagierte so, wie es Kara nie gedacht hatte. Er wich nicht aus, sondern packte zu.

Seine gewaltigen Fäuste umspannten die Klinge, und Kara bemerkte mit Schrecken, daß das Schwert die Haut dieses Monsters nicht verletzen oder durchdringen konnte.

Der Riesenvampir riß ihr die Waffe einfach aus der Hand. Dabei hatte er sein Maul weit aufgerissen. Kara sah die spitzen Zähne, nicht nur zwei, sondern eine ganze Reihe, die samt und sonders vorn angefeilt und zugespitzt waren

Mit diesem Gebiß würde er sie töten.

Mit einer wütend anmutenden Bewegung schleuderte Vampiro-del-mar das Schwert zur Seite und griff dann nach dem Mädchen aus dem Totenreich. Seine Hände wollten sich um die Kehle schließen, doch Kara reagierte schnell und tauchte unter den zupackenden Klauen hinweg, so daß die Greifer ins Leere faßten.

Das sah auch Dr. Tod und lief vor Wut rot an.

Aber er hatte noch einen zweiten starken Helfer.

Lupina war da. Und sie befand sich im Rücken des mutigen Mädchens. Dem Schlag mit der Pranke hatte Kara nichts entgegenzusetzen. Er traf sie ins Kreuz, war so wuchtig geführt worden, daß sie nach vorn stürzte und sich nicht mehr halten konnte.

Sie fiel zu Boden.

Ein Sprung brachte Lupina zu ihrer Gegnerin. Kara spürte den heftigen Aufprall, dann griffen die Tatzen zu und zogen sie hoch, wobei sie Kara in einen Klammergriff nahmen, so daß sich das Mädchen nicht mehr rühren konnte.

Vampiro-del-mar aber baute sich vor ihr auf.

Er hatte Blut gerochen...

Weit öffnete er sein Maul. Die gefährlichen Zähne schimmerten metallisch.

Es gab kein Zurück mehr. Vampiro-del-mar wollte sich endlich das Opfer holen...

Suko hörte den Flügelschlag.

Und das war seine Rettung.

Die Todesengel hatten es ganz besonders gut und auch todsicher machen wollen. Sie waren so nahe herangekommen, wie es nur eben ging. Da es still war und sie mit den Flügeln schlugen, rauschte es im Rücken des Chinesen. Suko wußte sofort Bescheid.

Er blickte auch nicht zurück, weil ihm die Zeit einfach nicht blieb, er warf sich nur zur Seite und verließ zwangsläufig seine Deckung.

Die Todesengel schossen.

Die an der Spitze glühenden, tödlichen Pfeile wischten hautnah an dem Chinesen vorbei und trafen das aus der Erde wachsende Wurzelwerk der großen Fichte, wo sie verglühten.

Die Gefahr jedoch war nicht vorbei. Durch diese heftige Bewegung hatte Suko seine Deckung verlassen müssen, und Tokata sah ihn.

Für den Bruchteil einer Sekunde war der Dämon irritiert, weil er mit einem solch plötzlichen Erscheinen seines Feindes nicht gerechnet hatte.

Diese Zeit und die Chance nützte der Chinese.

Während die beiden Todesengel neue Pfeile auf die Bögen legten, zog Suko seinen Stab hervor.

»Topar!«

Das Wort schallte seinen Gegnern entgegen, und sofort veränderte sich die Szene.

Tokata und die beiden Todesengel erstarrten.

Fünf Sekunden hatte Suko Zeit.

Er wurde zu einem regelrechten Wirbelsturm, schnellte hoch, riß den Todesengeln die Waffen aus den Händen, schleuderte sie wütend weg, hetzte dann auf Tokata zu und versuchte, dem Dämon das Schwert aus der Hand zu winden.

Es klappte nicht. Jedenfalls nicht auf Anhieb. Tokata hielt mit seiner Totenklaue den Griff so fest umklammert, daß es Suko nicht gelang, ihm die Finger aufzubiegen.

Und dann war die Zeit verstrichen!

Auf einmal erwachte Tokata wieder aus seiner Starre. Und auch die beiden Todesengel. Sie wollten sofort nach ihren Waffen greifen, mußten aber feststellen, daß diese nicht mehr vorhanden waren, und zeigten sich irritiert.

So hatte es Suko vorerst nur mit einem Gegner zu tun.

Der hatte es in sich.

Tokata spürte die Berührung an seiner rechten Hand. Auf der Stelle wirbelte er herum, und mit einem gewaltigen Kraftakt schleuderte er den Chinesen von sich.

Suko schaffte es nicht mehr, das Gleichgewicht zu halten. Er stolperte und fiel mit dem Rücken zuerst in das Wurzelwerk der hohen Fichte. Er federte zurück, rollte sich aber zur Seite, was sein Glück war, denn Tokata hatte zugeschlagen.

Die Klinge hätte Suko gespalten, so jedoch traf sie nur das Wurzelwerk und zerhieb einen Teil davon. Die Reste spritzten nach allen Seiten weg.

Suko rollte sich weiter.

Neben und hinter dem Baum führte das Gelände steiler in die Tiefe, so daß sich der Chinese mehrmals um seine eigene Achse kugelte und seinen Fall auch nicht stoppen konnte.

Er zog aber seine Beretta und erledigte mit einem schnellen Schuß einen der beiden Todesengel, der ihn mit bloßen Händen angreifen wollte.

Der zweite suchte die Waffen. Um ihn konnte sich Suko nicht kümmern, denn Tokata war wichtiger.

Er befand sich in einem regelrechten Rausch, hatte endlich einen Gegner gefunden und wollte ihn vernichten.

Er stürmte heran.

Für Suko war es schlecht. Er konnte sich nicht mit der Dämonenpeitsche verteidigen, denn dann mußte er Tokata zu nahe an sich herankommen lassen, und damit würde Suko in die lebensgefährliche Nähe des Schwerts geraten.

Der Chinese wich zurück.

Ein starker Ast streifte über seinen Kopf. Sofort hatte Suko die Idee. Er duckte sich, riß seine Arme hoch, die Hände umklammerten den Ast, bogen ihn zurück, und genau im richtigen Moment ließ Suko ihn los.

Der Ast schnellte vor.

Tokata konnte nicht mehr ausweichen. Voll wurde er im Gesicht getroffen und zurückgeworfen. Es war schwer für ihn, mit nur einem Arm das Gleichgewicht zu halten, zumal das Gelände abschüssig war. Tokata fiel und überkugelte sich mehrere Male, wobei er den Hang hinunterrutschte und in dem Wirrwar von kreuz und quer liegenden Bäumen verschwand.

Suko hatte Luft.

Die brauchte er auch, denn der zweite Todesengel hatte seine Waffen gefunden.

Suko ließ ihn erst gar nicht dazu kommen, Pfeile und Bogen aufzuheben.

Er streckte seinen Körper und schlug mit der Dämonenpeitsche zu. Der Schlag erschütterte den Todesengel und löschte sein unseliges Leben vollends aus.

Nur noch Tokata war übrig.

Der Chinese hörte das Brechen der Äste und Zweige. Der Samurai des Satans war drauf und dran, sich aus dem Gewirr hervorzuwühlen. Er würde nicht eher aufgeben, bis er seinen Gegner erledigt hatte. Das paßte Suko ganz und gar nicht. Sicher, er hätte Tokata auch gern vernichtet, andererseits wollte er sich nicht auf einen langen Kampf einlassen, denn er wußte seine Freunde in Gefahr. Suko wollte in das Tal hinein, wo die Flammenden Steine standen.

Um Tokata kümmerte er sich nicht. Suko schlug einen weiten Bogen nach links und versuchte so wenige Geräusche wie möglich zu verursachen, damit er Tokata seinen Fluchtweg nicht verriet.

Erst als er sicher war, daß Tokata ihn nicht mehr sah, wandte er sich der eigentlichen Richtung zu.

Talwärts.

Suko stolperte los.

Es war ihm egal, wo die Zweige der Nadelbäume seine Gesichtshaut ankratzten, er wollte nur so schnell wie möglich zur Stelle sein. Wie ein Büffel stürmte er vor, durchbrach das sperrige Unterholz mit den nadellosen, dünnen braunen Fichtenzweigen, die der Sturm irgendwann mal angeknickt hatte, und atmete auf, als der Wald lichter wurde.

Jetzt hatte er es bald geschafft!

Suko rutschte weiter, und schon hörte er die Stimmen, die verdammt nichts Gutes verhießen.

Suko hielt inne.

Seine Augen verengten sich noch stärker, die Zunge huschte über die Lippen.

Vorsichtig legte er die nächsten Schritte zurück. Von Tokata war zum Glück nichts zu hören. Suko hatte diesen wilden Dämon tatsächlich abgehängt.

Nach vier weiteren Schritten hatte der Chinese freie Sicht!

Die Bestie wollte Blut!

Karas Blut...

Das schwarzhaarige Mädchen spürte schon den Pesthauch des Todes, sah das verwüstete Gesicht des Vampirs dicht vor sich, versuchte, mit seiner Gedankenkraft den Angriff zu stoppen, doch die Barriere war nicht zu durchdringen.

Und Lupina hielt Kara fest.

»Ja, kill sie!« zischte die Wölfin haßerfüllt.

Diese Worte machten Kara noch einmal mobil, weckten sämtliche Kräfte in ihr, und sie dachte dabei auch an den gefangenen Myxin, der sich auf ihre Hilfe verlassen hatte.

Sollten sie jetzt gemeinsam sterben?

Kara wollte nicht. In einem Verzweiflungsakt warf sie beide Arme hoch und beugte sich nach hinten.

Sie hatte Glück.

Lupina stand sehr dicht hinter ihr, und Kara konnte ihre Finger in die blonde Haarpracht der Wölfin krallen. Sofort bückte sie sich, ließ die Haare nicht los, drehte sich etwas zur Seite und gab sich den nötigen Schwung.

Der Trick klappte.

Lupina verlor plötzlich den Boden unter den Füßen, wurde hochgehievt und schwebte in der Luft.

Im nächsten Augenblick krachte sie zu Boden, wobei ihre Füße gegen den Vampir stießen.

Vampiro-del-mar geriet aus seinem Angriffsschwung. Er verlor ein wenig die Übersicht, und Kara nahm die Chance wahr, indem sie gedankenschnell zur Seite huschte.

Plötzlich stand sie nicht mehr an dem alten Fleck. Sie rannte auf ihr Schwert zu, die einzige Waffe, die sie besaß.

Auch Dr. Tod hatte gesehen, daß nicht mehr alles nach Plan lief. Er trug keine Waffen bei sich, verließ sich nur auf seine höllischen Leibwächter, und das rächte sich.

Er wollte ebenfalls das Schwert an sich reißen, war aber nicht schnell genug, denn Kara hatte es schon vor ihm aufgenommen.

Wie vor eine Wand gelaufen, blieb Morasso stehen und riß die Arme hoch. Kara aber hatte ihr Schwert. Sie hielt es in der Rechten und fuhr wild herum.

Sofort zielte sie nach Solo Morasso. Mit einem raschen Sprung brachte sich Dr. Tod in Sicherheit. Er brüllte nach Vampiro-del-mar und Lupina, die auch sofort reagierten.

Der riesige Vampir stürmte heran.

Und Kara stellte sich.

Obwohl ihre Chance minimal war, zeigte sie keine Angst. Sie hielt das Schwert so, daß die Spitze nach oben wies und der Vampir direkt hineinrennen mußte.

Doch diesen Fehler beging Vampiro-del-mar nicht. Bevor er die schwarzhaarige Kara erreichte, drehte er sich zur Seite ab und griff dann an.

Mit einem gewaltigen Tritt holte er Kara von den Beinen, die bis gegen einen der Steine zurückgeschleudert wurde und sich so hart den Kopf stieß, daß die Haut aufplatzte und Blut aus der Wunde rann.

Dunkles, dickes Blut.

Andersfarbig als das der normalen Menschen, das sah auch Vampiro-del-mar.

Er hatte sich voller Vorfreude auf Kara stürzen wollen, zuckte jedoch zurück, als er das Blut sah.

Irritiert blieb er stehen und riß dem Mädchen nur das Schwert aus der Hand.

»Was ist?« schrie Solo Morasso. Er deutete auf Kara. »Da liegt sie. Pack sie dir!«

Der Vampir schüttelte den Kopf.

»Und warum nicht?«

»Ihr Blut ist anders!«

»Ach, verdammt!« fluchte Morasso und trat wütend mit dem rechten Fuß auf. Er hob den Kopf, überlegte einen Moment, und seine Augen wurden schmal.

»Gib mir das Schwert!« forderte er.

Er erhielt es.

Solo Morasso nahm es in die rechte Hand und lief mit der Waffe auf Kara zu.

»Dann töte ich dich eben selbst!« knirschte er und hob die Waffe...

Das geschah in dem Augenblick, wo wir den Hügel hinter uns gelassen hatten und das Quadrat zwischen den Steinen erreichten. Ich hatte mich auf dem gesamten, ziemlich mühsamen Weg folgsam verhalten und nicht versucht, mich durch irgendeinen Trick zu befreien. Ich blieb ruhig und wiegte Asmodina als auch ihre Dienerinnen in Sicherheit.

Aber die Teufelstochter paßte auf.

Sie war wie eine Schlange, und ich fühlte mich wie das Kaninchen, das von der Schlange dabei nicht aus den Augen gelassen wird, weil sie es fressen will.

Asmodina hatte den Ring auch nicht weiter zugezogen. Wenigstens merkte ich nichts davon. Ich gab ihr auch keinen Grund, verhielt mich friedlich, dachte jedoch fieberhaft über einen Ausweg nach.

Ich wußte ja nicht, wie es meinen Freunden ergangen war, und deshalb ließ sich die Zukunft schlecht kalkulieren. Es blieb mir nichts anderes übrig, als zu improvisieren.

Bis jetzt hatte ich damit immer Glück gehabt. Hoffentlich auch heute, wo es wieder einmal um alles oder nichts ging.

Wir waren auf den letzten Yards schneller gegangen. Eine

innere Unruhe trieb Asmodina voran. So rutschte ich mehr den Hang hinunter, als daß ich ging.

Dann sahen wir die Steine vor uns.

Und Dr. Tod sowie die anderen.

Aber ich hatte im Moment nur Augen für Solo Morasso, der Desteros und jetzt mein Schwert in der Hand hielt und sich über die am Boden liegende Kara beugte.

An seinen Absichten bestand kein Zweifel.

Er wollte Kara töten!

Und niemand war da, der ihr helfen konnte.

»Halt!« brüllte ich. »Nicht!« Es war ein automatischer Reflex, nicht einmal vom Gehirn gesteuert und auch, bevor Asmodina irgend etwas sagen konnte.

Das Wunder geschah.

Morasso schlug tatsächlich nicht zu. Statt dessen hielt er inne, drehte sich um und starrte uns entgegen.

Selbst auf diese Entfernung hin erkannte ich, wie groß seine Augen wurden, als er sah, wen Asmodina da mit sich führte.

Seinen Todfeind!

»Sinclair! John Sinclair!« Er heulte meinen Namen fast und konnte es kaum fassen, mich in der Gewalt Asmodinas zu sehen. Das war es, was er sich immer gewünscht hatte. Vergessen war Kara. Er ließ sie einfach liegen, darauf hoffend, daß Vampiro-del-mar und Lupina schon auf sie achtgaben.

Aber die Werwölfin hatte nur Augen für mich. Mit dieser Feindin verband mich eine besondere Beziehung. Ich hatte mich mal in sie verliebt, nachdem ich durch ein Serum, das Marvin Mondo hergestellt hatte, ebenfalls zu einem Werwolf geworden war und sogar mit anderen Werwölfen um sie gekämpft hatte. Zum Glück war noch alles glimpflich abgelaufen, aber die Erinnerung blieb doch.

Lupina fauchte, und ihre gelben Raubtieraugen in dem schönen Gesicht schienen Blitze zu schleudern.

Morasso kam heran.

Zwei Schritte vor mir stoppte er seinen Lauf und starrte mich an. Asmodina lies ihn gewähren, sie wußte um unsere Feindschaft. Auch die vier Todesengel hatten Platz geschaffen, so daß es zwischen mir und Solo Morasso keine Barriere gab.

Er sah aus wie immer, sein Gesicht wirkte wie geschnitzt, und das eisgraue Haar war kurz geschnitten. Er atmete schwer, die Nasenflügel vibrierten, in seinem Innern mußte eine Hölle toben. Die Pupillen wirkten wie kleine Knöpfe, dunkel und kalt.

Als der Blick des Mannes auf den feurigen Ring um meinen Hals fiel, da grinste Dr. Tod. Er kannte wohl die Wirkung, denn ich sah an seinem Hals einen in die Haut eingegrabenen Abdruck eben solch eines Ringes. Asmodina mußte ihn, für was auch immer, bestraft haben.

Doch jetzt dachten weder Dr. Tod noch Asmodina an eine Feindschaft. Ein anderes Ereignis war eingetreten.

Sie hatten mich, ihren Todfeind, gefangen!

»Er kann sich nicht rühren!« flüsterte Dr. Tod. »Verdammt, er kann sich nicht rühren...«

Solo Morasso war völlig außer sich. Er sah Asmodina an und dann mich. So hatte ich ihn noch nie erlebt. Dann trat ein noch härterer Glanz in seine Augen.

»Wer soll ihn töten?«

Nach diesen Worten herrschte eine nahezu bedrückende Stille. Und seltsamerweise verspürte ich keine Angst. Ich wußte den Grund nicht, aber es war so.

Vielleicht half mir auch mein Kreuz dabei, denn ich merkte, wie es reagierte.

Deutlich spürte ich die Wärme auf der Brust. Das Kruzifix entfachte Aktivitäten, womit ich gar nicht gerechnet hatte und auch den Grund nicht kannte.

Seltsam, sehr seltsam...

Irgend etwas war hier im Gange. Kräfte wurden freigelegt, und mich ergriff eine regelrechte Spannung. Ja, ich war gespannt darauf, wie es weiterging.

Dr. Tods Stimme unterbrach die Schweigepause. Er zeigte mit dem Finger auf Asmodina. »Du hast Myxin, den du immer haben wolltest. Ich habe dafür gesorgt. Deshalb kannst du mir John Sinclair überlasen. Es wäre nur mehr als gerecht.«

»Gerecht?« höhnte die Teufelstochter. »Ich weiß nicht, was gerecht ist. Tut mir leid.«

Dr. Tod zitterte vor Wut. »Willst du wieder dein Spiel aufziehen?« keuchte er. »Denk daran, wir sind Partner.« Er schaute Asmodina an, die im Gegensatz zu ihm sehr hochmütig blickte.

»Partner?«

Das lief ja gut, sogar sehr gut, und ich wollte weiß Gott nicht mehr länger nur den Zuschauer spielen, sondern handelte. Bevor Asmodina oder Solo Morasso reagieren konnten, sprang ich vor und packte mir Dr. Tod. Es war ein gedankenschneller Griff, mit dem Morasso nicht gerechnet hatte und dem er auch nichts entgegenzusetzen hatte. Plötzlich stand ich hinter ihm, umklammerte seinen Körper und bog ihn so nach vorn, daß ich die Hände gegen sein Genick pressen konnte. Sofort zog ich mich mit ihm zurück.

»Das war's wohl!« rief ich.

Selbst Asmodina war geschockt. Von ihren vier Todesengeln ganz zu schweigen. Sie rührten sich nicht und standen da wie angewachsen. Sie wagten nicht zu schießen, aber Asmodina lachte nur.

»Du bist ein Narr, Sinclair. So kann ich es nur ausdrücken. Deine Verzweiflungstat nützt dir nichts. Denk an den Ring. Er wird dich erwürgen!«

Jetzt strahlte sie ihre Magie ab.

Ich spürte auch den gewaltigen Ansturm, bekam für einen Moment keine Luft, und die nackte Angst flackerte in mir hoch, doch einen Augenblick später konnte ich wieder normal durchatmen. Und noch etwas geschah. Der Ring verschwand von meinem Hals.

Ich sah das ungläubige Gesicht der Teufelstochter. Sie konnte nicht begreifen, daß ihr Zauber verpufft war. Aber ihre Reaktion rief sofort eine Gegenreaktion hervor.

Jetzt zeigte das Kreuz, was in ihm steckte.

Es strahlte plötzlich auf, blendete mich und die anderen und ließ sich auch nicht durch die Kleidung hindern. Ich stieß Dr. Tod von mir, weil er plötzlich gegen mein Schienbein trat und mir der Schmerz die Tränen in die Augen trieb.

Meine Gegner sah ich nur als Schatten. Sie torkelten durch das Quadrat, dessen Lichtfülle in diesem Moment eine andere Farbe annahm.

Die Steine reagierten.

Flaming stones! Nun machten sie ihrem Namen alle Ehre. Sie gaben breite Strahlen ab, die sich an den Steinen gegenseitig berührten und auffingen. Gleichzeitig erstrahlten auch die diagonalen Linien, bildeten eine rote Wand und trennten Feind und Freund.

Ich aber stand inmitten dieser gleißenden roten Strahlenfestung, war der Kernpunkt der magischen Entladung und glaubte sogar, ferne Sphärenstimmen zu hören.

Das Kreuz und die Steine schufen eine so starke Verbindung, daß Asmodina und Dr. Tod dagegen nicht ankamen.

Ich hörte das Schreien der Teufelstochter, Morassos Flüche und Vampiro-del-mars Brüllen. Ihn sah ich auch. Wie ein volltrunkener Riese torkelte er hin und her, wußte nicht, wohin er laufen sollte, und prallte mit Lupina zusammen.

Ein Schatten hetzte auf sie zu.

Asmodina kämpfte.

Ich spürte ihre Gedanken, die gegen die weißmagische Wand anliefen und versuchten, ihren Aufbau zu zerstören.

Die Teufelstochter war ungeheuer mächtig. Die Weiße Magie verlor. Schwächer wurde die Strahlung, das Rot der Steine verlor an Intensität. Ich riß weit die Augen auf, weil ich etwas erkennen wollte, und sah Asmodina sowie Dr. Tod und seine Freunde auf dem Boden liegen. Eine grünblaue Aura umgab sie, denn Asmodinas Gedankenmagie drängte die andere jetzt zurück. Sie und ihre Freunde befanden sich in einer Art Käfig, einem schwarzmagischen Gefängnis oder einer Enklave inmitten dieser für sie so gefährlichen weißmagischen Hölle.

Sie hielten wieder zusammen, das Böse und das gemeinsame Ziel schweißten sie aneinander.

Plötzlich waren sie verschwunden.

Asmodina hatte es geschafft und ihre Freunde in die andere Dimension teleportiert.

Unerreichbar für uns...

Wäre Dr. Tod mit seiner Mordliga allein gewesen, hätte er keine Chance gehabt. So aber verdankten sie Asmodina ihr Leben und ihre weitere Existenz.

Auch die Weiße Magie verschwand.

Langsam wurde das rote Licht blasser, war hinterher nur noch ein schwacher Schein, der völlig verglühte, und schließlich sahen die Steine wieder normal aus.

Grau, kantig, mit zahlreichen Rissen und Spalten versehen. Nichts mehr wies auf die starke Kraft hin, die in ihnen wohnte.

Aber sie und das Kreuz hatten uns gerettet, weil es eine Verbindung zwischen ihnen und dem Kruzifix gegeben hatte. Wieso – das wußte ich nicht. Es war mir auch egal, das können Sie mir glauben...

Vier Dämonen jedoch waren von der starken Magie regelrecht zermalmt worden.

Die Todesengel.

Von ihnen war kaum Asche übrig.

Aber ein anderer lebte.

Myxin!

Die Magie der Steine und die Kraft des Kreuzes hatten sein Gefängnis zerschmolzen. Der kleine Magier konnte sich völlig frei bewegen. Er winkte mir zu und lief dann zu seiner Kara, die noch ziemlich down am Boden hockte und gar nicht richtig begriff, daß alles vorbei war.

Ich suchte Suko – und sah ihn.

Er stand am Waldrand, hielt die Beretta in der rechten, die Dämonenpeitsche in der linken Hand und grinste. »Tolles Schauspiel«, sagte er im Näherkommen. »Ich brauchte zum Glück nicht einzugreifen.« Er schlug mir auf die Schulter. »Klasse gemacht, John.«

»Ich nicht. Das Kreuz.« Dann fühlte ich nach meinem Hals. »Sieht man was?«

»Nein, nichts.«

»Okay.«

Wir gingen zu den anderen. Myxins Augen strahlten. Und auch Kara lächelte. Sie hatte gekämpft wie eine Löwin. Ich war sicher, daß sie und Myxin den Mächten der Finsternis noch so manches Bein stellen würden.

Sie gab mir mein Schwert zurück. »Es gehört ja dir«, sagte sie.

»Danke.«

Dann sprachen wir über den Fall und versuchten, Erklärungen zu finden. Myxin lächelte nur. Anscheinend schien er mehr zu wissen, doch er sagte nichts.

Die flaming stones blieben für uns noch ein Rätsel.

Plötzlich fiel mir etwas ein.

»Was ist?« fragte Suko, der gesehen hatte, wie ich blaß geworden war.

»Ich denke gerade an Dr. Tod, Vampiro-del-mar und Lupina. Asmodina hat die drei gerettet. Nur war da noch ein vierter.«

»Tokata!« Suko schlug sich gegen die Stirn.

»Weißt du, wo er steckt?« fragte ich.

Im nächsten Augenblick hörten wir ein infernalisches, brüllendes Gelächter. Es schallte uns vom Hügel entgegen, und wir alle wußten, daß dieser Fall noch nicht zu Ende war...

ENDE

Wer mit Gedanken töten kann

Er hockte in der Spitze einer mächtigen Fichte und schaute hinüber in das schmale Tal.

Dort wurde ein gigantischer Kampf ausgefochten. Weiße gegen Schwarze Magie.

Gut gegen Böse!

Magische Strahlen trafen aufeinander, wollten sich gegenseitig vernichten, zwischen dem Rot der Flammenden Steine zuckte eine blaue Insel auf, eine kleine Enklave inmitten der dichten, prallen Magie des Kreuzes und der Steine.

Vier Wesen hatten dort ihren Schutz gefunden.

Asmodina, die diese Inseln erschaffen hatte, Dr. Tod, Lupina und Vampiro-del-mar.

Und sie schafften es.

Sie entkamen den mörderischen Strahlen. Aber einer blieb zurück, den hatten sie vergessen.

Tokata, der Samurai des Satans.

Er saß nach wie vor in der Krone der Fichte und blickte über die anderen Gipfel der Bäume hinweg. Dabei sah er seine Feinde, die er so gern vernichten wollte.

John Sinclair an der Spitze, dann diesen verfluchten Chinesen, der ihn im Wald genarrt hatte und entkommen war. Auch Myxin, der kleine Magier, war wieder frei. Er lief sofort auf die schwarzhaarige Kara zu, die am Boden hockte und, mit dem Rücken gegen einen Stein lehnte.

Das Sinclair-Team feierte seinen Sieg. Selbst das konnte Tokata erkennen. Er sah das Lachen auf den Gesichtern der Menschen, und seine Wut wuchs.

Sie wurde zum rasenden Haß.

Ein dumpfes Ächzen drang hinter der Maske hervor. Dazwischen keuchende Laute und erstickte Wutschreie. Das alles nicht nur, weil das Sinclair-Team Sieger geblieben war, sondern auch wegen seiner Freunde. Sie hatten ihn im Stich gelassen.

Tokata war enttäuscht.

Enttäuscht und rachsüchtig!

Plötzlich konnte er nicht mehr anders. Ein gellendes, schauriges Gelächter drang aus seinem Maul. Es hallte weit über die Bäume und fiel hinunter ins Tal, wo es als gänsehauterzeugendes Echo weiterrollte.

Der Samurai konnte sich nicht beherrschen. Es hatte einfach rausgemußt. Er wollte den anderen zeigen und auch beweisen, daß mit ihm, Tokata, noch zu rechnen war.

Und wie!

Die anderen hörten das Gelächter sehr wohl. Tokata sah, wie sie zusammenzuckten. Jetzt würden sie Angst bekommen, das sollten sie auch. Sie sollten wissen, daß er noch da war und nicht aufgegeben hatte.

Nachdem auch das letzte Echo verrollt war, duckte sich Tokata zusammen und stieg aus der Krone des Baumes. Kleinere Äste und Zweige brachen unter seinem Gewicht. Das machte Tokata nichts. Er ließ sich einfach fallen.

Mit einem dumpfen Aufprall landete er am Boden. Sekundenlang blieb er dort hocken und sah sich um.

Weiter oben blinkte Metall. Das waren die Reste des abgestürzten Hubschraubers, mit dem Sinclair und seine Freunde angekommen waren. Auch diesen Absturz hatten sie überlebt, obwohl sie nur Menschen und keine Dämonen waren.

Und auch Asmodina hatte sie nicht geschafft. Zwar hatte sie die Gestalt der Höllenschlange angenommen, aber sie hatte es nicht fertiggebracht, John Sinclair zu besiegen. Sie hatte nur immens aufgeräumt und eine regelrechte Schneise in den dichten Wald geschlagen.

Diese Schneise gereichte Tokata jetzt zum Vorteil. Scharf wandte er sich um und stieg den Hügel hoch. Er war kein Mensch mehr, ein Untoter, von einem teuflischen Leben beseelt. Er kannte keine Ermüdungserscheinungen, spürte weder Hunger noch Durst. Er würde immer laufen können. Und irgendwann würde er London erreichen, wo dieser John Sinclair und die anderen wohnten.

Er dachte aber auch an Dr. Tod, dem er seine Existenz verdankte. Tokata glaubte fest daran, daß Morasso ihn nicht im Stich lassen würde. Und dieses Wissen gab ihm Mut.

Doch die Zukunft sollte die Zeit der Rache werden...

Sehr hoch spannte sich ein strahlend blauer Himmel über das weite Land. Der Wind hatte ihn von den Wolken freigeblasen, und jetzt roch es tatsächlich schon nach Frühling. Die ersten Ginsterbüsche blühten auf, an vielen Bäumen und Sträuchern zeigten sich schon Knospen, die bald aufbrechen würden, um das junge Grün des Jahres von den wärmenden Sonnenstrahlen streicheln zu lassen.

Man konnte es nicht mehr wegdiskutieren – der Frühling zog über das Land.

Aber davon merkte der junge Mann nichts, der einsam und allein über die Landstraße schlenderte. Seine Schritte glichen denen einer Marionette. Er ging immer gleich, änderte nie das Tempo und legte so Meile um Meile zurück.

Die Straße war schmal, nur wenige Fahrzeuge befuhren sie, und der Asphalt war an zahlreichen Stellen aufgerissen, was auf den starken Winterfrost zurückzuführen war. Bisher hatte noch niemand daran gedacht, die Schäden auszubessern.

Rechts und links der Straße wuchsen Bäume. Mal Apfelbäume, die sich mit Pappeln oder eben nur mannshohen Sträuchern abwechselten. Mal folgte ein Bach der Straße, dann führte sie selbst wieder über irgendein Rinnsal, und der einsame Wanderer mußte die typischen steinernen Brücken überqueren.

Der junge Mann war auch durch zwei Dörfer gekommen. Er hatte mit keinem gesprochen und nicht einmal angehalten, er war so weitergewandert wie zuvor. Auch die Blicke hatten ihn nicht gekümmert. Vor allen Dingen die Frauen hatten ihm mit herabgezogenen Mundwinkeln nachgeschaut und hinter seinem Rücken flüsternde Bemerkungen gemacht.

All dies war ihm egal. Er wußte um seine Kraft, um seine Stärke und um seine Macht.

Ja, auch um seine Macht. Denn niemand konnte ahnen, welch unheimliche Kräfte in diesem jungen Mann steckten. Er war eine lebende Zeitbombe.

Wie sollte man auch, wenn man so harmlos aussah wie der einsame Wanderer?

Sein Alter war eigentlich schwer zu schätzen. Der junge Mann konnte fünfundzwanzig, aber auch fünf Jahre älter sein. Zudem spielte es keine Rolle, auch das Aussehen nicht. Die schlaksige Figur, das fahlblonde, gescheitelte Haar, das flache, etwas blasse Gesicht mit der kleinen Nase und den wie wäßrig wirkenden Augen. Das Kinn floh etwas nach hinten und wies kaum Bartstoppeln auf, nur einen leichten hellen Flaum. Der junge Mann konnte sich rasieren, indem er einmal kräftig mit dem Handtuch über sein Gesicht rieb.

Er trug eine blaue, dreiviertellange Jacke aus derbem Stoff und eine graue Cordhose, der man es ansah, daß sie schon mehrere Male gewaschen war. Die Hände hatte der Mann in seinen Jackentaschen vergraben. Den Kopf hielt er etwas gebeugt, wenn er ging. Insgesamt gesehen war er ein Typ, den man schnell vergaß.

Aber man würde ihn nicht vergessen.

Niemals...

Noch allerdings war er völlig harmlos. Auch der Name sagte nichts. Jerry Peters. Ein Allerweltsname, wie er zu Hunderten im Londoner Telefonbuch stand.

Und doch gab es einige Leute, die Angst vor diesem Jerry Peters hatten. Sogar wahnsinnige Angst. Leute, die einen Grund hatten und nicht ahnten, wer da zu ihnen unterwegs war...

Noch lief Jerry Peters leicht gebückt über die Straße und kümmerte sich um nichts.

Ein Einzelgänger...

Er drehte sich auch nicht um, als in der Ferne ein sattes Brummen aufklang. Das Geräusch schallte über das flache Land, wurde lauter und unregelmäßiger.

Dann hatte es Jerry erreicht – und war vorbei.

Kurz nur hob der junge Mann den Kopf.

Vier Motorräder hatten ihn überholt. Keine schweren Maschinen, aber sehr wendige Japaner, die eine ziemlich hohe Geschwindigkeit erreichten, das wußte Jerry, denn früher hatte er solch einen Feuerstuhl mal gefahren.

Auf den Maschinen hockten drei junge Männer und ein Mädchen. Ihre langen, braunen Haare flatterten im Wind, und der gelbe Sturzhelm stand in scharfem Kontrast zu der dunklen Lederkleidung.

Die Straße führte wieder auf eine kleine steinerne Brücke zu, unter der ein etwa zwei Yards breiter Bach gurgelte und über zahlreiche Steine schäumte.

Jerry Peters wollte seinen Kopf schon senken, als er sah, daß die Rücklichter der vier Maschinen aufleuchteten.

Die Motorräder wurden abgebremst. Dicht hinter der Brücke

kamen sie zwar nicht zum Stehen, aber die Fahrer wendeten ihre Feuerstühle. Langsam fuhren sie zurück.

Nebeneinander jetzt.

Und sie stoppten genau auf der Brückenmitte!

Das Gefühl der Unruhe hatte Jerry Peters schon beim Wendemanöver ergriffen. Jetzt verstärkte es sich und wurde sogar zur Gewißheit...

Die vier wollten etwas von ihm!

Jerry seufzte. Warum ließen sie ihn denn nicht in Ruhe! Er wollte doch auch nichts von ihnen und sah keinen Grund, sie anzugreifen, obwohl – nun, er dachte nicht weiter darüber nach.

Die vier standen wie eine Wand. Sie hockten auf ihren Feuerstühlen, und die Beine stützten sie links und rechts der Maschinen ab. Die Visiere ihrer Sturzhelme hatten sie hochgeklappt, so daß sie den einsamen Wanderer besser anschauen konnten.

Sogar das Mädchen grinste. Dabei war es hübsch. Peters bedauerte, daß es zu solch einer Clique gehörte. Nein, das hatte die Kleine sicherlich nicht verdient.

Normal war kein Durchkommen, das hatte Jerry längst gesehen, und die Rocker schienen auf Gewalt aus zu sein. Denn sie waren bewaffnet. Die Schlag- und Stechinstrumente hatten sie an ihre dicken Gürtel gehängt. Da gab es nicht nur Knüppel oder Fahrradketten, sondern auch gefährliche feststehende Messer.

Unter der gesperrten Brücke schäumte der Bach. Er führte ziemlich viel Wasser, dafür waren der Regen und die Schneeschmelze der letzten Wochen verantwortlich. Jerry hätte ihn durchqueren können, um so die Brücke zu umgehen, aber das hätte nichts genutzt. Er wäre nur naß geworden, und nach einer Durchquerung hätten sich die Kerle sicherlich mit ihm beschäftigen wollen, allein um vor dem Mädchen zu glänzen.

Nie hätte er mit dem Auftauchen solch einer Bande gerechnet. Er dachte, alles würde friedlich verlaufen, doch nun mußte er es als einen Irrtum erkennen.

Noch fünf Schritte trennten ihn von der Brücke. Jerry Peters hielt den Kopf jetzt nicht mehr gesenkt, sondern hoch erhoben, und er blickte die Rocker an.

Kalte Augen erwiderten seinen Blick. In denen des Mädchens funkelte Spott.

Der junge Mann blieb stehen. Langsam hob er den Kopf, runzelte die Stirn und sah die vier Rocker an.

»Darf ich bitte durch?« fragte er nach einer Weile.

Die Kerle grinsten. Und das Mädchen meinte: »Höflich ist er ja, das muß man ihm lassen.«

Der Kerl neben der Kleinen führte das Gespräch weiter. Er beugte sich vor. »Bleibt ihm auch gar nichts anderes übrig, unserem Streber da. Na, Muttersöhnchen? Hat man dich denn schon allein laufen gelassen? Oder hast du etwa keine Angst?«

»Bitte, ich möchte nur vorbei.«

»Kannst du.«

Jerry lächelte. »Es ist so nicht möglich. Ihr versperrt die Straße. Deshalb möchte ich...«

»Was sagst du? Wir würden die Straße versperren? Du bist wohl verrückt, Junge. Das hättest du nicht sagen sollen. Und dabei hatten wir vor, freundlich zu dir zu sein. Jetzt erhöhen wir den Brückenzoll. Zehn Pfund, wenn du durch willst.«

Jerry Peters schluckte. »Wirklich zehn Pfund?«

»Klar.«

»Aber ich habe kein Geld.«

Da lachten die Rocker auf Kommando los. »Sag nur, daß deine Mummy dir nichts mitgegeben hat, Kleiner? Wenn du uns einen Bären aufbinden willst, werden wir sauer.«

»Ich habe wirklich nichts.«

»Davon werden wir uns selbst überzeugen«, sagt der Anführer der Rocker. Er machte Anstalten, sich von seinem Feuerstuhl zu schwingen.

»Laß es sein!« zischte Peters. Auf einmal klang die Stimme gar nicht mehr so sanft und gemütlich, sondern kalt und hart. Das merkten auch die vier Rocker.

Wie auf Kommando waren sie zusammengezuckt, doch sie fingen sich schnell wieder. Blamieren konnten sie sich nicht. Nein, das sprach sich irgendwie rum, und dann war es aus mit ihrer Herrschaft.

»Nehmt die Ketten«, befahl der Anführer.

Das Mädchen unter ihnen erschrak. Vielleicht dachte sie als einzige anders darüber und spürte, daß dieser junge Mann da nicht so war wie sonstige in seinem Alter.

Und dafür mußte es einen Grund geben. Das Mädchen streckte seinen Arm aus und berührte die Schulter des Rockerchefs. »Ich weiß nicht, Bucky, aber der ist schon seltsam. Ein komisch irrer Typ, finde ich. Mit dem kriegen wir keinen Spaß.«

»Und ob«, erwiderte Bucky.

Die anderen Rocker hatten die Worte auch gehört. »Wenn du keine Lust hast, Dolly, dann lauf doch weg«, meinte einer grinsend.

Bucky fuhr ihm in die Parade. »Schnauze!«

Der Knabe hielt den Mund. Schließlich war Bucky der stärkste. Der schlug glatt drei Leute zusammen.

Er ging auch als erster auf Jerry Peters zu. Dabei zog er eine Fahrradkette. Die einzelnen Glieder glänzten. Sie waren gut gepflegt. Die Kette könnte, wenn sie sprechen würde, schlimme Geschichten erzählen. Bucky setzte sie oft genug ein. Er und seine Gruppe waren in der Umgebung gefürchtet.

Die beiden anderen Typen verließen sich auf ihre Totschläger. Schwere Bleirohre, gemeine Waffen, aber darüber dachten die drei nicht nach. Sie fühlten sich provoziert, obwohl sie es waren, die die Menschen provozierten.

Nur das Mädchen spürte, daß es seine Freunde nicht einfach haben würden. Nein, der Junge war nicht normal, der hatte etwas an sich, vor dem man Angst haben konnte.

Dolly wollte etwas sagen, doch ihre Kehle war wie zugeschnürt. Sie brachte keinen Laut hervor und schluckte nur. Das war ihr unheimlich...

Jerry Peters seufzte noch einmal schwer. Bis jetzt hielt er den Kopf ein wenig gesenkt, nun aber hob er ihn, und in seine wäßrigen Augen war ein metallischer Glanz getreten.

Den sahen auch die Rocker, und sie zuckten zusammen.

»Laßt es sein!«

Die Worte hörten sie, aber sie konnten sich jetzt nicht zurückziehen, dann hätten sie ihr Gesicht verloren.

»Nein«, knirschte Bucky, »dir werden wir es zeigen!«

Er hatte die Worte kaum ausgesprochen, als Jerry Peters reagierte. Wie ein Blitz schlugen Grauen und Angst zwischen die Rockerbande ein...

Elaine Peters lachte schrill, als sie die Hände ihres Freundes an den Hüften spürte. Sie waren kalt, und Elaine trug nur Slip und BH. Beide Kleidungsstücke konnten ihre schwellenden Formen kaum bändigen. Aber so etwas liebte Kirk eben.

»Laß doch, ich will mich duschen.«

»Ja, gleich.« Kirk Malligan umfaßte sie fester und fuhr mit den Lippen über ihre Schulter.

Elaine stöhnte auf. Sie legte den Kopf zurück und hielt ihren Mund halb offen. »Du bist ja wieder wild heute. Wie kommt es?«

»Weil du in meiner Nähe bist.« Seine Lippen glitten weiter über die Haut.

Elaine lachte girrend. Sie war eine Frau von zweiundvierzig Jahren. Und man konnte sie durchaus als einen Männertyp bezeichnen. Irgendwie hatte sie Ähnlichkeit mit der Lollo, nur war ihr Gesicht vielleicht eine Idee voller. Das Haar, ebenso schwarz, fiel Kirk ins Gesicht, und er saugte den Duft ein.

Dieses Weib machte ihn an. Seit drei Jahren war er schon mit ihr zusammen. Elaine hatte sich von ihrem ersten Mann scheiden lassen. Er lebte jetzt in Schottland. Und damit sie und Kirk in Ruhe beisammensein konnten, hatten sie dafür gesorgt, daß Elaines Sohn Jerry in eine Anstalt kam. Sie hatten es tatsächlich geschafft und ihn für psychisch krank erklärt.

Jerry, der sehr unter der Trennung seiner Eltern gelitten hatte, war gegangen, nie würde seine Mutter den letzten Blick und die Abschiedsworte vergessen.

»Ich komme wieder. Und dann gnade euch Gott.«

Danach war er abgeführt worden. Zwei Männer hatten ihn weggeschafft. Und Kirk Malligan hatte nur gelacht.

Er war ein Bulle von Kerl. Als ehemaliger Baggerführer und jetziger Vorarbeiter verdiente er sein Geld im Tiefbau, und dort brauchte man Männer wie ihn, die andere an die Arbeit scheuchten. Dafür war Kirk Malligan genau der richtige. Er galt als hart, sogar als brutal, und manche Schlägerei hatte seine Spuren bei ihm hinterlassen. Zweimal war das Nasenbein gebrochen. Die Narbe an der Stirn verdankte er einem Italiener, der sein Stilett an ihm hatte ausprobieren wollen. Danach lag der Mann vier Wochen im Krankenhaus.

Malligan war für die Gewalt, und so reagierte er nie diplomatisch. Andere Frauen wären vor ihm weggelaufen, nicht so Elaine Peters. Sie liebte es, in den starken Armen des Mannes zu liegen, denn er wußte, wie er sie zu nehmen hatte, und war nicht solch ein Schwächling wie ihr erster Mann.

Jetzt allerdings machte sie sich frei. »Später«, sagte sie, »aber ich brauche die Dusche, fühle mich einfach zu erschöpft und muß den Friedhofsgeruch wegspülen.«

Kirk lachte rauh und griff zu den Zigaretten. Da hatte Elaine gar nicht so unrecht. Sie hatte bei einem Leichenschmaus gekellnert, und die Leute, die sich dort vollaufen ließen, rochen alle irgendwie nach Friedhof und Gräbern.

»Okay«, sagte er, ließ den Rauch durch die Nase strömen und fuhr mit der freien Hand über seine Brust, auf der die braunen Haare wie ein Pelz wuchsen.

Elaine verschwand im Bad. Der Mann blickte ihr nach, wie sie sich provozierend in den Hüften wiegte, als sie den Raum verließ. Die hat Dynamit im Leib, dachte Kirk. Genau das richtige für mich. Er stellte das Radio an, doch von der Musik war nicht viel zu hören, weil sie vom Rauschen der Dusche übertönt wurde. Elaine hatte die Tür zum Bad offengelassen.

Wenn Kirk hindurchschaute, konnte er den Umriß ihres Körpers in der Duschkabine sehen, die durch Milchglas abgetrennt war.

Malligan setzte sich an den Tisch und las in der Zeitschrift. Was dort an unbekleideten Mädchen abgebildet war, traf nicht so seinen Geschmack. Die waren ihm alle zu mager, keine richtigen Weiber dabei, wie er immer sagte.

Er blätterte weiter und hörte das Klingeln des Telefons.

Wütend stand Malligan auf. Am liebsten hätte er den Apparat durchs Fenster geworfen, aber man brauchte ihn ja auch hin und wieder selbst. Dementsprechend schroff klang seine Stimme, als er sich namentlich meldete.

»Dr. Baker. Wohnt bei Ihnen eine Mrs. Peters?«

»Ja.«

»Dann darf ich sie mal sprechen?«

»Worum geht es denn?«

»Das möchte ich Mrs. Peters persönlich sagen«, erwiderte der Arzt.

»Okay, warten Sie.«

Malligan legte den Hörer neben das Telefon und wandte sich der Dusche zu.

Elaine war soeben fertig. Auch sie hatte das Läuten gehört. »Was gibt es denn?«

»Da will dich einer sprechen. Ein Dr. Baker.«

»Der Arzt?«

»Ja.«

»Warum?«

»Weiß ich doch nicht.«

Die Frau streifte sich einen türkisfarbenen Bademantel über. Ihr Gesicht war noch naß. Schweiß und Wassertropfen hatten sich vermischt. Sie nahm die Badekappe ab und schüttelte ihr Haar durch.

»Wer ist eigentlich dieser Baker?« wollte Kirk Malligan wissen.

»Das ist der Arzt, der Jerry behandelt hat.«

»Vielleicht lebt er nicht mehr.«

»Wer? Jerry?«

Kirk grinste. »Wer denn sonst?«

»Verdammt, sprich nicht so.« Elaine Peters ging an dem Mann vorbei und betrat den schmalen Korridor, wo das Telefon auf einem kleinen Tisch stand.

Kirk Malligan blieb in der offenen Tür stehen und lehnte sich an die Verkleidung.

»Hier Elaine Peters«, sagte die Frau. »Was kann ich für Sie tun, Dr. Baker?«

»Für mich gar nichts, liebe Frau. Aber ich möchte Sie warnen.«

Plötzlich schlug Elaines Herz schneller, obwohl der Arzt noch gar nichts gesagt hatte, aber sie dachte sofort, daß etwas mit ihrem Sohn geschehen war, und machte sich auf das Schlimmste gefaßt.

»Was ist mit Jerry?« fragte sie sofort.

»Er ist aus der Klinik ausgebrochen, Mrs. Peters. Zusammen mit zwei anderen.«

Elaine schluckte. »Und?« fragte sie.

»Ich weiß nicht, ob Sie genau über die – sagen wir – Fähigkeiten Ihres Sohnes informiert sind«, formulierte der Arzt den nächsten Satz.

»Nein.«

»Nun, ich will ehrlich sein. Wir haben Ihren Sohn behalten. Aber nicht, weil er psychisch krank ist, sondern weil er besondere Fähigkeiten besitzt, die so außergewöhnlich sind, daß sich sogar der Geheimdienst dafür interessiert.«

»Das verstehe ich nicht.«

»Kann ich mir denken, Mrs. Peters. Ihr Sohn beherrscht die Gabe der Teleportation, der Telekinese und der Telepathie. Er kann zum Beispiel tote Gegenstände allein durch seine Geisteskraft bewegen, und so etwas ist sehr, sehr selten. Wir haben ihn immer bewacht, zu seinem Schutz versteht sich, leider nicht gut genug, wie seine Flucht uns bewiesen hat.«

»Wissen Sie vielleicht, wohin er sich gewandt haben könnte?« fragte Elaine Peters.

»Nein, aber es wäre durchaus denkbar, daß er zu Ihnen kommen will«, erwiderte Dr. Baker.

»Und dann?«

»Müssen Sie uns sofort verständigen.«

»Natürlich.« Elaine überlegte fieberhaft, und sie spürte auch ihr schlechtes Gewissen ihrem Sohn gegenüber. »Haben Sie die Polizei eingeschaltet?«

»Das ist geschehen. Nur wollen wir kein großes Aufsehen erregen und Ihren Sohn nicht unnötig reizen. Es könnte sonst Verwicklungen geben, denn wie ich Ihnen schon sagte, besitzt er nicht ungefährliche Gaben.«

»Natürlich, Sie haben recht«, murmelte die Frau.

»Da ist noch etwas, Mrs. Peters«, sagte der Arzt.

»Reden Sie.«

»In all den Jahren hat Ihr Sohn nie vergessen, daß Sie sich von Ihrem Mann getrennt haben. Er wird sich an Ihnen schadlos halten. Es kann sogar sein, daß er sich rächen will.«

Plötzlich zitterte Elaine Peters' Hand, in der sie den Telefonhörer hielt.

Rache!

Das war es, wovor sie immer Angst gehabt hatte. Sie hatte sie zwar verdrängen, aber nie ganz ausschalten können.

»Sind Sie noch dran?« fragte der Arzt.

»Natürlich, Doc. Sprechen Sie.«

»Wenn Ihr Sohn also bei Ihnen erscheint, benachrichtigen Sie mich sofort. Ich gebe Ihnen jetzt meine Nummer. Haben Sie etwas zu schreiben dabei?«

»Ja.« Elaine schrieb mit. Danach warnte sie der Arzt noch einmal eindringlich und beendete das Gespräch.

Als sie sich umdrehte und ihren Freund anschaute, zitterte sie am ganzen Leib.

»Was ist denn los?« fragte Malligan.

Mit tonloser Stimme berichtete Elaine, was ihr der Arzt gesagt hatte.

Kirk Malligan lachte nur. »Dieses Würstchen?« Er schlug mit der rechten Faust in seine linke Handfläche. »Der soll nur kommen. Ich werde ihm schon zeigen, wo es langgeht. Am besten ist, wenn ich mir Urlaub nehme und hier auf ihn warte. Der kann was erleben. Der bekommt von mir solch einen Tritt, daß er von hier direkt bis in die Klinik fliegt.«

Elaine Peters konnte den Optimismus ihres Freundes nicht teilen. Sie hatte plötzlich Angst...

Wir hatten ein Problem.

Wie sollten wir aus diesem entlegenen Tal wieder in eine bewohnte Gegend kommen? Mit dem Hubschrauber waren Kara, Suko und ich hergeflogen, die Maschine aber lag jetzt zerstört zwischen den Bäumen. Das mußte ich der Army noch beibringen. Es blieb uns nichts anderes übrig, als auf Schusters Rappen zurückzugehen, bis wir einen Ort erreichten, in dem es Telefon gab.

Das schmeckte uns gar nicht. Nicht daß ich etwas gegen Laufen habe, aber wir hatten einfach nicht die Zeit dazu. Außerdem dachte ich an Tokata, der irgendwo herumirrte und sicherlich eine grausame Spur hinterlassen würde.

Kara und Myxin hatten sich bereits entschlossen. Sie wollten noch bei den Steinen bleiben und an ihnen einige Untersuchungen vornehmen. Also machten Suko und ich uns allein auf den Weg. Das Schwert ließ ich zurück. Es hätte zu dumm ausgesehen, wenn ich mit dieser Waffe in der Hand durch die Gegend gewandert wäre. Kara nahm es in Verwahrung. Sie würde es nach London schaffen.

Wir verabschiedeten uns von den beiden und tigerten los. Suko zog ein brummiges Gesicht. Auch ihm paßte es nicht, und immer wieder fing er von Tokata an.

»Hoffentlich dreht der nicht durch«, sagte er. »Wenn ich daran denke, wird mir ganz anders.«

Ich nickte.

Der Samurai des Satans war wirklich das große Problem. Wir hatten nach diesem teuflischen Gelächter nichts mehr von ihm gehört, was allerdings nicht heißen sollte, daß er sich entfernt hatte. Er konnte in der Nähe lauern und uns beobachten.

Das Tal lag hinter uns. Wir schlugen die östliche Richtung ein, wo die Hügel ausliefen und das Land flacher wurde. Zum Glück regnete es nicht. Der Himmel war klar, der Wind frisch, und eigentlich hatten wir ideales Wanderwetter.

Als wir auf die erste Straße trafen, atmeten wir auf. Es war zwar nur ein schmaler Weg, aber immerhin asphaltiert. Er durchschnitt große Roggenfelder und traf an seinem Ende mit einer breiteren Straße zusammen. Die Gegend war jetzt eben geworden. Wir hielten nach Tokata Ausschau, sahen ihn aber nicht.

»Was meinst du, wo er steckt?« fragte Suko.

Ich hob die Schultern. »Allein ist er nicht gerade hilflos, aber er weiß dann nicht, was er tun soll. Der braucht seinen Chef, der ihm sagt, was er unternehmen soll und was nicht.«

Da gab Suko mir recht.

»Irgendwann wird sich Dr. Tod sicherlich mit ihm in Verbindung setzen. Auf solch einen Helfer kann er nicht verzichten«, fuhr ich fort.

Auch darin stimmte mir Suko zu.

Als wir die breite Straße erreichten, sahen wir die beiden Schilder. Sie wiesen auf zwei Orte hin. Bis zu dem einen waren es acht Meilen, bis zum anderen sechs.

Wir gingen in Richtung des am nächsten gelegenen. Oakville hieß das Dorf.

»Da wird es ja bestimmt Telefon geben«, hoffte Suko, »und

vielleicht nimmt uns sogar einer mit.« Der Chinese deutete über die Schulter. »Da hinten kommt ein Wagen.«

Ich drehte mich um.

Suko hatte sich nicht getäuscht. Da rollte tatsächlich ein Wagen heran.

Wir stellten uns mitten auf die Straße und winkten mit beiden Händen. Das hatte ich auch noch nicht erlebt, aber man lernt eben nie aus. Das Gefährt knatterte heran. Es war ein uralter Lieferwagen, aber mit einer modernen Hupe, die betätigte der Fahrer nämlich.

Wir erschraken beide und mußten zusehen, daß wir rechts und links der Straße in den Graben sprangen, denn der Fahrer dachte gar nicht daran, anzuhalten.

Er hätte uns eiskalt überfahren und rauschte vorbei.

»Ein wahrer Menschenfreund!« schimpfte ich und blickte dem Gefährt nach. »Das war ja schon ein Mordversuch.«

»Was regst du dich auf? Du kennst doch die Leute.« Suko sah das alles etwas anders.

Wir marschierten weiter. Inzwischen war es hoher Nachmittag geworden. Auf den weiten Feldern bewegten sich die Bauern. Sie lenkten ihre Traktoren über die schmalen Wege oder waren dabei, mit den schweren Eisenpflügen die Erde aufzuwühlen, um die neue Saat zu legen.

Bald sahen wir die Dächer der Häuser. Oakville war nicht mehr weit.

Wir atmeten auf. Als wäre die Sicht des Ortes ein Signal gewesen, so meldete sich bei mir der Hunger. Ich sprach von einem saftigen Braten, und Suko leckte sich ebenfalls die Lippen. Auch er hatte lange nichts mehr gegessen.

Ein herrlich kühles Bier würde mir auch guttun.

Wieder hörten wir Motorengeräusch, blieben stehen und drehten uns um. Da kamen sogar zwei Wagen. Und der erste war ein Polizeifahrzeug, das erkannte ich sofort.

Auch Suko hatte es gesehen. »Die nehmen uns garantiert mit.«

Trotzdem winkten wir.

Und die beiden Wagen stoppten. Der zweite war ein schwarzer Vauxhall mit getönten Scheiben. Auf dem Dach wippte eine glänzende Antenne. Die Beifahrertür des Wagens wurde aufgestoßen, und ein braunhaariger Mann im grauen Anzug verließ den Vauxhall, während in dem ersten Auto vier Uniformierte saßen.

Der Mann knöpfte sich das Jackett zu. Wind fuhr durch seine Haare und wehte sie hoch. Der Knabe machte einen ziemlich arroganten Eindruck, als er fragte: »Haben Sie einen Grund, uns anzuhalten?«

»Den haben wir in der Tat.«

»Und?« Kaum zu erkennende Augenbrauen hoben sich fragend in die Höhe, während sich die Mundwinkel des Mannes verzogen.

»Wir wollten mitgenommen werden.«

»Das hätte ich mir fast denken können«, erwiderte der Knabe spöttisch. »Sonst tut Ihnen nichts weh, wie?«

Ich wurde leicht sauer. »Ja, Mister. Ihr Ton.«

»Zeigen Sie mir mal Ihre Ausweise!« forderte der Typ, während uns die Polizisten und auch der zweite Zivilist im Vauxhall mißtrauisch beobachteten.

Ich hatte so einen Verdacht. Ich warf Suko einen Blick zu, und der Chinese nickte.

Betont langsam nahm ich das vom Innenministerium ausgestellte und in eine Hülle eingeschweißte Dokument hervor und reichte es mit spitzen Fingern dem Mann.

Der warf einen Blick darauf und wurde blaß. »Sie sind Sinclair?« fragte er dann und schluckte.

»Ja«, erwiderte ich und nahm meinen Ausweis entgegen. »Wenn Sie mir jetzt erklären könnten, mit wem wir hier die Ehre haben...«

»Ich bin Colonel Ted Crane. Secret Service.«

Ich pfiff leise durch die Zähne. »Geheimdienst? Was tun Sie denn in dieser Gegend?«

»Ein Fall.«

»Hatte ich mir fast gedacht. Kann man mehr wissen?«

»Nein.«

»Dann nehmen Sie uns wenigstens mit bis nach Oakville. Ich muß unbedingt mit London telefonieren.«

»Okay, das können Sie.«

Suko und ich stiegen hinten ein. Der Fahrer drehte sich nicht einmal um.

Daß der Geheimdienstmensch nicht weitere Fragen stellte, schien daran zu liegen, daß sich meine Popularität bereits herumgesprochen hatte. Mehrmals hatte ich mit den Leuten zusammengearbeitet, was für die andere Seite sehr fruchtbar gewesen war, denn ich konnte den Fall, der sie quälte, lösen.

Aber hier wollte man mir wohl keinen Bescheid geben.

Suko fragte: »Ob der Fall mit dem unserigen vielleicht etwas zu tun hat?«

Ich hob die Schultern.

Crane hatte gute Ohren. Er drehte sich um und fragte: »Auf wessen Spur haben Sie sich denn gesetzt?«

»Die Sache ist ausgestanden.«

Crane ließ seinen Blick nicht von meinem Gesicht. »Ich glaube Ihnen nicht, Sinclair.«

»Das steht Ihnen frei.«

Hastig drehte er sich wieder um, während sich Suko ein Grinsen nicht verkneifen konnte. Er mochte die arroganten Geheimdienstknaben ebenso wenig wie ich. Die hielten sich für den Nabel der Welt. Das fing bei den oberen Chargen an und reichte bis hinunter zu den kleinen, miesen Mitläufern. Wenn Crane im Range eines Colonels stand, dann hatte das wirklich einiges zu sagen, und es mußte sich bei dem Fall um eine große Sache handeln, wenn man ihn einsetzte. Bestimmt keine Routineangelegenheit, was mir später noch auf eine drastische Art und Weise bestätigt werden sollte.

Wir erreichten den Ortseingang. Einige Gehöfte standen zu beiden Seiten der Straße. Wir hörten das Blöken von Schafen und das Muhen der Kühe. Hühner gackerten, und auf einem kleinen Teich schnatterten einige Gänse. Richtig idyllisch war es hier. Von einer Gefahr spürte ich nichts.

Oakville hatte wohl seinen Namen wegen drei Eichen bekommen, die dicht vor dem Ort ihr mächtiges Geäst in den Himmel streckten. Auf den Zweigen hockten Krähen und äugten auf uns herunter. Die Stämme der Bäume waren so gewaltig, daß zwei Männer nicht ausreichten, um sie zu umfassen.

Wir rollten bis in den Ortskern, der von einem Marktplatz eingenommen wurde.

Hier gab es nicht nur zahlreiche Geschäfte, das Rathaus und die Kirche, sondern auch noch freie Parkbuchten, die an der Hinterseite von zahlreichen grüngestrichenen Bänken begrenzt wurden. Der Vauxhall rollte in eine Parkbucht hinein. Neben uns stoppte der Streifenwagen mit den vier Polizisten.

Spaziergänger waren stehengeblieben und schauten aufmerksam zu uns herüber, als wir die Fahrzeuge verließen.

Colonel Crane wies auf ein schmalbrüstiges Haus, das den hochtrabenden Namen Hotel trug. »Wir haben uns dort einquartiert. Falls Sie noch Fragen haben, können Sie sich da an mich wenden.«

»Natürlich, Colonel.« Ich grinste ihn an. »Und vielen Dank für das Mitnehmen.«

Er zeigte gelbe Zähne. »War mir fast eine Ehre, Oberinspektor.«

»Der kann dich nicht leiden«, meinte Suko.

»Das beruht auf Gegenseitigkeit. Nur gut, daß wir nichts mit seinem Fall zu tun haben. Obwohl es mich wirklich interessieren würde, was die in dieser Gegend suchen.« Zu diesem Zeitpunkt konnte ich nicht ahnen, daß Cranes Fall sehr wohl zu meinem werden würde. Ich wies auf zwei rote Telefonzellen. »So, dann werde ich erst einmal dem guten Sir James Bescheid geben.«

Eine Zelle war frei. Man konnte durchwählen, und ich ließ mir Sir James geben.

Als der Superintendent meinen Namen hörte, vernahm ich ein wütendes Schnaufen.

»Hinter Ihnen muß man wohl immer herrennen, wie?«

»Entschuldigen Sie mal, Sir. Wir hatten einiges zu tun und sind froh, daß wir noch leben. Leider ist der Hubschrauber zu Bruch gegangen, den müssen Sie auf die Verlustliste setzen.«

Zehn Sekunden sagte Sir James Powell nichts, dafür ratterten meine Münzen weiter in den Kasten, und ich mußte Geld nachwerfen. »Sind Sie noch dran, Sir?«

»Ja.«

»Da wir im Augenblick keinen fahrbahren Untersatz besitzen, wird es wohl noch etwas dauern, bis wir in London eintreffen. Und ich weiß nicht, ob ich in diesem Ort hier einen Leihwagen bekomme. Mir jedenfalls sieht es nicht danach aus.«

»Wo stecken Sie denn jetzt?«

»In einem Kaff namens Oakville.«

»Was? Sagen Sie das noch mal.«

Ich wiederholte den Namen.

»Sie bleiben, Sinclair, Sie bleiben. Seit einigen Stunden geistert der Name Oakville durch die Fernschreiber, der ganze Fall wird als top secret bezeichnet.«

»Und worum geht es?« Gleichzeitig warf ich noch ein paar Münzen ein.

»Um drei ausgebrochene Patienten mit besonderen Fähigkeiten. Die Namen lauten Jerry Peters, Rhen Golling und Fred Conrad. Diese jungen Leute besitzen besondere Eigenschaften, deshalb sind sie auch in einer von der Regierung finanzierten Klinik untergekommen. Es sind Telepathen. Sie können Gedanken lesen, Gegenstände allein durch ihre Geisteskraft bewegen und sich auch selbst wegteleportieren. Also Menschen, die unbedingt unter Kontrolle mußten. Jetzt sind sie ausgebrochen, und einer wohnte früher in Oakville. Wir nehmen an, daß er dort wieder hin will.«

»Deshalb also die Geheimdiensttypen.«

»Sie hatten schon Kontakt?«

»Leider.«

Sir James überhörte die Antwort und sagte: »Dann arbeiten Sie mit den Männern zusammen.«

Mein Gesicht wurde lang, was er zum Glück nicht sehen konnte. Dafür erwiderte ich: »Ist gut, Sir, wir werden uns bemühen. Ich habe noch eine Bitte. Mein Einsatzkoffer befindet sich noch im Hubschrauberwrack. Sorgen Sie bitte dafür, daß er geborgen wird. Ich lasse dann wieder von mir hören.«

»Ja, tun Sie das.«

Mit dem letzten Kleingeldverlust war auch das Gespräch beendet. Als ich die Telefonzelle verließ, sah mir Suko sofort an, daß etwas schiefgelaufen war.

»Hat der Alte getobt?«

»Kaum, aber etwas anderes ist geschehen. Cranes Fall ist auch der unserige.«

»Was?«

Ich berichtete und sah Suko an, daß er ebenso wenig begeistert war wie ich.

»Dann wollen wir Crane mal Bescheid geben«, sagte ich und wandte mich der Straße zu, um sie zu überqueren.

»Warte doch mal«, sagte Suko.

Ich drehte mich um.

»Stell dir mal vor, Tokata hat ungefähr den gleichen Weg genommen wie wir. Was ist, wenn er mit diesen drei Ausbrechern zufällig zusammentrifft?«

Plötzlich stand mir der Schweiß auf der Stirn. »Verdammt, Suko, daran darf ich gar nicht denken...«

»Solltest du aber.«

Jerry Peters trat einen Schritt zurück. Die Rocker legten dies als Schwäche aus und stürmten vor.

Vor allen Dingen ihr Chef. Er wollte es genau wissen, holte aus und ließ eine Rechte los, die dem jungen Mann den Kopf von den Schultern gerissen hätte.

Doch dann geschah etwas Seltsames.

Peters blieb stehen. Seine Augen nahmen einen noch stärkeren Glanz an.

Die Faust, auf das Gesicht des jungen Mannes gezielt, blieb dicht vor seinem Kinn stehen, als würde sich dort eine gläserne Wand befinden. Den Rockerboß aber hob es hoch, und er wurde gegen seine Kumpane geschleudert, die damit nicht gerechnet hatten und zu Boden gingen. Die drei bildeten ein wirres Knäuel aus Armen und Beinen und Leibern. Bis auf Dolly, sie hockte da und staunte nur.

»Darf ich jetzt durch?« fragte Jerry Peters.

Dolly nickte automatisch.

Jerry ging einige Schritte vor. Dagegen hatten die Rocker einiges. So leicht gaben sie nicht auf, und sie sahen zu, daß sie wieder auf die Füße kamen.

Bevor Jerry Peters noch über eine der Maschinen klettern oder sich selbst hinwegteleportieren konnte, standen sie schon wieder. Und diesmal wollten sie es härter machen.

Sie zogen ihre Messer.

»Jetzt bekommst du es, Weichmann!« zischte Bucky und rammte seinen rechten Arm vor.

Wieder leuchteten Jerrys Augen auf, und abermals sah keiner der Rocker auch nur eine Bewegung. Dafür hörten sie ihren Chef schreien. Sein Arm fegte nach oben, unsichtbare Kräfte rissen ihn herum, und dann wurde sein Körper über die Brücke gewuchtet, wobei er sich noch einmal in der Luft überschlug, bevor er in den Bach klatschte.

Dem zweiten Rocker gab Jerry ebenfalls Zunder. Er segelte zwischen die Maschinen und riß sie um. Dolly konnte sich soeben noch in Sicherheit bringen.

Der dritte wollte flüchten. Er warf sich auf dem Absatz herum, doch Jerry ließ ihn nur drei Schritte weit kommen. Dann wurden dem Rocker die Beine weggerissen, und wie eine Rakete raste er waagerecht durch die Luft, bevor er mit einem Baumstamm kollidierte, der unter dem Anprall erschüttert wurde. Zum Glück trug der Rocker einen Helm, sonst hätte er sich den Schädel gebrochen.

Der junge Mann mit dem fahlblonden Haar aber stand auf der Brücke und lächelte. Der Glanz aus seinen Augen war verschwunden. Und auch die hervorgetretenen Adern hatten sich wieder zurückgezogen.

Zurück blieb Dolly, das Rockergirl.

Sie hatte mit panikgeweiteten Augen der Szene zugesehen und begriff gar nichts. Jetzt, wo alles vorbei war, schaute sie über das Geländer der Brücke.

Bucky lag im Bach.

Er rührte sich nicht, und das Mädchen sah die Blutspur, die von dem schnell fließenden Wasser mitgerissen wurde und wenige Yards später zerfaserte. Beim Fall mußte sich der Rockerchef die eigene Klinge in die Brust gestoßen haben.

Er war tot.

Plötzlich begann Dolly zu zittern. Die würgende Angst packte sie, ihre Zähne schlugen hart aufeinander, sie starrte Jerry Peters an wie einen Geist, dann warf sie sich auf dem Absatz herum und rannte schreiend weg.

Sie nahm den Weg, der nach Oakville führte, und Jerry Peters ließ sie laufen.

Er stieg über die ineinander verkeilten Maschinen und ging langsamer weiter.

Rechts befand sich ein Feuchtgelände. Es war mit dichtem Gras und hohen Büschen bewachsen. Plötzlich gerieten einige Zweige in Bewegung, und aus den Büschen trat eine Gestalt. Mit drei langen Sätzen hatte sie die Straße erreicht, wo sie sich breitbeinig aufbaute und vor Jerry Peters stehenblieb.

Die Gestalt war Tokata!

Hinter dem Eingang lag ein schmaler Flur. Die holzgetäfelten Wände rochen nach Beize und Tabak. Die Rezeption war kaum zu sehen, genau wie die enge Holztreppe, die sich nach oben wand.

Als wir das Hotel betraten, erhob sich eine unwahrscheinlich dicke Frau hinter der Rezeption von ihrem Stuhl. Sie war ziemlich aufdringlich geschminkt und trug eine blondgefärbte Afrolook-Frisur. Ihr Lächeln, mit dem sie uns begrüßte, war süßsauer.

»Möchten die Gentlemen ein Zimmer?« fragte sie.

Ich blieb stehen. »Später vielleicht. Erst einmal hätten wir gern mit Mr. Crane gesprochen.«

Ein fleischiger Finger wies an mir vorbei und deutete auf eine Tür in der Holzwand. »Da.«

»Danke.«

Ich ging auf die Tür zu. Bevor ich sie öffnen konnte, hörte ich die Stimme der Frau. »Chinesen sind hier auch selten.«

»Hoffentlich kommen sie nicht in einen Käfig«, konterte Suko. »Zur allgemeinen Belustigung.«

Die Antwort fand die Frau wohl so gut, daß sie ein wieherndes Gelächter ausstieß und mich zu der Frage veranlaßte, ob hier irgendwo ein Pferd herumliefe.

Da verstummte die Dicke.

Wir gerieten in eine Gaststube. Auch sie war dunkel. Dafür sorgte das Holz an den Wänden. Es gab nur wenige Tische. Sie waren allesamt rund. An einem hockten die vier Polizisten, hatten die Beine ausgestreckt und nuckelten an ihrem Mineralwasser, an dem zweiten Tisch saßen Colonel Crane und sein Assistent.

Zum erstenmal sah ich den Burschen genauer. Er war ein falkenäugiger Knabe. Drahtig, immer auf dem Sprung stehend. Seine schmale, etwas gekrümmte Nase stach besonders ins Auge.

Zwischen den beiden Männern stand ein Funkgerät. Es verdeckte die beiden Kaffeetassen.

Colonel Crane verzog säuerlich das Gesicht, als wir eintraten. Er deutete auf zwei noch freie Stühle. »Setzen Sie sich.«

»So freundlich auf einmal?«

Crane hob die Schultern. »Bleibt mir ja nichts anderes übrig. Ihre Dienststelle hat verdammt schnell geschaltet. Sie sollen mitarbeiten.« Er sagte nicht, »Sie sind mir unterstellt«, und das war gut so. Sonst hätte es garantiert Reibungen gegeben.

»Tut mir leid«, sagte ich, »aber mein Chef hat so entschieden.«

»Man hat es mir bereits gesagt.« Colonel Crane stellte seinen Mitarbeiter vor.

Der Mann hieß Jack Horn. Ich gab auch Sukos Namen preis.

»Dann möchte ich gern von Ihnen genau wissen, um was es geht, Colonel«, sagte ich.

»Hat man Ihnen das nicht mitgeteilt?«

»Nur in groben Zügen.«

Crane strich seine Nasenfalten nach. »Es geht da um diese drei Ausbrecher mit den besonderen Fähigkeiten. Wir müssen sie, und das möglichst ohne großes Aufsehen, wieder in die Klinik zurückschaffen. Wir haben sie schließlich nicht umsonst so abgeschirmt, denn aus zuverlässiger Quelle wissen wir, daß auch die Feinde unseres Landes hinter den dreien her sind.«

»Welche Fähigkeiten besitzen die drei jungen Männer genau?« wollte ich wissen.

Crane berichtete knapp und informativ. »Sie können mit ihren Gedanken töten.«

»Was heißt das genau?«

»Die geben Ihnen den Befehl, mich umzubringen. Und ebenso lassen sie kraft ihrer Gedanken ganze Häuser einstürzen. Kein Witz, ich habe es selbst erlebt. Bei einem Test. Der Hausbesitzer hat sich die Abbruchfirma sparen können.«

»Das ist allerdings gefährlich«, gab ich zu.

»Freut mich, daß gerade Sie das sagen, Sinclair. Sie sind ja mit solchen Fällen vertraut.«

»Nein, damit nicht.«

»Heißt das, wir stehen weiterhin vor einem Rätsel?«

»So ungefähr.«

»Verdammt, dann sehen wir wirklich lecker aus.« Crane zündete sich ein Zigarillo an und sah auf seine Uhr. »Lange können wir hier nicht mehr hocken bleiben.«

»Ich will das Haus bewachen lassen, in dem einer der jungen Männer, Jerry Peters, gewohnt hat.«

»Glauben Sie denn, daß er zurückkehrt?«

»Ja, denn er haßt seine Mutter. Er hat es nie überwinden können, daß sie sich von ihrem Mann getrennt hat. Wahrscheinlich wird er sie töten!«

Das war ein Grund, den ich einsah. Ich fragte ihn nach Fotos der Ausbrecher.

Er hatte sie.

Ich sah mir die Gesichter an, und Suko blickte an meinem Arm vorbei.

Unter jedem Bild stand der Name.

Jerry Peters schien der jüngste zu sein. Wenigstens vom Foto her. Der blondhaarige junge Mann lachte. Es war nichts Außergewöhnliches an ihm zu erkennen.

Ich legte die Aufnahme zur Seite und schaute mir Rhen Golling an. Er hatte schwarzes Haar, das zu einer Bürste geschnitten war, und eine Himmelfahrtsnase. Schon an seiner Gesichtsform war zu erkennen, daß Golling einige Pfunde zuviel auf die Waage brachte. Er stammte aus Manchester.

Das nächste Foto zeigte Fred Conrad. Mir fielen die großen, aber harmlos blickenden Augen auf und das Lächeln um die Mundwinkel. Fred Conrad hatte deutsche Eltern, die in den fünfziger Jahren nach England eingewandert waren.

Drei Bilder – drei Gesichter. Wenn man sie so ansah, konnte man wirklich nicht ahnen, welche Fähigkeiten sich hinter den glatten Stirnen verbargen.

»Das sind unsere Gegner«, sagte Colonel Crane und trank seine Tasse leer. »Kaum zu glauben, daß sie so gefährlich sind.«

»Wir sollten sie erschießen«, meinte Jack Horn und verzog dabei die Mundwinkel.

Suko und ich starrten ihn an. »Ist das Ihr Ernst?« fragte ich gefährlich leise.

»Klar.«

»Dann sind Sie für diesen Job der falsche Mann«, hielt ich ihm entgegen.

»Ich glaube, das kann ich besser beurteilen als Sie«, fuhr mir Colonel Crane in die Parade. Er funkelte mich an. »Wir sind gezwungen, zusammenzuarbeiten, aber niemand hat festgelegt, wer wessen Vorgesetzter ist. Daran sollten Sie denken, wenn Sie meinen Mann kritisieren. Ich sage ja auch nichts gegen Ihren Chinesen.«

»Der sich nie solche Bemerkungen erlauben würde«, erwiderte ich scharf. »Ihm geht das Leben über alles. Ich denke ebenso, das sollten Sie sich hinter die Ohren schreiben. Und solange ich mit Ihnen zusammenarbeite, dulde ich keine Verbrechen.«

»Davon hat niemand gesprochen.«

»Aber Horns Antwort ließ solche Rückschlüsse zu.«

»Erzählen Sie doch nichts.« Crane saugte an seinem Zigarillo. »Auf jeden Fall werden wir uns das Haus einmal anschauen, in dem Jerry Peters gelebt hat.«

Der Vorschlag war gut. Wir wollten schon aufstehen, als wir von draußen her keifende Stimmen vernahmen. Besonders das Organ der Blonden war deutlich herauszuhören.

Bevor wir nachschauen konnten, was sich dort tat, wurde die Tür aufgerissen.

Ein junges Mädchen stürmte in den Gastraum. Hinter ihr sah ich die Dicke.

Das Girl war gekleidet wie bei den Motorradfahrern üblich. Lederkleidung und Sturzhelm, aber ihr Gesichtsausdruck zeigte alle Anzeichen eines festgefrorenen Schreckens. Das Mädchen schwankte wie ein Strohhalm im Wind, und nicht nur wir waren aufgesprungen, sondern auch die Polizisten.

Wir waren früher bei der Kleinen und stützten sie. Suko befahl der Wirtin, ein Glas Wasser zu holen. Sie kam auch schnell damit an. Das Mädchen trank gierig, schnappte weiter nach Luft, hustete und sprach erst dann.

»Am... am Bach, da wo die Brücke ist. Wir waren da. Ein junger Mann, wir wollten ihn... tot!« schrie sie. »Bucky ist tot. Er hat ihn gekillt, ohne Hand an ihn zu legen...«

Wir wußten Bescheid.

Jerry Peters hatte sein erstes Opfer gefunden. Aus dem Spiel war tödlicher Ernst geworden...

Obwohl Tokata wirklich schrecklich aussah, verspürte Jerry Peters keine Angst. Er war sich seiner Stärke sehr wohl bewußt. Er legte den Kopf in den Nacken und schaute Tokata an.

Viel sah er nicht. Vielleicht schimmerten hell die Knochenteile hinter der Maske, und zwar dort, wo die Haut aufgeplatzt war, aber das würde Jerry sicherlich nicht stören. Er wollte nur vorbei und nicht schon wieder einen Stopp erleben.

»Laß mich vorbei!«

Tokata schüttelte den Kopf. Statt dessen zog er sein Schwert aus der Scheide.

Ein anderer wäre vor Angst vergangen, nicht so Jerry Peters. In seinen Augen flackerte es kurz, der metallische Glanz erschien und dann trat das ein, was man kaum für möglich gehalten hätte, wenn man den Samurai des Satans kannte.

Tokata wankte zurück.

Die Hand mit dem Schwert sank nach unten, wobei die Klinge über den Boden kratzte und eine helle Spur im Asphalt hinterließ. Der Riese wankte, aber er fiel nicht, obwohl Jerry ihm den geistigen Befehl dazu gab.

Und das wunderte ihn.

Noch nie hatte er so etwas erlebt. Bisher hatte noch jeder seinen geistigen Befehlen gehorcht.

Der aber nicht.

Jerry schaute ihn an. Eine dunkel gekleidete Gestalt, von der starker Verwesungs- und Modergeruch ausging. Er sah den ledernen Brustpanzer, die langen Beine, die in schwarzen Stiefeln steckten, und den Armstumpf an der linken Seite.

»Wer bist du?« fragte Jerry.

»Tokata.«

»Warum kann ich dich nicht besiegen? Bist du kein Mensch?«

»Asmodina und die Kraft der Hölle haben mich gestärkt. Ich

bin ein Toter, und ich habe dich töten wollen. Ich töte alle, die sich mir in den Weg stellen.«

»Das wäre nicht gut. Vielleicht brauchst du Freunde.«

»Was ist das?«

»Schließen wir einen Pakt?«

Tokata schüttelte sich. Es wirkte komisch, wie die riesige Gestalt plötzlich in zappelnde Bewegungen geriet, aber die Kraft des Jungen war zu stark.

Doch auch Jerry spürte die Anstrengung. Der kalte Schweiß lag auf seiner Stirn. Er atmete viel schwerer als sonst und konnte nur noch mühsam den Kontakt aufrecht erhalten. Er spürte selbst die ungeheure Magie, die der Samurai des Satans ausstrahlte.

Dann konnte er die Verbindung einfach nicht mehr halten. Jerry taumelte.

Der geistige Kontakt riß.

Aber auch Tokata war angeschlagen. Er wankte zur Seite. Noch immer schüttelte er seinen Körper, ein dumpfes Knurren drang unter der Maske hervor. Er war irritiert, denn noch nie hatte er erlebt, daß ihm einer widerstand.

Schließlich hatte er sich gefangen. Und er steckte sein Schwert ein. Damit bewies er, daß er dem jungen Menschen, der vor ihm stand, nicht mehr feindlich gesonnen war.

Jerry lächelte. Auch er war froh, Ruhe zu haben. »Du siehst«, sagte er, »daß ich auch dich beherrsche, Tokata. Wir sind beide sehr mächtig, und es kommen noch zwei Freunde von mir hinzu. Warum sollen wir keine Gruppe bilden?«

Tokata starrte ihn an. »Wie mächtig bist du?«

»Habe ich dir das nicht bewiesen?«

»Nicht genug.«

Jerry überlegte einen Augenblick. »Dann will ich es dir beweisen. Du kannst mitkommen.«

Und Tokata ging mit. Neben Jerry Peters stampfte er quer über das feuchte Sumpfgebiet. Die beiden wurden nicht gesehen, als sie sich ihrem ersten Ziel näherten.

Es war eine große Steinbrücke, die über einen Fluß führte und als Verkehrsader sehr befahren war...

Das Rockergirl hieß Dolly und hockte mit Suko und mir im Fond des Vauxhall. Unterwegs berichtete es, was sich abgespielt hatte, und wir waren schockiert.

Dann erreichten wir den Ort.

Zuerst fielen mir die Motorräder auf. Sie lagen in der Tat übereinander. Ein wirrer Haufen Metall, verbogen, ineinander verkantet. Ein Krankenwagen war mitgefahren, in ihm hatte ein Arzt seinen Platz gefunden, der neben uns die flache Böschung zum Bach hinunterlief, wo der Rocker noch immer im Wasser lag.

Zwei Polizisten zogen ihn ans Ufer.

Der Arzt führte eine kurze Untersuchung durch. Wir standen daneben und schauten zu.

Schließlich richtete sich der Doc auf und hob die Schultern. »Da ist nichts zu machen, meine Herren«, sagte er. »Dieser junge Mann ist tot. Wie es aussieht, hat er sich selbst das Messer in die Brust gestoßen. Ich kann nur noch den Totenschein ausfüllen.«

Wir nickten und sahen dann nach den anderen. Zum Glück lebten sie. Einer war sogar bei Bewußtsein. Er jammerte vor Schmerzen. Sein Helm war eingedrückt. Der Aufprall gegen den Baum mußte mit ungeheurer Wucht erfolgt sein.

»Er wird innere Verletzungen haben«, befürchtete der Arzt. »Ich kann nicht viel machen. Wir müssen ihn in ein Krankenhaus schaffen.« Er winkte zwei Helfer herbei, die eine Trage schleppten, auf die der Verletzte vorsichtig gebettet wurde.

Der dritte lag zwischen den Motorrädern.

Auch nur verletzt. Er blutete aus einer Wunde am Hinterkopf, da er den Helm verloren hatte und dieser ihn nicht mehr schützen konnte. Auch dieser Junge wurde weggetragen.

Dolly weinte.

Ich wandte mich an sie. »Was habt ihr eigentlich von dem jungen Mann gewollt? Kanntet ihr Jerry Peters?« Ich hatte ihr auf der Fahrt das Foto gezeigt und wußte deshalb, daß er so zugeschlagen hatte.

Dolly schüttelte den Kopf.

»Er war euch also unbekannt.«

»Ja.«

Jack Horn mischte sich ein. »Ist doch klar, was diese verdammten Typen wollten«, sagte er bissig. »Mit ihm spielen, ihn tanzen lassen, die Quittung haben sie ja bekommen.« Er lachte rauh und verstummte erst, als ich ihm einen scharfen Blick zuwarf.

»Es war ja nur Spaß«, flüsterte Dolly. »Wenigstens zuerst. Dann zogen sie ihre Messer...«

Das weitere konnten wir uns denken. Es war wirklich zum Verzweifeln. Wären die Rocker vorbeigefahren, wäre das alles gar nicht passiert. So aber hatte es einen Toten gegeben.

Neunzehn Lenze hatte der junge Mann gezählt. Er hätte nicht zu sterben brauchen.

Wir aber mußten so rasch wie möglich diesen Jerry Peters und auch die beiden anderen Telepathen finden. Sie hatten bewiesen, welch ein Unheil sie anrichten konnten.

»Bleibt es bei dem Plan?« fragte Colonel Ted Crane und kaute dabei auf einem Zigarillostummel.

»Natürlich, wir werden uns um die Mutter des Jungen kümmern. Bin gespannt, was sie uns zu sagen hat.«

»Und Tokata?« flüsterte Suko.

Crane hatte den Namen gehört. »Von wem reden Sie da?« fragte er. »Tokata?«

»Ja, kennen Sie ihn?«

Colonel Crane sah mich an. »Müßte ich das?«

»Ja, mein Lieber. Daß Sie ihn nicht kennen, ist fast eine Bildungslücke. Andererseits seien Sie froh, denn es gibt nur wenige Menschen, die Tokatas Bekanntschaft überlebt haben.«

Colonel Crane schaute mich und Suko an wie zwei Geisteskranke.

Der Aschenbecher quoll fast über, und an jeder Kippe klebten dunkelrote Lippenstiftspuren. Elaine Peters rauchte Kette. Sie zündete sich einen Glimmstengel nach dem anderen an, und das fiel sogar ihrem Freund auf den Wecker, der die Frau durch die im Zimmer hängenden Rauchschwaden nur noch unscharf sah.

»Hör auf zu qualmen!« fuhr er sie an.

»Ach, leck mich...«

Malligan lachte. »Du scheinst ja einen Horror zu haben...«

Elaine hob den Blick. Sie trug ein grünes Kleid, das einige

Speckpölsterchen genau nachmodellierte. Aus rotgeränderten Augen starrte sie ihren Freund an. »Ja, verdammt, ich habe einen Horror. Ich habe einfach Angst vor meinem eigenen Sohn. Das kannst du mir abnehmen.«

Kirk Malligan machte nur eine abwehrende Handbewegung. Er stand auf und öffnete das Fenster.

Endlich strömte frische Luft in den Raum, die auch mal die Rauchschwaden durcheinanderquirlte.

Elaine hustete und sah Kirk zu, der am Fenster stand und sich hinauslehnte.

Viel konnte er nicht sehen. Einen Hof, daneben eine Scheune. Beides gehörte dem Bauern, dessen Eigentum auch das Haus war, in dem Elaine Peters wohnte. Auf dem Hof liefen ein paar Hühner herum und pickten ihr Futter.

»Geh da vom Fenster weg«, sagte Elaine.

»Warum?«

»Weil es gefährlich ist.«

Kirk lachte. »Glaubst du etwa, die würden mir eine Kugel in den Schädel jagen?«

»Vielleicht.«

Malligan drehte sich um. »Was ist eigentlich mit dir los, Elaine? So kenne ich dich gar nicht.«

»Ganz einfach. Ich habe Angst.«

Der Mann hob die Schultern. »Aber wovor, zum Teufel?«

Elaine nickte heftig. »Teufel, ja, da hast du ein wahres Wort gesprochen.« Sie strich eine Haarsträhne aus ihrem Gesicht. »Ich habe Angst vor dem Teufel.«

»Den gibt es nicht«, grinste Kirk Malligan.

»Doch, es gibt ihn.«

»Hast du ihn schon gesehen?«

»Für mich ist mein Sohn der Teufel.« Sie schluckte. »Der ist zu allem fähig.«

Kirk Malligan zeigte seine Faust. »Damit«, sagte er, »bekommt er die Quittung.«

Elaine schüttelte den Kopf. »Nein, mein Lieber, du wirst Pech haben. Er ist stärker als du. Viel stärker, glaub mir das.«

Der Mann verzog die Mundwinkel. »Ich hoffe, es kommt der Tag, wo ich dir beweisen kann, daß du unrecht hast.«

Sie schüttelte nur den Kopf und bat dann, das Fenster zu schließen, weil sie fror.

Malligan kam dem Wunsch nach.

Sie hockten in der Küche an dem alten Tisch. Eine Eckbank stand dahinter und vor dem Tisch zwei Stühle. Kirk Malligan wollte den Fernseher anschalten, doch die Frau schüttelte den Kopf.

»Laß es bitte.«

»Ich wollte dich ja nur ablenken.«

»Nein, nein...«

Als Ersatz nahm Malligan den großen Aschenbecher und leerte ihn. Als er sah, wie viele Kippen in den Eimer rollten, schüttelte er den Kopf. Mit einem heftigen Ruck stellte er das gläserne Gefäß wieder auf den Tisch, über dessen Platte eine Plastikdecke lag.

»Ich habe Durst«, sagte Elaine mit rauher Stimme.

»Willst du ein Bier?«

Sie nickte.

Kirk Malligan brachte sich selbst auch eine Flasche mit. Es war Exportbier aus Germany. Malligan hatte es unter der Hand bekommen und nur wenig bezahlt. Die Käufer hatten das Zeug sicherlich gestohlen.

Das Bier schäumte in die Gläser.

Dann tranken sie.

Beide leerten ihr Glas mit einem Zug.

»Das tat gut«, stöhnte Kirk, und seine Freundin pflichtete ihm nickend bei. Malligan wollte noch einmal nachschenken. Er hatte die Flasche schon in der Hand, als es schellte.

Die Frau wurde blaß und blickte zu dem stehenden Kirk Malligan hoch. »Das ist er.«

»Wer?«

»Jerry!«

»Woher willst du das wissen?«

»Wer sollte uns sonst besuchen?«

»Das stimmt auch wieder.« Als es zum zweitenmal schellte, stellte Kirk Malligan die Flasche zur Seite, reckte seine Schulter vor und sagte: »Ich öffne.«

»Nein!«

Fast panikartig wurde der Schrei ausgestoßen, und Kirk zuckte regelrecht zusammen.

»Wieso?«

Elaine Peters rutschte hinter dem Tisch hervor. »Ich gehe. Mich kennt er. Vielleicht kann ich ihn abwimmeln. Wenn er dich sieht, dreht er womöglich völlig durch.«

»Meinetwegen.«

Elaine hastete durch die Küche. Mit fahrigen Bewegungen strich sie das Haar zurück. Sie erreichte die kleine Diele, als die Glocke zum drittenmal anschlug.

»Ja, ja, ich komme schon!« rief sie und preßte ihre Hand auf den wogenden Busen. Das Herz trommelte überlaut. Sie spürte den Schweiß und hatte große Angst.

Mit einem Ruck riß sie die Tür auf.

Mit allem hatte sie gerechnet, sogar mit einem tödlichen Schuß, nur nicht mit dem Anblick des fremden Mannes vor ihrer Tür.

»Guten Tag«, sagte der Mann.

Automatisch gab Elaine eine Antwort. Dann fragte sie: »Wer... wer sind Sie?«

»Darf ich reinkommen?«

Elaine musterte den Fremden. Er trug einen dunkelgrünen Ledermantel und eine Baskenmütze auf dem Kopf. Sein Gesicht war rund, die Wangen pausbäckig, die Nase klein. Die Augen fielen höchstens wegen ihrer blassen Pupillenfarbe auf, und der Mund kam Elaine irgendwie viel zu weich vor.

»Ich kenne Sie nicht!«

»Das wird sich ändern. Es wäre besser, wenn Sie mich hereinlassen würden. Auch in Ihrem Interesse, glauben sie mir.«

Elaine warf einen Blick über die Schulter zur Küche hin, deren Tür offenstand. Sie wußte ehrlich gesagt nicht, was sie tun sollte. An diesem Besucher irritierte sie vieles, vor allen Dingen aber seine harte Aussprache.

Als sie ihn wieder ansah, hatte er eine Hand, die rechte, aus der Manteltasche genommen. Und jetzt wies die Mündung einer Pistole auf Elaine.

Die Frau zuckte zusammen und öffnete den Mund.

»Keinen Laut!« zischte der Fremde.

Da erschien Kirk Malligan. Er kam aus der Küche. Genau in

dem Augenblick, als der Fremde die kleine Diele betrat und die Wohnungstür zudrückte.

Sofort schwenkte er den Arm, so daß die Waffe jetzt auf Malligan wies. Der blieb stehen.

»Es ist nur zu Ihrer eigenen Sicherheit«, sagte der Fremde und lächelte spröde.

Elaine warf Kirk einen hilfesuchenden Blick zu, aber auch Malligan fühlte sich plötzlich nicht mehr wohl in seiner Haut.

»Gehen Sie bitte in die Küche«, verlangte der Fremde. »Und unternehmen Sie nichts, was mir gefährlich werden könnte. Ich wäre dann gezwungen, zu schießen.«

»Was wollen Sie?« keuchte Malligan.

»Das sage ich Ihnen später. Ich möchte Ihnen aber jetzt schon mitteilen, daß wir im Prinzip keine Feinde sind. Im Gegenteil, ich suche Leute, die mit uns zusammenarbeiten. Ich bin sogar bereit, Ihnen ein Problem abzunehmen.«

»Welches Problem?«

»Wollen wir nicht ins Zimmer gehen?«

Elaine Peters und Kirk Malligan blieb nichts anderes übrig, als dem »Wunsch« dieses Mannes zu folgen. Sie betraten die Küche, immer in dem Bewußtsein, die Mündung der Pistole auf ihren Rücken gerichtet zu sehen.

»Bitte setzen Sie sich auf die Bank«, sagte der Fremde.

Die beiden gehorchten. In Malligan kochte es. Er lief rot an, denn es war für ihn ein Wahnsinn, so reingelegt worden zu sein. Das ärgerte ihn ungeheuer, aber er konnte nichts dagegen tun. Die Argumente des anderen waren die besseren.

Der Fremde holte sich einen Stuhl und setzte sich den beiden gegenüber. Er sah sie an, dann senkte er den Lauf der Waffe und steckte die Pistole schließlich ganz weg.

»Damit Sie sehen, wie ich Ihnen vertraue«, sagte er.

Malligan schüttelte den Kopf. »Also, ich werde aus Ihnen nicht schlau, Mister. Wer sind Sie?«

»Nennen Sie mich Smith.«

Kirk kicherte. »Toll, der Name. Wirklich einfallsreich. Darauf wäre ich nie gekommen.«

Smith lächelte. »Namen sind bekanntlich Schall und Rauch.

Es kommt immer darauf an, was die Person, die den Namen trägt, vorhat. Und ich habe mit Ihnen etwas vor.«

Malligan griff zur Bierflasche. »Da bin ich mal gespannt«, murmelte er, während er einschenkte.

»Es geht an sich nicht um Sie, Mr. Malligan, sondern um den Sohn Ihrer Freundin.«

»Um Jerry?« hauchte die Frau.

»Ja.«

»Aber was wollen Sie von ihm?«

»Eigentlich nichts, Lady. Wir wollen ihn, sagen wir, nur haben. Sie wollen ihn nicht, haben Angst vor ihm, wir aber sind sehr an Ihrem Jungen interessiert.«

»Wer sind Sie denn?«

»Das ist doch egal.«

»Ihre Aussprache klingt fremd«, sagte Kirk. »Außerdem sehr hart. So sprechen meine Kollegen, die aus dem Osten kommen.«

»Ich bewundere Ihren Scharfsinn, Mr. Malligan. Aber lassen wir das. Ich bin gekommen, um Ihnen ein Problem abzunehmen, denn es gibt keinen Zweifel, daß das Auftauchen des Jungen zu einem Problem für Sie geworden ist.«

Elaine und Kirk sahen sich an. Synchron nickten sie. »Das stimmt«, gab der Mann zu.

»Womit wir uns schon einig wären«, lächelte Smith. »Allerdings möchte ich Sie um einen Gefallen bitten. Ich wäre Ihnen wirklich sehr verbunden, wenn Sie mir Ihre Wohnung als Warteort zur Verfügung stellen würden. Natürlich nicht umsonst, ich würde mich bei Ihnen erkenntlich zeigen.« Er griff in die linke Tasche und holte ein Bündel Geldscheine hervor, das in der Mitte durch ein Gummiband gehalten wurde. Smith warf das Bündel auf den Küchentisch. Es rutschte über die Decke und wurde durch die Bierflasche gebremst.

Die Augen des Paars wurden gierig, denn es war nicht gerade wenig Geld, das vor ihnen lag.

Smith nannte ihnen auch die genaue Summe. »Es sind fünfhundert Pfund, die ich Ihnen zukommen lassen möchte.«

»Was?« flüsterte Malligan.

Smith lächelte knapp. »Zählen Sie nach.«

Malligan nahm die Scheine und blätterte sie kurz durch. Elaine schaute dabei von der Seite zu. »Das ist genau die Summe, die uns für einen neuen Wagen fehlt.«

»Ich weiß«, sagte Smith.

»Sie haben sich sehr gut informiert«, bemerkte Malligan.

»Natürlich.«

»Was verlangen Sie denn dafür?« erkundigte sich die Frau.

»Nichts weiter, was Sie aufregen könnte. Ich bleibe einfach hier und warte auf Ihren Sohn, der sicherlich bald eintreffen wird. Und dann nehme ich ihn mit.«

»Das ist alles?«

»Ja.«

Malligan nahm hastig einen Schluck Bier. »Für das Geld können Sie meinetwegen eine Woche hier warten. Und was Sie mit Jerry anstellen, ist mir egal.«

»Ich danke Ihnen für die Mithilfe«, erwiderte Smith.

»Möchten Sie ein Bier?«

»Nein, nein, ich habe keinen Durst. Aber wenn Sie vielleicht die Vorhänge zuziehen würden, es wird gleich dunkel, und ich möchte nicht unbedingt gesehen werden.«

»Das verstehe ich«, sagte Malligan, stand auf und dunkelte das Küchenfenster ab.

»So besser?«

»Ja, danke.«

Elaine Peters stand auf und holte ihre Handtasche, in die sie das Geld steckte.

Sie hatte noch nicht wieder Platz genommen, als es zum zweitenmal schellte.

Smith stand blitzschnell auf. Sein Gesicht nahm einen gespannten und lauernden Ausdruck an. »Wer kann das sein?«

»Wissen wir nicht.«

»Gibt es hier ein Versteck?«

»Das Schlafzimmer«, antwortete Elaine.

»Gut, bringen Sie mich da unter. Und zu keinem ein Wort, daß ich hier bin.«

»Keine Bange, das geht schon in Ordnung.«

Die Frau brachte Smith ins Schlafzimmer. Der Fremde ging auf Zehenspitzen, während Malligan vor der Tür stand und wartete, bis Smith verschwunden war.

Dann öffnete er.

Vor ihm standen vier Männer.

Er zuckte zurück, sah einen Ausweis und vernahm die Stimme eines hochgewachsenen, blondhaarigen Mannes. »Entschuldigen Sie die Störung, aber wir hätten Sie gern einmal gesprochen.«

»Und?«

»Es geht um Jerry Peters.«

»Kommen Sie rein!« Kirk Malligan gab die Tür frei.

Tokata war völlig durcheinander. Er, der vor nichts und niemandem Angst hatte, spürte mit seinem Instinkt, daß ihm der junge Mann an seiner Seite überlegen war. Nicht an körperlichen Kräften, sondern an geistiger Kraft.

Der Samurai des Satans ertappte sich dabei, daß er genau das tat, was der andere von ihm wollte.

Er hieß Jerry.

Mehr hatte er Tokata nicht mitgeteilt, doch das reichte. Nebeneinander gingen sie her, und der Junge hielt mit dem wesentlich größeren Tokata Schritt. Er wollte ihm etwas demonstrieren, und der seelenlose Samurai war gespannt.

Langsam wurde es dämmrig. Der Wind frischte auf. Er blies über das flache Gelände, Abendwolken erschienen am Himmel, die aussahen wie dunkle Berge.

Sie gingen quer über die Felder. Kein Zaun störte sie, keine Begrenzung konnte sie aufhalten. Sie traten oder rissen es kurzerhand nieder.

Und sie hatten noch Glück. Sie wurden zwar von manchen Bauern aus der Ferne gesehen, aber die Menschen kümmerten sich nicht um sie. Sie waren mit ihren eigenen Problemen beschäftigt.

So kam es, daß Tokata und Jerry ihr Ziel unangefochten erreichten.

Irgendwann wurde der Boden feuchter. In den Trittstellen sammelte sich das Wasser, ein Zeichen, daß sich die beiden der Flußniederung näherten.

Dann war auch der Fluß zu sehen.

Wie ein dunkles Band teilte er die Landschaft, auf der das letzte Licht der scheidenden Sonne lag und ein für menschliche Augen oft unangenehmes Zwielicht schuf.

Aber die beiden sahen nicht nur den Fluß, sondern auch die Steinbrücke, die über das Gewässer führte.

Sie lag rechts vor ihnen, vielleicht ein paar hundert Yards entfernt. Und sie sahen die Straße, die über die Brücke führte.

Zahlreiche Autos rollten über die Fahrbahn. Die hellen Lichter wirkten wie eine Kette, die hin und wieder mal aufriß, wenn eine kleine Verkehrspause entstand.

Je näher die beiden der Brücke kamen, um so größer erschien sie ihnen. Von der Ferne hatte sie so klein ausgesehen, doch das täuschte. Die Brücke hatte wuchtige Ausmaße. Sie ruhte auf steinernen Säulen, um die das Wasser des Flusses gurgelte und schäumte.

Jerry hob die Hand.

»Ich werde sie zerstören«, murmelte der junge Mann.

Tokata starrte ihn an. Auch er hätte die Brücke zerstören können – allerdings mit seinem Schwert und nicht nur Kraft seines Geistes. Doch das wollte der Junge.

Er ging einen Schritt vor und konzentrierte sich.

Für einen Moment dachte er an die Gefahr, die er heraufbeschwor. Denn durch seine unheimliche Fähigkeit brachte er zahlreiche Menschen in Todesnot.

Ein Bus fuhr heran.

Er war im Innern beleuchtet, und Jerry sah die Passagiere als Schattenrisse.

Für einen Augenblick verkrampfte sich sein Gesicht, dann ließ er den Bus passieren.

Hinter ihm fauchte Tokata.

Er wollte endlich einen Beweis sehen.

Und Jerry Peters brachte ihn. Er konzentrierte sich voll auf das Objekt und griff mit all seiner geistigen Kraft an.

Im Augenblick befanden sich nicht so viele Wagen auf der Brücke.

Drei rauschten an.

Ein Lastwagen an der Spitze, dessen Ladefläche von einer grauen Plane verdeckt war, und zwei Personenkraftwagen. Der eine blau, die Farbe des anderen war schlecht zu erkennen. Soeben setzten die beiden Fahrer der schnelleren Fahrzeuge zum Überholen an.

Die Augen des Jungen nahmen wieder den metallischen Glanz an. Sie schienen zu Platten zu werden, die in den Augenhöhlen lagen. Jerry brauchte seine gesamte Kraft, um Tokata den Beweis zu erbringen.

Und er schaffte es.

Das Grauenvolle geschah.

Urplötzlich bildeten sich in der Fahrbahn Risse. Erst nur schmal, dann breiter werdend, und schließlich klafften Spalten in der Fahrbahndecke, über die kein Fahrzeug mehr hüpfen konnte, ohne in Gefahr zu geraten, einzusacken.

Auch an den Pfeilern zeigten sich die ersten Zerstörungen. Steine wurden aus dem Verbund gerissen, Löcher klafften, der Träger begann zu zittern, zu wanken – und er brach.

Hupen ertönte.

Reifen jaulten über die Fahrbahndecke. Vor den überholenden beiden PKW fiel die Straße plötzlich ab. Mit Donnergetöse stürzten sie in die Fluten, wo es hoch aufspritzte und gischtete.

Die Fahrer hatten zu spät gebremst. Die Geschwindigkeit trieb die Wagen noch voran, sie rasten mit jaulenden Pneus in die Tiefe, begleitet von tonnenschweren Gesteinsbrocken, die auf die Dächer prallten und die Wagen zusammendrückten.

Auch der Lastwagen kippte.

Er hätte es fast noch geschafft, aber der Untergrund war so porös, daß er vorn wegbrach und der Lkw Übergewicht bekam. Donnernd raste er in die Tiefe.

Der Fahrer hatte im letzten Augenblick reagiert und war aus dem Wagen gesprungen.

Panikerfüllt rannte er zurück, sah einen nachfolgenden Wagen auf sich zurasen, schaute in die grellen Scheinwerfer hinein, die zu gewaltigen explodierenden Sonnen wurden, spürte den ungeheuren Schlag und wurde hochgewirbelt.

In der Luft überschlug sich sein Körper ein paarmal. Er driftete über das Geländer und stürzte in die Tiefe.

Noch immer kreischten Reifen, wurden Bremsen getreten, ertönten Hupen.

Wagen rasten ineinander, verkeilten sich, wurden zu häßlichen verbogenen Metallgebilden, und plötzlich zuckten erste Flammen auf, wo Sekunden später ein Tank explodierte.

Brennendes Benzin flog als glühender Regen durch die Luft. Gierig leckten die Feuerzungen in die Höhe und gaben dem Chaos eine makabre Beleuchtung.

Die Menschen waren in Panik verfallen. Sie rannten kopflos umher. Ein Mann lief genau in die Flammenwand, riß seine Arme hoch, schrie und brach zusammen.

Tokata und Jerry standen am Rand der Fahrbahn und schauten in das mörderische Chaos.

Die Augen des jungen Mannes hatten den metallischen Glanz verloren, aber ein siegessicheres Leuchten war in sie getreten. Jerry hatte es geschafft. Er war Sieger geblieben und hatte bewiesen, welche Kräfte in ihm steckten.

Langsam drehte er sich um und fragte Tokata: »Reicht dir das?«

Tokata nickte.

»Dann laß uns gehen. Es gibt noch sehr viel zu tun. Sie alle sollen wissen, daß ich da bin.«

Und der Samurai des Satans lachte dazu. Das war etwas für ihn. Sie würden die Herrschaft der Hölle verbreiten, und der Schrecken war zu ihrem Partner geworden...

Ich betrat als erster die Wohnung. Hinter mir drängten Suko, Colonel Crane und Jack Horn in die enge Diele. Rasch sah ich mich um. Eine normale Wohnung, mehr nicht. Ziemlich hausbacken, nichts Teures, vollgestellt mit alten Möbeln.

»Was wollen Sie?« fragte der stämmige Mann, der uns hereingelassen hatte.

»Sind Sie Mr. Peters?«

»Nein.«

Fragend blickte ich ihn an, und er bequemte sich zu einer Antwort. »Ich heiße Malligan, Kirk Malligan, und lebe mit Elaine Peters seit einiger Zeit zusammen.«

»Danke. Ist Mrs. Peters auch im Haus?«

Er deutete auf die Küche.

Wir betraten den Raum. Nicht alle fanden wir Platz, und so

blieben Suko und Jack Horn stehen. Der Geheimdienstmann schaute sich mißtrauisch um, als suchte er irgend etwas, während Crane nur Elaine Peters fixierte.

Die Frau machte mir einen nervösen Eindruck. Sie wich unseren Blicken aus, und ich sah Ringe unter ihren Augen. Aufgeregt drehte sie eine Zigarette zwischen Zeige- und Mittelfinger.

»Sie ahnen, weshalb wir gekommen sind?«

Sie nickte.

»War er schon hier?«

Sie schüttelte den Kopf.

Neben mir holte Crane scharf Atem. »Ich habe das Gefühl, Sie lügen uns an«, bemerkte er schneidend.

Elaine Peters hob den Kopf. »Nein«, erwiderte sie leise. »Ich lüge nicht. Er war nicht hier.«

»Aber Sie erwarten ihn?« hakte ich nach.

»Möglich.«

»Glauben Sie nicht, daß es ihn in sein Elternhaus zurücktreibt?«

Sie lächelte schmal. »Weshalb sollte er denn kommen? Ich habe ihm nichts mehr zu sagen.«

»Es gibt da eine Geschichte, die schon länger zurückliegt. Sie haben doch dafür gesorgt, daß er in eine Anstalt eingeliefert wurde«, hielt ich ihr entgegen.

»...und er wollte sich dafür rächen«, sagte Colonel Crane schnell. »Das hat er immer gesagt.«

Dieser Mann hatte kein Taktgefühl. Ich sah, wie Elaine Peters verkrampfte, doch sie wurde auch verstockt. »Tut mir leid, Gentlemen, ich kann Ihnen nichts sagen.«

»Sie lügen doch!« zischte Crane.

Jetzt mischte sich Malligan ein. Er hatte bisher an der Tür gestanden und nichts gesagt. »He, Mann, das nehmen Sie zurück, ja? Meine Partnerin lügt nicht. Ich kann bezeugen, daß Jerry nicht hier war.«

»Darauf geben wir nichts«, sagte Horn.

»Typisch Bulle.«

Horn atmete tief durch und lief langsam rot an. »Hör zu, Freund«, sagte er gefährlich leise. »Erstens sind wir keine Bullen und zweitens...«

»Halten Sie jetzt den Mund!« schrie ich ihn an. »Wenn gesagt wird, daß Jerry Peters nicht hier war, dann glaube ich das.«

Horn wurde rot. »Okay, okay, Sinclair. Ich sage schon nichts. Bin nur gespannt, wer von uns recht behält.«

Ich stand auf und warnte Mrs. Peters eindringlich. »Wissen Sie, Ihr Sohn ist gefährlich. Und sollten Sie auch nur einen Hemdzipfel von ihm sehen, dann sagen Sie sofort der Polizei Bescheid. Man ist dort informiert.«

»Das mache ich.«

Wir gingen – und wurden unten auf der Straße direkt mit einer neuen Hiobsbotschaft konfrontiert. Ein Polizist berichtete mit stockender Stimme, daß in der Nähe die Autobahnbrücke eingestürzt war.

Unsere Augen wurden groß. Und Colonel Crane sagte: »Das war Jerrys Werk, dieser verdammte Teufel!«

Mit den Worten sprach er uns voll aus dem Herzen!

»Geschafft«, sagte Kirk Malligan und kam zurück in die Küche. »Sie sind weg.«

Elaine Peters zitterte so sehr, daß ihr die brennende Zigarette aus der Hand fiel und ein Loch in die Plastikdecke brannte. Sofort begann es zu stinken.

»Was hast du?« fragte Kirk.

»Angst.«

»Du hast doch gesehen, wie elegant man sich aus der Affäre ziehen kann. Man darf sich nur nicht von den Bullen einschüchtern lassen. Hast du gesehen? Sogar mit einem Chinesen sind die gekommen.«

Elaine stockte.

»Der Blonde schien ja ganz okay gewesen zu sein«, plapperte Malligan weiter, »und über den Gelben kann man nichts sagen, aber die anderen beiden waren scharfe Hunde, das sag ich dir. Ich kenne so welche von der Army, wo wir mal gearbeitet haben. Die sind so ...« Er verstummte, weil Smith im offenen Türrechteck aufgetaucht war. Er hatte sich nicht umgezogen, trug noch immer den Ledermantel und auch die Baskenmütze auf dem Kopf, aber er nickte.

»Das haben Sie gut gemacht, Mr. Malligan.«

Kirk grinste überheblich. »Eine meiner leichtesten Übungen. Wenn Sie sehen würden, wie ich mit meinen Leuten fertig werde... ha, davon könnten Sie noch lernen.«

»Möglich.«

»Kannten Sie eigentlich welche davon?«

»Die Hälfte. Den Blonden und den Chinesen habe ich nie zuvor gesehen, aber die anderen beiden sind mir sehr wohl bekannt. Colonel Crane und Jack Horn. Crane ist ein hohes Tier beim Geheimdienst. Ein abgefeimter Hund, dabei hart und manchmal sogar brutal. Vor dem muß man sich in acht nehmen.«

»Das habe ich gemerkt.«

Die Frau mischte sich ein. »Wann rechnen Sie denn damit, daß Jerry hier erscheint, Mr. Smith?«

»Wenn es dunkel ist.«

»Ja, das ist gut möglich.«

Dann lauschten alle drei. Weit entfernt klangen Polizeisirenen auf. Und nicht nur eine, sondern gleich mehrere. Es war ein auf- und abschwellendes Heulen von Sirenen und Martinshörnern.

Kirk war mit einem Satz am Fenster und starrte hinaus. Er konnte über das flache Dach einer alten Scheune hinwegsehen. Das Land war eben, und er erkannte die zuckenden roten Lichter, deren Widerschein über die Ebene geisterte.

»Mann«, flüsterte er ehrfürchtig. »Da ist die Hölle los.«

»Wo?« fragte Elaine.

»So in Richtung Autobahn.«

»Vielleicht ein Unfall«, vermutete Elaine Peters. Sie sagte es aber so, als würde sie selbst nicht daran glauben.

Das meinte auch Smith. »Daran glaube ich nicht. Ich schätze, Ihr Sohn hat bereits zugeschlagen.«

Die schwarzhaarige Frau drehte sich hastig um. Ihr Blick flackerte. »Meinen Sie?«

»Ja.«

»Aber was ist mit ihm los? Was haben sie aus ihm gemacht?« schrie Elaine.

»Wissen Sie das wirklich nicht?« fragte Smith.

»Nein!«

»In der Klinik des Dr. Baker beschäftigt man sich mit der Erforschung der menschlichen Psyche. Das heißt, man versucht durch Untersuchungen herauszufinden, ob der Mensch tatsächlich und im wahrsten Sinne des Wortes in der Lage ist, durch seine geistigen Fähigkeiten Berge zu versetzen. Es gibt solche Menschen, die in die Natur eingreifen und Menschen mit Hilfe ihrer Gedanken töten. Auch können sie Häuser zum Einsturz bringen. Diese Leute sind lebende Zeitbomben und werden unter Verschluß gehalten. Jerry gehört dazu.«

»Aber das ist ja schrecklich«, flüsterte die Frau.

»Wie man's nimmt.«

»Was sagst du dazu, Kirk?«

Malligan war blaß geworden. Die Worte des Mannes hatten ihm zu denken gegeben. Er war sich nicht mehr sicher, Jerry nur mit der Faust besiegen zu können. Und er fragte sich, ob er sich nicht übernommen hatte.

»Wer solche Leute hat, besitzt die Macht«, sagte Smith. »Auch die Amerikaner haben diese Personen und stellen bereits Forschungen mit ihnen an.«

»Und Sie nicht?«, fragte Malligan, dem eine Gänsehaut über den Rücken rann.

»Nein. Aber mit Ihrer Hilfe werden wir ihn bekommen. Jerry wird uns helfen.«

»Sie arbeiten für den Osten?«

Smith schwieg. Malligan senkte den Kopf. Er starrte den Boden an, wo der Linoleumbelag mehr als stumpf wirkte. Aber das war ihm völlig egal. Andere Gedanken durchströmten sein Hirn. Bisher hatte er sich von den fünfhundert Pfund blenden lassen, doch nun dachte er mehr globaler.

Und so etwas wie Patriotismus stieg in ihm hoch, gemischt mit einem wilden Trotz.

Der Fremde schien zu merken, was im Hirn des Mannes vor sich ging. Er warnte Malligan. »Werden Sie nur nicht komisch, mein Lieber. Ich bin schneller als Sie.«

»Klar.«

Die Frau blickte von einem zum anderen. Sie verstand nicht. »Was ist eigentlich los?«

»Nichts«, sagte Kirk, »gar nichts.« Er trat wieder ans Fenster und sah hinaus, nachdem er den Vorhang zur Seite gezogen hatte.

Es war dunkel.

Noch immer heulten in der Ferne die Sirenen, und Kirk sah den Widerschein der Lichter.

Er wußte nicht, was er tun sollte. Er ahnte, daß etwas Schreckliches geschehen war, und daß er sich indirekt zum Mittäter machte, wenn er Jerry schützte, auch indem er mit Smith zusammenarbeitete.

Malligan wußte, daß Smith ihn genau beobachtete. Am liebsten wäre er verschwunden, aber er konnte Elaine nicht einfach mit dem Fremden allein lassen. Sie hatte wieder Bier geholt, und er hörte, wie sie einschenkte.

»Du auch ein Glas, Kirk?«

»Nein.« Malligan umkrampfte mit seinen Händen die Kante der Fensterbank. Weiß traten seine Knöchel hervor, durch die Nase saugte er die Luft ein, und sein Herz schlug schneller. Wie kam er aus dieser verdammten Situation nur wieder heraus?

»Sie sollten sich nicht mit Gedanken quälen«, vernahm er Smiths spöttische Stimme. »Denken Sie an das Sprichwort: Mitgefangen – mitgehangen!«

»Ich kenne es.«

»Dann sind wir uns ja einig.«

Nichts sind wir, wollte er sagen, doch er fand einfach nicht den Mut dazu.

Wieder glitt sein Blick über das Schuppendach.

Und da sah er die Gestalt!

Sie stand auf dem Dach und starrte zu ihm rüber.

Erstickt schrie er auf, taumelte zurück und drehte sich hastig um.

»Was ist los?« fragte Smith.

»Da... da stand einer. Auf... auf dem Dach der Scheune«, stotterte Malligan. »Ich habe ihn genau erkannt. Es war er... es war Jerry!«

»Nein!« Elaine Peters schlug ihre Hand vor die Lippen, nur Smith reagierte kalt.

»Weg da!« herrschte er Malligan an und zog gleichzeitig seine

Waffe. Er nahm aber noch etwas hervor. Einen zylinderförmigen Gegenstand, den er auf den Lauf schraubte.

Schalldämpfer!

Dadurch wirkte die Waffe noch größer und klobiger, als sie ohnehin schon war.

Mit einem heftigen Ruck riß er die Vorhänge zur Seite und schaute nach draußen. Dabei hatte er den Arm so weit erhoben, daß der Waffenlauf über die Fensterbank lugte.

Zu sehen war – nichts.

Niemand stand auf dem Dach der Scheune. Der Hof lag in absoluter Ruhe unter ihm.

Smith blieb noch eine Minute unbeweglich am Fenster stehen, bevor er sich umdrehte und Malligan anblickte.

»Sie glauben mir nicht?« fragte dieser mit tonloser Stimme.

»Es fällt mir schwer.«

»Aber er war da, verdammt. Ich habe ihn genau gesehen. Wirklich...«

»Ja, das ist möglich«, gab Smith zu. »Er muß sich ja in der Nähe aufhalten.«

»Aber warum kommt er dann nicht her?« fragte Elaine Peters mit flüsternder Stimme.

»Keine Ahnung.«

Malligan setzte sich wieder. »Und wenn er wirklich kommt«, murmelte er, »was sollen wir ihm dann sagen? Wie sollen wir uns ihm gegenüber verhalten?«

»Sie tun gar nichts.«

»Auch nicht, wenn er uns töten will?« fragte Elaine Peters mit stockender Stimme.

»Auch dann nicht.« Smith grinste kalt. »So weit lasse ich es nicht kommen. Ich habe auch für Jerry die besseren Argumente.«

»Als ob er sich vor einer Kanone fürchten würde«, meinte Malligan spöttisch.

»Er wird es.«

Malligan lehnte sich auf dem Stuhl zurück. Er war plötzlich bleich geworden, und augenblicklich glitzerten Schweißperlen auf seiner Stirn.

Elaine Peters war aufgefallen, daß mit ihrem Freund etwas nicht stimmte. »Kirk!« rief sie. »Was ist geschehen?«

Er starrte sie an.

Kalkweiß...

Kirk öffnete den Mund, wollte etwas sagen, doch kein Wort drang über seine Lippen.

Und plötzlich stürzte Blut aus seiner Nase!

Sie hatten Oakville erreicht. Am Ortseingang versteckten sich beide, da sich das Unglück inzwischen herumgesprochen hatte und quasi der Teufel los war. Rettungswagen jagten in und durch den Ort, aufgeregte Menschen bevölkerten die Straßen und Gehsteige, Oakville war zu einer Zentrale geworden.

Jerry lächelte boshaft. Er wollte das Dorf in einen Hort des Schreckens verwandeln.

Danach allein trachtete er.

Tokata hatte sich ihm untergeordnet. Der Samurai des Satans erkannte die Kraft des Jungen an. Willig ließ er sich von ihm führen, wobei er immer noch hoffte, daß Dr. Tod ihn so schnell wie möglich wieder in den Kreis der Mordliga aufnahm.

Die beiden kauerten hinter einer halb zerfallenen Schäferhütte. Nichts hatte sich in den letzten drei Jahren verändert. Jerry Peters erkannte alles wieder. Es war nichts hinzugekommen, man hatte auch nichts abgerissen, an Oakville schien der Bauboom vorbeigegangen zu sein.

Jerry dachte an seine beiden Partner. Rhen Golling und Fred Conrad hockten in einer Scheune und warteten auf ihn. Den Weg hatte er ihnen genau beschrieben, und er war sicher, daß sie ihn auch fanden. Beide wirkten verstört, sie waren noch längst nicht so weit wie er, ihre Kräfte schlummerten, die Wissenschaftler hatten sie noch nicht wecken können.

Doch irgendwann würden auch sie soweit sein, dann kam die Zeit der großen Rache. Davon war Jerry Peters fest überzeugt. Nur mußte er sich erst um seine privaten Dinge kümmern, bevor er Oakville dem Erdboden gleichmachte.

So sollte seine Rache aussehen.

Denn nicht nur seine Mutter und ihr Freund hatten ihn verstoßen und verspottet, auch war er von den anderen Einwohnern ausgelacht und gehänselt worden.

Die Rache würde schrecklich sein...

Neben ihm scharrte Tokata ungeduldig mit den Füßen. Ihm ging alles nicht schnell genug. Er wollte weg, endlich kämpfen, aber Jerry hielt ihn zurück.

Die Aufregung über das Unglück mußte sich erst gelegt haben. Dann wollte er zuschlagen.

Beide hörten sie das Knurren.

Blitzschnell drehten sie sich um, und mit einer kaum zu verfolgenden Bewegung zog der Samurai sein Schwert. Matt glänzte die Klinge, und Tokata als auch Jerry Peters hörten das Hecheln und Schnaufen, mit dem ein gewaltiger Bluthund auf sie zurannte.

Er war nur ein Schatten, keine Gefahr für Tokata, der ihn mit der Klinge töten wollte. Doch Jerry Peters hielt den Samurai des Satans zurück.

»Nicht, das mache ich.«

Jerry trat vor Tokata und konzentrierte sich nur auf das Tier.

Der Bluthund war schon so nahe, daß er nur noch zweimal zu springen brauchte, um die Männer zu erreichen.

Der erste Sprung!

Der wuchtige, gefährliche Schatten flog durch die Luft, kam mit den Vorderpfoten gut auf, wollte sich wieder abschnellen, als er plötzlich kraftlos zusammenbrach.

Er konnte dem geistigen Ansturm nichts entgegensetzen. Der Bluthund krümmte sich auf dem Boden, schlug mit den Beinen um sich, winselte, da traf ihn der erneute Stoß.

Es war sein Ende.

Die gefleckte Bestie flog vor den Augen des Jungen plötzlich auseinander.

Jerry lachte nur und drehte sich um. Dann stieß er Tokata an. Das Zeichen zum Weitergehen.

Sie drangen in das Dorf ein. Dabei überlegten sie jeden Schritt, denn sie wollten nicht zu früh entdeckt werden. Nur gut, daß Jerry sich hier auskannte, er wußte, wo man hergehen konnte, um nicht gesehen zu werden.

Sie durchquerten eine schmale Gasse und zuckten zusammen,

als über ihnen ein hölzerner Fensterladen geschlossen wurde. Mehr geschah nicht. Über einen Zaun stiegen sie, landeten in einem Garten und schritten über die weiche feuchte Erde, wobei sie fast bis zu den Knöcheln einsanken.

Manchmal schlug ein Hund an, doch sie kümmerten sich nicht um das Gebell, das irgendwann verstummte.

Zehn Minuten später war es soweit. Sie hatten ihr erstes Ziel erreicht.

Das Haus von Jerrys Eltern. Oder vielmehr die Wohnung. Denn sie lebten bei einem ehemaligen Bauern, der sein Land allerdings verkauft hatte und zur Zeit Urlaub irgendwo im Süden machte.

Die alte Scheune stand noch.

Jerry bedeutete Tokata, im Schatten dieses Gebäudes zu bleiben, und teleportierte sich dank seiner geistigen Kräfte auf das flache Dach der Scheune.

Von dieser Stelle aus konnte er das Küchenfenster der Wohnung genau im Auge behalten.

Obwohl die Vorhänge zugezogen waren, schimmerte Licht hinter der Scheibe. Das war deutlich zu erkennen. Auch bewegten sich Schatten. Heiß stieg es in Jerry hoch. Das Gefühl der Rache und der Abrechnung überkam ihn. Nur mühsam konnte er sich beherrschen. Am liebsten hätte er das Haus jetzt schon in Trümmer gelegt.

Da bewegte sich der Vorhang.

Ein Gesicht erschien.

Kirk Malligan!

Jerry Peters stöhnte auf. Diesen Mann haßte er, und er wollte ihn vernichten.

Malligan starrte nach draußen.

Sein Blick traf sich mit dem des Jungen!

Kalt lächelte Jerry. Er sah, wie Malligan zurücktaumelte und wieder ins Zimmer hineinging.

Auch Jerry verschwand vom Dach, blieb neben Tokata stehen, so daß sie vom Haus her nicht entdeckt werden konnten, aber in seine Augen trat wieder der metallene Glanz.

Jerry konzentrierte sich auf Malligan...

In schweren Tropfen fiel das Blut auf den Tisch!

Im ersten Augenblick wagte niemand, sich zu rühren. Elaine und selbst Smith standen unter Schock. Alles war so plötzlich geschehen.

Steif wie ein Brett hockte Malligan auf seinem Stuhl. Die Augen waren ihm aus den Höhlen getreten, der Mund stand halb offen, die Hände hatte er um die Tischkante geklammert.

Elaine hockte ihm gegenüber. Auch sie war bleich geworden. In ihren Augen flackerte die Panik.

»Kirk!« flüsterte sie. »Mein Gott, Kirk, was ist...?«

Malligan schüttelte nur den Kopf. Er wollte sprechen, mühte sich ab und öffnete unter ungeheuren Schwierigkeiten den Mund.

Blut...

Wieder sahen beide das Blut. Jetzt rann es aus seinem Mund und benetzte das Kinn.

»Ahhhgggrrr!« Elaine hatte sich nicht mehr halten können. Ihre Panik wollte sich in einem Schrei entladen, doch Smith reagierte eiskalt. Seine Handkante wischte nach unten. Er wußte, wohin er zu schlagen hatte.

Elaine Peters bäumte sich noch einmal auf und brach dann zusammen. Seitlich fiel sie auf die Eckbank.

Ein schreckliches Stöhnen ließ Smith herumfahren. Malligan hatte es ausgestoßen.

Smith sah den Grund.

Nicht nur aus Mund und Nase rann das Blut, sondern auch aus den Augen.

Schaudernd wandte sich Smith ab.

Da krachte Malligan zu Boden. Mit angewinkelten Beinen lag er auf der Erde, das Gesicht blutüberströmt.

Smith drehte sich um und ging neben dem Mann in die Knie. Er fühlte nach dem Puls.

Nichts – der Puls schlug nicht mehr. Kirk Malligan war tot. Das Schicksal hatte ihn ereilt, und Smith wußte auch, wer dafür verantwortlich war.

Jerry Peters!

Er hatte zugeschlagen.

Dem abgebrühten Smith lief eine Gänsehaut über den Rücken.

Für Sekunden schloß er die Augen. Verdammt, das war hart gewesen, und er ahnte, daß es noch härter kommen würde. Er verfluchte den Job und wünschte sich in die Wüste von Nevada, um dort in den unterirdischen Raketenstationen herumzuspionieren.

So idyllisch dieses Dorf und die Landschaft auch wirkten, so grauenvoll waren sie.

Er starrte auf die Leiche. Sie mußte verschwinden. Sollten die Bullen noch einmal zurückkommen, so durften sie keinen Verdacht schöpfen. Aber wohin mit dem Toten?

Er sah die Dusche, vor der ein Vorhang hing. Dort konnte er den Toten hineinwuchten.

Gedacht, getan. Als er fertig war und den Vorhang zugezogen hatte, sah er die Flecken an seinen Mantelärmeln. Die würden eintrocknen. Aber das Blut auf dem Boden und dem Tisch mußte weg.

Ein Stöhnen wies ihn darauf hin, daß die Frau soeben aus ihrer Bewußtlosigkeit erwachte. Sie drückte sich von der Bank hoch, verzog das Gesicht und blieb schwankend sitzen.

Überrascht sah sie sich um, aber auch verständnislos.

Smith setzte sich neben sie. »Sind Sie in Ordnung?« fragte er und rollte dabei das R sehr stark.

»Ja, ja. Was ist?«

»Sie müssen hart sein.«

Elaine blickte Smith an. Dabei drehte sie zu hastig den Kopf und verzog das Gesicht, weil Schmerzen ihren Schädel durchzuckten. »Wo ist Kirk Malligan?«

»In der Dusche.«

»Was?«

»Er ist – tot.«

Jetzt war es heraus, und Smith hockte gespannt da, um sofort zuschlagen zu können, falls die Frau falsch reagierte und einen Schreikrampf erlitt.

Doch sie hielt sich und sagte nichts. Vorerst nichts. Sie starrte nur auf den Tisch und sah das Blut, das sich auf der Plastikdecke verteilt hatte.

»Haben Sie ihn...?« drang es tief aus ihrer Kehle.

»Nein, ich war es nicht.«

»Wer dann?«

»Können Sie sich das nicht denken?«

»Jerry, nicht wahr?« Sie sprach abgehackt und tonlos, ohne Modulation in der Stimme. Ihr Blick ging dabei ins Leere.

»Er war es.« Smith hielt der Frau die Zigarettenschachtel hin. Sie nahm das Stäbchen, zerbrach es und schleuderte die Reste auf den Tisch. »Er hat mein Leben zerstört!« flüsterte sie. »Ich hasse ihn, verdammt, ich hasse ihn!«

Sie wollte schreien. Smith bemerkte es rechtzeitig und verschloß mit seiner Hand ihren Mund.

Elaine aber sackte zusammen und begann zu weinen. Erst jetzt folgte die natürliche Reaktion.

Smith ließ sie, obwohl die Zeit drängte. Aber mit einer nervenschwachen Person konnte er nichts anfangen.

Schließlich hatte sich Elaine wieder gefangen.

»Wir müssen das Blut wegwischen«, sagte der Mann.

»Das Blut?« Die Frau sprach so, als hätte sie gar nichts gehört.

Smith schüttelte sie. »Ja, verdammt, das Blut. Holen Sie einen Eimer und einen Wischer.«

»Sicher.«

Smith rückte zur Seite, damit sie aufstehen konnte. Dabei ging sie wie eine Marionette, die von irgendeinem Spieler geleitet wurde. Smith hatte das Gefühl, ihre Beine würden gar nicht zum Körper gehören. Sie verließ das Zimmer. Der Agent folgte ihr sicherheitshalber, doch die Frau war nur in der kleinen Diele vor dem Einbauschrank stehengeblieben, hatte die Tür aufgezogen und holte das Putzzeug hervor. Sie besaß noch einen alten Metalleimer.

Elaine mußte noch dreimal frisches Wasser holen, dann war der Boden sauber.

Smith war zufrieden. So langsam beruhigte er sich wieder. Er sah auf seine Uhr.

Schon zwanzig Uhr durch.

Bald mußte etwas geschehen, dieses Warten hier machte ihn noch verrückt.

Plötzlich schrie Elaine Peters auf.

Smith fuhr herum.

Die Frau stand in der Mitte des Raumes und hatte die Hände in ihr Haar gekrallt.

»Was ist los?«

»Er hat mich gerufen.«

»Wer? Jerry?«

»Ja, er.«

»Und was will er?«

Sie starrte ihn an. Lauernd und fordernd. »Er will, daß ich sofort zu ihm komme.«

»Und? Gehen Sie?«

»Ja, ich muß doch, oder nicht?«

Smith grinste. »Klar müssen wir. Kommen Sie, meine Liebe, auch ich kann es kaum erwarten...«

Es war die Ruhe vor dem Sturm.

Eine trügerische, gefährliche Ruhe, die sich über den kleinen Ort Oakville gelegt hatte.

Inzwischen wußten wir, daß nicht allein die Brücke eingestürzt war, sondern daß es auch vier Tote und mehrere Verletzte gegeben hatte.

Allgemein rätselte man über die Ursache. Wir wußten es besser, hüteten uns jedoch, etwas zu sagen.

Die Polizisten waren aus dem Ort abgezogen worden. Sie mußten helfen. Nur Crane, Horn, Suko und ich waren geblieben. Wir hatten unser Hauptquartier in der kleinen Polizeidienststelle aufgeschlagen.

Cranes Beine lagen auf dem Schreibtisch. Ein Zigarillo klemmte in seinem Mundwinkel. Er starrte nur das Telefon an. Crane wartete auf eine Nachricht, die ihm sagen sollte, wo sich Jerry Peters befand, damit er ihn abholen konnte.

Aber der Apparat blieb stumm.

Jack Horn spielte mit seiner Waffe. Es war ein achtunddreißiger Smith & Wesson und roch nach Öl.

Mich machte die Warterei nervös. Ich spürte, daß irgend etwas geschehen war und noch geschehen würde, und das Herumsitzen hier trieb mich fast zum Wahnsinn.

Suko dachte ähnlich wie ich, das sah ich an seinem Blick. Schließlich hielt ich es nicht mehr aus und stand auf.

Crane hob den Kopf. »Was ist los, Sinclair? Wollen Sie uns verlassen?«

»Ja, ich mache einen Rundgang.«

Jack Horn grinste. »Wie früher der Sheriff, wie?«

»So ähnlich.«

Suko war ebenfalls aufgestanden und trat zu mir. Er wollte mich begleiten.

»Na dann viel Spaß!« rief Crane uns nach, als wir die Tür hinter uns schlossen.

Wir gingen die Treppe hinunter und blieben auf dem schmalen Gehsteig stehen.

»Was hältst du von denen da?« fragte Suko.

Ich atmete die kühle Nachtluft ein. Das tat gut nach dem Tabakgestank in der verräucherten Bude. »Nichts«, erwiderte ich auf Sukos Frage. »Wenigstens nicht viel. Sie haben sich nicht geändert. Sind noch so, wie ich sie kenne. Kalt, arrogant, überheblich und halten sich für den Nabel der Welt.«

Wir hatten uns ein Stück vom Polizeirevier entfernt. Inzwischen war es Abend geworden, und die Dunkelheit lag über dem Ort wie ein großer Sack. Ich hätte mich gern an der Unfallstelle umgesehen, aber wir konnten hier nicht weg.

Es herrschte noch ziemlich viel Betrieb auf der Straße. Die kleinen Geschäfte waren erleuchtet. Viele Ladenbesitzer blieben in den Verkaufsräumen, um vielleicht noch etwas zu verdienen, denn erst vor wenigen Minuten waren wieder zwei Rettungswagen durch den Ort gerast.

Wir hatten uns die Fotos so genau angesehen, daß ich die Kerle auch in natura erkennen würde, wenn sie vor mir standen. Wir sahen uns immer wieder um, musterten jeden Passanten, der ungefähr in dem Alter war.

Niemand der drei ließ sich blicken.

Die Menschen diskutierten, wenn wir mal zufällig ihre Gespräche über das Unglück hörten.

Das andere war vergessen. Außerdem wußten die meisten gar nicht, welch eine Gefahr über ihnen schwebte.

»Du kannst sagen, was du willst, John, wohl ist mir nicht bei der Sache.«

Ich gab Suko recht.

Der Chinese grinste. »Ein paar ehrliche Vampire sind mir da schon lieber. Da weiß man, wen man pfählen kann, aber die Fähigkeiten, die dieser Jerry Peters besitzt, die sind grauenhaft. Das ist der wahre Horror, John.«

Suko war ziemlich gesprächig. Er mußte sich einfach seine Sorgen von der Seele reden. Wir hatten unwillkürlich den Weg zu Mrs. Peters' Haus eingeschlagen.

»Willst du da noch mal nachfragen?« erkundigte sich Suko.

Ich nickte. »Bisher hat sie ja nicht angerufen. Ich werde das Gefühl nicht los, daß sie uns etwas verschwiegen hat. Die weiß mehr, als sie zugibt.«

Suko nickte. »Ich hätte auch nicht viel gesagt, wenn mich Typen wie Crane und Horn befragen würden.«

Ich lachte. Der Chinese mochte die beiden einfach nicht. Wir bogen in die schmale, mit Kopfsteinen gepflasterte Gasse ein, wo auch die Vorderseite des Hauses lag, in dem Elaine Peters wohnte. Eine einsame Laterne leuchtete schwach. Auch hinter den Fenstern der Wohnungen brannte kaum Licht. Und wenn, dann wurde es von den Vorhängen oder Blendläden gefiltert.

Obwohl wir schon mal hier gewesen waren, fand ich erst nach einigem Suchen den Klingelknopf. Elaine Peters lebte in der ersten Etage, die Leute unten waren nicht da, wie man mir gesagt hatte, aber auch bei Elaine Peters meldete sich niemand.

Wir schauten an der Hauswand hoch. Alles war dunkel. An der Rückseite ebenso.

Ich blickte Suko an. »Die haben uns geleimt. Ich bin mir fast sicher, daß sie sich mit ihrem Sohn getroffen hat.«

»Mann, das wäre ein Ding. Aber was können wir tun?«

»Unseren Freund suchen.«

»Und wo?«

»Frag mich was Leichteres.«

Wir verließen die Gasse wieder. Es hatte wohl keinen Sinn, wenn wir Leute befragten. Es war fraglich, ob Elaine Peters gesehen worden war.

»Von Tokata haben wir auch nichts gesehen«, meinte Suko.

»Hör auf. Jerry Peters reicht mir.«

»Das allerdings.«

Wir erreichten wieder den Ortskern. Hier herrschte mehr Betrieb, es waren mehrere Fahrzeuge unterwegs. Unter anderem sah ich zwei junge Männer, die auf ihren Motorrädern hockten und aus einer Seitengasse herausfuhren.

Wir sahen es genau, weil wir der Einmündung der Gasse gegenüberstanden und ebenfalls die Straße kreuzen wollten.

Die Motorradfahrer waren schneller. Sie gaben Gas.

Zuviel Gas.

»Verdammt, was machen die?« zischte Suko.

Da hörten wir schon die Schreie, und ich sah die Szene vor mir wie einen bösen Film.

Als würden unsichtbare Hände die beiden Krafträder anschieben, so rasten sie nach vorn. Die Fahrer waren völlig überrascht worden. Sie hockten auf den Feuerstühlen und krallten sich verzweifelt am Lenker fest.

Wie ein Sturmwind wurden die Maschinen vorangetrieben und an uns vorbei. Sie drehten sich dabei um die eigene Achse, kippten aber nicht um, sondern schleuderten weiter auf einen anfahrenden PKW zu, dessen Fahrer die Augen weit aufriß, bremste und seine Hände vors Gesicht schlug.

Jeden Augenblick mußte der Zusammenprall erfolgen.

Das geschah nicht.

Plötzlich wirbelten Mensch und Maschine hoch, sie hoben wirklich vom Erdboden ab, wurden in die Luft geschleudert, kippten wieder und rasten auf einen Lebensmittelladen zu.

Der Besitzer konnte seinen Laden noch schreiend verlassen, als es geschah.

Mit full speed knallten die beiden Motorradfahrer in die breite Scheibe des Ladens.

Es war wirklich wie im Kino, fehlte nur die Zeitlupe. Wir hörten das Platzen und Knallen des Glases, plötzlich spritzten die Splitter, ein glitzernder Regen ergoß sich in die zerstörte Auslage und fiel auch auf den Gehsteig, während die beiden Fahrer in das Geschäft hineinrasten und dort mit ihren Maschinen in die vollen Regale dröhnten.

Der Krach, die Schreie und das Heulen der Motoren wurden zu einem wahren Inferno.

Der Krach, die Schreie und das Heulen der Motoren wurden zu einem wahren Inferno.

Suko und ich rannten los. Wir hatten als erste die Erstarrung überwunden. Ein paar verstörte Gaffer, die sich uns in den Weg stellten, drückten wir zur Seite.

Erst jetzt gellten die ersten Schreie. Und nicht nur von entsetzten Zuschauern ausgestoßen, sondern auch von den beiden Fahrern, die in das Geschäft gerast waren und dort abgeräumt hatten.

Die Tür war heil geblieben, weil der Besitzer durch den Eingang die Flucht ergriffen hatte. Sie stand sogar offen, und wir sprinteten in den Laden.

Zuerst sahen wir die beiden Hondas. Sie lagen auf der Seite. Beide Räder drehten sich noch, ein Motor röhrte.

Die Fahrer waren von ihren Maschinen geschleudert worden. Einer lag quer über einer großen Verkaufstheke und stöhnte. Suko kümmerte sich um ihn, ich nahm mir den zweiten vor.

Der junge Mann schrie. Er lag in so verrenkter Haltung, daß mir der Grund des Schmerzes bekannt war. Der Fahrer hatte sich einen Arm gebrochen.

Ich kniete mich neben ihn. Zum Glück hatten beide Helme getragen, und die hatten viel abgehalten. Schmerz und Panik spiegelte sich in den Augen des jungen Mannes wider.

Ich sprach beruhigend auf ihn ein.

Suko kam zu mir. »Was ist mit ihm?«

»Wahrscheinlich Armbruch.«

Der Chinese nickte. »Der andere hat zum Glück nur einen Schock.«

»Peters scheint es auf junge Leute, die in seinem Alter sind, abgesehen zu haben«, sagte ich. »Das hat sicherlich einen Grund.«

»Vielleicht Rache«, vermutete mein Freund.

»Genau.«

Inzwischen waren die ersten Einwohner in den Laden gekommen. Sie standen dicht hinter der Tür. Wir sahen bleiche, erschreckte Gesichter, doch niemand tat etwas.

»Gibt es keinen Arzt?« rief ich.

»Nein, die beiden sind an der Brücke.«

»Dann holen Sie einen zurück!« rief ich.

Jemand rannte weg.

Der Verletzte wimmerte leise vor sich hin. In mir stieg die Galle hoch. Eine ungeheure Wut erfaßte mich. Dieser verdammte Peters war ein Teufel. Man mußte ihm das Handwerk legen. Aber wie, denn ich wußte nicht, wie ich an ihn herankommen konnte.

Wo hielt er sich verborgen?

Wir gingen wieder nach draußen. Crane und Horn rannten quer über die Straße, wo der Verkehr zum Erliegen gekommen war. Ein Stück weiter befand sich der Marktplatz, wo der Vauxhall parkte.

»Was ist passiert?« schnarrte Colonel Crane ein wenig atemlos vom Laufen.

»Peters hat wieder zugeschlagen. Zwei Motorradfahrer sind in die Scheiben eines Lebensmittelgeschäfts gerast.«

»Tote?«

»Zum Glück nicht.«

Ted Crane fluchte wie ein alter Seemann. Dann lief er in den Laden. Wir blieben draußen. In meinem Gehirn überschlugen sich die Gedanken. Es mußte einfach möglich sein, diesen Jerry Peters zu finden. Er konnte sich doch nicht in Luft aufgelöst haben. Irgendwo in Oakville mußte unser Gegner stecken.

Ich begann mir Vorwürfe zu machen. Wir hätten nicht untätig herumsitzen, sondern Nachforschungen anstellen sollen. Leute befragen, die früher mit Jerry Peters zu tun gehabt hatten. Vielleicht hätten die uns einen Hinweis geben können. Jetzt war es zu spät. Peters hatte schon zugeschlagen, und er würde es auch weiterhin tun, davon war ich fest überzeugt.

Wo steckten er und die beiden anderen Gedanken-Killer?

Plötzlich zuckten wir zusammen.

Jeder, der sich auf der Straße befand, hatte wohl das Geläut der Glocken gehört, dessen Echos schwer und dumpf über die Straßen und den Ort hallten.

Nicht wenigen lief eine Gänsehaut über den Rücken, und alle schauten zur Kirche hin.

Jeder von uns sah aber auch das Gesicht mit den beiden Hörnern, das für einen kurzen Moment am Himmel schwebte und dann verblaßte.

Asmodina!

Sie hatte eingegriffen. Mein Gesicht verkantete sich. Jetzt wurde die Auseinandersetzung noch härter. Auch sie schien sich für die Menschen zu interessieren. Klar, die Gedankenkiller paßten ausgezeichnet in ihr höllisches Konzept.

Ich dachte an Tokata. Vielleicht hatte der Samurai des Satans seinen Weg zu Jerry Peters und den beiden anderen gefunden.

Die Glocken läuteten noch immer. Die Kirche mit dem spitzen Turm stand am Marktplatz. Besonders fiel das große Kreuz auf, das den Turm schmückte. Und auf dem Kreuz stand ein Wetterhahn.

Es war wohl mehr Zufall, daß ich mir das Kreuz ansah und gewaltig erschrak.

Bewegte sich das Kreuz nicht?

Ja, es wankte.

Mein Gott, das würde stürzen.

»Suko!« Meine Stimme klang schrill. Das konnte ich nicht vermeiden. Auch der Chinese sah, was dort auf der Kirche passierte.

Plötzlich kippte das Kreuz. Es waren keine Hände da, die es halten konnten. Als hätte ihm jemand einen heftigen Stoß gegeben, raste es in die Tiefe.

Genau auf den belebten Marktplatz zu...

Die alte Scheune gab es immer noch.

Jerry Peters kannte sie aus seiner Kindheit. Hier hatte er sich immer verkrochen, wenn ihn die anderen zu sehr hänselten. Das Gebäude befand sich gar nicht weit vom Marktplatz entfernt und schloß sich direkt an ein altes Bauernhaus an, das von dem Besitzer aufgegeben worden war. Er hatte vor dem Ort neu gebaut, wo er schneller zu seinen Feldern fahren konnte.

Rhen Golling und Fred Conrad warteten.

Sie hockten auf einer alten Holzbank, die der zweiflügeligen Holztür gegenüberstand.

Als sie das Knarren der Tür vernahmen, horchten sie auf. Jerry Peters kam.

Aber nicht allein. Er hatte noch jemanden mitgebracht. Eine gewaltige Gestalt, die einen widerlichen Geruch ausströmte und in ihrer Größe gerade noch durch die Tür paßte.

Rhen und Fred sprangen auf. Instinktiv spürten sie das Fremde, die Feindseligkeit, die die Gestalt ausströmte, und sie stellten sich sofort gedanklich darauf ein, doch sie schafften es nicht, in das Gehirn des Fremden einzudringen.

Es ging auch nicht, denn Tokata war kein Mensch, sondern ein untotes Wesen.

Breitbeinig blieb er stehen, während Peters die Tür schloß und dann vor den Samurai trat.

»Er ist mein Freund und heißt Tokata«, erklärte er mit kratziger Stimme. »Er wird uns in unserem Kampf unterstützen, und ich möchte, daß auch ihr Freunde werdet.«

Rhen und Fred nickten zögernd. So ganz konnten sie sich mit dem Gedanken nicht abfinden, wagten aber nichts zu sagen, da Jerry der Stärkere war.

Sie konnten ihre schwachen Kräfte noch nicht so steuern und beherrschen, bei ihnen war es noch nicht soweit. Die Wissenschaftler hatten sich mehr um Jerry gekümmert, obwohl sie mit ihnen auch schon kleinere, erfolgreiche Experimente durchgeführt hatten.

Sie nickten.

Jerry lächelte. »Dann bin ich ja zufrieden«, sagte er und sah sich um. »Wo sind die Lampen?«

Seine beiden Freunde bückten sich und holten unter der Bank die Petroleumleuchten hervor. Sie trugen jeweils zwei. Jerry entzündete ein Streichholz und steckte die Dochte der alten Leuchten an.

Dann stellten er und seine Freunde die Lampen an den vier Ecken der Scheune auf.

Das Licht war zwar nicht sehr hell, aber es schuf eine geheimnisvolle, düstere Atmosphäre, ließ einige Stellen der Scheune im Dunklen und leuchtete andere wiederum geisterhaft rötlich an.

Jerry erkundigte sich, wie es seinen beiden Partnern ergangen war. Sie hatten kaum Schwierigkeiten gehabt und die Scheune sofort gefunden.

Peters nickte. Dann lachte er meckernd. »Ja«, sagte er, »so soll es sein. Alles hat bisher wunderbar geklappt. Jetzt kommt die Zeit meiner Rache. Zuerst werde ich meine Mutter holen. Der Mann, mit dem sie zusammengelebt hat, existiert nicht mehr. Nun aber ist sie an der Reihe. Und dann werde ich der Stadt beweisen, was es heißt, mich fertigzumachen und zu hänseln. Sie alle werden meine Rache spüren. Ich werde mit ihnen spielen, ihre verdammten Häuser, auf die sie so stolz sind, einstürzen lassen und eine Panik entfachen, wie es sie noch nie gegeben hat.«

Während dieser Worte begannen sich seine Augen wieder zu verändern, und die Pupillen wurden zu flachen, silbrig schimmernden Scheiben.

Jeder hörte das Läuten der Glocken.

Jerry Peters lachte. »Ich habe soeben die Rache eingeläutet«, flüsterte er. »Macht ihr mit?« wandte er sich an seine beiden Freunde.

Die nickten zögernd.

Tokata aber zog sein Schwert. Er ließ die Klinge einmal kreisen und stieß einen dumpfen Schrei aus.

Jerry lachte. »Er ist der beste Partner«, sagte er und wies auf Tokata.

Rhen und Fred waren davon überzeugt, daß er ein guter Partner war. Doch für sie beide sicherlich nicht, denn Jerry Peters war ihnen über den Kopf gewachsen...

Smith kannte das Spiel.

Er spielte voll die Routine eines langjährigen Geheimdienstmannes aus und blieb so bei der Frau, daß er selbst nicht gesehen werden konnte. Er hielt sich immer im Hintergrund. Dabei hatte er die rechte Hand in seine Manteltasche vergraben. Dort umklammerten die Finger den Griff des schallgedämpften Revolvers.

Sollte irgend etwas passieren, würde er sofort schießen. Und er verließ sich auf diese Waffe, denn sie war mit Dumdumgeschossen geladen. Normale Kugeln, deren Spitzen er abgefeilt hatte. Damit wollte er dem Gedanken-Killer entgegentreten.

Elaine Peters schien ihn vergessen zu haben. Nicht einmal drehte sie sich nach dem Ostagenten um, der Mühe hatte, ihr auf den Fersen zu bleiben, denn sie eilte durch das Dorf, wie von Furien gehetzt.

Sie hatte sich einen dunklen Mantel übergeworfen und das Haar mit einem Kopftuch bedeckt. Ihre Schritte waren nicht groß, dafür aber schnell.

Und sie kannte sich aus.

Smith fluchte, als er zum zweitenmal innerhalb kurzer Zeit über einen Zaun steigen mußte und sein Mantel an den spitzen Stäben hängenblieb. Fast hätte er ihn zerrissen. Wie Diebe schlichen sie durch einen Garten und hörten kurz darauf das drohende Knurren eines Hundes.

Die Frau blieb stehen.

Der Hund sprang sie an.

Smith sah den Schatten, wie er vom Boden abhob und gegen Elaine Peters prallte. Er selbst kam nicht so schnell weg, weil die feuchte Unterlage keine ideale Startposition bildete, doch als er Elaine dann erreicht hatte, reagierte er eiskalt.

Der Hund stand über der Frau. Er hatte den Rachen aufgerissen und war bereit, sofort zuzubeißen, sollte Elaine eine falsche Bewegung machen.

Smith trat ihn wuchtig in die Flanke.

Das Tier jaulte auf und wurde von der Frau heruntergeschleudert. Knurrend drehte es sich auf der Stelle und wollte den Mann angreifen. Da kam er bei Smith gerade an den richtigen.

Der hielt die schallgedämpfte Waffe schon schußbereit und drückte ab.

Er benutzte einen besonderen Schalldämpfer, der Schuß war so gut wie nicht zu hören, aber die Kugel traf.

Das vorn abgefeilte Geschoß stoppte den Hund. Er zuckte noch einmal und starb.

»Das war's«, sagte Smith und hob Elaine Peters hoch. »Glück gehabt, Lady.«

Sie schaute ihn an, ohne ihn richtig zu sehen. Elaine Peters schien mit ihren Gedanken in einer völlig anderen Welt zu weilen. Als sie stand, zitterte sie.

»Geht's?« fragte Smith.

Sie nickte nur und schüttelte seine Hand ab. Hastig ging sie weiter. Elaine Peters hielt sich mehr rechts, wo das Nachbargrundstück lag. Wieder überkletterten sie einen Zaun, standen auf einer Wiese und erreichten einen schmalen Weg, der parallel zur Wiese führte und von alten Scheunen und Gebäuden markiert war.

Smith blieb plötzlich stehen. Er glaubte, ein fernes Splittern gehört zu haben, und vernahm auch Schreie und Rufe. Irgend etwas mußte direkt im Ort passiert sein, doch er hatte nicht die Zeit, sich darum zu kümmern.

Er mußte weiter.

Smith hatte Mühe, die Frau einzuholen. Er sah nur ihren Schatten, der sich schwach vom dunklen Weg abhob.

Wenn doch nur schon alles vorbei wäre, dachte Smith. Ihm fiel sein Kontaktmann ein, den er hier in der Stadt hatte. Der hatte sich allerdings noch nicht gemeldet. Die beiden standen per Sprechfunk in Verbindung. Jeder besaß ein Walkie-talkie und sollte dem anderen sofort melden, wenn sich eine heiße Spur ergeben hatte.

Smith hatte es versucht, doch keine Antwort erhalten. Er hoffte nur, daß dem anderen nichts passiert war. Gerade in diesem Fall kam es auf Teamarbeit an, ansonsten arbeitete Smith lieber allein und gegen alle Regeln.

Plötzlich blieb Elaine Peters stehen und drehte sich um. Mit einem gleitenden Schritt stand Smith neben ihr.

»Ist was?« flüsterte er.

Sie nickte, streckte ihren Arm aus und deutete nach vorn. »Die Scheune ist es.«

Smith riß die Augen weiter auf. Als hoher, dunkler Schatten hob sich das Gebäude neben dem flacheren Bauernhaus ab. Es machte irgendwie einen drohenden Eindruck, was auch daran liegen konnte, daß Smith trotz der äußerlichen Kühle, die er ausstrahlte, innerlich nervös war.

»Gehen Sie vor!«

»Und Sie?« Elaines Augen glänzten seltsam in der Dunkelheit.

»Ich komme schon zurecht.«

Sie nickte und lief los. Schnell und zielstrebig. Bis zum Bauernhaus blieb Smith an ihrer Seite, dann jedoch schlug er den Weg nach rechts ein und lief um das Haus herum, weil er gern an die Rückseite der Scheune gelangen wollte.

Er erreichte sein Ziel, als Elaine Peters vorn an der Tür stand und dreimal dagegenschlug.

Jetzt kam es darauf an. War jemand in der Scheune?

Ja, es war jemand da. Deutlich vernahm der Agent, wie die Tür geöffnet wurde und dabei in den Angeln knarrte. Und er hörte sogar die Stimme des jungen Mannes.

»Hallo, Mutter. Ich freue mich, daß du gekommen bist. Tritt ein, wir werden Spaß haben.«

Der reine Zynismus sprach aus den Worten Jerrys. Selbst Smith zog ein bedenkliches Gesicht, obwohl ihm die Frau im Prinzip völlig egal war. Er dachte nur an seinen Job.

Smith hockte sich hin und zog das Sprechgerät hervor. Er ging auf Empfang.

Jetzt mußte sein Partner den Piepton hören und sich melden. Aber nichts geschah.

»Verdammt«, zischte Smith durch die Zähne, »warum meldet sich der Hund nicht?«

Er versuchte es ein zweitesmal und erhielt noch immer keine Antwort. Wütend steckte er das Gerät wieder weg. Okay, wenn der nicht wollte, mußte er es eben allein durchstehen. Sein Blick glitt über die Wand der Scheune.

Das Holz hier war rauh. Einige Splitter standen weit vor, aber es gab keinen zweiten Eingang und auch keine Fenster. Nur oben, dicht unter dem baufälligen Dach, befanden sich ein paar offene Luken, aber dort konnte Smith nicht einsteigen. Sie waren für ihn einfach unerreichbar.

Vor Wut biß er sich auf die Lippen und glitt ein paar Schritte zurück. Alles wies darauf hin, daß er gezwungen war, den vorderen Eingang zu nehmen.

Und das gefiel ihm überhaupt nicht.

Der Agent drehte sich um. Er mußte den gleichen Weg wieder zurück und um das Bauernhaus herumgehen.

Da kam ihm eine Idee. Früher hatte es zwischen den Haupthäusern eine Verbindung gegeben. Warum sollte das hier anders sein? Ein schmales Grinsen huschte über seine Lippen, als er sah, daß es eine rückwärtige Tür gab, durch die er das Bauernhaus betreten konnte. Die Tür war zwar verschlossen, aber zur Ausrüstung eines Agenten gehörte immer ein gutes Einbrecherwerkzeug. Smith war mit dem besten ausgestattet. In Sekundenschnelle hatte er das Schloß offen

Nichts stand mehr einem Eindringen im Weg.

Auf Zehenspitzen huschte der Agent in das Innere des Bauernhauses. Es roch stickig und nach Staub. Spinnennetze hingen von der Decke. Die feinen Fäden streiften sein Gesicht, und der Agent spie aus.

Auf dem Boden lag ebenfalls der Dreck, der unter seinen Schuhsohlen knirschte, als er durch eine Waschküche ging, seine Lampe hervorholte, sie einschaltete und der helle Strahl auf eine weitere Tür fiel, die schief in den Angeln hing und offenstand.

Dahinter führten drei Steinstufen in die höher gelegene Küche.

Smith deckte den Lampenstrahl mit der Handfläche ein wenig ab, bevor er den Arm im Kreis drehte.

Die Küche war sehr groß. Fingerdick lag der Staub auf dem Boden, der aus ehemals roten Fliesen bestand, die allerdings jetzt eine graue Farbe angenommen hatten.

Die Eigentümer hatten nichts dagelassen, als sie ausgezogen waren. Nur ein steinerner Kamin wies darauf hin, daß hier einmal gekocht worden war.

Die Scheune lag rechts von ihm. Aber Smith sah keinen Durchgang. Es führte wohl eine Tür zur anderen Seite hinaus, aber dort ging es in die obere Etage. Der Agent sah den Ansatz einer Treppe.

Er ging wieder zurück in die Waschküche. Hier sah er sich noch einmal genauer um.

Da entdeckte er die Tür.

Direkt neben einer verbeulten Zinkbadewanne, die schräg stand, da sie nur noch drei Beine hatte.

Smith sah sich die Tür an. Sie schien verschlossen zu sein, aber das Schloß stellte kein Problem dar. Er legte sein Ohr an die Tür und lauschte.

Nichts zu hören.

Dafür vernahm er ein anderes Geräusch.

Hinter sich.

Gefahr!

Smiths Nackenhaare stellten sich quer. Trotzdem blieb er eiskalt. Er hatte nicht umsonst bereits zahlreiche Schlachten hinter sich und reagierte nie überhastet.

Plötzlich wirbelte er herum, riß gleichzeitig die Waffe aus der Manteltasche – und erstarrte.

Vor ihm stand ein Ungeheuer.

Tokata!

Mein Warnschrei zitterte über die Straße. Ich hatte mich so angestrengt, daß meine Stimme fast überkippte ...

Die Menschen hörten ihn, aber sie begriffen nicht. Und als sie die Gefahr erfaßten, da war es zu spät.

Das schwere Eisenkreuz hämmerte zu Boden, hieb in den Asphalt und riß dort eine tiefe Furche. Die Gegenwucht schleuderte es wieder hoch, das Kreuz überschlug sich sogar noch einmal, tickte wieder auf und hieb in zwei parkende Wagen hinein, die es bis zum Totalschaden zerstörte.

Und dennoch hatten wir Glück. Vielleicht hatte auch der Herrgott ein Einsehen gehabt.

Das Kreuz tötete niemanden!

Die Menschen kamen mit dem Schrecken davon. Und das im wahrsten Sinne des Wortes, denn sie standen auf dem Fleck wie angenagelt und konnten sich kaum rühren.

Mir zitterten auf einmal die Knie.

Auch mir steckte der Schock in den Knochen, aber dann folgte die Erleichterung.

»Mein Gott!« stöhnte Suko neben mir.

Und Colonel Crane war blaß geworden. Selbst ihn, den harten, hatte es erwischt. Fahrig wischte er sich über die Stirn.

Neben ihm stand Jack Horn. Er fummelte in einer Tasche herum, als wollte er irgend etwas herausziehen, kam jedoch nicht dazu, denn jetzt drehten die Leute durch.

Endlich hatte sich der Schock gelöst.

Sie schrien.

Plötzlich rannten sie durcheinander, der Marktplatz leerte sich, und nur noch die Fahrzeuge standen herum, zwei davon völlig zerstört. Das Kreuz hatte sie zusammengedrückt und lag jetzt auf dem Blechwulst ihrer Dächer.

Ich sah auch den Pfarrer kommen, einen älteren Mann, der laut lamentierte und die Hände rang.

»Peters!« knirschte Colonel Crane. »Dieser verdammte Hund, der legt noch die Stadt in Trümmer.«

»Hoffen wir, daß es niemals so weit kommt.«

Die Menge war kaum zu beruhigen. Sie hatte erst den Anfang erlebt, das war mir klar. Und es würde weitergehen, noch härter, noch grausamer. Wir standen allein auf weiter Flur und konnten nichts tun, denn wir wußten nicht, wo sich Peters versteckt hatte.

Mit wem konnte man reden?

Nicht mit den Leuten, sie waren zu nervös, zu aufgeregt, die waren gar nicht in der Lage, einen klaren Satz herauszubringen. Aber mir fiel der Pfarrer auf. Er war zwar auch nervös, doch er hatte sich bereits wieder gefaßt.

Ich drängte mich zu ihm durch, denn er war von einer Menschentraube eingeschlossen.

Suko blieb mir auf den Fersen, während sich die Männer vom Secret Service zurückhielten.

Das war auch gut so.

Schon oft hatten mir Geistliche entscheidende Hinweise gegeben. Das war auch bei dem ersten Auftauchen des Todesnebels so gewesen. Ich hoffte auch hier auf Unterstützung.

Ich rief ihn an.

Erst hörte er nicht, weil zahlreiche Menschen auf ihn einsprachen, dann wandte er den Kopf und sah mich.

»Kann ich Sie mal sprechen?«

Der Pfarrer wollte den Kopf schütteln, aber es muß wohl etwas in meinen Augen gestanden haben, das seinen Entschluß änderte. Er nickte und drängte sich durch die Menge.

»Wer sind Sie?« fragte er.

Ich sagte Name und Beruf.

»Oh, Scotland Yard.« Der Pfarrer zeigte sich sehr überrascht. »Ich habe gar nicht gewußt, daß sich bereits diese berühmte Polizeitruppe um den Fall kümmert.«

»Es ist ja auch erst seit einigen Stunden.«

Der Geistliche sah sich um. »Am besten, wir gehen in mein Haus, Mr. Sinclair. Hier haben wir sowieso keine Ruhe.«

Da hatte mir der gute Mann aus der Seele gesprochen. Wir waren zum Glück von Crane und Horn getrennt worden. Die beiden sahen nicht, daß wir quer über die Straße schritten und der Kirche zustrebten. Wir passierten dabei die zerstörten Wagen. Noch im nachhinein rann mir ein Schauer über den Rücken, als ich den Haufen Blech sah.

Der Pfarrer stellte sich vor. Er hieß Earl Cedrick. Ich hatte noch nie einen Menschen gesehen, bei dem alles in Bewegung war, wenn er ging.

Bei dem Pfarrer war dies der Fall. Da bewegten sich die Schultern, die Beine sowieso, der Kopf und auch die Arme. Der Mann war ein Beatle mit Schiebedach. Er trug das Haar hinten so lang, daß er es bis nach vorn über die kahle Stirn kämmen konnte.

Das Pfarrhaus war klein. Und es befand sich direkt an der Kirche. Als wir eintraten, läutete das Telefon. Der Pfarrer nahm nicht ab und stellte die Glocke leiser.

»Damit wir nicht gestört werden«, sagte er lächelnd.

Ich mußte grinsen.

In seinem Arbeitszimmer bot er uns Platz in bequemen, hochlehnigen Ledersesseln an. Ich saß dem Fenster gegenüber und konnte in den Garten blicken, wo die Zweige eines Baumes gegen die Scheiben kratzten.

Schon beim ersten Wortwechsel hatte ich zu Earl Cedrick Vertrauen gefaßt, und ich legte dem Geistlichen den Fall dar, so wie ich ihn kannte.

Der Pfarrer hörte genau zu. Hin und wieder nickte er, und als ich meine bewußte Frage stellte, glitt ein Lächeln über seine Lippen.

»Ja, Sie haben gut gedacht, Mr. Sinclair. Kompliment. In der Tat weiß ich einiges über den tragischen Fall des Jerry Peters.«

»Ich hoffe, Sie enthalten uns nichts vor«, sagte ich.

»Nein, nein, da fällt nichts unter das Beichtgeheimnis. Aber in Anbetracht der Gefahr... doch lassen wir das. Man hat mit dem Jungen wirklich sein Spiel getrieben. Ich kenne ihn seit seiner Geburt. Er wuchs hier auf und trat auch bald einer Jugendgruppe bei. Allerdings konnte er sich nie in die Gemeinschaft so recht einfügen. Jerry war immer ein Einzelgänger. Er spielte für sich, und auch als er älter wurde, da war er immer allein. Nur mit den Tieren verstand er sich gut. Sie gehorchten ihm aufs Wort. Er konnte sie tatsächlich hypnotisieren, ihnen seinen Willen aufzwingen. Das merkten wir, und ich knöpfte ihn mir vor. Er berichtete mir von seiner seltsamen Gabe, über die er nicht einmal besonders glücklich war. Ich wies ihn darauf hin, daß der Herrgott jedem eine Gabe mitgibt, er hatte nun eine besondere. Immer mehr wurde er zum Einzelgänger, man sah ihn nicht mehr in der Gemeinschaft. Er trieb sich meist auf den Feldern herum oder strolchte abends durch den Ort. Von vielen wurde er schief angesehen, einige hielten ihn für verrückt und zeigten dies auch offen. Besonders die Jungen und Mädchen in seinem Alter. Nur sein Vater hielt zu ihm, seine Mutter sah ihn immer als einen Störfall an. Sie war ein Leichtblut, wenn ich das mal so sagen darf. Als sie sich von ihrem Mann trennte, war es für Jerry ein Schock. Er drehte durch, hetzte plötzlich Tiere auf die Menschen, machte die Hunde verrückt, so daß es in Oakville zu einigen unangenehmen Vorfällen kam. Seine Mutter setzte durch, daß sie ihn in eine Anstalt steckten, und das hat der Junge ihr niemals vergessen. Und jetzt ist er zurückgekommen, aber diesmal als kleiner Teufel.«

Das war eine lange Rede, die der Pfarrer uns da gehalten hatte, und sicherlich auch eine interessante, aber mich brachte sie in meinen Nachforschungen um keinen Deut weiter.

»Da Sie Jerry Peters so gut kennen, Herr Pfarrer, möchte ich gern von Ihnen wissen, wo sich der junge Mann unter Umständen verborgen halten könnte.«

»Das weiß ich auch nicht.«

»Denken Sie bitte nach. Erinnern Sie sich. Mit wem war er früher zusammen, wo hat er sich des öfteren aufgehalten?«

»Da gab es einige Plätze.«

»Die Sie kennen?«

»Ja.«

»Und hat er einen besonderen Platz bevorzugt?«

Der Geistliche legte die Stirn in schwere Denkerfalten. »Tja, wo war er denn nun?« Er nagte an seiner Unterlippe. »Bei den Bauern hat er sich oft herumgetrieben, weil die ja Tiere besaßen, und besonders oft war er bei den Mortons.«

»Könnte er da jetzt auch sein?« hakte ich nach.

»Nein, das geht nicht. Die sind ja ausgezogen. Haus und Scheune stehen leer.«

Ich sprang auf. »Was sagen Sie da?«

»Ja, die Häuser stehen leer. Da ist niemand mehr hingezogen, das wollten die meisten auch nicht. Aber glauben Sie denn, daß sich Jerry dorthin hätte ver...«

»Und wie ich das glaube. Beschreiben Sie mir den Weg.«

»Das will ich gern tun.«

Suko und ich hörten aufmerksam zu. Wir machten uns sogar Notizen, damit wir nichts vergaßen.

Dann gingen wir.

Der Pfarrer wollte erst mit, doch wir rieten ihm ab. Er blieb schließlich.

»Endlich eine Spur!« rief ich, als ich mit Suko aus dem Haus stürmte und wir fast Colonel Crane und seinem Mitstreiter Jack Horn in die Arme liefen.

»Da waren Sie also«, empfing Crane uns. Seine Augen verengten sich. »Haben Sie etwas erreicht?«

Sollte ich ihm die Wahrheit sagen? Zum Teil. »Ja, der Pfarrer hat uns mitgeteilt, bei wem sich Jerry Peters früher immer aufgehalten hat.«

»Und jetzt meinen Sie, er wäre dort?«

»Man darf keine Möglichkeit außer acht lassen, Colonel.«

Er winkte ab. »Shit, auf so etwas gebe ich nichts. Oder was meinst du, Horn?«

Jack hob nur die Schultern, aber in seinen Augen lag ein lauernden Ausdruck, der mir gar nicht gefiel.

Wir jedenfalls ließen die Männer stehen.

Elaine Peters schloß die Tür. Sie traute sich nicht mehr weiter, sondern blieb direkt hinter der Schwelle stehen. Ihre Blicke tasteten sich durch die leere Scheune. Sie sah die vier Lampen, die ihren etwas unheimlichen Schein verbreiteten, sie sah die drei Jungen, von denen sie nur ihren Sohn kannte.

Und sie sah Tokata!

Da traf sie der Horror!

Diese Gestalt war so grausam und unheimlich, daß sie vor Angst anfing zu zittern. Auch roch sie den Modergeruch, den Tokata ausströmte, diesen widerlichen Verwesungsgestank, und sie konnte nicht begreifen, daß ein Mensch so roch.

Daß sie es hier nicht mit einem Menschen zu tun hatte, darauf kam sie gar nicht.

»Freust du dich nicht, Mutter?« fragte ihr Sohn, und seine Stimme troff vor Spott.

Elaine Peters blinzelte. »Ich... ich habe nicht damit gerechnet, Jerry, daß du...«

Er unterbrach sie mit einem scharfen Laut. »Ha, du hast gedacht, ich würde in der verdammten Anstalt verrecken, wie?«

»Nein, Jerry, so...«

»Halt den Mund, jetzt bin ich dran.« Er ging einen Schritt vor, stand leicht gebückt da, das düstere Licht warf Schatten über sein Gesicht, und die Augen leuchteten wie die eines Teufels. »Ich weiß genau, was du getan hast. Du wolltest mich loswerden, nur damit du in aller Ruhe mit deinem widerlichen Freund herumhuren kannst. Deshalb hast du auch Vater zum Wrack gemacht, aber dafür präsentiere ich dir jetzt die Rechnung. Dein Freund hat sie schon bekommen. Ich hoffe, du hast gesehen, wie er umkam. So wirst auch du enden!«

Jedes Wort traf die Frau wie ein Hammerschlag. Sie zuckte zusammen und schüttelte verzweifelt den Kopf. »Es war nicht so!« rief sie. »Es war anders, Jerry, bitte...«

»Nein!«

»Doch!« Ihre Stimme kippte fast über, so sehr schrie sie die Antwort. »Es war anders. Dein Vater taugte nichts.«

»Im Bett, wie?« höhnte Jerry.

»Auch da. Du weißt es nicht, du warst viel zu klein. Ich nehme die Schuld nicht auf mich, und du warst auch verdammt komisch, nicht so wie die anderen Kinder.«

»Deshalb die Anstalt.«

»Ja, zum Henker!«

Da zuckte Jerry zusammen. Er stülpte seine Unterlippe vor und saugte zischend die Luft ein. Als er sprach, senkte er seine Stimme. »Jetzt endlich hast du es zugegeben und machst es mir dadurch leichter. Das wollte ich nur. Du bist nicht mehr meine Mutter. Ebenso wenig bin ich dein Sohn. Du bist eine Fremde!«

Die Sätze schleuderte er seiner Mutter entgegen, wobei sich seine Züge verzerrten und zu einer regelrechten Fratze wurden. Er wollte endlich einen Schlußstrich ziehen und sich auch vielleicht für seine schreckliche Tat motivieren.

Elaine Peters hörte die Worte zwar, ihr fehlte jedoch der Glaube. Das gab es doch nicht, daß ein Sohn seine leibliche Mutter tötete. Sicher, sie hatte von ähnlichen Fällen in Zeitungen gelesen, sie war auch unangenehm berührt gewesen, aber nie hätte sie gedacht, daß ihr so etwas passieren könnte. Dazu noch in Oakville, diesem idyllischen kleinen Ort.

Und doch war es grausame Realität.

Sie wollte etwas sagen, aber Worte drangen nicht über ihre Lippen. Sie hätte auch gar nicht die richtigen gefunden, denn das, was hier vorging, war so grauenhaft, daß ihr eigener Verstand sich einfach weigerte, es zu erfassen.

Und die beiden anderen?

Elaine sah sie an, doch die blickten gleichgültig ins Leere. Sie waren am Schicksal der Frau nicht interessiert.

Das Monster erst recht nicht. Wie ein stummer Wächter stand es da und hatte eine Hand auf den Griff des Schwertes gelegt. Von diesem Mann konnte sie auch kein Erbarmen erwarten.

Sie sah sich um.

Nein, keine Chance.

»Nun, was denkst du?« fragte Jerry und kicherte dabei. »Hast du Angst, meine Liebe?«

»Ja.«

»Das ist gut, das ist sogar sehr gut.« Jerry nickte. »Auch ich habe früher Angst gehabt, aber um mich hat sich niemand gekümmert. Ich mußte mich verkriechen, wenn ich Angst hatte, weil keiner da war oder da sein wollte.« Seine Augen veränderten sich, begannen zu flimmern, und aus den Pupillen wurden metallische Plättchen.

Elaine Peters spürte den starken Ansturm. Sie hatte das Gefühl, innerlich zu verbrennen und zerrissen zu werden. Sie riß den Mund auf und schnappte verzweifelt nach Luft.

Ihr Sohn lachte.

Es war ein kaltes, gemeines, teuflisches Gelächter, das er ausstieß. Er hatte jetzt die letzten Hemmungen fallen lassen und schaute zu, wie die Frau in die Knie brach.

Doch plötzlich zuckte er zurück. Die Augen nahmen wieder den normalen blassen Farbton an.

Irgend etwas hatte ihn gestört. Seine übersensiblen Sinne hatten dies sofort wahrgenommen. Im Augenblick vergaß er seine Mutter, die auf den Knien lag und dann nach vorn fiel, wobei sie schwer zu Boden stürzte. Sie fand einfach nicht mehr die Kraft, sich zu erheben, und hörte die Stimmen wie durch einen Filter.

»Da ist jemand.« Das war ihr Sohn, der da sprach.

»Wo?« Jetzt meldete sich auch Fred Conrad. Er und sein Freund hatten lange Zeit nichts gesagt.

»Ganz in der Nähe«, flüsterte Jerry. »Ich spüre es ganz deutlich. Jemand belauert uns...« Er duckte sich, kniff die Augen ein wenig zusammen und schlich gebückt durch die große Scheune.

Die anderen ließen ihn in Ruhe. Jerry schnüffelte wie ein Hund. »Es muß irgendwo sein«, flüsterte er. »Verdammt, ich spüre es genau. Da hat uns jemand ein Kuckucksei ins Nest gelegt.« Er blieb stehen und drehte sich ruckartig um. Sein Blick bohrte sich auf die am Boden liegende Frau. »Und sie ist schuld!« schrie er. »Pack sie dir!« Dieser Befehl galt Tokata.

Der Samurai des Satans hatte nichts Eiligeres zu tun, als die Frau hochzuzerren. Mit einem Griff hatte er sie umklammert und stellte sie auf die Füße.

Jerry trat auf seine Mutter zu. »Was ist das?« fragte er sie drohend. »Ich weiß, daß du nicht allein gekommen bist. Hast du noch jemand mitgebracht?«

Elaine gab keine Antwort. Sie war gar nicht in der Lage dazu. Die Angst schloß ihren Mund.

»Rede!«

Elaine Peters zuckte zusammen. Auch der Griff um ihren Hals wurde stärker, und sie entschloß sich zu einer Antwort. »Ja, ja, ja!« schrie sie. »Es war einer mit!«

»Wer?«

»Ein Fremder! Er kam zu uns. Er wollte etwas von dir. Er wollte dich auch umbringen!«

»Wie heißt er?«

»Smith, nur Smith. Ich glaube, er ist ein feindlicher Agent!«

Jerry nickte. »Sei froh, daß du geredet hast«, flüsterte er. »Sei nur froh.« Dann wandte er sich wieder an Tokata. »Laß sie los. Ich kümmere mich um sie. Und du gehst nach nebenan!«

Tokata gehorchte und wandte sich zur Tür. Kurz davor erreichte ihn die Stimme des Jungen.

»Und schlag ihm den Schädel ab, diesem verdammten Hund!« brüllte Jerry...

Smith, dieser kaltblütige Agent und Killer, hatte schon viel in seinem Leben gesehen. Ihm war nichts Menschliches fremd. Er war gefoltert worden und hatte selbst gefoltert, aber solch eine Gestalt, wie sie jetzt vor ihm stand, war ihm noch nie unter die Augen gekommen. Das war die absolute Spitze. Dieses Ungeheuer schien einem Alptraum entsprungen zu sein, ein grauenvolles Monster, das seinen Tod wollte.

Daran gab es keinen Zweifel.

Und obwohl der Eindringling nur einen Arm besaß, ahnte Smith, daß er ihm überlegen war.

Mit einer glatten, gedankenschnellen Bewegung zog Tokata das Schwert aus der Scheide. Unter der Maske drang ein dumpfer Laut hervor, der Smith unangenehm berührte.

Aber er wollte nicht aufgeben.

Die Waffe mit dem aufgesetzten Schalldämpfer schien ihm wie von selbst in die Hand zu springen. Und auch das Sprechfunkgerät, das er in der anderen Tasche stecken hatte.

Den Apparat hielt er mit der linken Hand, die Kanone mit den Dumdumgeschossen, auf die er sich verließ, in der rechten. Per Daumendruck schaltete er das Gerät ein, während sich auf seiner Stirn der Schweiß bildete.

Ohne den Unheimlichen aus den Augen zu lassen, führte er das Sprechgerät an den Mund und flüsterte seinen Hilferuf in die Rillen. Verdammt, der andere mußte ihn doch hören.

Und dann schoß er.

Ohne Vorwarnung drückte er ab. Der Schalldämpfer schluckte nicht nur den Knall, sondern auch das Mündungsfeuer, aber die Kugel, die raste aus dem Lauf und hieb Tokata in die Brust.

Normalerweise hätte sie ihn durchlöchern und eine faustgroße Wunde reißen müssen, doch sie blieb in dem Brustpanzer stecken. Es stäubte nur einmal kurz auf, mehr geschah nicht.

Smith hatte Mühe, den Schock zu überwinden. Sein Finger krümmte sich ein zweitesmal.

Wieder traf das Geschoß.

Und abermals geschah nichts.

Dann schlug Tokata zu. Es war ein gedankenschneller, fast wütender Hieb, der Smith auch getroffen hätte, doch der Agent sprang zur Seite, prallte gegen die alte Zinkbadewanne und riß sie um. Es schepperte und krachte. Smith spürte einen Schlag am Kopf, verlor das Sprechgerät und wälzte sich weiter.

Sich um die eigene Achse drehend, versuchte er, aus dem Gefahrenbereich zu fliehen. Dabei feuerte er. Er jagte die Kugeln aus dem Lauf, traf Tokata, aber auch die Wände, von denen die Geschosse als Querschläger wegjaulten.

Und eins erwischte Smith.

Der Agent spürte den unglaublich harten Einschlag an der Schulter und den rasenden Schmerz. Plötzlich konnte er seinen linken Arm nicht mehr bewegen, und darauf hatte Tokata gewartet.

Er trat zu.

Smith brüllte auf, feurige Kreise drehten sich vor seinen Augen. Der Agent rutschte über den Boden, prallte gegen die Wand und wurde von ihr aufgehalten.

Aber er gab nicht auf. Sein eisernes Training ließ das gar nicht zu. Nur waren seine Bewegungen jetzt schwerfälliger, als er sich herumwälzte, und er sah auch das Blut, das aus seiner Armwunde zu Boden rann.

Schwindel erfaßte ihn. Das Walkie-talkie lag unerreichbar für ihn. Die Lampe leuchtete noch, das Gerät blieb weiterhin eingeschaltet.

»In der alten großen Scheune!« keuchte der Mann und hoffte, daß sein Partner es hörte. »Verdammt, hol mich hier raus!« Er hatte es endlich geschafft, auf die Beine zu kommen, und stützte sich mit einer Hand an der Mauer ab. Er dachte dabei an sein Messer, das in einem Schaft an der Wade steckte, aber da kam er, verdammt noch mal, nicht ran. Wütend trat er gegen die alte Zinkbadewanne, die gegen Tokatas Füße wuchtete.

Der Samurai des Satans kümmerte sich nicht darum. Für ihn waren so etwas kleine Fische.

Er wollte den Mann.

Und den holte er sich auch.

Ein Schritt nach vorn, eine gedankenschnelle Bewegung mit seinem Schwert, und Smith sah plötzlich den roten Streifen quer über seine Brust laufen.

Da wußte er, daß er verloren hatte.

Endgültig...

Smith, der knallharte Agent, sackte in die Knie. Er sah nicht mehr, daß Tokata das Schwert noch einmal hob, genau visierte und dann zuschlug.

Der Samurai des Satans erfüllte Jerrys Auftrag...

Colonel Ted Crane spie die Krümel aus, die er von seiner Zigarillospitze gebissen hatte. Seine Mundwinkel verzogen sich, als er seinen Assistenten anschaute. »Dieser Sinclair paßt mir gar nicht, Horn.«

»Mir auch nicht, Sir.«

Beide blickten zum Pfarrhaus hin. »Der entwickelt mir zu viele Aktivitäten und stiehlt uns die Schau. Was mag der Pfarrer ihm wohl unter die Weste gejubelt haben?«

»Keine Ahnung, aber wir können ihn ja fragen.«

Crane warf dem Mann einen knappen Blick zu. »Die Idee ist gut. Sie hätte sogar von mir sein können. Okay, Horn, machen wir uns auf die Socken.«

»Das brauchen wir gar nicht, der Pfarrer kommt schon.« Jack

Horn deutete auf den schmalen Plattenweg, der zum Eingang des Pfarrhauses führte.

Earl Cedrick hatte sich einen Mantel über die Schultern geworfen. Den Schritten nach zu urteilen, schien er es eilig zu haben. Als er den Kopf hob und die beiden Männer sah, stutzte er für einen Moment.

Colonel Crane nickte ihm zu. »So eilig, Herr Pfarrer?«

»Entschuldigen Sie, aber ich wüßte nicht, was Sie das angeht, Mister.«

»Da haben Sie recht.« Crane grinste schmal. »Im Prinzip wenigstens, aber wir beide sind die große Ausnahme.« Colonel Crane zeigte seinen Ausweis.

Der Pfarrer schüttelte den Kopf. »Das gibt es doch nicht. Erst Scotland Yard und jetzt der Geheimdienst. Was ist in unserem Ort eigentlich los?«

»Einiges.«

»Und was wollen Sie von mir?«

»Wo sind der Oberinspektor und der Chinese hingegangen?«

»Das hätten Sie die beiden fragen sollen.«

»Klar, aber wir haben es vergessen. Wenn Sie so freundlich wären, Herr Pfarrer...«

»Sehe ich gar nicht ein. Ich weiß nicht, ob ich überhaupt berechtigt bin, Ihnen Auskünfte zu geben. Tut mir leid, meine Herren.«

Ted Crane wurde sauer. Er war es gewohnt, daß die Menschen kuschten und Angst bekamen, wenn er auftauchte, doch der Pfarrer war ein mutiger Bürger und ließ sich nicht so leicht ins Bockshorn jagen. Ihn beeindruckte auch der Ausweis nicht, und die Arroganz der beiden gefiel ihm schon gar nicht.

Das sagte der Geistliche zwar nicht direkt, aber er meinte: »So leid es mir tut, ich muß zu meiner Gemeinde. Man braucht mich. Sie wissen ja selbst, was hier geschehen ist.«

Horns Hand rutschte schon unter die Jacke, doch Crane legte ihm seine Finger auf den Arm. »Nicht.«

Der Geistliche verschwand.

Horn fluchte. »Sind wir eigentlich dumme Jungen?«

Crane erwiderte nichts. Aber die wütende Bewegung, mit der er den Zigarillo auf die Erde schleuderte, sagte genug.

»Vielleicht hätten wir doch mit Sinclair kooperieren sollen«, meinte Horn.

»Ach, Shit.«

Wo die beiden Männer standen, war es ziemlich ruhig. Nur vorn auf der Straße hatten sich die Menschen noch immer nicht beruhigt. Sie redeten aufgeregt durcheinander. Crane stellte sich auf die Zehenspitzen, um den Pfarrer zu suchen, doch der war nirgendwo mehr zu entdecken. Deshalb bekam der Colonel auch nicht mit, daß Jack Horn immer unruhiger wurde und öfter als gewöhnlich auf die Uhr sah.

Da hörten sie beide das Summen.

Crane drehte sich langsam. Horn zuckte zusammen und wurde blaß. Er biß sich auf die Lippe.

»Hört sich an wie ein Walkie-talkie«, sagte der Colonel.

Horn nickte.

»Und?«

Jack Horn zog das Gerät aus der Tasche. »Es gehört mir«, sagte er und grinste dabei.

»Und wer ruft dich?«

Horns linke Hand hielt das Gerät. Die rechte aber riß blitzschnell den Revolver aus dem Holster. Und ebenso schnell richtete er die Mündung auf den Colonel.

»Was soll das?« Crane war völlig überrascht. »Sind Sie eigentlich verrückt geworden?«

»Nein, Sir, ich bin ganz normal. Sogar verdammt normal. Mein Partner scheint das Objekt gefunden zu haben und gibt mir nun Bescheid.«

»Welches Objekt?« Crane schüttelte den Kopf.

»Sind Sie so dumm, oder tun Sie nur so?«

»Wie sprechen Sie überhaupt mit mir, Horn?« Der Colonel war noch immer sehr arrogant.

»Wie man mit Feinden eben spricht!« konterte Jack, und in seinen Augen leuchtete der Haß.

»Feinden?«

»Ja, Colonel Crane. Wir sind Feinde. Denn ich gehöre ins andere Lager. Toll, nicht?«

Jetzt verlor Crane die Fassung. Er lief rot an, das war trotz der Dunkelheit zu sehen. »Ist das wahr?«

»So wahr wie London an der Themse liegt.«

»Oh, Shit, und ich bin auf dich Ratte reingefallen.«

»Drehen Sie sich um!« Die Stimme des Spions klang plötzlich hart.

»Wollen Sie mich killen?«

»Umdrehen!«

»Sie müssen wissen, was Sie machen«, sagte der Colonel und gehorchte dem Befehl.

»Das weiß ich auch.«

»Und jetzt gehen Sie dahin, wo das Gebüsch neben dem Eingang wächst.«

Crane setzte sich in Bewegung. Er kannte die Regeln, die Hände hielt er erhoben, und er wußte auch, daß er auf Gnade nicht rechnen konnte. Dafür ging es in diesem Spiel um zuviel.

Er hatte das Gebüsch noch nicht erreicht, als Jack Horn handelte. Sein rechter Arm sauste nach unten und mit ihm die Waffe. Der Lauf traf den Nacken des Colonels.

Es war ein wuchtiger Schlag, der den Agenten nach vorn warf und von den Beinen holte. Er fiel in das dornige Buschwerk hinein, und die Zweige bogen sich unter seinem Gewicht. Einige brachen auch. Still blieb er liegen.

Und Horn hörte die Schreie.

Sie drangen aus dem Sprechgerät. Eine Gänsehaut rann über seinen Rücken. Bilkow, alias Smith, kämpfte um sein Leben, und Horn konnte nichts tun. Er kam zu spät. Er wußte nur, daß Smith in einer Scheune steckte, mehr nicht.

Ein letzter Schrei, dann war es ruhig.

Für Jack Horn war klar, daß Smith nicht mehr lebte. Irgend jemand hatte ihn umgebracht.

Aber der Auftrag bestand weiter. Nun mußte Jack Horn diesen Jerry Peters allein herausholen. Und wer hatte schuld?

Crane!

In seinem grenzenlosen Haß schob er alles auf den Colonel. Der sollte büßen.

Plötzlich hielt Horn ein Stilett in der Hand. Frei lag der Rücken des Colonels vor ihm. Die Klinge war lang, scharf und spitz. Sie würde vom Rücken her in das Herz des Mannes dringen.

Jack Horn hob den Arm.

Da hörte er die Schritte!

Horn drehte sich um, sah den Schatten eines Mannes und identifizierte ihn als den Pfarrer.

Er kam noch mal zurück.

Horn versteifte sich.

Wenn der Pfarrer jetzt sein Haus betreten wollte, dann mußte er förmlich über die Leiche stolpern.

Doch das war nicht der Fall.

Zu Horns Überraschung sah er sich wie ein Dieb in der Nacht um und huschte dann an der anderen Seite des Hauses entlang, wo er verschwand.

Jack dachte nach.

Der Pfarrer wußte, wo sich Sinclair aufhielt, und ihm war ebenfalls Jerry Peters Aufenthaltsort bekannt. Für den Spion war es keine Frage, daß der Pfarrer zu Peters wollte.

Sofort nahm Jack Horn die Verfolgung auf. An seinen Vorgesetzten dachte er nicht mehr.

So hatte der Geistliche unbewußt das Leben des Colonels gerettet.

Zweimal verliefen wir uns.

Kein Wunder, denn Oakville war so gebaut worden, wie es den Leuten gerade eingefallen war. Da führten die Pfade und Wege kreuz und quer, endeten manchmal auf Höfen oder mündeten geradewegs in Vorgärten. Und dann finden Sie mal im Dunkeln in einem fremden Ort eine angegebene Stelle.

Doch irgendwie packten wir es, und wir waren mächtig stolz darauf.

»Das muß es sein«, wisperte Suko. Er blieb stehen, ging in die Hocke, um sich nicht in voller Größe vor dem Mondlicht abzuzeichnen, und deutete nach vorn.

Wir sahen zwei Gebäude.

Einmal das leer stehende Bauernhaus und dann die Scheune, die sich daran anschloß.

Sie war ziemlich groß. In der Höhe überragte sie das Bauernhaus, das einstöckig war und ein flaches Dach hatte.

»Wo stecken sie?« murmelte ich. »In der Scheune oder im Haus?«

»Wieso sie?«

»Es ist doch nicht nur einer geflohen, sondern drei. Und die hocken bestimmt zusammen.«

»Eine andere Frage, John. Weißt du eigentlich, wie du dich gegen sie schützen willst?«

Da hatte Suko ein Problem angesprochen, über das ich bereits nachgedacht, aber noch nicht gelöst hatte! Ich wußte es nicht, sondern wollte alles auf mich zukommen lassen.

Die Scheune stand am Dorfrand. Es war ziemlich ruhig. In diese Gegend verlief sich kein Mensch. Ein großer Vogel rauschte über unseren Köpfen hinweg und verschwand irgendwo in der Dunkelheit.

Ich hatte mich auf die Außenwände der Scheune konzentriert. Meine Blicke suchten nach einem Lichtschein, denn die Scheunenwände waren nie fugenlos dicht. Die nebeneinanderstehenden Bretter wiesen genügend Spalten auf, um hindurchschauen zu können.

»Da schimmert was«, sagte Suko. Er hatte von uns beiden die besseren Augen.

»Wo?«

»Nicht im Haus, sondern in der Scheune. Die müssen da Licht drin haben.«

»Okay, dann ran.«

Wir pirschten auf das Gebäude zu. Bisher hatten wir während dieses Falles eigentlich nur danebengestanden und andere agieren sowie reagieren lassen. Aber manchmal läuft es eben so quer, daß man persönlich in die Defensive gedrängt wird.

Unkraut und etwas Buschwerk wuchsen zum Glück so hoch, daß wir dahinter Deckung finden konnten. Wir liefen Zickzack und sprangen. So näherten wir uns der Vorderseite der Scheune.

Ich sah ebenfalls, daß in dem Gebäude Licht brannte. Es schimmerte durch die Ritzen.

Ich tauchte hinter einem Busch hoch, hob die Hand und bewegte die Finger.

Für Suko, der einige Schritte weiter entfernt lag, ein Zeichen, daß ich etwas wollte.

Durch Gesten machte ich ihm klar, daß er hockenbleiben sollte und ich bis zur Scheune laufen wollte. Es mußte doch was zu sehen sein!

Der Chinese nickte.

Ich zögerte keine Sekunde mehr, sondern startete. Auf Zehenspitzen hüpfte ich förmlich voran. Es sollte schnell und lautlos gehen.

Dann stand ich an der Wand.

Sofort legte ich mein Ohr dagegen und horchte.

Da wurde gesprochen. Leider verstand ich nicht, was, aber deutlich vernahm ich eine Frauenstimme.

Die ich bereits einmal gehört hatte. Und zwar hier in Oakville.

In der Scheune befand sich Elaine Peters!

Das war eine Überraschung, wenn auch keine gute, denn vieles hätte mir gepaßt, nur nicht diese Frau. Sie stellte eine ideale Geisel dar. Jetzt mußten wir unseren Plan umwerfen.

Ich lief zu meinem Freund zurück.

»Was ist los?«

Flüsternd erklärte ich meinem Partner die Lage.

Der Chinese verzog das Gesicht, als hätte er in eine Zitrone gebissen. »Das ist doch wohl nicht wahr!« schimpfte er, aber so, daß nur ich es hörte.

»Doch, die haben eine Geisel, wir müssen unseren Plan umwerfen.«

»Und was hast du vor? Sollen wir uns trennen?«

»Genau. Sieh zu, daß du von der Rückseite her in die Scheune kommst, und ich versuche es von vorn und ganz offiziell.«

»Wie soll ich das verstehen?«

»Ich spiele hier einen Betrunkenen, der sich nicht abweisen lassen will. Mal sehen, wie unsere Freunde darauf reagieren.«

Suko war skeptisch, aber er sagte: »Okay, John, weil ich ein Menschenfreund bin.« Er nickte mir zu und verschwand. Suko konnte sich fast lautlos bewegen. Das gelang mir nie, und ich bewunderte den Chinesen wegen dieser Fertigkeit.

Ich wartete so lange, bis ich sicher sein konnte, daß Suko sein Ziel erreicht hatte, und schraubte mich dann wieder in die Höhe. Jetzt wollte ich es probieren.

Doch in diesem verdammten Fall hatte der Teufel persönlich seine Hand im Spiel.

Ich packte es nicht, denn plötzlich hörte ich Stimmen. Und was die sagten, das war ungeheuer interessant. Ich machte mich sehr klein und lauschte.

Schritte knirschten über dem Boden. Sie klangen dort auf, wo auch Suko und ich hergekommen waren.

Abermals identifizierte ich eine Stimme.

Jack Horn!

Verdammt, was wollte der Agent des Secret Services denn hier? Die Frage beantwortete ich mir selbst. Horn schien irgendwie die Spur gefunden zu haben.

War der zweite dann Colonel Crane?

Nein, der Pfarrer, denn deutlich vernahm ich, wie Horn sagte: »Gehen Sie schneller, Pfaffe, ich will hier nicht anwachsen.«

»Sie werden Ihre Tat noch bereuen. Verlassen Sie sich darauf.«

Horn lachte nur blechern.

Mir wurde plötzlich flau im Magen. Ich brauchte kein großer Rätselkünstler zu sein, um zu wissen, daß der Pfarrer nicht freiwillig mitging. Er würde sich nie von selbst in solch eine Gefahr begeben. Da mußte der andere schon sehr gute Argumente besitzen. Und die bestanden sicherlich aus einer Waffe.

Das konnte heiter werden.

Ich duckte mich noch tiefer, schielte nach rechts und erkannte bereits die Schatten der beiden Männer.

Der Pfarrer hielt die Hände tatsächlich halb erhoben. Etwa zwei Schritte hinter ihm ging Horn. Beide Gesichter leuchteten wie helle Flecken.

Ich zog die Beretta.

Jetzt passierten sie mich.

Niemand schaute dorthin, wo ich hockte, obwohl sie mich hätten sehen können, denn der Busch verdeckte meinen Körper nicht vollständig.

»Los, gehen Sie auf die Tür zu!« befahl Horn.

Der Pfarrer schwenkte nach rechts. Er steuerte sein Ziel direkt an.

Jetzt wandten mir beide den Rücken zu.

Ich erhob mich.

Eine Sekunde zögerte ich noch, dann sprang ich vorwärts...

Mein Plan war einfach.

Ansprechen konnte ich Horn nicht, denn er bedrohte einen Geistlichen. Zudem war er abgebrüht, sodaß er sicherlich geschossen hätte, wenn ich ihn bedrohte. Ich hätte also nur eine Patt-Situation herbeigeführt, was keinem von uns half.

Deshalb mein anderer Plan, der ebenfalls nicht risikolos war.

Doch Horn war gewitzt. Er hörte, daß sich hinter seinem Rücken etwas tat, und warf sich gedankenschnell zur Seite. Die nächsten Sekunden wurden höllisch, denn Horn reagierte wie ein Teufel. Er schaute gar nicht nach, wer da hinter ihm war, sondern schoß, kaum daß er den Boden berührt hatte.

Wie dicht das Blei an meinem Kopf vorbeifuhr, merkte ich an dem Luftzug.

Zum Glück befand sich Horn in Bewegung, er konnte sie auch nicht so schnell stoppen, und dadurch war ihm kein normales Zielen möglich. Die zweite Kugel verfehlte mich ebenfalls, weil ich meinen Körper sofort zusammengezogen hatte.

Dann war ich am Ball.

Einen Schuß wollte ich nicht riskieren. Ich wollte und mußte Jack Horn ausschalten, ohne ihn zu töten.

Mit beiden Beinen voran sprang ich Jack Horn an und traf mit den Füßen seinen Rücken.

Es war ein harter, wuchtiger Stoß, und Jack Horn stöhnte auf. Er versuchte zu treten, doch mein Hieb mit der Beretta vereitelte die Vorsätze.

Der Lauf knallte ihm gegen den Kopf.

Horn keuchte. Er war unheimlich zäh im Nehmen. Auf dem Boden liegend, wollte er noch den Arm herumschwenken und die Waffenmündung auf mich richten, doch mein zweiter Hieb vereitelte dieses Vorhaben. Horns Blick wurde starr. Er selbst dachte nicht mehr daran, mich zu attackieren. Bewußtlos brach er zusammen.

Ich richtete mich auf und entwaffnete den Mann. Den Revolver warf ich achtlos beiseite. Dabei schaute ich den Pfarrer an, der unseren Kampf stumm und mit weit geöffneten Augen verfolgt hatte.

»Alles klar?«

Der Geistliche nickte.

Ich ging auf ihn zu und zog ihn ein Stück zur Seite. »Wie ist das überhaupt alles passiert?«

Er hob die Schultern und berichtete im Flüsterton. »Ehrlich gesagt, Mr. Sinclair, ich habe Ihnen nicht so recht getraut. Ich wollte einfach nicht zurückbleiben, lief zum Pfarrhaus zurück, und dann hat er mich überrascht. Der Kerl bedrohte mich mit einer Waffe und befahl mir, ihn zu Jerry Peters zu bringen.«

»Das haben wir ja jetzt vereitelt.«

»Aber welchen Grund hatte er?«

Ich hob die Schultern. »Tut mir leid, den weiß ich auch nicht. Ich wundere mich nur, daß sein Vorgesetzter, Colonel Crane, nicht mitgekommen ist, denn diese Aktion sieht mir zu sehr nach einem Alleingang aus. Da ist Crane eigentlich nicht der Typ, der so etwas zulassen würde.«

Der Pfarrer nickte.

Ich sah mich um. Mein Plan blieb noch immer bestehen, aber den Geistlichen wolle ich auf keinen Fall mit hineinziehen. Das wurde zu gefährlich.

Damit war Earl Cedrick gar nicht einverstanden. »Nein, Mr. Sinclair, ich will mit. Ich kenne Jerry Peters von klein auf. Ich kann ihn vielleicht überreden, nichts...«

»Er hat sich verändert.«

»Trotzdem.« Stur schüttelte der Geistliche den Kopf.

Was blieb mir anderes übrig, als zuzustimmen?

Der Pfarrer lächelte. »So verstehen wir uns schon viel besser, Oberinspektor. Und wie hatten Sie sich die Sache vorgestellt?«

Ich berichtete zähneknirschend.

»Das ist gut.« Earl Cedrick nickte. »Dann wollen wir uns beeilen, denn Sie sagten ja, daß auch Mrs. Peters sich in der Scheune befindet.« Der Geistliche reckte sich und schritt auf die Tür der Scheune zu.

Ich hoffte nur, daß alles gutgehen würde...

Suko ahnte von diesen Vorgängen nichts. Er hatte sich von der anderen Seite her der Scheune genähert, und zwar so, daß er das Bauernhaus dabei umrundete.

Auf halbem Wege stutzte er.

Geräusche drangen aus dem Haus.

Suko blieb stehen und überlegte. Er wollte zwar irgendwie an der Rückseite in die Scheune eindringen, doch daß ihm jetzt diese unbestimmten Geräusche im Haupthaus aufgefallen waren, warf seinen Plan wieder um.

Da tat sich etwas.

Und Suko entschloß sich innerhalb von Sekunden. Er wollte nachsehen. Sein Vorhaben wurde durch die offene Hintertür erleichtert. Dort war also schon vor ihm jemand in das Haus eingedrungen. Der Chinese war gespannt darauf zu erfahren, wer dieser Unbekannte gewesen war. Peters oder einer seiner Mitausbrecher?

Suko zog die Tür noch ein winziges Stück auf, denn durch den Spalt paßte er nicht.

Sie knarrte in den Angeln.

Der Chinese schluckte. Wenn ihn bis jetzt nichts verraten hatte, dann sicherlich dieses Geräusch.

Vorsichtig ging er weiter.

Es war düster. Suko konnte kaum etwas erkennen. Er roch den Staub, den Dreck – und das Blut.

Jawohl, Blut.

Der Chinese hatte Erfahrung genug. Er kannte den typischen Geruch. Hier mußte etwas Schreckliches passiert sein. Der Tod hatte erbarmungslos zugeschlagen.

Aber wer war der Tod?

Jerry Peters? Befand er sich hier, dann war John Sinclair auf dem völlig falschen Dampfer.

Nur Umrisse konnte der Chinese erkennen. Allerlei Gerümpel umgab ihn. In der Küche oder dem Wohnraum befand er sich nicht. Er bewegte sich vorsichtig nach links und blieb stehen.

Die Konturen eines auf dem Boden liegenden Körpers malten sich ab. Lag dort der Tote?

Suko wollte es genau wissen. Er holte seine Minileuchte hervor, ging in die Knie und ließ den Strahl kurz aufzucken.

Die winzige Zeitspanne reichte ihm, um zu erkennen, daß dem Mann nicht mehr zu helfen war. Er hatte keinen Kopf mehr! Jemand hatte ihn abgeschlagen.

Dafür kam nach Sukos Meinung eigentlich nur einer in Frage. Der immer noch frei herumlaufende Tokata. Und wenn der Samurai es tatsächlich gewesen war, dann hatte er sich bestimmt mit Peters und den anderen verbündet.

Das war Sukos Gedankengang, und damit lag er sicherlich nicht falsch.

Jetzt war ihm auch der Grund der Geräusche klar. Tokata mußte sich irgendwo im Haus befinden.

Blitzschnell kam Suko hoch und drehte sich um. Seine Augen hatten sich inzwischen so an die Düsternis gewöhnt, daß er die Umrisse einer zweiten Tür sah.

Vielmehr erkannte er das offene Rechteck.

Und dort stand jemand.

Tokata!

Ich drängte den Pfarrer zurück, hob meine linke Hand – in der rechten hielt ich die Beretta –, und klopfte.

Ich schlug vielmehr stark gegen die Tür.

Und ich vernahm eine Reaktion.

Denn die Stimmen im Innern der Scheune verstummten.

Ich drehte mich halb und winkte dem Pfarrer. Als er näher kam, wisperte ich: »Sie geben Antwort.«

Er nickte.

Dann die Stimme. Sie klang schrill, aufgeregt, überdreht. »Wer ist da?«

»Das ist Jerry«, flüsterte der Geistliche. Dann erwiderte er laut und deutlich: »Ich bin es. Pfarrer Cedrick. Du erinnerst dich doch, Jerry? Ich muß mit dir reden!«

Schweigen.

Der Pfarrer schaute mich an. Verzweiflung las ich in seinem Blick. Er wollte schon zur Klinke greifen, doch ich hielt ihn zurück.

»Der Pfaffe?!« brüllte plötzlich Jerry Peters laut. So laut, daß wir beide erschraken. »Was willst du denn hier?«

»Mit dir reden.« Während der Geistliche das sagte, holte ich mein Kreuz hervor. Earl Cedricks Blick wurde starr, als er das Kruzifix anschaute. Instinktiv mußte er spüren, wie wertvoll es war.

»Verschwinde!« schrie Jerry. »Ich will dich nicht sehen, oder bist du lebensmüde?«

»Nein, Jerry, bitte...«

Da hörten wir den Schrei. Er war in großer Angst geboren, und wir vernahmen eine sich überschlagende Frauenstimme. »Kommen Sie, Herr Pfarrer, bitte kommen Sie!«

Elaine Peters hatte gerufen. Also lebte sie, doch niemand von uns wußte, wie lange noch.

Ich zögerte nicht länger, umfaßte die Klinke und riß die große Scheunentür auf.

Das Bild erfaßte ich in einer Sekunde.

Vier brennende Lampen verbreiteten das Licht. Auf dem Boden lag die Frau. Neben ihr stand Jerry Peters, breitbeinig und mit abgespreizten Armen. Wirr hing ihm das Haar in die Stirn, die Augen hatten sich verändert. Es waren keine normalen Menschenaugen mehr. So leuchteten Metallplatten, die irgend jemand anstelle der Pupillen eingesetzt zu haben schien.

Im Hintergrund, der dem Eingang gegenüberliegenden Wand, hielten sich zwei andere junge Leute auf. Peters' Kollegen, die mit ihm ausgebrochen waren. Sie schienen sich ziemlich unwohl zu fühlen, griffen aber nicht ein, um die Frau zu retten.

Der Pfarrer drehte durch. Ich hätte besser auf ihn achtgeben müssen, doch als er mich zur Seite stieß und sich dabei an mir vorbeidrängte, war es zu spät.

Er lief auf Jerry und die Frau zu.

»Bleib stehen!« kreischte der Junge.

»Nein, im Namen des Herrn!«

»Zurück!« brüllte ich.

Dieser Junge war nicht mehr zu bremsen. Er würde durchdrehen, das war klar.

Der Pfarrer hatte den rechten Arm erhoben, die Hand zur Faust geballt, eine Drohgebärde, die auch Jerry sah.

Er lachte auf.

Und nun sah ich zum ersten Mal seine Kräfte. Er demonstrierte mir seine Macht. Der Pfarrer, der neben der Frau in die Knie gehen wollte, hatte noch nicht richtig den Boden berührt, als ihn eine gewaltige Kraft hochschleuderte.

Wie eine Puppe wirbelte er durch die Scheune. Er schrie auf und krachte gegen die Wand, die unter dem Anprall erzitterte. Hart fiel er zu Boden, aber Jerry Peters, dieser Wahnsinnige, hatte noch nicht genug. Er trieb sein grausames Spiel weiter.

Plötzlich drehte sich der Pfarrer auf dem Bauch liegend mehrmals um die eigene Achse. Sein Körper geriet in einen furiosen Wirbel. Er schlug mit Armen und Beinen um sich, schrie und hämmerte mit seinen Füßen ein rasendes Stakkato auf den Boden.

»Hör auf!« schrie ich und rannte los, nachdem ich meine erste Überraschung hinter mir hatte.

Jerry Peters stoppte tatsächlich.

Er drehte sich um, kümmerte sich nicht mehr um den Pfarrer, der stöhnend liegengeblieben war, und starrte mich an.

»Wer bist du?« keuchte er.

Ich gab keine Antwort, sondern hielt das Kreuz hoch, doch es reagierte nicht auf seine Killergedanken. Neben mir kroch Elaine Peters schluchzend aus der Gefahrenzone. Sie näherte sich dem Pfarrer, der stöhnend am Boden lag.

In der rechten Hand hielt ich meine Beretta. Den Arm streckte ich jetzt aus und zielte auf Jerry Peters. Die anderen beiden Ausbrecher blieben an der Wand hocken und griffen nicht ein. Starr blickten sie an mir vorbei.

»Ich will, daß du mitkommst«, sagte ich. »Man wartet auf dich. Es ist besser, Jerry.«

Mit einer abgehackt wirkenden Bewegung schleuderte er sich die Haare aus der Stirn. »Wer bist du, daß du es wagst, so mit mir zu sprechen?« flüsterte er. »Wie kannst du es nur wagen?«

»Bitte...«

»Neinnn!« Diese Antwort war eine Mischung aus Schreien und Knurren.

Und seine Augen veränderten sich. Die Pupillen schienen zu wachsen. Vielleicht täuschte mich auch der Eindruck, weil sie so silbrig schimmerten.

Er stand unter »Strom«.

»Zwinge mich nicht zu schießen!« sagte ich hart. »Komm freiwillig mit, es ist besser...

Da reagierte er.

Ich spürte den Anprall seiner Kraft. Zum Glück nicht am gesamten Körper, sondern nur am rechten Arm. Er wurde in die Höhe gerissen, eine glutheiße Schmerzwelle raste durch meine rechte Hand und öffnete mir die Finger.

Die Beretta fiel zu Boden.

Jerry Peters lachte gellend.

Und dann begann er mit mir sein teuflisches Spiel...

Abermals standen sich die beiden gegenüber!

Suko wurde an die Szene im Wald erinnert, wo er ebenfalls auf Tokata getroffen war. Das lag gerade einen Tag zurück, aber dem Chinesen kam es vor, als wären Wochen dazwischen. Soviel war bereits geschehen.

Im Wald hatte es Ausweichmöglichkeiten gegeben, hier nicht. Hier befand er sich praktisch in einem kleinen Gefängnis, denn eine andere Bezeichnung verdiente die Waschküche nicht.

Mit der Beretta konnte der Chinese nichts gegen dieses untote Monster ausrichten, ebenfalls nichts mit der Dämonenpeitsche. Er hatte nur eine Chance, um fünf Sekunden Zeit zu gewinnen.

Suko mußte den Stab einsetzen.

Mit den Augen war die Bewegung kaum zu verfolgen, so schnell riß Suko den Stab hervor.

Da schlug Tokata auch schon zu.

Im selben Augenblick brüllte Suko das bewußte Wort, das es ermöglichte, die Zeit anzuhalten.

»Topar!«

Tokata erstarrte. In der Luft blieb die gefährliche Schwertklinge stehen, und der Chinese hatte nun Zeit genug, sich etwas einfallen zu lassen.

Das tat er auch.

Er hätte Tokata gern ins endgültige Aus befördert, aber töten durfte er seinen Gegner nicht, wenn dieser wehrlos war. Dann hätte der Stab seine Kraft verloren.

Suko hatte einen anderen Plan.

Er wollte Tokata das Schwert rauben.

Der Chinese packte den Arm des Monsters, hängte sich an ihn und versuchte, die Totenklauen des Monsters aufzubiegen.

Das war kaum möglich, und Suko mußte seine gesamte Kraft einsetzen. Schaffte er es?

Da war die Zeit vorbei.

Tokata bewegte sich wieder.

Doch Suko hatte die Finger des Samurai etwas aufgebogen. Der Griff befand sich nicht mehr so fest in Tokatas Hand, und er rutschte ihm durch.

Das in der Hölle geschmiedete Schwert klirrte zu Boden.

Tokata war überrascht, denn die Bewegung, die er vor seiner Erstarrung hatte durchführen wollen, die brachte er nun zu Ende. Aber ohne Waffe. Seine Faust rasierte an Sukos Schulter vorbei.

Selten in seinem Leben war der Chinese so rasch zu Boden gehechtet. Und das nicht ohne Grund.

Dort lag das Schwert.

Suko bekam die Klinge auch zu fassen und wollte die Waffe an sich reißen, doch dagegen hatte Tokata einiges. Er bewies, daß er sich nicht nur mit dem Schwert, sondern auch mit der Hand und den Füßen verteidigen konnte. Der Fußtritt traf Sukos Arm mit elementarer Wucht.

Ein anderer als der Chinese wäre fertig gewesen, zumindest hätte er die Klinge losgelassen, aber Suko überstand auch dies, und er hielt das Schwert fest. Allerdings gelang es ihm nicht, die Waffe zu führen, um seinem Gegner den tödlichen Streich zu versetzen. Tokatas Tritt hatte seinen Arm buchstäblich gelähmt.

Suko rollte sich um seine eigene Achse. Er wollte aus dem unmittelbaren Gefahrenbereich verschwinden, doch ein erneuter Tritt warf ihn auf den Rücken.

Und dann packte Tokata zu. Er riß Sukos Arm hoch und entwand ihm die Waffe.

Sofort zuckte er damit zurück und ging in Kampfstellung.

In diesem Moment rollte Suko gegen die Zinkbadewanne, die noch in der Waschküche lag.

Eine Idee zuckte durch den Kopf des Chinesen. Er wuchtete die Wanne hoch und schleuderte sie Tokata entgegen, der eine wütende Bewegung machte, die Wanne mit seiner Waffe aufspießte und in zwei Hälften teilte.

Eine Hälfte fiel zu Boden, die andere jedoch rutschte gegen ihn, und Suko hatte die Chance zur Flucht.

Er wuchtete sich vom Boden hoch und rannte aus dem Raum. In der Waschküche hatte er keine Chance.

Tokata blieb zurück. Suko hörte sein Brüllen, drehte sich um, und dann wurden seine Augen groß.

Plötzlich begannen die Mauern des alten Gebäudes zu wanken. Sie schwankten hin und her, Risse erschienen, und im nächsten Augenblick krachte der gesamte Bau wie ein Kartenhaus ineinander.

Was war geschehen?

Suko konnte es sich nur so erklären, daß dieser Jerry Peters seine Kräfte nicht mehr unter Kontrolle hatte und anfing zu wüten. Der Chinese machte sich Sorgen um seinen Freund, er wollte zur Scheune hinüberlaufen und eingreifen, doch seine Aufmerksamkeit wurde abgelenkt.

Wie Schatten waren sie da!

Vier von Asmodinas Todesengeln. Sie kamen buchstäblich aus dem Nichts, doch sie hatten sich nicht Suko als Ziel ausgesucht, sondern das zerfallene Gebäude, über dem eine gewaltige Staubwolke wallte, die wie ein riesiger Pilz aussah.

Die Todesengel holten Tokata!

Sie zogen den Samurai des Satans aus den Trümmern und flogen mit ihm davon. Suko sah ihnen so lange nach, bis der Nachthimmel sie verschluckt hatte.

Er fluchte.

Asmodina hatte dafür gesorgt, daß Dr. Tod kein weiteres Mitglied der Mordliga verlor. Doch das war im Augenblick zweitrangig. Für Suko zählte allein, wie es John Sinclair ging. Da bestand verdammt Anlaß zur Sorge...

Ich erlebte eine Hölle.

Mir rinnt heute noch ein Schauer über den Rücken, wenn ich darüber nachdenke.

Zuerst wurden mir die Beine buchstäblich unter dem Körper

weggerissen. Ich rechnete damit, aufs Gesicht zu fallen, doch die Kraft des Jungen hielt mich in der Waagerechten.

In der Luft blieb ich liegen wie die schwebende Jungfrau im Zirkus. Ich konnte Jerry in die Augen schauen und sah sein wildes, verzerrtes Gesicht.

Dann schickte er mich auf die Reise.

Als hätte mir jemand von hinten einen Anstoß gegeben, so flog ich vor und raste mit dem Kopf zuerst auf die Wand zu.

Im Bruchteil einer Sekunde wurde mir klar, in welch einer Gefahr ich schwebte. Die Holzwand würde mir den Schädel zerschmettern. In einer verzweifelten Bewegung riß ich beide Arme nach vorn und schützte meinen Kopf.

Dann erfolgte der Aufprall.

Er war nicht so hart, wie ich ihn mir vorgestellt hatte, weil die Geschwindigkeit kurz vor dem Aufprall abgebremst wurde. Trotzdem schüttelte es mich durch.

Das Holz knirschte, der Schlag, der trotz Deckung meinen Kopf traf, war noch hart genug, so daß Sterne vor meinen Augen aufblitzten, und als ich aus dieser Höhe mit vollem Gewicht zu Boden knallte, da glaubte ich, mein Schädel würde zerspringen.

Jerry Peters war noch nicht fertig. Er wollte mich langsam und auf teuflische Art und Weise umbringen.

Wieder wirbelte ich vom Boden hoch. Dabei drehte ich mich um die eigene Achse, verlor Horns Revolver, der irgendwo hinsegelte, und die unheimliche Kraft des Jungen peitschte mich der Scheunendecke entgegen.

Ich krachte gegen die Balken. Sie waren dick. Zwischen ihnen und der eigentlichen Decke befand sich ein Zwischenraum, so daß es mir gelang, meine Hände um einen Balken zu klammern.

Eisern hielt ich fest.

Ich keuchte, japste, mein Körper schmerzte. Ich hing an dem Balken geklammert, während unter mir Jerry Peters stand, den Kopf in den Nacken gelegt und die Hände in die Hüften gestemmt hatte und zu mir hochschaute, wobei ein kaltes Grinsen seine Lippen kerbte und die Pupillen immer noch wie mit Silber ausgegossen wirkten.

»Spring doch!« höhnte er. »Los, spring!«

Ich hielt mich fest. Der Schweiß rann in wahren Sturzbächen über mein Gesicht.

»Du willst nicht?« keifte der Junge. »Warte, dann werde ich es dir zeigen!«

Wieder schickte er seine mörderischen Gedanken auf die Reise. Er wirkte jetzt wie entfesselt, und ich spürte, wie meine Finger langsam in die Höhe gebogen wurden.

Mit der rechten Hand fing es an. Immer weiter. Verzweifelt versuchte ich, mich festzuhalten, doch die andere Kraft war stärker. Ich kam nicht gegen sie an.

Die rechte Hand rutschte.

Dann die linke.

Ich fiel...

Unbewußt stieß ich einen Schrei aus. Heil würde ich unten nicht landen, sondern mir die Beine bestimmt brechen. Aber wiederum hatte sich Jerry Peters etwas anderes ausgedacht. Kurz bevor ich zu Boden prallte, trieb er meinen Körper wieder hoch, und in einer Dreh- und Torkelbewegung wurde ich gegen die Wand geschleudert. Schwer prallte ich dagegen und fiel zu Boden.

Diesmal war die Höhe nicht groß. Ich überstand den Fall. Doch mehr tot als lebendig. Ich konnte gar nicht nachhalten, welche Stelle mir überhaupt schmerzte. Mein gesamter Körper bestand aus einem einzigen gnadenlosen Schmerzwirbel, und an die Prellungen wollte ich erst gar nicht denken.

Groggy und wie ein Häufchen Elend lag ich auf dem Boden der Scheune. Es gelang mir nicht mehr, von allein aufzustehen, meine Glieder schienen auseinandergerissen zu sein.

Und Jerry kam näher.

Schritt für Schritt ging er auf mich zu. Kalt lächelnd, in seinen Augen das silbrige Leuchten.

Er würde mich vernichten.

Endgültig...

Ich sah ihn nur verschwommen, weil mir Tränen über das Gesicht liefen, dabei biß ich die Zähne zusammen, suchte Energiereste und schaffte es doch nicht.

Einen Schritt vor mir blieb er stehen. Langsam senkte er den

Kopf. »Und jetzt mache ich ein Ende!« keuchte er. »Weißt du, wie? Du wirst vor den Augen dieser Zeugen hier zerplatzen!«

Nein, er bluffte nicht. Ich wußte auch, daß er die Kraft dazu besaß. Dieser Jerry Peters war ein grausamer Tyrann und durch eine verdammte Gesellschaft erst dazu gemacht worden.

Das war das Schlimme.

»Jetzt!« schrie er.

Und da hörte ich die Schüsse.

Ich hörte die Detonationen. Einmal, zweimal, dreimal.

Jerry Peters zuckte zusammen, als die Geschosse seinen Rücken trafen. Er riß die Arme hoch, sein Gesicht weitete sich vor Entsetzen, die Augen wurden kugelrund, das Flimmern verschwand, dafür sickerte Blut aus seiner Kleidung.

Dann brach er zusammen.

Quer fiel er über meine Beine. Ich sah seinen Rücken und auch das, was die Kugeln darin angerichtet hatten.

Denn geschossen hatte Jack Horn. Er war wieder aus seiner Bewußtlosigkeit erwacht, hatte seine Waffe gefunden und sie wieder an sich genommen. Horn war mein Lebensretter.

Doch er dachte gar nicht daran, mich am Leben zu lassen. Er kam näher, hielt die Waffe im Anschlag, hatte den Kolben dabei mit beiden Händen umfaßt, blieb stehen und schwankte dabei von links nach rechts.

Er starrte mich an. »Ich lege dich um!« keuchte er. »Verdammt, ich lege dich um, Sinclair. Keiner soll Zeuge sein, keiner!«

Das letzte Wort ging in einem mörderischen Krachen unter. Die Scheune bebte, die Wände wackelten, und der angebliche Tote richtete noch einmal seinen Oberkörper auf, um dann endgültig zurückzufallen. In einem letzten Kraftakt hatte Jerry Peters noch einmal all seine Kräfte mobilisiert, sie aber nicht mehr richten können, so daß das Nebengebäude eingestürzt war.

Jack Horn gab nicht auf. Er schwenkte den schweren Revolver wieder herum.

Da griffen die beiden anderen ein.

Fred Conrad und Rhen Golling fügten ihre noch unterentwickelten Kräfte zusammen und konzentrierten sich. Plötzlich platzte der schwere Revolver in den Händen des Spions auseinander, und die Splitter wirbelten nach allen Seiten weg.

Horn brüllte, riß die Arme hoch und sah das Blut, das an seinen Fingern herablief.

Dann brach er zusammen.

Ich erkannte eine weitere Gestalt.

Suko hetzte in die Scheune. Ich wollte den Arm heben, schaffte es aber nicht mehr, denn die Bewußtlosigkeit griff nach mir und zog mich in den tiefen Schacht.

Im Krankenhaus wachte ich auf.

An meinem Bett saß Suko. Er grinste, als ich die Augen aufschlug.

Es war inzwischen viel geschehen. Die beiden anderen Telepathen befanden sich wieder in Gewahrsam. Sie waren anstandslos zurückgegangen und würden unter Aufsicht bleiben. Suko berichtete mir von Tokata.

Geheimdienstkreise schalteten sich ein. Auch Sir James Powell. Es durfte wirklich nichts an die Öffentlichkeit gelangen, die Gefahr einer Panik war einfach zu groß. Denn wer wollte schon genau sagen, wie viele dieser Gedankenmörder noch herumliefen?

Ich dachte auch nicht darüber nach, der Pfarrer schwieg ohnehin, und Elaine Peters zog in eine andere Stadt.

Doch die Opfer, die dieser verdammte Fall gekostet hatte, die holte keiner mehr ins Leben zurück.

Und das war schlimm...

ENDE

Der
Spiegel-
dämon

Bill Conolly streifte seine Jacke über und nahm die Fotoausrüstung vom Haken. Dann drehte er sich um und wollte zur Tür gehen, doch Sheila hielt ihn fest.

»Willst du wirklich ohne Frühstück los?«

Bill hob die Schultern. »Du weißt, daß ich es eilig habe, Darling. Ich möchte unbedingt über diesen Umweltskandal schreiben. Deshalb will ich mir auch den Tatort ansehen.«

»Ja, ja, ich verstehe dich.«

Bill lachte wie ein großer Junge. »Alles klar?«

»Nein.«

Der Reporter stockte. »Habe ich sonst noch etwas gemacht, für das ich mich schuldig fühlen müßte?«

»Ja, du könntest dich von deinem Sohn verabschieden. Schließlich wird er dich heute kaum zu Gesicht bekommen und mich deshalb mit Fragen durchlöchern.«

Bill schlug sich gegen die Stirn. Dann tippte er Sheila mit dem Finger an. »Siehst du, Darling, das ist ein triftiger Grund. Für Johnny verschiebe ich meine Abreise.«

Bill drückte sich an seiner Frau vorbei und ging zu Johnnys Zimmer. Vorsichtig klopfte er gegen die Tür.

»Bist du schon wach, Großer?«

»Daddy!« juchzte der Kleine.

Bill drückte die Tür auf.

Johnny saß in seinem Bett. Er trug einen roten Schlafanzug und sah richtig putzig darin aus. Sein Haar war noch zerzaust, aber die Augen blickten hell und klar. Darin war nichts mehr von Müdigkeit zu erkennen.

»Gehst du weg, Daddy?«

»Ja, mein Lieber.« Der Reporter nahm auf dem Bettrand Platz. »Ich wollte dir nur noch Good bye sagen.«

Johnny lächelte. »Das finde ich toll, Daddy.« Er schlang seine Arme um Bills Nacken, und der Reporter drückte seinen kleinen Sohn fest an sich.

Johnny war der große Stolz der Conollys. Das konnte er auch sein, denn er entwickelte sich prächtig. Mit seinen knapp drei Jahren war er ein richtiger Sausewind geworden und hatte nichts als Streiche und Dummheiten im Kopf. Er hielt seine Eltern auf jeden Fall ganz schön in Atem.

Fest schlang er seine Arme um Bills Nacken. Erstaunlich, welche Kraft der Kleine schon hat, dachte Bill und machte sich frei. »Und jetzt sei schön brav, und ärgere Mummy nicht zu sehr.«

»Nein, nein.« Johnny schüttelte den Kopf. Seine blonden Haare flogen. Dann blickte er seinen Vater an, wobei er das Gesicht etwas schief legte.

»Ist was?« lächelte Bill.

»Ja, Daddy. Weißt du, was ich jetzt möchte?«

Bill lachte. »Nein, mein Liebling.«

»Ich möchte dir die Kehle durchschneiden«, erwiderte der Kleine mit ernster Stimme.

Bill Conolly war viel zu geschockt und überrascht, um eine Antwort geben zu können. Er sagte nichts, sondern holte nur tief Luft. Dann sah er seinem Sohn in die Augen.

Johnny grinste ihn an. Er lächelte nicht, nein, er grinste. »Hast du gehört, Daddy?«

»Nein, nein...«

»Dann sage ich es dir noch einmal!«

Bill wurde ärgerlich. Er legte seine Hände auf die schmalen Schultern des Jungen. »Ich will nichts hören, Johnny. Hast du mich verstanden?«

»Sicher, Daddy.«

»Dann ist es gut.« Bill stand auf, strich dem Jungen noch mal über das Haar und ging.

Immer das verdammte Fernsehen, dachte er. Ob Johnny wieder einen Film gesehen hatte, der gar nicht für ihn bestimmt war? Sicherlich, denn woher hätte er diesen Satz haben können? Seinem Vater die Kehle durchzuschneiden!

Noch ziemlich verstört kehrte Bill zu seiner Frau zurück. Sheila blickte ihn an. »Hast du was, Bill?«

»Nein, wieso?«

»Ich meine nur, du siehst so blaß aus.« Sie lachte. »Dir fehlt sicherlich das Frühstück.«

»Bitte nicht! Ich habe keinen Hunger.«

»Na dann. Aber irgendwas ist doch mit dir, Bill?«

»Ich mußte nur gerade an das Öl denken, das diese Firma rücksichtslos in die Themse gekippt hat.«

Sheila nickte. »Ja, das ist schlimm.« Sie brachte ihren Mann noch bis zur Tür.

»Und gib gut auf den Kleinen acht«, sagte der Reporter.

»Aber das mach ich doch immer.«

»Klar, natürlich.« Bill hauchte seiner Frau einen Kuß auf die Lippen und ging zur Garage, wo sein Porsche stand. Er schwang sich in den Wagen und rauschte los.

Sheila winkte ihm nach. Ein Windstoß fuhr durch das lange Haar und wirbelte es hoch. Sheila war schon frühlingshaft gekleidet. Sie trug eine rote Bluse und einen Rock im Indian Look. Das Kleidungsstück reichte bis zu den Waden. Sie ging wieder zurück, als Bill nicht mehr zu sehen war.

Johnny lag noch im Bett. Er sah auf, als Sheila ins Zimmer trat »Ist Daddy schon weg?«

»Ja, mein Schatz, er ist gefahren.«

»Schade.«

»Wieso?« Sheila setzte sich wie ihr Mann zuvor auch auf die Bettkante.

»Ach, ich hätte gern noch etwas getan.«

»Was denn?«

»Nichts, Mummy, nichts. Fiel mir nur so ein.«

»Morgen wird Daddy wieder mit dir spielen oder noch mal zu dem Mirror-Man gehen.«

Plötzlich leuchteten die Augen des Jungen. »Ja, der Spiegelmann, das ist gut.«

»Hat dir das gefallen?«

»Natürlich, Mummy. Der war ganz große Klasse. Das ist ein Freund von mir.«

»Dann wird Daddy sicherlich noch mal mit dir hingehen.«

»Ich habe sogar von ihm geträumt.«

»Und?«

Johnny senkte den Kopf. »Nichts. Ich habe es wieder vergessen. Komisch, nicht?«

Sheila lachte. »Das passiert nicht nur dir, sondern auch uns Erwachsenen. Wir vergessen oft Träume. Jetzt aber los, aufstehen und anziehen, sonst wird dein Kakao kalt.« Sheila erhob sich und suchte einige Kleidungsstücke für ihren Sohn aus dem Schrank.

Johnny weigerte sich, in seine Sachen zu schlüpfen. Er sprang aus dem Bett und lief weg. Sheila versuchte ihn zu fangen.

Doch Johnny war schnell. Auf seinen kurzen Beinen trippelte er durch das Zimmer und kroch unter sein Bett.

»Willst du wohl vorkommen?« rief Sheila. Sie bückte sich, um ihren Sohn zu sehen.

Im nächsten Augenblick zuckte sie zurück. Etwas hatte sie hart an der Stirn getroffen. Johnny hatte den Gegenstand geworfen, einen Bauklotz.

»Au!« Sie zuckte zurück.

Johnny aber lachte. Kein helles Kinderlachen, sondern eher schadenfroh.

Sheila wunderte sich einen Augenblick. Da kroch Johnny auf der anderen Seite des Bettes hervor und blieb stehen.

Diesmal ging er sogar freiwillig zu Sheila, plapperte drauflos und wurde von Sheila ins Bad geführt, wo es das nächste Drama gab, denn die Morgentoilette war immer eine Sache für sich. Da hatte Johnny seinen eigenen Kopf.

Bis Sheila ihn gewaschen hatte, vergingen zehn Minuten. Und die gleiche Zeit verstrich, bis Johnny endlich fertig angezogen vor seiner Mutter stand.

»Und jetzt wird gefrühstückt«, sagte Sheila.

Der Kleine nickte.

Sheila hatte den Tisch bereits gedeckt. Johnny erhielt sein Spezialgeschirr. Es war unzerbrechlich und bunt angemalt. Der Kakao war noch warm.

Sheila schenkte ein und lächelte ihren Sohn an, der ruhig am Tisch saß und seine kleinen Hände gefaltet hatte. Auch einen Latz hatte Sheila ihm umgebunden.

»Was möchtest du?« fragte sie.

»Das«, sagte Johnny und streckte seinen Arm aus.

Sheila nickte. »Das Hörnchen.« Sie schnitt es einmal quer durch und tunkte Marmelade auf die Schnittstelle. So hatte Johnny das gern. Seine Augen glänzten, als er das Hörnchen in den Mund steckte.

Da klingelte das Telefon.

Sheila seufzte und verdrehte die Augen. Auch Johnny aß nicht mehr weiter. Er schaute seiner Mutter nach, die aufgestanden war und in die Diele ging, wo auch ein Apparat stand.

Johnny blieb zurück.

Und plötzlich änderte sich sein Gebaren. Er verzog das Gesicht und schleuderte im nächsten Augenblick voller Wut das Hörnchen gegen die Wand. Gleichzeitig nahm sein Gesicht einen bösen Ausdruck an. Die Mundwinkel verzogen sich, und die Augen glitzerten.

Johnny hatte etwas entdeckt.

Das Messer!

Es lag auf dem Tisch, denn Sheila hatte sich zuvor etwas Braten abgeschnitten. Dazu brauchte sie das Messer mit der Säge. Normalerweise legte sie es weg und brachte es vor Johnny in Sicherheit, aber an diesem Morgen waren sie sowieso schon zu spät dran, und da lief eben alles anders. Vor allen Dingen hatte der Anruf gestört.

Für Johnny war das Messer wichtig.

Er kletterte auf die Sitzfläche seines Stuhls, beugte sich über den Tisch und streckte seinen rechten Arm aus.

Die Finger berührten zwar den Griff, mehr geschah nicht. Sie rutschten ab. Johnny strengte sich noch weiter an. Und dann packte er es. Der Kleine hielt das Messer fest.

Seine Hand schloß sich.

Ein Geräusch drang aus seinem Mund, das so gar nicht zu ihm passen wollte. Es glich mehr einem gefährlichen Knurren. Als Johnny sich die Schneide des Messers vor die Augen hielt und darin sein Spiegelbild sah, da begannen seine Augen zu funkeln.

Ja, so war es richtig!

Johnnys Zunge fuhr über die Lippen. Er sprang vom Stuhl und hörte schwach die Stimme seiner Mutter.

Sheila telefonierte weiter.

Johnny aber wandte sich zur Tür. Er versteckte das Messer hinter seinem Rücken und zog mit einer Hand die Tür auf. Er verbreiterte den Spalt so weit, daß er in die Diele schlüpfen konnte.

Sheila wandte ihm den Rücken zu.

Johnny hörte wohl die Stimme, doch er brachte die Worte in

keinen sinngemäßen Zusammenhang, denn Sheila telefonierte mit einem ihrer Direktoren, die die Firmengruppe leiteten.

Johnny tappte näher.

Sheila war so in ihr Gespräch vertieft, daß sie auf die Umgebung gar nicht achtete. Sie überhörte Johnnys Schritte, die von dem Teppich noch gedämpft wurden.

Johnnys Plan schien zu gelingen.

Und er hörte auch die fremde Stimme in seinem Kopf.

War dein Traum nicht schön? Du hast doch alles schon gesehen, mein Kleiner. Endlich geht es in Erfüllung. Ich mache Träume wahr. Bald werden viele Leute das tun, was sie in ihren Träumen erlebt haben. Du kannst mir glauben.

Der Kleine nickte und sprach selbst einige Worte, die jedoch niemand verstand.

Sheila redete noch immer. »Nein«, sagte sie soeben. »Dazu bin ich nicht Fachmann genug, das müssen wirklich andere entscheiden. Wenn die jedoch eine positive Meinung haben, stimme ich auch zu.«

Jetzt redete der andere, und Sheila hörte zu.

Johnny aber schlich weiter. Die Stimme trieb ihn voran. Mach es wie im Traum. Du weißt es doch...

Der Kleine nickte. Er änderte die Haltung seiner Hände, nahm sie hinter dem Rücken hervor, und wieder blitzte die Klinge des Küchenmessers auf. Der Stahl schimmerte leicht bläulich, deutlich war die Säge an der unteren Kante des Messers zu erkennen.

Sheila war ahnungslos.

Sie stand dort und telefonierte.

Wie Johnny es in seinem Traum gesehen hatte. Und nicht nur im Traum. Auch schon vorher...

Wenn seine Mutter nicht mehr war, dann würde er auf seinen Vater warten...

Johnny hob die rechte Hand. Sehr fest umschloß seine rechte Faust den Griff.

»Nein, das kann ich nicht«, sagte Sheila in diesem Augenblick. »Wirklich, das ist nicht möglich. Sie müssen verstehen...« Sie regte sich auf und ging einen kleinen Schritt zur Seite.

Ein Erwachsener hätte sie trotzdem getroffen. Doch Johnnys Arme waren nicht lang genug. Die Klinge ratschte in Sheilas

Rock, durchtrennte den Stoff, den Strumpf und riß eine Schramme in ihren Oberschenkel.

Im ersten Moment war Sheila so überrascht, daß ihr der Hörer aus der Hand rutschte und auf die Gabel fiel. Dann drehte sie sich um.

Johnny stach zum zweitenmal zu.

Ein Schritt zurück brachte Sheila in Sicherheit.

Der Kleine konnte seinen eigenen Schwung nicht mehr bremsen und fiel hin. Mit dem Messer stach er dabei in den Teppich, wo die Klinge sich bog, jedoch nicht abbrach.

Zwei Sekunden stand Sheila Conolly unbeweglich auf dem Fleck. Sie konnte es nicht fassen, daß ihr eigener Sohn sie mit einem Küchenmesser angegriffen hatte.

Das war absurd, das war irre – und gefährlich...

Ihre nächsten Reaktionen folgten automatisch. Sie bückte sich und entwand Johnny das Messer. Angeekelt warf sie es weg und spürte erst jetzt die Schmerzen.

Eine Flamme schien über ihren Oberschenkel geglitten zu sein, so sehr brannte es. Feucht rann das Blut an ihrem Bein herab. Sheila wurde kalkweiß und starrte auf ihren Sohn, der soeben aufstand, und flüsterte nur: »Johnny...«

Der Kleine schaute sie an.

Er lächelte. Lächelte, als wäre nichts gewesen. »Hi, Mummy«, sagte er leise.

Sheila schluckte. Sie wischte sich über die Augen, die plötzlich feucht geworden waren. Was da passiert war, konnte man als so unglaublich bezeichnen, daß man dafür keine anderen Worte mehr fand.

Sheila drehte nicht durch.

Eine andere Frau hätte vielleicht angefangen zu schreien. Obwohl Sheila danach war, beherrschte sie sich. Sie schlug ihren Sohn nicht und bekam auch keinen hysterischen Anfall.

Sie schaute ihn nur an.

»Mummy, willst du nichts mehr essen?«

»Doch, doch.« Sheilas Antwort klang flach. Sie hörte die Worte selbst nicht so richtig, denn in ihrem Kopf wirbelten tausend Gedanken durcheinander.

Sheila war in gewisser Hinsicht keine normale Frau. Sie war

mit Bill Conolly verheiratet, und beide hatten einen guten Freund namens John Sinclair. Der Geisterjäger hatte sie schon des öfteren in gefährliche Fälle mit hineingezogen. Sheila wußte von Dämonenreichen, und sie wußte auch davon, daß die Dämonen in das menschliche Leben eingriffen. Sie versuchten alle Tricks, nahmen auf niemanden Rücksicht, auch nicht auf Kinder. Erst vor einigen Wochen hatten die Conollys erlebt, daß Johnny der Mittelpunkt eines teuflischen Spiels gewesen war, als es um Destero, den Dämonenhenker, ging und Asmodina das Haus der Conollys in eine andere Dimension entführte.

Nun, sie hatten den Fall glücklich überstanden, aber jetzt sah es ganz danach aus, als wären die Feinde abermals dabei, einen neuen Angriff zu starten.

Und wieder war Johnny der Mittelpunkt.

Sheila zuckte zusammen, als Johnny auf sie zulief und ihr Bein umklammerte. Jetzt spürte sie die Schmerzen, und sie mußte sich selbst hart an die Kandare nehmen, um nicht aufzuschreien.

Sie drückte Johnny von sich und ging mit dem Kleinen ins Bad, wo sie den Rock auszog und auch die Strumpfhose.

Endlich sah sie die Wunde.

Sie war zum Glück nicht tief, aber etwa so groß wie ihre Hand. Zwei rote Streifen liefen über ihr Bein.

»Mummy, was hast du denn?« fragte der Kleine und schaute auf das Blut. »Hast du dir weh getan?«

Sheila schluckte und lächelte etwas verzerrt. »Ja, ich habe mir weh getan.«

»Ist es schlimm?«

»Nein, mein Schatz, es ist nicht schlimm.«

Sheila beherrschte sich nur unter großen Mühen. Ihr Sohn sprach, als wäre überhaupt nichts geschehen. Und wahrscheinlich konnte er sich auch nicht erinnern. Irgendeine Klappe war in seinem Gehirn gefallen. Johnny wurde auf eine teuflische Art und Weise ferngelenkt, da gab es für Sheila keinen Zweifel.

Mit einem Lappen wusch sich Sheila Conolly das Blut vom Bein, während Johnny danebenstand und zusah. Hin und wieder lächelte die Frau ihrem Sohn zu, was ihr verflixt schwerfiel.

Aus der Hausapotheke holte sie ein Pflaster. Sie mußte zwei nehmen, um die Wunde zu bedecken.

»Ist jetzt wieder alles gut?« fragte der Kleine.

»Sicher, jetzt ist alles gut.«

Johnny nickte. »Ich habe dich doch so lieb, Mummy«, sagte er und warf sich in Sheilas Arme.

Ich werde noch verrückt, dachte Sheila. Erst den Angriff mit dem Messer und jetzt...

»Komm«, sagte sie, »ich möchte gern telefonieren.«

»Wen rufst du an?«

»Onkel John!«

»Wirklich?«

»Ja.«

Der kleine Johnny klatschte in die Hände. »Ich freue mich, Mummy. Sag, daß er herkommen soll.«

»Natürlich wird er kommen, mein Schatz, natürlich...«

Ich ging wie einer, den zwei Hexenschüsse auf einmal erwischt hatten. Oder wie auf Eiern, wie mir Suko sagte. Das hatte natürlich seinen Grund, denn der letzte Fall steckte mir buchstäblich in den Knochen. Ich hatte gegen Jerry Peters, einen unheimlichen Gegner, gekämpft. Einen Gedankenmörder, der kraft seines Willens aus Menschen Marionetten machte. Er spielte mit ihnen. Und er hatte an mir seine Macht demonstriert. Kraft seiner Gedanken wurde ich kreuz und quer durch eine alte Scheune geschleudert. Daß ich mir dabei nichts gebrochen hatte, war für mich heute, drei Tage nach dem Fall, noch ein Wunder.

Dafür waren jede Menge Prellungen geblieben. Wenn ich mich morgens im Spiegel betrachtete, sah ich einen Mann vor mir, dessen Körper in zahlreichen Farben schillerte.

Grün, blau, gelb – da war eigentlich alles vertreten. Es würde sicherlich noch eine Woche dauern, bis ich wieder in Ordnung war.

»Dann haben Sie ja Zeit, die Akten der alten Fälle aufzuarbeiten«, hatte mir Sir James gesagt. »Man hat Sie hier schon lange nicht mehr gesehen.«

Das stimmte tatsächlich, aber in den letzten Wochen hatte es so verrückte Fälle gegeben, daß ich gar nicht dazu gekommen war, mich hinter den Schreibtisch zu setzen. Meine Gegner hatten mich zu sehr in Atem gehalten.

Das fing bei Myxins Entführungung an und führte mich hinterher in einen kleinen Ort namens Oakville, wo der Gedanken-Killer lauerte.

Ich verzog das Gesicht, als ich mich auf meinen Schreibtischstuhl setzte. Zuvor hatte ich das Büro durchquert. Glenda Perkins, meine Sekretärin, hatte krampfhaft zur Seite geblickt.

Ich kannte auch den Grund. Schließlich sollte ich nicht sehen, wie sie lächelte. Aber mein Gang war auch zu komisch, da konnte man schon mal lachen.

Mir selbst erging es nicht anders.

Wenn ich die Papierberge sah, wurde mir fast schlecht. Am liebsten hätte ich alles durchs Fenster geworfen, aber als Beamter ist man leider an Vorschriften gebunden, und manchmal fand sich in den Berichten der Kollegen auch ein interessanter Hinweis für meine Arbeit.

Bevor ich jedoch die erste Akte aufklappen konnte, erschien Glenda, der schwarzhaarige Engel. Sie streckte ihren Kopf zur Tür herein und lächelte.

»Ich hätte für den Kranken noch einen frisch gebrauten Kaffee.«

»Der Kranke nimmt den Vorschlag dankend an«, erwiderte ich grinsend.

Glenda verschwand.

Ich aber stützte meine Ellbogen auf den Schreibtisch und legte das Kinn in die Handflächen. Mein Gott, war ich heute wieder arbeitswütig! Dabei beobachtete ich eine Fliege, die sich in mein Büro verirrt hatte und mal über die Decke krabbelte oder ihren Platz an der Wand suchte.

Glenda Perkins brachte den Kaffee.

Sie balancierte die Tasse auf dem Tablett. Bisher war sie noch nie zu Boden gefallen, auch die drei Stücke Würfelzucker lagen wie immer bereit.

»Sie sind ein Schatz, Glenda«, sagte ich, als sie die Tasse vorsichtig absetzte.

»Das weiß ich.« Glenda ging einen Schritt zur Seite und schaute zu, wie ich den ersten Schluck nahm.

Ich nickte. »Ausgezeichnet.«

Sie drehte sich um. »Dann will ich Sie mal nicht weiter stören. Schließlich warten die Akten.«

»Moment, Glenda. Wollen Sie mir die Arbeit nicht abnehmen?«

»Dafür ist mein Gehalt zu klein.«

»Ich würde auch ein Abendessen springen lassen.«

Sie lachte. »Das haben Sie mir schon so oft versprochen, John, daß es schon gar nicht mehr wahr ist.«

»Irgendwann kommt noch der Tag, wo ich das Versprechen einlöse. Denn ich bin auch als Mädchenkiller bekannt.«

»Dann killen Sie mal schön«, sagte Glenda. Sie mußte zurück, weil bei ihr das Telefon summte.

Und ich kümmerte mich um die Akten

Wir hatten zwar Frühling, aber das Wetter sah gar nicht danach aus. Graue Wolken am Himmel, ein böiger Wind, der durch die Londoner Straßenschluchten wehte, und Temperaturen um acht Grad. Und dabei zählten wir bereits Ende März.

In London war es wieder einmal rund gegangen, das stellte ich schon nach dem ersten Blick in die Akten fest. Es hatte Banküberfälle gegeben, Morde und blutige Demonstrationen, aber nichts, was in mein Ressort fiel. Die Dämonen schienen in den letzten Tagen wenigstens in London geschlafen zu haben.

Sie hatten sich woanders ausgetobt.

Ich rauchte eine Zigarette, trank den Kaffee und machte mir hin und wieder Notizen.

Als das Telefon anschlug, atmete ich auf. Eine Störung beim Lesen der Akten war mir immer willkommen.

»Sinclair.«

»Morgen, John. Hier ist Sheila.«

»Hoi, du junge Mutter. Was verschafft mir die Ehre deines Anrufs? Ist Bill nicht nach Hause gekommen, brauchst du jemanden, der dich tröstet?«

»Bill ist tatsächlich nicht da.«

Ich hatte schon wieder einen dummen Spruch auf den Lippen, als ich nachträglich bemerkte, daß Sheilas Stimme verdammt ernst geklungen hatte. Da war irgendwas geschehen.

»Was ist passiert?« fragte ich knapp.

»Es geht um Johnny.« Sheila räusperte sich. »Er... er wollte mich mit einem Messer umbringen.«

»Was?«

»Ja, John, es stimmt.«

Ich hatte mich also doch nicht verhört. Sekundenlang herrschte Schweigen zwischen uns. Dann fragte ich: »Was sagt Bill dazu?«

»Er ist unterwegs und weiß es noch nicht.«

»Wo steckt er denn?«

»Irgendwo an der Themse. Da hat jemand Öl in den Fluß gekippt, und Bill arbeitet an einem Bericht über Umweltverschmutzung. Er will diese Tat unbedingt mit hineinbringen. Ich kann ihn jetzt telefonisch nicht erreichen. Kannst du nicht kommen?«

»Natürlich, Sheila. Es kommt ja nicht von ungefähr, daß Johnny dich mit einem Messer angreift.« Ich drückte die Zigarette aus. »Hat er was gesagt?«

»Ja und nein. Irgend etwas von Träumen.«

»Also Beeinflussung«, murmelte ich. »Okay, Sheila, behalte jetzt die Nerven. Ich mache mich sofort auf den Weg.«

»Danke.«

Dann stand ich auf. O Gott, das war eine Quälerei. Ich biß die Zähne zusammen und bog meinen Rücken durch. Auch die Schultern taten weh, aber Indianer kennen keinen Schmerz, und so verließ ich mein Büro und sagte Glenda Bescheid, wo sie mich finden konnte.

»Gut, ich werde es dann auch Sir James ausrichten.«

»Und sagen Sie ihm, daß es kein privater Besuch ist, sondern ein dienstlicher.«

»Mach ich.«

Mit dem Fahrstuhl fuhr ich nach unten. Ich kam mir vor wie ein alter Mann, aber ich hielt mich tapfer. Wenn ich mich irgendwo in die Ecke setzte, so half das nichts. Ich mußte schon in Bewegung bleiben.

Wenig später saß ich im Bentley. Der Silbergraue sprang sofort an, und ich lenkte ihn vom Parkplatz, um mich in den fließenden Verkehr einzufädeln.

Auf die Begegnung mit Sheila Conolly war ich wirklich mehr als gespannt.

Jane Collins, blondhaarig, hübsch und von Beruf Privatdetektivin, war ebenfalls unterwegs. Sie wollte einen Klienten treffen, der am frühen Morgen angerufen hatte. Es ging, wie sie den knappen Sätzen entnommen hatte, um den Diebstahl einer alten Statue, die mit hunderttausend Pfund versichert gewesen war.

Der Mann hatte ihr ein Erfolgshonorar von fünftausend Pfund in Aussicht gestellt und Jane damit überzeugt.

Eigentlich hätte sie den Auftrag gar nicht mehr annehmen können. In letzter Zeit hatte sie verflixt viel zu tun. Sie war dauernd unterwegs. Manchmal kam es ihr vor, als wäre sie die einzige Detektivin in London. Dabei hatte sie zahlreiche männliche Kollegen, und einigen von ihnen hatte sie schon Aufträge zugeschanzt.

Die lukrativen behielt sie natürlich für sich.

Ihr neuer Klient wohnte in der City, nahe der Oxford Street. Da Jane gegen Mittag noch nach Pentonville hinauswollte, hatte sie ihren Wagen genommen. Sie wäre sonst mit der U-Bahn gefahren, denn die Fahrt mit dem Wagen durch den dichten Londoner Verkehr kostete nicht nur Energie, sondern auch Nerven.

Jane wühlte sich mit ihrem VW von Ampel zu Ampel. Ihr Klient hatte sein Büro in einem ziemlich neuen Hochhaus, wo sich auf dem Dach ein großer Parkplatz befand.

In den ersten drei Etagen gab es zahlreiche Geschäfte, und darüber waren die Räume an Firmen vermietet worden.

An der New Bond Street geriet Jane in einen Verkehrsstau, weil ein Wasserrohr gebrochen war. Polizisten leiteten die Autofahrer über die Gehsteige um.

Vor Jane fuhr ein alter weißer Volvo. Bei jedem Gasgeben drang eine dunkle Wolke aus dem Auspuffrohr, die wenig später in der Luft zerfaserte.

Der Wagen verbrauchte ziemlich viel Öl, und der Fahrer schien zu den nervösen Menschen zu gehören. Er gab Gas, stoppte wieder, gab Gas und stoppte.

Das alles geschah ruckartig. Jane konnte nur den Kopf schütteln. Von dem Mann selbst sah sie nicht viel. Nur seinen Hut, einen Pepita-Filz, der über die Kopfstütze schaute.

Endlich konnte Jane die Bruchstelle passieren. Sie war die letzte in der Reihe, die Fahrer hinter ihr mußten warten.

Der Volvo blieb weiterhin vor ihr. Der Mann versuchte zwar ein paarmal zu überholen, doch das war nicht möglich.

Auf der linken Seite lag ihr Ziel. Neben der Schaufensterreihe mit dem Arkadengang, davor befand sich die Einfahrt zum Parkdeck auf dem Dach.

Der Volvofahrer blinkte links. Er wollte also auch einen Parkplatz ansteuern.

Jane lenkte ihren VW ebenfalls in die schmale Einfahrt und mußte warten, weil der Volvomensch vor ihr eine Karte aus dem Automaten zog. Er hatte die Scheibe heruntergekurbelt, ein Arm tauchte aus der Fensteröffnung, und fünf Finger rissen die Karte an sich.

Die Schranke glitt nach oben.

Der Volvo fuhr an – und stand.

Abgewürgt.

Jane schüttelte den Kopf. Sie hatte die Seitenscheibe ebenfalls nach unten gedreht und hörte das wütende Schimpfen des Fahrers. Als sich der Wagen endlich in Bewegung setzte, hatte der Kerl einen zweimaligen Startversuch hinter sich, und aus dem Auspuff bliesen Jane wieder dunkle Wolken gegen die Scheibe.

Sie zog ihre Karte und fuhr die rampenähnliche Auffahrt hoch, hinter der die erste Kurve begann.

Jane mußte schon kurbeln, um die enge Kurve gut nehmen zu können. Die Detektivin hoffe nur, daß sie auf dem Dach noch einen freien Platz finden würde.

Ein paarmal verlor sie den Volvo aus den Augen, aber sie hörte ihn immer. Der Auspuff war defekt und röhrte wie ein liebeskranker Hirsch im Herbst.

Während der wilden Kurbelei und Kurvenfahrt dachte Jane an ihre letzten Fälle. Sie hatten alle nichts mit Geistern und Dämonen zu tun gehabt, sondern waren völlig normal gewesen. Deshalb hatte Jane auch von John Sinclair nichts gesehen, er arbeitete auf einem anderen Gebiet. Früher war es oft vorgekommen, daß sich ihre Fälle überschnitten. In letzter Zeit jedoch nicht.

Jane hatte viel für den Geisterjäger übrig. Ein paarmal hatten sie auch an eine Heirat gedacht, doch den Gedanken immer wieder verschoben. Keiner wollte so recht eine Bindung eingehen, denn sie liebten beide die Unabhängigkeit.

Die Detektivin nahm sich vor, John am Abend einmal anzurufen, denn lange genug hatten sie sich nicht gesehen.

Man konnte bei dieser Fahrerei wirklich einen Drehwurm bekommen. Jane kurbelte wie verrückt, so daß sie schon bald fürchtete, das Lenkrad würde brechen. Und dann mußte sie bremsen.

Plötzlich stand der Volvo wieder vor ihr.

Der Fahrer hatte die Kurve nicht geschafft und war mit der Stoßstange gegen die Mauer gefahren.

Er rollte jetzt zurück.

Jane hupte, denn der Wagen kam ihr ziemlich nahe. Sie bremste ruckartig.

Der Mann am Steuer drehte sich etwas und warf einen Blick zurück. Das Gesicht konnte die Detektivin leider nicht erkennen.

Dann endlich fuhr der Knabe weiter.

»Der kostet mich Nerven«, murmelte die Detektivin.

Noch zwei Kurven, dann hatte sie es hinter sich. Der Volvo fuhr zuerst auf das Parkdach, und erste Regentropfen klatschten auf die Karosserie. Direkt über dem Haus lag eine dicke, graue Wolke, die ihr Wasser ausschüttete.

Das Dach war vollgestellt. Jedenfalls sah es im ersten Moment so aus.

Wagen stand neben Wagen. Nur die Mittelspuren waren noch frei. Jane rollte wieder hinter dem Volvo her, der auch seine Kurven drehte. Er fuhr sogar ziemlich schnell, und der Fahrer schien nicht mehr richtig im Kopf zu sein, mit dieser Geschwindigkeit in die Kurven zu jagen. Zudem machte der erste Regen den Belag ziemlich rutschig.

Der Volvo rutschte in der Tat. Jane sah, wie das Heck ausbrach und gegen den Kotflügel eines blauen Mercedes klatschte, wobei er ihn eindrückte.

Die Detektivin zuckte zusammen, als sie das dabei entstehende Geräusch hörte, aber der Fahrer kümmerte sich nicht darum. Er fuhr weiter und jagte in die nächste Kurve.

Diesmal ging alles glatt. Dann lag eine freie Strecke vor ihm.

Gas!

Der Weg führte genau auf das Begrenzungsgeländer zu, das den Dachrand umgab. Es war ziemlich niedrig, und bei hohen Geschwindigkeiten sicherlich leicht zu durchbrechen.

»Der ist verrückt!« rief Jane und wurde bleich.

Der Fahrer hörte sie nicht und jagte weiter.

Jane Collins hupte. Sie wollte ihn warnen. Sah er denn nicht das verdammte Geländer?

Nein!

Dann war es für ein Bremsmanöver längst zu spät. Zudem dachte der Mann in dem weißen Volvo auch gar nicht daran. Er fuhr weiterhin voll auf sein Ziel zu.

Es kam, wie es kommen mußte, und Jane Collins hatte das Gefühl, alles in Zeitlupe zu erleben.

Voll wuchtete die Kühlerschnauze gegen das Geländer. Über eine Tonne Stahl, dazu noch in Bewegung, krachten gegen die Begrenzung. Solch eine Wucht hielt das Geländer nicht aus, da es sowieso schon vom Rost leicht angefressen war.

Es brach.

Die Längsstützen wirbelten wie Streichhölzer durch die Luft, die Querverstrebungen hielten ebenfalls nicht, und der weiße Volvo fegte über den Rand hinweg.

Für Bruchteile von Sekunden sah es so aus, als würde er mitten in der Luft stehenbleiben.

Dann sackte er ab.

Jane hielt nichts mehr in ihrem VW. Sie stieß die Tür auf und sprang aus dem Wagen.

Mit Riesenschritten jagte sie auf das zerbrochene Geländer zu, um in die Tiefe zu schauen.

In diesem Augenblick knallte das Gefährt acht Stockwerke tiefer zu Boden.

Zum Glück befand sich hier keine Straße, denn hinter dem Bau lag ein kleiner, verwilderter Park, der vor wenigen Monaten als Bauland verkauft worden und eingezäunt war.

Niemand hielt sich dort auf.

Der Wagen krachte zu Boden. Es gab ein dumpfes Geräusch. Jane sah noch, wie die ungeheuren Kräfte ihn buchstäblich auseinanderrissen, und dann schoß eine gewaltige Stichflamme aus dem zertrümmerten Wrack hervor und stieg himmelan.

Glühende Teile spritzten hoch und zur Seite und fielen wieder zu Boden, wo das Regenwasser sie löschte.

Benzin verbrannte in Stichflammen, die schnell verloschen.

Jane atmete tief durch.

Sie merkte plötzlich, wie ihr schwindlig wurde und die Knie anfingen zu zittern. Sie war Zeugin dieses Unfalls geworden, doch bei dem Wort Unfall stockten ihre Gedanken.

War es wirklich ein Unfall gewesen?

Jane dachte darüber nach. Sie rief sich noch einmal in Erinnerung, wie der Wagen gefahren worden war. Schnell, risikoreich und auch rücksichtslos.

Und er war mit voller Absicht gegen das Geländer gesetzt worden, denn von einem Bremsmanöver hatte die Detektivin nichts bemerkt. Sie war davon überzeugt, daß mehr hinter der Sache steckte, als es zu Beginn den Anschein gehabt hatte.

Damit war die Neugierde der blondhaarigen Detektivin geweckt. Sie wollte wissen, was hinter dem Selbstmord steckte. Noch einmal schaute sie über die Dachkante.

Während unten der Wagen weiter ausbrannte, liefen die ersten Menschen zusammen. Zwei Männer, vom Dach her sahen sie winzig aus, hielten Feuerlöscher in den Händen. Sie spritzten den weißen Schaum vorschriftsmäßig unten in den Brandherd.

Jane ging wieder zurück. Als sie in dem VW saß und startete, zitterten ihr die Knie.

Sie fand eine kleine Parklücke, lenkte den Käfer hinein und fuhr dann mit dem Aufzug nach unten.

Jane war Zeugin. Sie wollte unbedingt mit den Polizisten reden und einiges klarstellen. Außerdem interessierte sie sich dafür, wer dieser Wahnsinnsfahrer war. Vielleicht konnte sie das Motiv des Mannes erfahren.

Der Ausgang des Lifts befand sich unter den Arkaden. Obwohl das Unglück auf der Rückseite des hohen Hauses geschehen war, sprachen die Passanten darüber.

Jeder wollte natürlich etwas sehen.

Jane Collins durchquerte ein Geschäft, das auch an der Rückseite einen Ausgang hatte. Die Tür stand offen. Menschen hatten den Lebensmittelladen verlassen, und Jane sah, daß die Glastür Sprünge aufwies.

Die Flammen waren erstickt. Jane konnte nun erkennen, daß der Wagen nur noch aus einem dunklen Klumpen Blech bestand. Und darunter lag ein Mensch.

Drei Polizisten versuchten vergeblich, eine Absperrung aufzubauen. Auch Jane wollten sie wegdrücken, doch die Detektivin machte ihnen klar, daß sie Zeugin der Vorgänge war.

Sie mußte sich bereithalten.

Zehn Minuten später trafen Beamte in Zivil ein. Sie kletterten kurzerhand über den Zaun. Zufällig kannte Jane den leitenden Inspektor. Er hieß Grover, gab sich immer bärbeißig, war schon älter, doch Jane wußte, daß unter seiner rauhen Schale ein weicher Kern steckte. Als er die Detektivin sah, verdrehte er die Augen.

»Sie mal wieder. Haben Sie was mit dem Wagen zu tun?« Er deutete auf das Wrack.

»Eigentlich nicht.«

»Aha.«

»Ich habe als Zeugin eine Aussage zu machen.«

Der Inspektor hob die buschigen Augenbrauen. »Dann kann man von Ihnen ja einiges erwarten.«

»Klar.« Jane berichtete, daß sie nur einen Parkplatz gesucht hatte und wie ihr der Wagen schon vorher aufgefallen war.

»Ein alter Volvo also«, murmelte Grover. »Die Marke hätte ich unter dem Blechhaufen nicht erkannt.«

Jane hob die Schultern. »Ja, er sieht schlimm aus.«

»Und den Mann kannten Sie wirklich nicht?« Der Inspektor legte den Kopf schief.

»Nein.«

Grover verzog das Gesicht. »Wissen Sie, bei Ihnen bin ich mir nicht so sicher. Aber bleiben Sie mal da.« Grover ging zu seinen Leuten. Einer hatte das Nummernschild des Wagens herausgefischt. Der Mann erhielt von dem Inspektor den Auftrag, herauszufinden, wem der Volvo gehörte.

Fünf Minuten später wußte Grover Bescheid.

»Ernie Lidell«, sagte er und schaute Jane Collins an. »Können Sie etwas mit dem Namen anfangen?«

»Nicht das geringste.«

»Na, ich weiß nicht.« Der Inspektor blieb skeptisch.

»Wo wohnte dieser Lidell denn?«

Grover winkte ab. »Da ich Ihnen den Namen schon verraten habe, will ich Ihnen das andere auch noch sagen. Sie würden mir sonst doch keine Ruhe lassen. Redcross Way 18.«

»Keine gute Adresse.«

»Das stimmt.«

»Na ja, mich soll's nicht weiter kümmern«, sagte Jane und lächelte. »Ich habe einen anderen Job. Brauchen Sie mich noch, Inspektor?«

»Im Moment nicht. Aber ich weiß, wo Sie zu erreichen sind.«

»Für Sie immer, Sir.«

»Oh, nicht soviel Dickes.«

Janes Klient war völlig außer sich, als die Detektivin sein Büro betrat.

»Haben Sie das gesehen?« empfing er die Frau und wischte sich mit einem weißen Tuch den Schweiß von der Stirn. »Grauenhaft. Der Mann muß die Kontrolle über seinen Wagen verloren haben.«

»Bestimmt.« Mehr sagte Jane nicht.

Eine halbe Stunde später hatte sie den neuen Auftrag in der Tasche. Sie sollte die Statue suchen, zurückbringen und würde dann die Prämie von fünftausend Pfund kassieren. Details hatte ihr der Mann mit auf den Weg gegeben.

Als Jane ihren Wagen abholte, wurde sie wieder an den schrecklichen Vorgang erinnert. Sie konnte sich einfach nicht helfen. Der »Selbstmord« des Fahrers interessierte sie mehr als ihr neuer Fall.

Jane Collins beschloß, am Ball zu bleiben. Die Adresse des Toten kannte sie ja...

Sheila war bleich, als sie mich empfing.

»Ist noch was geschehen?« fragte ich auf der Türschwelle stehend.

»Nein, nein, Johnny ist ruhig. Er sitzt in seinem Zimmer und spielt mit der Eisenbahn.«

»Das ist gut.«

Sheila ließ mich ein. Wir gingen in den großen Wohnraum und

nahmen dort Platz. Von Sheila erfuhr ich Einzelheiten und wurde sehr nachdenklich.

Als sie mich um einen Kommentar bat, sagte ich: »Es ist natürlich schwer, als Unbeteiligter etwas zu sagen. Ich kenne Johnny zwar, weiß auch, wie er reagiert, aber das sieht mir ganz danach aus, als stünde er unter anderem Einfluß.«

»Sag ruhig dämonischem.«

»Leider.«

»Und was machen wir?« In Sheilas Frage schwangen Angst und große Sorge mit.

»Ich war in den letzten Tagen nicht da und möchte dir ein paar Fragen stellen, Sheila. Hat Johnny in der letzten Zeit irgendwelche Kontakte zu fremden Personen gehabt?«

»Nein.«

»Überlege genau. Das kann sehr wichtig sein.«

»Er war immer mit uns zusammen oder spielte mit Nachbarskindern. Und da war auch nichts.«

»Du bist dir sicher?«

»Ja.«

Ich lehnte mich zurück und blickte durch die große Scheibe in den Garten, wo die Sträucher und Büsche schon die ersten Knospen hatten. »Das sieht natürlich nicht gut aus, aber trotz deiner Antwort bin ich nicht überzeugt. Johnny muß ein einschneidendes Erlebnis gehabt haben. Ohne Grund greift er dich nicht an.«

»Wenn ich das nur wüßte . . .«

»Wo war er gestern?«

»Hier.«

»Den ganzen Tag über?«

»Ja – nein!«

»Er war also ohne Aufsicht«, hakte ich sofort nach.

Sheila schüttelte den Kopf. »Auch nicht ohne Aufsicht, John. Er war mit Bill weg.«

»Und wo sind die beiden hingegangen?«

»Bill ist mit ihm in die Stadt gefahren. Er wollte einen Tunnel für die Eisenbahn kaufen. Das haben sie auch gemacht.«

»Waren Sie noch woanders?«

»Ja, ich glaube.«

»Und wo?«

Sheila winkte ab. »In irgendeinem Irrgarten oder Spiegelkabinett. Johnny hat das gesehen. Ein Gaukler hat auf einem Platz seinen Wagen aufgestellt. Mirror-Man nennt er sich.«

»Hat Johnny Näheres darüber berichtet?«

»Ja, es hat ihm unwahrscheinlich gut gefallen. In solch einem Kabinett sieht man ja viel. Einmal ist man dick, dann wieder dünn und rennt gegen Wände, die aussehen, als wäre da nur Glas, das ist alles.«

»Bill war dabei?«

»Ja.«

»Er hat nichts gesagt?«

»Nein, wieso auch?«

»Hm.« Ich dachte nach. Ob dieses Spiegelkabinett etwas mit Johnnys Zustand zu tun hatte?

»Siehst du eine Verbindung?« fragte Sheila.

»Möglich.«

»Ach, John, das ist doch Unsinn. Dann müßte Bill auch...«

»Das ist nicht unbedingt gesagt. Vielleicht hat Bill gar nicht bemerkt, wie man Johnny beeinflußt hat.« Ich war nicht ohne Grund mißtrauisch, denn mit Gauklern hatte ich so meine Erfahrung.

»Willst du dir den Mirror-Man einmal ansehen?« erkundigte sich Sheila.

»Auf jeden Fall.«

»Soll ich mitkommen oder Bill Bescheid sagen?«

»Nein, nein, das regle ich allein. Ich hätte nur mal gern mit Johnny gesprochen.«

Im selben Augenblick hörten wir die dumpfen Schläge. Für einen Moment saßen wir stocksteif, dann sprangen Sheila und ich gleichzeitig in die Höhe.

»Das war in Johnnys Zimmer!« rief Sheila.

Ich riß bereits die Tür auf. Wo das Zimmer lag, wußte ich und erreichte es mit wenigen Schritten.

Hart stieß ich die Tür auf.

Johnny stand mitten im Raum. Er hielt mit beiden Händen einen Holzknüppel umklammert und schlug wahllos gegen die Schränke und sein Bettgestell.

Als ich die Tür aufriß, drehte er sich um und ließ den Knüppel fallen. Plötzlich lächelte er.

»Onkel John!« rief der Kleine und rannte auf mich zu. Ich ging in die Hocke, fing ihn auf und hob ihn hoch. Ein völlig normales Kind hielt ich in den Armen.

Zweimal warf ich ihn in die Luft, dann setzte ich ihn wieder zu Boden. Er blieb stehen und strahlte mich an. »Hast du mir etwas mitgebracht, Onkel John?«

Verflixt, das hatte ich vergessen. »Du hast doch eine Sparbüchse.«

Er lief sofort weg und holte sie. Es war ein halber Apfel, aus dem ein Wurm kroch und die Münzen an sich nahm, wenn sie in seiner Nähe lagen und man einen kleinen Hebel gedrückt hatte.

Ich spendierte ihm drei Münzen. Sheila sah mich gequält an und hob die Schultern. Und ich wußte es auch nicht, ehrlich gesagt. War das der Johnny, der bei meinem Eintritt seine Möbel mit einem Knüppel zertrümmern wollte? Kaum zu fassen.

Ich ging in die Knie und nahm ihn auf den Arm. »Warum hast du das getan, Johnny?«

»Was denn?« fragte er völlig unbefangen.

Ich deutete auf seine Holzeisenbahn. Die Wagen waren umgekippt, und den Tunnel hatte er mit dem Knüppel eingeschlagen.

Johnny schaute hinunter und begann zu weinen. Er strampelte und wollte von meinem Arm. Ich stellte ihn wieder auf die Erde. Sofort lief er zu seiner Eisenbahn und baute die Wagen wieder auf. »Ich weiß nicht, wer das getan hat«, schluchzte er. »Wirklich nicht, Onkel John. Ich war es doch nicht.«

Er sah mich so bittend an, daß ich lächeln mußte. Doch innerlich war mir verdammt ernst zumute.

»So ist es mir auch ergangen«, erklärte Sheila. »Er konnte sich an nichts erinnern. Was machen wir nur?«

»Du darfst ihn auf keinen Fall aus den Augen lassen. Traust du dir zu, mit ihm fertig zu werden?«

»Ja. Ich sage auch Bill Bescheid.«

Dafür war ich ebenfalls.

Johnny spielte schon wieder ganz normal. Ich verließ mit Sheila sein Zimmer. Draußen begann sie zu weinen. »Was ist nur los in letzter Zeit? Warum lassen sie den Kleinen nicht in Ruhe? Was haben wir denn Schlimmes getan? Nur weil wir mit dir zusammen sind und Bill ein alter Freund von dir ist?«

»Vielleicht.«

Sheila schaute mich an. »Weißt du eigentlich, John, daß mir soeben ein schrecklicher Gedanke gekommen ist?«

Ich nickte. »Ja, ich kann es mir vorstellen. Du gehst davon aus, daß alles normal wird, wenn ich nicht mehr zu euch komme.«

»So ähnlich.«

»Menschlich ist dieser Gedanke verständlich«, erwiderte ich. »Aber du solltest bedenken, daß du schon zu tief mit in der Patsche sitzt. Du und Bill, ihr beide wißt zuviel. Man wird euch nicht mehr in Ruhe lassen, Sheila.«

»Das befürchte ich auch. Und Flucht?«

Ich schüttelte den Kopf. »Nein, das ist keine Lösung. Wo willst du hin? Du kannst dich überall auf der Welt verkriechen, die andere Seite würde dich finden. Sheila, das sind keine Gangster, sondern Dämonen. Daran solltest du immer denken.«

Sie nickte. »Du hast ja recht, John. Entschuldige.«

»Das brauchst du nicht. Denk nur immer daran, daß Johnny, du und Bill sich völlig auf mich verlassen können. Klar?«

»Geht in Ordnung.«

Ich wollte weg und verabschiedete mich von dem Kleinen. Er war völlig harmlos, und nichts wies darauf hin, daß er einmal eine kleine Bestie gewesen war.

Sheila versuchte inzwischen, ihren Mann zu erreichen, doch sie bekam keinen Kontakt, da sie nicht wußte, wo er sich genau befand. Ich nahm die Sache für sie in die Hand.

Es kostete mich nur einen Telefonanruf bei der River Police. Die Kollegen würden Bill ausfindig machen und ihm Bescheid geben. Ich aber fuhr los. Auf diesen Mirror-Man war ich schon sehr gespannt...

MIRROR-MAN!

In sehr großen Buchstaben stand der Name an der Vorderseite des breiten Wagens. Die Buchstaben waren aus Spiegelscherben geformt und reflektierten das Licht zahlreicher bunter Birnen, die hinter der Schrift aufstrahlten.

Der Wagen befand sich auf einem kleinen Platz, auf dem einige Tage zuvor ein Zirkus sein Winterquartier abgebrochen hatte und weitergezogen war. Mirror-Man war geblieben.

Und er machte seine Geschäfte.

Denn noch hatten die großen Unternehmen Winterpause. Es gab keinen Jahrmarkt im Freien, keine großen Feste und Festivitäten, und die Weihnachtsmärkte waren ebenfalls in Vergessenheit geraten. Die Menschen sehnten sich nach dem Frühling und dem Sommer mit all ihren Begleiterscheinungen, wozu auch die Jahrmärkte gehörten.

Mirror-Man hatte die Chance erkannt und genutzt. Er war mit seinem Wagen in London eingetroffen, und man hatte ihn auf diesen Platz hier verwiesen.

Es war keine schöne Ecke. Aber hier wohnten Menschen. Einfache Menschen, die für eine Abwechslung sehr zu haben waren. Sie strömten in Scharen zu Mirror-Man, kamen mit ihren Kindern, um die einmalige Spiegelschau zu erleben.

Mirror-Man besaß einen Spezialwagen. Fahrzeug und Schaubude in einem. Der Wagen hatte eine Menge Geld gekostet, doch durch einen hohen Gewinn im Fußballtoto hatte Mirror-Man ihn von seinem Vorgänger erwerben können.

Unter einer Bedingung allerdings. Er mußte den Gehilfen übernehmen. Mirror-Man, der in Wirklichkeit Dave Morris hieß, hatte zugestimmt. Noch heute sah er das wissende und auch geheimnisvolle Lächeln des Alten, als er den Vertrag unterschrieb. Und dann hatte er zum erstenmal seinen Gehilfen gesehen.

Es war ein Zwerg.

Kein Verwachsener, nein, ein richtiger Zwerg, ein Liliputaner hätte man sagen können, aber als das fühlte sich der Gehilfe auch nicht. Er bestand darauf, ein Zwerg zu sein.

Morris hatte nichts dagegen, und er ließ ihm den Willen.

Gegen Nachmittag öffnete er seine Schau. Weil sich der Zwerg tagsüber draußen nicht sehen ließ, klappte Dave die Läden allein hoch. Die Kasse wurde sichtbar und ebenso die kleine Bühne, deren Rückseite von einem Spiegel eingenommen wurde. Er war etwas gebogen, und seine Fläche war durch hauchdünne Einschnitte in zahlreiche Teile aufgesplittert. Wer in den Spiegel schaute, und das waren praktisch alle, die vor dem Wagen standen, sah sich verzerrt, bis zur Unkenntlichkeit verändert.

An diesem Tag war Dave Morris sauer. Er warf einen prüfenden Blick zum Himmel hoch, sah die Wolken und überlegte, ob er überhaupt öffnen sollte. Wenn es anfing zu regnen, kam kein Mensch.

Er entschied sich zu öffnen, klappte wie gesagt die Läden hoch und schloß auch die Tür auf, die ins Innere des geheimnisvollen Spiegelkabinetts führte.

Als er sie aufdrückte, zischte ihm jemand ein paar Worte zu. Das war der Zwerg.

»Laß sie noch zu!«

Die Worte waren so haßerfüllt und hart ausgestoßen, daß Dave Morris zurückzuckte. »Ja, ja«, sagte er nur.

Wieder einmal machte er sich Vorwürfe, den Zwerg mit übernommen zu haben. Er hätte ihn gern zum Teufel geschickt, aber das war ihm nicht möglich. Dieser kleine Mensch beherrschte ihn. Er machte mit Morris, was er wollte, und Dave kam einfach nicht dagegen an. In letzter Zeit war es besonders schlimm geworden. Da träumte er sogar noch von dem kleinen Widerling.

Und es waren furchtbare Träume.

Er sah sich auf einem Holzbrett liegen, wobei der Zwerg über ihm schwebte und ihn mit einer Säge bearbeiten wollte.

Einmal hatte sich sogar ein Alptraum erfüllt. Mirror-Man war in eine Spiegelwand gefallen und hatte sich dabei das Gesicht zerschnitten. Die Narben sah man heute noch. Dieser Traum hatte sich aber nach einem Streit mit dem Zwerg erfüllt, und seit der Zeit sah Morris seinen Gehilfen im anderen Licht.

»Der steckt mit dem Satan im Bunde«, hatte er oft genug geäußert, aber so, daß es niemand hörte.

Er ahnte nicht, wie recht er behalten sollte...

Auch als er jetzt seinen Laden öffnete, dachte er über den verdammten Zwerg nach und darüber, daß er ihm irgendwann mal den Hals umdrehen wollte.

Doch erst einmal mußte er die große Markise vorziehen, damit wenigstens die ersten Zuschauer geschützt waren, falls es regnen sollte. Während er kurbelte, mußte er wieder an den Mann denken, der am späten Morgen mit einem Bentley auf den Platz gefahren war. Der Mann war ein paarmal um die Schaubude herumgegangen, hatte sie sich von allen Seiten angesehen und war wieder weggefahren.

Morris hatte, als dieser Blondhaarige ankam, an dem Kiosk gegenüber gestanden und sich zwei Zeitungen gekauft. Wenn der Kerl was von ihm wollte, sollte er wiederkommen.

Achtzehn Uhr.

Das war die Zeit, wo er immer anfing. Ein paar Zuschauer hatten sich schon versammelt. Kinder, die zuschauten, wie er seine Schaubude öffnete.

Einige wollten helfen, doch Morris scheuchte sie weg. Als die Vorderseite der Bude freilag, zog Morris die Leiter vor der Kasse aus und setzte sich in das Häuschen.

Dort schaltete er die Beleuchtung ein. Es gab ein Pult, von dem aus er alles steuern konnte. Jetzt flackerten die Birnen auf. Hinter der aus Spiegeln bestehenden Schrift wurde es hell, und der Schein fiel bis dicht vor die Bude.

Auch die große Spiegelwand wurde erleuchtet. In unregelmäßigen Abständen zuckten Blitze auf. Mal gelbe, mal rote, auch grüne und blaue. Sie bildeten ein farbiges Kaleidoskop.

Umgezogen hatte sich Mirror-Man ebenfalls. Er trug seinen hellroten Frack, einen ebenso hellroten Zylinder und unter der Jacke ein weißes Hemd, vor dem zahlreiche kleine Spiegel hingen. Bei jeder Bewegung klirrten sie gegeneinander.

In den Spiegeln sahen sich die Zuschauer total verzerrt.

Plötzlich dröhnte Musik über den Platz. Morris hatte das Band eingestellt. Er regulierte noch die Lautstärke und griff dann zum Mikro.

Dave Morris war ein überdurchschnittlich großer Mann, aber nicht korpulent oder dick, sondern das Gegenteil. Hager und ein wenig hohlwangig. Sein Gesicht zeigte die schlecht verheilten Narben, und die Augen blickten immer ein wenig melancholisch. Auch hing der graue Oberlippenbart traurig herab. Er zeigte die gleiche Farbe wie Morris' Haar.

Mirror-Man verließ seinen Platz an der Kasse. Sein Gesichtsausdruck änderte sich, jetzt setzte er sein geschäftsmäßiges Lächeln auf, das die Kunden animieren sollte, seine Schaubude zu betreten.

»Hallo, hallo!« rief er. »Hier ist er wieder, der Mann mit den

Spiegeln, der Mirror-Man. Nichts bleibt mir verborgen, ich kann in eure Seelen schauen, denn auch sie sind für mich wie ein großer Spiegel. Freunde, gebt acht, Mirror-Man ist gefährlich. Nichts könnt ihr verheimlichen, auf euren Gesichtern spiegeln sich alle Laster wider. Ich bin der, dem nichts verborgen bleibt. Männer, laßt eure Frauen zu Hause. Es könnte sein, daß ich etwas verrate. Und das wäre doch sicherlich sehr unangenehm...«

Er lachte schadenfroh, und einige Zuschauer, die von der Musik und der Rede angelockt waren, lachten mit.

Jetzt kamen auch Erwachsene. Auf die hatte es Morris abgesehen. Nicht so sehr auf die Kinder, die besaßen sowieso kein Geld, er wollte die anderen.

»Und nun, liebe Freunde und Spiegelfans – wer traut sich hinein? Wer macht den Anfang und geht in dieses verwirrende Labyrinth einer anderen, fremden Welt? Spieglein, Spieglein an der Wand, wer ist die Schönste im ganzen Land? Das hat schon Schneewittchens böse Stiefmutter gefragt, als sie in den Spiegel blickte. Auch Sie werden in den Spiegel schauen. Was heißt, in den Spiegel, in Hunderte von Spiegeln werden Sie schauen. Sie sehen sich selbst, und Sie können auf den Grund Ihrer Seele blicken. Bei mir allein werden geheime Wünsche sichtbar. Sie zeichnen sich auf meinen Zauberspiegeln ab. Ja, wirklich. Sie haben sich nicht verhört. Diese Spiegel sind nicht normal. Sie sind verzaubert, von einem Dämon, einem Geist, der euch neue Erkenntnisse bringen will und euer Innerstes umkehrt.«

Die ersten Lacher ertönten. Das war immer so, und Morris ging auch darauf ein.

Er hob die Hand und drohte mit dem Zeigefinger. »Ihr solltet nicht spotten, denn der Spiegel ist das einzig Wahre in der Welt. Ihn kann man nicht betrügen!«

»Aber einwerfen!« schrie jemand.

Morris streckte den Arm aus. »Dann zerstörst du ein Stück deiner Seele, die in jedem Spiegel, in den ihr schaut, gefangen ist. Na, wie ist es? Traut ihr euch? Könnt ihr eure Angst über Bord werfen und die Blicke riskieren? Ich glaube kaum, wenn ich euch so ansehe. Nein, ihr habt Angst, das merke ich – oder sollte ich mich getäuscht haben?« Morris legte eine Kunstpause ein. Einige lachten. Andere wußten nicht so recht, wo sie hinschauen sollten, nur eine junge, blondhaarige Frau lächelte spöttisch, obwohl ihre Augen sehr ernst blickten.

Diese Frau war keine geringere als Jane Collins!

Die Detektivin hatte es nicht mehr ausgehalten. Obwohl der eigene Fall lukrativ war, ging ihr der Selbstmord nicht mehr aus dem Kopf. Sie hatte sich in eine kleine Cafeteria gesetzt und darüber gegrübelt. Immer wieder vergegenwärtigte sie sich die Szene, und sie dachte vor allen Dingen über die Gründe von Selbstmördern nach.

Ja, warum brachte man sich eigentlich um?

Zumeist aus Not und Verzweiflung. Wenn man keinen Ausweg mehr sah und nicht mehr weiter wußte.

Dann verübte man Selbstmord. Aber nicht auf eine solch spektakuläre Art und Weise.

Deshalb das Mißtrauen der Detektivin.

Jane war in die Wohnung des Mannes gefahren. Dort traf sie auf die Polizei, die angeblich nichts bei der Durchsuchung der beiden Zimmer gefunden hatte.

Auch die Hausbewohner schwiegen. Sie preßten die Lippen zusammen und schauten die Polizisten nicht an. Uniformierte waren hier nicht sonderlich beliebt.

Wenn die Leute etwas gewußt hätten, den Männern hätten sie es sicherlich nicht gesagt.

Bei Jane war das etwas anderes. Erstens war sie eine Frau – eine hübsche noch dazu –, und durch ihr gewinnendes Auftreten nahm sie vor allen Dingen den Kindern die Scheu. Als dann noch einige Münzen hinzukamen, redeten die Kleinen.

Jane Collins erfuhr nicht viel. Keiner hatte gewußt, was der Tote früher beruflich machte, aber Jane hörte von Mirror-Man.

Dort hatte man Lidell ein paarmal gesehen.

»Mirror-Man, wer ist das?« hatte Jane gefragt.

Da leuchteten die Augen der Kinder auf. Begeistert berichteten sie von den geheimnisvollen Spiegeln, in denen man sich nicht nur selbst sah, sondern auch ganz andere Dinge.

»Das ist ja interessant«, hatte Jane bemerkt und war gegangen.

Der Mirror-Man ging ihr nicht aus dem Kopf. Ein paarmal

war der Tote zu seinen Lebzeiten dagewesen. Was hatte diesen Ernie Lidell zu dieser Schaubude getrieben?

Jane Collins wollte es herausfinden, und als Mirror-Man seine Schau eröffnete, befand sie sich in der ersten Reihe der Zuschauer.

Die Detektivin hörte sich die Weisheiten des Mannes an. Die Lebenserfahrung, die er weitergab, war eine Mischung aus Werbung und Vorurteilen.

»Sie glauben mir nicht?« rief er und drehte theatralisch seinen Körper. »Es ist eine Schande, wie wenig mir geglaubt wird. Dabei wollt ihr so modern sein. Seht in die Spiegel, da erkennt ihr euer Antlitz, und nicht nur das, meine Spiegel zeigen noch etwas anderes. Die geben Gefühle wieder, sie machen Ihre Seele transparent, meine Herrschaften. So glauben Sie mir endlich.«

Dieser Mirror-Man hatte eine Art, die Leute in ihren Bann zog. Er verstand es, die Zuhörer einzuwickeln und ihnen sein Spiegelkabinett schmackhaft zu machen.

Und sein Blick ließ Jane Collins nicht los. »Sie«, sagte er. »Sie mit den blonden Haaren, die so skeptisch schauen. Sie sollten sich als erste überzeugen und den anderen ein Beispiel geben. Wollen Sie nicht den Anfang machen und mein Kabinett betreten?«

»Ich warte noch«, sagte Jane.

»Warum?«

»Weil ich Sie in Ihrer Rede nicht unterbrechen will. Ich finde es interessant, was Sie so sagen.«

»So reden keine normalen Besucher, Miss.«

Jane ging ein paar Schritte vor. »Vielleicht nicht, aber ich möchte mit Ihnen sprechen.«

»Vorher oder nachher?«

Einige lachten, weil sie die Antwort zweideutig verstanden.

»Vorher, mein Lieber.«

»Dann warten Sie, bis ich kassiert habe.« Dave Morris stellte sich wieder aufrecht hin und winkte mit der linken Hand. »Und nun, meine Herrschaften, tun Sie sich bitte keinen Zwang an und sehen Sie selbst, was wir hier alles auf die Beine gestellt haben. Für einen Spottpreis als Eintrittsgeld erleben Sie die Überraschung!«

Dave Morris verbeugte sich und schritt hochaufgerichtet seinem Kassenhäuschen entgegen. Er mußte allerdings den Kopf einziehen, damit er nicht gegen den oberen Rand der Tür stieß.

Auf einem Drehstuhl nahm er Platz, schob an der Vorderseite eine Klappe hoch und holte die Kassette hervor. Dabei stellte er wieder die Musik an.

Sphärenklänge. Geheimnisvoll, manchmal süßlich anzuhören, dann wieder schrill.

Die Zuschauer sahen sich an. Einige zögerten, dann gingen zwei junge Männer auf die Leiter zu, die nach oben zur Bühne führte. Sie kauften ihre Karten und verschwanden durch die Tür neben dem großen Spiegel.

Andere folgten.

Fast jeder, der die Worte des Mannes gehört hatte, wollte sich von der Sensation überzeugen.

Jane Collins wartet so lange, bis Dave Morris ein paar Minuten Zeit fand. Dann ging auch sie auf die Bühne.

Dahinter mußten sich wirklich tolle Szenen abspielen. Die Detektivin hörte das Lachen und Schreien und manchmal einen dumpfen Laut, wenn jemand gegen eine nicht sichtbare Wand gelaufen war.

Als Jane Collins die Bühne betrat, verließ Dave Morris sein Kassenhäuschen. Er lächelte und fragte: »Nun, schöne Frau, was kann ich für Sie tun?«

»Einiges, Mister . . .«

»Mein Name ist Morris. Sie können mich auch Mirror-Man nennen.«

»Morris ist mir lieber.«

»Okay.«

»Ich heiße übrigens Jane Collins und bin Privatdetektivin.«

Dave Morris zeigte sich nicht erstaunt oder erschreckt, sondern grinste nur. Er bog seinen Oberkörper zurück und lachte. »Das hatte ich mir fast gedacht.«

»Wieso?«

»Als ich Sie da unten stehen sah, da war mir klar, daß Sie nicht hierher gehören. Sie passen nicht auf einen kleinen Rummelplatz, um die Welt der Illusion einmal kennenzulernen. Sie sind also eine Schnüfflerin. Was habe ich verbrochen?«

»Sie nichts.«

»Oh. Und weshalb kommen Sie dann zu mir?«

»Weil ich eine Auskunft von Ihnen möchte.«

»Bitte sehr.«

»Kannten oder kennen Sie einen Mann namens Ernie Lidell?«

»Nein.«

Jane runzelte die Stirn. »Die Antwort kam ziemlich schnell. Haben Sie auch genau überlegt?«

»Sicher.«

»Dann kann man nichts machen.«

»Moment mal«, sagte Morris. »Was ist mit diesem Lidell eigentlich los?«

»Er ist tot.«

Morris' Augen wurden schmal. Mit dem Finger fuhr er sich über seinen Oberlippenbart. »Ermordet?«

»Nein, das nicht, aber seltsame Umstände haben seinen Tod schon begleitet. Er hat Selbstmord begangen.«

»Das ist ja heute schon eine Zeiterscheinung«, bekam Jane Collins zur Antwort.

»Leider, Mr. Morris. Mich haben nur die Umstände seines Todes stutzig gemacht. Er hat sich mitsamt seinem Wagen vom Parkdeck eines hohen Hauses gestürzt.«

»Das ist allerdings seltsam«, gab Mirror-Man zu. »Und warum suchen Sie gerade bei mir?«

»Weil dieser Ernie Lidell Ihre Schau besucht hat.«

»Das hat doch nichts mit seinem Tod zu tun.«

Jane lächelte. »Vielleicht nicht. Nur das will ich ja gerade herausfinden.«

»Dann sind Sie bei mir an der falschen Adresse. Ich biete meinen Kunden zwar etwas Besonderes, die Illusion, aber zum Selbstmord treibe ich sie nicht.«

»Okay, Mr. Morris, war nur eine Frage.«

Mirror-Man schüttelte den Kopf. »So, meine Liebe, lasse ich Sie nicht weg.«

»Wie?«

»Da Sie schon mal hier sind, müssen Sie auch meine Spiegelschau besuchen.«

»Ich weiß nicht...«

»Natürlich kostenlos, Miss Collins. Das ist Ehrensache.«

Jane wollte dem Mann den Spaß nicht verderben und stimmte zu. Soeben betrat ein junges Pärchen die Bühne und blieb vor der Kasse stehen. Morris bat um einen Moment Geduld und verkaufte zwei Karten. Jane hatte Zeit, sich die beiden anzuschauen.

Das Mädchen trug enge Jeans, hatte das braune Haar zu einem Pferdeschwanz gebunden und über die Bluse eine locker fallende Windjacke gezogen. Das Gesicht war leidlich hübsch und befand sich in dauernder Bewegung, weil das Girl Gummi kaute.

Der Junge war schlaksig. Sein Haar fiel bis weit über die Ohren. Die hellen Turnschuhe zeigten Schmutzränder. Auf dem Nasenrücken saß eine Nickelbrille, über deren Gläser er hinwegschielte.

»Ich wünsche Ihnen viel Spaß!« rief Morris den beiden nach, die vor Jane das Kabinett betraten.

Das Paar kümmerte sich nicht um die Worte.

»So, Sie können«, sagte Dave Morris. »Das, was Sie bisher für unmöglich gehalten haben, werden Sie bei mir erleben. Viel Vergnügen.«

»Danke.« Jane ging zur Tür und drückte sie auf. Weder die Detektivin noch der Mirror-Man ahnten, daß sie einen Lauscher gehabt hatten.

Es war der Gehilfe, der teuflische Zwerg...

Die Tür schwappte hinter Jane Morris zu. Sie spürte noch den Luftzug, der ihren Nacken streifte, ging zwei Schritte vor und prallte gegen eine Glaswand.

Ein hämisches Kichern ertönte, als Jane »Au« rief. Auf jeden Fall war sie gewarnt und rieb sich die Stirn.

In diesem Spiegelgarten schienen ja noch einige Überraschungen zu lauern, wenn das schon so anfing.

Vorsichtig ging sie weiter und mußte sich nach rechts halten, wo eine kleine Stiege in eine tiefer gelegene Kammer führte. Vor sich hörte sie die Stimmen des Paares. Der Junge schimpfte das Mädchen aus, weil es ihn mitgeschleppt hatte. Jane hörte aus den Worten heraus, daß er lieber zu einer Demonstration gegangen wäre.

Spiegel, wohin sie schaute.

Sie befand sich in einer winzigen Kammer, die allerdings durch die an den Wänden hängenden Spiegel optisch vergrößert wurde. Und das waren keine normalen Spiegel, sondern solche mit konvexen oder konkaven Oberflächen.

Einmal sah sich Jane als ungeheuer dicke Frau, ein anderes Mal als dürre Zaunlatte, dann ging ihr Kopf wie ein Hefeteig auseinander. Wenn sie sich drehte, geschah das gleiche mit ihrem Unterkörper.

Ob sie wollte oder nicht, sie mußte lachen, denn Morris hatte nicht zuviel versprochen.

Nur, wo befand sich der Ausgang? Zurück konnte sie wieder, aber sie wollte ja weiter. Irgendwo mußte es einen geben, denn das Pärchen vor ihr hatte ihn auch gefunden.

Jane drehte sich im Kreis und streckte die Arme dabei aus.

Ihre Finger strichen über eine Spiegelfläche. Die leichte Berührung reichte.

Plötzlich kippte der Spiegel. Das heißt, er drehte sich um seine eigene Achse und gab einen Ausgang frei, hinter dem ein anderer Raum lag, der von rötlichem Licht erfüllt wurde. Dieses Licht spendeten mehrere Birnen, die an einer Seite der Decke auf einer Schiene festgeschraubt waren.

Jane blieb stehen.

Nicht, daß sie Angst gehabt hätte, aber sie hörte sehr wohl das Lachen und Schimpfen der Menschen. Es mußten sich mehrere hier aufhalten, nur sah man sie nicht.

Und das hatte seinen Grund.

Der Raum wurde nicht nur rot beleuchtet, sondern war durch hohe, viereckige Säulen in einen Irrgarten verwandelt worden, in dem man sich wirklich verlaufen konnte.

Man mußte sehr vorsichtig sein und Geduld haben, um hier hinauszukommen.

Jane wagte den ersten Schritt. Zum Glück hielt sie die Arme ausgestreckt, so lief sie nicht gegen das erste Hindernis, sondern wandte sich nach rechts, wo sie erschrocken stehenblieb, denn sie sah sich selbst bis zur Unkenntlichkeit verzerrt. Eigentlich erkannte sie sich nur an der Kleidung. Jane trug eine braunbeige Jacke und den passenden Rock dazu. Ihre Beine und der Kopf liefen nach hinten weg. Es sah so aus, als würde der Körper in der Luft schweben.

Irgendwo knallte eine Tür.

Das mußte der Ausgang sein, aber es würde noch dauern, bis Jane Collins ihn erreichte.

Sie orientierte sich wieder zurück und fand an der gegenüberliegenden Seite einen schmalen Durchschlupf.

Dann war da wieder die Glaswand. Die Detektivin lächelte, als sie die Lippenstiftspuren erkannte. Es mußte jemand ziemlich hart dagegen gelaufen sein.

Rechts ging es weiter. Vorbei an mehreren schmalen Säulen und Spiegeln, die allesamt die Person verzerrten.

Der Gang mündete in einen runden Raum.

Jane blieb stehen.

Sie hatte eigentlich erwartet, das Pärchen hier zu sehen, doch sie befand sich allein hier. Die Detektivin hörte auch die Stimmen nicht mehr. Sollten die beiden den Raum verlassen haben?

Sie suchte den Ausgang.

Wahrscheinlich mußte man den einen oder anderen Spiegel wieder kippen, um weiterzukommen. Jane drehte sich im Kreis und erschrak bis ins Mark.

Plötzlich sah sie das Mädchen.

Ein Spiegel warf ihr Bild zurück.

Der Körper war völlig normal, nur das Gesicht war eine fürchterliche Grimasse. Die Lippen waren weit auseinandergezogen, die Stirn wuchs höher, der gesamte Kopf hatte eine andere Größe als normal. Das alles hätte Jane nicht so erschreckt. Den Horror strahlte etwas anderes aus.

Es war das Beil mit der blutigen Klinge, das das Mädchen in der rechten Hand hielt.

Jane Collins stöhnte auf.

»O Gott«, flüsterte sie, und tausend Gedanken strömten durch ihren Kopf. War es Illusion, war es Wirklichkeit?

Die Detektivin verdrängte die aufkeimende Furcht und begann nachzudenken.

Bisher war alles normal verlaufen. Sie hatte sich gesehen, wenn auch verzerrt, ansonsten normal. Aber das blutige Beil mußte irgendwie in die Hand des Mädchens gelangt sein. Hatte sie die Waffe unterwegs aufgehoben? Hatte man ihr die gegeben?

Wenn ja, wozu?

Jane ahnte plötzlich, daß dieses Spiegelkabinett gar nicht so harmlos war, wie Dave Morris es angekündigt hatte. Hier mußte man sich vorsehen oder zurückgehen.

Ja, Jane wollte dem Mann noch einmal ein paar Fragen stellen.

Sie machte kehrt – und erstarrte.

Direkt vor ihr befand sich der runde Spiegel. Sie sah nicht ihr Konterfei darin, sondern ein anderes schreckliches Bild.

Den abgetrennten Kopf des jungen Mannes!

Ich hatte mir die Schaubude angesehen, doch sie war verschlossen gewesen. Und den Besitzer hatte ich nicht gefunden. Da ich keine Handhabe gegen ihn hatte, konnte ich nicht einfach einbrechen und mußte unverrichteter Dinge wieder fahren.

Bei einem Halbwüchsigen hatte ich mich erkundigt, wann die Schau so in der Regel begann.

Das sollte gegen achtzehn Uhr sein.

Bis dahin hatte ich noch ziemlich viel Zeit und fuhr wieder zurück in mein Büro, wo ich die alten Akten weiterhin aufarbeiten wollte.

»Schon wieder da?« Glenda zeigte sich überrascht.

»Ja, negativ.«

»Was hat es denn bei den Conollys gegeben?« wollte meine Sekretärin wissen.

»Nichts Besonderes.«

Glenda nickte nur. Diese Reaktion kannte sie. Ich gab diese Antwort meist, wenn ein Fall noch nicht spruchreif war.

Bis siebzehn Uhr drückte ich mich an meinem Schreibtisch herum. Einmal rief Bill an. Seine Stimme klang ziemlich aufgeregt. Er erkundigte sich, ob ich schon etwas unternommen hätte.

Ich mußte verneinen.

»Soll ich mitkommen?«

»Nein, Bill. Bleib du bei deinem Sohn. Wie geht es Johnny eigentlich?«

»Er ist normal.«

»Hoffentlich bleibt er so.«

Bill berichtete mir auch davon, was der Kleine am Morgen zu ihm gesagt hatte. Ich konnte mir gut vorstellen, wie groß der Schock für den Vater gewesen sein mußte.

Aber wieso kam der Junge auf die Idee? Wer hatte ihm das gesteckt? Er mußte geträumt haben, und ich wußte, daß es Dämonen gab, die Träume beeinflussen konnten.

Wir würden sehen, was dabei herauskam.

Mit Glenda fuhr ich um siebzehn Uhr nach unten. Der Himmel war bedeckt, aber es regnete nicht.

»Soll ich Sie nach Hause bringen?« fragte ich.

»Nein, danke, ich werde abgeholt.«

Der Mann wartete vor dem Yard Building. Er hatte beide Hände in den Taschen seines Trenchs vergraben und lachte, als er Glenda sah. In seinem Haar fing sich der Wind.

Glenda wurde etwas rot, und mir gab es einen winzigen Stich. Aber ich hatte kein Recht, eifersüchtig zu sein. Glenda und ich waren schließlich kein Paar.

»Dann wünsche ich Ihnen viel Spaß«, sagte ich und quälte mir gerade noch ein Lächeln ab.

»Danke, John.« Sie lief auf den Mann zu.

Ich drehte ab, weil ich nicht scharf darauf war, die Begrüßungsszene zu erleben.

Wenig später hatte ich mich in den fließenden Verkehr eingeordnet und fuhr zum zweitenmal an diesem Tag dem kleinen Platz entgegen, wo die Schaubude stand.

Hoffentlich rannte ich nicht einem Phantom hinterher, aber dieser Mirror-Man war die einzige Spur, die ich hatte. Ich mußte über die Themse und sah zu, daß ich zur Southwark Bridge kam. Der Verkehr war wieder der reinste Horror. Ich spielte ernsthaft mit dem Gedanken, die Fahrten innerhalb Londons mit der U-Bahn zurückzulegen. Dann jedoch würde ich im Nachteil sein, wenn mein Gegner motorisiert war.

Zum Glück gab es keine größeren Staus. Hinter der Brücke konnte ich dann schneller fahren und rollte tief in den Vorort Southwark hinein, wo London sein nicht touristisch aufgeputztes Gesicht zur Schau stellte.

Alte Häuser, dicht nebeneinandergebaut. Wenig Grünflächen.

Hier wohnten Menschen, die tagsüber schwer arbeiteten, aber auch viel Gesindel.

Über die Hausdächer hinweg ragte stolz der viereckige Turm der Southwark Cathedral. Ein architektonisch ausgefallenes Bauwerk mit seinen drei Kirchenschiffen, die den Turm praktisch einrahmten. Aber so weit wollte ich nicht.

Ich rollte über die Union Street und bog dann nach rechts ein, wo mein Ziel lag.

Redcross Way.

Schon sah ich den Platz. Er fiel auf, weil die Gegend um ihn herum sehr dicht bebaut war. Am Straßenrand parkte ein alter VW, der aussah wie Janes Wagen.

Ich lenkte den Silbergrauen auf den Platz, stieg aus, und schaltete die Alarmanlage ein, indem ich mich noch einmal in den Wagen zurückbeugte. Die Bude war erleuchtet. Zahlreiche bunte Birnen glühten auf. Sie befanden sich dicht nebeneinander und erinnerten mich an eine bunte Perlenschnur.

Ich hörte die Musik und sah auch die paar Zuschauer, die vor der Bude standen.

Sie lauschten den Worten des Besitzers, der soeben erklärte, wie toll sein Spiegelkabinett doch war.

Langsam schlenderte ich näher.

Der Mann sah mich und stutzte. Er konnte seinen Redefluß nicht mehr fortführen und geriet aus dem Konzept.

Ich blieb stehen. Über die meisten Köpfe vor mir konnte ich hinwegschauen und betrachtete die Dekoration der Bühne. Sie war effektvoll. Der große Spiegel gab unsere Gestalten verzerrt wieder, aber trotz der tollen Aufmachung konnte der Mann keine Besucher mehr in sein Spiegelkabinett locken.

Die meisten hatten dem Labyrinth schon einen Besuch abgestattet. Und ein zweites Mal interessierte es sie nicht.

Nur zwei Halbwüchsige zahlten den Eintritt und verschwanden durch eine Tür.

Ich stieg ebenfalls über die Leiter dem Kassenhäuschen entgegen. Als ich davor stehenblieb, klatschten die ersten Regentropfen auf den Boden.

»Auch eine Karte, Sir?« fragte mich Mirror-Man.

Ich schüttelte den Kopf. »Nein, Mister, ich möchte mit Ihnen reden.« Gleichzeitig zeigte ich ihm meinen Ausweis.

»Polizei?«

»Ja, Mister...«

»Moment, ich komme.« Er verließ sein Kassenhäuschen. »Ich bin mir keiner Schuld bewußt«, sagte er sofort. »Ich habe nichts getan...«

»Sagen Sie mir Ihren Namen.«

»Dave Morris.«

»Okay, Mr. Morris. Ich bin nicht gekommen, um Sie zu verhaften, sondern weil ich Fragen habe. Zudem bemerkte ich, daß Sie erschraken, als Sie mich vorhin sahen. Hatte das einen Grund?«

»Ja und nein.« Er zündete sich eine Zigarette an. »Waren Sie nicht schon einmal hier?«

»Am Mittag.«

»Da sah ich Ihren Wagen. Sie fuhren ab, als ich gerade zurückkam. Habe mich schon gewundert, was ein Mann in solch einer Benzinkutsche bei mir will.« Er grinste.

»Nur mit Ihnen reden.«

»Und worüber?«

»Über Ihre Show hier.« Ich deutete in die Runde. »Sieht ja ordentlich aus, das alles.«

Der Wind blies ihm die Asche von der Zigarette. »Ja, ich habe was getan.«

»Aber ein schlechtes Publikum.«

»Leider.«

»Können Sie sich eigentlich noch an die Leute erinnern, die Sie besuchen kommen?«

»Manchmal.«

»Mich interessiert da ein Mann, der...«

»Meinen Sie diesen Ernie Lidell?«

Ich stutzte. »Wer ist das denn?«

Er nahm noch einen Zug an der Zigarette und schleuderte sie dann in eine Pfütze. »Ach, vergessen Sie ihn. Danach hat mich vorhin jemand gefragt.«

»Ich rede von einem Mann, der gestern mit einem kleinen Jungen hiergewesen ist.«

»Wie alt war der Junge denn?«

»Drei Jahre.«

Mirror-Man nickte eifrig. »Stimmt, Mr. Sinclair. An den erinnere ich mich gut.«

»Wie lange waren die beiden in dem Kabinett?«

Morris hob die Schultern. »Das kann ich Ihnen nicht sagen. Hier auf der Bühne befindet sich nur der Eingang. Der Ausgang ist an der Rückseite. Ich sehe die Leute nicht mehr, nachdem sie in diesem Wagen verschwunden sind.« Er holte eine neue Zigarette hervor. »Wieso fragen Sie? Ist was mit den beiden passiert?«

»Nein, eigentlich nicht.«

»Aber...?«

Ich winkte ab und wechselte das Thema. »Managen Sie den Betrieb hier allein?«

»Fast.«

»Was heißt das?«

»Ich habe noch einen Gehilfen.«

»Und wo finde ich den?«

Morris deutete mit seinem Daumen über seine Schulter. »Er hält sich fast immer im Innern auf.«

»Kann man mit ihm reden?«

»Das wird kaum Zweck haben. Der ist etwas zurückgeblieben, zudem verwachsen und ist eigentlich nur angestellt, um die Leute zu erschrecken. Ich wollte ihn schon immer weghaben, aber ich bringe es nicht übers Herz. Der ist ein kleiner Schlußgag, wissen Sie. Wenn jeder denkt, es wäre vorbei, taucht er auf.«

»Dieser Mann interessiert mich. Wo kann ich ihn finden?«

»Ich sagte Ihnen ja schon, er steckt irgendwo. Sie müßten schon das Labyrinth durchqueren.«

Dazu hatte ich keine Lust, und das sagte ich dem guten Mirror-Man auch. »Aber ich könnte mich an der Rückseite aufstellen.«

»Ja, das geht.«

»Wo schlafen Sie eigentlich?« fragte ich.

»In einem kleinen Wagen. Das heißt, da schläft mein Gehilfe. Ich suche mir immer eine billige Pension.«

»Und wo steht der Wagen?«

»Hinter diesem. Da führen wir auch die Ersatzteile mit, wenn mal was zerschlagen wird.«

Ich bedankte mich, und Morris kümmerte sich um drei weitere Gäste, die er unbedingt anlocken wollte.

Es nieselte, und ich stellte den Mantelkragen hoch. Der Platz war nur zur Hälfte mit schlechtem Pflaster bedeckt. Ansonsten lagen Schotter und feiner Splitt auf dem Boden.

Es war dämmrig geworden. Am Himmel hatten sich die Wolken verdichtet. Die Autos fuhren mit eingeschalteten Scheinwerfern.

Der kleine Wagen taugte wirklich nicht viel. Wer hier lebte, durfte keine Ansprüche stellen.

Er fuhr auf zwei Rädern, bestand aus Holz und Metall und hatte eine Deichsel, die hochgestellt war. Die Tür fand ich an der Seite. Sie hing schief in den Angeln, und als ich die Klinke nach unten drückte, konnte ich die Tür aufziehen.

Damit hatte ich nicht gerechnet. Da sich mir die Chance schon einmal bot, wollte ich auch nachschauen.

Viel sah ich nicht, weil es zu dunkel war. Um etwas erkennen zu können, mußte ich meine Lampe einschalten. Der schmale, dünne Strahl stach in die Düsternis, und ich sah tatsächlich allerlei Gerümpel.

Blinde Spiegel, zum Teil zerbrochen, rostiges Werkzeug, Holzbalken, Latten und Leisten.

Im Wagen selbst hielt sich niemand auf. Ich kletterte hinein. Wenn der Gehilfe hier hauste, dann mußte er auch irgendwo seine Schlafstelle haben.

Ich leuchtete nach rechts.

Zitternde Staubkörner, Schmutz, alte Decken und Lappen und ein Bett. Nein, nur ein altes Matratzenlager, das feucht roch. Feucht und auch faulig.

Ich mußte mich bücken, um nicht mit dem Kopf anzustoßen. Ich senkte die Lampe, richtete den Strahl zu Boden und ließ ihn dort im Kreis wandern. Staub, wohin ich schaute. Ein alter Stuhl, der sehr wacklig aussah, kein Tisch. An einem Haken hing ein Kittel, der die Hälfte einer normalen Größe aufwies.

Eigentlich nichts Verdächtiges. Und doch blieb bei mir ein ungutes Gefühl.

Es war die Atmosphäre, die dieser Wagen ausströmte. Sie kam mir irgendwie vergiftet vor.

Wieso?

Ich ging noch einen Schritt vor und leuchtete wieder zu Boden.

Da sah ich den Grund meines Unbehagens.

Man hatte ihn auf den Boden gemalt.

Es war eine Teufelsfratze!

Damit hatte ich nun wirklich nicht gerechnet. Ich senkte meinen Blick und sah mir die Fratze genauer an.

Und da erlebte ich die zweite Überraschung.

Sie befand sich nicht allein auf dem Boden, sondern in das dreieckige Teufelsgesicht hatte jemand ein Foto eingeklebt. Es war farbig und zeigte ebenfalls ein Gesicht.

Ich kannte es nicht, doch ich prägte mir die Züge genau ein.

Leider sind durch die Werbung die Menschen praktisch in zwei Gruppen eingeteilt worden. In schöne und häßliche. Man sieht das jedesmal, wenn man auf die Mattscheibe schaut. Da gibt es in den Werbespots nur schöne Menschen.

Ich jedoch hütete mich davor, so zu denken. Für mich kam es nie auf das Äußere an, bei mir zählte die Seele. Aber diese Fotografie zeigte einen wirklich häßlichen Menschen.

Das Gesicht wirkte so, als hätte jemand daran gezogen. Da saß die Nase ebenso schief wie die Augen. Ich sah nur ein Ohr, einen verkniffen wirkenden Mund, trotz der dicken Lippen, und ich erkannte den tückischen Ausdruck in den Augen.

Tückisch, lauernd, voller Haß!

Ja, so schaute mich der Mann von der Fotografie an.

Und dieses Bild zusammen mit der Teufelsfratze bewies mir, daß die beiden einen Pakt geschlossen hatten.

Der Häßliche und der Satan.

Morris hatte von seinem Gehilfen erzählt. Ich war sicher, dessen Konterfei vor mir zu sehen.

Und somit war es auch ein Fall für mich, den Geisterjäger, geworden. Ich würde Morris und seinem Gehilfen ein paar Fragen stellen. Diesmal allerdings nicht so freundlich.

Als ich mich aufrichtete, geschah es.

Mit einem Knall fiel die Tür ins Schloß. Ich wirbelte herum. Hatte der Wind die Tür zugeschlagen – oder...

Nein, der Wind war es nicht, denn schon einen Atemzug später hörte ich das Kichern und die haßerfüllte Stimme.

»Jetzt mache ich dich fertig, du Hund!«

Jane Collins hatte Mühe, einen Schrei zu unterdrücken. Sie war viel gewohnt, aber das hier konnte auch einem Menschen mit starken Nerven unter die Haut gehen.

Das Mädchen hielt das Beil mit der blutigen Klinge, und in einem anderen Spiegel erschien der Kopf.

Tricks? Magie? Zauberei?

Alles kam für Jane in Frage. Die Detektivin spürte plötzlich die Gefahr, die in diesem runden, mit Spiegeln ausgestatteten Raum lauerte und die förmlich nach ihr zu greifen schien.

Jane zitterte.

Sie suchte den Ausgang, doch wo kam sie so schnell nach draußen? Dann war das Bild verschwunden.

Jane sah sich wieder in allen möglichen Formen und Perspektiven. Von dem anderen Bild war nichts mehr zu erkennen. Die Detektivin wischte sich über die Augen. Hatte sie geträumt, hatte irgend jemand ihr das Bild vorgegaukelt?

Das konnte sein, denn es gab das Gebiet der Holografie, die man mit dreidimensionaler Fotografie umschreiben konnte. Man schaffte es durch diese Technik, Bilder, und zwar dreidimensionale, in den Raum zu projizieren.

Unwahrscheinlich ...

Dann hörte Jane Schritte.

Keine schleichenden oder bewußt zurückgehaltenen Schritte, sondern völlig normale.

Im nächsten Augenblick erschienen zwei Gestalten.

Das Paar!

Völlig normal und so wie immer. Niemand blutete, und das Mädchen hielt auch kein Beil mit blutverschmierter Klinge in der Hand.

Jane mußte die beiden wohl ziemlich verdutzt angestarrt haben, denn sie blieben stehen.

»Ist was?« fragte der Junge mit der Nickelbrille.

»Nein, was soll sein?«

»Sie starren uns so komisch an.«

»Entschuldigen Sie, aber ich war überrascht.« Jane lächelte. »Dieses Spiegelsystem bringt mich völlig durcheinander. Ist bei Ihnen beiden denn alles in Ordnung?«

Das Mädchen schob seinen Gummi von der rechten in die linke Wange. »Was soll das denn wieder?« fragte es.

»Ich meinte nur.«

»Sind Sie noch richtig im Kopf?« erkundigte sich der Junge und tippte sich an die Stirn.

»Völlig normal.«

»Dann ist gut.« Er schaute auf seine Begleiterin. »Los, Gilda, laß uns weitergehen. Hier ist es mir zu komisch.«

Jane ließ die beiden passieren, die ihr noch einen schiefen Blick zuwarfen.

Die Detektivin war gespannt darauf, wo sich der Ausgang befand. Zielstrebig gingen die Leute auf eine Stelle zwischen zwei runden Spiegeln zu. Kaum hatten sie einen im Boden befindlichen Kontakt berührt, als sich die Wand öffnete und den Blick in einen nächsten, ziemlich düsteren Raum freigab.

Die Tür schloß sich wieder.

Jane blieb allein zurück.

Sie atmete aus und schüttelte den Kopf. »Das ist verrückt«, flüsterte sie. »Das ist irre, wirklich. Verdammt, ich muß hier raus.« Sie stöhnte und merkte jetzt auch, daß sich die Luft verändert hatte. Sie war wärmer geworden, irgendwie stickiger und viel schwerer zu atmen als zuvor.

Jane wollte zurück. Sie hatte keine Lust mehr, das gesamte Labyrinth zu durchqueren, um schließlich noch schlimmere Überraschungen zu erleben. Die ersten reichten ihr, und sie würde auch eine Untersuchung in Gang setzen, darauf konnte sich dieser Morris verlassen. Es war schon kriminell, die Leute so zu erschrecken.

Das Sprichwort heißt: Wenn man vom Teufel spricht, dann steht er plötzlich da.

So erging es Jane Collins mit Dave Morris.

Auf einmal sah sie ihn.

Und er hielt eine Maschinenpistole in der Hand, deren Mündung auf Jane zeigte...

Dave Morris' Stimme war es nicht, die mir so einiges versprochen hatte, denn die kannte ich. Also mußte der Gehilfe draußen lauern, der Häßliche, dessen Gesicht ich in der Teufelsfratze gesehen hatte.

Große Furcht hatte ich nicht. Die Wände des Wagens waren so dünn gebaut, daß ich sie durchbrechen konnte, wenn ich mich einmal heftig dagegenwarf.

Zuvor verhielt ich mich ruhig.

Schritte, die den Wagen umkreisten. Ich hörte sie sehr deutlich und auch die Stimme.

Der Kerl versprach mir alles mögliche, nur nichts, was mich freuen konnte.

Und er schaffte es.

Ich hatte zu lange gewartet, denn auf einmal begann der Wagen zu zittern. Er wackelte hin und her, in kleinen, rhythmischen Stößen. Die jedoch nicht gleich blieben, sondern immer stärker wurden und den Wagen heftig hin- und herschaukelten.

Ich hatte Mühe, das Gleichgewicht zu bewahren, und stellte fest, daß magische Kräfte von dem Wagen Besitz ergriffen hatten. Das nicht zu knapp, denn auf einmal begann die Teufelsfratze zu glühen. Sie wurde dunkelrot und verschmolz mit dem Bild noch mehr zu einer Einheit. Ich selbst blieb auch nicht verschont, denn schlimme Gedanken durchpulsten mein Gehirn.

Killergedanken...

Irgend etwas zwang mich, meine Hand unter die Jacke zu schieben und nach der Beretta zu fassen.

Ich hätte die Waffe auch sicherlich von allein gezogen, aber daß man mich darauf aufmerksam machte, dazu noch auf diese Art und Weise, war schon sehr seltsam.

Seltsam und gefährlich...

War wieder ein Gedanken-Killer am Werk? Hatte ich den letzten Fall doch noch nicht überstanden? Zwar spürte ich körperlich die Nachwirkungen, doch nun machten sie sich auch in meinem Gehirn breit.

Ich zog die Beretta hervor.

Aber was sollte ich damit?

Ich ertappte mich dabei, daß ich halb gebückt in dem wackelnden Wagen stand und darauf wartete, neue Befehle zu erhalten.

Unheimliche Befehle.

Heb den Arm!

Ich folgte – verdammt, ich tat es.

Als würde meine Hand an einem unsichtbaren Faden hängen, so langsam glitt mein Arm in die Höhe.

Und die Mündung der Waffe fand ein Ziel.

Den halbblinden Spiegel...

Nur war er nicht mehr halbblind. Seine Oberfläche glänzte matt, und rings um das Gestell wallten hellgraue Nebelwolken. Mit diesem Gegenstand war irgend etwas geschehen, nur konnte ich nicht sagen, was, denn ich mußte gehorchen.

Ich zielte auf den Spiegel.

Doch nicht nur auf die leere Fläche. Dort tat sich etwas. Zuerst wollte ich meinen Augen kaum trauen, dann aber sah ich eine Gestalt, die sich aus der matten Fläche hervorhob und immer deutlichere Konturen annahm.

Ein Mann.

Und den kannte ich.

Verdammt gut sogar, denn die Gestalt, die ich dort sah, war ich selbst. Mein Spiegelbild starrte mich an.

Aber war es wirklich mein Spiegelbild? Mir kamen Zweifel, denn dann hätte ich mich schon viel früher sehen müssen. Bei meinem Eintritt war der Spiegel noch völlig blind gewesen.

Nun warf er mein Bild zurück.

Hexerei?

Der Mann war wirklich ich selbst. Vertraute Gesichtszüge, die Nase, die Augen, der Mund.

Nur grinste der andere, während mein Gesicht unbewegt war, wie ich zumindest glaubte.

Schieß! hörte ich den Befehl.

Ich zuckte zusammen. Für eine Sekunde sah ich klar. Wenn ich schießen würde, dann schoß der andere ebenfalls, dann jedoch legte sich wieder der Nebel über mein Hirn.

Schieß! schrie es in meinem Schädel. So laut, daß ich an eine Explosion dachte und zurücktaumelte.

Mein Spiegelbild verzerrte sich. Für einen Moment wurde es unscharf, dann war es wieder klar zu sehen, und ich hörte den gellenden Befehl.

Schieß, verdammt!
Ja, ich tat es.
Ich schoß!

Jane Collins konnte nicht mehr anders. Bevor der andere – oder war es nur eine Illusion? – abdrücken konnte, warf sie sich zu Boden, rollte sich herum und riß eine Astra-Pistole aus der Handtasche. Jane hatte es gelernt, mit der Waffe umzugehen.

Sie feuerte.

Obwohl sie am Boden lag, traf sie sicher. Die Kugel hieb in die Scheibe. Es gab einen splitternden Krach, als das Geschoß den Spiegel zerstörte.

Kleine Glasreste flogen nach allen Seiten weg, während andere, spitze Scherbenreste im Rahmen hängenblieben und dort gefährliche Fallen bildeten.

Sekundenlang blieb Jane liegen. Es war still geworden, und sie hörte nur ihren eigenen keuchenden Atem. Das Spiegelbild existierte nicht mehr, die Kugel hatte es ausgelöscht, dafür hörte Jane etwas anderes.

Gellendes Gelächter, das schaurig in ihren Ohren widerhallte und nur allmählich verstummte.

Jane setzte sich aufrecht.

Die Waffe hielt sie noch immer fest. Es gab ihr das Gefühl einer etwas stärkeren Sicherheit. Aber da war niemand, der ihr ans Leben wollte.

Die Detektivin befand sich allein in dem Raum mit dem jetzt zerschossenen Spiegel.

Sie stand auf.

Die flache Astra-Pistole steckte sie nicht mehr in die Handtasche, sondern in ihren Gürtel, der die Taille umspannte. So konnte sie schneller herankommen.

Und sie dachte daran, daß dieser Irrgarten aus Spiegeln und Täuschungen verdammt gefährlich war.

Noch allerdings konnte sie keinen Zusammenhang zwischen Ernie Lidells Tod und seinem Besuch hier entdecken. Sie war jedoch davon überzeugt, daß sie einen finden würde.

Mit diesem Wissen setzte sie ihren Weg fort. Es war nicht schwierig, wieder zurückzukehren, doch Jane täuschte sich.

Da gab es plötzlich keinen Ausgang mehr. Sie fühlte alle Spiegel ab.

Nichts.

Nur dieser eine Ausgang, durch den auch das Paar gegangen war, das Jane für verrückt erklärt hatte.

Die Detektivin war noch weit davon entfernt, in Panik zu verfallen, sie wurde allerdings sehr nachdenklich. Und sie suchte jetzt konzentriert nach einem Ausgang.

Die Spiegel saßen fest.

Dafür aber machte sie eine andere Entdeckung, die ihr bewies, wieso sich soviel verändert hatte.

Der runde Raum, in dem sie sich befand, drehte sich.

Langsam nur, aber zu sehen und zu merken. Dieses teuflische Spiegelkabinett war für Jane Collins in der Tat zu einer lebensgefährlichen Falle geworden.

Davon ging sie aus.

Und Hilfe? Konnte sie überhaupt Hilfe erwarten? Nein, bestimmt nicht, denn sie glaubte, daß Dave Morris hinter allem steckte. Die Fragen schienen ihm unangenehm gewesen zu sein, Jane hatte sich verdächtig gemacht und nun dafür die Quittung erhalten.

Sie glaubte an sich nicht mehr daran, daß in diesem Raum noch etwas geschehen würde, doch sie hatte sich getäuscht.

Aus den Augenwinkeln nahm sie das Flimmern auf einem der Spiegel wahr. Und dann sah sie dort eine Gestalt.

Nein, zwei.

Und die ähnelten sich nicht nur, die waren identisch.

Nicht allein deswegen bekam Jane Collins den großen Schreck, sondern weil sie die Gestalten kannte.

Beide stellten ein- und dieselbe Person dar.

John Sinclair!

Und beide waren nur im Spiegel zu sehen, in der Perspektive etwas verzerrt, aber Jane erkannte, daß die Sinclairs Waffen in den Händen hielten.

Zwei Berettas!

Warum? Was ging da vor? Weshalb standen sich zwei Sinclairs gegenüber? Wieder eine Illusion oder diesmal echt?

Janes Knie begannen zu zittern. Schweiß bildete sich auf ihrer Stirn. Sie lief zu dem Spiegel hin, wollte ihn tasten, greifen, faßte ihn dann an, und ihre Hände strichen über die glatte Fläche.

Das war kein Zeitspiegel, kein Einstieg in die andere Dimension, nein, dieser Spiegel war völlig normal – oder auch nicht normal.

Und dann wurde geschossen.

Jane sah noch eine Feuerblume aufplatzen, doch was weiter geschah, bekam sie nicht mit.

Das Bild war verschwunden.

Nur noch eine nackte Spiegelfläche präsentierte sich ihren Blicken. Es schien, als hätte es die beiden Sinclairs nie gegeben. Und doch waren sie dagewesen. Davon ließ sich Jane Collins nicht beirren. Sie hatte sie gesehen und mitbekommen, wie sie aufeinander schossen.

Einer oder beide?

Das wußte sie nicht genau zu sagen, aber sie zermarterte sich den Kopf darüber, wieso die Gestalt ihres Freundes John Sinclair in doppelter Projektion auf der Oberfläche des Spiegels zu sehen gewesen war. Das mußte doch einen Grund haben. Lag dieser Grund vielleicht in ihrer Anwesenheit?

Jane dachte darüber nach. Ja, anders konnte es ihrer Meinung nach gar nicht sein, denn wer sollte schon wissen, daß sie und John Sinclair stark befreundet waren? Es sei denn, ihre gemeinsamen Feinde hätten wieder eingegriffen, wie Dr. Tod mit seiner Mordliga oder Asmodina. Das war möglich.

Nur mußte dieser Anschlag von langer Hand gesteuert worden sein. Daran jedoch glaubte Jane nicht.

Wie dem auch sei, diese Probleme waren im Augenblick zweitrangig. Sie mußte zusehen, daß sie aus dem gefährlichen Labyrinth der Spiegel herauskam.

Und ihr blieb nur der Weg nach vorn. Den, den auch das Paar eingeschlagen hatte.

Jane Collins machte sich auf den Weg. Sie atmete noch einmal tief durch und folgte dem Paar in den Raum hinein, der düster hinter der Öffnung lag.

Schlagartig wurde es kühler. Und schlagartig änderte sich auch die Umgebung.

Schwarze Wände. Nicht dunkel angestrichen, sondern mit Samtvorhängen bedeckt. Aber vor den beiden Wänden standen Holzgestelle, an denen runde Spiegel befestigt waren, ähnlich wie die Scheiben, die Jane im Zirkus schon gesehen hatte, wenn Messerwerfer auftraten. Auf die Scheiben wurden jeweils die Partnerinnen der Messerwerfer gebunden.

Diese hier hielten wirklich einem Vergleich stand, nur befanden sich hier glänzende Spiegel auf den Oberflächen.

Und auch ein Spiegel auf dem Boden. Ein großes Quadrat, eingerahmt von schwarzen Steinen.

Das gleiche an der Decke.

Jane Collins befand sich wirklich in einem Spiegelsalon. Diese Mischung aus hell und dunkel irritierte sie gewaltig. Sie fühlte sich bedroht, in die Enge getrieben, und als sie ihren Kopf hob, sah sie ihr eigenes Bild an der Decke.

Ansonsten war der Raum leer.

Jane suchte eine Tür. Sie entdeckte sie nicht, so sehr sie auch danach forschte.

»Hallo?« Ihre Stimme hallte nach.

Vorsichtig ging sie tiefer in diesen geheimnisvollen Raum hinein. Wo sich auf dem Boden und der Decke die Ränder des Spiegels befanden, schimmerte Licht.

Es war kalt, ohne jede Wärme.

Jane fröstelte. Das nicht nur wegen der gesunkenen Temperatur. Dieser Raum hier war ihr unheimlich.

Wie von einer unsichtbaren Hand angetrieben, begannen sich die beiden Spiegelräder plötzlich zu drehen. Jane hörte den Luftzug, er war erst nur ein Säuseln, verstärkte sich aber dann und wurde zu einem regelrechten Rauschen, das überging in einen gefährlichen Sog, der wie ein Sturmwind über die Detektivin kam und an ihr zerrte.

Jane bemerkte die Gefahr zu spät. Sie wollte noch weg, stemmte sich gegen den Sog, doch es war bereits zu spät.

Das andere war stärker.

Gnadenlos hielt der Sog sie gefangen, und er riß an ihr. Plötzlich verlor Jane den Halt, die Füße fanden keinen Kontakt mehr zum Boden, und dann riß sie der Sog rücklings auf eine der sich drehenden Spiegelscheiben zu.

Die Detektivin schrie.

Jetzt mußte der Aufprall erfolgen.

Er kam auch, aber anders, als Jane Collins ihn sich vorgestellt hatte. Ihr Körper zerstörte die rotierende Scheibe nicht, sondern wurde von ihr aufgesogen.

Jane Collins, die Detektivin, verschmolz mit der Oberfläche des runden Spiegels. Sie fühlte die Kraft an ihren Armen und Beinen, die beide auseinandergezogen wurden, und sie hing schließlich in der Scheibe wie die Partnerin eines Messerwerfers. Nur war Jane nicht extra gefesselt. Ihre Fesselung besorgte die Scheibe selbst.

Noch stand sie still.

Jane konnte sich nicht mehr rühren. Aber sie nahm alles wahr, was um sie herum vorging.

Und sie hörte die Schritte.

Dumpf, überlaut drangen sie an ihren Ohren. Im nächsten Moment sah sie die beiden Personen.

Es war das junge Paar.

Durch einen Spiegel betraten sie den Raum. Das Mädchen hielt sich eng an der Seite des jungen Mannes und trug ein Tablett auf den vorgestreckten Armen.

Janes Augen wurden groß, als sie erkannte, was auf dem Tablett lag.

Sechs Messer.

Gefährliche Wurfgeschosse, von deren Klingen das Blut tropfte , das bereits eine Lache auf dem Tablett gebildet hatte.

Wahrheit? Illusion?

Jane Collins wußte es nicht. Sie wußte nur, daß sie auf einmal eine ungeheure Angst verspürte.

Die beiden Neuankömmlinge stellten sich in etwa vier Schritten Entfernung auf. Fast berührten sie mit ihren Rücken die gegenüberliegende Scheibe.

Sie sahen sich an, nickten.

Das Startzeichen.

Der junge Mann streckte seinen rechten Arm aus und hob das erste Messer vom Tablett. Er nahm die Spitze zwischen Daumen und Zeigefinger, führte den rechten Arm in die Höhe und maß noch einmal die Entfernung ab.

Zweimal ließ er den Arm vor- und zurückschnellen. Dann schleuderte er die Klinge auf Jane Collins zu...

Johnny blieb bei seinen Eltern im Wohnzimmer. Da hatten sie ihn immer unter Kontrolle. Es war ihnen auch egal, daß er den Raum in eine Räuberhöhle verwandelte, sie hatten sein Spielzeug mitgenommen.

Zumeist spielte Bill mit ihm. Er und sein Sohn hockten zusammen und bauten ein Haus. Johnny gefielen die bunten Klötze zwar, aber nicht die Vorstellungen seines Vaters, er zerstörte die Bauwerke immer dann, wenn sie fast fertig waren.

Sheila war sehr nervös. Sie konnte nicht still sitzenbleiben, sondern schritt immer aufgeregt durch das Zimmer. Hin und wieder warf sie Johnny einen besorgten Blick zu, der Junge spielte jedoch und war völlig normal.

Draußen regnete es. Die feinen Tropfen sprühten gegen die Scheibe und legten dort einen Film aus Schmutz und Wasser auf das Glas.

Sheila ließ sich aufseufzend in einen Sessel fallen und streckte die Beine von sich.

»Was ist los?« fragte Bill, erhob sich aus seiner Hockstellung und nahm neben Sheila auf der Lehne Platz.

»Ich wundere mich nur, daß John noch nichts hat von sich hören lassen.«

»Er wird unterwegs sein.«

»In unserem Fall?«

»Klar.«

Sheila hob die Schultern. Sie fuhr mit fünf Fingern durch ihre Haarpracht, das nicht mehr so stark den blonden Ton zeigte. Sheila hatte sich ein paar braune Strähnen hineinfärben lassen.

»Mach dir keine Sorgen«, sagte Bill. »Wir packen es schon.«

»Das sagst du so.«

»Ja, du brauchst keine Angst zu haben.«

»Und wenn Johnny wieder durchdreht?«

»Bis jetzt ist er ruhig geblieben. Ich kann gar nicht glauben, daß er so etwas getan hat. Aber er hat mir ja selbst einiges versprochen. Deshalb war ich heute morgen ja auch so bleich, als ich aus Johnnys Zimmer kam.«

»Das habe ich gemerkt.«

Johnny begann zu quängeln. Er wollte etwas zu trinken haben.

Sheila holte ihm ein Glas mit Saft. Der Kleine nahm es in beide Hände und trank lansam. Ein paar Tropfen rannen an seinem Kinn entlang. Sheila wischte sie mit einem Tuch weg.

Als der Becher leer war, strahlten die Augen des Kleinen. »Kommt Onkel John noch?« fragte er.

»Nein«, erwiderte Sheila, »ich glaube nicht. Aber warum fragst du nach ihm?«

»Ich habe an ihn gedacht.«

»So? Und was hast du gedacht?«

»Nichts.«

Sheila lachte. »Jetzt lügst du, Johnny. Und ich habe dir doch gesagt, daß man nicht lügen soll. Was hast du gedacht?«

»Daß er vielleicht eine Pistole hat...«

Bisher hatte Bill Conolly dem Dialog der beiden nur am Rande zugehört. Nun wurde er aufmerksam. Sein Kopf ruckte in die Höhe, der Blick nahm einen harten, aber auch lauernden Ausdruck an.

»Eine Pistole?« echote er. »Hat Onkel John denn eine Pistole?«

Johnny nickte. »Und er wird auch schießen.«

»Wo wird er schießen?« fragte Bill. Sein und Sheilas Blick trafen sich über den Kopf des Jungen hinweg. In beiden Augen stand die Sorge zu lesen. Denn was Johnny soeben von sich gegeben hatte, war zumindest sehr ungewöhnlich.

Johnny lächelte. Seine Augen lächelten nicht mit, das sahen beide Elternteile.

»Wo wird er schießen?« drängte Bill.

Johnny hatte bisher auf dem Boden gesessen. Jetzt drehte er seinen Körper zur Seite, stemmte sich hoch und stand auf. Ziemlich schwankend blieb er stehen, als hätte er einen Schwindelanfall erlitten. »Soll ich es euch zeigen?«

»Natürlich, Johnny. Wir warten darauf.«

»Onkel John wird bald schießen.« Er wiederholte den Satz,

und über Sheilas nackte Arme rann eine Gänsehaut, als sie die Worte ihres Sohnes hörte.

Welche Verbindung bestand zwischen Johnny und dem Geisterjäger? Der Kleine ging zur Tür. Er lächelte dabei und lief schnell aus dem Raum. Dabei schlug er nicht den Weg nach links zu seinem Zimmer ein, sondern ging nach rechts, wo das Badezimmer lag. Seine Eltern konnten kaum Schritt halten, so schnell lief er. Als er die Tür öffnen wollte, rutschte seine Hand ab.

Bill half ihm.

Sheila stand dicht hinter ihrem Mann. Sie war aufgeregt, denn der Reporter spürte ihren Atem in seinem Nacken.

Johnny ging ins Bad und wandte sich sofort der Spiegelwand zu. Die Spiegel hingen über den beiden Waschbecken. Sheila hatte sie nach der Morgentoilette noch geputzt. Jetzt allerdings wunderte sie sich, wie matt der linke Spiegel war. Seine Fläche hatte eine völlig andere Farbe angenommen. Man konnte sich nicht einmal darin sehen.

Sheila klammerte sich an Bill Conolly fest. »Was ist das?« flüsterte sie rauh.

Der Reporter hob die Schultern. Eine Antwort konnte er ihr beim besten Willen nicht geben. Auch für ihn war das Ganze ein Rätsel.

Johnny war vor dem Spiegel stehengeblieben, hatte den Kopf in den Nacken gelegt, um hineinzuschauen. Seine kleinen Hände umklammerten den Rand des Waschbeckens.

»Onkel John«, hauchte er.

»Mein Gott, das ist schrecklich.« Sheila fröstelte. Sie wollte noch etwas hinzufügen, doch Bill legte ihr rasch einen Finger auf die Lippen.

Und jetzt tat sich etwas.

Die Spiegelfläche geriet in Bewegung. Sie sah wie eine Mattscheibe aus, auf der nur »Schnee« zu sehen war.

Oder?

Nein, plötzlich sahen die drei etwas anderes. Zwei Gestalten, die sich aufs Haar glichen.

Zwei Männer.

Und zweimal John Sinclair!

»Onkel John!« rief der Kleine, und seine Stimme klang verzweifelt.

Sheila und Bill sagten nichts. Sie starrten nur auf den Spiegel. Und sie sahen, daß jeder John Sinclair eine Waffe in der rechten Hand hielt.

Und dann wurde geschossen!

Ich feuerte.

Doch im letzten Moment hatte ich so etwas wie einen Lichtblick. Ich senkte die Mündung um eine Winzigkeit, sah es im Spiegel ebenfalls aufblitzen, und mich traf der ungeheuer harte Schlag am linken Bein.

Im ersten Augenblick war ich wie gelähmt, überhaupt zu keiner Reaktion fähig.

Dann kam der Schmerz.

Und mit ihm der Taumel.

Mir wurde schwindlig. Ich konnte mich kaum noch auf den Beinen halten, mein Kopf schien mit Watte gefüllt zu sein, so daß ich nachgab und in die Knie brach.

Und noch immer hörte ich die Stimme.

Sie lachte jetzt.

Höhnisch, breit und triumphierend. Ich fiel zur Seite, hockte mich zu Boden und streckte mein getroffenes Bein aus, wobei ich den nassen Fleck sah.

Blut!

Ich biß die Zähne zusammen, als ich den Schmerz spürte und wieder in den Spiegel schaute.

Dort war mein Ebenbild verschwunden. Der Nebel hatte sich verflüchtigt. Vor mir befand sich ein stinknormaler Spiegel, alt, verrottet, blind...

Noch immer erklang das Gelächter. Doch es vibrierte nicht mehr in meinem Kopf, sondern ertönte von draußen. Dort hielt sich mein Gegner auf, dort hatte er sich die ganze Zeit über herumgetrieben und mich gelenkt. Wahrscheinlich rechnete er jetzt damit, daß ich mich selbst erschossen hatte oder von meinem Spiegelbild erschossen worden war.

Ich hörte ihn schreien. »Tot!« kreischte er. »Du bist tot. Wer meinen Wagen betritt, der stirbt. Der Spiegel killt ihn, alle killen sich selbst.« Er lachte wieder.

Dann wurde sein Gelächter leiser, und ich hörte seine Schritte so lange, bis sie verstummten.

Mein Gegner war nicht mehr da.

Ich atmete auf.

Ein paar Minuten blieb ich hocken. Unter Mühen gelang es mir, das linke Bein hochzuziehen, so daß ich mir die Wunde ansehen konnte, die die Berettakugel hinterlassen hatte.

Es war ein Streifschuß.

Ein Glück, muß ich sagen. Hätte das Geschoß voll getroffen, dann sähe es jetzt böse aus.

Ich nahm ein Taschentuch und preßte es auf die Wunde. Verdammt, die brannte wie Feuer. Ich biß mir auf die Lippen und verzog das Gesicht. Liegenbleiben konnte ich hier nicht. Trotz dieser Wunde. Ich mußte weiter.

Ich rutschte vor, bis ich in die Nähe der Tür gelangte, drückte meine linke Hand gegen die Wand und stemmte mich langsam in die Höhe. Es war eine verdammte Quälerei, ich zitterte dabei wie Espenlaub, doch aufgeben galt nicht

Ich kam hoch.

Schweratmend blieb ich für einen Moment stehen. Der Schweiß bedeckte meinen ganzen Körper. Ich verlagerte das Gewicht auf mein rechtes, unverletztes Bein und winkelte das linke an.

Es klappte.

Die Kugel hatte zum Glück keine Sehne verletzt, sondern nur das Fleisch am Oberschenkel aufgerissen und dort eine blutende Wunde hinterlassen. Es würde und es mußte auch so gehen!

Meinen rechten Arm streckte ich aus, faßte nach der Klinke und drückte sie nach unten.

Die Tür schwang auf.

Regen traf mein Gesicht. Die Feuchtigkeit und Kühle taten gut, ich atmete tief ein und fühlte mich sogleich ein wenig wohler. Sofort kehrte ein Teil meiner alten Energie zurück. Und ich würde diesem Dave Morris einige unangenehme Fragen stellen, das war klar.

Ich mußte zu Boden springen, was mit dem verletzten Bein ein Problem war, aber ich schaffte es, ohne daß ich einknickte.

Dann humpelte ich auf meinen Wagen zu, denn dort befand sich die Autoapotheke.

Ich wollte meine Wunde besser verbinden, bevor ich mir diesen Morris schnappte.

Er hatte seine Bude inzwischen geschlossen. Nur ein paar Lampen brannten noch. Sie hingen an der Seite und verbreiteten einen ziemlich trüben Schein.

Ich grinste hart. Klar, daß der Kerl jetzt Magenbeschwerden bekam. Vielleicht war er sogar geflohen, aber den würde ich finden, das stand fest.

Der Regen hatte eine glänzende Schicht auf meinen Mantel gelegt. Das Wasser rann mir in den Kragen und lief kalt den Rücken hinab. Ich war froh, als ich am Wagen stand und mich abstützen konnte. Es war ja nicht nur die Wunde, die schmerzte, mein gesamter Körper hatte noch an den Nachwirkungen des letzten Falles zu leiden. Als ich den Schlüssel aus der Tasche zog, zitterten meine Hände.

Ich schloß auf, öffnete auch die Tür zum Fond, kroch hinein und holte die Apotheke von der Ablage. Es war ein großes Kissen, dessen Reißverschluß ich aufzog.

Im Schein der Autobeleuchtung sah ich mir die Wunde genauer an. Fingerlang war der Riß. Das Geschoß hatte das Fleisch förmlich in zwei Hälften gespalten.

Noch immer rann das Blut hervor. Es hatte an meinem Bein einen langen Streifen hinterlassen.

Die Hose konnte ich wegwerfen. Mit der Schere schnitt ich den Stoff weiter auf, und es gelang mir, die Wunde freizulegen. Mull und Pflaster lagen bereit.

Ich pappte beides auf die getroffene Stelle.

Jetzt wurde die Blutung wenigstens gestillt. Die Apotheke ließ ich im Fond liegen und wechselte den Sitz. Ich wollte Suko anrufen. Durch meine Verletzung war ich ein wenig gehandicapt und wußte nicht, ob ich allein etwas gegen meine Widersacher ausrichten konnte.

Den Anruf erledigte ich per Autotelefon.

Der Chinese meldete sich sofort. »Habe mich schon gewundert, wo du bist, John«, sagte er.

»Ich hänge wieder mittendrin.«

»Was gibt's?«

Ich berichtete in Stichworten und bat Suko, sich auf seine Maschine zu schwingen und herzukommen.

Er war sofort Feuer und Flamme. »Wartest du so lange auf mich?« fragte er.

»Nein, ich werde mir die Bude mal von innen ansehen und einem gewissen Dave Morris ein paar unangenehme Fragen stellen, wenn ich ihn erwischen sollte.«

»Dann paß aber auf.«

»Mach ich.« Damit hängte ich ein.

Ich stieg aus dem Wagen und belastete mein linkes Bein. Es klappte besser, als ich gedacht hatte. Quer über den Platz schritt ich auf die Schaubude zu.

Die Glühbirnen brannten nicht mehr. Morris hatte sie ausgeschaltet.

Und er selbst war auch nicht zu sehen.

Allerdings fand ich die Treppe noch ausgeklappt, so daß ich auf die Bühne steigen konnte. Ich schritt am Kassenhäuschen vorbei und entdeckte eine Tür. Sie war nur schwer zu erkennen, weil sie sich von der übrigen Verkleidung kaum abhob.

Ich steckte meine Beretta in die Manteltasche, um sie im Notfall schneller ziehen zu können, und drückte die Tür auf.

Spiegel, wohin ich schaute.

Ich sah mich in allen möglichen Variationen. Groß, klein, dick und dünn.

Und verzerrt war auch die Gestalt, die ich zu sehen bekam. Sie hing an der Decke, und ihr Kopf steckte in einer Schlinge.

Niemand konnte Dave Morris mehr helfen!

Verdammt, das war ein Hammer!

Mein Herz schlug plötzlich schneller. Das kalte Gefühl im Nacken breitete sich aus und rieselte als Gänsehaut meinen Rücken hinab. Damit hatte ich nun wirklich nicht gerechnet.

Erst jetzt erkannte ich, daß ich das Bild im Spiegel sah. Dave Morris mußte irgendwo hinter mir hängen.

Ich drehte mich um.

Da war nichts.

Nur das Spiegelbild blieb.

Und plötzlich war es auch verschwunden.

Täuschung? Hinterlist? Magie?

Und dann hörte ich Schritte. Sie klangen vor mir auf, nur zu sehen war niemand.

Sofort riß ich die Beretta aus der Tasche und sah, wie sich ein Spiegel bewegte.

Eine Gestalt trat hervor, nachdem der Spiegel zur Seite gekippt worden war.

Dave Morris!

Ich starrte ihn an wie einen Geist. Er sah aus wie immer, trug seinen roten Frack und sein Hemd darunter, das mit zahlreichen kleinen Spiegeln bedeckt war. Sie klirrten gegeneinander, wenn er sich zu heftig bewegte.

»Sie sind noch hier, Oberinspektor?« fragte er.

»Ja, und ich habe meine Gründe.«

Er nickte. »Das kann ich mir denken.«

Da er sichtbar keine Waffe trug, kam ich mir mit meiner Beretta in der Hand ziemlich lächerlich vor. Also steckte ich den Schießprügel wieder weg.

»Sind Sie in der Lage, meine Fragen zu beantworten?« erkundigte ich mich.

»Es bleibt mir ja nichts anderes übrig.«

»Sie wissen, was mir widerfahren ist?« fragte ich ihn.

»Nicht genau.«

»Okay, dann will ich es Ihnen sagen.«

Ich berichtete von meinem lebensgefährlichen Abenteuer.

Als ich geendet hatte und auf eine Erklärung wartete, da sagte er nur: »Das war der Zwerg!«

»Welcher Zwerg?«

»Der Gehilfe.«

Ich sah den Schweiß auf seiner Stirn. Die feinen Tropfen hatten ein Muster gebildet. Log der Mann? Ich wußte es nicht, hoffte aber, daß er mir die Wahrheit sagte. Und wenn er von den Taten seines Gehilfen gewußt hatte, dann hatte er sich zumindest mitschuldig an den Vorkommnissen gemacht.

»Erzählen Sie mir mehr darüber«, forderte ich ihn auf.

Er hob die Schultern. »Viel gibt es da nicht zu berichten. Als ich den Wagen kaufte, stellte mir mein Vorgänger die Bedingung, daß ich seinen Gehilfen mit übernehmen mußte. Der Mann war mir zwar unsympathisch, aber was sollte ich machen? Ich wollte den Wagen haben und stimmte zähneknirschend zu. Am Anfang ging alles gut. Wir zogen durch die Lande und hatten wechselnden Erfolg. In den Städten weniger, aber in den kleinen Orten kamen wir mit unserem Spiegelkabinett gut an. Nach etwa einem Jahr veränderte sich die Szene. Das Spiegelkabinett war auf einmal nicht mehr so wie früher. Die Leute lachten nicht mehr, wenn sie es durchschritten hatten. Manchen war das Entsetzen in den Gesichtern geschrieben. Sie mußten Grauenhaftes gesehen haben. Zudem gab es immer mehr unerklärliche Vorfälle in den Orten, wo wir uns gerade aufhielten. Da gingen Kinder auf ihre Eltern los, da tötete ein Geschwisterpaar eine alte Frau. Und das alles ohne ersichtliches Motiv. Es war schlimm, kann ich Ihnen sagen. Wir sahen immer zu, daß wir schnell weiterfuhren...«

»Passierte bei jedem Halt etwas?« wollte ich wissen.

»Nein, es war unterschiedlich. Manchmal tat sich drei Monate überhaupt nichts, dann wieder geschah etwas zweimal in der Woche.«

»Und Ihnen ist nichts aufgefallen?« fragte ich. »Da mußte doch ein Blinder Zusammenhänge sehen.«

»Natürlich ist mir etwas aufgefallen. Ich habe meinen Gehilfen ja auch zur Rede gestellt, doch er hat nur gelacht, mehr nicht. Ich drohte ihm, ihn zu entlassen, da gab er mir zur Antwort, daß der Fluch der Hölle mich treffen würde. Sie hätten ihn sehen sollen, Mister, wie er vor mir stand. Das absolute Grauen. Dieser Zwerg ist eine Ausgeburt der Hölle, er ist verdammt schlimm, das kann ich Ihnen sagen. Ich komme einfach gegen ihn nicht an, denn ich habe Angst. Richtige Angst. Können Sie das verstehen?« Er schaute mich fast bittend an.

»Natürlich.« Mein Blick glitt in die Runde. »Hat sich denn hier auch was verändert?«

»Meinen Sie im Innern des Kabinetts?«

»Ja.«

»Dafür hat der Zwerg schon gesorgt. Er muß die Spiegel beeinflußt haben, anders kann ich es mir nicht vorstellen, denn auf einem Rundgang sah ich mehr als einmal, welche schrecklichen Szenen in den Spiegeln zu sehen waren. Und es waren immer die Leute daran beteiligt, die vor ihnen standen.«

»Gibt es da einen Grund? Haben Sie nachgeforscht?«

»Nein, Sir. Nur überlegt. Ich habe mir meinen Kopf zerbrochen, aber ich bin zu keinem Ergebnis gekommen. Meiner Ansicht nach gibt es für dieses Phänomen keine Erklärung. Sie haben ja am eigenen Leib erlebt, was geschehen ist. Ich hörte den Schuß...«

»Warum haben Sie nicht eingegriffen?«

»Das wollte ich. Da war es zu spät. Und ich bin dann losgezogen, um den Zwerg zu suchen, aber ich kam nicht weit, Sie erschienen. Ich wollte ihn zur Rede stellen und endlich Schluß machen. Nicht nur Sie sind ihm bereits auf der Spur.«

»Wer sonst noch?«

»Eine Frau erschien am Nachmittag bei mir und erkundigte sich nach einem Ernie Lidell.«

»Konnten Sie ihr helfen?«

»Nein, aber Sie nannte mir ihren Beruf: Privatdetektivin.«

Plötzlich begann es in meinem Hirn zu klingen und zu zucken. Ein kleiner Kronleuchter ging mir auf. Ich dachte an den parkenden VW, der aussah wie Janes Wagen.

»Hieß diese Detektivin zufällig Jane Collins?« stellte ich die nächste Frage.

»Ja, richtig.«

Jetzt wußte ich Bescheid. Jane war hier gewesen. Was hatte sie in dieser Schaubude zu suchen gehabt? Und wie paßte der Name Lidell in den Kreis?

»Wo ist sie jetzt?« fragte ich.

»Sie ist wieder draußen.«

»Sind Sie da ganz sicher? Haben Sie sie hinausgehen sehen?«

»Nein.«

»Dann kann es durchaus sein, daß sie sich noch innerhalb des Wagens aufhält.«

»Ja, im Prinzip...«

»Kommen Sie«, sagte ich. »Wir müssen Sie suchen. Sie werden mich führen. Ich allein...«

Ich hörte das Pfeifen und den dumpfen Schlag. Mirror-Man

zuckte auf einmal zusammen. Augen und Mund riß er weit auf und kippte langsam auf mich zu.

Ich fing ihn auf.

Gebannt starrte ich auf seinen Rücken.

In ihm steckte ein Wurfmesser.

Und diesmal war es echt!

Ich hatte überhaupt keine Zeit, darüber nachzudenken. Mein Blick flog über den Rücken des Mannes hinweg und suchte den heimtückischen Killer.

Er war nicht zu sehen. Nur der zur Seite gekippte Spiegel und die Öffnung dahinter konnte ich erkennen.

Ich ließ Mirror-Man vorsichtig zu Boden gleiten und legte ihn auf die Seite. Er hatte sich in den letzten Minuten seines Lebens noch viel von der Seele reden können. Ob es reichte, wußte ich nicht. Mir war nur klar, daß mein letztes Erlebnis nur der Beginn einer grauenvollen Horror-Tour gewesen war, denn nun mußte ich in das Spiegelkabinett, und dort kannte sich mein Gegner besser aus. Er wußte von den Tricks und Fallen, war in allen Belangen überlegen.

Noch etwas kam hinzu.

Ein Problem namens Jane Collins. Sollte sie tatsächlich das Kabinett nicht verlassen haben – und alles wies darauf hin –, dann schwebte sie unter Umständen in großer Gefahr.

Ich zögerte nicht mehr.

Dave Morris war nicht mehr zu helfen. Ich drückte ihm nur noch die Augen zu und begab mich auf den gefährlichen Weg..

Jane Collins schrie!

Vielmehr wollte sie schreien, aber sie bekam nicht einmal den Mund auf. Die Masse des Spiegels hielt sie fest. Kein Laut drang über ihre Lippen.

Sie war stumm, verzweifelt, hilflos...

Die Klinge raste auf sie zu, schien vor ihren Augen förmlich zu explodieren und wuchtete dicht neben Janes linkem Ohr in den jetzt magischen Spiegel.

Bis zum Heft blieb das Messer stecken.

Jane hatte kein Klirren gehört, und sie kam auch nicht dazu, sich zu erholen, denn der junge Mann nahm bereits das zweite Messer vom Tablett. Er schleuderte es aus dem Handgelenk.

Treffer!

Eine Handbreit neben Janes rechtem Ohr traf die Klinge gegen die Oberfläche.

Das nächste Messer.

Zwischen linkem Arm und der Hüfte blieb es stecken, und das vierte Messer traf die gegenüberliegende Seite.

Messer fünf und sechs fanden ihr Ziel dicht neben den gespreizten Beinen der Detektivin.

Dann war das Tablett leer.

Was würde jetzt geschehen? Jane sah die beiden jungen Leute vor sich. Sie lächelten kalt, sprachen miteinander, deuteten auf Jane und gingen dann auf sie zu.

Sie schritten langsam, kosteten jedes Stück Weg aus und blieben vor ihr stehen.

Hände griffen nach den Messern, zogen sie aus dem Spiegel, und die Klingen wurden wieder auf das Tablett gelegt, welches das Mädchen auf den Armen hielt.

Der Junge griff an den Rand der Spiegelscheibe und drehte sie. Drei Griffe versetzten sie in eine rasend schnelle Rotation.

Plötzlich befand sich Jane Collins in einer Drehbewegung. Sie wußte nicht, wo oben oder unten war, die Grenzen verschoben sich, verwischten, ein nie gekannter Schwindel packte sie und trieb ihr den Magen in die Kehle.

Das Paar verschwand in einem rasenden Wirbel. Jane spürte die Kräfte, die an ihr zerrten und rissen, fühlte sich hochgehoben, schwebte plötzlich, und sie hatte das Gefühl, daß man Watte in ihr Hirn stopfen würde.

Ein Fall – dann war alles vorbei.

Die Detektivin spürte den stechenden Schmerz im rechten Ellbogen, tastete umher und stellte fest, daß sie sich nicht mehr innerhalb des Spiegels befand, sondern auf dem Boden lag.

Die Scheibe hatte sie im wahrsten Sinne des Wortes ausgespien. Ihr war hundeelend, und das ganze Zimmer schwankte vor ihren Augen, als würde es sich auf einem Schiff befinden, mit dem der Seegang sein Spiel trieb.

Nur langsam ebbte das Gefühl des Schwebens ab, und auch ihr Magen beruhigte sich wieder.

Jane setzte sich hin.

Noch einmal kehrte der Taumel zurück. Für sie eine Warnung, daß sie vorsichtig sein mußte, jetzt schon aufzustehen. Sie blieb so lange sitzen, bis sie selbst an eine Normalisierung des Kreislaufs glaubte.

Der Spiegel, in dem sie gesteckt hatte, drehte sich nicht mehr. Er sah wieder völlig normal aus und warf sogar Janes Bild zurück. Die Detektivin unterzog sich nicht der Mühe, über die Phänomene nachzudenken, sie wäre sowieso zu keinem Ergebnis gekommen. Für sie war wichtig, das verdammte Labyrinth so rasch wie möglich zu verlassen.

Und da gab es nur den Weg nach vorn.

Leider.

Jane stand auf. Ein schwieriges Unterfangen, denn sie mußte sich zuerst in kniender Stellung auf beide Hände stützen, kroch noch ein wenig vor, stützte sich an einem der runden Spiegel ab und gelangte so auf die Füße.

Schwankend blieb sie stehen.

Wieder »bewegte« sich der Boden. Er warf hohe Wellen, und Janes Magen begann wieder zu wandern. Nur mit großer Mühe unterdrückte sie das Gefühl der Übelkeit.

Doch sie schaffte es dank ihres eisernen Willens, und so ging sie weiter. Zwar etwas staksig, aber sie näherte sich dem Ausgang. Was würde sie hinter dem schwarzen Spiegelzimmer erwarten?

Wieder eine Hölle?

Ihr Herzschlag erinnerte sie an schwere Gongschläge, die in ihrem Kopf widerhallten. Sie spürte auch die Stiche, die durch den Schädel stachen, und verzog das Gesicht.

Da hörte sie das Kichern.

Jane zuckte dicht vor dem Ausgang zusammen. Sie blieb stehen und versuchte, das Geräusch zu lokalisieren, was ihr allerdings nicht gelang.

Dieses hämische, widerliche Lachen schien von allen Seiten zu kommen und traf höhnisch ihre Ohren.

Dann hörte sie Worte. »Geh schon, geh, meine Kleine. Ich warte auf dich. Meine Messer warten...«

»Nein...« Jane stöhnte auf.

Angst schüttelte sie. Angst vor dem Unsichtbaren, denn der Raum vor ihr war dunkel.

Stockfinster...

Sie wollte nicht weiter, aber da waren die unsichtbaren Krallen, die an ihr zerrten und sie in die Finsternis hineintrieben.

Eine Stufe!

Fast wäre Jane gestolpert und hingefallen. Im letzten Augenblick konnte sie sich fangen.

Der nächste Schritt.

Nicht einmal die Hand konnte sie vor Augen sehen, und im Rücken fühlte sie den Druck, der sie immer weiter nach vorn drängte in diese unbekannte Dunkelheit hinein, in der das Grauen lauerte.

»Stehenbleiben!«

Den gezischten Befehl befolgte die Detektivin augenblicklich. Zitternd verhielt sie ihren Schritt.

Es wurde still.

Jane wartete.

Die Sekunden tropften dahin. Zäh wie eine klebrige Masse schienen sie ihr zu sein.

Drei, vier, fünf Sekunden...

Dann geschah etwas. Die Dunkelheit hellte sich auf. Aber es war kein weißes Licht, das sie vertrieb, sondern ein grüner Schein, auf der Schwelle zwischen hell- und dunkelgrün, der aus der Decke drang und in langen Bahnen nach unten fiel.

Immer mehr Gegenstände schälten sich aus der Finsternis.

Da waren natürlich die Spiegel. An drei Seiten angebracht. Rechts, links und vor ihr.

Sie tauchten zuerst aus der Dunkelheit.

Aber Jane Collins sah noch mehr. Und zwar die Person, die alles steuerte und lenkte.

Sie sah – den Zwerg!

Bill Conolly stand leicht vorgebeugt. Er hatte die Augen aufgerissen, den Mund geöffnet und starrte staunend auf seinen Badezimmerspiegel.

Das Bild war verschwunden!

Bill hatte noch den Widerschein der Mündungsflamme wahrgenommen und dann nichts mehr.

Aus, vorbei.

Und Johnny stand vor ihm. Den Kopf hielt er gesenkt, die Stirn berührte die Kante am Waschbecken. Er sprach nicht.

Bill wischte sich über die Augen. Allmählich nur erwachte er aus seiner Erstarrung. Er sah sich um. Sein Blick und der seiner Frau trafen sich.

»Hast du eine Erklärung, Sheila?« fragte er.

Sie schüttelte den Kopf.

»Aber das war doch John, nicht?«

»Ja, Bill.«

Der Reporter hob in einer verzweifelten Geste die Schultern. »Und Johnny hat es uns gesagt. Woher wußte er das? Woher?«

»Von ihm!« Das war Johnny, der geantwortet hatte. »Er hat es mir gesagt.«

Bill ging in die Knie. Mit den Händen umfaßte er die Schultern seines Sohnes. »Wer ist er, Johnny? Wer? Sag es uns! Wir müssen es unbedingt wissen!«

»Ich habe ihn doch gesehen.«

»Wo hast du ihn gesehen, Kind?«

»Gestern!«

»In dem Spiegelkabinett?«

»Ja.«

Bill holte tief Luft. »Wenn du ihn gesehen hast, warum habe ich ihn nicht gesehen?«

»Das weiß ich nicht, Dad.«

»Ja, eine gute Antwort«, erwiderte Bill und fragte weiter. »Wie sah er aus?«

»Der Zwerg?«

»Es war ein Zwerg?«

»Natürlich.«

»Wie sah er aus, Johnny? Beschreibe ihn mir. Du hast ihn doch gesehen!« Bills Stimme wurde drängend.

»Er ist... ist... so klein und hat einen großen Kopf. Er grinst immer, Dad. Ich habe Angst vor ihm.«

»Und was hat er zu dir gesagt?«

»Daß ich noch an ihn denken würde. Denn ich würde ihm gehören. Nur noch ihm.«

Bill starrte seine Frau an. »Hast du es gehört, Sheila? Hast du es gehört?«

»Ja, Bill, ja.« Die Frau zitterte. »Was sollen wir denn jetzt tun? Ich weiß nicht mehr...«

Bill schlug mit der flachen Hand gegen die Kachelwand. »Was ich tun werde?« knirschte er. »Ganz einfach, meine Liebe. Ich packe mir meinen Sohn und fahre mit ihm hin zu diesem verdammten Zwerg. Ich werde ihn mir persönlich vornehmen und ihm den Hals umdrehen. Darauf kannst du dich verlassen!«

»Das ist zu gefährlich!« rief Sheila. »Denk an Johnny.«

»Und ob ich an ihn denke. Deshalb will ich ja hinfahren. Soll er etwa für immer unter dem Bann dieses grauenvollen Monsters stehen? Willst du das, Sheila?«

»Nein, Bill...«

»Dann muß ich fahren!« Der Reporter streckte den Arm aus und nahm seinen Sohn bei der Hand. »Komm, Johnny, wir werden diesem Zwerg einen Besuch abstatten.«

Der Kleine nickte.

Bill verließ mit ihm das Badezimmer. Sheila folgte den beiden, allerdings nicht, ohne zuvor einen Blick auf den Spiegel geworfen zu haben. Er sah wieder völlig normal aus. Nichts deutete mehr auf die schlimme Szene hin, die der Spiegel vor wenigen Minuten noch gezeigt hatte.

Bill zog sich und seinen Sohn an.

»Kann ich nicht mitfahren?« fragte Sheila.

Der Reporter überlegte. Dann nickte er und sagte: »Ja, es geht auch dich etwas an. Du kommst mit.«

Zwei Minuten später saßen sie in Bills Porsche. Das Gesicht des Reporters blieb unbewegt, als er den flachen Flitzer über den gewundenen Weg dem Tor entgegensteuerte.

Sheila und Johnny hatten im Fond Platz genommen. Die Frau hielt ihren Sohn umklammert.

Sie mußten quer durch London. Der Reporter fuhr wie der

Teufel. Er handelte sich bestimmt einige Strafmandate ein, aber das Risiko nahm er auf sich. Er wollte so rasch wie möglich dieser verdammten Bestie gegenüberstehen.

Ein Zwerg, hatte Johnny gesagt.

Aber ein Teufel.

Der Kleine blieb auf der Fahrt ruhig. Es war längst dunkel geworden, und von einem grauen Himmel nieselte der Regen in die Straßenschluchten. Die breite Themse war nur als dunkelgraues Band zu sehen, das sich durch die Stadt wand und sie in zwei Hälften teilte.

Bill nahm die Vauxhall Bridge, um auf die andere Seite zu gelangen. Die Hälfte der Fahrt lag hinter ihnen, und Sheila als auch Bill wurden das Gefühl nicht los, daß sie gegen die Uhr fuhren.

Die Zeit drängte.

Endlich am Ziel.

Die grauen Häuser von Southwark gaben die Stimmung der Wageninsassen wider. Kurz bevor Bill seinen Porsche auf den Parkplatz lenkte, überholte ihn ein Motorradfahrer. Er hörte das dröhnende Geräusch erst im letzten Augenblick, und dann wischte ein Schatten vorbei.

»Das ist Suko!« rief Sheila.

Sie sollte recht behalten. Neben dem Bentley bremste der Chinese und bockte den Feuerstuhl auf.

Bill betätigte zweimal die Lichthupe, damit Suko Bescheid wußte. Suko winkte.

»Hat John euch auch angerufen?« fragte er zur Begrüßung.

»Nein, wir sind von allein gekommen«, erwiderte Bill.

Suko deutete auf Johnny. »Aber was will dein Sohn hier?«

»Er spielt eine Hauptrolle.«

»Davon hat mir John nichts gesagt.« Suko winkte ab und nahm seinen Helm vom Kopf. »Ist ja auch egal. Auf jeden Fall müssen wir uns beeilen. John scheint in der Klemme zu stecken. Zumindest ist er angeschossen.«

»Was?« rief Bill.

»Ja, er hat auf sich selbst geschossen. Das ist eine ganz verrückte Geschichte, die ich gar nicht richtig begriffen habe.«

»Und wir haben es gesehen!« flüsterte Sheila.

»Wie das?«

»Keine Zeit für Erklärungen!« rief Bill Conolly. Er nahm Johnny auf den Arm und lief mit langen Schritten dem Spiegelkabinett entgegen. Sheila und Suko konnten kaum folgen.

»Leer«, sagte Bill, als sie nebeneinander auf der Bühne standen und in das Kassenhäuschen schauten.

»Ausgeflogen«, murmelte Sheila und sah sich um.

»Da ist eine Tür!« rief Sheila.

»Tatsächlich.« Suko war zuerst da und drückte sie auf. Hinter ihm gingen Bill mit Johnny und Sheila.

Fast wären beide gegen den Chinesen gelaufen, so plötzlich blieb dieser stehen.

»Was ist los?« fragte Bill.

Stumm deutete Suko nach unten.

Dort lag ein Toter.

»Mirror-Man«, flüsterte Bill und drängte seinen Sohn in Sheilas Arme, damit er die Leiche nicht sah. »Der Zwerg dreht durch.«

»Nur – wo ist John?« fragte Suko.

Bill richtete sich auf und zog seine Waffe. »Den werden wir bald finden und wenn wir diese verdammte Bude hier auseinanderschießen müssen. Darauf kannst du Gift nehmen...«

Er war wirklich eine Gestalt des Schreckens, obwohl er von seiner Körpergröße her so klein war. Aber vielleicht machte gerade das seinen grauenhaften Anblick aus.

Jane hatte vor Jahren den Film »Der Glöckner von Notre Dame« gesehen. So ähnlich wie der Schauspieler damals sah auch dieser Zwerg aus. Eher noch häßlicher.

Er war völlig verwachsen und hatte überlange Arme. Die Beine hatte er gekreuzt und hockte so auf einem dunklen Altarstein, der so breit war, daß vor ihm noch das Tablett mit den Messern lag. Der Zwerg trug ein enges Trikot, dessen eigentliche Farbe nicht feststellbar war, weil das grüne Licht ihn förmlich überschüttete. Die Spiegel hinter ihm und an den Seiten gaben seine Gestalt gleich mehrfach zurück.

Ob sie wollte oder nicht. Jane war geschockt und fasziniert zugleich. Ja, diese Häßlichkeit war einmalig.

Und Jane ging näher.

Sie wollte gar nicht, doch die Macht des Zwerges zwang sie dazu. Er war ein dämonischer Widerling, und je näher Jane kam, um so deutlicher sah sie das Gesicht.

So sahen Freaks aus, Kretins, Ausgestoßene.

Alles war schief in dieser Physiognomie Ihm fehlte ein Ohr, die Lippen waren dick, die Augen saßen versetzt. Zudem zeigte die Haut tiefe Krater, als wären Messer oder Splitter in sie gefahren.

»Komm her, Täubchen«, sagte der Zwerg und kicherte. Er hob seinen Arm etwas an, und Jane erkannte, daß er sehr lange Finger hatte. Einen krümmte er jetzt und winkte Jane zu. »Weiter, immer weiter!« hechelte er. »Ich will dich genau sehen, bevor ich dich töte!«

Die letzten Worte trafen Jane hart, und wieder fiel ihr Blick auf die Messer.

Ja, sie waren echt.

Bevor sie etwas unternehmen konnte, hatte der Zwerg das erste Messer gepackt.

Für einen Moment hörte Janes Herz auf zu schlagen. Doch der Gnom steckte das Messer nur in seinen Gürtel. Er trug ihn um den Körper geschlungen. Sechs Scheiden gab es für die Waffen.

Plötzlich hatte Jane eine Idee. Sie war zwar riskant, aber die einzige Chance. Der Zwerg war damit beschäftigt, seine Messer in die Scheiden zu stecken. Er achtete nicht so sehr auf die Detektivin. Wenn sie jetzt ihre Astra zog, dann...

Die Hand griff ins Leere!

Ihre Pistole war verschwunden. Sie mußte sie verloren haben, als sie an dem runden Spiegel gehangen hatte.

Aus.

Jetzt hatte sie außer ihren Fäusten nichts, womit sie sich hätte verteidigen können.

Das wußte auch der Zwerg. Er kicherte und klatschte in seine Hände. »Sterben wirst du«, versprach er Jane, »sterben...«

»Ich weiß, daß ich mal sterben muß, aber nicht durch deine Hand.« Nun startete sie einen Bluff. »Ich bin nicht allein gekommen. Man wird mich vermissen, und der Mann, der mich...«

»Ach, sei ruhig!« zischte der Gnom. »Ich weiß genau, von wem du sprichst. Aber ihn habe ich fertiggemacht. Der blondhaarige Kerl war schon hier. Vielleicht ist er tot, vielleicht auch nicht. Aber er wird sterben, denn die beiden lauern auf ihn. Der Junge und das Mädchen sind mir treu ergeben. Ich habe sie voll in meiner Gewalt. Die tun alles, was ich ihnen sage.«

Jane hörte die letzten Worte gar nicht, sie dachte über das nach, was der Zwerg zuerst gesagt hatte.

Der blondhaarige Mann!

Wer war das? Das konnte doch nur, ja, wirklich, das konnte nur John Sinclair sein. Aber wieso war er hier? Er wußte doch von nichts. Oder arbeitete er zufällig an demselben Fall? Das wäre wirklich eine faustdicke Überraschung gewesen.

Die Vorstellung allein ließ Jane schwindeln. Und jetzt blühte der Keim der Hoffnung in ihr auf.

»Du brauchst gar nicht erst weiter nachzudenken!« kicherte der Gnom. »Dein Helfer ist schneller tot, als er denken kann. Genau wie du, blonde Frau.«

Zeit! Du mußt Zeit gewinnen! schrie es in Janes Hirn. Du mußt ihn hinhalten!

Und so fragte sie: »Wer bist du eigentlich?«

»Dein Mörder!«

»Sage mir deinen Namen.«

»Ich habe keinen. Ich bin der Zwerg. Ein Gnom, der ausgestoßen, aber vom Satan aufgenommen wurde. Ich bin nicht der einzige meiner Art auf dieser Welt. Es gibt mehrere von uns. Einer war der Wächter beim großen Vampir Fariac. Leider ist er tot...«

In Janes Gehirn blitzten Erinnerungsfetzen auf. Sie dachte an den gefährlichen Fall, der ihrem Freund John Sinclair eine unfreiwillige Reise in die Vergangenheit beschert hatte. Der Zwerg war von Suko getötet worden.

Jane hatte es hinterher gehört. Sie selbst war nicht dabeigewesen.

»Bist du ein Dämon?« wollte sie wissen.

»Nein.«

»Aber auch kein Mensch?«

»Ich war einer. Bis zu einem gewissen Zeitpunkt, als man mich ausstieß. Mich und meine Freunde. Man behandelte uns wie Tiere. Wir mußten überall fliehen, aber wir trafen uns immer wieder. Und so beschlossen wir, die Ausgestoßenen, einen Pakt mit dem Satan zu schließen. Der Teufel hat uns erhört. Jetzt sind wir wieder eine Gemeinschaft und tragen seine Botschaft in die Welt. Wir haben Kräfte erhalten, mehr Kräfte als die Menschen. Ich habe mich auf die Spiegel konzentriert und schaffe es, mit ihrer Hilfe die zu manipulieren, die mich zuvor verhöhnt und ausgelacht haben. Ich lasse die Gedanken der Menschen transparent werden, beeinflusse ihr Gehirn, und dann sehen sie ihre Gedanken in den Spiegeln. Ja, sie können erkennen, wie und was sie denken. Ich beeinflusse sie, schicke ihnen die Alpträume und zeige ihnen Szenen, die sie in Zukunft erleben werden, ebenso wie ich in die Träume der Kinder eingreifen kann. Was sie nachts träumen, kann tagsüber Wahrheit werden.«

»Du bist ein verdammter Verbrecher!« schrie Jane Collins dem Gnom ins Gesicht. »Ich verachte dich.«

»Das macht mir nichts, denn ich habe die Macht. Der Satan hat sie mir gegeben. Hier ist mein Reich, hier kann ich mir die aussuchen, die sich so gern im Spiegel sehen wollen. Ich mache aus den Zerrspiegeln ein Kaleidoskop des Schreckens. Jeder sieht sich anders, den ich mir ausgesucht habe.. «

»Auch Ernie Lidell?« fragte Jane.

»Wer ist das?«

»Ein Mann, der mit seinem Auto vom Dach eines Hochhauses gestürzt ist«, erklärte Jane.

»Ja, auch er war hier. Er hat sich sogar selbst gesehen. Der Spiegel zeigte ihm genau, wie er es machen sollte. Eine fantastische Sache. Ich hätte nicht gedacht, daß er so schnell reagieren würde. Meine Macht wird immer stärker.« Während dieser Worte zog er blitzschnell ein Messer aus der Scheide.

Das grüne Licht warf einen blitzenden Reflex auf die Klinge. Der Gnom hatte die Klinge auf die offene Handfläche gelegt. »Was meinst du, Täubchen, wo soll sie dich treffen?«

»Mein Tod wird Ihnen nichts nützen!« versprach Jane.

»Das sage nicht. Zumindest habe ich dann meinen Spaß. Und Spaß möchte ich haben, hörst du?«

Jane schwieg.

Der Gnom stand auf. Das geschah plötzlich und sah trotzdem

sehr seltsam aus. Er schraubte seinen Körper förmlich auseinander, wobei alles in Bewegung geriet.

Dann stand er. »Sieh dich um!«

Jane tat ihm diesen Gefallen nicht und wandte ihm den Rücken zu. Sie schielte aus den Augenwinkeln.

Was sie da sah, war schlimm.

Alle drei Spiegel gaben das gleiche Bild wider. Ein Bild aus der Zukunft. Und der Mittelpunkt war sie allein.

Dieser Zwerg hielt ihr tatsächlich den eigenen Tod vor Augen. Er zeigte Jane mit aller Deutlichkeit, was er vorhatte und wie er sie töten wollte.

Jane sah sich taumeln. Sie befand sich inmitten der Spiegelflächen, fiel und fiel doch nicht. Sie hing in einer Schräglage, und plötzlich zischten Messer heran.

Zwei fuhren dicht an ihrem Körper vorbei, rissen noch ein paar Haare mit ab.

Ein drittes traf ihre Kehle.

Sie sah ihr verzerrtes Gesicht, das Blut, und dann überdeckte das grinsende Gesicht des Gnoms die Szene.

»So wird es sein!« rief er. »So befördere ich dich vom Leben zum Tode, mein Täubchen.«

Und dann warf er das Messer!

Die Wunde machte mir zu schaffen. Bei jedem Schritt, den ich tat, zog ein stechender Schmerz durch mein Bein. Ich biß die Zähne zusammen und zischte ein paar Flüche, aber der Schmerz wich nicht.

Noch immer sah ich mich von Spiegeln eingekreist, die allesamt die Zerrbilder meiner eigenen Gestalt wiedergaben.

Ansonsten war der Raum leer.

Ich ging weiter.

Schritt für Schritt tastete ich mich vor, denn ich wollte mich nicht überraschen lassen. Dabei blickte ich auch nach unten, denn schon mehrmals war ich auf heimtückisch angebrachte Falltüren hereingefallen. Das sollte mir heute nicht passieren. Es war gar nicht einfach, einen Ausweg aus diesem verdammten Irrgarten zu finden. Ein paarmal war ich schon gegen eine Glaswand gelaufen, diese hohen, viereckigen Säulen waren wirklich raffiniert aufgestellt.

Ich verlor Zeit.

Dann endlich fand ich einen Durchschlupf. Dahinter lag ein Gang, dessen Wände mit Zerrspiegeln bedeckt waren. Ich schaute schon gar nicht mehr hin und gelangte in einen runden Raum, in dem sich ebenfalls ausschließlich Spiegel befanden.

Nur sah ich keinen Ausgang.

Und ich merkte, daß sich der Raum drehte.

Seltsam, aber nicht zu übersehen. Unmerklich langsam drehte er sich um die eigene Achse. Dann sah ich die Öffnung, wo es weiterging.

Halbdunkel.

Mehr schwarz als hell.

Ich wurde noch vorsichtiger. Dieser Raum war direkt prunkvoll zu nennen, eine Kombination aus schwarz und hell. Samt an den Wänden, dunkel und geheimnisvoll. Holzgestelle, auf denen sich runde Spiegel wie Scheiben befanden.

Ein Spiegel auf dem Boden. Groß, quadratisch. Das gleiche an der Decke. Alle beide wurden von schwarzen Steinen eingerahmt. Licht leuchtete dorther, wo sich die Spiegelräder befanden.

Einen Gegner sah ich nicht.

Auch keinen Ausgang.

Dafür hörte ich ein Geräusch. Luftzug traf mich, und als ich genauer hinsah, erkannte ich die beiden Spiegelränder, wie sie sich rasend schnell um ihre eigene Achse drehten.

Wer hatte sie in Betrieb gesetzt? Welcher unsichtbare Feind lauerte irgendwo auf mich?

Ich drehte mich ebenfalls um die eigene Achse und spürte den Sog, der mich zu erfassen drohte. Er ging von den beiden sich drehenden Spiegelrädern aus und war verdammt stark.

Ich sprang zur Seite.

Gerade noch rechtzeitig, denn der Sog bildete einen sichtbaren, ungeheuer starken Luftwirbel, der von zwei Seiten aufeinander zulief und sich zu einer Brücke vereinigte.

Das war nicht alles.

Innerhalb des Sogs erschienen Figuren.

Gestalten – Menschen...

Ein junger Mann und eine Frau. Ich sah sie nur schattenhaft, aber dennoch hatte ich keine Mühe, sie zu erkennen.

Was hatte das nun wieder zu bedeuten? Wollte man mich narren, an der Nase herumführen?

Ich ging ein paar Schritte zur Seite, bis ich dicht an der Wand mit dem schwarzen Samt stand.

Und da klatschte die Hand auf meine linke Schulter!

Ich erschrak heftig. Das wäre wohl jedem von Ihnen so ergangen, da bin ich mir sicher. Wie ein Stromstoß schoß es durch meinen Körper. Finger krallten sich in mein Fleisch und drückten zu.

Ich beging nicht den Fehler und wirbelte sofort herum. Statt dessen ging ich in die Knie, obwohl es schmerzte, aber ich biß die Zähne hart zusammen.

Dann eine Drehung.

Alles geschah schnell. Und das war mein Glück, denn der Vorhang hinter mir klaffte plötzlich auseinander. Nicht nur die Hand war jetzt zu sehen, sondern auch die Person, der sie gehörte.

Eine Frau.

Und sie hielt ein Beil in der rechten Hand, von dessen Klinge Blut tropfte.

Ein Geräusch ließ mich abermals herumfahren.

Die Frau war nicht allein.

Ein junger Mann gehörte noch zu ihr. Er stieg aus einem Spiegel. Und auch er war bewaffnet.

In seiner rechten Hand hielt er eine Säge.

Verdammt, war das ein Pärchen!

Es kam mir vor wie aus dem Horror-Bilderbuch. Allerdings hatte ich keine Monster vor mir, wenn die Gesichter der beiden auch bleich schimmerten und die Augen groß und irgendwie schreckhaft aufgerissen waren.

Was sie vorhatten, war klar.

Sie wollten mich zur Hölle schicken. Und das auf besonders teuflische Art und Weise.

Welche Waffen hatte ich?

Die Beretta, sie war mit Silberkugeln geladen, und natürlich das Kreuz. Mein Koffer lag im Wagen. Sir James Powell hatte dafür gesorgt, daß er aus dem abgestürzten Hubschrauber beim Tal der Flammenden Steine geborgen und mir wieder zugestellt worden war.

Ich zog die Pistole.

Einmal hatte ich daraus geschossen und mich dabei selbst verletzt. Wie würde es hier sein?

Plötzlich begannen die Spiegelscheiben wieder zu rotieren. Sie hatten eine Zeitlang stillgestanden, liefen aber nun auf Hochtouren.

Das konnte heiter werden.

Blitzende Reflexe schossen durch den Raum. Ich sah die Bilder an der Decke und auf dem Fußboden, und jetzt standen nicht nur zwei Gegner gegen mich, sondern mehrere.

Das Paar hatte sich verdoppelt.

Aber welches war echt?

Ich hatte in den letzten Sekunden nicht so sehr darauf geachtet. Es war mir auch unmöglich zu erkennen, wen ich nun vor mir hatte, alle bewegten sich gleich.

Ihr Ziel war ich.

Zwei Frauen und zwei Männer.

Vier Gegner.

Und teuflisch bewaffnet.

Ich hob die Beretta an und hielt auf den Kerl mit der Säge. Dann schoß ich.

Laut peitschte der Schuß. Ich hatte auf seine Schulter gehalten und auch getroffen, doch die Kugel hieb durch ihn hindurch und traf einen Spiegel.

Tausend Scherben regneten mir entgegen. Das Gestell drehte sich noch immer, und die Fliehkraft riß auch die letzten Spiegelstücke aus dem Rahmen.

Gleitend huschte ich zur Seite.

Dann ging ich den zweiten Kerl an. Er mußte echt sein, da der andere eine Illusion war.

Ich packte zu – und griff ins Leere!

Verdammt, dieser Kerl war auch ein Trugbild. Aber ich hatte doch die Hand auf der Schulter gespürt. War das Mädchen vielleicht auch nicht existent?

Ich drehte mich auf der Stelle und sah sie vor mir. Das Beil hatte sie erhoben.

Da schoß ich.

Wieder zischte die Kugel hindurch. Ich hatte mich abermals durch ein Bild narren lassen.

Spiegel, Spiegel, Spiegel – wohin man schaute. Und diese Spiegel waren es, die mich narrten. Ihnen mußte eine besondere Magie innewohnen, die jemand steuern konnte; eine andere Erklärung hatte ich nicht.

Jetzt hatte ich es schon mit sechs Gegnern zu tun. Die verdammten Spiegel produzierten laufend neue Feinde.

Mittlerweile durchschaute ich das teuflische Spiel. Durch die Produktion neuer Gegner sollte meine Wachsamkeit eingeschläfert werden. Aber zwei waren echt.

Die trugen ein richtiges Beil und eine echte Säge. Während ich mich auf die Doppelgänger konzentrierte, konnten die beiden echten zuschlagen.

Wirklich satanisch ausgedacht.

Ich mußte mich dazu zwingen, die Nerven zu bewahren. Dieses Spiegelkabinett wurde für mich zum reinsten Horror. Wer immer mein Gegner war, er verstand es ausgezeichnet, einen Menschen nervlich an den Rand des Zusammenbruchs zu bringen.

Doch in mir sollte er sich nicht nur getäuscht haben, sondern sich auch die Zähne ausbeißen. So einfach ließ ich mich nicht fertigmachen.

Jetzt hatte ich schon acht Gegner.

Und zwei neue kamen hinzu.

Dicht vor mir auf dem Boden sah ich den Jungen mit der Säge. Seine Gestalt klebte noch im Spiegel und stieg jetzt hervor. Es war unheimlich, wie sich die Gestalt aus dem spiegelnden Fußboden erhob und sich zu ihrer vollen Größe aufrichtete.

Mein Finger zuckte am Abzug.

Im letzten Augenblick nahm ich ihn zurück. Es hatte keinen Zweck, jetzt zu schießen, die Kugeln trafen, aber sie waren verschwendet. Diese Menschen bestanden ja nicht wirklich, man konnte sie als reine Illusion bezeichnen.

Doch wer war echt?

Verdammt, ich wußte es nicht. Ich sah nur, wie abermals zwei neue Gegner entstanden.

Jetzt zählte ich zehn.

Mein Gott. Ich kam gehörig ins Schwitzen. Die letzten beiden waren aus der Decke gestiegen und wechselten sofort ihren Standort. So konnte ich nicht feststellen, wer nun echt war und wer nicht.

Es war ein ziemliches Durcheinander.

Ich dachte noch mal zurück.

Ich hatte am Vorhang gestanden und war von einer Hand berührt worden. Die existierte, die war echt. Dann hatte ich mich gedreht, die Hand verschwand, ich hatte geschossen, auch getroffen, aber keinen Erfolg erzielt.

Verdammt, so ging das nicht! So kam ich nicht weiter, zum Henker!

Ich schluckte.

Langsam wich ich zurück. Den Rücken wollte ich wenigstens frei haben, aber wer sagte mir, daß nicht plötzlich auch hinter mir und aus den anderen Spiegelräumen neue Gegner auftauchen würden?

Es war zum Verzweifeln.

Zudem fiel mir wieder Jane Collins ein. Meiner Ansicht nach mußte auch sie sich irgendwo in diesem verdammten Labyrinth befinden, und ihr ging es sicherlich nicht besser als mir.

Wenn sie überhaupt noch lebte...

Bis jetzt hatte ich ja meinen Gegner überhaupt nicht zu Gesicht bekommen. Ich wußte nur, daß es ein Zwerg war, mehr nicht.

Wo steckte er?

Die zehn Gegner rückten vor.

Nebeneinander hatten sie sich aufgestellt und waren nun zu einem Angriff fest entschlossen.

Ich holte mein Kreuz hervor.

Die letzte Möglichkeit. Vielleicht gelang es mir durch das Kruzifix, die echten von den unechten Gegnern zu unterscheiden, obwohl ich eigentlich nicht so recht daran glauben konnte.

Und dann vernahm ich den Schrei.

Irgendwo vor mir gellte er auf.

Ich kannte mich aus. So schrie nur ein Mensch, der furchtbare Angst und Todesnot empfand...

Als Bill Conolly zum drittenmal gegen eine Glaswand lief, fluchte er wild und das, obwohl sich sein Sohn in der Nähe befand. »So kommen wir doch nicht weiter«, schimpfte er. »Das hat alles keinen Zweck. Wir rennen uns fest.«

Niemand widersprach. Suko war der gleichen Ansicht, nur der Kleine lachte. Er hatte den Ernst der Lage nicht begriffen. Für Johnny war alles ein Riesenspaß.

»Umkehren!« sagte der Reporter.

Suko schaute ihn erstaunt an. »Du willst zurückfahren, Bill?«

»Davon habe ich nichts gesagt. Ich will nur einen anderen Eingang suchen, mehr nicht.«

»Du denkst an den hinteren?«

»Ja, genau.« Bill nahm seinen Sohn fester an die Hand, drehte sich um, ging einen Schritt und rammte wieder gegen eine Scheibe.

Fast wäre er vor Wut senkrecht an die Decke geschossen. Suko konnte sich ein Lächeln nicht verbeißen, als er sah, wie der kleine Johnny seinen Vater zur Seite führte und zielsicher einen Weg aus dem Labyrinth fand.

Wenig später standen sie bei Sheila. Sie hatte neben dem Kassenhäuschen gewartet.

»Und?« fragte sie.

»Nichts«, erwiderte Bill. »Wir müssen uns erst durch das Labyrinth wühlen und verlieren zu viel Zeit.«

»Was habt ihr denn vor?«

Suko gab die Antwort. »Wir sehen an der Rückseite der Bude nach. Dort gibt es einen zweiten Ein- oder Ausgang. Bill hat recht. So kommen wir nicht weiter.«

Der Reporter lief schon die kleine Treppe hinunter. Johnny hatte er auf den Arm genommen. Er überlegte noch immer, ob es richtig gewesen war, den Kleinen mitzunehmen. Aber zu Hause hätte er ihn nicht lassen können, das war ihm zu riskant gewesen.

Der Regen fiel jetzt stärker. Vom Wind getrieben, schlug er Bill ins Gesicht, der seinen Sohn fest an sich gepreßt hielt und durch die großen, auf dem Platz stehenden Pfützen eilte, so daß das Wasser nach allen Seiten wegspritzte.

Die Rückseite war dunkel. Nur eine trübe Laterne brannte dort; sie spendete so wenig Licht, daß ihr Schein kaum den Boden erreichte.

Bill, Suko und Sheila bewegten sich dicht an der Wand entlang. Sie tasteten sie mit ihren Blicken ab. Wo war denn nur die verdammte Tür, durch die auch die Schaulustigen wieder ins Freie gelangten?

Dann fragte Suko: »Ist das eigentlich nicht Jacke wie Hose, wenn wir jetzt von der Rückseite ins das Kabinett gehen? Wir müssen doch auch durch diese Irrgärten, um...«

Bill schüttelte heftig den Kopf. »Das ist nur der Anfang. Hinterher wird es leichter.«

»Wenn du das sagst.«

»Ich war doch gestern schon einmal hier.«

Der Reporter blieb stehen. »Da«, sagte er, setzte Johnny ab und deutete auf die Tür.

Sie war dunkel gestrichen und verschlossen. Eine kleine Holztreppe führte hoch.

Suko prüfte das Holz. »Sieht nicht sehr stabil aus«, kommentierte er.

»Willst du sie eintreten?« fragte Sheila.

Der Chinese nickte. »Eine andere Möglichkeit gibt es für uns nicht. Geht mal zur Seite.«

Die anderen gehorchten.

Suko lief zurück, damit er einen langen Anlauf hatte. Dann startete er.

Johnny klatschte begeistert in seine kleinen Hände, als er den Chinesen auf die Tür zurennen sah. Mit dem rechten Fuß fand Suko noch die unterste Stufe, stieß sich ab und wuchtete mit vollem Gewicht gegen die Tür.

Für den Bruchteil einer Sekunde sah es so aus, als würde das Holz dem gewaltigen Anprall standhalten. Es schien sich nur durchzubiegen, dann aber gab es splitternd und krachend nach.

Ein Loch entstand, und gleichzeitig wurde die Hintertür aus den Angeln gerissen.

Suko stürzte in das Kabinett hinein, rollte sich dort ab und winkte. »Los, der Weg ist frei!«

Jane sah die Bewegung des Gnoms nicht. Er war wirklich ein Meister seines Fachs.

Sie sah nur die Klinge, die mit tödlicher Präzision auf sie zuschoß, aber dicht vor ihrem Gesicht abdrehte, in die Höhe stieg, dort einen Bogen schlug und in die Hand des Meisters zurückkehrte, wo es sicher aufgefangen wurde.

Eine Leistung, fürwahr!

Dieser Zwerg beherrschte nicht nur die Kunst der Illusion, sondern auch die Kunst des Messerwerfens.

Jane war entsetzt. Das Gefühl schien sich auf ihrem Gesicht zu zeigen, denn der Zwerg kicherte.

»Rechnest du dir jetzt noch eine Chance aus?« höhnte er. Dabei spielte er mit dem Mordinstrument, nahm die Spitze zwischen Daumen und Zeigefinger und ließ die Klinge auf- und abwippen.

Jane raffte all ihren Mut zusammen, bevor sie die nächste Frage stellte. »Warum machen Sie nicht ein Ende?«

»Bist du so scharf darauf, zu sterben?«

»Nein, aber ich will mich auch nicht quälen lassen.«

Der Gnom lachte weiter. »Quälen? Vielleicht. Aber laß dir eins gesagt sein, Täubchen. Bisher bin ich es gewesen, der immer nur einstecken mußte, nun bist du an der Reihe. Endlich kann ich den Großen, den Menschen, meine Macht beweisen. Sie haben mich immer verspottet, das ist nun vorbei. Die Zeit des Zwergs ist angebrochen. Mit Satans Hilfe lasse ich euch nach meiner Pfeife oder nach meinen Messern tanzen.« Er warf die Klinge hoch, rieb sich die Hände und fing die Waffe wieder auf. Dann erhob er sich.

Zum erstenmal sah Jane ihn in voller Größe. Wobei das Wort Größe übertrieben war, denn der Gnom hob sich kaum von seiner Sitzgröße ab. Es war lächerlich, ihn anzusehen, mit seinen überlangen Armen, wie er sich in Bewegung setzte und auf die Detektivin zuschlenkerte, wobei alles an seinem Körper in Bewegung war.

Sein Gesicht war grausam verzogen. Eine entstellte Fratze, in der das Böse triumphierte.

Ein Messer behielt er in der Hand. Er spielte damit.

Und warf es.

So schnell, daß Jane keine Abwehrbewegung mehr machen konnte. Die Klinge zischte an ihrer Wange vorbei und hieb hinter ihr in die Wand, wo es zitternd steckenblieb.

Der Gnom lachte.

Das grüne Licht übergoß ihn und ließ ihn noch häßlicher erscheinen, als er ohnehin schon war.

Das nächste Messer hielt er bereits in der Hand.

»Wo willst du es hinhaben?« fragte er zischelnd. »Wo, mein Täubchen? Sag es.«

Jane verfolgte jede seiner Bewegungen. Sie selbst stand starr, aber ihre Augen rollten in den Höhlen. Sie ließ die Blicke auf Wanderschaft gehen, wollte am Gesicht des Zwergs ablesen, wie er reagieren würde.

»Weiches Messer soll tödlich sein, Süße? Welches?«

»Fahr zur Hölle!«

Da schleuderte er die zweite Klinge.

Jane spürte den kurzen Lufthauch, mehr geschah nicht.

Der Zwerg hatte seinen Spaß.

Jane aber kreiselte herum. Noch hatte der Gnom sein drittes Messer nicht genommen, als die Detektivin den Griff einer Waffe, die in der Wand steckte, zu fassen bekam. Sie riß das Messer heraus und drehte sich blitzschnell.

»Da!« schrie sie und warf den Stahl.

Der Zwerg war überrascht. So sehr sogar, daß er nicht von der Stelle wegkam. Und das Messer traf.

Es beschrieb einen kleinen Bogen, drehte etwas nach unten und hieb mit einem dumpfen Laut in den Oberschenkel des Gnoms.

Der kleine, haßerfüllte Mensch stand einen Augenblick wie festgeleimt. Er senkte den Blick und starrte auf den Messergriff. Ungläubig, mit weit aufgerissenen Augen. Er konnte nicht begreifen, wie so etwas möglich war, und er sah auch das Blut, das langsam aus der Wunde quoll und seine Hosenbeine näßte.

Da hatte er sich übernommen. Er wollte sein Spielchen treiben, doch die andere war ihm zuvorgekommen.

Sie hatte zurückgeschlagen.

Der Gnom ächzte. Dann packte er den Messergriff und riß die

Klinge aus der Wunde. Sofort hob er den Arm, um die Waffe zu schleudern.

Jane war selbst überrascht gewesen. Sie hatte nicht mit einem Treffer gerechnet. Deshalb starrte sie zu lange den Zwerg an und dachte erst an das zweite Messer, als der Kerl die Klinge bereits aus seinem Oberschenkel gezogen hatte.

Jane riß es aus der Wand und schleuderte die Waffe.

Diesmal wollte sie die Brust treffen, doch der Gnom war zu schnell. Trotz seiner Verletzung warf er sich geschmeidig zur Seite. Die Klinge verfehlte ihn.

Jane erstarrte.

Jetzt hatte sie ihre Chancen verspielt. Aber sie gab nicht auf. Todesmutig stürzte sie nach vorn und rannte auf den Gnom zu. Und wenn sie ihn mit ihren eigenen Händen erwürgte, dieser Teufel sollte nicht entkommen.

Der Zwerg hatte sich halb erhoben, als Jane Collins gegen ihn prallte. Der Wucht konnte er nichts entgegensetzen, der Aufprall riß ihn um.

Sie fiel auf ihn.

Sie schlug ihre Fäuste in das häßliche Gesicht, und der Zwerg kippte zurück. Hart stieß sein Hinterkopf auf den Boden. Einen wilden Fluch schleuderte er der Detektivin entgegen.

Sie kämpfte weiter, ließ ihn nicht los und suchte mit einer Hand nach einem der Messer. Wenn sie eins zwischen die Finger bekam, konnte sie den Kampf entscheiden.

Der Gnom merkte es. Dann griff er an.

Jane fühlte sich plötzlich von seinen langen, affenartigen Armen umklammert und hochgehoben. Erst jetzt merkte sie, welch eine Kraft in diesem kleinen, verwachsenen Körper steckte. Der Zwerg hievte sie in die Höhe, obwohl er selbst auf dem Rücken lag, und schleuderte sie dann von sich.

Jane flog durch die Luft und krachte mit dem Rücken gegen einen Spiegel, der jedoch nicht zerbrach.

Der Gnom stemmte sich hoch. In seinen Augen flackerte es wild. Der Haß machte ihn unberechenbar.

Zwei Jahre ihres Lebens hätte Jane Collins für eine Pistole gegeben, doch die Astra hatte sie verloren. Sie lag irgendwo im Nebenraum.

Und der Gnom kam.

Er schlich schaukelnd und breitbeinig auf Jane zu. In beiden Händen hielt er jetzt die Messer. Die breiten Klingen glänzten gefährlich. Die Griffe schienen mit seinen Fingern verwachsen zu sein. Den Mund hatte er halb geöffnet.

Geifer tropfte daraus hervor.

»Dich bringe ich um!« keuchte er und kam humpelnd näher. Die Wunde machte ihm doch zu schaffen.

Vier Todesmesser blieben ihm noch.

Jane begann zu schreien...

Zehn Gegner standen gegen mich.

Illusion oder keine? Acht davon waren nicht echt, aber die beiden echten hatten es in sich.

Die weibliche Person trug ein Beil, der Mann »nur« die Säge. Auch sie war gefährlich genug.

Jemand schlug nach mir. Ich zuckte unwillkürlich zur Seite, und das Beil verfehlte mich.

Es war nicht echt gewesen.

Ich reagierte mit dem Kreuz, hielt es in der linken Hand und stieß mit der Faust gegen das Mädchen mit dem Beil.

Die Hand fuhr hindurch.

Nichts.

Eine Illusion.

Ich bewegte mich zur Seite. Viel zu heftig, denn die Wunde brach wieder auf, und ich spürte das feuchte, warme Blut.

Jetzt griffen sie konzentriert an.

Verdammt, wo sollte ich denn noch hin? Ich suchte nach einer Deckung, doch die gab es nicht.

Vielleicht die Spiegel?

Sie standen auf den Gestellen, waren zwar nicht handlich, aber ich mußte sie hochheben können. Gedacht – getan. Ohne auf mein blutendes Bein Rücksicht zu nehmen, hetzte ich auf einen Spiegel zu und packte das Gestell.

Das Wissen um die eigene Gefahr und um die, in der Jane schwebte, gab mir Kraft.

Ich hob den Spiegel samt Gestell hoch und schleuderte ihn den Figuren entgegen.

Er flog nicht hindurch, sondern traf auf Widerstand von zwei Personen, die keine Illusion, sondern echt waren.

Jetzt hatte ich sie.

Der Spiegel krachte zu Boden und zerbrach.

Ich aber hatte mir gemerkt, wer von den zehn Personen echt war, und stürzte los.

Dann hatte ich Pech.

Ich übersah eine am Boden liegende Spiegelscherbe, trat darauf und rutschte aus. Mein rechtes Bein wurde plötzlich sehr lang, ich machte einen Spagat und lag flach.

Darauf hatten die beiden echten Menschen nur gewartet. Jetzt lag ich am Boden, meine Chancen sanken, und es war nicht die Frau, die auf mich zustürzte, sondern der Kerl.

Mit seiner Säge.

Er hielt das fuchsschwanzähnliche Mordinstrument an beiden Enden mit seinen Fingern gepackt und ließ sich auf mich fallen. Sein Gesicht war unbewegt, ich sah es dicht über dem Sägeblatt, das gegen meinen Hals gezielt war.

Blitzschnell wälzte ich mich zur Seite, lag jetzt auf dem Rücken, zog die Beine an und schnellte sie wieder vor.

Ich traf genau.

Tief wühlten sich meine Füße in den Leib des Kerls, der zurückgeschleudert wurde und hart auf den Rücken krachte. Dabei stieß er mit den Ellbogen auf und verlor die Säge.

Ich sprang sofort hoch.

Ein stechender Schmerz wühlte sich durch mein Bein, denn bei der letzten Aktion hatte ich meine Wunde vergessen. Unwillkürlich knickte ich ein.

Diese Chance ließ sich das Mädchen nicht entgehen. Es hob das Beil und wollte mir den Schädel spalten.

Okay, ich hätte schießen können. Wäre ich sicher gewesen, Dämonen vor mir zu haben, bei Gott, ich hätte es getan. Aber dieses Mädchen und auch der junge Mann sahen mir beide zu sehr nach irregeleiteten Menschen aus, die vielleicht gar nicht mal wußten, was sie taten, deshalb reagierte ich anders.

Mit einer geschickten Körperdrehung tauchte ich unter dem Hieb weg. Das Beil verfehlte mich.

Das Mädchen konnte den eigenen Schwung nicht mehr bremsen und taumelte in meinen Schlag.

Er trieb das Girl zurück.

Noch immer befanden sich die anderen Spiegelgestalten um mich herum, aber sie konnten mir nichts anhaben, und da ich wußte, wer mein Gegner war, konnte ich auch effektiver vorgehen.

Der Mann hatte sich erhoben.

Diesmal hielt er sein zweckenfremdetes Instrument am Griff fest und schlug nach mir. Es war leicht, dem Sägeblatt auszuweichen, trotz meiner Behinderung.

Dann hatte ich ihn.

Am Kragen bekam ich ihn zu fassen, drehte ihn herum und wuchtete meine Handkante in seinen Nacken.

Ich wußte, wohin ich zu schlagen hatte, um den Mann ins Reich der Träume zu schicken.

Er torkelte noch zwei Schritte vor, wurde weich in den Knien und fiel um.

Blieb das Mädchen.

Es schleuderte das Beil. Fragen Sie mich nicht, wie ich es merkte. Vielleicht war es die Bewegung. Irgendwie ließ ich mich fallen, prallte zu Boden und sah den Schatten über meinen Kopf fliegen.

Das Beil drehte sich mehrmals um die eigene Achse, bevor es in die Wand hieb.

Es blieb nicht stecken, sondern fiel zu Boden.

Das Mädchen aber stand einen Augenblick starr. Ungläubig schaute es erst auf mich und dann auf die Waffe. Es war ihr wohl unbegreiflich, daß sie mich nicht getroffen hatte.

Zeit zum Überlegen ließ ich ihr nicht. Obwohl ich nicht so schnell vom Boden hochkam wie sonst, war ich doch bei ihr, bevor sie etwas unternehmen konnte.

Der Hieb mit dem Berettalauf traf genau.

Ich hatte so gefühlvoll wie nur möglich zugeschlagen. Ihr sollte nichts Schlimmes passieren. Sie riß die Augen weit auf, dann legte sich ein Schleier über ihre Pupillen, und das Girl sank langsam zusammen.

Ich fing sie auf, sie sollte sich beim Fall nicht noch verletzen.

Und plötzlich war ich allein.

Keiner der Doppelgänger befand sich mehr neben mir im Raum. Nur eben die beiden Bewußtlosen.

Hatte ich die Klippe überwunden?

Es sah ganz so aus. Aber ich erinnerte mich auch wieder an den Schrei. Wenn Jane ihn ausgestoßen hatte, dann kam ich sicherlich zu spät, um sie noch zu retten.

Plötzlich spürte ich den Herzschlag oben im Hals, und die Luft wurde mir knapp.

Dann rannte ich...

Johnny Conolly riß sich los. Bevor sein Vater oder Suko reagieren konnten, war der Kleine verschwunden.

»Johnny, komm zurück! Hörst du nicht!« rief Sheila.

Nein, Johnny hörte nicht oder wollte nicht hören. Er lief in den Gang hinein, der düster vor dem dreijährigen Jungen lag. Er war schon einmal hier gewesen und kannte sich aus. Zudem trieb ihn eine innere Stimme an.

Das Kind hörte sie und spürte, daß sich jemand in Gefahr befand.

Plötzlich erschienen Bilder vor den Augen des Kleinen. Er sah Jane Collins am Boden liegen und den Zwerg vor ihr stehen, mit zwei Messern in den Händen.

Johnny bekam Angst. Er lief schneller.

Hinter sich hörte er die Stimmen der Erwachsenen. Sie wollten ihn zurückholen, doch der Kleine kümmerte sich nicht darum, das andere war stärker.

Auf seinen kurzen Beinen lief er durch den Gang, stolperte fast und fiel gegen eine Schwingtür, die durch sein Gewicht nach innen aufgedrückt wurde.

Johnny gelangte in den Raum, in dem Jane Collins um ihr Leben zitterte. Er betrat ihn ungefähr dort, wo zuvor der Gnom gesessen hatte, jetzt aber aufgestanden war, um Jane zu töten.

Sie sah ihn vor sich.

Diesen häßlichen Widerling, der alles daransetzte, um seine Rache zu erfüllen.

Aus der Wunde am Bein rann noch immer das Blut. Normales Blut. Es bewies Jane, daß sie keinen Dämon vor sich hatte.

Die Detektivin konnte sich ihrer Haut wehren. Sie beherrschte Judo und Karate, aber jetzt hockte sie am Boden und hatte alles vergessen, weil sie mit ihren Nerven am Ende war.

Das grüne Licht warf Reflexe auf die Klingen und machte das Gesicht des Gnoms noch häßlicher.

Sein fauliger Atem wehte Jane ins Gesicht, so nahe war der Zwerg schon herangekommen.

Dann hörten beide die Schritte.

Der Gnom zuckte zusammen.

Er drehte sich und sah den Jungen.

»Was willst du mit Tante Jane machen?« fragte der kleine Johnny und schaute den Zwerg groß an...

Einen Atemzug lang schien die Szene zu erstarren. Auch Jane bewegte sich nicht, obwohl sie vielleicht die Chance gehabt hätte, ihren Gegner zu überwältigen, weil er abgelenkt war. Aber auch sie war von Johnnys Auftauchen viel zu überrascht.

Und diese Überraschung lähmte sie.

Der Zwerg aber atmete pfeifend. »Was willst du?« keuchte er. »Bleib da! Du solltest deine Eltern töten! Habe ich es dir nicht gesagt?«

Johnny begann zu weinen. »Nein!« schluchzte er. »Ich will nicht. Ich will sie nicht...«

»Halt deinen Mund!«

Da erwachte Jane aus ihrer Erstarrung. Sie schnellte hoch, legte beide Hände zusammen und ließ sie in den Nacken des Gnoms sausen. Es war ein harter Hieb, der den Zwerg zu Boden schleuderte. Er brüllte wie verrückt, überkugelte sich ein paarmal, doch er ließ seine verdammten Messer nicht los.

Eisern hielt er sie umklammert.

Gleichzeitig lief Johnny los.

Sein Ziel war der Gnom.

Jane sah es mit Schrecken. »Johnny!« schrie sie. »Um Himmels willen, nicht...«

Der Kleine hörte nicht.

Und der Zwerg richtete sich auf. Schaurig lachte er, als er den rechten Arm nach hinten bog, um die Messer dem Dreijährigen in den Körper zu schleudern...

Plötzlich peitschte ein Schuß.

Und noch ein zweiter!

Beide Male zuckte der Gnom zusammen, denn die Kugeln hatten ihn voll getroffen. Sein rechter Arm mit dem Messer sank langsam nach unten, und die Klinge rutschte aus seinen Fingern.

Ich hatte zuerst geschossen.

Und Suko das zweitemal.

Wir waren zur selben Zeit aufgetaucht, von zwei verschiedenen Seiten.

Und hatten sofort reagiert.

Für Jane wäre ich tatsächlich zu spät gekommen. Der kleine Johnny hatte der Detektivin das Leben gerettet.

Da wurde Suko zur Seite geschoben. Plötzlich rannte jemand an ihm vorbei.

Bill Conolly.

Ich sah auch Sheila, aber ich konzentrierte mich auf den Reporter. Er erreichte den Kleinen, umklammerte ihn und rannte mit ihm davon, denn der Zwerg war noch nicht erledigt.

Eine unheimliche Kraft hielt ihn auf den Beinen. Ächzend drehte er sich um.

Und zum erstenmal sah ich sein Gesicht in natura. Bisher kannte ich es nur vom Bild.

Sie unterschieden sich wirklich nicht. Beide waren überaus häßlich anzusehen. Er riß weit seinen Mund auf, ich sah die schwammige Zunge. Ein undefinierbares Geräusch drang aus der Höhle hervor. »Satan!« gurgelte er. »Satan, hilf...«

Es war gespenstisch, nicht nur mir lief eine Gänsehaut über den Rücken.

»Satan...!«

Er hob beide Arme. Sein Blick glitt an mir vorbei. Der Gnom krümmte die Finger, und es schien, als wollte er sich irgendwo festhalten.

Dann brach er zusammen.

Das geschah urplötzlich, als hätte ihm jemand die Beine unter dem Körper weggezogen.

Schwer fiel er auf den Spiegel.

Wir wollten schon vorgehen, und Suko winkte mir bereits zu, als etwas anderes geschah.

Im Glas sah ich eine Bewegung.

Zuerst war sie kaum zu erkennen, nur eine leichte Trübung. Dann aber verdichtete sie sich und rotierte gleichzeitig um die eigene Achse.

Eine Art Windhose entstand inmitten des Spiegels.

Gleichzeitig veränderte sich auch die Oberfläche. War sie vorhin noch klar und blank gewesen, so wurde sie jetzt trübe, als wäre sie mit Schnee bedeckt.

Und sie warf Wellen.

Im selben Moment geschah etwas Unheimliches. Der Tote richtete sich auf, wuchtete seinen Oberkörper in die Höhe, stieß einen schrecklichen Schrei aus, hob die Arme und stand senkrecht auf der matten Fläche.

Nur seine Füße waren nicht zu sehen.

Die steckten in der Masse. Aus dem normalen Spiegel war ein magischer geworden.

So unerwartet wie der Schrei aufgeklungen war, verstummte er auch wieder.

Es wurde still.

Der Zwerg sank in sich zusammen. Sein Oberkörper fiel nach vorn. Wobei gleichzeitig noch etwas anderes geschah.

Ich hatte schon mehrmals mit ansehen können, wie einer meiner Gegner im Sumpf versank.

So war es auch hier.

Die Spiegelfläche glich einem Sumpf, die alles, was sich auf ihr bewegte, in die Tiefe zog.

Unsichtbare Hände hielten den Zwerg fest und gaben nicht auf. Sie zogen und zerrten ihn unerbittlich weiter. Der Gnom hatte den Satan angerufen, der Teufel holte ihn jetzt.

Gebannt schauten wir dem Ende des teuflischen Dieners zu. Und wir waren erleichtert. Dieser Gnom hätte in seinem Mordrausch vor nichts und niemandem kapituliert. Er hätte alle umgebracht. Auf sein Konto ging auch das Ableben von Ernie Lidell und Dave Morris.

Jetzt versanken auch die Arme. Bis zu den Ellbogen steckten sie bereits in der Oberfläche, und immer weiter ging es, bis der Spiegel den Zwerg vollkommen verschluckt hatte.

Sofort veränderte sich die Beschaffenheit der Oberfläche. Sie wurde wieder glänzend.

Allerdings konnten wir uns nicht darin erkennen, sondern schauten hindurch in eine endlose Tiefe, die man mit unseren Maßen kaum erfassen konnte.

In diese Tiefe wurde der Zwerg hineingerissen. Sein Körper wirbelte davon. Arme und Beine schlugen um sich, er wurde kleiner und kleiner, war schließlich nur noch ein Punkt und verschwand vor unseren Augen.

Der Gnom existierte nicht mehr.

Ich aber trat vor und warf mein Kreuz auf die Fläche.

Jeder von uns hatte auf eine Reaktion gehofft, und wir wurden nicht enttäuscht.

Die Fläche zeigte die ersten Risse. Sie wurde auch wieder trübe. Und dann zerbrach sie.

Mit einem klirrenden Knall fetzte sie auseinander, während draußen auf dem Platz eine Explosion aufdonnerte.

Der kleine Wagen war ebenfalls mit in die Luft geflogen. Er und der Spiegel standen in magischer Verbindung. Aber nicht nur die beiden. Auch die anderen Spiegel innerhalb der Schaubude zerklirrten und wurden restlos zerstört.

Wir konnten zufrieden sein.

Ich besonders. Denn Jane Collins fiel mir in die Arme...

Später standen wir im Regen.

Der Wagen brannte noch immer, aber der Regen löschte jetzt die letzten Flammen.

Wir hatten einiges zu bereden. Ich erfuhr, wie Suko und Bill hierher gekommen waren. Am meisten interessierte mich natürlich Janes Grund.

Als sie berichtete, mußte ich den Kopf schütteln. Das Leben ging doch oft seltsame Wege.

War da noch das Paar.

Beide hatten Kopfschmerzen, aber beide lebten noch. Viel konnten sie nicht berichten. Sie waren, nachdem sie das Spiegelkabinett betreten hatten, plötzlich ohne Gedächtnis gewesen. Erinnern konnte sich niemand von ihnen.

Sie verstanden nur nicht, daß wir ihnen zum wiedergewonnenen Leben gratulierten. Dann gingen sie.

Ich rief die Mordkommission an. Während die Conollys und Suko zurückfuhren, hockte Jane noch mit mir zusammen im Wagen. Wir sprachen weiterhin über den Fall, und ich erfuhr auch noch die letzten Zusammenhänge.

Es waren also wieder neue Gegner aufgetaucht. Die Zwerge. Diese an sich unglücklichen Menschen hatten sich zusammengetan und mit dem Satan einen Pakt geschlossen.

Eine schlimme Sache, die ich natürlich im Auge behalten wollte und auch mußte.

Dann meinte Jane: »Wir haben uns lange nicht mehr gesehen.«

Ich blickte sie durch den Rauch der Zigarette an und hatte ein schlechtes Gewissen, weil ich an Nadine Berger dachte, mit der ich geschlafen hatte. »War eben viel unterwegs.«

»Und?«

»Wieso und?«

Jane lächelte. »Irgendwie bist du mir fremd, John. Du siehst übernächtigt aus.«

»Ich hatte auch einen verdammten Streß. Ein paar Tage Ruhe täten verdammt gut.«

»Willst du dich bei mir ausruhen?« fragte sie lächelnd.

Ich kniff ein Auge zu. »Wenn du das Telefon abstellst – ja.«

»Okay, wird gemacht.« Jane startete den Bentley. Sie sollte fahren, denn ich wollte mein Bein nicht übermäßig strapazieren und erst warten, bis die Wunde verbunden war.

Das geschah im nächsten Krankenhaus. Anschließend nahm ich Jane Collins beim Wort.

In den nächsten zwei Tagen war ich für keinen anderen zu sprechen. Nur Suko wußte, wo ich mich aufhielt.

Und der hielt dicht...

ENDE

Der Sammler

Tyron Garret fluchte nicht schlecht, daß es ausgerechnet ihn wieder getroffen hatte. Aber was sollte er machen? Beschweren konnte er sich nicht, denn wer vergab schon in dieser schlechten Zeit Nebenjobs? Und einen Nebenjob hatte Ty gefunden, damit er wenigstens etwas von dem halten konnte, was er seiner Frau vor der Ehe versprochen hatte. So war das eben. Vor der Hochzeit großes Mundwerk, und nachher kam der Katzenjammer.

Jetzt fuhr er Kühlschränke für einen Elektrogroßhandel. Warum er sie ausgerechnet nachts transportierte, wußte er nicht, aber er konnte sich vorstellen, daß es dabei nicht immer mit rechten Dingen zuging. Wahrscheinlich waren die Dinger gestohlen. Deshalb durfte Ty Garret auch nicht die bequemen Autobahnen nehmen, sondern mußte sich über Landstraßen quälen. Doch jede Fuhre brachte zehn Pfund, steuerfrei, das lohnte sich schon.

Ein Sender brachte Popmusik. Wenigstens hielt die ein wenig wach, denn die Gegend mochte bei Tag vielleicht schön sein, bei Nacht war sie direkt widerlich.

Da lag die Dunkelheit über den Feldern, als wollte sie nie mehr weichen. Hin und wieder hob sich ein Forst oder Wald von der großen Fläche ab, und weiter im Osten, wo die Hügel begannen, wurde die Straße noch schmaler.

Ein verdammt lausiges Stück England, dachte Ty Garret und drückte das Gaspedal weiter nach unten. Der Wagen benahm sich wie ein störrischer Esel. Er bockte ein paarmal, fuhr aber dann schneller, was Garret wieder beruhigte.

Er klemmte sich eine Filterlose zwischen die Lippen und zündete sie an.

Noch dreißig Meilen. Das bedeutete drei Zigaretten, denn alle zehn Meilen rauchte Garret ein Stäbchen.

Gegenverkehr gab es hier nicht. Wer fuhr schon um diese Zeit durch diese gottverlassene Gegend? Nur Idioten wie er.

Die Scheinwerfer taugten auch nicht mehr viel. Wegen des dürftigen Lichts konnte Garret viel zu wenig von der Fahrbahn überblicken. Zudem war er zu faul, die Zigarette aus dem Mund zu nehmen. So stieg ihm der Rauch hin und wieder in die Augen, daß es brannte.

Die Kurve, die durch ein Warnschild angekündigt war, kannte

er im Schlaf. Garret dachte gar nicht daran, mit der Geschwindigkeit herunterzugehen – er nahm sie voll.

Und das war sein Fehler.

Denn plötzlich stand die Gestalt auf der Fahrbahn. Der Mann mußte irgendwo aus dem Graben rechts oder links der Straße erschienen sein und rannte in das Scheinwerferlicht.

Ty sah ihn zwar, er bremste auch, doch es war zu spät.

Der Mann lief voll in den Wagen.

Die nächsten Sekunden kamen Ty Garret vor, als würden sie in Zeitlupentempo ablaufen. Zuerst spürte er den harten Schlag. Ein Scheinwerfer zersplitterte, und das Glas blitzte im Restlicht der noch leuchtenden Birne auf. Dann sah Garret den Körper hochwirbeln, und er sah auch das Werkzeug in der Hand des Mannes, das ihm allerdings jetzt aus den Fingern rutschte.

Danach war der Mann verschwunden.

Endlich stand der Wagen.

Ty Garret zitterte. Schweißnaß war er. Innerhalb von Sekunden lief sein Kreislauf Amok.

Es war genau das eingetreten, wovor er sich immer gefürchtet hatte. Ein Unfall.

»Verdammte Scheiße!« heulte er und dachte erst jetzt an das Opfer. Er mußte nachsehen. Und wenn der Mann tot war – ja, was geschah dann? Was sollte er tun?

Ty öffnete die Tür des Fahrerhauses und sprang nach draußen. Seine Knie zitterten. Er schlich förmlich um den Wagen herum und suchte nach dem Mann.

Da war nichts.

Überrascht blieb Garret stehen. Das gab es nicht! Er mußte den Kerl doch sehen! Der war nach dem Aufprall hoch- und dann zur Seite weggeschleudert worden. Wenn er nicht auf der Straße lag, dann vielleicht im Graben.

Und da lag ja auch sein Werkzeug, das er in der Hand gehalten hatte. Eine kleine, akkubetriebene Motorsäge. Sie war fast bis in den Graben gerutscht.

Ty schluckte. »He!« rief er. »Hören Sie mich, Mann? Ist Ihnen was passiert? Sind Sie verletzt?«

Er erhielt keine Antwort.

Dieser Idiot, dachte Garret und entschloß sich endgültig, im Graben nachzuschauen.

Er brauchte es nicht mehr, denn der andere kam von selbst. Als wäre nichts geschehen, so kletterte er aus dem Graben. Auf allen vieren kroch er hervor, richtete sich auf und starrte den Fahrer an.

Garret war stehengeblieben. Unwillkürlich fuhr seine Hand zur Kehle, denn damit hatte er nicht gerechnet. Dieser Typ war überhaupt nicht verletzt. Nur seine grüne Jacke zeigte einige Schmutzflecken. Er hatte dunkles Haar und eine Gesichtshaut, die irgendwie grau erschien, und das kam nicht von der Dunkelheit.

Ty wußte nicht, was er sagen sollte. Ihm fielen nicht die passenden Worte ein. Er wollte sich entschuldigen, aber kein Wort drang über seine Lippen.

Sekundenlang starrten sich die Männer an. Dann machte der andere plötzlich kehrt, lief an der Ladefläche des Wagens vorbei, nahm seine Säge auf und setzte mit einem gewaltigen Sprung über den Straßengraben, um auf einer Wiese weiterzulaufen.

»Bin ich denn benagelt?« flüsterte Ty und schüttelte den Kopf. »Der ist doch wohl irre!«

Und plötzlich hatte Garret eine Idee. Seine Angst war verflogen, zudem konnte er sich als einen kräftigen Mann bezeichnen, der sich so leicht nicht ins Bockshorn jagen ließ. Auch nicht durch solch eine Geschichte. Er wollte wissen, was mit dem Kerl los war und was der mit der Säge wollte.

Bäume fällen bestimmt nicht.

Ty Garret schaltete das Licht am Wagen aus, steckte seine kleine Gaspistole ein und rannte los. Dann setzte auch er mit einem weiten Satz über den Graben.

Es war eine relativ helle Nacht. Der Mond hatte zwar nur seine halbe Größe erreicht, doch in seinem auf die Erde fallenden Licht hob sich die Gestalt des Mannes deutlich von der Wiese ab.

Er rannte querfeldein.

Und Ty hinterher.

Die Wiese war feucht. Zudem hatten zahlreiche Kühe ihre Spuren hinterlassen. Mehr als einmal trat Ty in einen solchen »Spinathaufen«, der ihm jedesmal einen Fluch entlockte.

Der andere drehte sich nicht ein einziges Mal um. Stur rannte er seinen Weg. Wendig kletterte er über einen Stacheldrahtzaun und hetzte weiter.

»Hat der es eilig!« keuchte Garret, dem langsam die Puste ausging. Die Zehn-Meilen-Zigaretten machten sich bemerkbar. Aber er dachte nicht daran, aufzugeben.

Wo mochte der Knabe nur hinrennen?

Irgendwann hatte die Wiese ein Ende. Dahinter stieg das Gelände etwas an, und Garret sah einen alten, baufälligen Schuppen auf der flachen Kuppe stehen.

Der andere lief genau darauf zu. Alles deutete daraufhin, daß er sich diesen Schuppen als Ziel ausgesucht hatte.

So war es auch.

Als er den Schuppen erreichte, blieb er stehen und drehte sich um.

Sofort lag Ty Garret flach. Er verschmolz mit dem Boden, betete, daß ihm das Gras genügend Deckung gab, und spürte Dreck auf seinen Lippen. Wütend spuckte er aus.

Sein Atem pumpte. Er bekam kaum Luft, die Lungenflügel hatten sich schmerzhaft zusammengezogen, und Garret sagte sich, daß es eigentlich idiotisch war, hier im Dreck zu liegen. Inzwischen hätte er schon sein Ziel erreicht haben können.

Aber er hatte A gesagt und wollte auch noch B sagen.

Vorsichtig hob er den Kopf.

Er sah gerade noch, wie der Kerl vor ihm die Schuppentür hinter sich zuzog. Sogar das Quietschen der Angeln hörte er.

Ty Garret erhob sich aus seiner geduckten Haltung. Jetzt wollte er doch wissen, was dieser Typ in dem Schuppen zu suchen hatte. Vielleicht hatte er dort eine Leiche versteckt oder wollte gar einen Mord begehen?

Tys Herz klopfte schneller. Er sah sich auf einmal im Mittelpunkt eines richtigen Krimis, in dem er den Helden spielte.

Wenn das keine Schau war.

Er lächelte kalt, wie es die Helden auch immer taten, bevor sie losschlugen.

So lautlos wie möglich näherte sich Ty Garret dem Ziel. Der alte Schuppen stand ziemlich deckungslos. Jeder, der sich in ihm befand, hatte freie Sicht nach allen Seiten. Garret dachte daran, daß er noch seine Gaspistole besaß. Die Waffe war wichtig. Er nahm sie in die Hand und war davon überzeugt, den Gegner reinlegen zu können.

Dicht neben der Schuppenwand blieb er stehen. Sein Atem mußte sich erst wieder beruhigen, alles weitere würde sich schon finden. Fahrig wischte er sich eine blonde Haarsträhne aus dem Gesicht. Seine Stirn war schweißnaß, das kam von der Aufregung, die ihn umklammert hielt.

Ty Garret suchte den Eingang. Er war bei seinem Anlaufen gegen die Hütte etwas nach rechts abgekommen, jetzt mußte er noch schauen, wo der andere die Hütte betreten hatte.

Weiter rechts sah er die Tür. Sie war recht seltsam. Erst einmal breit, und sie bestand nur zu zwei Dritteln aus Holz. Das obere Drittel lag frei, dort konnten größere Leute oder auch Tiere ihre Köpfe hindurchstecken.

Ty Garret war nicht so groß. Er mußte die Tür öffnen, um etwas sehen zu können.

Was er auch tat.

Er fand eine alte Klinke, die nicht mehr faßte, sondern nur lose herunterhing, auch bewegte sich die Tür leicht, das konnte er sehr deutlich sehen.

Ty bekam ein wenig Angst vor seiner eigenen Courage. Seine Hand, die schon auf der Klinke lag, zuckte zurück. Er traute sich nicht so ganz.

Wenn der Kerl da in dem Schuppen zu früh etwas merkte, dann war alles vorbei.

Garret hörte nicht auf seine warnende innere Stimme.

Er zog die Tür vorsichtig auf.

Sie knarrte. Dieses Geräusch schnitt dem Fahrer wie ein Messer durch Mark und Bein. Er verzog das Gesicht, preßte dabei die Zähne zusammen und schlüpfte in den Schuppen, wobei er sofort den Arm hochhob, um schnell schießen zu können.

Ty Garret brauchte nicht abzudrücken. Der andere hatte ihn entweder gar nicht bemerkt oder wollte ihn nicht hören. Er wandte Garret den Rücken zu.

Ty wußte nun auch den Grund, weshalb der andere sein Eindringen nicht vernommen hatte.

Die Säge summte.

Obwohl sie ziemlich leise war, übertönte sie jedoch auch die Schritte des Fahrers. Auf Zehenspitzen näherte sich der Mann dem Rücken des anderen. Er wollte sehen, was dieser da vorhatte.

In der Hütte war es dunkel. Ein komisches Gefühl überkam Ty Garret. Auch war der Weg nicht frei. Ty sah ihn durch allerlei Gerümpel verstellt. Eine verrostete Egge und Teile eines Mähdreschers standen herum. An der Wand lehnten zwei Spaten und eine Schaufel.

Als ein Zündholz aufflackerte, zuckte Ty zusammen und duckte sich hastig.

Der Mann zündete eine Kerze an. Es war ihm doch wohl zu dunkel in dem Schuppen.

Der Lichtschein reichte so weit, daß auch Ty Garret mehr erkennen konnte.

Und als er sah, was dieser Mann vorhatte, da glaubte er, verrückt zu werden.

Er bekam jede Einzelheit mit, doch sein Verstand weigerte sich, das zu glauben.

Ty Garret wurde Zeuge eines ungeheuren Verbrechens.

Der Mann hatte die Motorsäge wieder aufgenommen, beugte sich zur Seite und dann dem Boden zu.

Denn dort lag ein Mensch.

Starr, unbeweglich, tot...

Aber der Kerl vor ihm machte sich daran, dem anderen, dem Toten, den Kopf abzuschneiden...

Nein!

Ty wollte schreien, aber nicht ein Wort drang über seine Lippen. Der Schrecken nagelte ihn auf der Stelle fest. So beobachtete er mit weit aufgerissenen Augen, wie sich das Sägeblatt in den Hals des Toten fräste.

Jetzt mußte Blut spritzen, jetzt würde...

Aber es spritzte kein Blut.

Nur Staub quoll auf...

Das Instrument zersägte den Hals.

Ty Garret begriff überhaupt nichts mehr. Er wußte nur, daß er nicht hätte kommen sollen. Jetzt noch etwas retten zu wollen, dazu war es zu spät.

Der andere war fertig.

Noch ein Schnitt, und der Kopf rollte zur Seite. Er sah unheimlich echt aus, die aufgerissenen Augen, der Mund, und Ty Garret hatte das Gefühl, als würden die Augen ihm anklagend ins Gesicht blicken.

Aber das waren keine echten. Ebensowenig, wie der Tote echt war, denn der Staub sagte es nur zu deutlich.

Dieser Tote bestand aus Stein!

Er war eine Figur, mehr nicht. Und Figuren konnte man Köpfe abschneiden...

Wenn nur nicht der Gesichtsausdruck gewesen wäre...

Ein zischendes Lachen ließ Ty Garret aufhorchen und auch herumzucken.

Er sprang in die Höhe, blickte zum Eingang hin und sah eine Gestalt, die so grausam war, daß sein Verstand fast durchdrehte. Er starrte sie an, fühlte im selben Augenblick die Kälte in seinen Gliedern und dann nichts mehr...

Eine etwas blasse Aprilsonne schob am anderen Morgen die Dunkelheit zur Seite.

Auch in der Provinz Kent erwachte an diesem Morgen das Leben. In den Dörfern und kleineren Städten gingen die Menschen zur Arbeit, die Hausfrauen kauften ein, und alles lief ein wenig langsamer ab als in London oder Manchester.

Hier hatte man Zeit.

Doch für eine Frau war das Leben nicht sonnig.

Linda Garret machte sich Sorgen. Die zierliche Person mit dem braunen Haar war die Nacht über nicht ins Bett gekommen. Sie hatte keinen Schlaf finden können, denn ihr Mann, sonst immer die Pünktlichkeit in Person, war nicht von seiner Fahrt zurückgekehrt.

Linda hatte nie ein gutes Gefühl bei diesen Nachtfahrten gehabt, sie wußte schließlich, daß Ty nicht gerade astreine Waren transportierte, doch bisher hatte immer alles geklappt. Er war nach Hause gekommen und hatte ihr stolz das verdiente Geld auf den Tisch gelegt.

Nun wartete sie vergebens. Er kam einfach nicht zurück. Daß sie ihn geschnappt hatten, daran glaubte Linda auch nicht, denn dann hätte sich längst die Polizei bei ihr gemeldet. Da mußte etwas anderes geschehen sein.

Linda wurde immer unruhiger. Das Baby schrie, wollte sein Essen, und Linda gab ihm die Flasche.

Es verging wieder eine halbe Stunde. Der Kleine kam in sein Bett und schlief.

Ty hatte sich nicht gemeldet!

Jetzt hielt es Linda nicht länger aus. Und wenn der ganze Schwindel platzte, ihr war es egal. Sie rief Tys Auftraggeber an. Zweimal wurde sie weiterverbunden, und als sich der Mann schließlich bei ihr meldete, da explodierte er fast.

»Auf Ihre Stimme habe ich gerade gewartet!« schimpfte er. »Wo ist Ihr Mann?«

Linda Garret wurde blaß. »Das... das weiß ich nicht. Deshalb rufe ich Sie ja an.«

Pause. »Sie... Sie wissen es wirklich nicht?«

»Nein.«

»Dann ist der abgehauen und will das Geschäft auf eigene Rechnung machen!«

»Niemals!« rief Linda. »Ty hat schließlich Frau und Kinder. Darauf muß er Rücksicht nehmen.«

»Na ja...«

»Ich melde es der Polizei!«

»Sind Sie wahnsinnig!« keuchte Lindas Gesprächspartner. »Sie können doch nicht einfach...«

»Ich kann, Mister. Schließlich geht es um meinen Mann und nicht nur um ein paar Kühlschränke. Ein Menschenleben hat immer Vorrang, das sollten Sie sich hinter die Ohren schreiben.« Linda legte auf, ohne den anderen erst zu Wort kommen zu lassen. Sie wußte selbst nicht, woher sie den Mut genommen hatte, aber der andere sollte sich nicht einbilden, daß er sie herumstoßen konnte wie ein Schachfigur. Nein, nicht mit Linda Garret.

Sie war hier in Tullham geboren, kannte jeden und auch die beiden Polizisten. Die würden ihr bestimmt helfen. Der Kleine schlief. Linda zog ihren dünnen Mantel über und verließ das Haus. Einige Nachbarn wunderten sich, warum Linda nicht grüßte, aber sie hatte es eilig.

In der Polizeistation fand sie die Beamten.

»Ah, Linda«, sagte Melvin Nichols zur Begrüßung, »welcher Grund führt dich denn zu mir?«

»Es geht um Ty.«

»Hat er dich verlassen?«

»Unsinn!«

Linda mußte lächeln. Sie kannte Melvin schon länger. Sie waren zusammen aufgewachsen, und der rotblonde, schlaksige Polizist hatte sich immer Hoffnungen gemacht, bis eben Ty Garret gekommen war und Linda sich in ihn verliebt hatte.

»Ty ist verschwunden.«

Melvin Nichols schüttelte den Kopf und beugte sich vor, wobei er beide Hände auf die Schreibtischplatte stützte. »Er wird mal einen draufgemacht haben, Linda, das würde ich nicht so eng sehen.«

Stur schüttelte die junge Frau den Kopf. »Wenn ich sage, er ist verschwunden, dann meine ich das auch so, mein Lieber«, erwiderte sie sehr deutlich.

»Was kann ich machen?«

»Du bist Polizist, Melvin Nichols. Such ihn.«

»Und wie?«

Linda schüttelte den Kopf. Nichols war nie der Schnellste gewesen, das hatte sie immer an ihm gestört, doch daß er auch jetzt noch so reagierte, wollte nicht in ihren Kopf hinein.

»Ich möchte, daß wir beide ihn suchen.«

»Sollen wir die Kneipen abgehen?«

»Nein, er war nicht in einer Kneipe. Er ist mit dem Wagen unterwegs gewesen. Begreife das doch.«

Jetzt wurde Melvin Nichols ernster. »Moment«, sagte er und wandte sich an seinen Kollegen. »Haben wir vielleicht ein Protokoll über einen Unfall hereinbekommen?«

»Lieber Gott«, flüsterte sie, »laß nichts passiert sein...«

Der zweite Beamte wühlte in einigen Papieren herum, bevor er den Kopf schüttelte.

»Nichts«, sagte Melvin und lächelte die Frau an. »Bist du nun zufrieden?«

»Nein. Höchstens etwas beruhigt, daß es ein Unfall schon nicht mehr sein kann.«

»Dann wird er sicherlich bald auftauchen«, sagte Nichols.

»Sonst willst du nichts unternehmen?«

»Wieso?«

»Aber wir müssen ihn doch suchen. Du mußt einen Trupp zusammenstellen...«

Jetzt lachten beide Polizisten. »Wie denkst du dir das? Wenn mal einer eine Nacht über nicht nach Hause kommt, kann ich ihn doch nicht suchen lassen. Dann wären wir ja immer unterwegs. Außerdem fehlen uns ganz einfach die Leute.«

»All right, ich habe verstanden, Melvin.« Linda wandte sich ab und ging zur Tür.

»Nimm's nicht persönlich!« rief der Polizist ihr noch nach, aber Linda hörte nicht. Sie wollte ihn auch gar nicht hören. Hastig lief sie nach Hause, überzeugte sich, daß der Kleine noch schlief, und setzte dann ihre Idee in die Tat um.

Sie wollte ihren Mann selbst suchen, denn sie wußte genau, welche Strecke er fuhr. Und der Mini stand hinter dem Haus, in dem sie wohnten, auf einer Wiese.

Sie lief rasch zu ihrer Nachbarin hinüber und bat sie, nach ihrem Sohn zu sehen, wenn sie in einer halben Stunde nicht zurück war. Dann ging sie zu dem Mini und stieg ein.

Linda rangierte das Fahrzeug von der Wiese auf die Straße. Dabei würgte sie den Motor zweimal ab, ein Zeichen ihrer übergroßen Nervosität. Die Worte des Polizisten spukten ihr noch immer im Kopf herum. Sie war nicht davon überzeugt, daß ihr Mann einen »draufgemacht« hatte. Dazu war er gar nicht der Typ. Außerdem hatte er eine wertvolle Ladung zu transportieren und mußte nüchtern bleiben.

Nein, da war etwas passiert!

Und Linda Garret ließ sich auch nicht davon abbringen, daran zu glauben.

Sie fuhr nicht über die Hauptstraße, sondern näherte sich auf schmalen Wegen dem Ende der Kleinstadt. Linda war bekannt, welchen Weg ihr Mann immer nahm, und den genau wollte sie auch abfahren. Vielleicht traf sie wirklich auf eine Spur, die zu Ty hindeutete. Was die Polizisten nicht schafften, würde ihr gelingen.

Nach dem Ort begannen die Kurven, wo die Straße in Schlangenlinien durch die Felder und Wiesen führte. An diesem Morgen herrschte ziemlich viel Betrieb. Vor allen Dingen waren es Lastwagen, die ihren Weg durch die Felder suchten. Die Trucks fuhren meist in Richtung Süden. Sie steuerten das Seebad Brighton an, das gar nicht mal so weit entfernt lag.

Linda fuhr eine Viertelstunde. Dann sah sie vor sich eine Kurve, lenkte den Mini hinein und entdeckte den Lieferwagen am Straßenrand. Überrascht riß die junge Frau und Mutter die Augen auf. Sie fuhr sofort links an den Straßenrand, bremste und blieb dicht hinter dem kleinen Transporter stehen.

Rasch stieg sie aus. Ihr Herz schlug auf einmal schneller, als sie sich dem Wagen näherte. Die Fahrertür war nicht abgeschlossen. Sie hing nur lose im Schloß, war beim Aussteigen des Fahrers also nicht fest zugerammt worden.

Linda wertete dies nicht gerade als ein gutes Zeichen. Sie schaute in das Führerhaus hinein, entdeckte aber nichts, was sie mißtrauisch machte oder ihr irgendeinen Hinweis auf die Anwesenheit des Fahrers übermittelte.

Ty war verschwunden. Sorgfältig untersuchte sie die Polster. Kein Blut zu sehen, keine Spuren, daß in dieser engen Kabine ein Kampf stattgefunden hatte.

Sie stieg wieder aus.

Ein dunkelblauer Roadster stoppte am Straßenrand, und ein Mann streckte seinen Kopf durch das Fenster mit der herabgekurbelten Scheibe. »Hallo, Linda, kann ich irgend etwas für dich tun?«

»Nein, Thomas, ich bin okay.«

»Dann ciao.«

Der Roadster schoß davon. Thomas war der Playboy des Ortes. Ihm gehörten mehrere Geschäfte, die er allesamt von seinem Vater geerbt hatte. Hinter Linda war er auch mal hergewesen, hatte sie aber nicht bekommen. Die Frau war hart und hatte ihre Prinzipien.

Sie wartete so lange, bis der Roadster nicht mehr zu sehen war, und sah sich noch einmal die unmittelbare Umgebung an.

Warum stand der Wagen hier? Das mußte einen Grund haben. Ihr Mann tat so etwas nicht ohne Grund und ließ seinen Wagen stehen, um dann schnell zu verschwinden.

Etwas mußte ihn daran gehindert haben.

Aber was?

Ihr Blick glitt von der Straße weg und über die Wiesen, wo sie eine alte Hütte stehen sah. Als der Blick von der Hütte wieder zurückflog, da sah sie sehr deutlich die Fußspuren. Sie bildeten einen dunkleren Strich zum hellen Grün der Wiese.

Normalerweise hätte Linda Garret auf solche Dinge nicht geachtet, die Fußspuren wären ihr auch egal gewesen, aber in Anbetracht der Entwicklung sah sie diese Indizien ein wenig anders.

Linda faßte sich ein Herz und sprang über den Graben.

Der Acker war noch feucht vom Tau des frühen Morgens und von der Nacht. Zudem hatte sich das Gras dort noch nicht wieder aufgerichtet, wo die Person zur Hütte gelaufen war.

Und Linda, die mal in ihrer Jugend bei den örtlichen Girl Scouts, den weiblichen Pfadfindern, gewesen war, sah nicht nur eine Spur, sondern deren zwei.

Hier waren also zwei Männer gelaufen.

Linda wurde noch mißtrauischer. Sie runzelte die Stirn, als sie damit begann, die Spuren zu verfolgen, die tatsächlich zur Hütte führten, demnach hatte sie sich nicht getäuscht.

Zum Glück trug sie flache Schuhe, so daß sie ziemlich bequem über die noch feuchte Erde laufen konnte. Kurz vor ihrem Ziel führte der Weg ein wenig bergan, und schließlich stand sie vor der Tür.

Jetzt klopfte ihr Herz noch schneller. Das hatte nicht nur in der schnell laufend zurückgelegten Strecke seinen Grund, sie fürchtete sich auch davor, die Hütte zu betreten.

Aufgeregt huschte die Zunge über ihre Lippen. Die rechte Hand tastete zur Klinke.

Sollte sie oder sollte sie nicht?

Linda gab sich selbst einen innerlichen Ruck und zog die Tür auf.

Halbdunkel.

Es kam ihr plötzlich gefährlich vor, so wie es den Innenraum der Hütte füllte. Die Hütte diente als Lagerplatz für ausrangierte Ackergeräte. Als Linda mit ihren Blicken das Innere durchstreifte, sah sie die Konturen dieser Geräte.

Sie übertrat die Schwelle.

»Ty?« rief sie fragend.

Nein, sie erhielt keine Antwort.

Zwei Schritte ging sie noch, dann sah sie den Grund, weshalb Ty keine Antwort mehr geben konnte.

Er lag auf dem Boden.

Sein Kopf fehlte.

Linda schrie nicht. Sie war überhaupt zu keiner Reaktion fähig. Sie blieb einfach stehen und starrte auf den Torso, während die Tränen aus ihren Augen schossen und als nasse Bahnen an den Wangen herabliefen.

Nur in den Knien spürte sie ein nie gekanntes und erlebtes Zittern. So stark, daß sie sich nicht mehr auf den Beinen halten konnte und nach vorn fiel.

Hart kam sie auf. Sie streckte instinktiv ihre Hände aus und berührte dabei die Leiche.

Da traf sie der zweite Schock.

Der Tote vor ihr war nicht nur ihr eigener Mann und hatte keinen Kopf mehr, es war auch noch etwas anderes mit ihm passiert.

Sein Körper bestand aus Stein!

Jetzt begann die Frau in wilder Panik zu schreien. So laut, daß es bis zur Straße hin zu hören war...

Zuerst scheuchten sie mich um den Sportplatz. Fünf Runden mußte ich laufen.

Und das am Montag.

Aber ich selbst hatte zugestimmt, ein dreitägiges Trainingsprogramm auf mich zu nehmen.

Was das bedeutete, durfte man gar keinem erzählen. Hinterher war ich nicht nur geschlaucht, sondern gerädert. Am ersten Tag begann es ja noch harmlos. Da wurde ich nur um den Sportplatz gejagt, danach Unterricht, dann einen künstlichen Hügel hoch, und da wurde es schon schwieriger. Denn ich hatte Gepäck auf dem Buckel.

Mit zwanzig Kilo ging der Spaß los, dann folgten vierzig, zum Schluß waren es sechzig Kilo.

Und die ehemaligen Kolonialoffiziere grinsten, wenn sie das sahen. Das Gelände befand sich in der Grafschaft Kent, war abgetrennt von der übrigen Umwelt und auch ein Trainingsplatz für Geheimdienstler. So war ich nicht der einzige, der sich über die Aschenbahn zu quälen hatte. Mit mir liefen zwei andere Typen, von denen ich nicht einmal die Namen kannte, aber einer hatte Ähnlichkeit mit Roger Moore. Er war smart und arrogant. Ich hatte erfahren, daß er im Range eines Colonels stand. Gegen ihn war ich als Oberinspektor nur ein kleines Licht und schlug mich normalerweise mit Gestalten herum, die es nach Ansicht der Geheimdienstler gar nicht geben durfte.

Mit Geistern und Dämonen.

Daran allerdings dachte ich nicht, als ich in meinem alten Trainingsanzug, der so gar nicht modisch schick war, über die Aschenbahn keuchte und von den grinsenden, stoppuhrhaltenden Ausbildern mit höhnischen Bemerkungen traktiert wurde.

Ich will sie nicht im einzelnen aufzählen, aber jeder, der beim Militär war, kennt ja die Worte.

Die letzte Runde.

Ich lag hinten.

Die beiden Agenten hatten ungefähr fünfzig Yards Vorsprung, und sie legten sich noch mal kräftig ins Zeug, rissen sich um den Sieg. Auch ich lief schneller, aber ich machte mich nicht kaputt.

Als ich ein wenig später als die anderen über die Ziellinie lief, schaute mich der Ausbilder böse an.

»Lahme Krücke, Sinclair! So was läuft mein Großvater auf einem Bein runter!«

Ich konnte mir eine Bemerkung nicht verkneifen. »Warum haben Sie ihn denn nicht laufen lassen?«

Der Kerl bekam einen roten Kopf. Dann brüllte er: »Im Laufschritt zum Unterricht!«

Auch das machten wir.

Dort erwartete uns schon der Geier. Er wurde wegen seines Gesichts so genannt. Der Geier war der Ausbildungsleiter, und er ging sofort in die Vollen.

Wir mußten uns innerhalb von dreißig Minuten durch ein Paragraphenwirrwarr kämpfen, das für einen normalen Erdenbürger unverständlich formuliert war.

Juristischer Kleinkram.

Ich hörte zwar zu, aber meine Gedanken drehten sich dabei um völlig andere Dinge. Ich dachte mehr an Asmodina und die Mordliga. Die Quittung erhielt ich prompt.

Man fragte mich ab.

Natürlich konnte ich die Paragraphen nicht herunterrasseln und erhielt dafür zwei Minuspunkte.

Der »Lehrer« hatte die Striche kaum in sein Buch gemalt, da wurde die Tür aufgerissen.

Jetzt ging der Spaß wieder los, wie der Ausbilder sagte, der auf der Schwelle stand.

Uns wurde das Gepäck übergeschnallt. Zwischen den Baracken führte der Weg zum Hügel.

Da ging die Schinderei erst richtig los.

Die beiden Agenten grinsten smart.

Eine Viertelstunde später grinsten sie nicht mehr. Da hatten sich ihre Gesichter ebenso verzerrt wie das meine.

Hügel rauf – Hügel runter.

Eine verdammte Plage.

Zudem gab es einen Gepäckwechsel.

Man schnallte mir die Last mit den vierzig Kilo auf den Buckel. Und wieder ging der Spaß los.

Nach fünf Minuten rollte mir der erste Agent entgegen. Er hatte es nicht mehr geschafft, seine Beine gaben einfach nach. Ich konnte noch zur Seite springen und machte weiter.

Der Roger-Moore-Typ und ich waren allein. Und jetzt packte mich der Ehrgeiz. Schließlich war ich auch kein heuriger Hase mehr. Zwar waren meine Schritte ebenfalls schwer und schleppend geworden, die Füße brachte ich kaum noch vom Boden hoch, sondern schleifte sie durch den Sand, aber dem schönen Agenten erging es nicht besser.

Im Gegenteil, er hatte schwerer zu kämpfen.

Nebeneinander wühlten wir uns den Hügel hoch, eingehüllt in eine Staubwolke. Kehrt an der Spitze, wieder hinunter.

Der Knabe vom Geheimdienst drehte sich zu schnell um. Ich sah noch seine aufgerissenen Augen, dann nichts mehr von ihm. Denn die aufgewirbelte Staubwolke verdeckte ihn, als er die schiefe Ebene hinunterrollte.

Ich blieb stehen.

Zwar mit zitternden Knien, aber immerhin. Zudem gelang es mir noch, ein Grinsen zu produzieren, was die beiden Ausbilder am Fuße des Hügels ärgerte.

»Das Kommando gilt nur für Sie, Sinclair! Hügel runter!«

»Hätte ich auch so gemacht«, erwiderte ich und nahm noch einmal alle Kraft und Konzentration zusammen, obwohl ich mich lieber hinuntergerollt hätte, doch die Blöße wollte ich mir nicht geben.

Auf zwei Beinen gelangte ich unten an, nahm mein Gepäck von der Schulter und schleuderte es den Ausbildern vor die Füße. »Das wär's wohl«, sagte ich.

Sie grinsten zynisch. »Nein, es geht erst los.«

Neben mir erhob sich stöhnend der »James Bond«. Er konnte sich aber nicht auf den Beinen halten, sondern blieb sitzen. Das war mir ein innerer Vorbeimarsch.

»He, Partner, die Frauen warten«, sagte ich.

»Halt die Schnauze.«

Spaß konnte er auch nicht ertragen.

»Weiter!« schnarrte der Ausbilder. »Geländeeinsatz, meine Herren, wenn ich bitten darf!«

Zuerst mußten wir uns umziehen. Man verpaßte uns keine Kampfanzüge, sondern normale Kleidung. Das Gelände war mit allerlei elektronischem Spielzeug vollgestellt. Ferngesteuert und von versteckten Kameras überwacht, konnte jeder Aufseher am Monitor seinen Schützling im Auge behalten. Und per Knopfdruck konnte er auch die entsprechenden Gegner herbeizaubern.

Pappfiguren, manche als harmlos dargestellt, andere wiederum waren böse Killer.

Es kam darauf an, richtig zu reagieren. Erwischte man eine

nicht bewaffnete, unbeteiligte Person, gab es Minuspunkte. Bei einem richtigen Treffer wurden die Punkte auf dem Pluskonto gutgeschrieben.

Fünf Minuten blieben uns nur. Bevor ich in die normale Kleidung stieg, duschte ich noch kurz.

Zwei Minuten duschen, eine Minute abtrocknen, dann umziehen. Freunde, das war eine Hetze.

Ich stand als erster vor der Baracke und starrte in den grauen Himmel, wo die blasse Aprilsonne gar nicht richtig durchkommen wollte. Dann keuchten die beiden anderen herbei. Sie hatten länger gebraucht und waren noch ziemlich wacklig in den Knien.

Natürlich kassierten sie einen Anschiß, was mich allerdings nicht weiter kümmerte.

Im Laufschritt ging es weiter.

Das Gelände begann dicht hinter den Baracken. Wald, ein paar Hügel, hin und wieder Hindernisse aus Stacheldraht, künstlich angelegte Tümpel und Seen.

Drei Männer im Gelände. Da konnte es leicht sein, daß einer auf den anderen schoß, aber dieses Risiko gingen die Ausbilder bewußt ein. Verdammt, es war wirklich kein Zuckerschlecken.

Wir mußten uns trennen. Jeder bekam sein Areal abgesteckt. Ich mußte ziemlich an den Rand, wo der Zaun verlief.

Fünf Minuten gab man uns, dann wurden die Spielzeuge angestellt. Wir schossen allerdings nicht mit Kugeln, sondern waren mit Spezialwaffen ausgerüstet, deren Magazine mit Hartgummigeschossen gefüllt waren.

Ich wog die Kanone in der Hand.

Es war ein komisches Gefühl. Irgendwie hatte ich mich immer auf die Beretta verlassen, doch nun strolchte ich mit dieser Knarre durch die Gegend.

Mal sehen.

Sie hatten den Wald ziemlich dicht gepflanzt. Der Boden war mit Unterholz bedeckt. Dort irgendwo lagen die Puppen versteckt, die auf Knopfdruck hin hochschnellten.

Da geschah es.

Ich hatte erst drei Schritte hinter mich gebracht, als die Puppe vor mir auftauchte.

Ziehen, zielen – und...

Das Ding war harmlos. Eine grinsende Marktfrau mit rosigen Wangen schaute mich an.

Allerdings wies die Pappdame einige Kugellöcher auf, ein Zeichen, daß sich meine Vorgänger ein paarmal vertan hatten.

Ihr Pech...

Ich ging weiter.

Links und rechts schaute ich, suchte meine Gegner, aber niemand erschien. Man ließ mich in Ruhe.

Bis ich über mir das Rascheln der Blätter hörte. Sofort ging ich in die Knie, sprang zur Seite und riß die Waffe hervor, die man nach jedem Schuß wieder wegstecken mußte.

Ich schoß.

Genau den berühmten Sekundenbruchteil früher als der bewaffnete Pappkamerad, der im Geäst hing.

Kopfschuß.

Es klappte ja noch.

Der Pappkiller verschwand wieder.

Ich hatte mein zweites Erfolgserlebnis. Weiter schlich ich durch den Wald.

Natürlich konnten die Dinger auch im Rücken auftauchen, dann wurde es kritisch, denn nicht immer machten sie sich über einen Lautsprecherton bemerkbar. Man mußte seine Augen wirklich schon überall haben. Als ich einen Blick in die Höhe warf, sah ich im Geäst einer Ulme etwas blinken. Ich wollte schon schießen, als ich das Auge einer Kamera erkannte.

Ich wäre gern auf den Baum geklettert und hätte ein Tuch über die Linse gehängt, aber so etwas kostete Kraft, und die benötigte ich noch in den nächsten Minuten.

Dann schossen sie aus dem Gebüsch.

Gleich zwei von diesen nachgemachten Mördern.

Ich sah die Maschinenpistolen, hechtete zur Seite, mein Arm verfing sich irgendwo im Wurzelwerk, und ich brachte meine Kanone nicht aus dem Schulterholster.

Die Kerle schossen.

Ein paarmal blitzte es auf. Elektronische Lichtspeere, die Kugelabschüsse imitieren sollten. Dann verschwanden meine Freunde wieder. Und ich hörte die blechern klingende Stimme.

»Sie wären schon tot, Sinclair. Das gibt Minuspunkte.«

Ich wühlte mich vom Boden hoch, schaute in die Kameralinse und zeigte einen Vogel.

Dann marschierte ich weiter.

Buschwerk versperrte mir den direkten Weg. Zwischen den Zweigen sah ich etwas schimmern.

Einen Tümpel!

Die Oberfläche sah grün aus. Zahlreiche Algen machten das Wasser zu einer trüben Brühe. Um weiterzukommen, mußte ich den alten Tümpel umrunden.

Feucht war der Weg, auch rutschig. Nach einigen Schritten hatte ich einen freien Blick auf den Tümpel.

Und da schossen sie hoch.

Drei bewaffnete Gegner.

Diesmal paßte ich auf. Bevor sie abdrücken konnten, hatte ich meine Waffe gezogen und ballerte los, während ich mich leicht duckte und in dieser Stellung stehenblieb

Die Gummigeschosse hieben gegen die Körper der Pappkiller und schleuderten sie zurück. Der Reihe nach klatschten sie ins Wasser. Diesmal hatte ich gewonnen.

Etwas knarrte in meinem Rücken.

Noch mit der Waffe in der Hand kreiselte ich herum, wollte schießen und nahm im letzten Augenblick den Finger vom Stecher. Hinter mir stand ein Girl, das nur einen winzigen Bikini trug. Leider war die Kleine nicht echt und schon leicht angeschmutzt.

»Drei Treffer, Sinclair!«

Die Lautsprecherstimme schallte wieder durch den Wald. Ich winkte und ging weiter.

Auch im anderen Teil des Geländes reagierte man ähnlich. Von dort hörte ich ebenfalls die blecherne Lautsprecherstimme. Meine Kollegen waren also kräftig am Werk.

Ich ging weiter.

Zwei große Bäume zogen meine Aufmerksamkeit auf sich. Sie standen dicht nebeneinander, der Zwischenraum betrug nicht mal ein Yard.

Hinter einem Stamm wischte die Figur hervor.

Bewaffnet.

Wieder war ich schneller, und das Gummigeschoß haute den Pappkiller von den Beinen.

So langsam begann mir die Sache Spaß zu machen, denn ich bekam die nötige Routine. Meine Reflexe waren in Ordnung, die Bestätigung erhielt ich wenig später.

Noch zwei weitere Killer legte ich flach. Auf einen dritten harmlosen Mann fiel ich nicht herein und gelangte immer näher an den Zaun des Geländes.

Schließlich sah ich ihn vor mir.

Aber auch das Loch, das jemand hineingeschnitten hatte. Ich wunderte mich darüber. Wer ging schon freiwillig in dieses Gelände? Ich lenkte meine Schritte auf den Zaun zu und achtete nicht so sehr auf den Boden vor mir.

Deshalb stolperte ich über den Kopf!

Im ersten Augenblick glaubte ich, mit der Fußspitze gegen einen Stein gelaufen zu sein. Die Zehen taten mir weh, und ich verzog schmerzhaft das Gesicht.

Dann aber änderten sich meine Züge. Erstaunen, auch Entsetzen sowie Ungläubigkeit breiteten sich aus. Es war wirklich ein Schädel, der vor mir am Boden lag.

Was heißt lag?

Er sah aus, als würde er aus dem Boden wachsen. Und das Gesicht sah so echt aus, daß man das Gefühl haben konnte, es würde leben. O verdammt, das war ein Schlag.

Ich ging in die Knie, streckte meine Arme aus und strich mit den Fingerspitzen über den Kopf.

Die Masse war zwar hart wie Stein, sie fühlte sich jedoch nicht so an. Nicht kalt, sondern eher warm, als würde das Blut noch durch die Adern laufen.

Etwas komisch war mir schon zumute, als ich den Kopf mit beiden Händen an den Wangen umfaßte und ihn hochhievte. Dann hielt ich ihn in den Händen, drehte ihn herum und sah mir die Schnittstelle an.

Der Kopf war sauber abgetrennt worden. Dazu mußte man eine Steinsäge verwendet haben.

Aber wieso?

Wer sägte Köpfe von irgendwelchen Figuren ab und legte sie in einen Wald?

Diese Frage beschäftigte mich. Zudem hatte ich noch nie so echte Gesichtszüge bei einer Plastik oder einer Statue gesehen. Dieser Kopf machte mir den Eindruck, als würde er jeden Moment anfangen zu leben.

Vergessen war die Scheucherei, jetzt interessierte mich nur der Schädel.

Ich legte ihn wieder zu Boden.

Einige Sekunden blickte ich nachdenklich auf ihn nieder. Dann hatte ich eine Idee.

Ich lief zwar nicht mit meiner Beretta, der Dämonenpeitsche oder dem Silberdolch durchs Gelände, aber mein Kreuz hatte ich doch nicht abgenommen.

Damit wollte ich einen Versuch starten.

Ich streifte die Kette über meinen Kopf, bückte mich und berührte mit dem Kreuz den Kopf.

Kaum hatte das Kruzifix Kontakt, als es schon geschah. Der Kopf, eben noch reglos, reagierte. Das steinerne Gebilde riß weit seinen Mund auf, und ein gellender Schrei drang aus der Kehle. Ein Schrei, der mir das Blut in den Adern gefrieren ließ und eine kalte Gänsehaut über den Rücken jagte.

Dann löste sich der Schädel auf.

Unter meinen Händen bröckelte er auseinander und wurde langsam zu Staub, der als graue Schicht auf dem Boden liegenblieb.

Das war es also.

Ohne es zu wollen, war ich wieder in einen heißen Fall hineingestolpert, denn daß ich es hier nicht mit einem normalen Schädel zu tun hatte, war mir längst klargeworden.

Unheimliche Dinge spielten eine Rolle.

Ich mußte nur noch herausfinden, um welches Rätsel es sich handelte. Die Lautsprecherstimme unterbrach meine Gedankenzüge. »Sinclair, schlafen Sie da ein?«

Nein, ich schlief nicht. Ich war selten so wach wie damals. Eine Antwort zu geben hatte keinen Sinn. Zudem interessierten mich die Männer auch nicht mehr.

Ich machte kehrt und wollte so schnell wie möglich zu den Baracken zurück.

Da sah ich die Frau.

Abrupt blieb ich stehen. Die Frau lugte hinter einem Baumstamm hervor, und ich konnte genau erkennen, daß sie grüne Haare hatte. Mit zwei Sprüngen hatte ich die Stelle erreicht, doch von der Frau war nichts mehr zu sehen.

Sie schien sich in Luft aufgelöst zu haben. Narrte mich ein Spuk? Bildete ich mir jetzt schon etwas ein?

Nein, an Halluzinationen litt ich nicht, obwohl ich einen Job hatte, bei dem man schon leicht durchdrehen konnte, doch den kühlen Kopf hatte ich mir bisher immer bewahrt.

Wieder die Stimme. »He, Sinclair, was ist? Drehen Sie durch, oder wollen Sie nicht mehr?«

»Genau das«, brummte ich und machte mich auf den Weg. Ich kümmerte mich nicht mehr um die aufspringenden Pappkollegen, sondern stampfte querbeet auf die Baracken zu.

Hin und wieder keifte es aus den Lautsprechern. Die Ausbilder drehten fast durch, und ich konnte mir ein Grinsen nicht verkneifen. Aus dem Training war plötzlich Ernst geworden, das wollte ich auch den anderen zu verstehen geben. Falls das überhaupt nötig war, denn mein Sonderausweis berechtigte mich dazu, bei Gefahr zu unpopulären Mitteln zu greifen, ohne gleich die örtlichen Dienststellen oder Polizeibehörden einzuweihen.

Ich geriet bei meinem Gang zwangsläufig auch in das Gebiet der anderen beiden Testpersonen.

Und plötzlich tauchte der nachgemachte James Bond vor mir auf. Sein Gesicht war gerötet und verzerrt, der Knabe stand unter Streß und hielt mich für einen Gegner.

Die Kanone in seiner Hand ruckte hoch.

Auch Gummigeschosse sind nicht harmlos. Ich hatte keine Lust, mir solch ein Ding einzufangen, und sprang rasch zur Seite.

Der Typ schoß tatsächlich.

Das Gummigeschoß fehlte und traf irgendwo einen Baum. Ein Tritt schleuderte dem Kerl die Waffe aus der Hand. Ungläubig glotzte er mich an.

»Schau nächstens genauer hin, wenn du schießt!« rief ich ihm zu und ließ ihn stehen.

Die Blechstimme schräg über uns keifte etwas von Punktverlust und Disqualifikation. Ich kümmerte mich nicht darum und lief weiter meinem Ziel entgegen.

Nach einigen Minuten sah ich die Umrisse der Baracken durch die Zweige und Äste schimmern. Ich hatte das Lager erreicht.

Aus dem Eingang stürzte der Geier. Er war genauso rot im Gesicht wie der nachgemachte James Bond. Er sah mich, wollte erst auf mich zurennen, als ihm einfiel, daß ich ihm wohl eine Erklärung schuldig war. So blieb er stehen, stemmte beide Hände in die Hüften und starrte mir finster entgegen.

»Sie sind wohl von allen guten Geistern verlassen?« schrie er mir entgegen. »Wollen Sie einen Querbalken in Ihre Personalakte bekommen, Mann?«

»Den Balken haben Sie vor der Stirn, Meister«, erwiderte ich respektlos und drängte mich an ihm vorbei.

Er schnappte nach Luft, lief noch roter an und brüllte, daß es laut durch die Kaserne hallte: »Stehenbleiben!«

Ich drehte mich um, machte »cheese« und ging weiter.

Jetzt rannte er hinter mir her. Vor meinem Zimmer fing er mich ab und drehte mich herum.

»Das haben Sie nicht umsonst gemacht!« zischte er und sprühte mir Speichel ins Gesicht. »Schlapp wie eine Sau und dann noch...«

Ich hob nur die Brauen. Irgend etwas mußte in meinen Augen gestanden haben, denn der Kerl verstummte.

»Die schlappe Sau habe ich überhört«, erwiderte ich leise, »sonst mache ich Ihnen nämlich Ärger. Außerdem ist dieser Einsatz für mich beendet. Ich habe andere Aufgaben zu erfüllen, und wenn Sie sich immer noch aufregen, sehen Sie sich dies an.« Ich holte meinen Ausweis hervor und hielt ihn ihm unter die Nase.

Der Geier schluckte. »Schon gut«, sagte er dann, »vergessen wir die Sache.« Er machte kehrt und ging eilig davon.

Ein widerlicher Leuteschinder, der sofort kleine Brötchen backte, wenn einer mit einem Stempel im Ausweis erschien.

Nach unten treten, nach oben dienern. Das sind die richtigen, die ich so gerne hatte. Aber diese Typen gibt es leider überall.

Ich betrat mein Zimmer.

Diesen Vorteil hatten wir gegenüber normalen Soldaten – Einzelzimmer. Sie waren jedoch sehr spartanisch eingerichtet. Ein altes Feldbett als Lager, ein Spind, ein Tisch, das war's auch schon. Und der Stuhl mit den Metallbeinen.

Ich trat ans Fenster. Von hier aus hatte ich einen Blick über das Gelände. Zwar lag der Raum im ersten Stock, aber zahlreiche Bäume versperrten die Sicht, so daß ich nicht bis zum nächsten Ort schauen konnte. Zudem war es auch leicht dunstig.

Ich drehte mich um.

Noch in der Drehung hörte ich die zischelnde Stimme. »Du hast ihn zerstört. Du hast den Kopf zerstört. Ein Frevel, der nur mit Blut abgewaschen werden kann. Denn für diesen Kopf wird er sich deinen holen...« Ein letztes, hämisches Lachen, dann war Ruhe.

Ich hatte meine Hand um das Kreuz gekrampft und fühlte die Wärme.

Es hatte tatsächlich auf die Nähe eines Dämons reagiert. Aber gesehen hatte ich keinen.

Meine Beretta lag im Spind. Die wollte ich hervorholen, denn ohne die Waffe fühlte ich mich irgendwo hilflos. Ich ging zu dem Metallschrank, öffnete die Tür und griff nach oben auf die Ablage, wo ich die Waffe nebst Reservemagazin verstaut hatte.

Es blieb beim Vorsatz. Kaum hatte ich die Ablage berührt, als ich das Zischeln vernahm, und einen Moment später stürzten kleine, grüne Schlangen auf mich zu...

Auf dem Dach drehte sich das Rotlicht. Der Polizeiwagen stand hinter dem mit Kühlschränken beladenen Lieferwagen. Die beiden Beamten aber hatten ihr Fahrzeug verlassen und waren zur Hütte gelaufen, wo sich ein Arzt um die schreiende Linda Garret bemühte. Sie hatte einen Krampf bekommen, und der Doc spritzte ihr ein Mittel dagegen.

Melvin Nichols war ebenso blaß wie sein Kollege. Sprachlos

starrte er auf den Versteinerten ohne Kopf. »Ich begreife das nicht«, flüsterte er. »Du, Dean?«

Dean Summer hob die Schultern. Diese Geste sagte alles. Etwas Ungeheures war in die Ruhe der kleinen Stadt eingebrochen. Hier lag ein versteinerter Mensch, der am Tage zuvor noch völlig normal gewesen war.

»Wie ist so etwas möglich?« murmelte Melvin.

Der Arzt fühlte sich angesprochen. »Ich habe auch keine Erklärung«, erwiderte er. »Alles ist so unwahrscheinlich, so unerklärlich. Ich weiß wirklich nicht...«

Melvin Nichols winkte ab. »Schon gut, Doc. Wir schaffen den Toten weg und bringen ihn ins Schauhaus.«

»Und dann?«

»Können und sollen sich andere darum kümmern.«

»Wer, zum Beispiel?«

»Scotland Yard, mein Lieber. Ich werde denen Bescheid geben. Das hier ist mir viel zu hoch.« Er schaute seinen Kollegen Dean Summer beifallheischend an, doch der sagte nichts. Er hatte die Stirn in Falten gelegt und schien über irgend etwas scharf nachzudenken.

Melvin stieß den fast doppelt so alten Kollegen an. »Was ist mit dir?« Summer gab keine Antwort, denn zwei Helfer holten die Frau ab, die nur noch wimmerte. Sie legten sie auf eine Trage und zogen mit ihr davon.

»Wie wird der Kleine das nur aufnehmen?« murmelte der Arzt. »Verdammt, es ist schlimm.«

Plötzlich sprach Dean Summer. »Ich glaube, ich weiß, wie es zusammenhängen könnte.«

Die beiden anderen Männer blickten ihn an. »Und?«

»Denkt mal an die Geschichte dieser Lady Delarosa.«

Melvin lachte. »Meinst du das Märchen, das vor dem Ersten Weltkrieg hier die Runde gemacht hat?«

»Es ist kein Märchen.«

»Und wieso nicht?«

»Weil sich das hier vor unseren Augen wiederholt hat, was die Alten damals erzählten. Sie haben die Lady Delarosa für eine Medusa gehalten. Und so aus der Luft gegriffen ist das nicht. Ich brauche mir doch nur die Versteinerten anzusehen.«

Melvin Nichols schüttelte den Kopf, während der Arzt mit den Fingern durch seinen Bart strich. »Medusa«, murmelte er, »ist das nicht die alte griechische Sage von der Frauensperson mit Schlangen auf dem Kopf?«

»Das ist sie«, bestätigte Dean Summer. »Und wer sie ansieht, wird zu Stein.« Er räusperte sich. »Genau wie dieser Mann vor uns. Er ist auch zu Stein geworden.«

»Dann wäre die Medusa frei«, meinte der Arzt.

»So ist es.«

»Das geht ja nicht. Wenn ich die alte Geschichte richtig in Erinnerung habe, so ist sie damals in eine Säule ihres Hauses eingemauert worden. Das hat man wenigstens erzählt.«

»Ja, Doc.«

»Dann könnten wir die Säule doch aufhauen und nachsehen«, schlug Melvin Nichols vor.

»Wäre eine Möglichkeit«, stimmte sein Kollege zu. »Nur ist sie zu gefährlich.«

»Mach dir doch nicht in die Hose, Dean. Das sind Ammenmärchen, verdammt!«

»Und der Tote, ist der auch ein Märchen?«

»Nein, aber es wird sich eine Erklärung finden. Ich glaube nicht an diesen Quatsch.«

»Ich wünschte, daß du recht behältst«, murmelte der ältere Polizist. »Ich wünschte es wirklich.«

»Laßt uns die Leiche wegschaffen. Sollen sich meinetwegen die Yardleute den Kopf darüber zerbrechen«, sagte Nichols. »Ich habe meine Aufgabe erfüllt.« Er verließ die Hütte, blieb vor der Tür stehen und zündete sich eine Zigarette an.

Sein Blick fiel auf den Lieferwagen. Beide Autos hatten Schaulustige angelockt. Daß etwas passiert war, hatte sich im Dorf herumgesprochen, doch niemand wußte etwas Genaues, und das ärgerte die meisten Zuschauer beträchtlich.

Nichols blies den Rauch gegen den Wind. Diese Medusa hatte er längst wieder vergessen. Er interessierte sich für etwas ganz anderes. Was hatte dieser Tyron Garret eigentlich des nachts zu fahren gehabt? Da schien einiges nicht zu stimmen, und Melvin Nichols beschloß, der Sache auf den Grund zu gehen. Er warf den Glimmstengel weg, trat ihn aus und ging quer den kleinen

Hang hinunter. Wenig später stand er vor dem Wagen. Er sah auch die Beschädigungen vorn und konnte sich keinen Reim darauf machen. Irgendein Geheimnis umgab das Fahrzeug.

Die Ladetüren waren verschlossen. Aber Nichols hatte im Führerhaus den Schlüssel stecken sehen. Er ging hin, zog ihn heraus und fand am Schlüsselbund auch den Schlüssel für das hintere Türschloß.

Zuschauer traten neugierig näher. Sie wollten sehen, was Nichols da machte. Auf ihre Fragen hatte er bisher nicht geantwortet, jetzt scheuchte er sie weg.

»Verschwindet!«

Sie hörten nicht.

Nichols schaute auf seine Uhr. »Wer innerhalb einer Minute nicht seinen Platz geräumt hat, der bekommt ein Verfahren an den Hals. Das gilt auch für dich, Reegan.«

Reegan war der Reporter der lokalen Zeitung. Er wollte protestieren, doch Melvin war hart. Schließlich zog Reegan ab, und der Polizist konnte endlich öffnen.

Beide Türhälften klappte er auf.

Viel hatte er ja nicht erwartet, doch als er die zahlreichen Kartons sah, wurde sein Blick doch leicht enttäuscht. Das schienen ja wirklich nur Kühlschränke zu sein, wie er an der Größe ungefähr erkannte. Sie standen dicht nebeneinander, aber in der Mitte befand sich noch soviel Platz, daß er sich hindurchschieben konnte.

Melvin zögerte nicht, sondern stieg auf die Ladefläche und schaute genau nach.

Die Deckel ließen sich leicht abreißen. Die Kunststoffplatte eines Kühlschrankes kam zum Vorschein. Beim nächsten und übernächsten das gleiche. Die Laune des Polizisten sank auf den Nullpunkt. Er fragte sich nämlich, warum der Elektrohändler den Wagen nicht abholen ließ. Solch eine Ladung brauchte nicht auf der Straße zu stehen. Melvin kannte den Empfänger.

Er hießt Abe Holbrook und stammte angeblich aus London. Überprüft hatte das noch niemand. Er gehörte zu den reichsten Leuten im Ort, war überall gut angesehen und spendete fleißig für die Kirche und sonstige karitative Zwecke.

Melvin war jedoch davon überzeugt, daß dieser Abe Holbrook Dreck am Stecken hatte. Deshalb wühlte er auch so verbissen die Verpackungen der Kühlschränke auf.

Er fand nichts.

»Shit!« fluchte er und schluckte seinen Ärger hinunter. Als er die letzte Verpackung zerstört hatte, sah er ebenfalls nur die Abdeckplatte des Kühlschranks vor sich.

Wütend verließ er den Wagen.

Mehrere Männer trugen soeben den zu Stein gewordenen Toten aus der alten Baracke. Er war durch eine Decke verhüllt, so daß die Gaffer nichts mitbekamen.

Man legte ihn in den Leichenwagen, der sofort abbrauste.

Melvin Nichols winkte seinem Kollegen.

Dean Summer kam heran.

»Hör zu«, sagte Nichols, »ich fahre diesen Wagen persönlich zu meinem Freund Abe Holbrook, okay?«

»Klar. Soll ich dann den Yard verständigen?«

»Kannst du machen.«

»Wann bist du ungefähr zurück?« wollte Summer wissen.

»Weiß ich nicht genau. Rechne mit einer Stunde.«

Summer nickte.

Die beiden trennten sich. Melvin stieg in das Fahrerhaus des Lieferwagens. Er freute sich schon auf die Fragen, die er Abe Holbrook stellen wollte...

Sie kamen mir entgegen wie ein Wasserfall. Alles quirlte und ringelte durcheinander, zischelte und züngelte.

Ich warf mich blitzschnell zurück, ließ die Beretta sausen, stieß gegen den Tisch und warf ihn um.

Die Schlangen klatschten zu Boden.

Jetzt sah ich sie genauer. Sie waren ungefähr halb so lang wie ein normaler Männerarm, aber ungeheuer schnell und wendig, Lautlos glitten sie auf mich zu.

Zwanzig waren es bestimmt.

Mit einem Sprung hatte ich das Bett erreicht. Gerade noch rechtzeitig, denn eine Schlange wollte zubeißen. Sie hüpfte regelrecht nach vorn, das hatte ich noch nie erlebt, nicht einmal bei Asmodinas Schlangen, die sie in ein Hochhaus geschickt hatte, als wir Shaos Geburtstag feiern wollten.

Als eine Schlange auf das Bett glitt, trat ich zu. Meine Fußspitze erwischte sie gut. Das Tier klatschte dicht neben die Tür gegen die Wand, ringelte aber sofort wieder weiter.

Für mich wurde es langsam kritisch.

Zur Tür konnte ich nicht, es sei denn, ich wäre geflogen, aber das war mir leider nicht möglich. Als einziger Ausweg blieb das Fenster, es befand sich links von mir.

Und das Kreuz.

Schnell streifte ich die Kette über den Kopf, streckte zwei Finger aus und hängte sie daran.

Jetzt baumelte das Kreuz dicht über dem Boden.

Die erste Schlange sprang dagegen.

Es zischte einmal auf, das Tier verlor seine grüne Farbe und wurde zu Staub.

Auch eine zweite und dritte erledigte ich auf diese Art und Weise. Die anderen wichen zurück.

Sie hatten mitbekommen, was geschehen war, und trauten sich nicht näher heran.

Ich nutzte meine Chance und sprang vom Bett. Dabei bückte ich mich und schwang das Kreuz im Kreis, so daß es sich immer in der Nähe einiger Schlangen befand, die sich zwar aufgerichtet hatte, aber auswichen, sobald das Kruzifix dicht an ihren Körpern vorbeiflirrte.

Ich bewegte mich auf die Tür zu. Immer sehr vorsichtig, denn trotz meines Kreuzes ging ich dabei ein sehr hohes Risiko ein. Dann erwischte mich fast eines der Tiere.

Der fingerdicke, grüne Körper wischte durch die Luft, zielte nach meinem Bein, ich drehte mich, und das Tier biß in den Stoff der Hose. Dann berührte das Kreuz die Schlange.

Sie wurde zu Asche.

Ein Sprung, ich war an der Tür und riß sie auf. Ich katapultierte mich nach draußen, rammte die Tür hinter mir zu und wäre fast gegen den Geier geprallt, der soeben über den Flur gelaufen kam.

Er blieb stehen, als wäre er gegen eine Wand gelaufen.

»Sinclair, Sie...«

»Seien Sie ruhig«, sagte ich und blieb vor der Tür stehen. Erst jetzt merkte ich, wie verschwitzt ich war. Das Abenteuer mit den Schlangen war doch nicht so spurlos an mir vorbeigegangen. Ich zögerte einen Moment, während der Geier auf das Kreuz starrte, als wäre es ein Ding von irgendeinem anderen Stern.

»Bleiben Sie zurück«, warnte ich ihn und öffnete vorsichtig die Tür. Ich schaute durch den Spalt und sah ein leeres Zimmer. Keine einzige Schlange befand sich darin.

Der Geier sah an mir vorbei. »Was ist denn los, zum Henker?«

Ich deutete auf den Staub am Boden. »Hier könnte auch mal geputzt werden – oder?«

Der Geier erlitt fast einen Herzinfarkt. Er würgte Laute hervor, die schon nichts Menschliches mehr an sich hatten. Ich aber grinste und drehte mich um.

»Was wollten Sie von mir?«

»Telefon, unten!« keuchte er.

»Danke.« Ich ließ den Knaben stehen und ging dorthin, wo die Wache hockte.

Der Hörer lag neben dem Apparat. Der Wachhabende schaute mich aus großen Augen an. Es schien sich herumgesprochen zu haben, daß man mit mir nicht machen konnte, was man wollte.

Ich meldete mich.

»Sie scheinen sich ja mal wieder reizend benommen zu haben«, hörte ich die Stimme meines Chefs.

»Wieso?«

»Als ich anrief, beschwerte sich Mr. Malcolm bei mir.«

Malcom war der Geier.

»Was hat er denn gesagt, Sir?«

»Darüber möchte ich schweigen. Aber Sie blamieren mal wieder Scotland Yard.«

»Wieso mal wieder? Ich war doch nicht scharf darauf, diesen komischen Lehrgang mitzumachen. Zudem lasse ich mich nicht gerne wie ein Halbaffe durch die Prärie schleifen.«

»Ihnen fehlt eben die Disziplin.«

»Und die sittliche Reife«, sagte ich grinsend.

»Das kommt auch noch hinzu.«

Der alte Knabe war ganz schön in Form. Aber er kam zur Sache. »Sie befinden sich doch in der Nähe von Tullham?«

»Genau, Sir.«

»Und aus Tullham haben wir einen seltsamen Anruf erhalten. Sie können sich mal darum kümmern.«

»Worum geht es, Sir?«

»Um eine Steinleiche ohne Kopf.«

»Aha«, sagte ich nur.

»Reicht Ihnen das nicht?«

»Doch, doch, für den Anfang.« Ich kratzte mich am Kopf. »Und wer, bitte schön, hat die Leiche gefunden?«

»Danach fragen Sie am besten den zuständigen Polizisten. Sinclair, ich erwarte dann Ihren Bericht.«

»Geht in Ordnung, Sir.« Ich legte auf.

Als ich mich umdrehte, stand der Geier in der Tür. Ich grinste ihn an. »Tut mir leid«, sagte ich, »aber meinen Einsatz muß ich abbrechen. Schade, hatte mich gerade daran gewöhnt. Und schlafen Sie wohl, Meister.«

Er reckte den Kopf vor, hob den rechten Arm, zusätzlich noch den Finger und drohte mir. »Irgendwann, Sinclair, wird Ihnen Ihr großes Maul noch vergehen.«

»Aber nicht durch Sie.« Ich ging an ihm vorbei und hörte ihn noch sagen: »Unverschämter Kerl.«

Der andere meinte: »Hat aber Courage.«

Daraufhin bekam er einen Anpfiff, der sich gewaschen hatte.

Ich ging die Treppe wieder hoch. Ein wenig mulmig war mir doch zumute, als ich mein Zimmer betrat.

Es war leer.

Jetzt schnappte ich mir die Beretta und nahm auch meinen Koffer. Mit dem Gepäckstück in der Hand lief ich nach unten und steuerte den Parkplatz an, wo mein Bentley stand.

Die Sonne spiegelte sich auf dem Lack des Wagens. Ich stieg ein, startete und sah den nachgemachten James Bond, wie er angekeucht kam. Grinsend winkte ich ihm zu.

Die Augen quollen ihm fast aus den Höhlen, als er meinem Wagen nachschaute. Wahrscheinlich biß er sich gleich vor Wut in den Bauch. Sollte er, es war ja nicht meiner.

Ich passierte zwei Sperren, fuhr eine schmale Waldstraße entlang und erreichte eine Kreuzung.

Links ging es nach Tullham.

Zehn Meilen waren es bis zum Ziel. Der Fall beschäftigte mich schon längst. Und ich war sicher, daß mein makabrer Fund und das Auftauchen der Schlangen unmittelbar mit der Sache, die in Tullham passiert war, zu tun hatte...

Das Geschäft lag inmitten der City. Tullham hatte sogar eine Einkaufsstraße, und dort stach der große Laden jedem sofort ins Auge. Zwei Filialen befanden sich in den Nebenstraßen. Abe Holbrook besaß fast das Monopol.

So etwas ärgerte Melvin Nichols. Holbrook konnte praktisch die Preise diktieren.

Neben dem Laden befand sich eine Durchfahrt. Sie führte in den Hof, wo der Lagerschuppen stand. Er war etwas höher gebaut. Parallel zu seiner Vorderseite lief eine Rampe. Und im rechten Winkel dazu stand ein Bau, der als Reparaturhalle diente. Dort arbeiteten zehn Angestellte. Sie kümmerten sich um defekte Fernseher, Stereoanlagen und was es sonst noch alles gab.

Der Polizist fuhr den Wagen mitten auf den Hof, hielt und stieg aus.

An den Fenstern der Reparaturbaracke waren einige neugierige Gesichter erschienen. Die Polizei auf dem Hof, das war immer was Besonderes.

Melvin Nichols schritt zur Hintertür. Er sah einen schmalen Gang vor sich. Zwei Türen zweigten ab.

Eine führte in den Verkaufsraum, eine andere zu den Büros. Die öffnete Nichols.

Die Frau an der Schreibmaschine schaute über ihre Brillengläser hinweg, als Nichols eintrat. »Oh, die Polizei«, sagte sie.

»Ja, genau. Ist Holbrook da?«

Die Frau warf einen Blick auf den Telefonapparat. Dort glühte ein rotes Lämpchen auf. »Er spricht gerade.«

»Das stört mich nicht«, sagte Nichols und durchquerte das Büro. Er öffnete die Tür zum Nebenraum, ohne anzuklopfen, und kümmerte sich auch nicht um die Proteste der Sekretärin.

Holbrook hockte vornübergebeugt auf seinem Stuhl. Sein Gesicht war rot angelaufen. »Aber ich sage Ihnen doch, Mr. Costello, es geht alles glatt. Die Ware wird geliefert. Aber einen Tag später. Der Wagen hatte eine Panne.« Er atmete tief ein und sah erst jetzt den Polizisten. Seine Augen wurden schmal. Er deckte die Sprechmuschel ab und bellte: »Raus!«

Nichols schüttelte den Kopf. Er nahm Platz, während die Sekretärin in der offenen Tür stand und die Hände rang.

»Ich rufe noch mal an«, sagte Abe Holbrook hastig und legte den Hörer auf.

»Nett, daß Sie für mich Zeit finden«, grinste Nichols und warf Holbrook die Autoschlüssel auf den Tisch. »Ich habe Ihnen den Wagen zurückgebracht.«

»Und?«

»Zumindest könnten Sie sich bedanken, Holbrook.«

Der Elektrohändler lehnte sich auf seinem Stuhl zurück. Lauernd schaute er Nichols an. »Was wollen Sie eigentlich?«

»Ihnen nur den Wagen zurückbringen.«

»Das haben Sie getan...«

»Und dann hätte ich gern gewußt, was mit Ihrem Fahrer geschehen ist, Holbrook.«

»Mit Tyron Garret?«

»Haben Sie noch einen anderen?«

»Mehrere.«

»Garret ist tot«, stellte Nichols fest. »Und er ist auf eine verdammt seltsame Art und Weise umgekommen, die mir ein wenig nach Mord riecht, Mister.«

Holbrook, ein Mann mit Übergewicht und spiegelblanker Glatze, grinste kalt. »Weshalb kommen Sie eigentlich zu mir. Glauben Sie, ich hätte ihn umgebracht?«

»Das habe ich nicht gesagt.«

»Aber gedacht.«

»Seit wann können Sie Gedanken lesen?«

Abe Holbrook schlug mit der Faust auf den Tisch. »Kommen Sie mir nicht mit dummen Sprüchen, und sagen Sie mir endlich, was Sie wollen, Nichols!«

»Weshalb fuhr der Mann nur nachts?«

»Eilige Ladungen.«

»So regelmäßig?«

»Ja, so regelmäßig. Ich habe ein gutgehendes Geschäft. Die Nachfrage ist groß. Reicht das als Antwort?«

»Zum Teil.«

»Was ist denn noch?«

»Warum haben Sie den Wagen nicht abholen lassen?«

»Mir fehlte die Zeit. Und meine Leute waren beschäftigt.«

»Oder hatten Sie Angst, sich dem Tatort zu nähern?«

Zum zweitenmal sauste die Faust auf den Schreibtisch. »Wenn Sie mir hier was anhängen wollen, Nichols, dann sind Sie an der falschen Adresse, das will ich Ihnen sagen. Verschwinden Sie, oder ich beschwere mich bei Ihrer vorgesetzten Dienststelle.«

»Ich wollte Sie nur warnen. Treiben Sie es nicht zu toll. Irgendwann kriege ich Sie. Und noch eins. Der Fall hat Kreise gezogen, denn Ty Garret ist unter merkwürdigen Umständen gestorben. So merkwürdig, daß wir uns veranlaßt sahen, Scotland Yard einzuschalten. Es werden bald Beamte hier eintreffen. Gut, nicht?«

»Um so besser, dann wird der Mord eher aufgeklärt.«

»Ja, das meine ich auch.« Nichols stand auf. »Ich behalte Sie im Auge, Meister.«

Grußlos verließ er das Büro.

Den Weg zur Polizeistation konnte er bequem zu Fuß zurücklegen. Aber mit Holbrook war er noch nicht fertig. Er hatte sich fest vorgenommen, diesen Kerl nicht mehr aus den Augen zu lassen. Melvin Nichols war nämlich davon überzeugt, daß Holbrook seine Finger in allerlei schmutzigen Geschäften hatte.

An seine eigene Sicherheit dachte er dabei nicht...

Wenn man durch eine Gegend fährt, die förmlich nach Frühling riecht, dann denkt man an alles Mögliche, nur nicht an Gefahr.

Auch ich machte da keine Ausnahme. Die Bäume und Büsche blühten. Letztere in einer wahren Farbenpracht, so daß es ein Vergnügen für das Auge war, sie anzuschauen.

Der Motor des Bentley lief ruhig und sanft. Der Wagen war zwar schon älter, aber noch hundertprozentig in Ordnung. Am Himmel lugte die Sonne hervor und badete die sich öffnenden Knospen der Bäume im warmen Licht.

Meine Gedanken drehten sich trotz allem um den Fall. Überhaupt hätte ich nie damit gerechnet, jetzt schon wieder in eine heiße Sache hineinzustolpern. Das Abenteuer mit dem Spiegel-

Dämon, das ich nur mit viel Glück überstanden hatte, lag kaum zwei Wochen zurück.

Trotz meines Streifschusses am Bein, der sich zum Glück als ungefährlich erwiesen hatte, wollte ich diesen Lehrgang endlich hinter mich bringen. Ich war noch nie ein Freund der Kasernierung gewesen und atmete jetzt direkt auf, daß mir etwas dazwischengekommen war.

Es herrschte nur wenig Gegenverkehr. Ein paar Wagen, die aus Tullham kamen, gehörten meist einheimischen Landwirten. Jedenfalls waren sie entsprechend beladen.

Mich überholte auch niemand. Anscheinend war ich der einzige, der nach Tullham rollte.

Dann passierte es doch.

Irgendwie war ich eingeschlafen, aber mit offenen Augen, nur deshalb hatte man mich so überraschen können. Links, wo die Büsche in leichten Mischwald übergingen, taumelte plötzlich eine Gestalt auf die Fahrbahn.

Ich bremste.

Da hörte ich den Schlag.

Rudernde Arme, ein verzerrtes Gesicht, ein kaltes, böses Grinsen, dann war der andere verschwunden.

Ich löste den Sicherheitsgurt, stieß den Wagenschlag auf und schwang mich aus dem Bentley.

Drei Schritte brachten mich bis neben die Kühlerhaube.

Dort sah ich nichts.

Verdammt, ich hatte den Kerl doch mitgenommen. Deutlich waren die Beulen an der Stoßstange und auch am Blech zu sehen.

Ich zog die Beretta. Etwas rieselte kalt meinen Nacken hinunter. Ein Zeichen, daß sich der andere noch in meiner Nähe befand. Ich schaute über die breite Kühlerhaube hinweg, sah aber nichts.

Dafür hörte ich ihn.

In meinem Rücken klangen Schritte auf, und sie waren verdammt schnell.

Ich wollte herumwirbeln, doch es war schon zu spät. Dieser Kerl hatte mich tatsächlich überraschen können. Er mußte irgendwie hinter den Wagen gelangt sein und dort gelauert haben.

Der Schlag traf mich mit der Wucht eines Pferdetritts. Zwar nicht ins Gesicht, aber dieser Körpertreffer drehte mich zweimal um die eigene Achse, bevor meine Knie nachgaben.

Der nächste Hieb war auf mein rechtes Handgelenk gezielt. Wie von selbst öffneten sich meine Finger, und die Beretta fiel zu Boden.

Ich war zur linken Seite hin eingeknickt, denn dort hatte mich der Hieb getroffen. Das gab bestimmt einen Bluterguß.

Schwer holte ich Luft.

Ich sah einen Kerl vor mir, der nicht nur kleine Kinder das Fürchten lehren konnte. Groß, wuchtig, leicht gebeugt gehend, braunes Haar, mit einer grünen Jacke bekleidet und einer dunkelblauen Cordhose. Alles Eindrücke, die ich innerhalb von Sekundenbruchteilen aufnahm und verarbeitete.

Und dann war da noch die Haut.

Ein Horror, das Gesicht.

Es wirkte grau, als hätte jemand Staub auf der Haut des Mannes verteilt. Es kam mir vor wie Puder, der sich in den Poren festgesetzt hatte und eine Maske bildete.

Dabei war es fraglich, ob es sich bei ihm überhaupt um eine Maske handelte. So perfekt konnte eigentlich gar keine sein.

Ich ging ihm entgegen.

Okay, Freunde, bisher hatte er mich überraschen können, doch nun war ich an der Reihe. Sinclair zahlt immer mit gleicher Münze zurück, dachte ich und sprang ihn an.

Es war wirklich ein gekonnter Sprung. Der Geier im Camp hätte sicherlich seine Freude daran gehabt, und auch der Karatehieb kam schulmäßig, wie man es mich gelehrt hatte.

Ich traf auch.

Aber...

Jetzt kam das große Aber. Es gibt Leute, die hauen eine Wand durch. Die beherrschen Karate viel besser als ich. Aber ob sie diesem Kerl den Schädel vom Kopf geschlagen hätten, wage ich zu bezweifeln. Mir kam es nämlich vor, als würde ich voll gegen eine Wand schlagen.

Stein, ja, ich hämmerte meine gekrümmte Handkante gegen Stein. Und das tat weh.

Über meine Lippen drang ein Schmerzensschrei. Meine rechte

Hand fühlte sich taub an, für einen Moment hatte ich das Gefühl, alles wäre gebrochen, ich konnte die Finger nicht bewegen, mein Gesicht verzog sich, es wurde zu einer Grimasse.

Ein Gegenschlag schüttelte mich durch.

Ich sah ihn, aber ich war nicht fähig, auszuweichen. Der Hieb trieb mich zurück, so daß ich mit dem Rücken gegen die Kühlerhaube des Bentley stieß.

Und der Kerl walzte näher.

Wie ein Gebirge kam er mir vor. Ja, steinern. Sein Gesicht schien eingefroren zu sein. Wenigstens spiegelten sich keine Gefühle darin wider. Dieser Mann war ein Monster.

Eigentlich hätte es knirschen müssen, wenn diese Bestie wirklich aus Stein bestand, doch leicht glitt er weiter.

Links von mir lag die Beretta, zwischen Bentley und Straßengraben.

Die mußte ich haben.

Ich hechtete auf meine Waffe zu, als der Kerl nach mir trat. Er hätte mich sicherlich getroffen, doch ich war zu schnell, so streifte sein Tritt nur die Stoßstange des Wagens und schüttelte das Gefährt regelrecht durch.

Ich prallte auf den Asphalt. Die rechte Hand schmerzte noch immer, die Finger konnte ich nicht krümmen und die Beretta aus diesem Grunde mit der Rechten nicht fassen.

Ich nahm die linke Hand.

Dabei mußte ich mich zur Seite wälzen, das wiederum kostete Zeit, und bevor ich die Waffe an mich nehmen konnte, trat der andere sie blitzschnell weg.

Ich griff ins Leere.

Jetzt hatte er mich.

Ich hörte sein düsteres Lachen, sah die Bewegung, und dann holte er irgend etwas hinter seinem Rücken hervor, das sofort anfing zu summen.

Meine Augen wurden groß, als ich den Gegenstand erkannte.

Es war eine Motorsäge!

Plötzlich bildete sich in meinem Magen ein dicker Klumpen, während der andere dumpf und dröhnend lachte.

Dann vernahm ich das Surren. Ein Sonnenstrahl fiel auf das längliche Sägeblatt.

Es blitzte auf.

Der andere ließ sich vor mir auf die Knie fallen. Rauh drangen die nächsten Worte aus seinem Mund.

»Deinen Kopf!« flüsterte er. »Ich will deinen Kopf...«

Der tote Ty Garret lag aufgebahrt im Schauhaus. Dean Summer hatte ihn dorthin schaffen lassen. Es hatte keine Kühlkammer mit Schubladen wie in den großen Städten, sondern nur einen kleinen Raum, der kalt war und gleichzeitig als Sezierraum diente.

Das kleine Schauhaus lag neben der Polizeistation. Es war praktisch ein Anbau, und die Beamten konnten ihn durch eine Verbindungstür betreten.

»Jetzt brauche ich erst einen Whisky«, sagte Dean Summer. »Sie auch einen, Doc?«

Der Arzt nickte.

Summer schenkte ein. Er ging großzügig mit dem Alkohol um, auch wenn er sonst einen Tropfen im Dienst ablehnte, aber jetzt brauchte er einfach einen Schluck, anders konnte er den Horror nicht verdauen, den er hinter sich hatte.

Die beiden Männer hoben die Gläser und prosteten sich zu. Und beide verzogen die Gesichter, als sie die leeren Gefäße wieder absetzten.

»Haben Sie eine Erklärung, Doc?« fragte Summer.

»Nein.«

»Und die Sache mit der Medusa?«

Der Arzt strich über sein schütteres Braunhaar. »Wenn ich ja selbst kein Wissenschaftler wäre, dann würde ich nach Betrachtung der Leiche sagen, da ist etwas dran. Aber ich habe Medizin studiert, ich bin zwar kein Naturwissenschaftler, doch ich denke so. Ich kann das nicht glauben, verstehst du?«

Dean Summer nickte.

»Gib mir noch einen Schluck«, verlangte der Doc.

Summer schenkte ihm ein Glas ein. Der Arzt war ziemlich durcheinander, sein Weltbild war zerstört worden. Lebende Steinmenschen, wo gab es denn so etwas?

Er leerte das Glas.

»Und was wollen Sie mit der Leiche machen?« erkundigte sich Summer.

»Nichts«, erwiderte der Arzt und stellte sein Glas auf den Tisch.

»Was?«

»Nein, ich warte auf die Spezialisten vom Yard.« Er grinste. »Das sind doch immer die Alleskönner.«

»Ja, so kommen sie sich vor.«

»Das Haus dieser angeblichen Medusa steht doch noch, oder?« erkundigte sich der Arzt.

»Klar.«

»Wollen Sie hin?«

Der grauhaarige Dean Summer schüttelte entsetzt den Kopf. »Ich bin doch nicht lebensmüde. Nein, Doc, ich gehe da nicht hin. Keinen Fuß setze ich über die Schwelle.«

Der Doc runzelte die Stirn. »Glauben Sie wirklich an den Fluch der Medusa?«

»Ja.«

»Aber wie kommt das?«

»Wieso?«

»Ich meine, eine Medusa entsteht nicht so aus dem Handgelenk. Da gibt es doch eine Vorgeschichte. Diese griechische Sage, zum Beispiel.«

»Ich kenne mich nicht so aus«, erwiderte Dean Summer. »Ich weiß nur aus der Schule, daß derjenige, der die Medusa anschaut, zu Stein wird.«

»Und das ist früher geschehen?« erkundigte sich der Arzt, der erst seit zwanzig Jahren in diesem Ort lebte. Seine Vorfahren stammten aus Ipswich.

»So ist es.«

»Hat es damals auch Steinmenschen gegeben?«

Dean Summer nickte.

»Und wie ist es ausgegangen?«

»Man hat diese Medusa eingemauert. Irgend jemand hat sich einen Spiegel genommen und ist in das Haus gegangen.«

»Wer war das?«

»Ein gewisser Dobbs.«

»Was wurde über ihn bekannt, als er zurückkam?«

»Nichts, mein Lieber«, erwiderte Dean Summer. »Er ist nämlich nicht zurückgekommen.«

Jetzt wurde der Arzt blaß. »Weiß man, was mit ihm geschehen ist?«

»Nein. Es ist auch nicht bewiesen, daß Medusa eingemauert wurde. Das hatte dieser Mann nur vorgehabt. Mehr nicht.«

»Dann beruht alles auf Spekulation«, meinte der Doc.

»Kann man sagen.«

»Aber ihr hier habt es als eine Tatsache hingenommen.« Der Doc ließ nicht locker.

»Klar. Sie wissen doch, wie so etwas geht. Der Mensch braucht eine Erklärung, eine Beruhigung, wenn ich das mal so sagen darf. Das ist alles.«

Der Arzt nickte und schüttelte dann den Kopf. »Ich verstehe es trotzdem nicht, aber das ist wohl mein Schicksal. Begreifen werde ich es nie.«

»Vielleicht ist es gut so.«

»Und was ist mit dem Haus?« erkundigte sich der Arzt. »Das steht nach wie vor leer?«

»Klar.«

»Dann hat sich kein Käufer gefunden?«

»Hätten Sie das Haus genommen, Doc?«

»Vielleicht.«

»Sie können es haben, Doc. Einen Erben gibt es nicht, soviel ich weiß. Und sicher wird die Stadt froh sein, wenn jemand einzieht. Schließlich müssen die Unterhaltskosten bezahlt werden, denn das Ding soll unter Denkmalschutz stehen. Aber so genau weiß ich darüber nicht Bescheid.«

»Moment mal«, sagte der Doc.

»Was ist denn?« Dean Summer schaute den Arzt an.

Der nickte in Richtung Tür. »Haben Sie nichts gehört, Summer?«

»Was?«

»Ein Geräusch. Aus dem Nebenraum. Ehrlich. Da, wo die Leiche liegt.«

Der Polizist wurde blaß. Gleichzeitig spannte ein verzerrtes Lächeln seine Lippen. »Das stimmt doch nicht.«

»Wenn ich es Ihnen sage.«

»Da ist keiner drin.«

»Bis auf den Steinernen ohne Kopf.«

Summer schluckte und zupfte seine Uniform glatt. »Sie wollen doch nicht im Ernst behaupten, daß die Leiche dort wieder auferstanden ist?«

»Das haben Sie gesagt. Schauen Sie doch mal nach.«

Der Polizist zögerte. So ganz wohl war ihm bei der Sache nun auch wieder nicht.

Dann zuckten beide Männer zusammen, denn sie hatten das Kratzen gehört. Irgend etwas mußte an der Tür entlangstreichen. Vielleicht eine Hand oder so...

»O verdammt«, flüsterte Dean Summer, »der... der ist es tatsächlich.«

»Um es genau zu wissen, schauen wir nach«, sagte der Arzt. Er war es leid.

Sie brauchten es nicht. Der Steinerne machte sich von selbst bemerkbar. Und dies auf eine verdammt drastische Art und Weise.

Plötzlich splitterte das Türholz. Jemand mußte von der anderen Seite mit ungeheurer Wucht dagegen geschlagen haben. In der Türmitte befand sich auf einmal ein Loch.

Holz fiel nach innen, Splitter und Reste...

Dann erschien er.

Der Steinerne ohne Kopf trat ein!

Die beiden Männer waren zurückgewichen. Sie standen nebeneinander. Ihre Gesichter zeigten die gleiche Blässe und das Entsetzen. Weit waren die Augen aufgerissen. Ungläubig starrten sie auf das steinerne Monster ohne Kopf, das durch die Tür walzte und auch noch letzte Reste aus dem Rahmen trat.

»Nein!« keuchte Dean Summer und schlug beide Hände vor sein Gesicht. »Das gibt es doch nicht...«

Es war eine Tatsache.

Der Steinerne ließ sich nicht aufhalten. Schaurig sah der ehemalige Tyron Garret aus. Sein Hals stand vielleicht noch drei Zentimeter hoch. Die Kleidung war aufgeplatzt, als er seine Verwandlung durchgemacht hatte. Sie hing nur noch in Fetzen um seine zu Stein gewordene Figur. Es war grauenhaft.

Der Polizist und der Doc bebten vor Angst. Sie zitterten um die Wette.

Schweiß lag auf ihren Gesichtern, und sie waren unfähig, sich zu rühren.

Beide schlossen mit ihrem Leben ab, doch das Monster zeigte kein Interesse an ihnen.

Es wollte raus.

Eine Holzbarriere teilte den Raum. Jenseits der Barriere befanden sich die beiden Schreibtische und die Aktenschränke sowie die Besucherstühle.

Vor der Barriere stand eine Bank.

Sie war grün gestrichen und so alt, daß die Farbe schon teilweise abgeblättert war.

Gegen diese Bank mit den eisernen Füßen trat der Steinerne. Sie wurde hochgewirbelt, krachte gegen die Barriere und durchbrach sie.

Die Splitter und Teile flogen im Dienstzimmer umher und prallten gegen die Wand. Ein Querbalken räumte fast einen Schreibtisch leer. Er wurde nur von der schweren Schreibmaschine gestoppt.

Das Monster ging zur Tür.

Die Männer schauten ihm nach, und eine dicke Gänsehaut überzog ihre Gesichter.

So etwas hatten sie noch nie gesehen. Ein steinernes Wesen ohne Kopf durchquerte das Büro. Grauenhaft anzusehen. Wie ein ferngelenkter Roboter, der alles aus dem Weg räumte, was sich ihm entgegenstellte.

Jetzt war er an der Tür.

Er trat sie auf.

Ein kurzes Heben des rechten Beins, ein wuchtiger Tritt, und die Tür hatte dem Monster nichts mehr entgegenzusetzen. Sie wurde buchstäblich aus dem Rahmen gefetzt.

Als zerrissenes und zersplittertes Etwas prallte sie draußen auf die Straße, wo die ersten Schreie aufgellten, denn einige Menschen hatten das Monster bereits gesehen.

Panikartig rannten sie weg.

Im Nu entstand ein gewaltiger Tumult, der sich blitzartig ausbreitete.

Die Menschen flohen auf die Straße. Wagen bremsten. Reifen radierten über den Asphalt. Irgendwo ging eine Scheibe zu Bruch, und als der Polizist und der Arzt an der Tür erschienen, da sahen sie das Ausmaß der Bescherung.

Der Steinerne ohne Kopf hatte gewütet.

Er war kurzerhand über die Straße gelaufen und ließ sich auch von fahrenden Wagen nicht aufhalten. Er trat sie zusammen, wuchtete seine Füße gegen das Blech der Wohlstandskutschen, wo die Tritte tiefe Risse und Krater hinterließen.

Er ging die Straße hinunter.

Mitten auf der Fahrbahn marschierte das kopflose Monster einher, und niemand hielt es auf.

Die Menschen waren viel zu sehr mit sich und ihrer Arbeit beschäftigt, als daß sie es gewagt hätten, sich diesem gefährlichen Monster in den Weg zu stellen.

Nur ein Mann tat es.

Er hatte ein Gewehr, stieß die Tür seines Hauses auf und sprang ins Freie.

Sofort legte er an und schoß.

In rascher Folge verließen die Kugeln den Lauf und hieben gegen den Körper des Steinernen.

Dort sirrten sie als Querschläger ab, zerstörten zwei Fensterscheiben oder kratzten Putz von der Hauswand.

Der Mann aber, der geschossen hatte, ließ seine Waffe fallen, als wäre sie glühendheiß.

Hastig schlug er ein Kreuzzeichen, während das Monster weiterging und hinter der nächsten Kurve verschwand.

»Der Teufel!« kreischte eine alte Frau und fiel dabei auf die Knie. »Der Teufel hat diesen Ort heimgesucht. O Gott, wir sind verflucht. Wir sind alle verflucht...«

Es war niemand da, der ihr widersprach. Die Menschen waren vor Entsetzen stumm...

Der Steinerne wollte mich töten!

Ich brauchte gar nicht drum herum zu reden, es lag auf der Hand. Nicht umsonst hielt er die Säge umklammert.

Was blieb mir? Innerhalb von Sekunden mußte ich einen Ausweg finden, denn das Monster war bereits im Begriff, sich niederzubeugen, um mit dem Sägeblatt meinen Hals zu durchtrennen.

Zum Glück war es etwas langsam. Die Bewegungen konnte man hölzern bezeichnen. Sie waren nicht so schnell wie die eines Menschen. Das war mein Vorteil.

Mir blieb ein Minimum an Zeit, das ich ausnutzte. Weg konnte ich nicht, schießen auch nicht, aber ich hatte noch mein geweihtes Kreuz. Es hatte schließlich den Kopf im Wald aufgelöst. Vielleicht schaffte ich bei diesem Monster das gleiche.

Ich griff blitzschnell zu und ließ meine Hand wandern. Die Kette spürte ich zwischen den Fingern, dann hatte ich das Kreuz.

Aber auch die Säge war da.

Vor meiner Kehle surrte das scharfzackige Blatt. Dicht darüber sah ich die wie eingefroren wirkenden Gesichtszüge des steinernen Monsters. Da lag das Kreuz frei!

Ein Sonnenstrahl fiel auf das Silber, warf einen blitzenden Reflex, der das Gesicht des Unheimlichen traf.

Mit einem irren Schrei fuhr er zurück. Er schleuderte seinen massigen Körper nach hinten, bevor ich dazu kam, mein Kreuz gegen ihn zu pressen.

Der Steinerne krachte zu Boden, warf sich jedoch sofort herum und kroch auf allen vieren über die Straße dem nächst gelegenen Graben zu.

Er war nicht sehr schnell, aber auch ich kam kaum in die Höhe. Noch immer spürte ich meine rechte Hand nicht. Ich konnte nur die linke gebrauchen, stützte mich damit auf der Stoßstange des Bentley ab und quälte mich auf die Beine.

Der Steinerne war nach links gelaufen. Längst hatte er den Graben überquert und verschwand zwischen den noch jungen Laubbäumen.

Ich nahm die Verfolgung auf. Dieser Dämon sollte mir nicht entkommen. Zwei Sätze brachten mich bis dicht an den Graben, ich sprang hinüber und landete ebenfalls zwischen den Bäumen.

Mit der linken Hand schlug ich die biegsamen Zweige zur Seite, die zurückpeitschten und mein Gesicht trafen. Ich verlor durch mein Handicap wertvolle Sekunden, und der Steinerne baute seinen Vorsprung aus.

Er entkam mir.

Nach fünfzig Yards blieb ich stehen. Das Gebüsch wuchs jetzt so hoch und dicht, daß ich nicht mehr darüber hinwegschauen konnte. Von dem Monster hörte ich noch etwas. Krachen und Brechen von Ästen oder Zweigen, dann war es ruhig.

Ich lief zurück zur Straße.

Meine rechte Hand hielt ich mit der linken umklammert und massierte das Gelenk. Es tat noch immer weh und war auch angeschwollen. Aber gebrochen hatte ich mir zum Glück nichts.

Ein Wagen hatte neben dem Bentley gestoppt. Ich sah es, als ich die Fahrbahn erreichte.

Es war ein dunkler Mercedes mit getönten Scheiben. Kaum konnte ich die beiden Männer hinter dem Lenkrad erkennen. Der Fahrer hatte es schwer, an meinem Silbergrauen vorbeizukommen.

Die Tür des Mercedes schwang auf.

Ein sehniger Bursche verließ den Wagen und schaute mir kalt entgegen. Plötzlich klingelte es in meinem Kopf Alarm. Ich kannte diese Typen wie den da. Er trug zwar einen hellgrauen Anzug, ein weißes Hemd und eine schmale Krawatte, aber die Kleidung konnte die Ausbuchtung dicht unter der Schulter nicht verdecken und bewies mir, daß dieser Typ zu einer gewissen Sorte Mensch gehörte, die ihr Geld auf nicht ehrliche Weise verdiente.

So sahen Killer aus.

Von den Augen erkannte ich nichts, weil eine Sonnenbrille sie verdeckte. Das schwarze Haar war glatt zurückgekämmt und fiel lang in den Nacken, wie es ja heutzutage Mode war. Der Typ bewegte beim Sprechen kaum die Lippen, als er mich anredete.

»Gehört Ihnen der Wagen?«

»Ja.«

»Dann schaff ihn weg, verdammt.«

In mir stieg die Wut hoch. Okay, der Bentley stand im Weg, aber das hätte man mir auch in einem anderen Tonfall sagen können. Ich spielte nicht gern die große Autorität, diesmal hielt ich es für angebracht.

»Darf ich Ihren Ausweis sehen?« fragte ich.

»Wozu?«

»Scotland Yard!«

Diese Antwort schien ihm überhaupt nicht zu passen, denn er wurde weiß. Er warf einen schnellen Blick auf seinen Kumpan, der sich zurückgelehnt hatte. Dann atmete er scharf durch.

Ich lächelte. »Darf ich bitten?«

Innerlich vibrierte ich. Hoffentlich machten die Kerle keinen Ärger. Sie hätten mich ohne weiteres niederschießen können, denn meine Waffe lag ganz woanders.

Der Mann holte seinen Ausweis hervor und warf ihn mir zu. Ich fing ihn auf.

Vicente Paresi hieß der Knabe. Das hörte sich so richtig nach Mafia an.

»Und Ihr Kollege?« fragte ich, als ich ihm das Dokument wieder zurückwarf.

»Fragen Sie ihn.«

»Nein, das machen Sie!«

Er öffnete die Tür und sagte ein paar flüsternde Worte. Der Kerl im Mercedes spannte sich, spielte aber mit und präsentierte auch seinen Ausweis.

Er hieß Mort Millon. Ein englischer Name. Auch sah er nicht italienisch aus. Dunkelblondes Haar, kaum zu erkennende Augenbrauen und ein teigiges Gesicht, das zu einem runden Kopf auf einem Stiernacken gehörte.

Ich nickte den beiden zu und ging zu meinem Wagen. Die Beretta lag an der den Gangstern abgewandten Seite. Schnell bückte ich mich und hob sie auf.

Vicente Paresi drehte sich um. »Sagen Sie mal, Mister, was sollte das eigentlich?«

Ich hatte schon die Fahrertür geöffnet. »Nur eine reine Routinemaßnahme, mehr nicht. Und Sie brauchen sicherlich nichts zu befürchten – oder?«

»Nein, ganz bestimmt nicht.« Er grinste wölfisch.

Ich schoß noch eine Warnung hinterher. »Tullham ist ein sehr gefährliches Pflaster, Gentlemen, lassen Sie sich da durch den äußeren Eindruck nur nicht täuschen.«

»Danke, Bulle!« Der Kerl mit der Sonnenbrille stieg wieder ein.

Ich enterte ebenfalls meinen Wagen und fuhr ihn ein Stück zur Seite, so daß der andere vorbei konnte.

Der Mercedes startete mit durchdrehenden Reifen.

Langsamer fuhr ich an und schaute auf meine Hand. Die Schwellung hatte nicht weiter zugenommen. Ein beruhigendes Gefühl, aber auch eine Sache des Trainings. Ungeübte Kämpfer hätten sich bestimmt die Hand gebrochen. Ich hatte Routine.

Unterwegs fragte ich mich, was die beiden Kerle in dieser kleinen Stadt wollten. Daß sie Mafiosi waren, daran gab es für mich keinen Zweifel. Und mit der Mafia war ich ebenfalls schon aneinandergeraten. Ich brauchte da nur an Logan Costello zu denken, Londons mächtigsten Mafiaboß. Von ihm zu Dr. Tod und seiner Mordliga gab es sogar eine schwache Verbindung, die mir überhaupt nicht paßte. Beide waren schon mächtig genug. Sollten sie sich aber zusammenschließen, konnten wir die Hölle erleben. Soweit wollte ich es nicht kommen lassen. Bisher jedoch waren meine Attacken gegen Costello Fehlschläge gewesen. Er hatte es immer wieder verstanden, sich rauszuhalten. Allerdings machte er mich für den Tod seines Bruders verantwortlich, obwohl dieser sich selbst erschossen hatte. Aber das konnte man Costello nicht beibringen.

Allmählich wurde die Gegend kultivierter. Die Ortsnähe machte sich bemerkbar.

Ich sah weite Felder, Äcker und schmale Wege, die beides voneinander trennten.

Scheunen standen auf den Feldern. Eine kleine erhob sich sogar auf einem Hügel. Ich passierte sie und ahnte nicht, daß hier alles seinen Anfang genommen hatte.

Nach der nächsten Kurve sah ich den Ort.

Malerisch wirkte er aus der Ferne gesehen. Saubere Dächer, zwei Kirchtürme, die alles überragten, und das Hügelland dahinter, das sanft anstieg und mit dichten Mischwäldern bedeckt war.

Ein schönes Land, diese Provinz Kent. Besonders an diesem Tag, wenn die Sonne schien.

Ich blieb auf der Hauptstraße, die sich in zahlreichen Kurven in den Ort hineinwand.

Und sofort merkte ich, daß etwas nicht stimmte. Es waren zu

viele Menschen auf der Straße. Und die hatten beileibe keinen Grund zu feiern, denn ich sah demolierte Fahrzeuge und auch zerbrochene Fensterscheiben.

Was war geschehen?

Ich stellte meinen Wagen kurzerhand im Parkverbot ab. Niemand kümmerte sich darum. Einen Mann, der Scherben vor seinem Haus zusammenkehrte, fragte ich nach dem Grund.

Der Mann hob den Kopf, schaute mich ängstlich an und zischte warnend: »Verschwinden Sie, Mister, aber schnell!«

Ich ging. Auf Fremde war man hier wohl nicht gut zu sprechen. Wie schon so oft suchte ich die Polizeistation. Ich fand sie auch. Und ich sah zwei Polizisten, die von mehreren Menschen eingekeilt waren und wild durcheinandersprachen.

Ich hielt mich zurück und spielte den stillen Beobachter. Und schon wußte ich Bescheid, denn Worte wie ›kopflos‹ und ›steinerne Monster‹ fielen.

Also hatte es hier Ärger gegeben.

Ein paar Leute drückte ich zur Seite, damit ich freie Bahn hatte und zu den Polizisten konnte.

Zweimal mußte ich dem grauhaarigen Mann auf die Schulter klopfen, bevor er sich umdrehte.

»Was wollen Sie?«

»Scotland Yard!« zischte ich ihm ins Ohr.

Da wurden seine Augen groß. »Mann, auf Sie haben wir gewartet. Kommen sie!«

Ein paar Leute schauten mich erstaunt an, als wäre ich von einem anderen Stern. Ich ging hinter dem Uniformierten her und betrat das Polizeirevier, das in einem roten Backsteinbau untergebracht war. Der zweite Beamte folgte mir und schloß die Tür, die jedoch ein großes Loch aufwies.

Neugierige Gesichter starrten zu uns herein.

Ich deutete in die Runde, sah das kleine Chaos und fragte: »Kann man hier ungestört sprechen?«

»Schlecht.«

»Dann ist es nicht zu ändern. Oder haben Sie Zellen?«

Plötzlich grinste der ältere Polizist. »Das ist die Idee«, sagte er, »kommen Sie mit.«

Die Zelle war klein und hatte ein Minifenster aus Glasbausteinen. Ich erfuhr die Namen der Beamten und stellte mich selbst vor. Inzwischen konnte ich die Finger meiner rechten Hand wieder bewegen. Ich fühlte mich also ziemlich fit.

»Dann erzählen Sie mal«, sagte ich und teilte Zigaretten aus.

Die beiden Männer redeten abwechselnd. Und was sie zu sagen hatten, klang sehr interessant...

Zum zweitenmal an diesem Tag schreckte die Sekretärin hoch, denn wiederum betrat jemand, ohne anzuklopfen, das Zimmer. Diesmal waren es sogar zwei.

Die Frau wollte etwas sagen, doch der Kerl mit der Sonnenbrille schnitt ihr mit einer knappen Handbewegung das Wort ab. »Halt die Luft an, Süße, sonst gibt es Ärger. Ist Holbrook drin?«

»Ja, aber Sie...«

Die beiden kümmerten sich nicht um die Worte der Frau, sondern ließen sie stehen. Vicente Paresi stieß die Tür zum Allerheiligsten auf, und Mort Millon folgte ihm auf dem Fuß.

Abe Holbrook sprang hoch. »Was erlauben Sie sich!« schrie er. »Sind Sie eigentlich...«

Während Millon die Tür schloß, war Paresi mit einem Satz bei dem Geschäftsmann und drückte ihm die Mündung eines schweren Revolvers hinter das Ohr.

Da wurde Holbrook still.

»Willst du noch mehr sagen?« zischte Paresi.

»Nein... nein.«

»Dann setz dich, du Affe!«

Holbrook plumpste auf seinen Schreibtischstuhl, während die beiden Mafiosi in Besucherstühlen Platz nahmen. »Und sag deiner Zimmerelfe, daß du ab jetzt nicht mehr gestört werden willst. Klar?«

»Natürlich.«

Erst als das geschehen war, gaben sich die beiden Männer zufrieden. Paresi übernahm das Kommando. »Du weißt, wer wir sind?«

»Ich kann es mir denken.«

»Okay. Der gute Logan kann es nämlich nicht vertragen, wenn

man ihn zum Narren hält. Und bei dir habe ich das Gefühl, daß du ihn zum Narren gehalten hast. Oder?«

»Nein!« Beinahe gequält schrie Holbrook auf. »Ich habe ihn nicht zum Narren gehalten.«

»Wo ist das Zeug?«

»An einem sicheren Ort.«

»Wo?«

»Die Sache war so.« Holbrook wischte sich mit einem Tuch den Schweiß aus der Stirn. »Mein Fahrer ist verschwunden. Er hat den Wagen stehengelassen, und dann hat ihn heute morgen ein Polizist gebracht.«

»Hat der etwas entdeckt?«

Abe Holbrook schüttelte den Kopf. »Woher denn? Der ist doch ahnungslos wie ein Baby.«

»Was geschah dann?« wollte Vicente Paresi wissen.

»Ich habe das Kokain umgeladen und es mit meinem Privatwagen in das Versteck geschafft.«

»Wo ist das?«

»Es befindet sich in einem alten Haus, das schon seit langen Jahren leersteht.«

»Und da kommt wirklich niemand hin?« höhnte Paresi. »Mann, Holbrook, so etwas ist doch geschaffen für Liebespaare.«

»Aber nicht dieses Haus«, erklärte der andere. »Dort soll es nämlich spuken.«

Mort Millon stieß ein glucksendes Lachen aus. »Spuken, die sind doch behämmert, die Leute.«

»Ja, in der Tat spukt es da. Früher hat da mal eine Medusa gehaust. Wer sie ansah, wurde zu Stein, und diese Steinmonster sind zurückgekommen.«

»Hä?« machte Millon.

Und Vicente Paresi nahm seine Sonnenbrille ab. Ein Zeichen, daß er sich ärgerte.

»Hör zu, Krämer!« zischte er Holbrook zu. »Wenn du uns hier Märchen auftischen willst, dann bist du an der falschen Adresse. Wir nageln dich an die Wand. London hat uns mit sämtlichen Vollmachten ausgestattet, du weißt, was das bedeutet.«

»Sicher.«

»Dann hol das Zeug her.«

»Allein?«

Paresi grinste. »Das könnte dir so passen. Nein, wir gehen natürlich mit.«

»Aber nicht jetzt.«

»Und warum nicht?«

»In der Stadt herrscht zuviel Unruhe. Die warten nur darauf, daß etwas geschieht. Sogar von Scotland Yard haben sich Bullen angesagt.«

»Stimmt«, murmelte Paresi. »Weswegen sind die eigentlich gekommen? Wir haben allerdings bisher nur einen gesehen.«

»Es geht um diese Monster!«

Mort Millon sprang auf. Er fühlte sich schlichtweg auf den Arm genommen, vornehm ausgedrückt. »Ich schlage den Kerl zusammen. Solche Lügenmärchen habe ich noch nie gehört.«

»Laß ihn!«

Millon hörte auf Paresi. Er nahm wieder Platz.

Holbrook schluckte ein paarmal und wischte über seinen Kopf. »Es gibt diese Monster wirklich.«

»Okay, und die sollen ausgerechnet in dem Haus wohnen, wo du das Zeug versteckt hast?«

»Ja.«

»Dann werden wir sie schon finden. Ich hoffe nur in deinem Interesse, daß sich die Monster nicht letzten Endes noch als Polizisten herausstellen. Dann könnte es dir dreckig gehen.«

»Nein, nein, auf keinen Fall.«

Vicente Paresi schaute auf seine Uhr. »Wann starten wir?« fragte er.

»Erst wenn es dunkel wird.«

»Das dauert noch einige Stunden.«

»Sonst ist es zu risikoreich. Seid ihr mit einem Wagen gekommen?«

»Ja.«

»Wo steht er?«

»Auf dem Hof.«

»Das ist gut. Da ist er sicher.« Wieder wischte sich der Mann mit dem Tuch über die Stirn.

»Du bist nervös, Krämerseele«, stellte Paresi fest. »Warum?«

»Dieser ganze Mist hier geht mir auf die Nerven. Das Auftauchen der Monster ist eine Strafe. Ich weiß nicht, wieso, aber ich bin durcheinander.«

»Du hast das Zeug doch nicht für dich genommen?«

Abe Holbrook zuckte zusammen. »Nein, auf keinen Fall. Wirklich nicht. Ich habe es in das Haus in den Hügeln geschafft. Ehrenwort, ich lüge euch nicht an.«

»Und falls doch«, sagte Vicente Paresi gefährlich leise, »wird das komische Haus zu deinem Grab. Haben wir uns verstanden, Krämerseele?«

Holbrook nickte. Sprechen konnte er nicht.

Der Sammler lief durch den Wald!

Wie ein Berserker brach er durch die Büsche und bahnte sich seinen Weg. Auf seinem Gesicht war nicht zu erkennen, was er dachte. Falls er überhaupt dachte. Er hatte so gut wie keinen Willen, er tat nur das, was sie wollte.

Sie, das war die Medusa!

Und wiederum erinnerte er sich. Oft überkam ihn die Erinnerung wie ein Schlag.

Dabei dachte er um siebzig Jahre zurück.

Damals hatte er auch schon gelebt. Dobbs hieß er. Und er wollte der Medusa seinen Stempel aufdrücken. Sie sollte durch seine Hand sterben, deshalb war er in das Haus eingedrungen. In die Säule hatte er sie einmauern wollen.

Doch es war anders gekommen, obwohl er sämtliche Regeln beachtet und sogar den Spiegel mitgenommen hatte.

Doch die Medusa hatte ihm den Spiegel aus der Hand geschlagen. Sie war in seinem Rücken aufgetaucht, der Spiegel fiel zu Boden, zurück blieben Scherben.

Dann hatte sie mit ihm gespielt.

Er sah sich noch auf den Knien liegen und um Gnade flehen. Den Kopf hielt er gesenkt, daß er sie nicht anzuschauen brauchte. Und sie hatte nur gelacht.

Hämisch, grauenhaft, widerlich.

»Ich töte dich nicht«, sagte sie. »Ich lasse dich auch nicht leben. Ich mache dich zu meinem Diener!«

Dann war die Verwandlung eingetreten. Sie riß ihm die Seele aus dem Körper. Er wurde zu einem Steinmenschen.

Nichts konnte er tun. Er lag vor ihr. Blickte auf die züngelnden Schlangen, die ihren Kopf umtanzten.

Grüne Tiere waren es.

Giftig und gefährlich...

Dann befand er sich endgültig in ihrer Gewalt, und nichts konnte ihn mehr retten.

Die Schlangen lösten sich von ihrem Kopf, bissen ihn und knüpften so das Band, das ihn mit Medusa auf alle Zeiten verband.

Es war grauenhaft.

Er befand sich in der Gewalt dieser Frau und mußte das tun, was sie sagte.

Und er wurde besessen.

Das Band verstärkte sich. Eine nahezu unheimliche Gier breitete sich in seinem Körper aus. Dobbs wurde zum Sammler. Er sammelte die Köpfe der Versteinerten, die in Medusas Bann geraten waren. Wenn er den Versteinerten die Köpfe abgeschnitten hatte, dann steckte er sie auf Pfähle und zeigte sie der Frau.

Sie ergötzte sich an dem Anblick und freute sich darüber, wie treu ihr Dobbs ergeben war.

Im Laufe der Jahrzehnte waren zahlreiche Köpfe zusammengekommen. Jeden hatte er verwahrt. Im Keller des geheimnisvollen Hauses standen sie.

Sie steckten auf langen Stangen.

Männer und Frauen...

Gesichter. Viele zeigten noch die Todesangst, die sie in den letzten Minuten ihres Lebens durchlitten hatten. Grausam verzerrt, schaurig anzusehen.

Medusa freute sich über jeden Kopf.

Immer wieder schickte sie den Sammler los, damit er die schaurigen Trophäen holte.

Doch an diesem Tag kam er ohne Kopf zurück. Er war durcheinander. Medusa hatte ihm den Auftrag gegeben, einen Mann zu töten, der noch nicht versteinert war. Und das, weil dieser Mann zufällig einen Steinkopf gefunden und ihn zerstört hatte.

Aber der Mann lebte noch. Es war ihm tatsächlich gelungen,

der gefährlichen Säge zu entkommen. Er trug etwas bei sich, was den Sammler vollkommen irritierte.

Ein Kreuz!

Ein gefährliches Kreuz, denn Dobbs hatte sehr wohl die Macht dieses Kruzifixes gespürt. Hätte es ihn berührt, so wäre er vergangen, so aber hatte er sich gerade noch retten können.

Jetzt war er völlig durcheinander.

Er mußte unbedingt zu seiner Herrin und ihr Bericht erstatten. Sie sollte wissen, daß ein gefährlicher Feind aufgetaucht war, den man auf keinen Fall unterschätzen durfte.

Dobbs hetzte durch den Wald.

Er stolperte den Hang hinauf und konnte es gar nicht mehr erwarten, bis er sein Haus erreichte.

Schließlich traf er auf einen schmalen Weg. Wind und Wetter hatten eine Schneise in den Wald geschlagen, so daß er einen Blick zurückwerfen konnte.

Da unten lag Tullham.

Dort wohnten seine Opfer.

Denn Medusa wollte sie haben.

Alle!

Jeder Einwohner sollte zu Stein werden und nur ihr allein dienen. Sie wollte die Macht, denn irgend etwas störte sie, das hatte Dobbs herausgefunden. Sie mußte eine Widersacherin besitzen, die ungeheuer mächtig war, von der sie aber noch nie etwas direkt gesagt hatte. Doch ein enger Diener wie Dobbs spürte es.

Wer war die geheimnisvolle Feindin?

Er hob die breiten Schultern und ging weiter. Mit langsamen, aber großen Schritten überwand er die Distanz, die ihn noch von dem Haus auf dem Hügel trennte.

Oft kam ein Mann aus dem Ort hierher. Er versteckte etwas in dem Haus. Direkt in der großen Halle, wo der Steinfußboden an einer Stelle gerissen war. Dort befand sich eine Öffnung, in die der Mann immer eine Tüte mit weißem Pulver legte.

Bisher hatten sich Dobbs und die Medusa nicht um ihn gekümmert, der lief ihnen nicht weg, aber sie würden sich seiner annehmen, wenn die Zeit reif war.

Es wurde Zeit, daß er Medusa Bericht erstattete. Zudem war ein Kopfloser unterwegs. Medusa hatte ihn bewußt am Leben erhalten, damit er Informationen lieferte. Sie wollte genau wissen, wie es im Ort aussah, damit sie in der Nacht zuschlagen konnte. Dieser Kopflose, das letzte Opfer, würde danach zu Staub zerfallen, nur seinen Schädel brauchte man noch.

Den bekam der Sammler.

Er freute sich diebisch darauf, nachdem er sich schon um seine Beute betrogen gesehen hatte. Doch nun erlebte er den Beweis, wie loyal Medusa war.

Er verehrte und vergötterte sie. Im Laufe der Zeit war das Band zwischen ihm und der Frau nur noch stärker geworden. Niemand konnte es zertrennen.

Niemand?

Wieder fiel ihm der blondhaarige Mann ein, den er überfallen hatte. Er war stark, sogar sehr stark, aber Dobbs wollte nicht daran glauben, daß er stärker als die Medusa sein konnte.

Nein, das gab es nicht.

Die Sonne versank langsam im Westen. Sie tauchte ein letztes Mal den Himmel in ein Meer aus roten Farben, durch die schon das Grau der Dämmerung schimmerte.

Bald würde es dunkel werden, und dann war ihre Zeit gekommen. Endlich sah er das Haus.

Der Wald hörte auf, ein schräger Hang lief zu dem Gebäude hoch, das einer Trutzburg ähnlich auf dem Hügel stand.

Für einen Moment verharrte der Steinerne. Er saugte den Anblick des Hauses in sich auf wie ein Schwamm das Wasser, und in seine Augen trat ein seltsamer Glanz.

Längst befanden sich keine Scheiben mehr in den Fensterrahmen. Sie waren herausgefallen, und die Öffnungen gähnten dunkel. Wind und Wetter hatten auf der Fassade ihre Spuren hinterlassen. Die Farbe war abgeblättert, das rohe Mauerwerk kam durch.

Insgesamt machte das Gebäude einen sehr baufälligen Eindruck, aber das störte niemanden. Am allerwenigsten Medusa und ihren Helfer Dobbs. Sie fühlten sich hier wohl und ungestört.

Auch vom Dach fehlte das meiste. Stürme hatten die Ziegel aus dem Verbund gerissen und weit bis in den Wald geschleudert, wo sie im Laufe der Zeit mit Humus und Erde überdeckt worden waren.

Aber der Keller stand noch.

Das allein zählte.

Auch eine Tür gab es nicht mehr. Statt des Eingangs gähnte ein großes Loch.

Dobbs schritt darauf zu. Der Sammler wollte endlich in den Keller, wo seine zahlreichen Trophäen standen. Denn nur dort fühlte er sich richtig wohl.

Und Hunderte würden hinzukommen.

Dobbs erreichte das Haus. Er wollte schon die Schwelle überschreiten, als er stutzte.

Er hatte Stimmen gehört.

Frauenstimmen...

Sofort nahm der Steinerne eine angespannte Haltung an. Hatte die Medusa Besuch bekommen? In Gefahr schwebte sie nicht, denn der Sammler erkannte deutlich ihre Stimme. Sie unterhielt sich nur mit einer anderen Person.

Nur – wer konnte das sein?

Der Sammler schritt über die Schwelle. Er vergaß die Vorsicht, betrat das düstere Haus und sah plötzlich die Schatten, die heranwischten. Er riß die Arme hoch, doch die Bewegung war unnötig, die Schatten griffen ihn nicht an.

Sie landeten.

Jetzt konnte der Sammler sie auch besser sehen. Es waren Geschöpfe, wie er sie noch nie zuvor gesehen hatte.

Frauen in schwarzer Lederkleidung, die nur in der Körpermitte durchbrochen war. Sie hatten flammendrotes Haar, trugen Bögen in den Händen, auf deren gespannten Sehnen Pfeile lagen.

Der Sammler stoppte.

Sein Blick wandte sich nach rechts. Dort sah er Medusa. Sie trug wie immer ein nachtschwarzes Gewand, und auf ihrem Kopf wimmelte es von kleinen, grünen Schlangen, die sich aufgerichtet hatten und nervös hin- und herzuckten.

Doch er sah noch mehr.

Eine zweite Frau.

Sie war nicht zu Stein geworden, obwohl Medusa sie anschaute. Diese zweite Frau, aus deren Stirn Teufelshörner wuchsen und die ebenso langes rotes Haare hatte wie die beiden in der Lederkleidung, wandte nur kurz den Kopf.

Da spürte der Sammler einen unsagbaren Schmerz, der ihm bei diesem Blick entgegenflutete.

Er stöhnte auf.

Und er war gewarnt. Diese Frau hatte es in sich. Sie mußte ungeheuer mächtig sein, so daß sie selbst einer Medusa trotzte.

»Wer ist das?« fragte sie jetzt.

»Mein Diener«, antwortete Medusa.

»Was macht er?«

»Er ist der Sammler.«

»Dann gehören ihm die Köpfe im Keller.« Die Rothaarige lachte auf. »Ein schönes Spielchen, wirklich.« Sie wandte sich wieder an Medusa. »Wem willst du damit imponieren? Asmodis?«

»Niemandem.«

»Ich warne dich, Medusa. Auch du hast ihm zu gehorchen. Du bist ein Dämon. Sieh dich vor. ER ALLEIN IST DER KÖNIG!«

Die Medusa lachte nur. »In meinem Reich bin ich es. Asmodis und noch weniger du können mir ins Handwerk pfuschen. Merk dir das, Asmodina. Ich erkenne ihn nicht an. Er ist nicht der Oberste. Das weißt du genau. Ihr habt ihn nur zum Obersten gemacht. Aber die Hölle ist anders strukturiert. Es ist mir auch gleich, ob du die Menschen darüber aufklärst oder nicht. Mich jedenfalls kannst du nicht täuschen. Und ich lasse mir von Asmodis nichts sagen.«

»Ist das dein letztes Wort, Medusa?«

»Ja.«

»Dann wirst du auch auf keine Hilfe hoffen können.«

Die Medusa lachte auf. »Wer sollte mir denn schon etwas wollen? Sag es!«

»Es gibt welche, die auch dir gefählich werden können. Namen will ich verschweigen!« Asmodina wandte sich um. Sie zischte einen Befehl und streckte die rechte Hand aus.

Gleich darauf entstand ein bläulicher Nebel, hüllte sie ein, und im nächsten Augenblick waren sie und ihre Dienerinnen verschwunden.

Zurück blieben Medusa und der Sammler.

Dobbs war noch immer überrascht. Er hätte nie gedacht, daß

seiner Medusa jemand Paroli bieten könnte. »Wer war denn das?« erkundigte er sich.

»Asmodina.«

»Und?«

»Sie ist Asmodis' Tochter.«

»Dann ist sie gefährlich«, sagte der Steinerne.

»So kann man es nennen.« Die Medusa lachte. »Aber gegen uns kommt auch sie nicht an.«

»Ist sie deine Widersacherin?«

Die Medusa nickte, wobei die Schlangen auf ihrem Kopf in noch heftigere Bewegungen gerieten. Sie war eine schöne Frau. Ihr Gesicht konnte man mit dem Begriff zeitlos umschreiben. Legte man menschliche Maßstäbe an, so konnte die Frau dreißig oder vierzig Jahre zählen.

Sie war eben anders.

Und dann die Augen.

Die waren von einer besonderen Farbe. Eine Mischung zwischen schwarz und grün. Voll präsentierten sich die Lippen. Öffnete sie den Mund, so schimmerten die Zähne wie eine Perlenkette.

Dobbs verehrte die Frau, er liebte sie und hätte alles für sie getan. »Warum ist sie gegen uns?« wollte er wissen.

Die Medusa lachte. »Weil ich mich nicht unterdrücken lasse.« Ihr Gesicht verzerrte sich in kurz aufflammender Wut. »Nein, ich lasse mich nicht fertigmachen, ich nicht. Sie ist ein Kunstgeschöpf, eine Hergelaufene. Und sie soll sich hüten. Man darf die Macht eines Asmodis nicht überschätzen. Irgendwann ist auch sein Maß voll.«

»Und dann?« fragte Dobbs.

»Wird sich vieles ändern, mein Freund.« Medusa streichelte mit ihren spinnenartigen Fingern über das Gesicht des Getreuen. »Nun zu dir. Wie ist es dir ergangen?«

»Ich habe ihn nicht töten können.«

Medusa zuckte zurück. »Wie?«

»Er war zu stark.«

»Ein Mensch ist stärker als du?«

»Ja. Ich lauerte ihm auf. Er kam mit seinem Wagen. Ich sprang auf die Straße, er hielt an, stieg aus, und dann kam es zwischen uns zu einem Kampf. Ich hielt die Säge schon bereit und wollte seinen Kopf abschneiden, da holte er etwas hervor, dem ich nichts entgegenzusetzen hatte.«

»Was war das?« zischte die Medusa.

»Ein Kreuz!«

Die Schlangenköpfige lachte. »Und davor hast du Angst, Sammler?«

»Es war ein besonderes Kreuz. Nicht irgendeins, das mal so an der Wand hängt, sondern angefüllt mit Weißer Magie. Und es hat mir einen Schrecken eingejagt.«

»Kanntest du den Mann?«

»Nie gesehen. Aber es muß ein großer Magier sein, wenn er so etwas besitzt.«

»Ja, leider!« knirschte die Medusa. »Wenn ich nur wüßte, wer sich dahinter verbirgt. Verdammt, der Mann kommt mir bekannt vor. Ich muß ihn einfach kennen, wenn ich deinen Erzählungen glauben darf, denn ich habe vor kurzen noch von ihm gehört.«

»Ich beschreibe ihn dir«, sagte Dobbs. Er lieferte einen Steckbrief der Äußerlichkeiten, und plötzlich schrie die Medusa auf. »Ja«, keifte sie, »ich kenne ihn. Ich habe von ihm gehört. Asmodina erwähnte ihn. Es ist John Sinclair, der Geisterjäger.«

»Geisterjäger«, echote der Steinerne. »Ist er gefährlich?«

»Sogar brandgefährlich, mein Lieber. Aber ich werde ihn kriegen. Ich schaue ihn an, und dann ist er hin.« Sie lachte girrend und wollte Asmodina zeigen, wer hier die Herrin war.

»Und jetzt?« fragte der Sammler.

»Gehen wir nach unten in die Gewölbe. Dort müssen deine Köpfe reden, Dobbs...«

Ich hatte mir alles erklären lassen. Besonders der ältere Polizist, er hörte auf den Namen Dean Summer, war sehr redselig, und so erfuhr ich die Geschichte dieser Medusa.

»Wo kommt sie denn her?« wollte ich wissen.

»Das weiß niemand von uns. Sie war einfach da. Es gibt auch keine Zeugen. Die sie gesehen haben, die sind zu Stein geworden.«

»Hat man früher auch Kopflose gefunden?«

Dean Summer nickte. »Mehrmals.«

»Was ist mit ihnen geschehen?«

Der Polizist schien mit der Sprache nicht so recht herausrücken zu wollen, erst auf mein Drängen hin bequemte er sich zu einer Antwort. »Man hat sie zerhackt!«

Ich schluckte.

»Es... es waren ja Steine.«

»Schon gut.« Ich schlug dem Mann auf die Schulter. »Ich habe ja nichts gesagt.«

Wir saßen noch immer in der Zelle. Allerdings hatte sich Melvin Nichols, der zweite Polizist, verzogen. Er wollte einer Spur nachgehen. Seine Worte fielen mir wieder ein, und ich fragte Dean Summer danach. »Ach, die Spur kenne ich. Melvin hat sich einen Supermarktbesitzer aufs Korn genommen. Er traut dem Mann nicht so recht über den Weg.«

»Hat das auch etwas mit den Versteinerten zu tun?«

»Nein.«

Plötzlich fielen mir die beiden Mafiosi wieder ein. Ich sprach Dean Summer darauf an.

»Einen Mercedes, der nicht aus dieser Gegend stammt? Den habe ich gesehen. Kurz bevor Sie kamen. Er mußte ja langsam fahren und rollte durch den Ort.«

»Wohin?«

»Keine Ahnung. Aber warum fragen Sie?«

»Ich hatte mit den beiden Kerlen eine unangenehme Begegnung. Die sind übrigens bewaffnet.«

»Das habe ich nicht gesehen. Dann sind es Gangster?«

»Könnte man so sagen«, erwiderte ich.

»O verdammt. Was kommt da noch alles auf uns zu? Dabei war Tullham ein so friedlicher Ort. Mist...«

Der Polizist hatte mir aus der Seele gesprochen. Doch ich wollte mehr wissen. »Können Sie sich nicht denken, wen die beiden Kerle hier besucht haben?«

»Nein.«

Ich hatte eine vage Idee. »Und wie steht es mit dem Kerl, den Ihr Kollege auf dem Kieker hat?«

»Aber Holbrook ist harmlos. Glaube ich wenigstens. Garret

war der erste Versteinerte, den wir gefunden haben. Und der arbeitete für Holbrook. Er fuhr Kühlschränke und andere Elektroartikel. Meist in der Nacht, und deshalb kam dieser Mann meinem Kollegen nicht geheuer vor. Das ist alles.«

»Seltsam ist es schon.«

Dean Summer hob die Schultern. »Was will man machen? Sie sprachen immer von eiligen Ladungen. Beweisen Sie mal das Gegenteil. Ich glaube, daß Melvin Nichols unter einer fixen Idee leidet.«

»Mag sein. Aber diese Medusa und die Versteinerten sind keine fixen Ideen. Deshalb werde ich mir das geheimnisvolle Haus einmal näher ansehen. Wie kommt man dahin?«

»Das muß ich Ihnen aufzeichnen.«

»Ich bitte darum.«

Dean Summer fertigte eine Zeichnung an. Ich mußte auf jeden Fall durch den Wald.

»Kann man da mit dem Wagen hinfahren?« wollte ich wissen.

»Nur den ersten Teil der Strecke«, erklärte er. »Hinterher müssen Sie zu Fuß gehen.«

»Das bin ich gewöhnt.«

»Ich bleibe aber hier.«

»Klar, ist auch zu gefährlich.«

»Für Sie nicht?«

»Ich besitze Waffen, mit denen ich mich verteidigen kann. Zudem bin ich auf diese Art Gegner eingeschossen. Sie brauchen keine Angst zu haben.« Ich sah mir die Zeichnung noch mal an und steckte sie in meine Tasche.

Anschließend verließen wir die Zelle.

Soeben trafen die Schreiner ein, die eine neue Tür brachten. Der Wind hatte Papiere von den Schreibtischen gefegt, die auf dem Boden verstreut lagen.

Summer hob sie auf. Ich winkte ihm noch einmal zu und verließ das Polizeirevier.

Auf der Straße war es wieder ruhiger geworden. Die Menschen hatten den ersten Schrecken überwunden. Ihr Leben normalisierte sich. Es schien sich herumgesprochen zu haben, daß ich in irgendeiner Weise mit den Ereignissen in Verbindung stand, schließlich hatte ich mich lange genug im Polizeirevier aufgehalten, denn ich wurde aus zahlreichen Augenpaaren angestarrt.

Mein Bentley stand dort, wo ich ihn abgestellt hatte. Ich mußte ihn noch aus der Lücke herausrangieren, weil mich zwei Wagen eingeklemmt hatten.

Dann hatte ich freie Fahrt.

Auf meine Begegnung mit der Medusa war ich wirklich gespannt. Wo ich jetzt allerdings einen Spiegel hernehmen sollte, das wußte ich nicht...

Sie waren gestartet.

Vicente Paresi, Mort Millon und Abe Holbrook. Letzterer fuhr den dunklen Mercedes. Noch nie hatte er hinter dem Lenkrad eines solchen Wagens gesessen, entsprechend unsicher fühlte er sich, aber die anderen beiden hatten kein Pardon gekannt und bestimmt, daß er den Fahrer spielte. Holbrook mußte sich fügen.

Sie verließen den Ort.

Inzwischen war es so dunkel geworden, daß sie die Scheinwerfer einschalten mußten. Die breiten Lichtspeere warfen ihren hellen Teppich auf die Straße, die sie schon bald verlassen mußten, denn dann ging es in die Prärie.

Der Weg wurde unbequem.

Er war erstens zu schmal, so daß die Zweige der Bäume über das Wagendach kratzten, und zweitens hatten Schlaglöcher ihn in eine Rüttelpiste verwandelt.

Der Wagen rumpelte hindurch, manchmal schlug er mit dem Auspuff auf, und die Stoßdämpfer ächzten und protestierten. Er schaukelte und quietschte, wurde durchgeschüttelt, und Holbrook schickte so manchen Fluch auf die Reise.

Es ging in die Höhe.

Die beiden Mafiosi fühlten sich unwohl. Immer wieder warfen sie finstere Blicke nach draußen. Solch eine Gegend war ihnen nicht geheuer. Sie fühlten sich im Dschungel einer Großstadt wie London eher zu Hause.

Mort Millon qualmte Kette. Hin und wieder stieß er ein grunzendes Geräusch aus, Zeichen seiner Unmut.

»Wenn du uns in die Irre führst«, meldete er sich aus dem Fond, »dann setzt es was!«

»Nein, nein, ich fahre schon richtig.«

Millon achtete auch auf Verfolger. Hin und wieder drehte er sich um, sah aber kein Fahrzeug, das sich ihnen auf die Spur gesetzt hatte.

Sie schienen mutterseelenallein zu sein.

Schließlich endete der Weg auf einer Lichtung. Reifenspuren deuteten darauf hin, daß dieser Ort des öfteren als Parkplatz benutzt wurde. Der Mercedes war der einzige Wagen, andere standen hier nicht.

»Fahr ihn so, daß die Kühlerschnauze wieder auf den Weg zeigt«, wies Paresi den Elektrohändler an.

Der nickte.

Einige Mühe hatte er schon, den Mercedes zu rangieren. Als er stand, atmeten alle drei auf.

Sie stiegen aus.

Eine seltsame, nahezu bedrückende Stille umgab sie. Da gab es keine Geräusche, da sang kein Vogel, alles war ruhig. Selbst der Wind schien eingeschlafen zu sein.

Die beiden Mafiosi, eiskalte, brutale Burschen, fühlten sich äußerst unwohl. Das war an ihren Blicken zu erkennen, die sie sich gegenseitig zuwarfen.

»Hast du eine Lampe, Krämerseele?« fragte Paresi bewußt barsch, um seine eigene Unsicherheit zu verbergen.

»Ja.«

»Dann leuchte uns den Weg.«

Abe Holbrook drehte sich einmal im Kreise. Der helle Schein zitterte über die Äste und Zweige der Bäume, ließ sie irgendwie geisterhaft fahl erscheinen und fand dann sein Ziel.

Es war ein schmaler Weg, der noch tiefer in den Wald hineinführte und auch anstieg.

»Den müssen wir nehmen«, flüsterte Holbrook.

»Dann geh!«

Der Kaufmann schritt voran. Er hatte kein gutes Gefühl. In seinen Knien schien Pudding zu sitzen, als er sich unter den herabhängenden Zweigen eines Laubbaumes duckte und den schmalen Pfad betrat.

Hinter ihm gingen Paresi und Millon. Beide hatten ihre Waffen gezogen. Sie wollten so rasch wie möglich reagieren, wenn irgend etwas Unvorhergesehenes geschah.

Es war keiner da, der sie angriff oder sich aus dem Dunkel des Waldes auf sie stürzte.

Stille.

Nur ihre eigenen Schritte hörten sie. Hin und wieder raschelte altes Laub unter ihren Schuhsohlen. Manchmal knackte auch ein kleiner Zweig, ansonsten war es ruhig.

Minuten vergingen.

Mort Millon fluchte als erster. Er verlor immer leicht die Geduld. »Wenn das eine Falle ist, drehe ich dem Krämer den Hals um«, versprach er.

Holbrook drehte sich um. »Es dauert nicht mehr lange. Wirklich nicht, wir sind bald da.«

»Das will ich dir auch geraten haben.«

Die nächsten beiden Minuten vergingen schweigend. Dann wurde der Weg breiter, der Wald hörte auf, und plötzlich sahen sie das Haus.

Alle drei blieben stehen.

»Das ist es«, flüsterte Abe Holbrook.

»Das sehe ich«, gab Paresi ebenso leise zurück. Er stand leicht vorgebeugt und schaute auf das Gebäude, das sich dunkel und irgendwie drohend vom Erdboden abhob.

Wie eine Festung kam es ihm vor.

»Und da hast du das Zeug?«

»Ja.«

Paresi lachte leise. »Wirklich geschickt getarnt. Wer macht sich schon die Mühe, dort nachzusehen. Bist schlauer, als ich dachte, Krämerseele.« Er gab seinem Kumpan ein Zeichen. »Los, holen wir das Zeug endlich.«

Mort Millon ging.

Nach zwei Schritten blieb er stehen und stieß einen Fluch aus. »Verdammt, da ist jemand.«

Sofort hatte Paresi die Waffe hoch.

»Wo?«

»Am Haus.«

Vicente Paresi drehte den Kopf. Er schaute Abe Holbrook aus

kalten Augen an. »Du hast uns doch erzählt, mein Junge, daß alles in Ordnung wäre.«

»Ist es auch.«

»Aber wenn sich da jemand aufhält, ist es nicht in Ordnung. Siehst du noch was, Mort?«

»Nein.«

»War vielleicht eine Täuschung«, meinte Abe.

Den Schlag sah er gar nicht. Er spürte nur den Treffer an der Wange. Paresi hatte mit dem Handrücken zugeschlagen und sehr viel Wucht hinter den Schlag gelegt.

Der Kaufmann taumelte. Er hielt sich an einem Ast fest, sonst wäre er gefallen.

»Wenn Mort sagt, er hat etwas gesehen, dann stimmt das. Da hast du nicht gegenzusprechen.«

Holbrook nickte. Insgeheim verfluchte er sich, mit solchen Leuten Geschäfte zu machen. Aber er hatte den Hals eben nicht vollkriegen können. Jetzt rächte es sich.

Er erhielt von Paresi einen Stoß in die Seite. »Los, geh jetzt weiter! Ich will endlich das Zeug sehen.«

»Keine Angst, es ist da.«

»Das hoffe ich auch. Unsere Verteiler in Brighton warten.«

Holbrook ging. Er spürte das kalte Gefühl im Nacken, denn er wußte, daß dieser Paresi einen Revolver in der Hand hielt. Er hatte sogar auf den Lauf einen Schalldämpfer geschraubt. Wenn er schoß, würde das kaum zu hören sein.

Der Boden vor dem Gebäude war mit Gras bewachsen. Niemand mähte es. Im Laufe der Zeit hatte sich ein kniehoher Teppich gebildet, der Schritte fast bis zur Geräuschlosigkeit dämpfte.

»Verdammt, da ist er wieder!« zischte Millon und riß seinen rechten Arm hoch.

Im selben Augenblick traf sie der starke Strahl eines Handscheinwerfers. Eine Stimme klang hinter dem Scheinwerfer auf.

»Bleiben Sie stehen und rühren Sie sich nicht vom Fleck!«

Die drei Männer gehorchten. Sogar die Mafiosi reagierten nicht. Sie lauerten.

Schritte klangen auf.

Sie kamen auf die Männer zu, die von dem plötzlichen Lichtschein geblendet wurden.

»Kennst du den, Krämerseele?« wisperte Paresi.

»Ja.«

»Wer ist das?«

»Melvin Nichols, ein Polizist.«

»Also doch eine Falle, du Hund!«

»Nein, ich...«

Abe Holbrook sprach nicht mehr weiter, denn Paresi reagierte blitzschnell. Er huschte zur Seite, und dann hörten Abe Holbrook und Mort Millon zweimal das dumpfe ›Plopp‹.

Plötzlich schwankte der Strahl. Ein gräßliches Stöhnen klang auf, im nächsten Moment gab es einen Fall, und der Lampenstrahl leuchtete weit an ihnen vorbei und schnitt eine helle Schneise in die Dunkelheit des Waldes.

»Erledigt«, sagte Paresi.

Millon lachte nur.

Langsam ging der Mörder auf sein Opfer zu. Daneben blieb er stehen und bückte sich. »War tatsächlich ein Bulle«, meldete er. »Idiot, er hätte es besser haben können.«

»Bullen haben immer Pech, weil sie Bullen sind«, sagte Mort Millon. Seiner Logik konnte Holbrook nicht folgen. Ihn hielt die kalte Furcht umkrallt.

Er hatte einen Mord miterlebt. Das schlimmste Verbrechen, das man sich vorstellen konnte. Und er hatte gesehen, wie brutal und eiskalt die Männer reagierten. Über seinen Rauschgifthandel hatte er nie näher nachgedacht, aber jetzt, als er so direkt mit dem Verbrechen konfrontiert wurde, da machte sich Übelkeit in ihm breit. Am liebsten hätte er sich übergeben.

»Komm her, Krämerseele, und schau ihn dir genau an«, rief Paresi, wobei er lachte.

Holbrook bereitete es Mühe, einen Fuß vor den anderen zu setzen.

Das Geschehen hatte ihn eben zu sehr erschüttert. Neben dem Toten blieb er stehen.

Paresi hatte sich wieder aufgerichtet und leuchtete den Mann an. Er trug eine Uniform und war tatsächlich Melvin Nichols.

»Sag nur nicht, daß du ihn nicht kennst«, flüsterte der Mafiosi lauernd.

»Ich kenne ihn.«

»Und wie ist er hergekommen?«

Abe Holbrook hob die Schultern. »Vielleicht hat er Verdacht geschöpft«, meinte er nach einer Weile.

»Nicht nur vielleicht, du Idiot. Natürlich hat er Verdacht geschöpft. Das sieht doch ein Blinder.« Paresi spie aus. »Du übernimmst dafür die Verantwortung.«

»Was... was soll das heißen?«

»Erst mal das Kokain«, wich Paresi vom Thema ab. »Los, es wird Zeit. Wir können uns hier nicht noch länger aufhalten.«

Sie wandten sich dem Haus zu. Doch sie kamen nicht dazu, weiterzugehen. Wieder war es Mort Millon, der den Schatten sah.

Er tauchte am Waldrand auf.

»Da ist noch einer!«

Paresi wirbelte herum und feuerte. Dieser Mann war ein erstklassiger Schütze. Er traf auch bei den schlechten Lichtverhältnissen, doch dann geschah etwas, das den Männern fast den Verstand raubte. Die Kugeln erreichten ihr Ziel, aber sie blieben nicht stecken, sondern sirrten mit jaulenden Geräuschen als Querschläger davon.

»Verdammt!« flüsterte Mort Millon nur.

Paresi bückte sich und griff mit der freien Hand nach dem Scheinwerfer. Er hob ihn an und führte den Strahl so, daß die Gestalt angeleuchtet wurde.

Die Männer erstarrten vor Schreck. Und selbst den abgebrühten Profikillern verschlug es die Sprache.

Die Gestalt hatte keinen Kopf mehr!

Medusa ging voraus.

Sie schritt tiefer in den hallenartigen Raum des Erdgeschosses hinein und wandte sich dorthin, wo früher einmal die Tür zum Keller gewesen war.

Jetzt gähnte nur noch ein Loch da.

Ein dunkles Viereck, schaurig anzusehen, hinter dem eine geheimnisvolle Schwärze lauerte.

Sobald Medusa das Rechteck überschritten hatte, begannen die Schlangen auf ihrem Kopf zu leuchten. Sie strahlten ein grünliches, geheimnisvolles Licht ab, das sich auf die Wände legte und dort wie ein Film wirkte. Je tiefer sie in den Keller hineinschritt, um so heller wurde das Licht. Es blieb auch weiterhin auf den Wänden haften und riß die nähere Umgebung aus dem Dunkel.

Die Treppe war uralt, doch aus Stein gefertigt, so daß sie die langen Jahre überdauert hatte.

Den Keller hatte der Bauherr sehr tief angelegt. Medusa und der Sammler mußten zahlreiche Stufen hinuntersteigen, um an ihr Ziel zu gelangen.

Das Gewölbe!

Und hier war das eigentliche Reich des Sammlers. Hier bewahrte er seine Trophäen auf.

Die Köpfe!

Sie waren kaum noch zu zählen. Dicht an dicht standen die Holzstangen mit den steinernen Köpfen auf den Spitzen. Sie bildeten einen regelrechten Irrgarten, ein verwirrendes Muster. Es gab zahlreiche Gänge, die quer, längs und diagonal liefen und kaum breiter waren als ein normal gewachsener Mensch.

Die Schlangen auf dem Kopf der unheimlichen Medusa glühten noch immer. Ihr Licht reichte aus, um in dem Gewölbe Einzelheiten erkennen zu können. So wurden auch die Schädel angestrahlt, und jeder zeigte ein anderes Gesicht.

Keiner war mit einem zweiten identisch.

So wenig sich die Gesichter der Menschen glichen, so verschieden waren auch die Köpfe.

Da gab es die Schädel von Männern, Frauen und Jugendlichen. Und alle waren versteinert.

Die Trophäen der Jahrzehnte standen in diesem Gewölbe, und Dobbs konnte sich Tag für Tag daran ergötzen.

Er sprach mit den Schädeln – und er erhielt auch Antwort.

Die Magie der Medusa machte dies möglich. So redete der Sammler mit seinen Schädeln, er pflegte sie, freute sich mit ihnen und trauerte. Keiner hatte seine Sammlung bisher gesehen, denn wenn Medusa es wollte, verriegelte sie den Eingang zum Gewölbe durch Schwarze Magie.

Der Sammler schritt durch die Reihen. Hin und wieder blieb er stehen und streichelte einen der Schädel. Für fast jeden hatte er ein paar gutgemeinte Worte, er lächelte, und in seinen kalten Augen lag ein nie erlebtes Strahlen.

»Beeile dich!« forderte Medusa ihn auf. »Ich will wissen, was im Ort geschehen ist.«

»Ja, Herrin.«

Der Sammler hatte sich im Hintergrund des Gewölbes aufgehalten. Jetzt kam er hervor und fixierte einen Kopf, der dicht an der Treppe auf einem Pfahl stand.

Dieser Kopf hatte mal einem Mann gehört, dessen Torso jetzt noch durch den Wald irrte.

Ty Garret!

Solange der Körper nicht zerstört war, bestand zwischen ihm und dem Kopf eine magische Verbindung. Das heißt, die Empfindungen, die auf den Torso einströmten, konnte der Kopf wiedergeben.

War der Körper einmal zerstört, so blieb auch der Kopf stumm, es sei denn, eine starke Magie schaffte es, ihn zum Reden zu bringen.

Obwohl der Sammler nicht gerade klein war, mußte er doch zu Ty Garrets Kopf hochschauen.

Starr ruhte der Schädel auf dem Pfahl. Er zeigte den versteinerten Ausdruck des Entsetzens, der auf den Zügen festgefroren war, als Ty starb.

»Hörst du mich?« sprach Dobbs den Schädel an.

Da bewegte sich der Mund!

Es sah unheimlich aus, wie er plötzlich aufklappte, graue Zähne sichtbar wurden und der Schädel anfing zu sprechen. »Ja, ich höre dich, Sammler. Was willst du?«

»Ich will Informationen!«

»Was willst du wissen?«

»Wie ist es deinem Körper ergangen?«

Aus dem Mund des Schädels drang ein kicherndes Lachen. »Ich habe Angst verbreitet. Angst und Schrecken. Die Menschen in der kleinen Stadt flohen vor mir.«

Der Steinerne klatschte in die Hände. »Das ist gut«, sagte er, »so wollte ich es haben. Und weiter?«

»Ich bin dann gegangen, denn ich habe ja einen Auftrag erhalten.«

»Ja, den wir dir gaben.«

Der Schädel rollte mit den Augen. Fast war das Weiße zu sehen, aber das Licht legte einen grünen Schimmer auf den Augapfel, so daß der Schädel ein noch schaurigeres Bild abgab.

»Ich ging in den Wald, damit ich zu euch kommen konnte. Ich lief weiter. Es war still. Aber ich spürte die Gefahr. Es befand sich noch jemand in der Nähe. Ein Polizist. Er nahm denselben Weg wie ich. Und ich sah auch die hellen Lichter. Sie gehörten zu einem Auto, das den Weg hinauffuhr...«

Auch Medusa hatte die Worte vernommen. An sich hatte sie ziemlich uninteressiert zugehört, doch plötzlich trat sie näher. Der Schädel hatte von Menschen berichtet, die sich dem Haus näherten. Das war mehr als interessant.

»Rede weiter!« zischte sie.

Und der Schädel sprach. »Der Polizist wollte zum Haus. Auch die im Wagen. Sie haben ihn stehenlassen. Drei Männer stiegen aus. Einen nur kannte ich. Es war Abe Holbrook, die beiden anderen haben aber Pistolen oder Revolver.«

»Was geschah?«

»Es geschieht!« schrie der Schädel. »Gerade in diesem Augenblick haben die Männer den Polizisten entdeckt. Er leuchtete sie an, sie schießen, aber man hört nichts. Der Polizist fällt – tot.«

»Und du? Was tust du?«

»Ich gehe jetzt näher heran!«

»Zeig dich!« kreischte Medusa. »Zeig dich ruhig und locke sie her, die Verdammten.«

»Ja, ja!« drang es keuchend aus dem Mund des Schädels. Danach verstummte er.

Medusa und der Sammler waren gespannt. Sekunden vergingen, in denen nichts geschah. Auch Ty Garrets Kopf rührte sich nicht. War vielleicht alles umsonst gewesen?

Da, jetzt meldete er sich wieder.

»Sie haben mich entdeckt! Verdammt, sie haben mich gesehen!« Flüsternd und abgehackt stieß der Schädel die Worte aus.

»Was geschieht?« fragte der Sammler.

»Sie schießen!«

Da lachten die Medusa und der Sammler gleichzeitig auf. Schießen konnten sie, soviel sie wollten. Die Kugeln würden abprallen, sie richteten an Garrets Torso keinerlei Schaden an.

»Rede weiter!« schrie die Medusa.

»Sie haben aufgehört. Aber ich gehe zu ihnen...«

»Lock sie her!« rief die Medusa. »Lock sie her. Ich will Opfer haben! Opfer...!«

Vicente Paresi und Mort Millon hatten nebeneinander Aufstellung genommen.

Sie waren in Combat-Stellung gegangen, stützten ihre Handgelenke ab und feuerten.

Der Schalldämpfer schluckte nicht nur die Abschüsse, sondern auch das Mündungsfeuer. Nur schwach sah Abe Holbrook das fahle Aufblitzen. Er hätte jetzt die Chance gehabt, zu fliehen, doch er traute sich nicht weg.

Die Angst vor den beiden Mafiosi war zu groß.

Und die Killer schossen weiter.

Ihre Kugeln trafen.

Sie hieben in den Torso, doch der ging einfach weiter. Dann hatte sich Paresi verschossen.

Schnell lud er nach.

»Verdammt!« knirschte Mort Millon. »Der Hundesohn kommt auf uns zu!« Er wandte den Kopf. »Was sollen wir machen, Vic?«

Paresi hatte nachgeladen. »Wir verschwinden«, sagte er.

»Und wohin?«

»Ins Haus natürlich. Ohne den Koks gehe ich hier nicht weg!«

Der Torso hatte bereits die Hälfte der Distanz hinter sich gebracht. Er ging langsam, ziemlich breitbeinig, aber ungeheuer zielstrebig auf die Männer zu.

Nichts brachte ihn von seinem Ziel ab. Da war er eiskalt wie eine Maschine. Seine Arme schwangen vor und zurück, genau im Rhythmus der Schritte.

Auch die Mafiosi hatten es jetzt mit der Angst zu tun bekommen. Sie sahen sich zum erstenmal in ihrem Leben einem Gegner gegenüber, der ihnen überlegen war.

Er würde sie killen.

Abe Holbrook kam so schnell nicht weg. Er konnte den Blick einfach nicht von der Horror-Gestalt wenden. Und er glaubte sie sogar zu kennen.

Ty Garret.

Ja, das war der kopflose Ty Garret, der Mann, der für ihn das Kokain transportiert hatte. Welch ein Irrsinn!

Mort Millon griff zu. Seine freie Hand wühlte sich in die Schulter des Elektrohändlers und riß ihn herum. »Komm mit, du Dreckskerl!« keuchte er.

Abe stolperte vor ihm her. Wenn er Millon zu langsam ging, erhielt er jedesmal einen Schlag ins Kreuz.

Holbrook keuchte. Er war nichts mehr gewohnt. Aber die Angst brachte ihn auf Vordermann. Er hatte die Arme ausgestreckt und konnte so einen Sturz abfangen, denn er war über eine aus dem Boden wachsende Wurzel gestolpert.

Mort riß ihn hoch.

Während er den Kaufmann auf die Beine zog, schaute er sich um. Der Steinerne hatte zum Glück nicht aufgeholt, er konnte nicht so schnell rennen wie die Männer.

Aber daß sein Ziel ebenfalls das Haus war, konnte man schon jetzt erkennen. Mort bekam Magendrücken, wenn er daran dachte, mit diesem Wesen allein zu sein. Am liebsten hätte er das Rauschgift liegengelassen und wäre so geflohen.

Doch das wollte Paresi nicht.

Er stand schon an der Tür, hielt die Kanone schußbereit und feuerte die beiden Männer an.

»Schneller, zum Henker!«

Sie rannten die letzten Yards. Dann fielen sie förmlich durch den Eingang.

Paresi hielt die Lampe, die er zuvor Holbrook abgenommen hatte. Jetzt kam es auf jede Sekunde an. »Wo hast du das Zeug versteckt?«

»D... da...«, stotterte Holbrook. Er hob den Arm und deutete in eine Ecke des Raumes.

Paresi leuchtete. Mort Millon mußte nachschauen, ob es auch stimmte. »Ich sehe nichts«, sagte er.

»Sie müssen den Stein hochheben«, erwiderte Abe schnell. Er hatte sich bereits in Erwartung der Schläge geduckt.

Millon kam der Aufforderung nach. Man hörte seinen Fluch und ein schabendes Geräusch.

»Hast du es?« fragte Paresi. Er behielt den Eingang im Auge, doch von dem Monster war nichts zu sehen.

»Ja, hier ist was.«

»Und?«

»Eine Tüte.«

Abe Holbrook fiel ein Stein vom Herzen. Jetzt waren die Kerle endlich zufrieden.

»Komm her!« befahl Paresi.

Mort Millon hielt eine weiße Plastiktüte in der rechten Faust. Paresi nahm sie ihm ab und steckte sie ein.

»Alles klar«, sagte er. »Abmarsch!«

»Und er?« fragte Millon.

Abe Holbrook war damit gemeint. Der Kaufmann hatte das Gefühl, innerlich zu vereisen.

Paresi schaute ihn an. Dann hob er die Lampe und blendete den Mann. »Er taugt nichts«, drang seine Stimme hinter dem hellen Lichtkegel hervor. »Er taugt wirklich nichts. Wir werden ihn abservieren.« Ein böses Lächeln umspielte dabei seine Lippen, was Abe Holbrook nicht sehen konnte.

Seine Knie begannen zu zittern. »Bitte«, flehte er, »bitte nicht! Es war doch alles so, wie ich gesagt habe.«

»Trotzdem!« Paresis Stimme klang eiskalt.

Er wollte seinen zweiten Mord begehen, doch die Ereignisse machten ihm einen Strich durch die Rechnung. Dieser eiskalte Gangster hatte den Mann ohne Kopf vergessen.

Der Torso tauchte auf.

»Verdammt, da ist er!« schrie Mort Millon.

Paresi wirbelte herum. Mit dem Lampenstrahl leuchtete er den Steinernen an.

Groß, breit und wuchtig stand er im Türrechteck, das er fast vollständig ausfüllte. Wie ein Wächter, ein Fels in der Brandung, der keinen mehr aus dem Haus lassen wollte.

»An dem kommen wir niemals vorbei«, flüsterte Mort Millon und schüttelte sich.

»Shit«, sagte Paresi. »Mach dir nur nicht in die Hose. Wir nehmen eben die Fenster.«

Alle vernahmen das Lachen.

Es klang in ihrem Rücken auf, und abermals drehten sich die drei Männer.

Niemand hatte gehört, wie er die Treppe heraufgekommen war. Aber jetzt stand er vor ihnen.

Der Sammler!

Ich hatte die Zeichnung auf den Knien liegen, als ich den Weg fuhr, den man mir angegeben hatte. Dean Summer hatte sich wirklich Mühe gegeben, ich fand die Strecke ohne Schwierigkeiten. Allerdings bereitete mir der Weg Mühe, und mein Bentley schaukelte von einer Seite zur anderen.

Schließlich erreichte ich die eingezeichnete Lichtung. Die Scheinwerfer schwenkten herum, und meine Augen wurden groß, als ich sah, was auf der Lichtung stand.

Ein schwarzer Mercedes!

Den Wagen kannte ich doch. Ich fuhr den Bentley noch ein kleines Stück herum, so daß die Scheinwerfer das Innere des dunklen Mercedes ausleuchten konnten.

Der Wagen war leer!

Ich stoppte, stellte den Motor ab und stieg aus. Der Silbergraue stand jetzt neben dem deutschen Wagen.

Noch einmal blickte ich in den Wagen hinein. Er war wirklich leer. Ich entdeckte auch keine Kampfspuren, aber ich war mir sicher, daß die beiden Mafiosi den gleichen Weg und vor allen Dingen das gleiche Ziel hatten wie ich.

Wir würden dem Sammler begegnen – oder auch der Medusa.

Einen Spiegel hatte ich auf die Schnelle wirklich nicht auftreiben können, deshalb mußte ich achtgeben, daß die Medusa mich niemals direkt anblickte.

Ich öffnete die hintere Haube meines Wagens und versorgte mich erst einmal aus dem Koffer mit Waffen.

Dolch, Dämonenpeitsche, die Beretta trug ich sowieso bei mir und natürlich auch das Kreuz. Leider hatte ich das Schwert des vernichteten Destero nicht bei mir. Es hätte mir sicherlich wertvolle Dienste leisten können.

So verließ ich mich auf meine anderen Waffen.

Dann rammte ich die Haube wieder zu, schaute mich kurz um und machte mich auf den Weg.

Es war so dunkel, daß ich nicht einmal die Zeichnung lesen konnte. Um etwas zu sehen, schaltete ich meine kleine Lampe an und verfolgte mit dem Punkt die von Dean Summer aufgemalten Linien und Striche. Ich fand den schmalen Pfad und brauchte wenigstens nicht quer durch das Gelände zu laufen.

Eine seltsame Stille lag über diesem Teil des Waldes. Das hatte ich schon öfter erlebt. Tiere spüren das Unheimliche viel früher als Menschen.

So mußte es auch hier sein.

Angegriffen wurde ich nicht. Niemand kümmerte sich um mich, und ich stolperte auch nicht über irgendwelche aus dem Boden wachsende Steinköpfe.

Schließlich wurde der Wald lichter, trat zurück, und ich sah das Haus. Wie ein eckiger Schatten hob es sich von der Erde ab. Meine Blicke flogen über die Fassade, ich sah die leeren Fensterhöhlen, den Eingang und hörte die Geräusche.

Keuchen, Wimmern, Klatschen...

Kampfgeräusche!

Für mich gab es kein Zögern mehr. Ich verließ meinen Platz und überquerte geduckt die freie Fläche vor dem Haus. Bis ich stolperte.

Diesmal nicht über einen Stein, sondern einen Toten.

Ich beugte mich hinunter und erkannte den Mann.

Es war der Polizist, mit dem ich unten in Tullham gesprochen hatte.

Er war durch zwei Kugeln getötet worden. Und verdammt, die hatte sicherlich kein Monster abgeschossen.

Die beiden Mafiosi fielen mir wieder ein. Ihnen traute ich solch einen gemeinen Mord zu.

Und dann hörte ich die Schreie!

Selbst die beiden abgebrühten Mafiosi, die so manche Gangsterschlacht hinter sich hatten, wurden kalkweiß. Mit allem hatten sie gerechnet, nur nicht mit dem Auftauchen eines zweiten Monsters.

Es war größer als der Torso, das allein bewirkte schon der Kopf auf den Schultern, aber wie auch das andere Monster bestand es aus grauem, matt glänzendem Stein.

Und es war waffenlos.

Aber es brauchte auch keine Waffe. Die Mafiosi hatten sowieso keine Chance gegen dieses steinerne Untier.

»O verdammt!« heulte Mort Millon.

Er war über das Auftauchen ebenso entsetzt wie sein Kumpan, nur hatte der sich besser in der Gewalt.

Millon trat mit dem Fuß auf. Und dann schoß er. Er feuerte auf die neu aufgetauchte Gestalt. Drei Kugeln hatte er noch in seinem Magazin, und alle drei Geschosse jagte er gegen den Steinernen.

Die Querschläger pfiffen durch die Halle. Sie verletzten den Sammler ebensowenig wie den Körper ohne Kopf.

Millon ließ den Revolver fallen. Der ungeschlachte Kerl zitterte wie Espenlaub und schlug beide Hände vor sein Gesicht. Er konnte es einfach nicht fassen.

»Reiß dich zusammen!« fuhr Paresi ihn an.

Abe Holbrook sagte nichts. Er war auf die Knie gefallen. Seine Augen quollen aus den Höhlen. Die Arme hatte er halb erhoben, die Hände zusammengelegt. So flehte er um Gnade.

Der Sammler kümmerte sich nicht um ihn. Er ging vor, geschmeidiger als der Kopflose, er wirkte auch längst nicht so starr wie der andere. Und er trat zu.

Der Tritt war auf Abe Holbrook gezielt. Der Elektrohändler hatte keine Chance und mußte ihn voll nehmen.

Er gurgelte auf, riß die Arme hoch und fiel zurück. Blut schoß aus seiner Nase, die gebrochen war.

Der Sammler stampfte weiter.

Der Tritt war für die beiden Mafiosi ein Zeichen gewesen. Sie wirbelten herum und hasteten zum Fenster.

Der Torso an der Tür hatte geahnt, was die beiden vorhatten. Er löste sich und warf sich Paresi in den Weg.

Der Killer schoß. Die Taschenlampe hatte er fallen lassen. Aus drei Schritten Entfernung setzte er die Kugel gegen die Brust des angreifenden Monsters.

Wieder prallte sie ab, wobei der Mafioso Glück hatte, daß sie seinen Kopf nicht traf. Die Kugel pfiff nur haarscharf an seiner linken Stirn vorbei.

Dann klatschte seine freie Hand gegen den Körper des Steinernen. Da war nichts, keine Haut, keine Wärme, nur der widerlich kalte Stein.

Dann traf Paresi der Hieb.

Von unten zog der Torso seine Faust hoch. Paresi glaubte, ein Huftritt habe ihn am Kinn getroffen. Er hörte etwas knacken und wurde zurückgestoßen. Hart fiel er zu Boden, wo er einige Sekunden völlig benommen liegenblieb.

Der Sammler kümmerte sich um Mort Millon.

Trotz seiner Körperfülle erwies sich Millon als überaus wendig. Als der andere ihn greifen wollte, tauchte er zur Seite weg, und mit einem Känguruhsprung schaffte er es, in die Nähe des Fensters zu gelangen.

Diese leeren Rechtecke waren nicht nur höher als normal, sie lagen auch höher.

Mit einem wahren Kraftakt gelang es dem Mafioso, sich auf die Fensterbank zu hieven. Er sah schon die rettende Freiheit, wollte sich abstoßen, da griff der Sammler zu.

Millon schrie auf.

Er hatte plötzlich das Gefühl, mit dem Gelenk in einer Stahlklammer zu stecken, so hart war der Griff.

Der Sammler ließ nicht los.

Verzweifelt warf Millon seinen Körper herum. Mit beiden Händen krallte er sich noch im Mauerwerk fest, doch die Kraft des anderen war einfach zu groß.

Millon kam dagegen nicht an.

Stück für Stück wurde er zurückgezogen, und seine Hände konnten dem Druck nicht mehr standhalten. Die Finger rutschten ab. Zwei Sekunden noch konnte sich Millon halten, dann mußte er loslassen und prallte hart zu Boden.

Dobbs aber lachte.

Er bückte sich genau in dem Augenblick, als Millon sich herumdrehte. Für einen Moment war der Sammler versucht, nach der Säge zu greifen, dann ließ er es bleiben. Dafür wuchtete er Mort Millon hoch, schwang den keuchenden Mann hoch über seinen Kopf und schleuderte ihn dann auf das dunkle Rechteck zu, hinter dem es grünlich leuchtete und wo auch die Treppe begann.

Mort Millon fiel, sich mehrmals überschlagend, die Stufen hinunter und landete dort, wo das Reich des Sammlers war und wo auch Medusa wartete.

Blieben noch Paresi und Abe Holbrook!

Der Mafioso hatte noch immer mit den Nachwirkungen des Schlages zu kämpfen. Er stand zwar auf den Beinen, aber mehr als wacklig. Er sah aus, als würde er jeden Moment umkippen. Und der Torso kam.

Paresi grinste verzerrt. Er wollte einfach nicht glauben, daß diese Monster nicht zu besiegen waren.

Langsam hob er den Arm.

Und schoß.

Er leerte das Magazin. Einige Kugeln trafen auch, während andere an dem Torso vorbeiflogen, weil der Mafioso nicht mehr die nötige Kraft besaß, um die Waffe zu halten.

Dann hatte der Torso ihn erreicht.

Wieder kassierte Paresi einen Treffer. Diesmal traf ihn die Steinfaust mitten im Gesicht.

Der Killer spürte die Schmerzen und wußte, daß nichts mehr heil war. Er konnte kaum noch sehen, wunderte sich, daß er nicht ohnmächtig wurde, und sackte langsam in die Knie.

Der Kopflose fing ihn auf. Er legte seine Hände unter die Achselhöhlen des Killers, schleifte ihn zur Treppe und stieß ihn wuchtig die Stufen hinunter.

Das alles hatte Abe Holbrook mit ansehen müssen. Er war fast wahnsinnig in seiner Angst geworden, kniete noch immer auf dem Boden und sprang erst jetzt auf.

Er wollte wegrennen, da stellte ihm der Sammler ein Bein.

Holbrook stolperte und überschlug sich fast, soviel Schwung hatte er.

Hart fiel er zu Boden.

Augenblicklich war der Sammler bei ihm, bückte sich und hievte ihn in die Höhe.

Abe Holbrook schrie sich die Lunge aus dem Leib...

Diesen Schrei hatte ich gehört.

Ein Alarmsignal!

Ich jagte mit Riesensätzen auf das Haus zu und stand wenig später in der offenen Tür, die Beretta schußbereit in der rechten Hand haltend.

Auf dem Boden lag eine Taschenlampe. In ihrem Licht rechnete ich damit, Medusa zu sehen, doch das erwies sich als Trugschluß. Dafür sah ich zwei andere potentielle Gegner.

Die Steinernen!

Und sie befanden sich voll in Aktion. Der eine von ihnen hielt einen Mann umklammert, den ich noch nie zuvor in meinem Leben gesehen hatte. Er war es auch, der schrie.

Der Steinerne hatte die Arme hoch erhoben und kreiselte mit seinem Opfer herum.

Er sah mich.

Ich wollte schießen, doch der Mensch aus Stein reagierte genau richtig. Er schleuderte sein Opfer auf mich zu.

Wie eine Rakete flog mir der Mann entgegen. Okay, ich hätte ihm noch ausweichen können, doch dann wäre er unter Umständen gegen die Mauer geprallt und hätte sich etwas gebrochen. So ging ich ihm praktisch entgegen.

Die Aufprallwucht schleuderte uns beide um. Ich konnte noch meinen Kopf schützen, dann lag auch ich flach.

Der Mann über mir wimmerte. Darum konnte ich mich jetzt nicht kümmern. Ich schüttelte die Benommenheit ab und rollte den Knaben von mir herunter.

Die Beretta war mir aus der Hand gefallen. Sie mußte irgendwo in der Nähe liegen. Leider konnte ich sie nicht sehen, aber ich mußte mich eines Angreifers erwehren.

Und das war der Kerl ohne Kopf.

Er wankte auf mich zu, hatte seine Arme ausgebreitet. Ich fragte mich, wieso er mich sehen konnte, wo er doch keinen

Kopf hatte, aber das waren zweitrangige Probleme. Erst einmal mußte ich mich gegen ihn stellen.

Noch hatte ich die Dämonenpeitsche.

Während der Steinerne nach mir hieb und ich auswich, schlug ich einmal einen Kreis über dem Boden, und die drei Riemen der Dämonenpeitsche fielen heraus.

Jetzt ging es mir schon besser.

Er kam!

Ich wechselte die Peitsche in die Rechte und schlug zu. Die drei Riemen trafen ihn im vollen Lauf. Der Länge nach knallten sie über seinen kopflosen Körper. Regelrechte Bahnen zeichneten sich darauf ab, der Vorwärtsdrang des Monsters wurde gestoppt, er warf die Arme hoch und kippte langsam nach hinten.

Der Steinerne knirschte.

Es waren Geräusche, die mir Schauer über den Rücken jagten. Wie ein Clown wankte das kopflose Monster von einem Fuß auf den anderen. Die Risse wurden immer breiter. Sie durchzogen seinen Torso wie ein Spinnennetz.

Und dann hörte ich den Schrei.

In höchster Todesnot war er ausgestoßen worden und brach ab, als der Torso zerfiel.

Ich konnte mir vorstellen, was geschehen war. Irgendwo mußte sich der Kopf des Steinernen befinden. Kopf und Torso standen noch immer auf irgendeine Art und Weise in Verbindung. Der eine hatte den Tod des anderen mitbekommen.

Und der Schrei war unten in einem Keller aufgeklungen. Jetzt wußte ich mein weiteres Ziel.

Der Torso verging. Staub blieb zurück.

Grau und unansehnlich...

Ich wollte so rasch wie möglich in diesen geheimnisvollen Keller, doch die Stimme des Mannes hielt mich zurück.

»Mister...«

»Sind Sie verletzt?« fragte ich.

»Nein, ich...«

»Dann komme ich gleich. Wo sind die beiden Männer aus dem Mercedes? Unten?«

»Ja.«

»Und was befindet sich da?«

»Weiß nicht. Medusa?«

Ich hörte nicht mehr auf ihn, sondern lief in Richtung Kellertreppe. Es gab keine Tür, nur einen offenen Durchlaß. Unterwegs stolperte ich über die Beretta. Schnell nahm ich die Waffe an mich.

Und dann kam ich nicht mehr weiter. Voll lief ich gegen das Hindernis.

Es war keine Tür, sondern eine magische Sperre, die aus dem Nichts entstand. Zuerst hatte ich nur ein Flimmern gesehen, dann verdichtete es sich, und ich hatte das Nachsehen.

Hinter mir lachte der andere auf. »Ja, sie wollen dich nicht in den Keller lassen. Ist ganz gut so. Vielleicht bleibst du so am Leben...«

Ich ging zurück.

Der Sprecher hockte auf dem Boden. Sein Kopf pendelte von einer Seite auf die andere. Ich sah das Blut in seinem Gesicht und die schiefe Nase.

Wenn er nicht mehr abbekommen hatte, konnte er froh sein. Das war leicht zu richten.

Ich blieb bei ihm stehen. »Was wissen Sie?«

»Nichts«, erwiderte er, »nichts.«

»Gibt es noch einen anderen Weg in den Keller?«

»Weiß ich nicht.«

»Wer sind Sie überhaupt?«

Er schaute mich an. »Ich bin Abe, das größte Schwein aus Tullham. Ich habe die anderen betrogen und beschissen...« Er lachte und weinte in einem.

Ich ließ ihn in Ruhe. Diesem Mann konnte vorerst keiner helfen. Er hatte einen Schock erlitten. Vielleicht sollte man so schnell wie möglich einen Arzt einschalten.

Es waren Gedanken, die durch meinen Kopf zuckten, aber nicht so leicht in die Tat umgesetzt werden konnten.

Für mich ging es in erster Linie um die Gegner.

Und da standen die Medusa und dieser andere Steinerne an erster Stelle. Ich ging auf die magische Sperre zu.

Im ersten Moment hatte sie mich überraschen können. Aber ich besaß ein magisches Gegenmittel.

Das Kreuz!

Vielleicht konnte ich damit die Sperre zerstören.

Rasch holte ich das wertvolle Kruzifix hervor, wog es kurz in der Hand und näherte mich der Sperre.

Ich streckte den Arm aus.

Das Flimmern wurde intensiver, doch dann hörte es blitzschnell auf, und es entstanden Löcher, als hätte jemand mit der Schere in den magischen Vorhang hineingeschnitten.

Ein letztes Mal führte ich das Kreuz von unten nach oben.

Die magische Sperre verschwand.

Freie Bahn für mich.

Ich machte mich auf den Weg.

Ohne Spiegel...

Die beiden Mafiosi erlebten die Hölle!

Sie hatten den Sturz überlebt, wußten aber nicht, ob es besser gewesen wäre, sich das Genick zu brechen, denn so blieb ihnen das Grauen nicht erspart.

Paresi war als zweiter die lange Treppe hinuntergeworfen worden. Dabei hatte er das Gefühl gehabt, jeder Knochen würde ihm einzeln aus dem Körper gerissen.

Aber er überstand den Fall ohne lebensgefährliche Verletzungen, und er fiel in dem Augenblick gegen seinen Partner Mort Millon, als dieser sich erheben wollte.

Gemeinsam landeten sie wieder am Boden und bildeten ein wirres Knäuel. Sie blieben erst einmal liegen. Keinem war es möglich, sich so schnell zu erheben.

Schließlich kroch Mort Millon unter seinem Partner hervor. Sein massiger Körper glitt über den kalten Steinboden, er schleifte durch den Staub, der dem Mann auch in Mund und Nase drang.

Millon stemmte sich hoch. Er war allerdings zu schwach, um auf die Füße zu gelangen. Es blieb ihm nichts anderes übrig, als sich hinzuknien.

Langsam hob er den Kopf.

Ihn traf fast der Schlag, als er sah, wo er gelandet war!

Mort Millon mußte der Keller vorkommen wie der Vorhof zur Hölle. Überall standen Pfähle. Das grüne, magische Licht ließ den gesamten Keller mit seinen makabren Trophäen noch schauriger erscheinen, als er ohnehin schon war. Er bot ein unheimliches Bild, und das Licht hatte sich auch über die Schädel gelegt. Irgendwie wirkten sie gar nicht mehr steinern, sondern so, als würde ein unirdisches Leben in ihnen stecken.

Da waren die Augen, die sich bewegten, die Lippen, manche halboffen, als würde jeden Augenblick ein Schrei aus ihnen hervordringen. Makabre Beweisstücke eines gefährlichen Dämons und der Schwarzen Magie.

Wo war er hier gelandet?

Mort Millons Angst steigerte sich. Er und Paresi waren harte Brocken, aber dieser Anblick warf die beiden Killer völlig aus der Bahn.

Millon drehte den Kopf.

Auch Paresi hatte sich aufgerichtet. Er kniete wie Mort Millon. Sein Gesicht war gezeichnet. Dreck und Blut hatten einen Film gebildet, und in seinen Augen stand die Angst.

Aber auch die Ratlosigkeit. Paresi wußte ebensowenig Bescheid wie sein Killerpartner.

Und dann bekamen sie zu spüren und zu sehen, wie es war, wenn ein Schädel starb.

Sie hörten den Aufschrei.

Der Kopf, der links von ihnen auf einer Stange saß, hatte den Mund geöffnet.

Aus ihm drang der Schrei.

Er zitterte durch den großen Kellerraum. Im nächsten Moment zeigte der Schädel Sprünge, und das Schreien übertönte sogar das Knirschen, mit dem der Stein auseinanderplatzte.

Staub rieselte auf die beiden Männern.

Dann war der Pfahl leer!

»O verdammt!« keuchte Millon. »Wo sind wir hier gelandet?«

»Ich weiß es nicht!« Paresi fiel es schwer zu sprechen. Seine Lippen waren aufgeplatzt.

»Wir müssen hier weg, Vic. Zum Henker, wir müssen hier weg. Ich werde noch verrückt!« Mort Millon stieß die Sätze abgehackt hervor. Auch ihm war es nicht mehr möglich, normal zu reden.

»Ihr bleibt!«

Die kalte Stimme hallte durch das unterirdische Gewölbe und ließ die Männer zusammenzucken.

Sie war von vorn an ihre Ohren gedrungen. Als sie den Kopf hoben, sahen sie die Bewegung.

Er kam.

Der Sammler!

Er bewegte sich zwischen den aufgestellten Pfählen. Die beiden Mafiosi erkannten, daß er durch einen schmalen Gang schritt. Sie hatten beide ihre Köpfe in den Nacken gelegt und starrten ihn aus ihrer knienden Stellung an.

Der Sammler stoppte zwei Schritte vor ihnen. Jetzt neigte er seinen Schädel und schaute sie an. Ein diabolisches Grinsen verzerrte seine Lippen.

»Das ist der Tod!« versprach er mit dumpfer Stimme. »Ihr seid hergekommen, ich werde euch zu meinen Dienern machen und euch in die Sammlung einreihen.«

»Was... was willst du?« keuchte Paresi.

»Ihr werdet Medusa sehen, die Schlangenköpfige.«

Mort Millon konnte mit dieser Antwort nichts anfangen, dafür aber Paresi, denn er war der etwas intelligentere der beiden Mafiakiller.

»Die gibt es nicht!« würgte er hervor.

Der Sammler lachte. »Glaubst du das?« Er drehte sich um und vollführte dabei eine weitumfassende Handbewegung. »Da, ihr braucht nur zu schauen. Seht euch doch die Köpfe an. Das sind die Erben der Medusa. Oder wie sollen sie sonst zu Stein geworden sein?«

Die Antwort reichte Paresi. Er schwieg. Und er wußte, daß sie diesem steinernen Menschen auf Gedeih und Verderben ausgeliefert waren. Ihm und der Medusa.

Sein Innerstes krampfte sich zusammen. Er schluckte ein paarmal, und sein Partner Millon begann zu lachen.

»Ich werde verrückt!« kicherte er. »Ich, nein, wir sollen zu Stein werden...« Er verstummte, denn wie auch sein Partner hatte er das summende Geräusch gehört.

Der Sammler hielt die Säge in der Hand!

Die Augen der Mafiosi wurden groß. Entsetzen zeichnete sich in ihren Blicken ab.

Paresi und Millon rutschten zurück, bis sie die unterste Stufe an ihren Sohlen spürten.

Sie ahnten Schlimmes – und erhielten auch gleich darauf die Bestätigung. »Damit«, versprach der Sammler, »werde ich euch eure Köpfe abschneiden, wenn sie zu Stein geworden sind. Es ist eine Steinsäge, sie hat mir schon gute Dienste geleistet.« Er lachte, verstummte jedoch sehr schnell, denn er hatte Schritte vernommen.

Der Sammler drehte sich um.

Die Mafiosi hielten den Atem an.

»Sie kommt!« rief der Sammler. Er lachte wild. »Medusa kommt...«

Dobbs hatte nicht gelogen.

Medusa kam tatsächlich.

Plötzlich wurde es still in dem Gewölbe. Die Killer hörten die Schritte. Noch waren sie etwas weiter entfernt, aber sie wurden von Sekunde zu Sekunde lauter.

Die Dämonin näherte sich...

Sie schritt den Gang entlang, den auch der Sammler genommen hatte. Und sie ließ sich Zeit.

Aber man hörte ihre Stimme.

»Zwei neue Opfer«, sagte sie. »Ich freue mich schon darauf, wenn sie mich ansehen. O ja, mein Gesicht wird euch gefallen. Ganz sicher werdet ihr Spaß daran haben...«

Und dann war sie zu sehen.

»Schau nicht hin!« krächzte Paresi, der die Sage um diese Frau sehr gut kannte.

Aber Millon hörte nicht – und es passierte nichts.

Medusa hatte ihren Kopf verhängt. Ein dunkles Tuch verbarg das Gesicht.

Unter dem Tuch bewegten sich die Schlangen. Sie ringelten auf und nieder, der Stoff geriet in wallende Bewegungen, und als nichts geschah, blickte auch Paresi auf.

War das Ganze nur Bluff?

Kein Gesicht, keine Schlangen...

Paresi wußte es nicht. Wenn er sich jedoch die zahlreichen versteinerten Köpfe anschaute, dann wollte er an einen Bluff nicht so recht glauben.

Nein, sie spielte nur mit ihnen.

»Wer war da ungläubig?« fragte die Frau.

»Beide«, erwiderte der Sammler.

»Dann werden wir sie mal vom Gegenteil überzeugen«, sagte die Medusa, hob ihren rechten Arm, und die fünf Finger krallten sich in das Tuch.

Mort Millon blieb stumm, aber Paresi reagierte. »Nein!« krächzte er. »Bitte nicht...«

Die Medusa lachte nur. Dann riß sie mit einem Ruck das Tuch ab.

Blitzschnell senkte Paresi den Blick. Er wollte nicht hinschauen, er wußte um den grausamen Fluch.

Aber Mort Millon starrte die Frau an. Noch nie hatte er etwas von der Sage gehört, das wurde ihm nun zum Verhängnis.

Der Mafioso blickte direkt in das Gesicht der unheimlichen Medusa.

Weit riß er den Mund auf. Er sah die kleinen, grünen Schlangen auf dem Kopf, die einen wilden Tanz aufführten, und er sah das glatte, kalte Gesicht der Medusa.

Beides zusammen bewirkte den Schock.

»Mort!« keuchte Paresi. »Mort, was ist mit dir?«

Millon gab keine Antwort. Auch wenn er gewollt hätte, wäre es ihm nicht möglich gewesen. Sein Innerstes schien einzufrieren. Sämtliche Gefühle erstarrten, und mit ihnen wurde auch die Haut zu Stein. Die Farbe änderte sich, das Helle verschwand und machte einem unansehnlichen Grau Platz.

Bewegen konnte sich Millon nicht mehr. Er war bereits zu einem Steinblock geworden und blieb in seiner knienden Haltung hocken. Mort Millon konnte sich nicht mehr rühren.

Aus – vorbei...

Der Sammler nahm die Säge und schaltete sie ein.

Paresi hörte das summende Geräusch. Obwohl er nichts gesehen hatte, wußte er genau, daß sein Kumpan dem grausamen Schicksal nicht entronnen war.

Vicente Paresi dachte in diesen Augenblicken seltsam klar. Und er tat das in seiner Situation einzig Richtige. Er warf sich herum, bedeckte mit der Hand seine Augen und kroch die Stufen der Treppe hoch. Alle Kräfte raffte er zusammen, er wollte aus diesem höllischen Keller entkommen und nicht ebenfalls zu Stein werden.

Da hörte er Medusas Stimme.

»Pack ihn, Sammler! Schaff ihn her!«

Vicente Paresi hatte nicht mehr die Kraft, sich auf die Beine zu stemmen und zu flüchten. Er kam noch eine Stufe hoch, als er die kalte Hand im Nacken spürte.

Dobbs war da!

Ich schlich die ersten Stufen hinab.

Selten in meinem Leben war ich so konzentriert gewesen. Ich wußte ungefähr, was mich in dem verdammten Keller da unten erwarten würde.

Medusa!

Und ich besaß keine Waffe, um sie entscheidend zu treffen. Wie sie auf das Kreuz reagieren würde, war mir unbekannt, vielleicht übernahm es die Funktion eines Spiegels.

Der Sage nach hatte ihr ja Perseus den Kopf abgeschlagen. Wenn das stimmte, durfte sie eigentlich gar nicht existieren. Oder gab es mehrere Medusen?

Wer konnte das wissen?

Ich hielt mich dicht an der Wand. Die Treppe machte einen kleinen Bogen, ich hörte auch Stimmen zu mir hochschallen und identifizierte eine Frauenstimme.

Demnach war Medusa da!

Für mich eine schlimme Erkenntnis, allerdings auch nicht zu ändern. Ich mußte das Beste aus meiner Lage machen.

Die nächsten Stufen.

Grünes Licht umgab mich. Magisches Licht.

Und dann sah ich den Mann aus dem Mercedes und hörte gleichzeitig die Stimme der Medusa.

»Pack ihn, Sammler! Schaff ihn her!«

Hinter dem Kriechenden tauchte dieser Sammler auf. Er verwehrte mir den Blick auf die Medusa. Der Steinerne, der mich schon auf der Straße überfallen hatte, bückte sich und griff mit der freien Hand nach dem Mafioso.

In der anderen hielt er die eingeschaltete Säge.

Ich setzte alles auf eine Karte, sprang die nächsten Stufen hinunter und schrie: »Laß ihn los!« Der Sammler erstarrte.

Er hob den Blick, sah mich und brüllte: »Da ist er! Da ist der verdammte blondhaarige Kerl!«

Diese Worte waren an Medusas Adresse gerichtet, und mir blieben nur noch Sekunden, um einen Ausweg zu finden.

Ich mußte alles risikieren. Das hatte mit Heldentum nichts zu tun und auch nichts mit dem Wegwerfen des eigenen Lebens. Es war der reine Selbsterhaltungstrieb und der Wille zum Überleben. Zudem hoffte ich auf mein Kreuz.

Ich stieß mich ab.

Fünf Stufen trennten mich von dem Steinernen. Bevor der Sammler überhaupt reagieren konnte, flog ich schon auf ihn zu. Ich prallte gegen ihn, die Riemen der Peitsche berührten seinen Körper, er brüllte dumpf auf, die Säge polterte zu Boden, und dann fielen wir gemeinsam die Treppe hinunter.

Mein Kreuz baumelte außen vor der Brust. Es berührte den Steinernen und fräste ein Loch in seinen Körper. Eine Staubwolke puffte in dem Moment auf, als wir zu Boden prallten.

Mir fuhr der Aufprall durch sämtliche Nervenbahnen, denn ich lag unten, und der Sammler deckte mich mit seinem Körper. Das war mein Glück, so konnte mein Blick nicht auf Medusa fallen.

Ich stemmte den Steinernen auch nicht von mir, sondern schlang den linken Arm um ihn und klammerte mich so fest, daß der andere sich nicht befreien konnte.

Aber er löste sich auf.

Dicht vor mir sah ich sein Gesicht. Die tönerne Haut bekam plötzlich Risse, aus denen der graue Steinstaub quoll.

Ich vernahm das Kreischen der Medusa, brachte meinen rechten Arm unter dem Körper des Sammlers hervor und schoß.

Aufs Geratewohl jagte ich die Silberkugeln hinaus. Viermal drückte ich ab und verzeichnete auch Treffer.

Ich hörte Ein- und auch Aufschläge. Wahrscheinlich hatte ich die Köpfe von den Pfählen geschossen.

Unter meinem Griff zerbröckelte der Sammler zu Staub. Die Wolke hüllte mich ein, seine Stirn sackte ein, die Nase zerfiel, alles wurde brüchig.

Höchstens noch Sekunden konnte ich ihn als Deckung vor mir halten. Ich rollte mich unter ihm weg und gelangte mit einem Sprung auf die Beine, wobei ich mich hütete, in das Gewölbe hineinzuschauen.

Statt dessen starrte ich gegen die Wand.

Dann steckte ich die Beretta weg und nahm das Kreuz. Ich hielt es vor mein Gesicht, die Augen hatte ich nur einen Spalt geöffnet. Ich blinzelte über die beiden Seiten des Querbalkens hinweg.

Wo steckte die Medusa?

Ich sah sie nicht, aber ich hörte ihre Stimme. Sie sprühte vor Gift. »Ich kriege dich, Verdammter. Ich kriege dich!«

»Dann komm her!«

Sie kam nicht, sondern schickte ihre Schlangen. Zuerst hörte ich nur das Zischeln, dann sah ich sie selbst.

Zwischen den aufgestellten Pfählen ringelten sie sich voran. Eine schlängelnde, grüne, sich bewegende Masse, die ihren weiteren Weg suchte und fand.

Mich!

Hinter mir kroch der Mafioso die Treppe hoch. Ich ließ ihn laufen. Er war jetzt nicht mehr wichtig. Nur noch die Schlangen und Medusa zählten.

Ich hielt die Peitsche schlagbereit.

Und dann, als die kleinen, grünen Schlangen nahe genug waren, fuhren die drei Riemen in die Masse der Leiber hinein und schufen dort eine gewaltige Bresche.

Freie Bahn!

Ich wagte es und schritt vor, immer wieder mein silbernes Kreuz vor das Gesicht haltend.

Die Schlangen wichen zurück. Sie spürten die fremde, für sie tödliche Magie und flohen.

Noch immer schrie die Medusa.

»Ich komme!« rief ich.

Sie gab keine Antwort mehr, sondern hielt sich zurück. Doch sie arbeitete mit allen Tricks.

Links von mir begannen die verdammten Pfähle zu wanken. Es waren drei, die mir entgegenstürzten. Ich trat zur Seite und berührte einen fallenden Schädel mit dem Kreuz.

Er zerfiel, kaum daß er den Boden berührt hatte.

Dann blieb ich stehen, denn Medusa hatte wirklich alles eingesetzt. Wie sie das machte, wußte ich nicht, jedenfalls gerieten sämtliche Pfähle in Bewegung. Erst zitterten sie nur, dann kippten sie um.

Im Nu sah ich mich eingekreist von einem Gewirr von Stangen und Pfählen. Sie berührten gar nicht erst den Boden, denn sie verkanteten sich ineinander und bildeten somit ein hölzernes Netzwerk, das mich regelrecht einkesselte.

Auch die Schädel blieben nicht auf den Stangen. Sie kippten herunter, schwere Steinköpfe, die mir, wenn sie mich trafen, Verletzungen beibringen konnten.

Ich duckte mich, so tief es ging, und zerstörte auch zahlreiche Köpfe durch mein Kreuz. Nur schlagen konnte ich nicht. Den Arm mit der Dämonenpeitsche bekam ich kaum hoch, zu sehr war ich durch die kreuz und quer stehenden Stangen und Pfähle behindert.

Ich mußte noch tiefer in die Knie, denn unter den Pfählen konnte ich mich weiterbewegen, weil sie so etwas wie ein Dach bildeten.

So kroch ich tiefer in den Keller hinein. Es gab Stellen, wo ich besser vorankam, dann wieder mußte ich einen Pfahl zur Seite rollen. Dabei durfte ich mich um Himmels willen nicht von der Medusa überraschen lassen.

Schaute ich sie an, erstarrte ich zu Stein.

Es war ruhig geworden, keine Stange fiel mehr um.

Und dann verlöschte das Licht.

Es geschah nicht schlagartig, sondern langsam wie im Kino, wenn der Film beginnt.

Das grüne Flimmern trat zurück und war schließlich ganz verschwunden.

Das hatte mir noch gefehlt.

Ich hockte in diesem verdammten Keller und wußte nicht, wie ich mich aus dem Gewirr befreien sollte.

Ich hängte mir das Kreuz wieder um, damit ich eine Hand frei hatte. Die glitt in die Seitentasche.

Mit spitzen Fingern holte ich meine kleine Lampe hervor. Sie gab zwar wenig Licht, aber sie war besser als nichts.

Plötzlich meldete sich die Medusa wieder.

»Ich komme, mein Freund, ich komme...«

Wie ein Tier kroch er die Treppe hoch. Paresi war am Ende seiner körperlichen und seelischen Kraft. Er war mit dem Leben davongekommen und wußte, daß er es nur einem unglaublichen Zufall zu verdanken hatte. Als er die Stufen hinter sich hatte, da atmete er auf. Zum erstenmal fühlte er sich besser.

Er kam auf die Füße. Dabei mußte er sich an der Wand abstützen, seine Nägel brachen an dem rauhen Stein, aber es gelang ihm stehenzubleiben.

Auf einmal war es dunkel.

Der Mafioso zuckte zusammen. Er hatte gar nicht mitbekommen, wie das Licht langsam verlöschte, nur die Dunkelheit überraschte ihn. Vor der Treppe stehend, drehte er sich noch einmal um und schaute mit einem letzten Blick zurück.

Das war sein Fehler!

Weit unten stand Medusa.

Und ihre Blicke kreuzten sich.

Ihr Gesicht leuchtete in der Dunkelheit, von dem Körper war nichts zu sehen, der Kopf mit den züngelnden, grünen Schlangen schien in der Luft zu schweben.

Vicente Paresi öffnete den Mund.

Er kam nicht mehr dazu, einen Schrei auszustoßen. Von einer Sekunde zur anderen versteinerte sein Körper.

Jede Bewegung stockte, das Blut floß nicht mehr, der Anblick dieser Frau verwandelte Vicente Paresi in eine Steinfigur.

Medusa aber lächelte.

»Alle kommt ihr an die Reihe«, flüsterte sie. »Alle...« Sie drehte sich wieder um. »Und auch noch der letzte, der sich in meinem Reich aufhält...«

Ich gab keine Antwort, sondern verhielt mich mucksmäuschenstill. Sollte die Medusa doch anfangen. Allerdings war ich ein wenig zur Seite gerutscht, denn wo ich jetzt hockte, da standen die Balken höher, sie bildeten ein kleines Dach, unter dem ich Schutz gefunden hatte und abwarten wollte.

Ihre Schritte hörte ich nicht. Diese Dämonin schaffte es tatsächlich, sich lautlos voranzubewegen. Nicht ein Geräusch veriet, wo sie sich aufhielt.

Ich hoffte nur, daß sie ihre verdammten Schlangen nicht vorschickte, denn die konnten sich ebenfalls lautlos heranschleichen.

Nein, die Schlangen kamen nicht.

Dafür erschien sie.

Ich ahnte die Bewegung mehr, als daß ich sie sah. Ein Holzbalken nahm mir einen Teil der Sicht, ich hörte das Kichern, dieses Triumphlachen – und sah ihr Gesicht!

Wer sie anschaut, wird zu Stein!

Mein Schicksal schien besiegelt zu sein...

ENDE

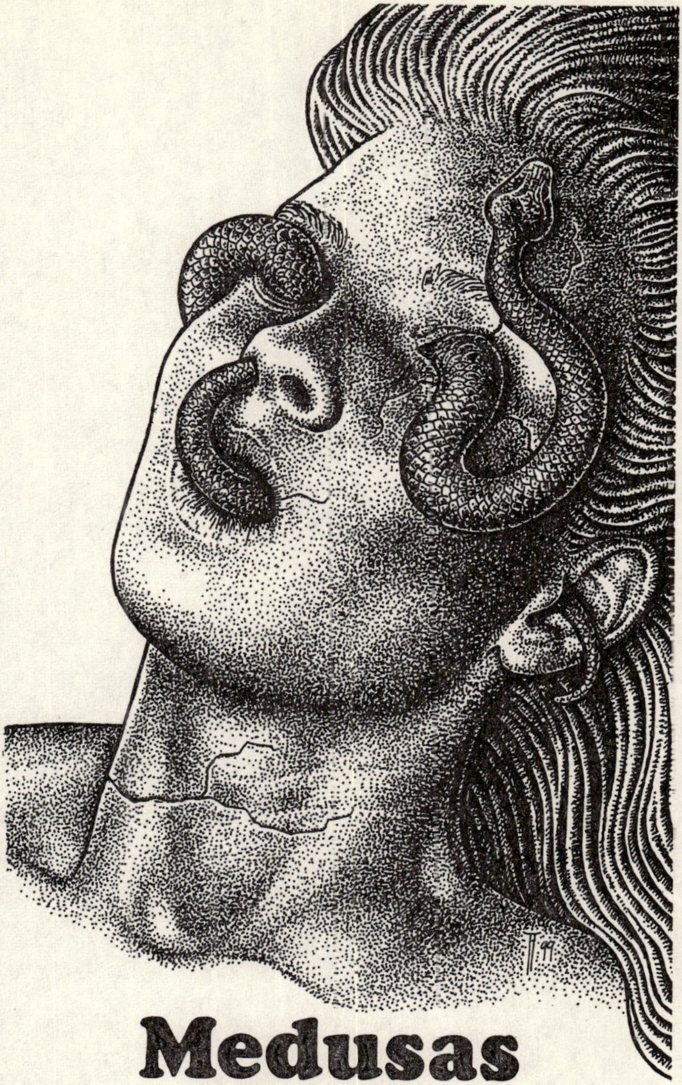

Medusas Rache

Es ging um Bruchteile von Sekunden!

Medusa oder ich! Eine andere Alternative gab es nicht. Wenn sie mich anschaute, wurde ich zu Stein, dann war alles aus, dann würde ich hier in diesem Kellergewölbe elendig umkommen.

Ich kam nicht vor und nicht zurück. Über mir befand sich dieses verdammte Dach aus Pfählen, so mußte ich zusehen, wie ich mich aus dieser Enge befreite.

Zudem war es stockdunkel.

Und Medusa zeigte sich mir.

Blitzschnell preßte ich meine Hand gegen die Augen, ich wollte sie nicht sehen, denn ich wußte nicht, ob mich das Kreuz schützen konnte.

Sie lachte. »Mein Gesicht leuchtet, Sinclair. Komm, schau mich genau an!«

Verdammt, sie wußte sogar meinen Namen. Ich konnte nicht wissen, daß sie sich mit Asmodina getroffen hatte, obwohl die beiden schon fast Feindinnen waren.

»Ich komme näher«, sagte sie, »immer näher...«

Verflixt, was sollte ich tun? Ich bewegte meinen Kopf um eine Winzigkeit voran und stieß mit der Stirn gegen einen Holzbalken.

Das war gut.

Ich öffnete die Augen.

Nicht Medusas Gesicht schaute mich an, sondern ich starrte auf den dunklen Balken.

Ein zentnerschwerer Stein fiel mir vom Herzen. Aus den Augenwinkeln nahm ich das Leuchten wahr.

Grünlich und zitternd.

Wie die Schlangen, die auf dem Kopf dieses weiblichen Dämons wuchsen und mich auch schon attackiert hatten.

»Ich schicke dir meine Freunde!« rief sie. »Paß auf, John Sinclair, sie werden dich bald berühren!«

Ich hielt die Augen noch immer offen und bemerkte, daß das Leuchten schwächer geworden war. Medusa mußte einen Stellungswechsel vorgenommen haben.

Vielleicht blickte sie in diesem Augenblick nicht mehr zu mir hin.

Freunde, ich riskierte alles. So schnell es ging, drehte ich mich in diesem verdammten Balkengewirr und hatte tatsächlich unwahrscheinliches Glück.

Medusa sah zur Seite. Sie hielt den Kopf etwas gesenkt, deutlich sah ich das Flimmern der grünen Schlangenhaare.

Plötzlich hielt ich den Dolch in der Hand. Ich wußte selbst nicht, warum ich nicht die Beretta nahm. Ich hob meinen Arm, fand eine Lücke und schleuderte die Waffe.

Ein silberfarbener Blitz fegte durch die Luft.

Vielleicht hatte sie etwas geahnt, denn sie drehte sich in dem Moment um, als der Dolch sie traf.

Ich ging wieder auf Tauchstation, kniff die Augen zusammen und hörte ihre gellenden Schreie.

Der geweihte Dolch mußte ihr in den Kopf gefahren sein.

Sie heulte, fluchte und schrie, wünschte mich in die tausendste Hölle, aber das kümmerte mich nicht. Hauptsache, ich hatte sie erwischt.

Plötzlich füllte das grüne Licht das Gewölbe, ich hatte schon die Beretta gezogen, als sie den Dolch zurückwarf.

Ich preßte mich auf den Boden.

Dicht über mir blieb die Waffe in einem Balken stecken, während die Medusa noch immer schrie. Dann hörte ich ihre Schritte. Sie näherten sich der Treppe, und als ich einen vorsichtigen Blick riskierte, eilte sie die Stufen hoch.

Medusa floh!

Ich mußte sie doch hart getroffen haben. Bevor sie ganz verschwand, drehte sie sich noch einmal um.

Bei einem anderen Dämon hätte ich geschossen. Doch als sich Medusa noch in Bewegung befand, ging ich bereits auf Tauchstation, damit sie mich nicht ansehen konnte.

Aber sie schrie mir ihre Rache entgegen. Einen fürchterlichen Schwur. »Ich werde mich rächen, John Sinclair. In London wirst du die Hölle erleben! Denk daran, in London!«

Ich aber blieb hocken. Und ehrlich gesagt, mir war speiübel zumute.

Es war keineswegs einfach, unter dem Pfahlgewirr hervorzukriechen. Ich mußte ziemlich lange suchen, bis ich einen Weg gefunden hatte. Inzwischen war die Medusa längst über alle Berge. Mein Silberdolch hatte sie zwar nicht getötet, aber angekratzt, auch ein kleiner Erfolg. Richtig packen konnte ich sie nur mit einem Spiegel. Bei der nächsten Begegnung hoffte ich, besser gerüstet zu sein.

Ich schaltete meine Bleistiftleuchte an und ließ den Arm einmal kreisen.

Ich hatte mit Hilfe der Dämonenpeitsche zwar zahlreiche Köpfe zerstört, aber längst nicht alle. Die meisten lagen auf dem Boden, ein makabres Erbe, das der Sammler und Medusa hinterlassen hatten. Ich würde mit den zuständigen Dienststellen darüber reden, wie diese Dinge aus der Welt geschafft werden konnten.

Vielleicht mußte man die Schädel maschinell zerkleinern, denn es waren ja keine Menschen mehr, sondern normale Steine. Von diesem Gedanken mußte man ausgehen.

Müde stieg ich die Treppen hoch. Die Stille war für mich bedrückend. Hatte ich als einziger überlebt? Es schien mir so.

Kurz vor der untersten Stufe sah ich den ersten Mafioso. Er war nur noch ein kniendes steinernes Abbild. Ihn hatte Medusas Rache getroffen, ebenso den zweiten Killer, den ich am Ende der Treppe fand.

Ebenfalls zu Stein erstarrt.

Der Elektrohändler fiel mir ein. Sollte er es als einziger geschafft haben, der Bestie Medusa zu entkommen? Als ich die Eingangshalle betrat, hörte ich das leise Wimmern.

So schrecklich das Geräusch auch war, mir fiel trotzdem ein Stein vom Herzen.

Abe Holbrook lebte.

Er hatte das Beste gemacht, was er überhaupt tun konnte. Er hatte sich in einen Winkel verkrochen. Dort hockte er nun in sich zusammengekrümmt und schluchzte vor sich hin.

Ich leuchtete ihn an.

Holbrook merkte es nicht einmal. Er befand sich in einer anderen Welt. Ich ließ ihn sitzen und ging zurück, weil mir bei dem zweiten Mafioso etwas aufgefallen war.

Ja, geirrt hatte ich mich nicht. Neben dem Versteinerten lag eine mit hellem Pulver gefüllte Plastiktüte auf dem Boden. Traubenzucker war das bestimmt nicht.

Ich hob die Tüte auf, kostete ein wenig von dem Zeug und nickte. Das war Kokain. Und irgendwie mußte Holbrook auch in diesem Geschäft mit drinhängen. Das zu klären war Aufgabe der Kollegen, nicht die meine. Ich nahm die Tüte nur mit.

Dann mußte ich mich um Holbrook kümmern. Sobald ich ihn berührte, begann er zu schreien. Ich wußte nicht, was ich mit dem Mann machen sollte, und griff schließlich zur Radikalkur. Mit einem gezielten Schlag schickte ich ihn ins Reich der Träume.

Tief atmete ich die Nachtluft ein, als ich draußen stand. Holbrook hatte ich zurückgelassen. Andere sollten sich um ihn kümmern. Hauptsache, er lief nicht weg oder drehte sonstwie durch.

Auch den toten Polizisten fand ich wieder. Ich war sicher, daß er durch Mafiakugeln gefallen war.

Eine schlimme Sache.

Mittlerweile hatte sich die Aufregung gelegt. Als ich zehn Minuten später meinen Wagen erreichte, da dachte ich schon wieder an die Zukunft.

Medusa hatte mir finstere Rache geschworen. Ich glaubte daran, daß sie alles tun würde, um diese Rache auch in die Tat umzusetzen. Ich konnte mich da auf einiges gefaßt machen.

In Tullham hatten sich die Gemüter noch immer nicht beruhigt. Zahlreiche Menschen befanden sich trotz der Dunkelheit noch auf der Straße und diskutierten die Ereignisse. Die Steinernen waren aufgetaucht. Ein Körper ohne Kopf hatte die Einwohner in Angst und Schrecken versetzt. Sie brauchten nun nichts mehr zu befürchten. Das Kapitel Sammler war abgeschlossen und das Kapitel Medusa aufgeschlagen. Doch das interessierte nur mich.

Vor der Polizeistation parkte ich vorschriftswidrig. Es ging nicht anders.

Dean Summer erwartete mich. Er stand in der Tür und lief mir entgegen, als ich ausstieg.

»Und?« rief er.

»Können wir rein?«

»Natürlich.«

Wir waren allein auf dem Revier. »Die Sache mit den Versteinerten ist erledigt«, machte ich Summer klar, »aber es gibt einen Toten. Ihr Kollege Melvin Nichols.«

»Nein!« Summer wurde blaß. Seine Hand fuhr hoch zur Kehle und krallte sich dort fest.

Ich nickte nur.

Der Mann schämte sich seiner Tränen nicht. Auch ich spürte ein verdammt mieses Gefühl in mir.

»Entschuldigung«, sagte der Beamte und schluckte. »Aber Melvin und ich waren Freunde.«

»Ich kann Sie verstehen.«

Anschließend berichtete ich, was vorgefallen war. Ich erkannte auch, daß Dean Summer mit diesen Problemen vollkommen überlastet war, und versprach, ihm Hilfe aus London zu schicken.

Und nach London mußte ich anrufen.

Zuerst Suko. Den holte ich aus dem Bett, hörte aber keine Vorwürfe.

Ich berichtete stichwortartig und bat den Chinesen, auf meine Wohnung achtzugeben.

Das versprach er hoch und heilig.

»Und lege dir einen Spiegel bereit, falls unsere Freundin auftaucht«, wies ich ihn an.

»Darauf kannst du dich verlassen.«

Dann sprach ich lange mit Sir James Powell. Auch er mußte Bescheid wissen, was unter Umständen auf die Riesenstadt noch alles zukommen würde.

»An welche Gegenmaßnahmen dachten Sie?« fragte er mich.

»Keine Ahnung.«

»Aber Sie müssen doch...«

»Wahrscheinlich ist sie nur auf mich fixiert«, erwiderte ich. »Mich hält hier nichts mehr. Ich fahre gleich los.« Dann forderte ich noch ein paar Beamte an, die die örtlichen Behörden hier unterstützen sollten.

Der Superintendent gab grünes Licht.

Ich verabschiedete mich von Dean Summer. Das Rauschgift

ließ ich da. Summer wollte sich persönlich um diesen Abe Holbrook kümmern. Als er das sagte, war mir wohler.

Fünf Minuten später lag Tullham hinter mir.

Als ich in London eintraf, war sich todmüde. Jetzt brauchte ich nur noch eins – ein Bett.

Auf der Fahrt hatte ich auf weitere Verfolger geachtet, denn ich nahm den Racheschwur der Medusa verdammt ernst, doch niemand hatte sich auf meine Fersen gesetzt. Weder Medusa noch einer von ihren gefährlichen lebenden Steinmenschen.

Unangefochten erreichte ich die Millionenstadt an der Themse. Ich rollte über ziemlich leere Straßen. Es war die vierte Morgenstunde, die Zeit zwischen Tag und Traum gewissermaßen, da holte die Stadt noch einmal Atem, bevor sie damit begann, in die Hektik eines neuen Tages zu fallen.

Ich kam von Süden und mußte quer durch die Stadt. Einige Ampeln waren ausgeschaltet, andere funktionierten. Wenn ich anhielt, verfiel ich jedesmal in einen Gähnkrampf. Suko war sicherlich noch auf den Beinen und würde gern mit mir reden wollen.

Ich rollte wieder an.

Trucks begegneten mir oft. Die Ritter der Landstraße standen schon früh auf, um ihre Waren in alle Teile des Landes zu schaffen. Ich wollte ein Bett und war froh, als ich in die Straße einrollte, wo ich zu Hause war.

Ich fuhr ziemlich langsam. Den Bentley wollte ich trotz allem noch in der Tiefgarage abstellen.

Wieder hörte ich das Brummen eines Truckmotors. Der Lastwagen kam mir entgegen. Die beiden Scheinwerfer blendeten mich, weil der Wagen nicht genau in seiner Spur blieb, sondern in Schlangenlinien fuhr. Normalerweise wäre ich längst mißtrauisch geworden, so aber reagierte ich ein wenig spät.

Erst als der Truck dicht vor mir war, da merkte ich, daß dieser Wagen es auf mich abgesehen hatte.

Man wollte mich töten!

Plötzlich war ich wieder voll da. Weg die Müdigkeit, jetzt reagierte nur noch der Verstand.

Ich riß meinen Bentley herum. Hart und scharf drehte ich das Lenkrad nach links, hörte die Reifen über den Asphalt jaulen und rammte mit der langen Schnauze über ein bepflanztes Blumenbeet, das einen kleinen Parkplatz von der Straße abgrenzte. Der Wagen schleuderte etwas, brach mit dem Heck aus, wühlte Erde und Dreck auf und stand.

Ohne Kollision hatte ich es geschafft. Ich blieb nicht länger im Wagen sitzen, öffnete den Schlag und jumpte nach draußen.

Der Lastwagen stand.

Das wunderte mich, denn wenn es wirklich ein Anschlag auf mein Leben gewesen war, dann hätte der Fahrer die Flucht ergreifen müssen. Der Motor lief noch, und die beiden schweren Vorderräder hatten auf einem Gehsteig ihren Platz gefunden.

Ich sprang über die Blumenbegrenzung und lief auf den Lastwagen zu.

Mit der rechten Hand zog ich die Beretta, mit der linken riß ich die Tür an der Fahrerseite auf.

Zu schießen brauchte ich nicht.

Der Fahrer kippte mir entgegen.

Er war aus Stein!

Ich fing ihn auf und drückte ihn wieder in den Wagen. Dann stellte ich den Motor ab und schloß die Tür. Ein unangenehmes Ziehen breitete sich in meinem Nacken aus. Vorsichtig schaute ich mich um. Ich suchte Medusa, doch sie zeigte sich nicht. Und darüber war ich verflixt froh.

Aber sie befand sich in der Nähe. Nicht umsonst war der Fahrer dieses Trucks zu Stein geworden. Medusa mußte ihn also angeschaut haben. Eine Warnung für mich, die gar nicht hätte zu sein brauchen, denn auch ohne sie wußte ich, wie gefährlich die Schlangenköpfige war.

Ich zündete mir eine Zigarette an. Zwei Minuten wollte ich nun entspannen. Der Rauch trat aus meinen Nasenlöchern, die Augen hielt ich halb geschlossen. Von dem Fast-Unfall war nichts bemerkt worden. Kein Neugieriger betrat die Straße. Auch der Nachtportier im Haus schien eingenickt zu sein.

Ich warf die Kippe weg, trat sie aus und ging auf den Hauseingang zu. Die große Tür war abgeschlossen. Zum Glück besaß ich einen Schlüssel, öffnete und betrat die Halle.

Normalerweise hätte der Portier jetzt seinen Kopf heben müssen, das tat er nicht.

Er hockte in seiner Kabine und war wie zu Stein erstarrt.

Stein?

Auf einmal hatte ich ein ganz dummes Gefühl. Und auch so etwas wie Angst.

Die Haut auf meinem Rücken spannte sich, als ich mich der Portiersloge näherte. Die Glasscheibe stand offen. Deshalb hörte ich auch die Schnarchtöne.

Der Mann schlief. Ich gönnte es ihm, verdammt, ich gönnte es ihm von ganzem Herzen.

Der Portier hatte in seiner Bude Telefon. Ich mußte meine Kollegen anrufen, damit sie sich um die Steinleiche kümmerten. Ich allein konnte sie nicht wegschaffen.

Von der Seite her betrat ich die Loge und hob den Hörer ab. Das Freizeichen schien auf den Portier wie ein Wecksignal zu wirken, er schreckte hoch.

»Mr. Sinclair«, stotterte er verwirrt. »Was tun Sie denn hier?«

»Ich telefoniere«, erwiderte ich trocken.

Er rieb sich den Schlaf aus den Augen. Sein Gesicht nahm eine rote Tönung an. »Verdammt«, sagte er, »ich bin doch tatsächlich eingeschlafen.«

»Macht nichts.«

»Sie melden mich doch nicht?« Hoffnungsvoll schaute er mich an.

Während ich wählte, schüttelte ich den Kopf. »Nein, mein Lieber, ich gönne Ihnen den Schlaf.«

Er grinste, stand auf und verließ seine Bude. In der Halle machte er ein paar Kniebeugen.

Ein Kollege aus dem Nachtdienst meldete sich. Als er meine Stimme hörte, wurde er sofort sauer.

»Du willst doch nicht etwa sagen, daß...«

»Doch«, unterbrach ich ihn. »Schick einen Teil der Mannschaft vorbei. Ihr müßt eine Steinleiche abholen.« Ich nannte ihm die Adresse.

»Eine Steinleiche«, wiederholte er. »Klar, Steinleiche. Kenne ich mich mit aus. Bin jahrelang selbst Steinleiche gewesen.«

»Hör mal, das ist kein Witz, sondern eine verflucht ernste Sache«, wies ich ihn zurecht.

»Sorry. Passiert ja nicht jeden Tag, daß ich mit so etwas konfrontiert werde.«

Ich legte auf und wählte danach die zweite Telefonnummer. Der Apparat stand im Haus.

Suko hob sofort ab.

»Komm runter in die Halle.«

»Okay.«

Ich verließ die Loge. Der Nachtportier schaute mich an. »Ist etwas passiert?«

»Kaum.«

»Ist ja irgendwie ungewöhnlich, daß Sie so mitten in der Nacht hier erscheinen und telefonieren.«

»Sicher.« Ich behielt einen Fahrstuhl im Auge, sah die Zahlen aufleuchten, dann stoppte der Lift.

Suko stieg aus.

Schnell ging ich ihm entgegen. Bevor er Fragen stellen konnte, verließen wir das Haus.

»Die Medusa ist bereits in London«, machte ich dem Chinesen klar.

»Woher weißt du?«

Als Antwort führte ich ihn zu dem am Rand der Straße stehenden Lastwagen.

Ich öffnete die Tür.

Der Steinerne war verschwunden!

Sekundenlang stand ich sprachlos da, den Türgriff in der Hand haltend. Das war ein Schlag ins Genick. Damit hätte ich wirklich nicht gerechnet.

Teufel auch, wie konnte so etwas passieren? Hatte Medusa den Mann geholt?

»Wo ist denn deine Leiche aus Stein?« fragte Suko.

»Weiß ich nicht, zum Henker. Auf jeden Fall war sie vor einigen Minuten hoch da. Und sie hat sogar versucht, mich mit dem Lastwagen zu rammen.«

Suko nickte. »Wir müssen also damit rechnen, daß sie jemand abgeholt hat. Und zwar nicht irgend jemand, sondern deine neue Freundin, die Medusa.«

»Wie richtig.« Meine Antwort klang spöttisch.

»Und was jetzt?«

Ich blickte in die Runde. »Viel Zeit ist nicht vergangen. Irgendwo in der Nähe könnte er sich versteckt halten.«

»Falls er in der Lage ist, sich zu bewegen«, bemerkte der Chinese.

»Das ist er. Darauf kannst du dich verlassen«, erwiderte ich. »Gegen einige habe ich gekämpft und sie mit dem Kreuz erledigt. Wenn ich mir vorstelle, daß dieses ganze Theater wieder von vorn beginnt, möchte ich am liebsten auswandern.«

»Diese Medusa scheint sich ebenfalls hier aufzuhalten«, meinte Suko. »Kein beruhigendes Gefühl, wenn ich daran denke, daß plötzlich jemand vor mir steht, mich anschaut und ich zu Stein werde.«

Da hatte er mir aus dem Herzen gesprochen, aber ich sah keine Möglichkeit, ihm zu widersprechen. »Und ich habe schon die Mordkommission bestellt.«

»Wir sollten auf der Ladefläche nachsehen«, schlug Suko vor.

Das taten wir auch. Nachdem wir ein paar Schlaufen und Riemen aufgezogen hatten, lupfte ich vorsichtig die Plane an, während ich in der anderen Hand die Beretta schußbereit hielt. Ich wollte mich nicht noch mehr überraschen lassen.

Nichts geschah.

Die Ladefläche war leer. Uns strömte nur der Geruch von fauligem Obst entgegen.

»Das war's wohl«, bemerkte der Chinese ganz treffend.

Ich ließ die Plane wieder fallen, zurrte sie aber nicht fest. Dann kamen zwei Wagen an.

Ich stellte mich an den Straßenrand und winkte. Die Fahrzeuge hielten.

Bevor die Leute ausstiegen, machte ich ihnen klar, daß sie wieder verschwinden konnten.

Sie sahen mich an, als hätten sie einen Verrückten vor sich.

»Haben Sie nicht was von einer Leiche erzählt?« fragte ihr Chef, ein noch junger Polizeioffizier.

»Ja, sie war auch da.«

»Dann sollten wir vielleicht den Dieb suchen.«

Der Mann hatte gute Vorsätze, aber ich zerstörte seine Hoffnungen. »Der Tote wird von allein verschwunden sein.«

Da knallte der Kollege die Tür zu und gab das Zeichen zur Abfahrt. Er fühlte sich auf den Arm genommen. Wahrscheinlich würde er sich bei Sir James beschweren. Das juckte mich nicht.

Wir sahen den Wagen nach.

»Suchen könnten wir«, meinte Suko.

Ich schloß mich dem Vorschlag an. Weit konnte der Steinerne nicht sein. Er bewegte sich nicht so schnell wie ein Mensch. Ich glaubte auch daran, daß er sich in meiner Nähe aufhielt. Wahrscheinlich wollte er mir ans Leder und war von Medusa nur vorgeschickt worden. Suko und ich blieben zusammen, als wir um das große Haus schritten und nachforschten.

Nichts.

Der Tote schien sich buchstäblich in Luft aufgelöst zu haben. Er mußte ein verdammt gutes Versteck entdeckt haben, wenn wir ihn hier draußen nicht fanden.

Dann sagte Suko etwas, das mich elektrisierte. »Wenn er nun gar nicht hier draußen ist, sondern längst im Haus...«

Ich schaute den Chinesen an. »Verflixt, du hast recht.«

»Dann will er zu dir.«

»Und Shao ist da oben allein.«

Plötzlich hielt uns nichts mehr. Im Laufschritt jagten wir zurück ins Haus.

»John ist unten!«

Eine andere Erklärung hatte Suko seiner Freundin Shao nicht gegeben. Dann war er verschwunden.

Klar, daß die hübsche Chinesin mit den lackschwarzen Haaren nicht mehr schlafen konnte. Sie stand auf und zog ihren Morgenmantel über das hauchdünne Nachthemd.

Nach Johns erstem Anruf hatte ihr Suko stichwortartig berichtet, um was es ging. Von einer Medusa hatte Shao noch nichts gehört, auch Suko wußte nicht so genau darüber Bescheid. Ihm war nur bekannt, daß derjenige, der sie ansah, zu Stein erstarrte.

Dagegen kämpfte John.

Shao hatte Angst. So ein schlangenhäuptiges Wesen mußte etwas sehr Schreckliches sein, und noch schlimmer war es, zu versteinern. Ein Schauer rann ihr über den Rücken, als sie daran dachte.

»Es gibt nur eine Chance, ungeschoren davonzukommen«, hatte ihr Suko erklärt. »Du darfst sie nicht direkt ansehen, sondern nur durch einen Spiegel.«

Diese Worte hatte sich Shao gemerkt. »Wie kann man sie denn töten?« wollte sie wissen.

»Man muß ihr wohl den Kopf abschlagen«, erwiderte Suko.

Eine grausame Vorstellung, die Shao schaudern ließ. Doch mittlerweile hatte sie zuviel erlebt, um noch die große Angst zu zeigen. Sie selbst war in Abenteuer verwickelt gewesen und ein paarmal soeben noch mit dem Leben davongekommen.

Sie verließ das Schlafzimmer und schritt in den Livingroom. Es war ruhig in der Wohnung. Nur das Summen der Heizkörper war zu hören. Shao ging in die Küche. Immer wenn sie nachts aufstand, verspürte sie großen Durst.

Sie schenkte sich ein Glas Milch ein und trank langsam. Gerade weil es so still war, hörte sie das Geräusch draußen vor der Tür. Die Chinesin zuckte zusammen und stellte das Glas weg.

Kamen Suko und John zurück?

Nein, dann hätten sie schon längst die Tür aufgeschlossen. aber es war jemand draußen, daran gab es keinen Zweifel. Eine Gänsehaut strich über Shaos Rücken. Schauergeschichten fielen ihr ein. Alles drehte sich um diese Medusa. Wenn sie nun vor der Wohnung stand und auf sie lauerte?

Shaos Herz klopfte schneller. Auf Zehenspitzen bewegte sie sich voran. Wenn doch jetzt Suko in der Wohnung gewesen wäre, würde sie sich viel besser fühlen.

Vor der Tür stoppte sie. Dabei traute sie sich nicht, durch den gläsernen Spion zu schauen. Wenn diese Medusa wirklich draußen stand, würde ihr Anblick reichen, um Shao zu Stein werden zu lassen. Deshalb legte sie nur ihr Ohr gegen die Füllung und lauschte.

Kein Geräusch.

Langsam glaubte Shao, sich getäuscht zu haben. Sie ging ein wenig in die Höhe und riskierte nun doch einen Blick durch den runden Spion.

Der Flur lag leer vor ihr. Jedenfalls das Gebiet, das sie übersehen konnte.

Keine Gefahr.

Hatte sie sich getäuscht?

Hoffentlich, dachte Shao und ging wieder zurück in den Wohnraum. Doch das Gefühl der Unruhe blieb.

In diesem Haus ging etwas vor. Aus welchem Grunde hätte John sonst Suko nach unten geholt?

Shao dachte auch daran, daß es noch gar nicht so lange her war, als Apep, die Höllenschlange, aufgetaucht war und von dem Hochhaus hatte Besitz ergreifen wollen.

Sicher waren sie hier nicht...

Aber was war auf dieser Welt schon sicher? Wohin sie sich auch verkrochen hätten, vor ihren Gegnern, den Dämonen, konnten sie nicht fliehen. Die würden sie überall finden.

Shao blieb inmitten des Wohnraums stehen. Sie lauschte weiter, horchte auf fremde Geräusche, zu hören war nichts. Du machst dich selbst verrückt, dachte sie und vernahm dann die Schritte auf dem Flur. Wenig später wurde ein Schlüssel ins Schloß gesteckt.

Dann betraten John und Suko die Wohnung.

Shao fiel ein Stein vom Herzen.

»Alles in Ordnung?« fragte der Chinese und schaute sich um.

»Ja, was sollte denn sein?«

»Nichts.« Suko lächelte. Allerdings ein wenig verkrampft.

Ich hatte ebenfalls nichts gesehen und holte es nach, Shao zu begrüßen. Sie hauchte mir einen Kuß auf die Wange. »Hast du den Fall gut überstanden, John?«

Ich winkte ab. »So leidlich.«

»Dann war es schlimm?«

»Medusa ist mir entkommen, und sie steckt in London, wie dir Suko sicherlich schon gesagt hat.«

»Ja, das stimmt.« Shao sah mich fragend an. »Und was war unten los?«

Ich erzählte er ihr.

»Ein Versteinerter«, flüsterte sie. »Himmel, so etwas habe ich ja noch nie gesehen.«

»Hoffentlich bleibt dir der Anblick erspart«, erwiderte ich. »Hier suchen wir allerdings auch.«

»Du hast nicht zufällig etwas bemerkt?« wollte Suko wissen.

»Eigentlich nicht.«

»Was heißt eigentlich?« hakte ich nach.

Shao lächelte schmal. »Vorhin ist es mir so vorgekommen, als hätte ich draußen auf dem Flur Geräusche gehört. Doch als ich durch den Spion blickte, war nichts.«

»Nur auf dem Flur?«

»Nein, auch an der Tür. Mir können allerdings auch meine überreizten Nerven einen Streich gespielt haben. Suko hat mich ziemlich nervös gemacht.«

»Das vergeht wieder.« Ich sah auf die Uhr. »Kinder, ich lege mich noch etwas aufs Ohr, sonst falle ich hier gleich um. Der letzte Tag hatte es verdammt in sich gehabt.«

»Man sieht es dir an«, bemerkte Suko.

Ich verabschiedete mich von den beiden und verließ die Wohnung. So ganz beruhigt war ich nicht. Ich hatte es nur nicht vor Shao zugeben wollen. Medusa und ihre Diener waren höllisch gefährlich, da biß keine Maus den Faden ab. Und sie waren für jede Überraschung gut. Vor meiner Wohnungstür blieb ich stehen und sah mir genau das Schloß an. Keine Kratzer. Es hatte sich also niemand daran zu schaffen gemacht, es sei denn, er wäre ein Spezialist gewesen.

Ich holte den Schlüssel hervor und schloß auf. Bevor ich die Tür aufdrückte, warf ich noch einen Blick in den Gang.

Er war leer.

Der Gang hier oben erinnerte mich immer an den eines Hotels. Auch dort zweigten zahlreiche Türen ab, in deren Nischen sich jemand verstecken konnte.

Ich drückte die Tür auf. Dabei drehte ich mich halb und wandte dem Gang den Rücken zu.

Das war ein Fehler.

Als ich die schweren Schritte hörte, war es fast zu spät. Ich dachte noch daran, daß sich der Gegner irgendwo in der Türnische versteckt gehalten hatte, da verspürte ich schon den Schlag in den Rücken. Er hätte mich wesentlich stärker getroffen, aber ich befand mich bereits auf dem Weg nach vorn, so daß der Hieb nur meinen Rücken streifte. Trotzdem katapultierte er mich in die schmale Diele.

Ich konnte mich allerdings auf den Beinen halten, fiel gegen die Wand und kreiselte herum.

Der Steinerne stand in der Tür.

Er war nicht verschwunden, und Shao hatte sich auch nicht geirrt.

Wie er aus dem Wagen gekommen war, interessierte mich in diesem Augenblick nicht. Für mich zählte allein, wie ich mit ihm fertig wurde. Er hämmerte die Tür zu.

Beim ersten Auftauchen solcher Monster hatte ich noch Magendrücken bekommen, doch nun hatte ich mich an den Anblick so ziemlich gewöhnt, und ich wollte ihn auch nicht auf die übliche Art und Weise erledigen, sondern etwas völlig anderes versuchen.

Mein Zurückweichen glich einer Flucht. Es sah wirklich nur so aus, denn ich hatte etwas ganz anderes im Sinn. Blitzartig war mir die Idee gekommen.

Desteros Schwert!

Ich hatte es ihm abgenommen und ihn selbst damit erlöst. Es war eine Waffe, die ich nicht überall mit hinnehmen konnte, weil sie sehr groß und sperrig war. Aber hier in der Wohnung konnte ich sie einsetzen.

Das Schwert bewahrte ich dort auf, wo sich auch der Kelch des Feuers und der silberne Nagel befanden, mit dem ich vor Jahren einmal Dr. Tod getötet hatte. Ich hatte es samt Gehänge an einem kleinen, sehr stabilen Haken gehängt und riß die Waffe nun mit einer glatten Bewegung aus der Scheide.

Der Steinerne war mir gefolgt. Er trat einen Sessel zu Seite. Er riß gleich noch zwei Stühle mit um. Der Steinerne ging breitbeinig wie ein Roboter. Seine Gelenke rieben aufeinander, wenn er sich bewegte.

Ich hielt den Griff mit beiden Händen fest. Die Schwertklinge schillerte bläulich. Sie bestand aus einem Material, das auch für

Dämonen tödlich war, denn Destero hatte mit dieser Waffe unter seinen eigenen Schwarzblütern aufgeräumt.

Eine Waffe besaß der Eindringling nicht. Er verließ sich voll und ganz auf seine Kraft.

Ich ließ ihn kommen.

Beide Arme hatte er zum Schlag erhoben. Er wollte mich also mit zwei Hieben zerschmettern.

Dann schlug er zu.

Er ließ die Arme kurzerhand nach unten fallen, doch ich hatte damit gerechnet und sprang zur Seite.

Die Klauen verfehlten mich, der Körper sackte ein, und einen Herzschlag lang lag der Kopf frei vor mir.

Die Gelegenheit.

Ausgeholt hatte ich schon. Ich brauchte nur noch zuzuschlagen. In Kopfhöhe und waagerecht pfiff die Klinge durch die Luft. Es war ein gewaltiger Hieb, und ich traf.

Mit einem glatten Streich trennte das Schwert den Kopf vom Körper des Steinernen. Mir war es überhaupt nicht vorgekommen, als hätte ich gegen harten Stein geschlagen.

Der Kopf machte sich plötzlich selbständig. Im ersten Augenblick sah es so aus, als würde er in der Luft stehenbleiben, etwa zwei Handbreit von der linken Schulter des Steinernen entfernt.

Dann fiel er zu Boden.

Mit einem dumpfen Laut schlug er auf, tickte noch einmal und rollte mir vor die Füße.

Auch der Torso kippte.

Langsam neigte er sich nach vorn, ein Zittern drang durch die graue Gestalt, ich steppte zur Seite, damit er mich nicht traf. Mit dem oberen Teil des Körpers wuchtete er auf die Couch.

Vorbei...

Ich blickte auf die Klinge. Sie sah aus wie immer. Keinen Kratzer hatte sie abbekommen, nichts. Dieses Schwert war wirklich etwas Besonderes. Darauf konnte man sich verlassen.

Ich lächelte grimmig, als ich mir den Kopf und den Torso anschaute. Beide lösten sich auf.

Ich stellte das Schwert wieder in den Schrank und dachte darüber nach, daß laut Homer die Medusa von Perseus getötet wurde. Er hatte ihr den Schädel abgeschlagen.

Nur so konnte man sie erledigen.

Wenn ich gegen sie antrat, und das würde unweigerlich auf mich zukommen, würde ich mein Schwert nehmen und versuchen, ihr den Schädel abzuschlagen.

Das nahm ich mir fest vor. Nur hoffte ich, daß ich dann auch das Schwert zur Hand hatte.

Schläge gegen die Tür ließen mich aufhorchen. Im nächsten Moment ertönte die Klingel. Sicherlich hatte Suko mitbekommen, was hier in meiner Wohnung geschehen war.

»Alles in Ordnung!« rief ich schon auf dem Weg zur Tür.

Ich öffnete.

Suko trug einen dunkelgrünen Trainingsanzug und hielt in seiner rechten Hand die Beretta. In seinem Aufzug sah das lustig aus, und ich mußte grinsen.

Er ging an mir vorbei. »Was ist geschehen?«

»Ich hatte Besuch.«

»Wer? Der Steinerne?«

Eine Antwort gab ich ihm nicht. Dafür ging ich vor und deutete in den Wohnraum.

Dort lag der Staub.

»Wir brauchen einen Sauger«, sagte ich grinsend. »Das ist von ihm übriggeblieben.«

Suko nickte anerkennend. »Wie hast du ihn erledigt?«

»Mit dem Schwert!«

»Deshalb habe ich keinen Schuß gehört «

»Und dieses Schwert, Suko, ist sagenhaft. Damit werde ich auch die verdammte Medusa ausschalten, das kannst du mir glauben, mein Lieber.«

»Hoffen wir's.«

Ich sah mich um. Seit mir der Steinerne über den Weg gelaufen war, traute ich keinem mehr. Vielleicht war des Medusa gelungen, in meine Wohnung einzudringen.

Suko hatte meine Gedanken geahnt und den Spiegel in der Diele von der Wand genommen.

Ich grinste. »Den kann ich unmöglich immer mit mir herumschleppen.«

»Aber hier.«

Wir fanden nichts. Die Medusa hatte sich nicht getraut, bei mir einzubrechen, der Steinerne als erste Warnung reichte ihr völlig aus. Ich rief beim Yard an und orderte Leute her, die sich um den Lastwagen kümmern sollten. Auch mußte die Identität des Mannes festgestellt werden. Hoffentlich hatte er keine Familie.

Dann saugte ich wirklich den Staub weg. Suko blieb solange bei mir. Als er sich verabschiedete, wurde es schon hell.

»Legst du dich noch hin?«

»Und wie!«

Kaum hatte Suko die Tür hinter sich geschlossen, als ich schon die Kleidung abstreifte. Das Schwert stellte ich neben mein Bett. Man konnte ja nie wissen.

Kaum hatte mein Kopf das Kissen berührt, da war ich schon eingeschlafen. Die Natur forderte ihr Recht.

Sie trafen sich dort, wo sie keines Menschen Auge sehen konnte. Zwischen den Dimensionen, im Nirgendwo, im Niemandsland, wo Heulen und Zähneknirschen herrschte.

Asmodina und Medusa.

Zwei Dämoninnen, zwei machthungrige Bestien, die sich gegenseitig nichts gönnten.

Doch ein gemeinsamer Feind hatte sie zusammengeschweißt.

John Sinclair!

Wenn es gegen die Menschheit ging, dann begruben auch Dämonen ihre alten Feindschaften und Gegensätze, dann zählte nur der Sieg über die anderen. Hinterher jedoch machten sie sich wieder gegenseitig das Leben schwer.

Um die beiden Frauen herum war die Schwärze des Weltalls. Gewaltig, dunkel, drohend, unendlich...

Da war einmal Asmodina mit ihrem feuerroten Haar, und den Kontrast bildete Medusa, auf deren Kopf die zahlreichen, grün schillernden Schlangen wuchsen. Medusa hatte um ein Treffen gebeten, und Asmodina war dem Wunsch zu gern gefolgt, konnte sie der anderen doch ihre Mißerfolge vorhalten.

»Heute bist du allein?« fragte die Teufelstochter spöttisch. Ihr machte es nichts aus, Medusa anzuschauen. Nur Menschen wurden bei dem Anblick zu Stein.

»Ja.«

»Dann sind deine Diener nicht mehr?«

»Keine Angst, ich hole mir neue.«

»Hat John Sinclair die anderen vernichtet?« höhnte Asmodina.

Die grünschwarzen Pupillen der Medusa verdunkelten sich noch mehr. Sie mußte sich beherrschen, um Asmodina nicht an die Gurgel zu fahren. »Du weißt es doch. Warum fragst du dann?«

»Nur so. Und was willst du von mir?«

»Informationen.«

»Über wen?«

»John Sinclair!«

Die Teufelstochter lachte. »Hast du ihn nicht selbst in Aktion erlebt?«

»Ja, aber du kennst ihn besser.«

»Das stimmt.«

»Und es stimmt auch, daß es dir bisher nicht gelungen ist, ihn zu fassen. Er hat dir wohl zahlreiche Niederlagen beigebracht, oder wie sehe ich das?« Diese Bemerkung konnte Medusa sich nicht verkneifen. Sie mußte sie der Teufelstochter unter die Weste reiben.

»Das kannst du so nicht sagen«, antwortete Asmodina. Sie blieb ziemlich gelassen, denn sie wußte sich in einer stärkeren Position. »Wir sind erst noch im Aufbau, aber du, Medusa, stehst allein gegen diesen Mann und willst ihn töten.«

»Ich schaffe es auch!«

»Und warum bist du dann zu mir gekommen?«

»Weil ich, wenn ich ihn töte, dir damit auch einen großen Gefallen erweise.«

»Wie reizend von dir.«

»Hilfst du mir nun?«

»Es kommt darauf an, was du von mir willst.«

»Sag mir, wie ich ihn fassen kann!«

»Ganz einfach. Du brauchst ihm doch nur gegenüberzutreten, und er wird zu Stein.«

»Ja, aber dazu muß ich ihn haben.«

»Das wird natürlich schwer sein.« Asmodina lächelte sphinxhaft. Ein Zeichen, daß auch sie nicht mehr so recht weiter wußte.

»Du schaffst es nicht«, lockte Medusa sie.

»Doch, ich weiß etwas.«

»Rede.«

»Zuvor möchte ich klarstellen, daß du mir zu gehorchen hast, wenn es dir tatsächlich gelingen sollte, John Sinclair in deine Gewalt zu bekommen.«

Medusa zögerte. »Darüber können wir später noch reden.«

»Du willst mich hintergehen.«

»Nein, aber ich möchte mich nicht schon zuvor unterordnen. Ich würde dann zu sehr daran denken und könnte mich nicht so sehr auf John Sinclair konzentrieren.«

»Das stimmt.« Asmodina nickte. »Nun gut, ich werde dir einige Tips geben. Hör genau zu...«

Slim Limmerick, der Ire, hatte vor fünfundzwanzig Jahren seine Heimat verlassen und war seit dieser Zeit Leichenwäscher. Er gehörte praktisch zum Inventar des größten Londoner Friedhofs und erledigte seinen Job mit der Routine eines alten Berufskämpen. Inzwischen kannte er auch die Menschen, die regelmäßig die Gräber ihrer Angehörigen besuchten, und Slim war auch dabeigewesen, wenn die ehemaligen Besucher selbst unter die Erde gebracht wurden. Ein ewiges Kommen und Gehen, der Leichenwäscher hatte sich daran gewöhnt. Es gab Tage, da hatte er besonders viel zu tun. Dann mußte er oft zwanzig und mehr Leichen an einem Tag waschen, später wiederum konnte er sich dann mit drei Toten zufriedengeben. Dann hatte er Zeit, spazierte auf dem Friedhof umher, half mal einem Gärtner oder plauderte ein paar Minuten mit den ihm bekannten Besuchern.

Auch heute war wieder so ein Tag.

Drei Leichen hatte er gewaschen, eine vierte und fünfte war noch nicht angekündigt worden, und so nahm sich Slim Limmerick die Zeit zu einem kleinen Spaziergang.

Er legte seine Schürze ab, faltete sie sorgfältig zusammen und bedeckte damit die Sitzfläche eines Holzstuhls. Dann verließ er seine kleine Kammer, in der es nach Desinfektionsmitteln roch. Slim nahm sie schon gar nicht mehr war, so sehr hatte er sich daran gewöhnt.

Fünfzig Jahre war er vor vier Tagen geworden, und noch immer nicht verheiratet. Zweimal hatte er die Chance gehabt, doch dann erfuhren die Frauen von seinem Beruf und gingen laufen.

»Einen Kerl, der nach Leichen stinkt, will ich nicht im Bett haben«, hatte ihm die letzte Kandidatin zum Abschied gesagt.

Slim wollte aber seinen Job nicht aufgeben. Er strich noch einmal über sein graumeliertes, glatt nach hinten gekämmtes Haar und fuhr mit zwei Fingern durch den buschigen Schnauzbart, wo noch die letzten Reste vom Frühstücksei klebten. Dann verließ er den Raum.

Er betrat den langen Gang, wo die Zimmer der Friedhofsverwaltung lagen. Hier trafen sich die Menschen, wenn sie zur Beerdigung gingen. Auch jetzt waren wieder welche versammelt. Frauen und Männer mit blassen Gesichtern. Besonders die Frauen hatten verweinte Augen. Lippen waren fest zusammengepreßt, die Hände hielten die Blumensträuße hart umklammert.

Slim kannte das Bild. Zwanzig Yards weiter lag eine der Trauerhallen. Soeben wurde die Doppeltür geöffnet, und die Gruppe schritt auf die Halle zu.

Slim lief an der Halle vorbei und wandte sich nach rechts, wo der Ausgang lag. Der linke Türflügel stand offen. Dahinter begann eine breitstufige Treppe, die auf einem kiesbestreuten Platz endete, in dessen Mittelpunkt eine große Ulme ihre Äste gegen den blaugrauen Himmel reckte.

Es war ein warmer Tag. Manche sagten »zu warm« für den April. aber warum sollte die Sonne nicht mal ein bißchen mehr als sonst scheinen? Regen gab es auf der Insel genug.

Weiter entfernt fuhr ein Gärtner vorbei. Er hockte auf einem kleinen Elektroauto, dessen Gummireifen über den Asphalt summten. Der Gärtner winkte.

Er und Slim kannten sich gut. Sie hatten zur selben Zeit auf dem Friedhof angefangen.

Mit dem Mann wollte Limmerick später noch ein kleines Schwätzchen halten.

Er selbst wandte sich dem älteren Teil des Friedhofs zu. Hier war es noch gemütlicher. Den neuen Teil verglich Slim immer mit diesen Hochhaussiedlungen. Die Gräber lagen dich an dicht.

Alle waren gleich, nichts Individuelles. Nur alles uniformiert. Das war nichts für Slim Limmerick.

Er liebte die andere Atmosphäre. Die großen Rasenflächen, wo auch Bäume und Sträucher wuchsen, deren Zweige und Äste ein natürliches Dach über die Gräber gelegt hatten. Das war besser, da störten nur die schmalen, mit Asphalt überzogenen Wege, die das Gelände durchschnitten.

Daran hatte sich der Leichenwäscher inzwischen gewöhnt. Er freute sich über die Sonne und die Vögel, die jetzt wieder sangen, daß es eine wahre Pracht war. In der Giebelspitze der großen Leichenhalle hatten mehrere Amseln ihre Nester gebaut. Bald würden sie Eier legen.

Die Natur war erwacht. Der Leichenwäscher erfreute sich an dem frischen Grün, die Luft roch anders, war viel sauerstoffhaltiger, und selbst ein Friedhof konnte da zu einem schönen Fleckchen Erde werden.

Die Stadtverwaltung hatte dafür gesorgt, daß auf diesem Teil des Friedhofs, der schon mehr einem Park glich, mit allen seinen Rasenflächen und Buschinseln, Bänke aufgestellt wurden. Grün lackiert, passend zur Natur.

Auf einer Bank saß ein junges Paar. Wie zwei ertappte Sünder fuhren die beiden auseinander, als Slim Limmerick sie passierte. Der Leichenwäscher mußte lächeln.

Der Weg machte eine Kurve. Im Scheitelpunkt und dicht an einer schmalen Kreuzung stand die nächste Bank.

Auch sie war besetzt.

Von einer Frau, die der Leichenwäscher gut kannte. Sie gehörte gewissermaßen zu seinen Freundinnen. Immer wenn sie da war, dann wurde aus einem kleinen Schwätzchen ein richtig interessanter Dialog.

Die ältere Frau hatte die Schritte gehört und wandte den Kopf. Ein Lächeln trat in ihre lustigen Augen, als sie dem Leichenwäscher entgegenrief: »Da sind Sie ja endlich, mein Junge.«

Slim mußte grinsen, denn sie sagte immer »mein Junge«. Er wußte, daß sie die Siebzig schon überschritten hatte. Sie hätte tatsächlich seine Mutter sein können.

Neben ihr nahm Slim Platz.

»Ich wußte doch, mein Lieber, daß Sie heute morgen für ein

kleines Schwätzchen Zeit haben. Das ist nämlich kein Wetter zum Sterben.«

»Nein, eher zum Heldenzeugen.«

»Slim, ich bitte Sie. Schließlich sitzen Sie hier neben einer Dame.« In den Augen der älteren Frau blitzte der Schalk.

»Entschuldigen Sie, Mrs. Goldwyn. Aber ein Späßchen am Morgen vertreibt Kummer und Sorgen.«

Die Frau lachte. »Sie und Sorgen. Mein Gott, Sie sind doch noch so jung. Was soll ich denn sagen?«

»Sie haben sich prächtig gehalten. Sowieso sind Sie eine Frau, die ich bewundere. In allen Ehren natürlich.«

»Das wollte ich Ihnen auch geraten haben. Schließlich bin ich eine dreifache Witwe. Und meine Männer sind alle eines natürlichen Todes gestorben.«

»Einen Mord hätte ich Ihnen auch nicht zugetraut«, erwiderte Slim im Brustton der Überzeugung.

»Trau, schau, wem, mein Lieber. Daran sollten Sie immer denken. Aber es wird Zeit, daß Sie unter die Haube kommen.«

»Wer nimmt den schon einen Leichenwäscher.«

»Eine Frau, die liebt, schaut nicht auf den Beruf ihres Mannes, mein Junge.«

»Dann hatte ich immer die falschen.«

Mrs. Goldwyn lachte. »Warten Sie ab. Für Sie wird auch noch die Richtige kommen. Auf jeden Topf paßt ein Deckel. Ich hatte drei Männer, mein Lieber.«

»Sie«, sagte der Leichenwäscher mit allem Ernst, »Sie sind ja auch etwas Besonderes.«

»Wieso das denn?«

Slim hob die Schultern. »Ich weiß nicht so recht, wie ich mich ausdrücken soll, aber ich... sorry, Sie sind eine belesene Frau, intelligent, und was Sie für Hobbys haben...«

»Ach, ich habe nur Zeit.«

Jetzt hatte Mrs. Goldwyn wirklich untertrieben. Sie war schon eine bemerkenswerte Frau. Sie interessierte sich für alles, was mit Verbrechen zu tun hatte. Und da stand der Horror an erster Stelle. Mrs. Goldwyn besaß die größte private Buchsammlung in Sachen Horror. Ein Teil waren Romane. Die anderen Bücher beschäftigten sich mit übersinnlichen Themen, dort wurden sie populärwissenschaftlich erklärt, und Lady Sarah hatte sie genau studiert. Bei ihr holten sich sogar Kriminalisten Rat. Einer davon war John Sinclair. Von ihm stammte auch Mrs. Goldwyns Spitzname: Horror-Oma.

Sie hörte ihn mit Vergnügen, und es bereitete ihr noch größeres Vergnügen, sich in die Fälle einzumischen und selbst zu recherchieren. Geld hatte sie genug. Ihre drei Männer waren durch die Bank wohlhabend gewesen und hatten, jeder für sich, ihr ein erkleckliches Vermögen hinterlassen, das jeden Monat dicke Zinsen einbrachte, die Lady Sarah jedoch sofort weiter überwies, denn in der Dritten Welt gab es genug hungernde Menschen. Die Horror-Oma konnte die Briefe ihrer Patenkinder schon gar nicht mehr zählen, die sie inzwischen erreicht hatten. Sie freute sich über jeden einzelnen.

Dabei zählte sie über siebzig Jahre. Aber ungeheuer rüstig schritt sie durch das Leben und ließ sich auch keine Angst einjagen. Sie hatte den Mitgliedern der Mordliga getrotzt, und der bleigefüllte Griff ihres Regenschirms war eine nicht zu unterschätzende Waffe. Weitere Markenzeichen waren ihr graues Haar, das sie immer hochgesteckt trug, und die zahlreichen Perlenketten, die sie sich umhängte. Wenn sie ausging, trug sie immer einen Hut. Diesmal einen dunkelroten mit einem breiten Rand. Über das ebenfalls dunkelrote Kleid hatte sie sich einen dünnen Poncho gehängt, denn unter den Bäumen war es doch kühler.

Die Horror-Oma kannte Land und Leute. Besonders waren es die kleinen Leute, die zu ihren Freunden gehörten, z. B. der Leichenwäscher. Nicht die großkotzigen Geldmagnaten oder die Adeligen. Die pumpte sie höchstens an, um die Heime in Übersee zu finanzieren. Sie war wirklich eine außergewöhnliche Frau, diese Lady Sarah, und das wußte auch der Leichenwäscher.

Er konnte nur nicht verstehen, daß sie sich so sehr für die makabren Dinge interessierte. Sie berichtete über Vampire, Zombies und Werwölfe und sie erzählte mit allem Ernst, daß sie ihnen schon gegenübergestanden hatte.

Danach fragte Slim auch. »Na, Lady Sarah, mal wieder einen Vampir gesehen?«

»Leider nicht, mein Lieber.«

»Und was machen Sie dann?«

»Den schicke ich zur Hölle.«

Slim schluckte. Wie sich das aus ihrem Munde anhörte. »Also, ich kenne die Vampire ja nur aus Filmen, wissen Sie…«

»Seien Sie froh, mein Junge, seien Sie froh. In Wirklichkeit sind sie noch schlimmer.«

»Ach, das sagen Sie nur so.«

»Nein, wirklich nicht.«

Slim lachte. »Wenn man Ihnen so zuhört, möchte man glauben, daß es diese Vampire tatsächlich gibt. Aber das kann ich mir nun wirklich nicht vorstellen. Und auch Zombies. Das sind doch lebende Leichen – oder nicht?«

»Ja, es sind welche.«

»Und die haben Sie auch gesehen?«

»Leider.«

»Das glaube ich Ihnen nicht, Mrs. Goldwyn. Ich arbeite schon sehr lange hier auf dem Friedhof und habe sehr viele Leichen gewaschen, aber eine lebende war nie darunter.«

»Es ist ja nicht der Normalfall. Doch glauben Sie mir, es gibt sie.«

»Wenn Sie mal eine sehen, sagen Sie mir dann Bescheid?« fragte der Mann.

»Gern, aber ich weiß nicht, ob Sie den Anblick so leicht verkraften, Mr. Limmerick.«

»So förmlich?«

»Ist mir rausgerutscht.«

»Well«, sagte der Leichenwäscher, »dann will ich mal weiter. Ich möchte mir noch ein wenig die Beine vertreten.«

Er wollte aufstehen, doch Lady Sarah legte ihm eine Hand auf den Arm. »Einen Augenblick noch, mein Lieber. Ich habe da eine Frage.«

»Bitte.« Slim setzte sich wieder zurück.

Lady Sarah lächelte etwas verlegen. »Es ist schwer, wirklich, aber heute will ich es packen.«

Slim Limmerick lachte. »Sie wirken auf mich wie jemand, der mir einen Heiratsantrag machen will.«

»Sie könnten mein Sohn sein. Zudem reichen mir drei Ehen

völlig. Doch ich komme vom Thema ab. Ich wollte Sie bitten, Slim, mir doch mal Ihre Arbeitsstätte zu zeigen.«

Limmerick schluckte. Mit allem hatte er gerechnet, nur damit nicht. Das war wirklich allerhand. »Sie sollen... ich meine, Sie wollen wirklich...«

»Ja, mich interessiert Ihr Arbeitsplatz. Sie wissen doch um meine Faible für Horror. Und Ihr Arbeitsplatz ist irgendwie makaber und gruselig, wie mir scheint.«

»Das scheint Ihnen wirklich nur. Das ist eine völlig nüchterne Sache.«

»Aber doch nicht für mich.« Lady Sarah setzte ihre Brille, die an eine Kette hing, auf. Dann schaute sie den Leichenwäscher über den Rand der Gläser an.

Der Mann rang die Hände. »Sie bringen mich da in Teufels Küche, Lady Sarah.«

»Wieso?«

»Das ist verboten.«

Die Horror-Oma lächelte verschmitzt. »Deshalb interessiert es mich ja so.« Sie atmete tief ein. »Können Sie mich denn nicht verstehen, mein Sohn?«

»Nein, Mrs. Goldwyn, wirklich nicht. Das kann ich nicht verstehen. Eine Frau wie Sie...«

»Und wenn ich Sie sehr lieb darum bitte?«

Jetzt rutschte der Leichenwäscher nervös auf seinem Platz hin und her. »Ich weiß nicht. Wenn uns jemand sieht und verpfeift, bin ich den Job los.«

»Dann sagen wir einfach, ich wäre eine Verwandte des Toten, den Sie gerade waschen.«

»Auch Verwandte haben keinen Zutritt. Sie dürfen sich den Angehörigen später anschauen.«

»Geben Sie Ihrem Herzen einen Stoß und erfüllen Sie einer alten Frau den Wunsch.«

»Wäre ich doch nur nicht gekommen.«

»Dann hätte sich Sie beim nächstenmal gefragt. So habe ich es hinter mir.«

»Aber ich habe noch alles vor mir.«

»Es ist doch sowieso kaum Betrieb«, quälte Lady Sarah weiter.

»Wir beeilen uns auch. Und heute abend lade ich Sie zu einem tollen Essen ein.«

Lady Sarah kannte die Leidenschaft des Mannes. Er aß und trank sehr gern.

»Wirklich?« fragte Slim.

»Die Hand darauf.«

»All right, dann gehen wir.« Der Mann stand auf. Auch die Horror-Oma erhob sich schnell. Diese Frau zählte bei Gott nicht zum alten Eisen. Sie hakte sich sogar bei Slim Limmerick unter, als sie den Weg zurückschritten.

Der Leichenwäscher war nervös. Er schaute des öfteren nach rechts und links. Slim mußte sicher sein, daß die Frau und er nicht beobachtet wurden.

Das Liebespaar war verschwunden. Sie konnten schon den großen Platz vor der Leichenhalle sehen. Soeben verließen Menschen die Halle und formierten sich zu einem Trauerzug.

»Die lassen wir noch vorbei«, sagte Lady Sarah. Die beiden blieben stehen.

»Haben Sie es sich auch genau überlegt? Oder wollen Sie Ihren Entschluß nicht noch ändern?« versuchte es Slim wieder.

»Ich bleibe dabei, mein Sohn.«

»Dann in Gottes Namen«, murmelte Slim. Er wußte auch nicht mehr weiter. Diese Frau war ihm über. Was sie sich einmal in den Kopf gesetzt hatte, das führte sie auch durch.

Beide mußten stehenbleiben, damit der Trauerzug vorbei konnte. Es war eine große Beerdigung. Zahlreiche Menschen folgten dem Sarg, der auf der Ladefläche eines kleinen Elektroautos stand. Der Sarg war schwarz und mit glänzenden Beschlägen versehen. Er mußte eine ziemliche Summe gekostet haben, ein Beweis, daß der Verstorbene nicht zu den Armen gehört hatte.

Der Leichenwäscher machte sich immer einen Spaß daraus, an dem Material der Särge zu schätzen, wie vermögend der Tote in seinem Leben gewesen war.

»Der war bestimmt reich«, murmelte er.

»Was sagten Sie?« fragte Lady Goldwyn.

»Ach, nichts.«

Der Zug war vorbei. Die beiden gingen weiter. Slim Limmerick blickte sich vorsichtig um. Er hatte Angst, daß er gesehen wurde, und verlangsamte deshalb seine Schritte, doch Lady Sarah zog ihn weiter. »Nur keine Müdigkeit vortäuschen, mein Sohn. In Ihrem Alter braucht man das nicht. Seien Sie ein Mann.«

»Sie haben gut reden. Ihr Job steht ja nicht auf dem Spiel«, sagte der Leichenwäscher und machte ein trauriges Gesicht.

Sie gingen über den Platz. Er war leer. Niemand kam ihnen entgegen, so konnten sie unbeobachtet die Leichenhalle betreten. Allerdings nicht durch den Haupteingang, sondern durch eine grün angestrichene Tür an der Seite.

Slim Limmerick öffnete sie vorsichtig, schaute in den dahinter liegenden Gang.

»Alles klar?« fragte Sarah Goldwyn.

»Ja.«

Sie huschten durch die Tür, die Slim Limmerick rasch wieder schloß. »Schnell«, sagte er.

»Natürlich, aber eine alte Frau ist kein D-Zug.« Lady Sarah konnte mit Limmerick nicht Schritt halten, weil er es zu eilig hatte. Und er war nervös, denn als es schließlich einen schmalen Schlüssel aus seiner Tasche geholt hatte, fiel dieser zu Boden, und er mußte sich bücken, um ihn aufzuheben.

Er schloß schnell auf.

»Schnell!« flüsterte er und schob die Horror-Oma in den Raum.

Es war wirklich sein Arbeitsplatz, eine makabre Stätte, selbst Lady Sarah mußte dies zugeben. Und sie war einiges gewohnt.

Es roch nach Desinfektionsmitteln und anderen Chemikalien. Es gab zwei große Tische und wannenähnliche Tröge. Zwei Handbreiten über ihnen waren Wasserhähne und Brausen an der Wand befestigt.

Ein Tisch war besetzt.

Von der Leiche war nichts zu sehen, weil ein Kunststofftuch sie verdeckte. Lady Sarah nahm nur die Umrisse wahr.

»Das ist eine Frau«, flüsterte Slim Limmerick. Er traute sich offenbar nicht, lauter zu reden.

Die Horror-Oma nickte.

Der Leichenwäscher war an der Tür stehengeblieben. Seine

Hand lag in der Nähe des Lichtschalters. Noch immer zeigte er sich sehr nervös. »So, jetzt haben Sie genug gesehen.«

Lady Sarah schüttelte den Kopf und deutete auf die verdeckte Leiche. »Wer ist das genau?«

»Ein junges Mädchen.«

»Mein Gott«, flüsterte Lady Sarah.

»Verkehrsunfall.«

»Darf ich die Tote sehen?«

Limmerick verzog das Gesicht. »Sie bietet wirklich keinen schönen Anblick.«

»Ich bin Überraschungen gewöhnt. Auch solche.«

»Aber dann ist Schluß.«

Lady Sarah nickte.

Slim Limmerick ging hin, faßte das Tuch mit zwei Fingern an und hob es dann mit einem Ruck ab.

Im nächsten Moment schrie er auf.

Lady Sarah wankte zurück.

Den beiden bot sich ein furchtbarer Anblick!

Geschlafen hatte ich schlecht. Kein Wunder, denn mir ging die verdammte Medusa nicht aus dem Kopf. Ich träumte sogar von ihr. Sah mich in einem Meer von kleinen, grünen Schlangen, die über meinen Körper krochen und mir keine Chance zur Gegenwehr ließen.

Medusa stand vor mir, schaute zu und lachte nur. Ein widerliches, fettes Lachen, das sie mir regelrecht ins Gesicht schleuderte. Dann wachte ich auf.

Schweißgebadet.

Ein Blick auf die Uhr zeigte mir, daß ich knapp drei Stunden geschlafen hatte.

Viel zu wenig.

Ich stand todmüde auf, und eine Dusche konnte mich auch nicht richtig fit machen.

Dann versuchte ich es mit Kaffee. Er munterte mich ein wenig auf. Während ich die Tasse leerte, las ich die Zeitung. Über Medusa stand aber nichts drin. Sie hatte also noch nicht wieder zugeschlagen.

Für einen Moment beruhigte mich dies.

Als ich die Verdauungszigarette rauchte, klingelte das Telefon. Ich hob ab und hörte die Stimme von Glenda Perkins.

»Guten Morgen, John.« Ihr Gruß klang fröhlich. Meiner weniger.

»Sir James will Sie sehen.«

Ich verdrehte die Augen. »Wissen Sie, was Sie dem Alten von mir bestellen können, Glenda?«

»Sagen Sie es nicht, John. Denken Sie es nur, der Alte hat sowieso schlechte Laune genug.«

»Ich bin in einer Stunde da.«

»Dann wird er kochen.«

»Ist mir egal.«

»Bis später, John.«

Ich war schon wieder sauer. Sir James' Launen kannte ich zur Genüge. Wahrscheinlich paßte ihm mal wieder Gott und die Welt nicht. Seine schlechte Laune würde er jetzt an mir auslassen.

Ich fuhr also schon mit der richtigen Stimmung ins Büro, ging aber nicht sofort zu meinem Chef, sondern hockte mich zuvor in mein Zimmer. Glenda wußte genau, was nötig war. Der Kaffee stand schon bereit. Er war frisch und duftete so gut, daß sich meine Laune direkt um fünfzig Prozent besserte.

»Wollen Sie ihn trinken?« fragte Glenda.

»Da fragen Sie noch?« Ich ließ mich auf meinen Schreibtischstuhl fallen und zog die Tasse heran.

Glenda stand daneben und sah lächelnd zu, wie ich ihr Supergetränk genoß. Es machte ihr immer wieder großen Spaß. »Ausgezeichnet«, lobte ich sie und den Kaffee. »Absolute Spitzenklasse.«

»Danke.«

Ich hob den Blick. Taufrisch sah meine Sekretärin aus. Eine duftige rote Bluse, dazu einen weißen Rock mit kleinen Streifen, die das gleiche Rot zeigten wie die Bluse. Die hochhackigen Schuhe paßten ebenfalls dazu und ließen die langen Beine noch attraktiver erscheinen.

»Wie geht's Ihrem Freund?« fragte ich.

Eine leichte Röte überzog Glendas Gesicht. »Wie meinen Sie das, John?«

»Da hat Sie doch vor kurzem mal ein junger Mann abgeholt. Was das Ihr Freund?«

»Ein Bekannter.«

»Und?«

»Wie meinen Sie, John?«

»Ernste Absichten?«

Glenda kam nicht mehr dazu, eine Antwort zu geben, denn unser gemeinsamer Chef, Superintendent Powell, polterte ins Büro. Er stieß wütend die Tür auf, sah uns, und sein Kopf lief rot an.

»Hier treiben Sie sich also herum, Sinclair!« blaffte er. »Ich wollte mit Ihnen reden.«

»Guten Morgen«, sagte ich erst mal.

Sir James war irritiert. Er grüßte aber zurück. Glenda verzog sich auf leisen Sohlen. Sie kannte die Gewitter. Sir James nahm vor mir Platz, während ich in aller Ruhe die Tasse leerte. »Den sollten Sie auch mal versuchen«, riet ich ihm. »Glenda kocht ihn fantastisch, der vertreibt sogar die schlechte Laune.«

Sir James funkelte mich hinter seiner dicken Brille an. »Miss Perkins ist nicht dazu angestellt, um Ihnen den Kaffee zu kochen«, erwiderte er.

»Fördert aber das Betriebsklima.«

»Warum Sind Sie so spät gekommen?«

»Ich war schließlich lange genug unterwegs. Zwischendurch möchte ich auch mal schlafen.«

»Während hier in London mal wieder die Hölle los ist. In den letzten Tagen habe ich wirklich etwas ausgestanden. Mir ist eine dicke Beschwerde auf den Schreibtisch geflattert. Sie müssen sich im Ausbildungscamp ja sagenhaft benommen haben. So etwas habe ich noch nie erlebt.«

»Ich lasse mich eben nicht gern schleifen.«

»Training muß sein.«

»Dabei habe ich genug Training bei meinen Einsätzen.«

Sir James zeigte mit dem Finger auf mich. »Womit wir beim Thema wären«, sagte er. »Diese Medusa. Sie ist Ihnen entkommen, nicht wahr?«

Da lag also der Hase im Pfeffer. Deshalb war Sir James sauer.

Klar, ich ärgerte mich auch, aber Vorwürfe konnte man mir wirklich nicht machen. Ich war mit Ach und Krach dieser Dämonin entwischt und sah gar nicht ein, mich deshalb noch fertigmachen zu lassen. Schließlich hatte ich den Sammler erledigt, so daß die Steinernen keine Gefahr mehr bildeten.

Das sagte ich Sir James auch.

»Stimmt alles«, gab er mir recht. »Stimmt alles. Nur eins stört mich dabei.«

»Und was?« Ich fragte, obwohl ich die Antwort schon wußte.

»Medusa ist in London!«

»Ja.«

»Sind Sie sich eigentlich der ungeheuren Gefahr bewußt, die diese Person heraufbeschwören kann?«

Ich nickte.

»Und was gedenken Sie dagegen zu unternehmen?«

»Erst muß ich sie finden.«

»Wenn sie vor Ihnen steht, ist es zu spät. Dann kann man mir einen steinernen Beamten hier an den Schreibtisch setzen.«

»Dazu möchte ich es nicht kommen lassen, Sir.«

»Aber es kann leicht geschehen.« Sir James beugte sich vor. »Suchen und finden Sie diese Medusa, bevor sie die Bevölkerung in Angst und Panik versetzt und die meisten von ihnen noch in Stein verwandelt.«

Diese Befürchtung hatte ich auch. Aber ich wechselte das Thema und kam noch einmal auf den Fall des Sammlers zurück. »Ich habe Kokain gefunden«, erklärte ich meinem Chef.

Der Superintendent nickte. »Ist mir bekannt.«

»Die Verbindung zu Logan Costello besteht?«

»Ja.«

»Haben Sie etwas unternommen?«

Sir James nickte. »Ich habe den Fall weitergeleitet. Die Kollegen vom Rauschgiftdezernat kümmern sich darum. Zudem hat er heute andere Sorgen. Er ist nämlich auf einer Beerdigung.«

»Und wer ist gestorben? Seine beiden Killer sind versteinert.«

»Einer seiner Anwälte.«

»Wer hat den denn zur Hölle geschickt?«

»Herzschlag.«

Ich verzog das Gesicht. »Ist auch selten, daß ein Mafioso im Bett stirbt.«

»Die höheren Chargen meistens.« Sir James räusperte sich. »Aber Sie weichen aus. Was gedenken Sie gegen Medusa zu unternehmen?«

»Das weiß ich noch nicht.«

»Typisch.«

Welche Antwort sollte ich meinem Boß darauf geben? Ich konnte ja nicht herumlaufen und nach Medusa suchen. London ist groß. Hier gibt es tausend Verstecke.

»Wir müssen davon ausgehen, daß diese Bestie sich an Ihnen rächen will«, sagte Sir James. »Deshalb wird sie sich in Ihrer Nähe aufhalten.«

»Das nehme ich an.«

»Sie bilden also eine Gefahr.«

»Die bilde ich permanent, wenn Sie damit meinen, daß ich eine Gefahr für die anderen bin.«

»Genau das.«

»Wollen Sie mich aus der Schußlinie haben?«

»Theoretisch ja, praktisch nein. Ich weiß, daß so etwas kaum möglich ist, deshalb möchte ich Sie bitten, Medusa so schnell wie möglich zu finden. Setzen Sie alles ein. Die Gefahr für London ist zu groß. Sie haben ja selbst einen Fall erlebt, wo die Stadt fast dem Erdboden gleichgemacht wurde. Zum Glück war es nur eine Täuschung, aber so etwas könnte leicht Wirklichkeit werden, deshalb setzen Sie alles daran, um Medusa zu fangen.«

»Ich werde mich bemühen, Sir James.«

Der Superintendent stand auf und verließ gebeugt den Raum. Er hatte auch Sorgen, ich konnte ihn gut verstehen. Schließlich trug er eine sehr große Verantwortung.

Ich blieb allein zurück. Glenda streckte ihren Kopf durch den Türspalt.

»Noch einen Kaffee, John?«

»Immer.«

Ich kam nicht mehr dazu, ihn zu trinken, denn mich erreichte ein Anruf, der mich regelrecht vom Stuhl riß...

Die Tote war ein Abbild des Grauens.

Sie sah zwar noch auch wie ein Mensch, doch ihr Körper hatte sich verändert. Er war grau geworden.

Grau und stumpf.

Wie Stein...

»Mein Gott«, flüsterte Lady Sarah und preßte ihre Hand auf den Mund. Stumm schüttelte sie den Kopf.

»Das... das gibt es doch nicht, das kann es doch nicht geben.«

Und Slim Limmerick sagte nichts. Er stand nur herum und starrte. Seine Augen quollen fast aus den Höhlen, er hatte den Oberkörper leicht vorgebeugt und schüttelte kaum merklich den Kopf.

Der Anblick hatte beide tief getroffen.

»Aber... aber sie war doch vorhin noch normal gewesen«, ächzte er nach einer Weile. Er blickte die Horror-Oma dabei an, als wartete er auf eine Bestätigung.

Die hob die Schultern.

Sie überwand jedoch als erste den Schreck, ging auf die Leiche zu und berührte sie.

»Stein«, flüsterte sie. »Tatsächlich aus Stein. Sie hat sich verändert.«

»Wie?«

Lady Sarah erklärte es Slim Limmerick noch einmal.

»Eine Tote kann doch nicht so ohne weiteres zu Stein werden«, heulte er.

»So ohne weiteres nicht«, gab Lady Sarah ihm recht.

»Und?«

»Nun, ich würde meinen, da steckt etwas dahinter«, sagte Mrs. Goldwyn leise. Sie hatte den ersten Schock überwunden und unterzog die Leiche einer genauen Prüfung.

Slim Limmerick, der seinen Job als Leichenwäscher schon all die Jahre ausübte, behagte das nicht. »Kommen Sie, Lady Sarah, lassen Sie uns von hier verschwinden.«

»Gleich.«

Limmerick holte tief Luft. »Aber was wollen Sie denn noch hier? Ich muß das melden.«

»Natürlich, mein Junge, natürlich.« Die Horror-Oma ließ sich nicht stören. Sie untersuchte jeden Zentimeter des Körpers und tastete sogar in den Augen nach.

»Was machen Sie denn da?«

Im selben Augenblick zuckte Lady Sarah zurück. Ihr Glück, denn aus dem offenen Mund schnellte der schmale Leib einer giftgrünen Schlange.

Und sie blieb nicht die einzige. Ihr folgten zwei, drei andere, wanden sich über den Leib der Versteinerten, ließen sich vom Tisch fallen und krochen auf dem Boden weiter.

Aber auch aus den Augen schlüpften die Schlangen. Die Ohren blieben ebenfalls nicht verschont, und sogar aus den Nasenlöchern ringelten die gefährlichen Biester.

Und sie waren schnell. Zu schnell für Slim Limmerick. Obwohl ihm Lady Sarah eine Warnung zurief, schaffte er es nicht mehr, rasch genug wegzukommen.

Plötzlich war die erste Schlange da. Wie ein Blitz ringelte sie über seinen Schuh und verschwand im Hosenbein des Mannes.

Der schrie.

Sein Schrei kippte fast über, dann zuckte er zusammen, und Lady Sarah konnte ihm auch nicht mehr helfen, denn sie wurde von drei Biestern gleichzeitig attackiert.

Nun zeigte es sich, was in der Horror-Oma steckte. Angst kannte sie kaum, denn sie trug immer ihren Stockschirm bei sich, der mit einem bleigefüllten Griff versehen war.

Damit schlug sie treffsicher zu.

Wie ein Artist wirbelte sie den Stock herum, umfaßte ihn am Ende und drosch der ersten Schlange den Knauf genau auf den Schädel. Dicht hinter die vorspringende Zunge.

Dort wurde die Schlange zu Brei.

Die nächste traf Lady Sarah ebenfalls, dann jedoch mußte sie springen, weil das dritte Reptil ihr an den Kragen wollte. Die Horror-Oma drehte sich mit für ihr Alter erstaunlicher Geschicklichkeit zur Seite, hatte dabei das Glück, daß sie gegen die Tür stieß, und riß diese auf.

Im Zurückweichen erkannte sie, daß noch mehr Schlangen aus dem steinernen Körper quollen, und sie erkannte auch, daß sie Slim Limmerick nicht mehr helfen konnte.

Er brach soeben zusammen.

Seine Haut war blau angelaufen. Sie schillerte und wurde spröde.

Wie die der Leiche.

Schwerfällig fiel er auf die Knie, drehte seinen Körper und schaute Lady Sarah an.

Nie würde Sarah Goldwyn diesen letzten bittenden, aber auch brechenden Blick des Mannes vergessen.

Dann kippte er schwer nach vorn...

In diesem Augenblick verließ Lady Sarah den Raum, in dem soviel Grauenvolles geschehen war. Ihr schwindelte, und sie mußte sich gegen die Wand lehnen, um sich erst einmal erholen zu können. Ihre Knie zitterten, kalkweiß war sie im Gesicht, auf der Stirn lagen kleine Schweißperlen.

Rechts von ihr, etwas weiter oben, schleiften zwei Männer große Kränze in die Trauerhalle. Sie kümmerten sich nicht um die ältere Frau. Lady Sarah hatte erst überlegt, die beiden um Hilfe zu bitten, sich aber dann anders entschieden.

Nein, sie konnten auch nichts machen. Sie brachte die Männer nur unnötig in Gefahr.

Was also tun?

Lady Sarah hatte nicht umsonst zahlreiche Horror-Bücher gelesen. Und auch über versteinerte Menschen hatte sie gelesen.

Sofort kam ihr ein Gedanke.

Schlangen und Versteinerte. Da blieb nur die Folge, daß jemand seine Hand im Spiel hatte, der ungeheuer gefährlich war.

Und dieser jemand war – Medusa!

Ja, die Schlangenköpfige, die man nicht anschauen durfte, sonst wurde man zu Stein.

Sollte hier in London eine Medusa aufgetaucht sein?

Wenn ja, dann war das sehr schlimm, und dann mußte ein bestimmter Mann unbedingt Bescheid wissen.

Oberinspektor John Sinclair!

Auf dem Flur rannte ich Sir James Powell fast um. Ich stieß ihn noch mit der Schulter an, so daß er gegen die Wand fiel.

»Sind Sie von allen guten Geistern verlassen?« schimpfte er.

Ich entschuldigte mich mit zwei Worten und fügte hinzu: »Ich habe unter Umständen eine Spur von Medusa.«

»Wo?«

»Central Cemetery.«

»Der Friedhof?«

»Ja.«

»Aber da findet doch die Beerdigung statt.«

Ich schaltete nicht so schnell. »Welche Beerdigung denn?«

»Die des Mafioso.«

Ich pfiff leise durch die Zähne. Das war ein Ding. Sollten Costello und die Medusa irgendwie zusammenhängen, oder war alles nur ein gewaltiger Zufall?

Ähnliche Gedanken schienen auch Sir James zu plagen. »Finden Sie es heraus«, befahl er. »Machen Sie die Probe aufs Exempel. Wenn Sie Unterstützung brauchen, wie gesagt, ich bin für Sie immer da und gebe Ihnen die Vollmachten.«

»Okay, Sir.«

Mit dem Expreßlift zischte ich nach unten. Mein Wagen stand auf dem Parkplatz. Ich hechtete hinter das Lenkrad und ärgerte mich wieder einmal, daß ich keine Sirene besaß. Ich mußte mich wie jeder andere durch den Verkehr wühlen.

Es war wirklich eine Quälerei. London schien verstopft zu sein. Und alles hatte sich in der direkten City konzentriert. So dauerte es seine Zeit, bis ich den engen Bezirk hinter mir hatte.

Fast wäre ich noch mit einem der Doppeldeckerbusse kollidiert, aber ich wich dem Gefährt im letzten Augenblick aus.

Danach kam ich etwas besser voran, erwischte günstige Ampelphasen und atmete auf, als ich den Friedhof erreichte. Er war mir nicht unbekannt, hatte schon in einigen Fällen eine Rolle gespielt. Ich lenkte meinen Silbergrauen auf den Parkplatz, der zum Friedhof gehörte, und stellte ihn möglichst nahe am Tor ab.

Im Laufschritt rannte ich auf das wuchtige Eingangstor zu. Es war nur eins von vier großen Haupttoren, die diesen Friedhof umgaben. Ein gewaltiges Areal aus altem Parkgrund und neuem modernen Gräberfeld.

Lady Sarah Goldwyn war gar nicht zu übersehen. Sie stand

wie ein Denkmal auf dem großen, kiesbestreuten Platz und winkte mir mit ihrem Stockschirm zu.

Ihr Anruf hatte mich so aufgeschreckt. Denn ich wußte, daß die Horror-Oma keine Spinnerin war. Immer wenn sie mit in den Fall eingriff, passierte etwas.

Das war auch bei Chiimal, dem Giganten aus Atlantis, so gewesen.

Sie reichte mir die Hand. »Jetzt ist es mir wohler, John.«

»Was treiben Sie sich auch auf alten Friedhöfen herum, Lady Sarah?« hielt ich ihr vor.

Sie winkte ab. »Hier liegen zwei meiner drei Männer begraben. Zudem liebe ich Friedhöfe und schaue nach, wo ich mir ein Plätzchen aussuchen kann.«

»Sie werden hundert.«

Da lachte sie. »Kleiner Schäker. Aber soweit wird es nicht kommen. Sie sind allein, John?«

»Ich habe Suko vom Wagen aus angerufen. Er kommt nach. Keine Bange, wir werden das Ding schon schaukeln. Wo ist es denn passiert?«

»Kommen Sie mit.«

Lady Sarah zeigte keine Angst. Sie hakte sich bei mir unter, und gemeinsam marschierten wir los.

Kurs: Leichenhalle.

Der Kies knirschte unter unseren Sohlen, während mir Lady Sarah erklärte, was sie genau entdeckt hatte. Sie bedauerte den armen Slim Limmerick, doch ich wollte etwas anderes von ihr wissen.

»Sagen Sie mal, Mrs. Goldwyn, hier ist doch eine große Beerdigung, habe ich gehört.«

»Ja, den Trauerzug haben wir gesehen. Wieso? Kennen Sie den Toten, John?«

»Nein.«

»Warum fragen Sie dann?« Lady Sarah schielte mich von der Seite her an. Sie war wieder neugierig und ahnte, daß diese Beerdigung nicht so ganz astrein war.

Bei der Horror-Oma konnte ich nicht ausweichen, die würde mir ein Loch in den Bauch fragen. »Da ist der Anwalt eines großen Gangsters gestorben«, erklärte ich.

»Frederico Bandone«, sagte die Horror-Oma.

»Oh, Sie kennen ihn?«

»John, glauben Sie denn, ich lebe hinter dem Mond?« Diese Antwort klang direkt entrüstet, und die Horror-Oma funkelte mich an. »Schließlich hat dieser Anwalt für einen gewissen Logan Costello gearbeitet, diesen Widerling. Ach, meine Augen werden schlechter, ich habe Costello gar nicht unter den Trauergästen erkannt. Und was den Anwalt anbetrifft, den kenne ich auch. Mein zweiter Mann, Gott habe ihn selig, hatte mal mit ihm zu tun. Ein hinterhältiger Bursche, dieser Bandone. Der hätte von mir Gift in den Tee bekommen.«

Ich mußte grinsen. »Sie gehen ja hart ran.«

»Bei solchen Leuten immer, John. Ansonsten bin ich eine Seele von Mensch. Aber diese Verbrecher kann ich auf keinen Fall akzeptieren.« Sie sagte es und stieß mit der Stockspitze auf.

So war sie eben, die Horror-Oma. Das machte sie mir so sympathisch, und ich war froh, sie zu meinem Freundeskreis zählen zu dürfen.

Wir hatten die Leichenhalle erreicht. Allerdings standen wir nicht vor dem normalen Eingang.

»Da kann man uns zu leicht sehen«, sagte Lady Sarah. »Und wir wollen den Fall ja nicht an die große Glocke hängen.«

»Nein, sicher nicht«, gab ich ihr recht.

Forsch zog Lady Sarah die Tür auf, schaute in den dahinter liegenden Gang, und ich sah ihr dabei über die Schulter.

Alles klar, der Gang war leer.

»Dann kommen Sie mal, John!«

Ich schlich hinter ihr her. Beide bewegten wir uns möglichst leise voran. Lady Sarah hob den rechten Arm und deutete mit der Schirmspitze auf eine schmale Tür.

»Da müssen wir rein.«

Ich stoppte die Aktivität der alten Dame etwas, indem ich sie sacht zur Seite schob. Die Tür hatte eine normale Klinke, die ich nach unten drückte.

Leicht schwang sie auf.

»Sehen Sie was?« wisperte Mrs. Goldwyn.

Ich hatte meine rechte Hand unter die Jacke geschoben, und

die Finger lagen auf dem Griff der Beretta. »Nein, eigentlich nichts«, erwiderte ich.

»Komisch.«

»Der Raum ist leer.«

»Das gibt es doch nicht.« Mrs. Goldwyn war nicht mehr zu halten und drängte sich an mir vorbei.

Sie sah sich um, nickte dabei und sagte: »Tatsächlich, der Raum ist leer.« Dann drehte sie sich um. »Jetzt halten Sie mich wahrscheinlich für eine alte Spinnerin – oder?«

»Nein.« Ich zog die Tür zu. »Auch ich hatte es in der vergangenen Nacht mit einer verschwundenen Steinleiche zu tun. Da hielten mich allerdings die Kollegen für verrückt.«

»Was machen wir jetzt?«

Ich hob die Schultern. »Wir schauen uns ein wenig um. Vielleicht entdecken wir Spuren.«

Das kalte Licht der Leuchtstoffröhren erhellte den Raum bis in den letzten Winkel. Da durfte uns eigentlich nichts entgehen. Die Waschtische waren ebenso leer wie der gekachelte Fußboden. Keine Schlangen, keine Versteinerte, erst recht keine Spuren von dieser geheimnisvollen Medusa, was mir persönlich sehr recht war.

Aber ich sah noch einen zweiten Ausgang. Die Tür hob sich von den grüngrau gestrichenen Wänden kaum ab, und ich machte Lady Sarah darauf aufmerksam.

»Sollen wir nachsehen?«

»Ja, aber Sie bleiben hier.«

»Kommt gar nicht in Frage. Auch wenn meine Augen nicht mehr die allerbesten sind, sehen vier doch mehr als zwei. Ich lasse mich nicht abschieben.«

Nein, das tat sie wirklich nicht.

Mein Herz klopfte schneller, als ich die rechte Hand auf den schmalen Türgriff legte. Keiner wußte, was uns dahinter erwarten würde.

»Bleiben Sie lieber zurück«, warnte ich die alte Dame.

»Klar, aber los sind Sie mich trotzdem nicht, mein Sohn.«

Ich mußte grinsen. Die Beretta nahm ich sicherheitshalber in die Hand. Dann stieß ich die Tür auf.

Ein dunkler Raum, der erst heller wurde, als das Licht aus der

Leichenwaschkammer durch die Tür fiel und einen breiten, gelben Balken auf den Boden malte.

Mir reichte ein Blick, um zu wissen, wo wir gelandet waren. Wir befanden uns quasi über einer der Verbrennungskammern.

Ich sah gegenüber eine Schiebetür, auf die zwei Schienen zuführten. Die Schienen begannen auf einer eisernen Plattform in der Mitte des Raumes. Sie waren direkt am Rand der Plattform unterbrochen, damit sie sich nach unten senken konnte, wenn ein Sarg darauf stand.

Ich ging davon aus, daß hinter der Schiebetür eine Trauerhalle lag, aber ich wollte es genau wissen und ging auf die Tür zu, während ich Lady Sarah anwies, zu warten.

»Meinen Sie, die halten sich in der Trauerhalle auf?« fragte sie.

»Nachschauen kostet nichts.«

Sie lachte. »Typisch Polizist.«

Es war eine Schiebetür. Ich steckte meine Hände in die beiden Griffschalen und wollte sie aufziehen. Das ging nicht. Wahrscheinlich ließ sich die Tür nur automatisch durch Berührung irgendeines Kontaktes öffnen.

»Und jetzt?« fragte Lady Sarah.

Ich drehte mich um, blieb mit dem Rücken zur Tür stehen und hob die Schultern. »Wahrscheinlich müssen wir woanders suchen. Und wenn wir den ganzen Friedhof umkrempeln.«

»Sie glauben mir aber.«

»Klar doch.«

Die Horror-Oma lächelte verschmitzt. »Endlich wieder ein Fall«, sagte sie. »Endlich.«

Ich konnte ihre Begeisterung nicht ganz teilen, denn die Medusa war gefährlich genug.

Fünf Schritte zählte ich bis zur Plattform. Man sah ihr an, daß sie des öfteren benutzt wurde. Das Metall schimmerte bläulich, weil das Gas seine Spuren hinterlassen hatte. Unter mir mußte sich der Ofen befinden.

Ich dachte mit leichtem Schaudern daran, als ich auf der Plattform stand.

Und dann passierte es.

Obwohl sich die Plattform bei einer Leichenverbrennung langsam in die Tiefe senkte, geschah dies bei mir nicht.

Sie kippte plötzlich weg.

Beide wurden wir überrascht.

Lady Sarah schrie auf. Mir wurde der Boden unter den Füßen weggezogen, ich verlor den Halt und rutschte die Schräge hinunter. Ich wuchtete meinen Körper vor, machte die Arme lang und versuchte, den Rand der Plattform zu fassen.

Es gelang mir fast.

Meine Finger berührten bereits das Metall, als ich einen letzten Schwung bekam und in die Tiefe fiel...

Der Trauerzug bewegte sich über den Friedhof.

Er nahm zuerst einen der Hauptwege. Der Pfarrer und zwei Meßdiener schritten voran. Die Jungen trugen Kreuze. Hinter dem Sarg schritten die nächsten Angehörigen des Toten.

Bandone hatte vier Kinder und eine trauernde Witwe hinterlassen. Eine kleine, verhärmt aussehende Frau, die ununterbrochen weinte und ihr Gesicht unter einem schwarzen Schleier verborgen hatte. Die Kinder weinten nicht.

Ihnen hatte ihr Vater nichts bedeutet. Sie waren alle erwachsen, wohnten nicht in London und hatten sämtlich Brücken zu ihm abgebrochen, als sie erfuhren, bei wem und mit welchen Methoden Bandone senior sein Geld verdiente.

Es war Ehrensache, daß sich auch die Spitze der Londoner Mafia versammelt hatte.

Allen voran Logan Costello.

Der grauhaarige Capo trug einen schwarzen Anzug. In seinem Zylinder sah er irgendwie lächerlich aus, aber jeder, der ihn kannte, würde sich hüten zu lachen. Sechs Wochen Aufenthalt in einem Krankenhaus waren das mindeste, was ihm blühte.

Überhaupt nicht lächerlich wirkten die sechs Leibwächter, die Costello mitgenommen hatte. Hochgewachsene Typen, die geladene Revolver unter ihren Achseln trugen und bereit waren, sofort zu schießen. Die Männer hatten ihre Augen überall, denn nicht zum erstenmal war ein Capo bei einer Beerdigung erschossen worden. Es gab da einige Beispiele aus Italien und den Staaten.

Auch Costello hatte Neider. Allerdings hatte er die Konkurrenten immer klein gehalten, zudem traute sich niemand so recht an ihn heran. Er war eben zu mächtig.

Auch hinter Costello und den Leibwächtern schritten Mafiosi. Männer, die Bandone gut gekannt hatten. Seine Angestellten und Mitarbeiter.

Eigentlich war es ein Hohn, daß der Verstorbene ein christliches Begräbnis erhielt.

Wohl fühlte sich der Capo nicht. Er haßte Beerdigungen, die langen Märsche zum Grab, das Schweigen, nur durch Schluchzen unterbrochen, die ganze Atmosphäre auf dem Friedhof, der typische Geruch, all das machte ihn nervös. Und nicht zuletzt auch die Nähe des Todes. Sie erinnerte ihn immer daran, wie nahe er selbst einem Ableben war, denn auch durch Leibwächter konnte man sich nicht perfekt schützen. Das hatten zuletzt zahlreiche Attentate bewiesen. Sogar auf den amerikanischen Präsidenten war geschossen worden, und der wurde nun wirklich ausgezeichnet abgeschirmt. Nachdem Costello die Nachricht gehört hatte, ließ er seine persönliche Garde aufstocken.

Jetzt bewachten ihn sechs Leute.

Schweigend schritt der Trauerzug voran. Menschen, die ihnen begegneten, blieben in stiller Andacht stehen und warteten, bis Sarg und Menschen vorbei waren.

Über London spannte sich ein herrlicher Frühlingshimmel. Wenn die Sonne auch nicht so klar hervorkam, weil die Dunstglocke nur schwer zu durchdringen war.

Eine Gruft hatte Bandone nicht bekommen. Er sollte ganz normal beigesetzt werden, auf dem neuen Teil des Friedhofs, wo die Gräber dicht an dicht lagen.

Hier würde die letzte Ruhestätte des Mafioso sein.

War der Trauerzug zuerst durch ein parkähnliches Areal geschritten, so änderte sich das rasch.

Vor ihnen lag ein großes Gelände, wo sich Grab an Grab reihte. Ein großer Hauptweg durchschnitt das Gelände. Weit dahinter befand sich ein Zaun. Jenseits davon schimmerten die Dächer von drei Gewächshäusern, die zu einer Gärtnerei gehörten.

Jeweils drei Grabreihen lagen nebeneinander, bevor ein Weg begann. Er lief im rechten Winkel zum Hauptweg. Es war die letzte Beerdigung an diesem Tag, die Leibwächter hatten freie Sicht, und sie bemerkten in der Tat nichts Ungewöhnliches.

Bald schritten die begleitenden Männer und Frauen über Lehmboden, dann über Planken, als sie den Rest der Strecke gingen und sich vor dem Grab versammelten.

Die Kränze lagen schon dort.

Es war eine wahre Flut. Wie immer bei großen Mafiabeerdigungen hatte damit niemand gespart. Schließlich waren die Kränze der Beweis einer festen Treue und Zugehörigkeit.

Sargträger waren nicht mitgenommen worden. Diese Aufgabe übernahmen die Leibwächter.

Der Leichenwagen stoppte.

Es wurde still.

Costello nickte seinen Leuten zu. Vier von ihnen verließen ihn und wandten sich dem Leichenwagen zu. Sie umschlossen mit ihren schwieligen Händen die Griffe und hievten den Sarg hoch.

Alle vier sanken in die Knie und verzogen die Gesichter. Links vorn der Mann wäre fast gefallen, so sehr wurde er überrascht.

Unruhe entstand, denn jeder hatte bemerkt, was mit den vier Männern los war.

Auch Costello drehte sich um. »Was ist geschehen?« fragte er unwillig.

»Der Sarg ist denen zu schwer«, flüsterte ein Mann.

Costello grinste schief. »Bandone war ein Leichtgewicht, Mensch. Den kann ich ja allein tragen.«

»Es liegen doch keine zwei...«

Heftig schüttelte Costello den Kopf. Sein Stellvertreter spielte dabei auf eine der typischen Mafiabeerdigungen an, denn die »Ehrenwerte Gesellschaft« entledigte sich gern auf elegante Art und Weise ihrer Gegner, indem sie zwei Tote auf einmal in einen Sarg plazierte. Costellos Bruder, der vor seinem Tod ein Beerdigungsunternehmen leitete, war darin Spezialist gewesen.

»Es ist alles normal!« zischte Logan Costello.

»Dann verstehe ich das nicht«, wisperte sein Stellvertreter. »Seltsam, sehr seltsam.«

Der Capo war beunruhigt. Er drehte sich um und schaute seinen vier Leuten zu, die den Sarg erst einmal abgesetzt hatten und ihn jetzt wieder hochhievten.

Diesmal waren sie besser vorbereitet, und doch hatten sie ihre Mühe, die Totenkiste in die Höhe zu stemmen.

Auch der Pfarrer hatte etwas bemerkt. Er wandte sich neugierig um. Auch er wußte um die Rolle dieser Männer und hatte sich erst weigern wollen, Bandone ein christliches Begräbnis zu gestatten, es sich aber dann anders überlegt, denn Bandone war nicht aus der Kirche ausgetreten.

Die Füße der vier Träger schleiften über den Boden, als die Männer den Sarg zum Grab schleppten. Schweiß stand auf ihren Stirnen. Die Jacketts verrutschten, und die Kolben der schweren Revolver wurden sichtbar.

Unwillig schaute Costello die Männer an. Er fing fragende Blicke von ihnen auf, konnte jedoch keine Antwort geben. Er war allerdings beunruhigt und dachte auch an eine Bombe, die jemand im Sarg versteckt haben konnte. So etwas gab es in Mafiakreisen. Nur waren Bomben heutzutage nicht mehr schwer. Die neuentwickelten Sprengstoffe hatten kaum Gewicht, dafür jedoch eine ungeheure Brisanz.

Endlich hatten die vier Träger das Grab erreicht und stellten den Sarg auf die Planken. Mit ihnen war die Öffnung abgedeckt worden. Die Bohlen bogen sich unter dem Gewicht der prunkvollen Totenkiste durch. Man konnte den Eindruck haben, daß sie jeden Moment brechen würden.

Starke Seile wurden unter den Sarg geschoben. Vier Männer hielten sie fest, während zwei andere die Bohlen wegzogen, damit die anderen den Sarg in die Tiefe gleiten lassen konnten.

Dieser Vorgang war wiederum mit großer Anstrengung für die Helfer verbunden.

Langsam rutschte der Sarg in die Tiefe. Die Seile scheuerten über das Holz, einzelne Fäden wurden aus dem Verbund gerissen, vom Wind erfaßt und schwebten davon.

Mit einem letzten Ruck fiel der Sarg in die Tiefe und polterte auf den Grund des Grabes.

Aufatmend traten die vier Männer zurück und begaben sich wieder zu ihrem Boß.

Der Pfarrer nahm vor dem Grab Aufstellung und begann mit

seiner Rede. Die Mafiosi hörten gar nicht zu. Vor allen Dingen Logan Costello nicht. Er flüsterte mit seinen Leuten.

»Was war da los?«

»Da lag alles andere drin, nur kein Toter!« lautete die leise Antwort.

Costello holte tief Luft. »Habt ihr mir eine Leiche untergeschoben?«

»Nein.«

»Was ist es dann?«

»Man müßte den Sarg öffnen.«

Dieser Vorschlag gefiel Costello. Er selbst hatte schon darüber nachgedacht. Blitzschnell überlegte er. »Wir werden ihn öffnen, bevor der Totengräber damit beginnt, die Grube zuzuschaufeln.«

»Das macht heute eine Maschine.«

»Ist mir egal, ob Maschine oder Totengräber!« zischte Costello. »Ich will den Sarg offen haben.«

»Geht in Ordnung.«

Jetzt war Logan Costello ein wenig ruhiger. Er legte sein Gesicht in Falten und lauschte den Worten des Geistlichen. Der sprach von Tod, Vergänglichkeit und Wiederauferstehung. Dabei machte er nicht den Eindruck, als wäre er voll bei der Sache. Im Gegenteil, er schien froh zu sein, wenn er den Standardtext heruntergerasselt hatte.

»Und so lasset uns dann für den nächsten unter uns beten, den der Herrgott in sein Reich holen wird«, sagte er zum Schluß und stimmte ein Gebet an.

Sofern sie ihn kannten, murmelten die Trauergäste den Text mit. Die meisten jedoch blieben stumm.

Als der Pfarrer zu Ende gesprochen hatte, drehte er sich und besprengte den Sarg mit Weihwasser.

Bandones Frau schluchzte. Ihre vier Söhne rahmten sie ein. Deren Gesichter waren steinern.

Ihnen paßte die Beerdigung nicht. Am liebsten wären sie zuhause geblieben. Doch sie wollten ihre Mutter nicht kompromittieren. Der Pfarrer ging mit würdevollen Schritten auf die Witwe zu, reichte ihr die Hand und sprach ihr sein Beileid aus.

»Tragen Sie es mit Fassung«, sagte er leise. »Wenn Sie Trost brauchen, Sie wissen, ich war und ich bin für Sie da.« Das war nicht gelogen, denn die Frau besuchte regelmäßig die Kirche, und eigentlich hatte der Pfarrer nur ihretwegen der Beerdigung zugestimmt.

Dann gab er den Söhnen die Hand.

Keine Träne schimmerte in den Augen der jungen Männer. »Geht ihr euren Weg«, sagte der Pfarrer leise. »Ich bitte darum.«

Ernest, der älteste, nickte. »Wir werden nicht in die Fußstapfen des Vaters treten.« Er sprach so laut, daß Costello aufmerksam wurde. Ein verächtliches Grinsen kerbte für einen winzigen Moment seine Lippen.

Der Pfarrer ging.

Jetzt blieb den Trauergästen nur eins. Einen letzten Gruß ins Grab zu schicken.

Den Anfang machte die Witwe. Sie trat mit gesenktem Kopf dicht an den Grabrand und schaute auf den Sarg.

Ihre Hände, die einen Strauß mit gelben Rosen hielten, zitterten. Ihre Lippen murmelten Worte, die niemand verstand.

Zwei Söhne nickten sich zu und ging vor, um ihre Mutter zu stützen. Ein lautes Schluchzen drang aus dem Mund der Frau. Leicht berührten die Hände der beiden jungen Männer die Schultern der leidgeprüften Frau.

»Komm, Mutter«, sagte der Älteste.

Da passierte es.

Plötzlich drang ein dumpfes Geräusch aus dem Sarg, als hätte jemand von innen gegen den Deckel geschlagen.

Jeder vernahm das Geräusch.

Auch die, die nicht direkt in der Nähe des Grabes standen. Sekundenlang erstarrte die Trauergemeinde vor Entsetzen.

Dann ein Splittern.

Im nächsten Moment schrie die Witwe auf, kippte nach vorn, und bevor die Söhne nachgreifen konnten, fiel ihre Mutter in das offene Grab...

Auch ich fiel!

Ich krümmte mich noch in der Luft zusammen und zog den Kopf zwischen die Schultern. Es wurde eine harte Landung.

Der Aufprall schüttelte mich durch, ich hörte über mir die erschreckte Stimme der Lady Sarah und rollte mich um die eigene Achse.

So kam ich zur Ruhe.

Hastig tastete ich meinen Körper ab.

Nichts war gebrochen. Ich atmete tief ein und aus. Auch die Rippen schmerzten nicht, ein Zeichen, daß ich den Fall gut überstanden hatte.

Ich blickte nach unten.

Meine Unterlage war mehr als makaber, denn ich lag auf einem Rost. Ich konnte durch die Zwischenräume der einzelnen Stangen schauen und sah unter mir Gasleitungen. Sie waren in regelmäßigen Abständen mit Düsen versehen, aus denen das Gas strömte und sich dann entzündete, um den Sarg samt Inhalt in Brand zu setzen.

Und noch unter den Leitungen befand sich ein Auffangbecken für die Asche.

Nicht gerade ein angenehmer Platz, den ich mir da ausgesucht hatte. Ich konnte nur hoffen, daß niemand die Verbrennungsanlage in Betrieb setzte.

Ich blickte nach oben.

Lady Sarah hatte sich an den Rand der Luke gekniet und starrte zu mir herab. »Sind Sie verletzt?«

Ihre Stimme klang sehr besorgt, ich winkte ab. »Nein, nein, ich bin okay.« Ich blickte mich um und sah die Wände aus feuerfestem Stein. »Ist nur ein wenig ungemütlich hier unten.«

»Soll ich ihnen helfen?«

»Wobei?«

»Wenn Sie hochkommen wollen.«

»Ach so, natürlich.« Ich räusperte mich. »Warten Sie aber erst noch. Das hat Zeit, ich möchte mich zuvor ein wenig umsehen.«

»Treiben Sie es nicht zu toll«, warnte mich die Horror-Oma.

»Keine Angst.«

Ich ging davon aus, daß die beiden Leichen irgendwo sicher versteckt waren.

Die Luft hier unten war schlimm. Gas- und Leichengeruch vermischten sich miteinander zu einer widerlichen Komposition, die mir schwer auf den Magen schlug.

Zudem war es warm. Die feuerfesten Wände strahlten noch Hitze aus, die mir den Schweiß aus den Poren trieb.

Der Boden war rauh und uneben. Auch hatte sich dort eine Ascheschicht gebildet, deren winzige Teilchen aufgewirbelt wurden, wenn ich meine Füße bewegte.

Ich sah mich um. Meine Ansicht nach mußte es hier unten einen zweiten Ausgang geben, denn ich konnte mir nicht vorstellen, daß die Helfer, die die Asche holten, extra von oben herunterkletterten, wenn sie es anders viel bequemer hatten.

Je weiter ich mich von der Luke entfernte, um so dunkler wurde es, da der Lichtschein nicht mehr bis in die Winkel reichte. Ich mußte meine kleine Stablampe zu Hilfe nehmen. Die war mit einer frischen Batterie versorgt worden und brannte heller als sonst.

Systematisch untersuchte ich diese makabre Stätte. Ich entfernte mich immer weiter von dem eigentlichen Rost. Der feine Strahl tanzte über die dicken Mauern, die den Tod, das Grauen und die Vernichtung gesehen hatten.

Auch die Steinernen?

Noch drei Schritte, und ich sah das Ende der Kammer.

Und die kleine Tür. Sie reichte mir etwa bis zum Gürtel und bestand aus Metall. Als der Lampenstrahl darüber strich, sah ich den inneren Riegel.

Meine Aufregung legte sich. Wenn ich den Riegel aufzog, ließ sich bestimmt auch die Tür öffnen.

Ein Geräusch irritierte mich.

Es war nicht innerhalb der Verbrennungskammer aufgeklungen, sondern von oben, wo die Leichen gewaschen wurden.

Und da wartete Sarah Goldwyn.

Plötzlich schienen Eisfinger über meinen Rücken zu kriechen. Ich warf mich auf dem Absatz herum und rannte den Weg zurück. Schon an der einfallenden Helligkeit erkannte ich, daß die Klappe an der Decke langsam zugeschoben wurde.

Bestimmt nicht von Lady Sarah.

Mit einem gewaltigen Satz sprang ich auf den Rost.

Zu spät.

Ich sah nur noch einen Spalt, durch den etwas Helligkeit fiel. Und zwei Hosenbeine, die sicherlich nicht der Frau gehörten.

Dann wurde es dunkel.

Mein Magen krampfte sich zusammen. Plötzlich hatte ich Angst. Nicht so sehr um mich, sondern mehr um die Horror-Oma, die mit irgendwelchen Feinden allein war. Mein Herz klopfte rasend schnell. Ich stand auf dem Rost und starrte in die Höhe.

Dann vernahm ich die dumpfen Geräusche, Schritte, die über die Plattform stampften. Unregelmäßig. Es hörte sich an, als würde dort jemand kämpfen.

Sarah Goldwyn.

Mein Gott, ich stand hier unten, starrte gegen die Plattform und konnte nichts tun. Wenn die alte Dame starb, dann war ich schuld.

Was tun?

Der zweite Weg fiel mir ein. Wenn ich durch die Tür kam und zurücklief, konnte ich vielleicht noch etwas retten.

Ich sprang vom Rost, als mir die Entscheidung abgenommen wurde, denn die Klappe öffnete sich.

Bevor ich wieder meine alte Stellung eingenommen und die Beretta schußbereit hatte, verdunkelte sich die schmale Öffnung. Viel konnte ich nicht erkennen, aber ich ließ die Waffe sinken, denn in dem Ausschnitt erkannte ich Lady Sarah.

Die alte Dame war nicht bewußtlos, denn sie schlug um sich und wehrte sich tapfer. Doch gegen die Kraft ihrer Gegner kam sie nicht an. Ein letzter Stoß. Lady Sarah trat ins Leere und fiel durch die Öffnung, die augenblicklich wieder zugeschoben wurde.

Ich breitete die Arme aus.

Dann kam der Zusammenstoß.

Obwohl Mrs. Goldwyn wirklich nicht viel auf die Waage brachte, riß mich der Aufprall fast von den Beinen. Ich konnte mich soeben noch fangen. Und als ich Lady Sarah dann hatte, verdunkelte sich auch der Spalt über uns.

Es wurde wieder finster.

»Ist Ihnen was passiert?« fragte ich zuerst.

»Nein, nein, ich bin okay. Nur leider dumm, weil ich mich habe überraschen lassen. Und das passiert mir in meinem Alter.« Ihren Humor hatte sie jedenfalls nicht verloren.

Ich setzte sie sicher auf und sprang dann vom Rost. Mit der Lampe leuchtete ich in die Runde.

Die Horror-Oma sprang ebenfalls vom Rost, wobei ich sie abstützte.

»Wo ist eigentlich mein Schirm?« fragte sie.

»Vielleicht oben?«

»Nein, er ist mit in die Tiefe gefallen.«

Ich ging ein paar Schritte zur Seite und leuchtete. Da sah ich ihn liegen. Lady Sarah nahm ihn dankbar entgegen und drohte damit zur Plattform hoch.

»Wer hat Sie überrascht?« wollte ich wissen.

»Zwei Steinerne.«

»Wo kamen die denn her?«

»Ich weiß es nicht. Sie müssen sich irgendwo draußen versteckt gehalten haben. Slim Limmerick war auch dabei«, flüsterte Mrs. Goldwyn. Ich wußte inzwischen über den Mann und dessen Funktion Bescheid.

»Warum hat man Sie nicht getötet?« Es war mir selbst nicht wohl, als ich die Frage stellte.

»Das weiß ich auch nicht«, erwiderte Lady Sarah. »Vielleicht hätte es zuviel Aufsehen gegeben.«

Zuviel Aufsehen?

Verdammt, das war das Stichwort. Wir befanden uns in einer Verbrennungskammer. Besser konnte man keine Leichen verschwinden lassen.

»Weg!« schrie ich, sprang auf Lady Sarah zu und riß sie zur Seite. Keine Sekunde zu früh.

Beide hörten wir das häßliche Zischen.

Dann gab es ein puffendes Geräusch, und im nächsten Augenblick tanzten armlange Gasflammen über den Rost.

Im Nu wurde die Verbrennungskammer zur Hölle...

Die ganz in Schwarz gekleidete Frau schlug auf dem Sargdeckel auf, rutschte zur Seite und fiel neben dem Sarg zu Boden, genau dort, wo noch Raum zwischen Grabwand und Sarg war.

Eingeklemmt blieb Mrs. Bandone dort liegen. Sie war im ersten Augenblick unfähig zu schreien, hatte die Augen weit aufgerissen und starrte gegen die feuchte, lehmige Erde.

Erst dann schrie sie.

Gleichzeitig jedoch wurde der Sargdeckel gesprengt. Eine unheimliche Kraft riß ein Loch, trieb zahlreiche Splitter in die Höhe und zerfetzte den Deckel.

Dann kam er.

Bandone, der Tote – und jetzt der Steinerne.

Er trug noch sein weißes Leichenhemd, das jedoch an einigen Stellen zerrissen war, so daß die bläuliche Haut durchschimmerte. Er wuchtete sich hoch, setzte sich auf und begann aus dem Sarg zu klettern. Seine Hände schlugen gegen die lehmigen Innenwände, eine rutschte ab und traf die Frau.

Der Schlag war so heftig geführt worden, daß Mrs. Bandone das Bewußtsein verlor.

Unter den Trauergästen breitete sich blitzartig Panik aus. Einige hatten sich vorgedrängt und waren noch zum Sarg gelaufen, doch schreiend zurückgewichen, nachdem sie einen Blick in die Tiefe geworfen hatten. Selbst der Pfarrer hatte das Weite gesucht. Vielleicht hätte er mit seinem Kreuz noch etwas ausrichten können, so aber hatte das steinerne Monster freie Bahn.

Es richtete sich auf:

Ein Toter, der lebte und zusätzlich zu Stein geworden war. Unglaublich.

Ein widerliches Grinsen umspielte das kantige Gesicht. Der Tote reckte die Arme und umkrallte den Grabrand.

Dann zog er sich hoch.

Auch Logan Costello war geschockt. Er hatte sich sofort zurückgezogen, die Körper seiner Leibwächter deckten ihn. Jeder der Männer hielt seinen Revolver schußbereit, doch sie standen so, daß sie schnell fliehen konnten.

Auch die vier Söhne hatte es nicht mehr auf ihrem Platz gehalten. Sie hatten noch mitbekommen, wie sich der angeblich Tote aufrichtete. Dann waren sie in wildem Entsetzen geflohen.

An die Mutter dachte keiner mehr.

Bandone erschien.

Zuerst nur sein Gesicht, dann die Schulter. Er kletterte aus dem Grab.

Die sechs Leibwächter waren aschgrau im Gesicht. Auch die anderen Mafiosi hielten Waffen in den Händen, und Costello brüllte mit sich überschlagender Stimme: »Schießt doch, verdammt, schießt, ihr Idioten!«

Die Männer drückten ab.

Gelbe Flämmchen tanzten vor den Mündungen. Die Waffen krachten, und die Echos rollten als schauriger Donner über das weite Gräberfeld hinweg.

Jede Kugel traf.

Die Geschosse hieben gegen den Steinkörper, doch sie prallten ab, sie ritzten ihn nur kurz an, zogen hier und da ein paar Schrammen, das war alles.

Stoppen konnten sie den Mann nicht.

Die Querschläger waren gefährlich. Sie jaulten den Mafiosi entgegen. Einer der Männer schrie auf, drehte sich zur Seite und faßte an seinen Hals, wo Blut zwischen den gespreizten Fingern hervorsickerte. Dann brach er zusammen.

Die anderen hatten für ihn kaum einen Blick übrig. Sie mußten selbst sehen, daß sie sich in Sicherheit brachten. Denn ihnen war mit erschreckender Deutlichkeit klargeworden, daß sie gegen dieses wieder zum Leben erweckte Steinmonster nicht ankamen.

Das war zu stark.

Bandone hatte das Grab verlassen. Breitbeinig stand er vor dem Rand. Einer der Männer wollte es besonders gut machen und sprang den Steinernen an.

Der schlug zu.

Der Mann wurde mitten im Sprung gestoppt, sein Gesicht schien um die Hälfte zusammenzuschmelzen, er überschlug sich und blieb auf dem Boden liegen.

»Weg!« schrie Costello. »Weg!«

Dieser Aufforderung folgten die Männer nur zu gern. Sie warfen sich herum und gaben Fersengeld.

Bandone verfolgte sie nicht. Er drehte den Kopf und schaute zu den anderen frisch aufgeworfenen Gräbern hin.

Fünf waren es.

Und bei diesen fünf bewegten sich die Grabhügel. Die feuchte, schwere Erde wurde hochgeschleudert. Hände und Köpfe aus Stein erschienen, die Toten kehrten zurück.

Asmodinas und auch Medusas Plan trug Früchte...

Bandone wandte sich seinen »Kollegen« zu. Er stand bei den Gräbern, starrte auf die Erde, die immer mehr durcheinandergewirbelt wurde, und wartete.

Fünf Steinerne.

Mit Bandone waren es sechs.

Ein halbes Dutzend, die Kugeln trotzten und unbesiegbar erschienen.

Die Mafiosi waren die einzigen Zeugen, die den makabren Vorgang beobachteten. Sie hatten sich nicht weiter zurückgezogen, sondern waren im Schutz einiger Bäume stehengeblieben. Sie sahen, wie die Toten die Gräber verließen.

Einige Männer schlugen das Kreuzzeichen. Jemand flüsterte: »Der steht mit dem Satan im Bunde...«

Keine widersprach.

Sie waren nur noch zu viert. Die anderen hatten das Weite gesucht. In Logan Costello war die erste Panik von einer eiskalten Überlegung abgelöst worden.

Er dachte nach.

Seine beiden Leute, die er nach Tullham geschickt hatte, waren ebenfalls zu Stein geworden. Er hatte einen entsprechenden Bericht erhalten und es nicht glauben wollen.

Bis jetzt.

Nun mußte er mit eigenen Augen ansehen, wie die Untoten aus den Gräbern stiegen.

Und zwei seiner Leute waren tot. Sie lagen in der Nähe des Grabes und rührten sich nicht.

Was ging da vor sich? Welche Kräfte hatte er gerufen und wurde sie nun nicht mehr los?

Er überlegte verzweifelt, gelangte aber zu keinem Ergebnis und sah langsam ein, daß es auch für einen Capo, wie er es war, Grenzen gab, die er respektieren mußte, und vor allen Dingen nicht überschreiten durfte.

Alle fünf Leichen hatten jetzt ihre Gräber verlassen. Sie standen davor und schienen auf jemanden zu warten.

»Was machen wir?« wurde Costello gefragt.

»Weiß ich nicht. Habt ihr eine Erklärung?«

Kopfschütteln.

»Dann weg!«

Sie drehten sich um – und blieben wie vor eine Wand gelaufen, stehen. Vor ihnen stand plötzlich eine Frau mit feuerrotem Haar und einem aus der Stirn wachsenden Hörnerpaar.

Asmodina!

Suko hatte meinen Anruf erhalten und reagierte sofort. Er zog sich seine Berufskleidung über, die Shao ihm reichte.

Die lederne Hose, Lederjacke, und den signalroten Helm mit dem Sichtvisier setzte er sich auf den Kopf.

Fertig.

Shao schaute ihn besorgt an. »Gib auf dich acht«, sagte sie. »Diese Medusa ist schlimm.«

Suko nickte. »Wird schon schiefgehen.« Er wandte sich zur Tür und war schon zwei Schritte gegangen, als ihm etwas einfiel. Mit der flachen Hand schlug er gegen den Helm.

»Was ist?« fragte Shao.

»Ich brauche die Schlüssel zu Johns Wohnung. Gib sie schnell her.«

Zwei Sekunden später hatte Suko das Gewünschte. Er lief auf den Flur, schloß nebenan auf und lief auf den kleinen Schrank zu, in dem mehrere Dinge aufbewahrt wurden.

Der Kelch des Feuers, der silberne Nagel, durch den Dr. Tod sein Ende gefunden hatte, und last not least das Schwert, das Destero einmal gehört hatte.

Darauf hatte der Chinese es abgesehen. Leider befand sich der Bumerang noch immer in den Händen von Dr. Tod, aber Suko war sicher, daß sie ihn eines Tages zurückholen würden. Er packte das Schwert samt Gehänge und lief auf den nächstbesten Lift zu. Bevor er einstieg, warf er Shao den Schlüssel entgegen, den sie geschickt auffing. Dann verschwand Suko in der Kabine.

Vier Stockwerke tiefer hielt sie noch einmal an. Ein Hausbewohner erschrak heftig, als er Suko in seiner Montur sah. Hinzu kam noch das Schwert, das er in der Hand hielt.

»Sie können ruhig einsteigen«, sagte der Chinese. »Ich tue Ihnen nichts.«

»Nein, nein, natürlich nicht.« Der Mann drückte sich an Suko vorbei und starrte betreten zu Boden. Als der Lift im Erdgeschoß hielt, verließ er ihn fast fluchtartig.

Suko fuhr bis zur Tiefgarage durch, wo seine Harley ihren Platz hatte. Er befestigte das Schwert mit einigen Lederbändern an der Maschine und startete.

Wieder dröhnte es durch die unterirdische Halle. Wie eine Rakete schoß die Harley vor und jagte die Auffahrt hoch, wo das Tor zum Glück offenstand und Suko nicht erst den elektronischen Code zu bedienen brauchte.

Er kam besser voran als ich mit dem Bentley. Der Londoner Verkehr war zwar noch immer sehr dicht, aber Suko war ein Schlangenfahrer. Er fuhr meist rechts und überholte.

Der Chinese ahnte, daß ihm nicht viel Zeit blieb. Er konnte zwar auch nicht sagen, wieso dieses Gefühl plötzlich da war, aber es war vorhanden, da war nichts zu machen.

Als er über den Häusern die Ausläufer des Friedhofs sah, atmete er auf. Das Grün der Bäume hob sich von den schwarzroten Dächern ab, und eine halbe Minute später lenkte der Chinese seine Maschine auf den Parkplatz, wo er auch den silbergrauen Bentley entdeckte.

Von John Sinclair sah Suko keine Spur. Er stellte die Harley neben den Bentley und nahm den Helm ab. Er ließ ihn bei dem Feuerstuhl. Hoffentlich stahl ihm niemand seine Kopfbedeckung.

Im Laufschritt erreichte Suko den Friedhof. Seine Füße knirschten über den Kies. Obwohl dies Geräusche verursachte, hörte er jedoch die peitschenden Detonationen.

Schüsse?

Suko blieb stehen und lauschte.

Nichts.

Vielleicht habe ich mich auch getäuscht, dachte er und sah sich um.

Der große Komplex mit den verschiedenen Leichenhallen und Verwaltungsräumen stach ihm besonders ins Auge. Die Wände bestanden aus dunkelroten Ziegelsteinen, in den Fenstern der ersten Etage spiegelten sich die Sonnenstrahlen.

Wo steckte John?

Suko kannte den Friedhof ebenfalls. Er war riesengroß. Da

konnte er einen ganzen Tag suchen, ohne seinen Freund zu finden.

Wieder schaute er auf die Leichenhalle und erinnerte sich an Johns Worte.

Lady Sarah hatte etwas in der Leichenhalle entdeckt.

Vielleicht fand er John Sinclair dort. Der Chinese zögerte keine Sekunde mehr. Er betrat die Leichenhalle durch den Haupteingang und fand sich in dem langen, kahlen Gang wieder, in dem es so typisch roch. Nach Buchsbäumen und irgendwelchen Pflanzen, deren Namen Suko nicht wußte. Langsam ging er weiter.

Das Schwert hatte er mitgenommen. Er trug es in der rechten Hand. Wer ihm jetzt begegnete, mußte einen Schreck bekommen. Ein Motorradfahrer, der mit einem Schwert bewaffnet war.

Rechts lagen die schmaleren Türen. Die meisten standen offen. Suko blickte in die dahinterliegenden Räume.

Es waren Wartezimmer. In den meisten standen Bänke und Stühle, auch lagen Kränze am Boden. Menschen sah der Chinese nicht. Wie ausgestorben wirkte die Halle.

Oben klappte eine Tür.

Dann glitt Sukos Blick nach rechts.

Dort befanden sich die drei großen Trauerhallen. Die Türen dazu waren doppelt so groß wie die zu den Zimmern.

Suko öffnete die erste.

Die Halle war menschenleer. Sie roch nach Bohnerwachs. Die Bank- und Stuhlreihen glänzten wie frisch poliert. Leer präsentierte sich das Podest, wo sonst der Sarg stand.

Suko zog sich zurück.

Die zweite Tür.

Auch als er einen Blick in diese Trauerhalle warf, sah er keinen Menschen. Sie war ebenso geputzt wie die erste.

Die dritte Tür brauchte er nicht zu öffnen. Sie wurde aufgezogen. Eine blondhaarige Frau im blauen Kittel und mit zwei Eimern und Putzlappen bewaffnet, verließ die Halle.

Sie wandte Suko den Rücken zu und erschrak fürchterlich, als der Chinese sie ansprach.

»Entschuldigen Sie...«

»Mein Gott«, keuchte die Putzfrau und preßte ihre Hand gegen den wogenden Busen, »haben Sie mich erschreckt.«

»Das lag nicht in meiner Absicht.«

»Was wollen Sie eigentlich? Die Beerdigungen sind für heute schon vorbei.«

»Ich suche einen Mann.«

»Da gibt es viele.«

Suko beschrieb John Sinclair.

»Den habe ich nicht gesehen.«

»Sind Sie sicher?«

»Klar. Es sei denn, er ist bei Limmerick drin. Also ehrlich, da habe ich vorhin Geräusche gehört, obwohl Limmerick schon Feierabend haben müßte.«

»Wer ist Limmerick?«

»Der Leichenwäscher. Möchte ich nicht sein.«

»Kann man zu ihm?«

Die Bodenkosmetikerin runzelte die Stirn. »Keine Ahnung. Sie sind fremd, ich weiß nicht so recht...«

»Wo finde ich die Tür?«

»Direkt nebenan.«

»Danke.« Suko wartete, bis die Putzfrau verschwunden war, und ging dann drei Schritte zur Seite.

Er horchte.

Tatsächlich, hinter der Tür rumorten welche. Suko vernahm dumpfe Laute, die ihm gar nicht paßten.

Er riß die Tür auf.

Zwei Gestalten fuhren herum.

Es waren die Steinernen!

Der heiße, mörderische Atem der Hölle fauchte uns entgegen!

Im Nu konnte man es in der unmittelbaren Umgebung des Flammenrostes nicht mehr aushalten. Es gab nur noch eine Chance, wenn wir überleben wollten.

Weg zum Ausgang.

Ich riß Mrs. Goldwyn mit. Sie hielt sich außerordentlich tapfer, schrie nicht und drehte auch nicht durch. Wie der Gluthauch des Todes streifte uns die Hitze, als wir in die Dunkelheit rannten.

Ich hielt die alte Dame untergefaßt, während ich mit der kleinen Lampe leuchtete, deren Strahl auf- und niedertanzte.

Die Hitze raubte uns den Atem. Sie entzog der Luft den Sauerstoff, und ich merkte, wie Lady Sarah schwankte. Die Knie gaben ihr nach, doch ich zog sie eisern weiter.

Wir mußten hier raus.

Nur gut, daß ich diese unterirdische Kammer schon zuvor erkundet hatte. So wußte ich wenigstens, wo es langging. Ich kämpfte mich vor, während die Hitze fast meine Lungen zu zerfressen drohte. Dann fielen wir gemeinsam gegen eine Wand.

Um uns herum war ein Inferno. Wir kamen uns vor wie in einem Backofen, so fauchte es. Schon erfaßte mich der erste Schwindel, aber wild entschlossen hämmerte ich gegen den Riegel.

Ich sprang zurück.

In Strömen lief mir der Schweiß vom Körper. Ich hatte das Gefühl, als würde mir die Haut vom Gesicht fallen. Wenn wir nicht bald hier rauskamen, war alles vorbei.

Ich umfaßte den Griff.

Er war heiß.

Trotzdem hielt ich fest – und...

Ein Schrei der Enttäuschung drang aus meinem Mund. Die Tür war abgeschlossen.

Auch von außen.

Plötzlich gaben meine Beine nach, und ich sank in die Knie. Meine Hände fuhren an der Tür entlang, und neben Mrs. Goldwyn sank ich zu Boden. Unsere Gesichter berührten sich fast.

Die Horror-Oma schaute mich an. Ihre Mimik war verzerrt. »Aus!« keuchte sie. »Wir verbrennen bei lebendigem Leibe...«

Es gab nichts, was ich dagegen sagen konnte...

Sofort sprangen zwei Leibwächter mit schußbereiten Revolvern vor ihren Boß und deckten ihn mit ihren Körpern. Dafür jedoch hatte Asmodina nur ein spöttisches Lachen übrig.

»Laßt den Unsinn«, sagte sie. »Ich will mit ihm reden.«

Die Leibwächter zögerten. Noch hatte ihnen der Boß keinen diesbezüglichen Befehl gegeben.

Asmodina war es leid. Sie schnippte nur mit zwei Fingern. Etwas blitzte auf, erfaßte die beiden Männer und riß sie von den Beinen. Sie krümmten sich am Boden.

Die anderen beiden schossen.

Das geschah reflexartig. Die Kugeln trafen auch, aber mehr geschah nicht.

Sie konnten Asmodina nicht töten.

Den Mafiosi stand der Schrecken in den Gesichtern geschrieben. Sie wurden noch weißer, begannen zu zittern, und selbst Logan Costello brachte keinen Ton hervor.

»Ich hätte deine Leute töten können«, sagte die Teufelstochter, »aber ich tue es nicht. Wie dumm seid ihr eigentlich? Hat euch die erste Demonstration meiner Macht nicht gereicht? Ich habe doch die Toten aus den Gräbern geholt.«

»Wer bist du?« hauchte Costello.

»Asmodina, die Tochter des Teufels!«

Als Costello das hörte, schüttelte er den Kopf und stampfte mit dem Fuß auf. »Nein«, keuchte er, »das gibt es nicht! Ich werde verrückt, ich werde wahnsinnig. Der Teufel existiert nicht. Ich...«

»Bin ich nicht Beweis genug?«

Costello schwieg. Er war völlig durcheinander. Was er in den letzten Minuten erlebt hatte, ging dicht an die Grenze seines Begreifens. Er wurde hier mit Dingen konfrontiert, die er in seinem Leben immer weit weggeschoben hatte.

Auch ein hilfesuchender Blick auf seine Männer brachte ihm keine Klarheit. Der große Logan Costello wurde plötzlich ganz klein.

»Was willst du?« fragte er schließlich.

»Ich möchte mit dir zusammenarbeiten.«

Das hörte sich schon besser an. Seine Gedanken begannen zu wirbeln. Er hatte die Kraft dieser Frau erlebt. Sie besaß Möglichkeiten, an die er nicht im Traum gedacht hatte. Unter Umständen konnte diese Zusammenarbeit sehr fruchtbar werden.

»Und wie hast du dir das vorgestellt?« erkundigte sich Logan Costello.

»Du kennst Solo Morasso?«

Vorsicht! dachte Costello. Sie will dich aufs Glatteis führen. Er kannte Morasso tatsächlich.

»Es könnte sein«, antwortete er verhalten. »Wie ich gehört habe, existiert er nicht mehr. Ihm gehörte ja Palermo.«

»Er existiert!«

»Und wo?«

»Hier in London, oder in Paris. Er ist überall. Ich habe ihn mit einer großen Macht ausgestattet. Er hat die Mordliga gegründet und gehorcht mir. Aber er ist in letzter Zeit aufsässig geworden, ich hatte Ärger mit ihm. Er entglitt meiner Kontrolle. Das will ich ändern.«

»Was soll ich dabei tun?« fragte Costello.

»Ihn beobachten.«

Costello lachte. »Das ist unmöglich. Ich weiß schließlich nicht, wo er sich aufhält. Außerdem kann ich keinen meiner Leute entbehren. Ich habe wieder zwei Tote zu beklagen...«

»Du sollst nur hin und wieder anrufen und ihn über seine Pläne befragen«, sagte Asmodina. »Er ist ja kein Gegner von mir. Ich möchte ihn nur an der langen Leine halten.«

Der Capo schüttelte den Kopf. »Nein, ich will es nicht«, sagte er bestimmt.

»Dann wirst du nicht mehr lange leben«, sagte die Teufelstochter kalt.

»Wie?«

»Ich werde dich töten und dein Mafia-Imperium zerstören. Ich wundere mich, daß du noch zögerst. Wo wir drei eigentlich einen gemeinsamen Feind haben.«

»Wen?«

»John Sinclair!«

Der Name elektrisierte Costello. Er mußte sofort an seinen Bruder denken, der durch Sinclairs Schuld umgekommen war. Wenn jemand ein Todfeind Costellos war, dann dieser Sinclair. »Was hat er mit der Sache zu tun?« wollte der Capo wissen.

»Er steckt mit drin. Auch in diesem Fall.«

Costello pfiff durch die Zähne. »Dann könnte es sein, daß ich ihn hier treffe?«

»Möglich.«

Der grauhaarige Gangster überlegte. Wenn er es recht bedachte, war der Vorschlag dieser Frau gar nicht so schlecht. Da konnte sie ruhig erzählen, daß sie die Teufelstochter war, seinetwegen auch die Kaiserin von China. Hauptsache, er gewann Vorteile bei der Sache und der Zusammenarbeit.

»Ich stimme zu«, sagte der Capo.

Asmodina nickte. »Wußte doch, daß du vernünftig bist, Mensch. Nun zu Sinclair. Er wird sich zwar hier auf dem Friedhof aufhalten, doch du solltest verschwinden.«

»Warum?«

»Weil dies hier Medusas Reich ist.«

»Hä?«

»Kennst du Medusa? Die mit dem Schlangenkopf? Wer sie anschaut, wird zu Stein.«

»Ja, in der Sage.«

»Nein, in Wirklichkeit.«

»Das gibt's nicht.«

»Hast du nicht selbst die Steinernen erlebt, Costello?«

»Doch, aber die waren tot. Nein, sie lebten.« Er schüttelte den Kopf, weil er völlig durcheinander war.

»Ich habe ihnen das untote Leben gegeben, weil ich mit Medusa einen Pakt geschlossen habe. Zudem habe ich dafür gesorgt, daß dieser Bandone gestorben ist. Ja, er hat einen Herzschlag erlitten. Es sollte alles normal aussehen. Meine Pläne sind oft schwer zu durchschauen, aber sehr wirkungsvoll.«

»Und meine Leute in Tullham?« fragte Costello rauh.

»Sie sind versteinert, weil sie Medusa gesehen haben. Du merkst, alles hat seine Richtigkeit.«

»Ja«, keuchte Costello, »das stelle ich auch langsam fest. Und jetzt?«

»Wirst du dich zurückziehen und anderen das Feld überlassen.«

»Ich soll einen Rückzieher machen, wo wir doch so stark sind?« heulte er fast entsetzt.

»Warum nicht?«

»Nein, das kann ich nicht. Ich bin doch nicht verrückt. Du stehst doch an meiner Seite.«

»Ich kann dich auch nicht vor Medusa schützen. Sie wird ihre

Rache haben, denn ich habe ihr Gehilfen gegeben. Du kannst dir ja alles aus sicherer Entfernung anschauen.«

Costello überlegte. »Gut«, sagte er schließlich und nickte. »Das werde ich auch.« Dann deutete er auf seine am Boden liegenden Leibwächter. »Was ist mit ihnen?«

»Sie können aufstehen.«

Als hätten die beiden nur auf den Befehl gewartet, so stemmten sie sich hoch.

Die vier Leibwächter hatten den Dialog zwischen Asmodina und ihrem Capo mit angehört. Begriffen hatten sie nicht allzuviel. Sie ahnten nur, daß es einen Umschwung geben würde.

Und damit sollten sie recht behalten.

Suko sah nicht nur die beiden Steinernen, sondern auch eine offenstehende Tür, die zum Nebenraum führte. Doch erst einmal mußte er sich um seine beiden Gegner kümmern.

Sie sahen scheußlich aus.

Aus einem Körper wuchsen zahlreiche Schlangen. Aus den Augenhöhlen, den Nasenlöchern, den Öffnungen in den Ohren, dem Mund und den Augen. Suko glaubte zu sehen, daß dieses Monster mal eine Frau gewesen war, doch so genau war das nicht festzustellen.

Auf jeden Fall wollte es Suko töten, denn es griff sofort an, während der Artgenosse noch im Hintergrund lauerte.

Suko wollte es mit Desteros Schwert versuchen, doch er brachte die Waffe nicht schnell genug aus der Scheide, weil sie doch ziemlich ungewohnt war.

Der Steinerne hätte ihn vorher erreicht, wenn Suko nicht auf die Idee mit dem Waschtisch gekommen wäre.

Er nahm beide Hände, kantete den Tisch hoch und schleuderte ihn dem Monster entgegen.

Tisch und Untoter krachten zusammen.

Das Möbelstück bestand aus stabilem Holz, es brach nicht und hielt das Monster für einen Moment auf.

Nichts anderes hatte Suko gewollt. Er bekam genau die Zeit, um das Schwert zu ziehen.

Die Klinge, mit der Destero schon zahlreiche Opfer getötet

hatte, sollte auch hier ihre Wirkung nicht verfehlen. Doch der Chinese kam nicht dazu, sich mit der steinernen Frau zu beschäftigen.

Sein zweiter Gegner erschien. Er drang durch die offene Tür und stand näher an Suko als sein weibliches Gegenstück.

Der Chinese holte aus.

Halbhoch wuchtete er das Schwert, bevor er einen waagrechten Schlag führte.

Die Klinge warf einen blitzenden Reflex, als sie durch die Luft schnitt und traf.

Eine normale Waffe wäre vielleicht abgeprallt, nicht so Desteros Erbstück. Es bestand aus besonderem Material und trennte mit einem einzigen Schnitt den Kopf vom Rumpf des steinernen Monsters.

Der schwere Steinschädel knallte zu Boden, rollte noch weiter, während der Torso umkippte.

Kopf und Körper bekamen Risse, aus denen Staub quoll, bevor der Torso selbst in diesen Zustand überging.

Das zweite Monster hatte bemerkt, was mit seinem Artgenossen geschehen war. Es zog sich in den anderen Raum zurück, bevor Suko eingreifen konnte, und hieb die Tür zu.

Mit einem Knall fiel sie ins Schloß. Der Chinese kam um den Bruchteil einer Sekunde zu spät.

Doch er dachte nicht daran, aufzugeben. Wenn die Waffe Stein zerschlug, würde sie auch vor dem Holz der Tür nicht kapitulieren.

Suko hieb zu. Diesmal führte er den Schlag von oben nach unten. Die Klinge sägte einen langen Streifen in die Tür, der zweite und dritte Schlag zerstörte das Holz. Splitter flogen Suko um die Ohren. Er arbeitete wie ein Berserker. Er wußte auch nicht warum, aber er hatte es plötzlich ungeheuer eilig.

Dann war das Loch groß genug.

Suko schlüpfte hindurch und gelangte in den zweiten Raum, wo ein Schienenpaar zu einer Plattform führte.

Das weibliche Steinmonster mit den Schlangen im Gesicht wandte dem Chinesen den Rücken zu. Es stand vor einem kleinen Schaltpult, das in einer Ecke des Raumes seinen Platz gefunden hatte, und hantierte dort herum.

Selbst Suko hörte plötzlich das Fauchen, das unter ihm erklang. Er wußte sofort Bescheid.

Dort unter seinen Füßen mußte sich die Verbrennungskammer befinden. Und die stellte niemand an, wenn er keinen Grund hatte. Sollte dort etwas vernichtet werden?

Wenn ja, was? Vielleicht ein Mensch ...

Für Suko zählte jetzt jede Sekunde. Er mußte handeln, sonst war alles aus.

Bevor das Monster ihn angreifen konnte, war der Chinese schon da. Und sein Hieb traf die steinerne Frau in der Drehung. Der Chinese schlug sie in zwei Hälften.

Das grausame Geschöpf kippte nach verschiedenen Seiten weg und prallte dumpf zu Boden. Mit einem gewaltigen Schritt stand Suko am Schaltpult, ließ seine Blicke über die Hebel schweifen und sah einen, der nach oben gekippt war, während die anderen alle in Ruhestellung standen.

Suko kippte ihn zurück.

Unter ihm hörte das Fauchen auf.

Dem Chinesen fiel ein Stein vom Herzen. Damit hatte er die Plattform aber noch nicht offen. Er suchte einen Weg, um sie anzuheben. Mit der Hand war das kaum möglich.

Wieder suchte sein Blick die Konsole ab. Diesmal las er auch die Beschriftungen – und fand den richtigen Knopf.

Die Plattform glitt zur Seite.

Aus der Öffnung fauchte Suko eine gewaltige Hitzewoge entgegen, und er trat unwillkürlich zurück. Als er einige Sekunden abgewartet hatte und einen Blick nach unten warf, sah er das letzte Glühen des Rostes. Aber einen Menschen konnte er nicht entdecken.

War vielleicht niemand unten?

Suko rief »Hallo!«

Keine Antwort.

Er versuchte es noch einmal.

Dann vernahm er sie. Sehr schwach, kaum zu verstehen, aber er identifizierte die Stimme.

Sie gehörte John Sinclair!

»Hier!«

»Mein Gott, John!« schrie der Chinese. »Bist du okay?«

»Kaum!«

»Kannst du laufen?«

»Ich versuche es, aber ich bin nicht allein. Mrs. Goldwyn ist bei mir!«

»Ist euch was geschehen?«

Ich mußte leicht grinsen, als ich Sukos Frage hörte. »Ja«, erwiderte ich krächzend und von Husten unterbrochen. »Wir sind geröstet worden.«

»Mann, mach keinen Mist!«

Das hatte ich auch nicht vor. Suko hatte uns wirklich im letzten Augenblick gerettet. Die Hitze war schon nicht mehr auszuhalten gewesen, und hätte der Chinese nicht die Klappe geöffnet, so daß Frischluft hereingeströmt wäre, hätten wir es trotz allem wahrscheinlich nicht überstanden. Auf jeden Fall war ich meinem Partner ungeheuer dankbar.

Ich rollte mich zur Seite.

Lady Sarah war bewußtlos geworden. Und auch ich fühlte mich ungeheuer schwach. Trotzdem mußte ich es schaffen. Ich konnte Lady Sarah hier nicht liegenlassen.

Ich hakte sie unter, wollte sie weiterziehen und fiel selbst dabei auf den Rücken.

Verdammt auch.

Schwindel packte mich, als ich es das zweite Mal versuchte, und wiederum konnte ich mich nicht auf den Beinen halten. Sie knickten mir einfach weg.

So ging es nicht.

Ich blieb dann am Boden und schleifte die bewußtlose Frau Stück für Stück der Klappe entgegen. Es wurde heller, der erste Lichtschein traf uns, und ich sah Sukos Gesicht.

Als er uns sah, stöhnte er auf. »Mein Gott, John, was ist nur geschehen?«

Ich mußte eine Pause einlegen. Es war gut, daß ich mich bereits in der Nähe der Klappe befand. Die frische, von oben hereinströmende Luft war eine Wohltat für meine Lungen.

Aber ich spürte auch die Hitze, die der Rost noch nachträglich ausströmte. Es war gewaltig, und ich merkte, wie mich meine Kräfte langsam verließen.

Wie sollte ich da hochkommen?

»Hast du kein Seil?« rief ich krächzend.

Suko nickte. »Ich werde eins holen.«

»Aber laß uns nicht zu lange allein. Ich möchte nämlich nicht, daß noch jemand kommt.«

»Natürlich werden wir die Klappe wieder schließen!« hörte ich plötzlich eine kalte Stimme. »Ich will dich doch rösten sehen, du verdammter Schnüffler!«

Ich hatte das Gefühl, zu Eis zu werden, denn die Stimme kam mir bekannt vor, obwohl ich sie eigentlich nur vom Telefon her kannte. Sie gehörte Logan Costello!

Suko schien zu vereisen. Gleichzeitig machte er sich die schwersten Vorwürfe, daß er nicht achtgegeben hatte. Auch er wußte von Costello, und er kannte die Gefährlichkeit des Mafioso. Der war grausam, brutal und eiskalt. Ein Menschenleben galt bei ihm nichts. Wie er ja wieder bewiesen hatte.

»Bleib ruhig sitzen, Chink«, drohte er flüsternd. »Wenn du dich nur falsch bewegst, pusten wir dich um.«

Wir, hatte er gesagt. Er war nicht allein gekommen, sondern hatte seine Leute mitgebracht.

Suko verdrehte die Augen. Er versuchte etwas zu erkennen und sah zwei Männer, die jetzt um die offene Luke herumschritten und Suko gegenüber Aufstellung nahmen.

Sie hielten Revolver in den Fäusten und zielten mit ihren Waffen auf den Chinesen.

Suko hatte keine Chance, den Kugeln zu entgehen.

Aber er wollte Zeit gewinnen. »Was wollen Sie?« fragte er.

»Euch zur Hölle schicken«, lautete die Antwort. »Diese Asmodina ist wirklich eine gute Partnerin, das muß man ihr lassen. Sie hat mir den richtigen Tip gegeben.«

Verdammt, das hat sie wirklich, dachte Suko.

Der Mafioso lachte weiter. »Ich hätte nie gedacht, daß sich mein Traum einmal so schnell erfüllen würde. Der Schnüffler Sinclair wird geröstet, seine gelbe Ratte gleich mit. Wenn das keine Schau ist. Die Unterwelt wird mir dankbar sein.«

»Ich hoffe, Sie haben es sich auch gut überlegt«, rief ich aus der Verbrennungskammer. Ich hatte Costello verstanden, seinen Triumph gehört und meinen ersten Schrecken überwunden.

»Halt du deine Schnüfflerschnauze, Sinclair!« schrie Costello zurück. »Denk an meinen Bruder.«

»Mit dessen Tod habe ich nichts zu tun. Er hat sich selbst umgebracht. Wie oft soll ich dir das noch sagen.«

»Eine Ausrede.«

»Nein.«

»Halts Maul.«

»Ich denke gar nicht daran«, gab ich zurück und bewegte mich ein kleines Stück zurück, so daß ich nicht voll vom hereinfallenden Licht getroffen wurde. »Wer sich mit der Teufelstochter einläßt, ist schon bald verloren. Das wirst auch du merken, Costello.«

»Bis jetzt bin ich gut mit ihr gefahren«, gab er höhnisch zurück.

»Aber die Zeiten ändern sich.« Ich war jetzt so weit von der Helligkeit weg, daß ich meine Beretta ziehen konnte. Denn so völlig wehrlos war ich auch nicht.

»Dir wird deine große Klappe noch vergehen, Schnüffler. Ich habe vier Leute mitgebracht, und sie tragen geladene Revolver bei sich. Wir machen aus euch Bleipakete. Es sei denn, dein Freund zieht es vor, freiwillig zu springen.«

»Mord an einem Polizisten kommt Sie teuer zu stehen«, sagte der Chinese.

»Niemand wird etwas von euch finden. Höchstens Asche, aber die vermischt sich mit der anderen.« Der Mafioso lachte.

Und verflucht, er hatte recht. Von uns würde man wirklich nichts mehr finden.

Ich peilte in die Höhe.

Und zwar dorthin, wo Suko hockte. Er hatte die Arme leicht angewinkelt, die Hände lagen so, daß er in die Taschen greifen konnte, denn dort steckte seine stärkste Waffe.

Der Stab!

Suko hatte ihn von einem buddhistischen Klostervorsteher bekommen, einem Abt, der das Erbe Buddhas verwaltete. Wenn er ein bestimmtes Wort rief, dann blieb die Zeit für fünf Sekunden stehen. Diese Spanne mußte der Chinese nutzen, um seine Gegner auszuschalten, denn sie waren während der fünf Sekunden erstarrt. Töten durfte er sie allerdings nicht, denn dann würde die Wirksamkeit der Waffe aufgehoben.

Suko hatte den Stab schon des öfteren eingesetzt und dabei zahlreiche Erfolge erzielt. Aber hier sah es so aus, als würde er nicht dazu kommen, den Stab zu ziehen, denn die Gegner behielten ihn permanent im Auge.

Ich drehte mich um und schaute zur anderen Seite der Luke.

Dort standen zwei Mafiosi. Ich sah die Waffen in ihren Händen. Es würde verdammt schwer sein, bei ihnen einen Durchbruch zu schaffen.

Zudem hatte ich einen schlechten Schußwinkel. Einen hätte ich getroffen, dann jedoch wäre dem anderen immer noch Zeit geblieben, um ebenfalls abzudrücken.

Es sah bescheiden aus.

Ich warf einen raschen Blick auf Lady Sarah. Sie war noch immer bewußtlos, was mir in meiner augenblicklichen Situation sehr gelegen kam.

»Ich warte nicht mehr lange!« drohte Costello.

»Überlege es dir genau!« sagte Suko.

»Das habe ich, du gelbe Ratte.« Mit den nächsten Worten wandte sich Costello an einen seiner Männer. »Diego, geh und stell den Brenner an!«

Diego lachte. »Sicher, Boß.«

Auch ich hatte die Worte gehört. Plötzlich begann mein Herz rasend zu klopfen. Einmal hatte ich die Hölle überstanden. Ein zweites Mal würde mir dies sicherlich nicht gelingen.

Ich schluckte.

Der mit Diego angesprochene Mann hatte sich von der Tür gelöst. Er war ein gewichtiger Kerl, der ein wenig zuviel Fett angesetzt hatte. Sein Jackett stand offen, der Bauch wölbte sich über die Hose. Auch er hielt einen Revolver in seinen schwieligen Fäusten. Die Waffe verschwand fast darin, nur die Mündung schaute aus der Hand hervor und zeigte zu Boden.

Die Hälfte der Strecke hatte Diego hinter sich.

Suko hockte noch immer vor dem Rand der Luke. Er mußte etwas tun. Schon in den nächsten Sekunden.

Und er sah, wie die Blicke der anderen Leibwächter dem Mann folgten. Sie waren für den Bruchteil einer Sekunde abgelenkt.

Suko riskierte es.

Er war schnell wie selten, riß den Stab hervor und hofft, daß Costello in seinem Rücken nicht schießen würde und ebenfalls abgelenkt war. Dann schrie er das Wort.

»Topar!«

Kein Schuß fiel.

Im selben Augenblick erstarrte die Szene. Die Zeit stand still, und nur Suko konnte sich bewegen, während auch ich unten in der Kammer zu einer Statue wurde.

Der Chinese handelte.

Er wuchtete sich hoch, entwand Costello den Revolver, raste an der Luke vorbei, schlug Diego den Lauf in den Nacken, so daß der Mann zusammenbrach, und hämmerte dann einem der Kerle die Faust ans Kinn, die vor der Luke standen und auf Suko gezielt hatten.

Der Knabe fiel um.

Dann war die Zeit vorbei.

Blitzschnell zog Suko seine Beretta. Er stellte sich hinter den anderen Mafioso an der Luke und hielt plötzlich zwei Waffen in den Händen.

In die Männer kam Leben.

Costello starrte auf seine leere Rechte.

Der Kerl an der Tür suchte seinen Kumpan, sah ihn am Boden liegen und wollte schießen.

»Keine Bewegung!« schrie Suko.

Der Mafioso hörte nicht und feuerte.

Suko duckte sich rechtzeitig. Das Geschoß fegte über ihn hinweg. Dann schoß er zurück.

Suko traf besser. Der Mann an der Tür schrie, hustete Blut und brach in die Knie. Schwer fiel er zu Boden.

Doch da war noch der Typ vor Suko. Er stand weiterhin am Rand der Luke und hielt auch noch seinen Revolver in der rechten Hand. Als er ihn herumschwenkte, traf ihn Sukos Schlag.

Der Gangster wurde bleich im Gesicht und fiel durch die Luke. Hart landete er auf dem Rost.

Übrig blieb Costello.

In den letzten fünf Sekunden war alles drunter und drüber gegangen. Costello hatte mit ansehen müssen, wie Suko den Kampf gewann. Das verkraftete er nicht.

Er sah seine Leibwächter am Boden liegen, der vierte war in der Luke verschwunden, und für Costello brach zum zweitenmal an diesem Tag eine Welt zusammen.

Auf dem Absatz warf er sich herum und rannte weg.

Suko hätte ihn liebend gern verfolgt, aber er konnte es nicht riskieren. Zunächst mußte seinem Freund geholfen werden.

Der Chinese schaute in die Luke. »Bist du okay, John?«

Mich erreichte sein Ruf, als ich dabei war, den Killer von dem noch heißen Rost zu ziehen. Der Mann war zum Glück bewußtlos und spürte die Schmerzen nicht.

»Alles klar«, rief ich zurück.

»Dann hole ich jetzt ein Seil.«

»Okay.«

Ich lehnte mich aufatmend zurück und wischte mir den Schweiß von der Stirn. Nur allmählich beruhigten sich meine aufgepeitschten Nerven. In der letzten Zeit war ein wenig viel auf mich eingestürmt, das ging an die Substanz.

Und auch die Horror-Oma war wieder erwacht. Sie hatte wirklich eine eiserne Konstitution. Überrascht schaute sie sich um. »Wir sind ja immer noch hier«, sagte sie. »Gefällt es Ihnen in der Verbrennungskammer so gut?«

Ich grinste schief. »Mir nicht, Lady Sarah, aber den anderen scheint es zu gefallen, daß wir hier unten bleiben.«

»Oh, welch widerliche Menschen.« Die Horror-Oma streckte ihren Arm aus und deutete auf den durch die Luke gefallenen Mafioso. »Gehört er auch zu den anderen?«

»Sicher.«

»Den haben Sie aber nicht von dort oben runtergeholt.«

»Nein.«

»Dann haben wir Hilfe bekommen«, stellte die Lady scharfsinnig fest.

»Genau.«

»Hm.« Sie nickte und stand auf, wobei sie ihre Stirn in Falten legte und nach oben schaute. »Seltsam«, sagte sie, »sehr seltsam, wenn ich das so sehe.«

»Was ist seltsam?«

»Da oben liegen noch mehr.«

»Ich sagte Ihnen doch, mein Freund Suko kam zur rechten Zeit.«

Sie wollte etwas erwidern, doch plötzlich gaben ihre Beine nach. Schwindel erfaßte sie, und sie fiel mir genau in die Arme, denn die hatte ich blitzschnell ausgestreckt. Da lag sie nun, blinzelte mir zu und lächelte. »Man merkt doch, daß ich nicht mehr die Jüngste bin.«

Da hatte sie ein wahres Wort gesagt. Trotz allem hatte sie sich außerordentlich gut gehalten, dieses Kompliment mußte ich ihr machen. Besser als ich.

Ich hörte Schritte.

Suko kam zurück. Mit einem Seil in der Hand. Er blieb vor der Luke stehen und schaute hinab.

»Wenn ihr mich nicht hättet«, sagte er und ließ das Seil hinabfallen. Eine Schlinge war bereits geknüpft.

Ich fing es auf. »So«, sagte ich zu Mrs. Goldwyn, »jetzt werden wir Sie mal hochhieven.«

»Aber Vorsicht, junger Mann. Ich bin zerbrechlich.«

Ich mußte lachen. »Das erschien mir vorhin aber nicht so.«

»Täuschung, alles Täuschung.«

Ich legte der Frau das Seil unter die Achseln und gab Suko das Okay-Zeichen.

Der Chinese zog. Suko war ein Kraftpaket, die Horror-Lady für ihn ein Leichtgewicht.

»Was man in meinem Alter noch so alles erlebt«, sagte sie. »Unwahrscheinlich.«

Sie hatte wirklich Humor, das mußte man ihr lassen

»Alles klar«, meldete Suko und ließ das Seil zum zweitenmal herab. Ich band Costellos Leibwächter fest, den ihn konnten wir unmöglich hier liegenlassen.

Auch er wurde von Suko in die Höhe gehievt.

Dann war ich an der Reihe. Ich knotete mir die Schlinge selbst unter die Achseln. Als ich schließlich neben meinem Partner stand, fiel mir ein Stein vom Herzen.

Endlich war ich raus aus dieser verdammten Verbrennungskammer. Das hatte Nerven gekostet.

»Alles klar?« fragte der Chinese.

»Und wie.« Ich nickte und reichte ihm die Hand.

Er grinste. »Was soll denn das?«

»Für die Lebensrettung.«

»Mach hier keinen Mist.« Unwillig winkte der Chinese ab. »Du hättest nicht anders gehandelt. Und wie oft hast du mich schon herausgerissen.«

»Trotzdem, es war haarscharf.«

Auch Lady Sarah bedankte sich bei Suko. »Wäre ich jetzt vierzig Jahre jünger, hätten Sie jetzt einen Kuß bekommen, aber von einer dreifachen Witwe lohnt sich das nicht mehr, junger Mann.«

Ich mußte schmunzeln. Der Humor dieser Horror-Oma war einfach nicht unterzukriegen. Dann blickte ich mich um.

Suko hatte ganz schön aufgeräumt. Drei Kerle waren bewußtlos, der vierte verletzt. Er lag auf dem Boden und rührte sich nicht mehr. Ich ging hin und drehte ihn auf den Rücken.

Eine Kugel hatte ihn getroffen. Ich sah das Blut und die gebrochenen Augen.

Der Mann war nicht verletzt, sondern tot.

Ich drehte mich um und sah Suko an.

»Tut mir leid«, sagte der Chinese. »Zielen war nicht mehr möglich. Er oder ich.«

Wie wahr mein Freund gesprochen hatte. Ich kannte solche Momente. Hinterher machte man sich dann Vorwürfe.

»Und Logan Costello?«

»Verschwunden.« Suko zog ein zerknirschtes Gesicht. »Der hat Fersengeld gegeben. Ich wollte noch hinterher, doch dann dachte ich an euch und eure Sicherheit, da habe ich ihn eben laufenlassen.«

»Schon gut«, erwiderte ich.

»Müßten wir nicht die Polizei anrufen?« unterbrach Mrs. Goldwyn unseren Dialog.

»Eigentlich ja«, dehnte ich.

»Aber...?«

»Bisher haben wir ja unseren eigentlichen Gegner nicht gesehen. Die Medusa. Ich bin sicher, daß sie sich irgendwo in der Nähe aufhält. Wenn das stimmt und mehrere Polizisten auf dem Friedhof sind, sie zudem noch bewußt suchen und sehen, passiert ein Unglück.«

Lady Sarah hatte einen sehr richtigen Einwand. »Und was ist mit den Besuchern?«

Daran hatte ich auch schon gedacht. Und daran, daß die Medusa unter Umständen Amok laufen würde. Ich blickte auf das Schwert, das Suko mitgebracht und abgelegt hatte. »Damit werde ich sie töten«, sagte ich, nahm die Waffe und band sie mir um.

»Erst einmal haben«, meinte der Chinese.

»Ich suche sie.«

Die Horror-Oma deutet auf einen der Bewußtlosen. »Vielleicht weiß er Bescheid?«

Ja, das war eine Möglichkeit. Während Suko die Waffen der Männer einsammelte, trat ich zu dem Kerl, der Diego genannt wurde. Neben ihm ging ich in die Knie und tätschelte beide Wangen.

Nach einer Minute hatte ich Erfolg, denn Diego schlug die Augen auf und starrte mich verwirrt an.

»Wieder da, Meister?«

Er verzog das Gesicht zu einer Grimasse und faßte sich an den Hals, wo ihn der Schlag getroffen hatte. »O verdammt, das war ein Hieb. Wie kommt es, daß...«

Er verstummte und sah sich verwirrt um. Plötzlich schien er zu begreifen, daß doch nicht alles so gelaufen war, wie er es sich vorgestellt hatte.

Ein Fluch kam über seine Lippen.

»Das reicht«, sagte ich. »Bleib schön ruhig, Meister, sonst ergeht es dir schlecht.«

Er knirschte mit den Zähnen. »Du hättest längst schmoren sollen, Schnüffler.«

»Manchmal verändern sich eben die Vorzeichen«, gab ich gelassen zurück. »Aber deine Lage ist mies.«

Er lachte blechern. »Wieso?«

»Mordversuch an einem Polizisten und an einer älteren Frau

kann dir einige Minuspunkte einbringen, die einem Richter gar nicht gefallen werden.«

Diego kannte das Spiel. »Wenn Sie von Minuspunkten reden, gibt es sicherlich auch Pluspunkte.«

»Klar.« Ich tippte ihn an. »Vielleicht könnte ich vergessen, daß du es gewesen bist, der das Gas zum Brennen brachte. Weiterhin könnte ich vergessen...«

»Mann, reden Sie nicht um den heißen Brei herum. Ich höre das nicht zum erstenmal. Was wollen Sie wissen?«

»Wie seid ihr darauf gekommen, daß ich mich hier aufhalte?«

Er lachte glucksend und schaute mich dabei schief an. »Wenn ich Ihnen das erzähle, glauben Sie mir kein Wort.«

»Ich will's trotzdem wissen.«

»All right, Schnüffler.« Dann berichtete er. Ich hörte genau zu und wunderte mich gar nicht, daß Asmodina mal wieder in die Auseinandersetzung eingegriffen hatte. Sie steckte mit ihren verdammten Teufelsfingern eben überall drin. Diego war ein guter Beobachter gewesen, und er hatte sich alles ausgezeichnet gemerkt. »Das ist Teufelsspuk«, erklärte er zum Schluß. »Und als Costello nicht nachgab, hat sie eben gesagt, wo wir nachschauen könnten.«

Mich wunderte nur, daß sie nicht selbst erschienen war. Wahrscheinlich wollte sie dem Mafioso den Spaß überlassen, mich zur Hölle zu schicken. Denn Killer waren im Prinzip ebenso gefährlich wie Dämonen. Zudem hielt Asmodina noch einen Trumpf in der Hinterhand. Die Medusa. Auch sie wollte meinen Tod.

Den Killern waren wir entkommen. Wie es mit Medusa sein würde, das stand in den Sternen.

Ich sprach Diego darauf an.

Er schüttelte nur den Kopf. »Nein, die haben wir nicht gesehen. Davon wurde nur gesprochen. Aber ich habe die Steinernen entdeckt. Die sind furchtbar.«

Das glaubte ich ihm unbesehen.

Als Polizeisirenen erklangen, schreckte ich auf. Rasch war ich an der Tür.

»Wer hat die denn alarmiert?« fragte Suko.

Ich hob die Schultern.

Zehn Minuten später war alles klar, da wußten wir Bescheid.

Die Trauergäste hatten natürlich auch die steinernen Monster gesehen und sich in ihrer Panik an die Polizei gewandt. Die Beamten waren mit drei Wagen gekommen.

Ich holte mir den Einsatzleiter und sprach fünf Minuten intensiv mit ihm.

Hinterher war er blaß. Über Funk forderte er eine Einsatzreserve an. Ich hatte mich doch dazu entschlossen, den Friedhof evakuieren zu lassen. Auch die Angestellten der Verwaltung, die aufgeregt herumliefen und von den Vorgängen nichts bemerkt hatten, wurden nach Hause geschickt. Eine Alarmglocke läutete. Die meisten Besucher kannten das Zeichen. Wenn die Glocke ertönte, hatte jeder auf dem schnellsten Weg das Gelände zu verlassen.

Es dauerte eine halbe Stunde, bis wir einigermaßen sichergehen konnten, daß der Friedhof leer war.

Bis auf die Steinernen und die Medusa.

Die wollten wir suchen.

Natürlich mußte Suko an meiner Seite bleiben. Vier Augen sehen mehr als zwei. Und ihm war es sogar gelungen, einen Spiegel aufzutreiben. Oben aus den Waschräumen der Damen hatte er ihn von der Wand abmontiert.

Der Einsatzleiter meldete, daß alles klar sei. Vor den verschiedenen Eingangstoren standen seine Leute und hielten Wache, damit niemand das Gelände betrat. Zum Schluß fragte er: »Was suchen Sie eigentlich, Oberinspektor? Terroristen?«

Damit hatte er sich die Antwort selbst gegeben, denn ich stimmte ihm zu.

»Dann ist das gelogen, was die Zeugen gesagt haben.«

»Wahrscheinlich.«

»Und wozu brauchen Sie das Schwert?«

»Ein Talisman, Captain.«

Er schluckte, schaute mich an wie einen Geisteskranken und wandte sich schroff ab.

Suko und ich wollten schon gehen, als ein Wagen vorfuhr. Eine dunkle Limousine mit getönten Scheiben. Der Fahrer hielt, und aus dem Fond stieg Superintendent Sir James Powell, mein Chef. Er blieb vor dem Wagen stehen, ließ seinen Blick schweifen und sah mich an.

Ich ging ihm entgegen.

»Wissen Sie, wo Medusa steckt?« fragte er.

»Nein.«

»Aber auf dem Friedhof?«

Ich nickte.

»Dann vernichten Sie diese Bestie.«

Selten hatte sich meinen Chef so emotionsgeladen erlebt. Er mußte Angst haben, daß sich die Versteinerung ausbreitete. Wenn das geschah, war London verloren.

Und das sagte er mir auch. »In Ihren Händen liegt das Schicksal einer Stadt. Denken Sie immer daran, John.«

»Ich werde es mir merken.«

»Dann viel Glück. Ich warte hier.«

Noch jemand wünschte uns Hals- und Beinbruch. Lady Sarah Goldwyn, die Horror-Oma.

»Tun Sie Ihr Bestes, John und Suko. Ich weiß, daß ihr beide es schafft.« In ihren Augen glitzerte es feucht. »Bis später.« Hastig drehte sie sich um.

Ich nickte Suko zu. Jeder fühlte wohl den gleichen Klumpen im Magen. Es war wie im Film. Zwei einsame Männer traten an gegen eine erdrückende Übermacht...

Auf einem Friedhof ist es immer still. Aber diese Stille fiel uns besonders auf.

Da sang kein Vogel, da huschte kein Tier durch Laub, da war nichts. Nur unsere Schritte hörten wir.

Suko und ich nahmen den Hauptweg. Dieser Diego hatte uns erklärt, wo Asmodina ihre Macht bewiesen hatte und wir die Steinernen finden konnten.

Auf dem neuen Teil des Friedhofs.

Dort lag unser Ziel.

Mit jedem Schritt, den wir zurücklegten, wurde mir die Tragweite unserer Aufgabe bewußter. Wir hatten es hier mit einem besonderen Gegner zu tun. Medusa war kein x-beliebiger Dämon, gegen den wir uns mit Silberkugeln wehren konnten. Bei dieser Frau war es anders.

Allein ihr Anblick reichte aus, um einen Menschen zu Stein werden zu lassen.

Ich trug das Kreuz offen, hatte mir das Schwertgehänge umgeschnallt und hielt die Beretta und den Dolch griffbereit.

Suko war mit der Dämonenpeitsche, einem Spiegel und dem vererbten Stab bewaffnet. Eigentlich hätte uns kaum etwas passieren können, wenn es nicht gerade gegen Medusa gegangen wäre.

Sie gehörte auch nicht zu den Dämonen, die das Tageslicht scheuten. Sie bewegte sich im Hellen ebenso sicher wie im Halbdunkel oder im Finstern. Und sie hinterließ überall ihre Spuren.

Die Steinernen ...

Wir sahen einen.

Als wir ein Grab passierten, hockte eine Frau davor. Sie hatte die Glocke wohl nicht mehr hören können und war der Medusa begegnet. Wir gingen hin.

Sie war tatsächlich zu Stein geworden.

Ein Schauer rann mir über den Rücken, und als ich Suko anschaute, nickte dieser. Er hatte meine Gedanken erraten.

Ich nahm das Kreuz und berührte damit die Frau.

Es gab einen kurzen Blitz, dann war alles aus. Die Frau zerfiel zu Staub.

Das war gut so, denn sonst hätte ihr Medusa oder Asmodina noch ein unseliges Leben eingehaucht.

Es war warm geworden. Viel zu warm für diese Jahreszeit. Schließlich hatten wir erst April. Ein Sonnenstrahl fand seinen Weg durch das hellgrüne Laubdach der Bäume und wurde von der Spiegelfläche reflektiert.

Das Grab, vor dem wir standen, gehörte noch zum alten Teil des Friedhofs. Dahinter breitete sich das große parkähnliche Areal aus, das von zahlreichen kleinen Wegen durchschnitten wurde.

»Ich schätze, unsere Freundin hat die Stellung gewechselt«, sagte der Chinese.

Da gab ich ihm recht. Denn wenn die Frau hier versteinert war, mußte Medusa sie passiert haben.

»Wir bleiben nicht mehr auf dem Weg«, sagte ich.

Suko hatte nichts dagegen. »Schlagen wir uns also in die Büsche.« Er deutete nach vorn. »Da, zwischen den Gräbern ist Platz.«

Ich ging vor. Das Schwert hatte ich jetzt aus der Scheide gezogen. Sollte ich die Medusa sehen – und dann hoffentlich nicht von vorn –, wollte ich sofort zuschlagen können.

Mit der Klinge schob ich sperrige Buschzweige zur Seite, die manchmal mit ekligen Dornen bestückt waren. Wir erreichten einen schmalen Pfad, der zu beiden Seiten von Grabfeldern flankiert war.

Blicke nach links und rechts.

Nichts zu sehen. Die Luft war rein. Auch Versteinerte bekamen wir nicht zu Gesicht.

Bis wir das Brechen von Zweigen hörten.

Sofort duckten wir uns, und Suko streckte seinen Arm aus. Der Mafioso hatte von sechs Versteinerten gesprochen. Einer oder zwei zumindest befanden sich in unserer Nähe.

Wir huschten nach verschiedenen Seiten davon und nahmen hinter Grabsteinen Deckung.

Die vor mir aus dem Boden wachsende Platte war mit Moos bedeckt. Ich beugte mich ein wenig zur Seite und peilte hinter ihr hervor.

Noch sah ich nichts, jedoch vor mir, jenseits des Weges, bewegten sich die Zweige.

Sie kamen.

Es waren zwei, das sah ich genau.

Obwohl die Sonne schien, durchlief mich ein Frösteln, denn die Toten sahen schlimm aus.

Erst kurze Zeit hatten sie in der Erde gelegen, jetzt waren sie den feuchten Gräbern entstiegen und wollten schaurige Rache nehmen. Ihre Leichenhemden waren zum Teil zerrissen. Als Fetzen hingen sie um ihre steinerten Körper.

Ich weiß nicht, ob sie uns irgendwie bemerkt hatten, auf jeden Fall blieben sie stehen.

Lauernd, wie mir schien.

Ich warf einen Blick zu Suko hinüber Der Chinese sah mich aber nicht, weil er sich soeben zur Seite bewegte. Daran erkannte ich, daß er den Monstern in den Rücken gelangen wollte.

Das war gut.

Suko stellte es geschickt an. Er wartete ab, bis die beiden Steinernen in eine andere Richtung schauten, und huschte dann über den Weg.

Blitzschnell fand er hinter einem anderen Grabstein Deckung. Dort blieb er erst einmal hocken.

Die Monster überquerten den Weg. Beide setzten sich in Bewegung. Sie trampelten über die Gräber und zerstörten Vasen und sorgfältig gesetzte Pflanzen.

Ich hätte längst schießen können, der peitschende Knall aber hätte nur andere Gegner aufgeschreckt. Wenn es eben ging, wollte ich sie lautlos erledigen.

Ein Schritt, und die steinerne Leiche stand auf dem schmalen Pfad, der mit Kies bedeckt war. Zwischen den einzelnen Steinen wuchs hin und wieder ein Büschel Unkraut hoch.

Ich spannte meinen Körper, verlagerte das Gewicht und hockte wie ein Läufer vor dem Start.

Noch hatte mich das Monster nicht gesehen.

Der nächste Schritt.

Ich schoß aus meiner Deckung hoch. In diesem Moment entdeckte mich die steinerne Leiche. Sehr schnell fuhr sie herum und wuchtete sofort auf mich zu.

Auch das andere Monster hatte gesehen, was geschehen war, und setzte sich in Bewegung.

Wie ein Irrwisch tauchte Suko hinter der lebenden Figur auf und schlug mit der Dämonenpeitsche zu.

Ich hörte noch das Klatschen, dann jedoch nichts mehr. Ich mußte mich um meinen Gegner kümmern. Der wollte mir beide Fäuste gegen den Kopf rammen.

Ich brachte mich zur Seite hin in Sicherheit und hob das von Destero erbeutete Schwert.

Beinahe langsam schlug ich zu.

Die Klinge traf haargenau und trennte mit einem sauberen Schnitt den Schädel ab.

Aus!

Der Kopf rollte, und ich atmete auf. Das war geschafft.

Staub rieselte aus der Öffnung am Hals. Als ich gegen die Figur trat, löste sie sich auf . . .

Auch Suko hatte es geschafft. Er winkte mir zu und sprang über ein Grab.

»Nur noch vier«, sagte er.

»Falls es dabei geblieben ist und Asmodina nicht noch mehr Tote aus den Gräbern geholt hat«, gab ich zu bedenken.

»Stimmt auch wieder.«

Der Chinese sah sich um. »Wo geht es jetzt lang?« wollte er wissen und schwang unternehmungslustig die Peitsche.

»Erst hol mal den Spiegel.«

»Verflixt, du hast recht. Den habe ich abgestellt und vergessen.«

Suko lief davon.

Ich blieb auf dem Weg zurück und schaute mir den Staub an, der von unseren Gegnern übriggeblieben war.

Plötzlich hatte ich das Gefühl, nicht mehr allein zu sein. Irgend etwas war anders.

Gefährlich anders...

Da hörte ich auch schon Sukos Stimme. Warnend klang sie hinter einem Grabstein hervor. »Um Himmels willen, John, nicht umdrehen! Sie steht hinter dir...«

Medusa!

Sie war tatsächlich erschienen.

Und stand hinter meinem Rücken.

Ich hatte selbst das Gefühl, zu einem Steinblock zu werden, und ein Kälteschauer sauste mein Rückgrat hinab.

Ich durfte mich nur nicht umdrehen, dann war es aus. Dann halfen mir all meine Waffen nicht mehr.

In gespannter Haltung blieb ich stehen. Fest umkrampften die Finger der Rechten den Griff des Schwertes.

Schritte in meinem Rücken.

Sie kam.

Ich zitterte. Verdammt, es war die Anstrengung. Plötzlich spürte ich den Schweiß auf der Stirn. Er sammelte sich und wurde zu dicken Tropfen.

Die Schritte verklangen.

Ich atmete tief ein. Das Zittern ließ langsam nach. Kühle Überlegung nahm von meinem Gehirn Besitz. Wie konnte ich der Medusa entkommen und sie töten?

Die Frage quälte mich, doch zuvor hörte ich ihre höhnische, triumphierende Stimme.

»Ich habe mich auf dich gefreut, John Sinclair«, sagte sie. »Sehr sogar.«

Das konnte ich mir gut vorstellen, denn sie fühlte sich siegessicher und hatte mich eigentlich da, wohin sie mich haben wollte.

»Du gibst keine Antwort. Hat es dir die Sprache verschlagen?«

»Nein«, erwiderte ich. »Nur muß ich gerade an Tullham denken, da hattest du mich auch schon mal.«

Es paßte ihr überhaupt nicht, daß ich sie daran erinnert hatte, denn sie stieß einen Fluch aus. »In Tullham waren die Vorzeichen nicht so gut!«

»Für mich ja.« Ich schaffte es sogar zu lachen. »Und hier bin ich im Vorteil. Ich habe das Schwert, Medusa. Damit werde ich dir den Schädel abschlagen, nicht mehr mit der Silberkugel schießen, das hat keinen Zweck. Aber ich werde zusehen, wenn dein Kopf vor meinen Füßen im Staub liegt, darauf kannst du wetten.«

»Dann dreh dich doch um!« kreischte sie.

»Nein.«

»Gut, ich komme.«

Abermals hörte ich die Schritte. Diesmal konnte sie mich nicht überraschen, denn ich lief vor, sobald sie sich in Bewegung gesetzt hatte, und hielt den Abstand in etwa gleich.

»Feigling!« keifte sie.

Ich lachte nur.

Und da blitzte etwas vor mir auf.

Der Spiegel. Ich sah plötzlich zwei Hände, die über dem Grabstein erschienen und den Spiegel umklammert hielten. Suko selbst hatte fantastisch reagiert, er wollte mir den Spiegel geben, ohne sich selbst dabei zu zeigen.

Die letzten drei Yards legte ich mit einem gewaltigen Sprung zurück und riß Suko den Spiegel aus den Händen. Ich hütete mich immer noch, mich umzudrehen, aber da ich nun den Spiegel in den Händen hielt, konnte ich Medusa sehen. Ohne zu Stein zu werden. Genau das wollte ich.

»Das hilft dir auch nicht, John Sinclair!« kreischte sie, »ich erwische dich doch!«

Um dieses Gerede kümmerte ich mich nicht, sondern hielt den Spiegel etwas schräg von meiner linken Körperseite weg und warf einen ersten Blick hinein.

Ja, ich sah sie!

Es war die typische Medusa. Auf ihrem Haupt ringelten sich zahlreiche Schlangen.

Dann das Gesicht. Glatt die Haut. Glatt und schön. Doch unter dem rechten Auge sah ich etwas Grünes schillern, das überhaupt nicht in dieses Gesicht paßte.

Da fiel es mir ein. Dort war Medusa von meinem geweihten Dolch getroffen worden. Der Einschlag der Klinge hatte doch seine Spuren hinterlassen.

Kalt und erbarmungslos blitzten die grünschwarzen Augen, das konnte ich erkennen, obwohl ich ziemlich weit entfernt war und sie nur im Spiegel sah.

Was sollte ich tun? Der Spiegel half mir nicht viel. Darin konnte ich sie nur sehen, aber töten mußte ich sie mit dem Schwert. Ihr den Kopf abschlagen, so wie es schon Perseus in der griechischen Sage getan hatte.

Aber war diese Medusa dann nicht tot?

Ich fragte sie danach. »Wer bist du?« rief ich und schaute weiterhin in den Spiegel.

»Medusa.«

»Nein, die ist tot. Perseus hat ihr den Schädel vom Körper geschlagen. Ich glaube dir nicht.«

»Sie hat Nachkommen hinterlassen!« zischte die Schlangenköpfige. »Meine Ahnherrin war nicht allein.« Medusa kicherte. »Und ich bin auch nicht die einzige, John Sinclair, aber ich werde die sein, die dich töten wird. Du mußt mich einmal ansehen, und auf diesen Moment freue ich mich besonders.«

Ich ließ sie reden und behielt nicht nur sie im Auge, sondern auch die unmittelbare Umgebung.

Da fiel mir auf, daß sich in meiner Nähe Zweige bewegten. Nicht vom Wind.

Da schlich jemand heran.

Medusa hatte ihre Helfer.

Und sie hatte es verdammt geschickt angefangen. Während

ich mit ihr redete, war es den Steinernen gelungen, sich unbeobachtet in meinen Rücken zu schleichen.

Wirklich raffiniert.

Da warnte mich auch schon Suko. Seine Stimme klang hinter dem Grabstein hervor. »Aufpassen, John, sie kommen!«

»Danke, schon gesehen!« Ich lief ein paar Schritte zur Seite und geriet dabei nahe an den Wegrand.

Plötzlich hörte ich über mir das Knirschen und Knacken. Gleichzeitig Medusas gellendes Gelächter, und da wußte ich, daß ich doch noch in eine Falle getappt war...

Der Gegner hatte über mir im starken Geäst des Baumes gelauert. Der Ahorn trug selbst seine steinerne Gestalt. Er hatte nur darauf gewartet, daß ich ihn passierte, was nun geschehen war.

Den Aufprall würde ich nie überleben.

Da peitschten die Schüsse.

In rasender Folge jagte Suko sein gesamtes Magazin leer. Während ich ins Gelände hechtete und dabei einen Grabstein übersprang, holte der Chinese mit seiner rasenden Schußfolge das Monster vom Baum. Es fiel, und es löste sich auf.

Als Ascheregen berührte es den Boden, wo eine graubraune Schicht liegenblieb.

Ich atmete auf. Den Spiegel hatte ich nicht mehr halten können, weil ich den gewaltigen Sprung abfangen mußte. Er lag ebenso am Boden wie auch ich.

Nur ging es mir schlechter. Ich war mit dem Gesicht in irgendeinen Dreckhaufen gefallen und spürte deutlich die Krumen auf meinen Lippen. Auch in die Augen war mir das Zeug gedrungen, und als ich mich aufrichtete, wischte ich mir den Dreck erst einmal aus dem Gesicht.

Jetzt konnte ich wieder klar sehen. In gebückter Haltung blieb ich. Das Schwert hielt ich nach wie vor fest. Diese kostbare Waffe würde mir so leicht keiner abnehmen. Nicht wie den Bumerang, wo ich nicht aufgepaßt hatte.

»John!« hörte ich Sukos Stimme.

»Hier!« meldete ich mich und blickte gleichzeitig in die Runde. Weitere Steinmonster und vor allen Dingen die Medusa sah ich nicht.

»Sie ist verschwunden«, hörte ich Suko sagen. »Bleib du da, ich komme.«

»Okay.« Diesmal deckte ich meinen Freund. Ich drehte mich und peilte hinter dem Grabstein hervor.

Alles klar, die Luft war rein.

Wie ein Schatten huschte Suko über den schmalen Weg, ein Sprung, er stand neben mir. Dann warf er einen Blick nach oben zu den Bäumen hin. »Dort hätten sie uns fast erwischt!« schimpfte er. »Wir müssen mit allem rechnen.«

Ich säuberte den Spiegel. »Bleibt die Frage offen, wie wir sie kriegen.«

»Am besten wäre es, wenn einer von uns in ihren Rücken gelangen könnte«, schlug der Chinese vor.

Da hatte er ein wahres Wort gesagt.

»Aber wie?«

Suko runzelte die Stirn und hob gleichzeitig beide Schultern. Auch ich war ziemlich ratlos. Bis mir die Idee kam.

»Und was ist, wenn wir uns trennen?«

»Eine verdammt riskante Sache.«

»Und die einzige Möglichkeit.«

»Wo willst du hin?«

Ich ballte die Hand zur Faust, ließ aber den Daumen nach oben zeigen. »Was dem Steinmonster recht ist, kann uns nur billig sein. Wir könnten uns auch im Baum verstecken. Einer lockt sie her, der andere greift von hinten an.«

»Klar. Nur – wer klettert hoch?«

»Du«, sagte ich.

Suko schüttelte den Kopf.

»Wir losen«, schlug ich vor.

Damit war der Chinese einverstanden. Ich zog eine Münze aus der Tasche und warf sie in die Luft.

»Zahl«, sagte ich schnell.

Die Münze fiel auf meinen Handteller zurück.

Ich hatte gewonnen.

Mein Grinsen fiel etwas gemein aus. »Ab in den Baum, Tarzan«, sagte ich.

Der Chinese sah mich an, als wollte er mich fressen. Doch er hatte verloren und fügte sich.

Wir blieben allerdings nicht an dieser Stelle, sondern schlugen uns weiter in die Büsche, wie man so schön sagt. Dabei blieben wir immer dicht am Weg.

Schließlich hatte sich der Chinese einen entsprechenden Baum ausgesucht. Es war eine alte Platane, deren starke Äste knorrig und dick bis über den Weg reichten und dort in Mannshöhe ein kleines Dach bildeten.

Suko sprang. Er bekam mit beiden Händen einen starken Ast zu packen und zog sich wie ein Turner am Reck hoch. Auf einer Gabel fand er den nötigen Halt.

»Wie machen wir es?« rief Suko.

»Denk an deinen Stab«, erwiderte ich. »Halte die Zeit an, dann kannst du das Schwert nehmen und sie vernichten.«

Der Vorschlag gefiel meinem Partner. »Du willst mir freiwillig die Aufgabe überlassen, John?«

»Ist das nicht egal, wer die Medusa umbringt?«

»Stimmt, viel Glück.«

»Danke.« Ich zog allein los.

Ein komisches Gefühl hatte sich doch in meinem Innern ausgebreitet. Jeden Moment konnte die Medusa hinter irgendeinem Baumstamm oder einem Gebüsch auftauchen und auf den Weg springen. Dann mußte ich sie ansehen – und wurde zu Stein.

Noch tat sich nichts.

In der Ferne hörte ich das Jaulen der Polizeisirenen. Es kamen immer mehr Wagen. Der Friedhof wurde abgeriegelt.

Gut in Form fühlte ich mich nicht. Die Hitze im Verbrennungsofen hatte mich doch geschlaucht und mitgenommen. Es war gar nicht so einfach, das abzuschütteln. Einige Haare waren verbrannt, und als ich über meine Haut strich, fühlte sie sich spröde und trocken an. Aber ich mußte durchhalten.

Mein Weg führte mich dorthin, wo der neue Teil des Friedhofs begann. Schon trat der alte Baumbestand zurück. Die Lücken zwischen den Büschen wurden größer, die Grasflächen breiteten sich aus.

Ich blieb stehen.

Von diesem Punkt aus hatte ich einen fantastischen Blick über den neuen Teil des Friedhofs. Ich sah auch die frisch aufgeworfenen Gräber. Und dort bewegte sich etwas.

den neuen Teil des Friedhofs. Ich sah auch die frisch aufgeworfenen Gräber. Und dort bewegte sich etwas.

Ich kniff die Augen ein wenig zusammen, weil mich die Sonne blendete. Kletterte da ein Steinerner aus dem Grab?

Nein, kein Monster.

Eine Frau!

Einmal rutschte sie ab, als sie es geschafft hatte, zur Hälfte ihren Körper hochzuwuchten. Ich vernahm ihren enttäuschten Schrei, und als sie den zweiten Versuch startete, da klappte es.

Meine Augen wurden groß, als die Frau von den Gräbern wegtaumelte. Sie trug ein schwarzes Kostüm und mußte zu dem Trauerzug gehört haben, der den toten Mafia-Anwalt begleitete. Die Frau war mit den Nerven ziemlich am Ende. Sie taumelte über den Weg, und der Wind trug ihr Schluchzen bis an meine Ohren.

Was sollte ich machen?

Sie war ein Mensch, und wenn sie Medusa in die Arme lief, wurde sie zu Stein.

Das konnte ich auf keinen Fall zulassen.

Ich winkte.

Sie sah mich nicht, sondern lief weiter.

Dann riskierte ich es und rief sie an, auch wenn ich damit meinen Standort verriet.

»Zurück!« schrie ich. »Gehen sie wieder in das Grab zurück!« Dort war sie einigermaßen sicher, aber sie hörte mich nicht oder wollte mich nicht hören.

Dann blieb sie doch stehen.

Sie hatte mich gesehen. Ich winkte, um ihr ein Zeichen zu geben.

Doch sie reagierte anders; statt zurückzugehen, kam sie auf mich zu.

»Verdammt!« knurrte ich. »Das hat mir gerade noch gefehlt.« Aber ich mußte sie aus der Gefahrenzone bringen. Diese Frau war völlig durcheinander und nur noch ein reines Nervenbündel.

Deshalb rannte ich ihr entgegen.

»Zurück!« brüllte ich. »Laufen Sie zurück! Verstecken Sie sich im Grab!«

Sie wollte nicht hören.

Und dann bemerkte ich, daß sie nicht mich anschaute, sondern schräg an mir vorbeisah.

Stand dort Medusa?

Einen Blick konnte ich nicht riskieren. Wenn sie sich tatsächlich dort aufhielt, wurde ich zu Stein. Ich schaute wieder in den Spiegel, indem ich ihn schräg von meinem Körper weghielt.

Es war nicht die Medusa, die dort stand, sondern ein Steinmonster im fleckigen Leichenhemd.

»Frederico!« schrie die Frau plötzlich. »Mein Gott!« Sie fiel auf die Knie und preßte beide Hände gegen ihr Gesicht.

Mich durchjagte ein Schauer.

Sie hatte Frederico gerufen. Und so hieß der tote Bandone mit Vornamen.

Dann war die Frau in Schwarz vielleicht seine Witwe. Mein Gott, welch ein Grauen.

Und der Steinerne lief vor.

Er hatte die Frau gesehen, nahm direkten Kurs auf sie, und ich sah hinter seinem Rücken noch zwei weitere versteinerte Leichen auftauchen.

Es lag auf der Hand, was die Seelenlosen vorhatten. Sie wollten die Frau töten.

Da hatte ich auch noch ein Wörtchen mitzureden. Ich startete und rannte ebenfalls auf die Frau zu.

Die hatte gemerkt, in welch einer Gefahr sie schwebte. Sie tat instinktiv das einzig Richtige. Warf sich auf dem Absatz herum und gab Fersengeld. Sie lief wieder dorthin, wo sie hergekommen war.

Doch die Frau war schwach. Ich sah, daß sie Mühe hatte, sich auf den Beinen zu halten. Immer wieder gaben ihre Knie nach, und sie konnte sich nur mit großer Mühe fangen.

Dann stürzte sie.

Die Monster kamen näher. Sie hatten es besser als ich, ihr Winkel zum Opfer hin war wesentlich günstiger als der meine.

Es ging wirklich um Sekunden.

Die Frau raffte sich wieder hoch, taumelte weiter auf das Grab zu, als dem sie gestiegen war.

Ich rannte.

Die Monster wuchteten sich voran.

Wenn Suko wenigstens hier gewesen wäre. Im nachhinein verfluchte ich unseren ›tollen‹ Plan.

Es war ein Wettrennen gegen die Zeit. Für mich ging es um Sekunden. Alles zählte, jeder Atemzug.

Und dann war ich da. Dicht vor dem Grab erreichte ich die Frau. Aber auch die Steinmonster gelangten an ihr Ziel. Im vollen Lauf wirbelte ich herum, hatte den Spiegel fallen gelassen und schlug mit dem Schwert zu.

Frederico, der steinerne, untote Gatte der bedauernswerten Frau, konnte seinen Lauf nicht mehr stoppen. Er rannte voll in den Schlag hinein.

Ich hatte genau gezielt. Für einen Moment sah es so aus, als würde sein Kopf über dem Rumpf schweben bleiben, während sich sein Oberkörper reflexartig voranbewegte. Dann jedoch fielen beide zu Boden und lösten sich auf.

Die Frau war stehengeblieben und schaute zu, wie ich mit den anderen Monstern kämpfte.

Eins fiel gegen mich.

Blitzschnell richtete ich das Schwert auf. Die lange Klinge drang durch die Brust des Steinernen und trat am Rücken wieder hervor. Rausziehen konnte ich das Schwert nicht mehr, denn das zweite Monster warf sich gegen mich.

Ich ließ den Griff los und hechtete zur Seite. So fiel die schwere Gestalt nicht auf mich, sondern streifte mich nur. Aber auch die Berührung reichte, um mich zu Boden zu drücken.

Dann hob der Steinerne den Arm.

Er wollte meinen Schädel zerschmettern. Zeit, um die Beretta zu ziehen, hatte ich nicht mehr. Ich rollte mich um die eigene Achse und hörte noch, wie die steinerne Hand dicht neben meinem Ohr gegen den Boden wuchtete.

Es war ein mörderischer Hieb. Dreck und Staub spritzten in mein Gesicht.

Dann hatte ich die Beretta.

Im Liegen drehte ich mich wieder, sah den Kopf aus Stein dicht vor mir und drückte ab.

Die Kugel zerhieb den Schädel.

Ich hatte es geschafft.

Die Kugel zerhieb den Schädel.

Ich hatte es geschafft.

Ich kam halb auf die Knie, grinste der schreckensstarren Frau zu und faßte nach meinem Schwert.

Da durchfuhr es mich wie ein Stromstoß.

Plötzlich sah ich, wie die Bewegungen der Frau verkanteten und langsamer wurden. Sie erstarrte zu Stein.

Da wußte ich, wer hinter mir stand.

Medusa!

Und schon hörte ich ihr hämisches, triumphierendes Lachen.

»Was hast du dir nur eingebildet. Mich töten zu können! Nein, John Sinclair, das schafft niemand. Die Medusa ist unsterblich. Lange genug habe ich gewartet, und ich gebe zu, daß du ein großer Gegner gewesen bist. Du hast den Sammler vernichtet und all seine Köpfe, aber mich wirst du nicht schaffen!«

Jetzt ging sie um mich herum, um mich anschauen zu können. Ich sah bereits ihre Füße, einen Teil des Gewandes. Beides bewegte sich rechts an mir vorbei.

Was konnte ich tun?

Links befand sich das offene Grab, aus dem die Frau geklettert war.

»Und nun, John Sinclair, rettet dich nichts mehr!« sagte die Medusa in wilder Vorfreude. »Wenn du mich nicht anschauen willst, werde ich dir den Kopf hochreißen…«

Die weiteren Worte gingen in einem Wutschrei unter, denn ich hatte reagiert.

Ein gewaltiger Sprung nach links. Die Graböffnung lag plötzlich unter mir, dann fiel ich hinein in das Grab und krachte auf den zerstörten Sarg.

Nur nicht ansehen! hämmerte es in meinem Kopf. Nur nicht ansehen! Ich spürte Splitter im Genick, die mir die Haut aufrissen, aber darum kümmerte ich mich nicht. Mit wilden Bewegungen befreite ich mich von der Totenkiste und tat das, was ich mir vorgenommen hatte.

Ich zerrte mir die Kette und das Kreuz über den Kopf.

»Es hilft dir nichts!« hörte ich die Stimme meiner Feindin. »Ich bin da!«

Sie trat an das Grab.

Ich sah bereits ihre wallende Kleidung, zielte und schleuderte das Kreuz.

Einen Lidschlag lang tat sich nichts.

Dann ein Schrei.

Gellend, markerschütternd brach er sich Bahn. Mein Kreuz mußte die Medusa voll getroffen haben.

Ich schnellte hoch, nahm noch einmal meine Kräfte zusammen und jagte aus dem Grab.

Es waren zwei Sprünge, wobei ich volles Risiko einging, und ein dritter Sprung brachte mich an mein Schwert.

Medusa stand gebückt da. Das Kreuz lag neben ihr, aber es mußte sie im Gesicht getroffen haben, denn sie preßte beide Hände dagegen und stieß unmenschliche Schmerzenslaute aus. Wild ringelten die Schlangen auf ihrem Kopf, eine sich hin- und herbewegende Masse. Die Köpfe der Tiere wurden langsam grau.

Ich packte das Schwert, hob es dann, umkrampfte es mit beiden Händen...

In diesem Augenblick drehte sich die Medusa um.

»Ahhhh...!« Ich brüllte meine Wut und meinen Haß hinaus, während ich gleichzeitig zuschlug.

Da war ein Pfeifen, als die Klinge durch die Luft schnitt, und dann gab es einen dumpfen Schlag.

Plötzlich fiel der Kopf vom Rumpf der teuflischen Frau. Ein paar Schritte weiter landete er neben einem frisch aufgeworfenen Grabhügel, und er blieb so liegen, daß die Augen mich anstarrten.

Ich wich dem Blick nicht aus und bekam mit, wie die Medusa langsam zerfiel.

Die Berührung durch das Kreuz hatte bereits ihre rechte Gesichtshälfte zerstört. Grau und rissig wurde die Haut. Der Glanz in den Augen erlosch, ein stumpfer Schleier legte ich über den Blick, die Lippen wurden lappig, Zähne fielen aus dem Mund, und die Augenbrauen lösten sich langsam auf.

Medusa verging ebenso wie die Schlangen auf ihrem Schädel,

die ein letztes Mal noch wild zuckten und dann als Staub von ihrem Kopf rieselten.

Ich sah bleiche Knochen aus der brüchig gewordenen Haut hervorstechen, die sich auch auflösten und als Pulver zu Boden rieselten.

Tief atmete ich ein.

Medusa gab es nicht mehr.

Sie war vernichtet.

Und mit ihr aufgelöst hatte sich ihr letztes Opfer, die Witwe des Mafia-Anwalts.

Plötzlich wurde mir schwindlig. Alles drehte sich vor meinen Augen, und ich wäre tatsächlich gefallen, wenn Suko mich nicht gestützt hätte.

Er war auf einmal da, und dann hörte und sah ich nichts mehr.

Ich erwachte, weil mir jemand etwas Scharfes unter die Nase hielt. Ein Riechsalz.

Als ich die Augen öffnete, grinste mich Suko an. »Da bist du ja wieder«, sagte er.

Wir befanden uns noch immer auf dem Gräberfeld. Doch nun standen mehrere Polizisten um mich herum und auch Sir James Powell.

Er schob andere zur Seite und reichte mir die Hand. »Darf ich Ihnen gratulieren, John?«

»Meinetwegen.«

»Sie haben es tatsächlich geschafft. Ich bin stolz auf Sie!«

»Danke.«

Dann quälte ich mich auf die Füße. »Kann ich irgend etwas für Sie tun?« hörte ich die Stimme meines Chefs.

»Ja, Sir, bringen Sie mir ein großes Glas Bier. Die Folgen der Hitze in der Verbrennungskammer kann man nur so löschen.«

»Da haben Sie recht, John«, sagte mein Chef. »Und wissen Sie was, das Bier bezahle ich sogar.«

»Nein!« rief ich gespielt. »Es geschehen noch Zeichen und Wunder...«

ENDE

Der Zombie-Bus

Dr. Ricardo Ray sah aus wie ein Playboy, aber nicht wie ein Chemiker. Er war überdurchschnittlich groß, trug das schwarze Haar modisch geschnitten, und die Bräune blieb über das ganze Jahr immer gleich. Sein Lächeln auch.

Er war schon smart, dieser Chemiker. Deshalb wurde er von den Kollegen auch der schöne Ricardo genannt.

Dr. Ray nahm die Bezeichnung huldvoll zur Kenntnis. Huldvoll war auch das Lächeln, mit dem er mich begrüßte.

»Willkommen, Oberinspektor«, sagte er und reichte mir seine Hand.

Ich quetschte sie ein wenig.

»Daß Sie den Weg zu mir gefunden haben, freut mich. Ich hätte nicht damit gerechnet, daß Sie so schnell kommen würden, aber die Sache ließ mir keine Ruhe. Auch nicht am Wochenende.«

»Wenn es wirklich so schlimm ist...«

»Schlimmer, Oberinspektor, schlimmer. Aber das sage und zeige ich Ihnen noch. Kommen Sie erst einmal rein.«

Ricardo Ray hatte es eigentlich gar nicht nötig, zu arbeiten. Sein verstorbener Vater hatte ihm genügend Geld hinterlassen, um ein sorgenfreies Leben führen zu können. Dazu hatte Ray jedoch keine Lust. Er wohnte zwar wie ein kleiner König, aber sein Gehalt war das eines Beamten.

Dr. Ray, der Chemiker, arbeitete bei Scotland Yard. Wir beide waren quasi Kollegen. Und ihm war eine besondere Aufgabe zugefallen. Er sollte Blut untersuchen, das vielleicht einmal einem Vampir gehört hatte.

Wir betraten die Halle. Die Steinfliesen auf dem Boden waren so gelegt, daß das Muster beruhigend wirkte. Die Glastüren reichten bis zum Boden. In den Fenstern spiegelte sich das Sonnenlicht. Ich konnte einen Blick in den Park erhaschen, wo ich einen großen Teich sah, auf dem Gänse und Enten schwammen.

Nobel, nobel.

»Sie wohnen hier wirklich sehr nett«, erklärte ich dem Chemiker.

»Vielleicht ein wenig einsam. Zudem habe ich in Mayfair noch eine kleine Stadtwohnung.«

»Die sicherlich mehr als sieben Zimmer hat«, sagte ich.

Er lachte. »So ungefähr. Aber deshalb habe ich Sie nicht gebeten, zu kommen. Vielleicht wissen Sie, daß ich mir als Hobby ein kleines Privatlabor leiste.«

»Ja, es hat sich herumgesprochen.«

»Und in dieses Labor möchte ich Sie führen, Mr. Sinclair. Wir brauchen auch keine Treppen zu steigen, sondern können den Lift nehmen.«

Ricardo Ray ging vor und blieb neben einer Nische stehen. Hier hatte er sich den Lift einbauen lassen. Ray war salopp angezogen. Eine leichte Jacke aus Kamelhaar trug er, ein sportliches Hemd, um den Hals ein Tuch geschlungen und eine dunkle Hose, dessen Stoff locker fiel und bestimmt viel Geld gekostet hatte.

Wer's hatte...

Die Tür des Lifts schob sich lautlos zur Seite, und wir betraten die kleine Kabine, die sehr gut und teuer ausstaffiert war. Es gab sogar eine kleine Bar.

»Möchten Sie einen Schluck, Oberinspektor?«

»Nein, danke.«

»Aber es ist doch Wochenende. Eigentlich sind Sie ja nicht im Dienst.«

»Vielleicht später.«

Er schaute mich von der Seite her seltsam an und nickte. »Ja, Sir, später.«

Der Lift hielt. Wieder schwang die Tür zurück, und der Chemiker ließ mir den Vortritt.

»Fühlen Sie sich ganz normal«, sagte er, weil ich stehengeblieben war. Ich war auch wirklich überrascht, denn das Labor hätte einem Industrieunternehmen zur Ehre gereicht.

Es gab eigentlich nichts, was es nicht gab. Von den Hilfsmitteln der reinen Chemie ging es über zur physikalischen Chemie, denn ich sah zahlreiche Meßgeräte, die allerdings nicht in Betrieb waren.

Das mußte ein Vermögen gekostet haben!

Ricardo Ray lachte. »Ich weiß, was Sie denken, Kollege Sinclair. Und Sie denken nicht falsch. Es hat in der Tat ein Vermögen gekostet. Mein Vater hat es mir überlassen. Ich habe damit mein Hobby finanziert, was ich als durchaus legitim betrachte.«

»Natürlich.«

»Viele denken wie Sie«, sagte der Chemiker. »Deshalb habe ich auch nie mit Kollegen in diesem Haus eine Party gefeiert. Ich weiche immer in meine Stadtwohnung aus.«

Ich schwieg und ließ mich von ihm quer durch das Labor führen. Fenster sah ich nicht, wohl eine Klimaanlage und große Abzüge, die giftige Dämpfe filterten.

Ricardo Ray besaß auch ein Büro. Es war ziemlich geräumig. Auf dem Schreibtisch häuften sich die Unterlagen. Dort lagen auch wissenschaftliche Bücher. Sie waren übereinandergestapelt und bildeten einen Turm.

Ray ließ sich weder am Schreibtisch nieder noch in der kleinen Sitzgruppe. Er steuerte einen Beistelltisch an, auf dem einige Erlenmeyerkolben standen, in denen eine rotviolette Flüssigkeit schwamm. Ray deutete auf die Gefäße. »Deswegen habe ich Sie herkommen lassen, Oberinspektor.«

Ich nickte. »Ist das dieses gewisse Blut?«

»Ja.«

Zum besseren Verständnis muß ich etwas in die Vergangenheit schweifen. Es war einige Monate her, da hatten wir gegen den Vampir Fariac gekämpft. Er hatte sich ausgezeichnet getarnt und besaß eine Kosmetikfirma, so daß sein Vampirdasein überhaupt nicht auffiel. Lange Zeit konnte er sein Unwesen treiben, bis er an mich geriet. In einem entscheidenden Kampf gelang es mir, ihn zu vernichten. Ich war dabei sogar in die Vergangenheit gereist. Und begonnen hatte der Fall damals in einem der Fariacschen Labors. Dort hatte ich auch die beiden großen Gefäße mit Blut entdeckt. Wir hatten zwar nicht das gesamte Blut retten können, doch einige Reste davon, und um die kümmerten sich die Chemiker des Yard. Die Untersuchungen zogen sich in die Länge, denn die Experten bekamen die Analyse des Bluts nie richtig in den Griff. Da Dr. Ray ebenfalls beim Yard angestellt war, beschäftigte auch er sich mit der Untersuchung. Und er führte sie sogar in seinem privaten Laboratorium weiter. Als er mich schließlich anrief, konnte ich davon ausgehen, daß er einen Erfolg zu verzeichnen hatte.

Auf das Ergebnis war ich gespannt. Es mußte sensationell sein, denn sonst hätte mich der Chemiker nicht am Wochenende angerufen. Mal sehen, was er zu bieten hatte.

»Und das ist das Vampirblut?« fragte ich noch einmal.

»Ja, Mr. Sinclair.«

»Was haben Sie festgestellt?«

»Es ist auf jeden Fall kein normales Blut, wenn ich den Analysen trauen darf«, erklärte er mir.

»Sondern?«

»Wir werden es sehen«, erwiderte er geheimnisvoll.

»Darf ich mal?«

»Bitte.«

Ich nahm einen Kolben hoch, hielt ihn schräg und sah mir den Inhalt an.

Das Blut war sehr dick. Wesentlich dicker als das eines normalen Menschen. Es erinnerte mich an Sirup, und ich wunderte mich.

»Eigentlich haben wir doch gar nicht soviel Blut gerettet, wie sich bei Ihnen befindet.«

»Das stimmt, ich habe ein wenig experimentiert.«

»Und was ist dabei herausgekommen?«

»Eine ziemlich komplizierte Sache, Mr. Sinclair, die ich Ihnen höchstens wissenschaftlich erklären kann.«

»Versuchen Sie es anders.«

»Das Blut ist auf jeden Fall sehr alt. Soviel kann ich sagen. Und es lebt!«

»Was?«

»Ja, Sir. Das Blut lebt. Es kann sich verlängern, regenerieren, wenn Sie so wollen. Ich brauche nur einen bestimmten Zusatz beizusetzen, dann habe ich den Erfolg.«

»Welchen Zusatz?« Die Sache wurde mir langsam, aber sicher unheimlich.

»Ich habe es mit Menschenblut versucht, Sir. Und es klappte. Das andere Blut vermehrte sich. Innerhalb weniger Tage hatte ich die doppelte Menge beisammen.«

Das war in der Tat ein Schock. Den mußte ich erst einmal verdauen. »Menschenblut?« Ich flüsterte das Wort. »Das kann ich einfach nicht glauben.«

»Dem ist aber so.«

Ich wischte mir den Schweiß von der Stirn. »Wissen Sie eigentlich, was das für ein Blut war, das man Ihnen ursprünglich zur Analyse gegeben hat?«

»Nein.«

Ich wußte nicht, ob er log, aber es kam mir so vor. »Das war das Blut eines Vampirs. Gordon Fariac ist sein Name.«

Er schaute mich an. »Fast hätte ich es mir denken können, Mr. Sinclair.«

»Wieso?« fragte ich. »Glauben Sie an Vampire?«

»Im Prinzip nicht.«

»Aber?«

»Man hat etwas munkeln hören. Die Kollegen sprachen davon, daß dieses Blut keinen normalen Ursprung hat, wenn Sie verstehen, was ich meine.«

»Allerdings.«

»Und nun dachte ich mir, daß ich Ihnen Bescheid gebe, bevor ich alles an die große Glocke hänge.« Er blickte mich an und lächelte dabei entwaffnend.

Ich nickte. »Im Prinzip war das richtig. Nur werde ich eben meinen Vorgesetzten informieren müssen, daß Sie ein Ergebnis gefunden haben.«

»Das hatte ich mir gedacht, und ich habe mich deshalb entschlossen, Sie herzubitten.«

»Ich verstehe nicht ganz ...«

»Lassen Sie mich ausreden, Sir. Mit der Analyse des Blutes waren meine Untersuchungen ja nicht beendet. Ich wollte sehen, wie es wirkt. Ja, ich mußte die Wirkungsweise in der Praxis kennenlernen.«

»Und?«

»Ich habe Versuche angestellt, Mr. Sinclair.«

»Was sehr riskant war, wie ich annehme?«

»Für Sie vielleicht, aber ich wollte es wissen.«

»Was genau haben Sie getan, Doktor?«

»Ich habe meiner Familie und meinen Verwandten ein wenig von dem Blut zu trinken gegeben.«

Dieses Geständnis war ein Schock. War dieser Kerl denn von allen guten Geistern verlassen?

Er lachte. »Das paßt Ihnen nicht, Oberinspektor, wie ich unschwer Ihrem Gesicht ablesen kann. Aber es ist nun mal geschehen. Meine Verwandten haben von dem Blut getrunken.«

»Was ist passiert?«

»Sie können den Erfolg sehen.«

Mir kroch eine Gänsehaut den Rücken hinunter. Dieses gefährliche Blut hatte die Menschen sicherlich verändert. Ich rechnete damit, daß sie zu Vampiren geworden waren.

»Bitte, folgen Sie mir«, forderte mich der Chemiker auf.

»Wohin?«

»Sie wollten doch meine Verwandten sehen?«

»Natürlich.« Ich behielt den Kerl genau im Auge und glaubte auch, daß er sich verändert hatte. In seine Augen war ein gieriges Funkeln getreten, die Pupillen glitzerten, dieser Mann konnte sich nur mit Mühe beherrschen, er stand dicht vor einer Verwandlung.

Langsam erhob ich mich aus dem Sessel. Meine innere Uhr war auf Alarm geschaltet, als Ricardo Ray vor mir herging und das unterirdische Büro verließ.

Wir durchquerten das Labor und gelangten in den eigentlichen Keller. Er war bestimmt so alt wie das Haus, denn mir kam es vor, als würde ich eine andere Welt betreten.

Düstere Gänge, Winkel und Nischen. Der Staub lag wie eine Schicht auf den dicken Wänden, Spinnweben zitterten unter der Decke und streiften mein Gesicht. Die Decke war nicht sehr hoch, so daß ich mich ebenso bücken mußte wie der Chemiker. Er hatte das Licht eingeschaltet. Die Beleuchtung war mehr als schlecht. Zahlreiche Stellen im Keller blieben in geheimnisvolles Dunkel getaucht. Es war ein Ort, an dem man sich fürchten konnte.

Wir schritten den Hauptgang entlang. Ich war auf jede Überraschung gefaßt und tastete nach der Beretta, die ich trotz des Wochenendes bei mir trug.

Vor einer Tür blieb der Chemiker stehen.

»Und dort leben jetzt Ihre Verwandten, nachdem Sie ihnen den Trank gegeben haben?« fragte ich.

Er lächelte nur und sagte flüsternd: »Lassen Sie sich überraschen, Oberinspektor.«

»Bestimmt.«

Ricardo Ray holte einen Schlüssel aus der Tasche und führte ihn in das verrostete Schloß. Zweimal drehte er den Schlüssel herum, dann war die Tür offen.

»Bitte sehr, Oberinspektor.«

»Nein, nach Ihnen.«

»Wie Sie wünschen.« Er blickte mich noch einmal an und legte seine Hand auf die Klinke. Mit einem Ruck zog er die Tür auf.

Zuerst sah ich nichts. Es war viel zu dunkel in dem Raum. Nur schemenhaft sah ich, daß sich dort jemand aufhielt. Wer oder was das war, erkannte ich nicht genau.

»Können Sie kein Licht machen?«

»Es wäre schlecht.« Er beugte seinen Kopf vor und rief: »Ihr könnt kommen. Ich habe Besuch.«

Ich hörte die Geräusche. Schlürfen, Keuchen, Schaben. Etwas kam tatsächlich.

Unwillkürlich trat ich zurück. Mein rechter Arm fuhr in die Höhe. Ich wollte so rasch wie möglich die Beretta hervorholen.

Dann sah ich sie.

Vier Gestalten.

Und viermal die Ausgeburten der Hölle.

Es waren keine Menschen mehr, sondern Monster. Das erkannte ich, als sie sich so weit der Tür genähert hatten, daß der Lichtschein sie traf. Sie hatten zwar menschenähnliche Form, das war auch alles. Ihre Haut schillerte grünlich, nicht so wie die bei Myxin, sondern wesentlich stärker. Die Augen waren tief in die Höhlen gedrückt worden. Sie hatten einen irgendwie stumpfen Glanz, wenn man das überhaupt so bezeichnen konnte. Sie bewegten sich wie Roboter, steif und ungelenk, und sie kamen auf mich zu.

Ich wich zurück.

Meine Hand verschwand unter der Jacke, ich wollte die Beretta ziehen, doch ich hatte zu spät reagiert. Ricardo Ray hatte vorgedacht. Da ich durch den Anblick der vier Ungeheuer abgelenkt worden war, hatte er die Zeit gefunden, seine Waffe zu ziehen. Ich nahm die Bewegung zwar noch wahr, konnte aber nicht verhindern, daß die Mündung auf mich wies.

»Tun Sie jetzt nichts Unüberlegtes«, warnte mich der Kerl und lachte leise.

»Nein«, sagte ich rauh.

Tief atmete ich ein. Das war wirklich ein Hammer, mit dem ich nie gerechnet hatte. Plötzlich spürte ich den Schweiß auf der Stirn, denn die vier kamen direkt auf mich zu.

Und sie zeigten jetzt ihr wahres Gesicht, in dem sie die Mäuler öffneten.

Bei jedem von ihnen sah ich zwei lange, spitze Zähne. Verdammt, das waren nicht nur Zombies, sondern gleichzeitig noch Vampire. Eine brandgefährliche Mischung, die dieser verrückte und wahnsinnige Chemiker da geschaffen hatte.

Sie waren die Erben des Fariacschen Blutes!

Ich wandte den Kopf und sah, daß auch Ricardo Ray seine Lippen zurückgezogen hatte. Deutlich schimmerten die zwei spitzen Vampirzähne in seinem Gebiß.

Mir wurde ein wenig mulmig zumute. Jetzt hatte ich fünf gefährliche Gegner, die gegen mich standen. Einer davon verließ sich auf eine Walther-Pistole, deren Mündung nach wie vor drohend auf mich wies.

Da war nichts zu machen.

»Stop«, sagte Ray.

Die vier Zombie-Vampire blieben tatsächlich stehen. Ein Monster war eine Frau. Sie hatte schwarzes, jetzt allerdings verfilztes Haar, das ihre Schultern berührte. Sie stand ganz außen, hatte ihren Mund geöffnet und wartete wie die anderen darauf, an mein Blut zu gelangen.

»Ist Ihnen nun klar, weshalb ich Sie habe herkommen lassen?« fragte er Chemiker.

Ich nickte. »Ja, Sie brauchen nichts mehr zu sagen. Ich habe verstanden.«

»Deshalb wollte ich auch nicht, daß Sie Ihren Chef anrufen. Powell braucht nichts zu wissen. Das hier geht allein uns beide und natürlich meine Freunde an. Ich bin, und das gebe ich ehrlich zu, der Faszination des Blutes erlegen, aber dies soll niemand erfahren. Ich weiß auch, wie gefährlich Sie sind, John Sinclair, und habe deshalb Vorsorge getroffen. Sie sind hergekommen, so ist es mir gelungen, den einzigen Zeugen auszuschalten.«

»Noch lebe ich.«

»Aber nicht mehr lange. Gegen fünf Gegner kommen auch Sie nicht an, Oberinspektor. Es hat sich inzwischen herumgesprochen, daß Ihre Waffe mit Silberkugeln geladen ist. Deshalb werden Sie die Pistole jetzt vorsichtig aus dem Holster ziehen und wegwerfen. Klar?«

»Ja.«

»Dann los.«

Ich ließ meine Hand unter die linke Achsel rutschen. Dort steckte die Beretta. Als ich den kühlen Griff spürte, durchzuckte mich der Gedanke, die Waffe schnell hervorzureißen und einfach zu schießen. Doch Ray hatte den Finger am Abzug, er würde immer schneller reagieren. Zudem schien er nur darauf zu warten, daß ich eine falsche Bewegung machte.

Deshalb lupfte ich die Beretta mit zwei Fingern vorsichtig aus der Holster und hielt sie wie einen Gegenstand, vor dem man sich ekeln konnte.

Fünf Augenpaare beobachteten jede meiner Bewegungen. Fünf Ungeheuer standen auf dem Sprung.

»Werfen Sie die Waffe weg!«

Der Befehl klang knallhart. Ich hatte keine andere Wahl und mußte gehorchen.

Die Beretta schepperte zu Boden. Sie blieb dicht in meiner Nähe liegen, was Ray auch nicht paßte. Ich erhielt den Befehl, sie wegzuschieben.

Die Pistole landete in irgendeinem dunklen Winkel des Flurs.

Ricardo Ray war zufrieden. Ein teuflisches Lächeln zeigte sich auf seinem Gesicht, und die beiden Vorderzähne glänzten dabei. So wollte er es haben.

Der Chemiker warf einen raschen Blick auf seine vier Kreaturen. Sie standen sprungbereit, lauerten nur auf den Befehl, mich angreifen zu können.

Doch Ray ließ sich Zeit. Er sagte: »Ich kenne Sie, John Sinclair, und auch Ihre Fähigkeiten. Sie sind zwar ohne Ihre Beretta, aber Sie tragen noch das Kreuz und sind dadurch brandgefährlich.

Deshalb werde ich einen Teufel tun und meinen Freunden schon jetzt den Befehl zum Angriff geben. Sie sollen wehrlos sein, wenn man sich mit Ihnen beschäftigt.«

»Was haben Sie vor?« Ich erkannte meine eigene Stimme kaum noch wieder.

»Ganz einfach, Geisterjäger. Ich werde Sie erschießen. Denn als Toter sind Sie ebenso wertvoll wie als Lebender.« Er lachte böse und freute sich wohl über mein entsetztes Gesicht.

Dieser Mann war wirklich ein Teufel. Er mußte vollends unter dem Bann des Blutes stehen, denn sonst hätte er nicht so reagiert.

Was sollte ich tun?

Vor mir stand Ray. Drei Schritte etwa betrug die Entfernung. Zuviel, um einen verzweifelten Sprung zu wagen, die Kugel hätte mich immer erwischt.

Und die Vampir-Zombies?

Sie befanden sich dichter an mir. Vor allen Dingen das weibliche Wesen. Bei ihr brauchte ich eigentlich nur den Arm auszustrecken, um sie zu erreichen.

Sie starrte mich unentwegt an. Obwohl ihr Blick leer war, hatte ich das Gefühl, als würde sie mich laufend taxieren. Wahrscheinlich schon in stiller Vorfreude auf das kommende Festmahl.

Ich wurde plötzlich kalt. Ein gewisses Gefühl der Ruhe überkam mich, denn in den nächsten Sekunden durfte ich keinen Fehler begehen.

Und ich handelte.

Mein Sprung zur Seite war beinahe eine artistische Leistung. Ich überraschte nicht nur die grünhäutigen Wesen damit, sondern auch ihren Anführer, Ricardo Ray.

Als der Schuß aufpeitschte, prallte ich schon gegen den weiblichen Zombie und riß ihn um.

Das Wesen streckte beide Arme aus, schrie, und mit den Fingern krallte es sich an den am nächsten stehenden Artgenossen fest. Beide fielen zu Boden.

Zusammen mit mir.

Wieder schoß der Vampir.

Diesmal jaulte die Kugel nur knapp über meinen Schädel hinweg und hämmerte gegen die Wand, wo sie deformiert wurde. Sofort wurde ich wieder aktiv, hieb meine Hand in die Haare des weiblichen Vampir-Zombies und riß ihn über mich.

Eine gute Deckung, wie ich bald schon feststellen konnte, denn die dritte Kugel traf nicht mich, sondern die Untote auf mir. Ich hörte den Einschlag in der Körpermitte. Doch das Geschoß tat dem Wesen nichts, es war nicht geweiht und bestand auch nicht aus Silber.

Ricardo Ray schien in eine leichte Panik zu geraten. »Aus dem Weg!« brüllte er und ging selbst zur Seite, um sich freies Schußfeld zu schaffen.

Die Kreaturen reagierten jedoch nicht so, wie er es gern gesehen hätte. Sie waren ziemlich durcheinander und liefen »Kopflos« herum.

Ich nutzte die Gelegenheit und schleuderte das auf mir liegende untote Wesen von mir.

Genau auf Ray zu.

Der konnte nicht mehr ausweichen. Der weibliche Vampir-Zombie prallte mit dem Rücken gegen ihn. Ich konnte der Untoten ins Gesicht sehen. Es war eine Grimasse. Sie hatte den Mund geöffnet, die Zähne stachen spitz hervor. Unter dem Hals befand sich eine Wunde, aus der kein Tropfen Blut floß. Dort war sie von der Kugel ihres Meisters getroffen worden.

Aus dem Liegen federte ich hoch.

Ein Untoter griff nach mir. Ich spürte seine Hand auf der rechten Schulter, drehte mich und schüttelte die Finger ab. Mit dem Ellbogen stieß ich ihn zurück, hatte freie Bahn und nutzte sie, weil Ray immer noch mit der Untoten beschäftigt war, die sich wie eine Ertrinkende an ihm festklammerte.

Ich nahm mir nicht die Zeit, erst noch die Beretta zu suchen, sondern jagte in den Gang hinein. Weiter vorn schützte mich die Dunkelheit. Wenn ich mich zudem dicht an der Wand hielt, würde ich ein noch schlechteres Ziel abgeben.

Wieder schoß Ray.

Seine dritte Kugel zwitscherte ebenfalls vorbei.

Geduckt und in langen Sätzen sprintete ich weiter und erreichte die Tür, die zum Labor führte. Leider steckte innen kein

Schlüssel. Wuchtig hämmerte ich sie zu und lief an den langen Labortischen vorbei auf den Fahrstuhl zu.

Doch die Verfolger waren verdammt schnell.

»Da ist er!« brüllte Ricardo Ray.

Ich duckte mich.

Er schoß.

Dicht über den Tisch flog die Kugel, sie zertrümmerte eine Flasche mit Salzsäure. Das Zeug floß aus und breitete sich als Lache auf den Fliesen aus.

Sofort begann die Säure zu qualmen, und der ätzende Geruch traf meine Nase.

Ich bewegte mich zur Seite und schielte über einen Labortisch hinweg in Richtung Tür.

Die Zombies drängten nach. Sie hatten den Befehl ihres Anführers gehört und wollten ihm sofort Folge leisten. Ihr Opfer sollte und durfte nicht entwischen.

Ich mußte mir Platz und Zeit verschaffen, denn ich brauchte die Sekunden, um die Fahrstuhltür zu öffnen. In meiner Nähe standen noch mehr Säureflaschen.

Die kamen mir wie gerufen.

Ich schnappte mir die erste Flasche, löste den Stöpsel und schleuderte sie dann auf die Zombies zu. Im hohen Bogen flog die Flasche durch die Luft, wobei aus der Öffnung die Säure wie eine Fontäne spritzte. Als die Flasche dem ersten Zombie gegen die Brust schlug, befand sich schon die zweite unterwegs.

Sofort warf ich die dritte hinterher. In ihr befand sich Lauge. Sie zersplitterte ebenfalls. Säure und Lauge trafen zusammen und bildeten sofort einen Nebel, der den Vampir-Zombies die Sicht auf mich versperrte.

Ricardo Ray schoß wieder. Dicht unter der Decke erfolgte der Einschlag, er störte mich nicht.

Ich hatte mich klein gemacht und robbte zum Fahrstuhl. Noch auf dem Boden hockend, hob ich die Hand, umfaßte den Griff und zog die Tür der Kabine auf.

Dann huschte ich hinein.

Die Tür schwang zu, nachdem ich noch einmal heftig gezogen hatte. Rasch drückte ich auf den drittuntersten Knopf.

Erdgeschoß.

Der Lift ruckte an, schoß in die Höhe, und ich atmete auf, als ich ihn verlassen konnte.

Ich betrat die leere Halle. Dort blieb ich stehen und atmete erst einmal tief durch. Mit dieser höllischen Überraschung im Hause des Chemikers hatte ich wirklich nicht gerechnet. Dieser Mann war besessen. Er hatte sich vom Keim des Fariacschen Blutes infizieren lassen und war selbst zu einem Vampir geworden.

Fünf Zombie-Vampire.

Eigentlich zu viele Gegner, wenn ich daran dachte, daß ich allein war und nur das Kreuz zur Hand hatte. Aber ich hatte noch die Ersatzberetta. Sie lag im Handschuhfach. Der Bentley stand auf dem kiesbestreuten Parkplatz vor dem Haus.

Ich lief zur Tür, riß sie auf und rannte die Treppe hinunter, wobei ich drei Stufen auf einmal nahm.

Hastig schloß ich die Wagentür auf, öffnete die Klappe des Handschuhfachs, nahm die Beretta an mich und zuckte zusammen, weil ich einen Motor gehört hatte.

Blitzschnell tauchte ich aus dem Fahrzeug.

Es war ein brauner Bentley, der die große Garage neben dem Haus verließ. Mit durchdrehenden Reifen bog er in den Hauptweg ein, der hinunter zum Tor führte. Ich konnte soeben noch erkennen, daß Dr. Ray hinter dem Lenkrad hockte. Seine Zombies hatten sich im Wagen verteilt.

Sofort änderte ich meinen ursprünglichen Plan. Dieser Wagen durfte mir nicht entkommen, denn wenn er es schaffte, bedeutete das für normale Menschen eine ungeheure Gefahr.

Ich startete.

Leider hatte der andere Bentley schon einen zu großen Vorsprung, doch den würde ich egalisieren, denn im Autofahren war ich kein heuriger Hase.

Das Haus war wirklich von einem großen Park umgeben. Es gab nicht nur einen, sondern gleich drei Teiche. Die Uferränder waren mit Trauerweiden bewachsen, dazwischen breiteten sich große, gepflegte Rasenflächen aus. Da wuchsen auch alte Bäume, die schon seit Jahrzehnten dort standen.

Zu schnell konnte man auf dem Kiesweg nicht fahren, denn der Wagen geriet sonst ins Rutschen. Vor allen Dingen in den

Kurven wurde es gefährlich, zudem mußte ich erkennen, daß mir Ricardo Ray in punkto Fahrstil und Können zumindest gleichwertig war.

Und dann wurde Ray tollkühn.

Der Vampir verließ den Weg und raste quer über eine Rasenfläche, um abzukürzen. Die Reifen warfen dicke Soden hoch und wühlten den Boden auf.

Was dem Vampir recht war, das konnte mir billig sein. Auch mich hielt nichts mehr auf dem Weg. Ich drehte das Steuerrad nach links und rollte ebenfalls über den Rasen, der noch feucht vom Regen war und eine seifige Unterlage bildete.

Durch die hohe Geschwindigkeit geriet der Silbergraue ins Schwimmen. Ein paarmal mußte ich scharf gegenlenken, dann hatte ich ihn wieder in der Spur.

Die Bremsleuchten des Fluchtwagens glühten auf. Zweimal tippte der Fahrer kurz die Bremse an. Das Heck brach aus, und mit einem gekonnten Powerslide gelangte der braune Bentley zurück auf den normalen Weg, wo Ricardo Ray sofort wieder Gas gab, um möglichst schnell die Ausfahrt zu erreichen.

Auch ich fuhr nicht mehr über den Rasen, weil mir einige Bäume den weiteren Weg versperrten. Zurück auf die normale Strecke, die auch hier einen Kiesbelag hatte.

Gas.

Ich setzte jetzt alles auf eine Karte, damit ich den braunen Bentley noch vor der Ausfahrt abfangen konnte.

Und ich holte sogar auf.

Er befand sich praktisch nur noch eine Kurve vor mir. Mit scharfem Blick erkannte ich die Gesichter der Vampir-Zombies. Die Wesen hatten sich auf dem Rücksitz umgedreht und starrten durch die Hinterscheibe.

Wäre Suko oder Bill jetzt bei mir gewesen, dann hätte einer von ihnen schießen können. So aber mußte ich meine Feinde weiterhin allein und auf ganz normale Art und Weise verfolgen.

Der Bentley vor mir war langsamer geworden.

Warum?

Den Grund sollte ich in den nächsten Sekunden auf eine verdammt drastische Art und Weise erfahren.

Ein Seitenfenster glitt nach unten, und ein grüner Arm erschien. Ich sah eine zusammengeballte Hand, die sich auf einmal öffnete und etwas Glitzerndes verlor.

Das Zeug regnete zu Boden.

Ein heißer Schreck durchfuhr mich. Nägel, verdammt, das waren Nägel. Diese Reifenkiller, die wie ein Dreieck aufgebaut waren und überall liegenblieben, denn wegen ihrer Form konnten sie nicht kippen.

Ich bremste.

Es war eine Vollbremsung, wobei ich krampfhaft das Lenkrad festhielt, doch der Wagen blieb nicht in der Spur wie auf einer normalen Straße. Er machte sich auf dem regennassen Kies selbstständig und rutschte auf die Nägel zu.

Vor mir nahm der Wagen wieder Fahrt auf und brachte den Rest der Strecke hinter sich. Bei meinem Bentley bohrten sich die Nägel in die Vorderreifen und zerstörten sie.

Aus. Damit konnte ich nicht weiterfahren. Dabei hatte ich noch Glück, daß die lange Frontschnauze keinen Baum küßte, sondern auf dem Weg blieb.

Endlich stand er.

Ich schlug voller Wut auf den Lenkradring. Das hatte mir gerade noch gefehlt. Jetzt waren die verdammten Zombie-Vampire doch noch entkommen.

Ich stieg aus und sah mir die vorderen Reifen an. Beide waren platt.

Der Fluch, der mir daraufhin über die Lippen rutschte, war zwar nicht druckreif, aber er kam von Herzen.

Gaby Mansfield war in Deutschland geboren, dort auch aufgewachsen und hatte vor zehn Jahren einen englischen Soldaten kennen und lieben gelernt.

Als der Soldat versetzt wurde, war sie mit ihm nach England gegangen, hatte sich noch einmal mit der Sprache beschäftigt und einen eigentlich untypischen weiblichen Beruf erlernt.

Sie war Busfahrerin geworden.

Zwei Jahre dauerte ihre Ausbildung. Männliche Kollegen hatten Gaby so manchen Stein in den Weg gelegt, doch sie hatte sich über alle Hindernisse hinweggesetzt und die Prüfung sogar mit Auszeichnung bestanden. Seit diesem Tag wurde sie akzeptiert.

Zuerst fuhr sie in London. Und das war eine verdammt harte Schule gewesen, denn es war nicht einfach, die großen Doppeldecker-Busse durch die oft engen Straßen zu steuern. Nicht einen Unfall hatte Gaby in zwei Jahren gebaut, und das war eine gute Leistung. Man war an höherer Stelle aufmerksam geworden und hatte Gaby Mansfield einen anderen Job angetragen.

Wenn sie wollte, konnte sie weitere Strecken übernehmen. Im Klartext hieß das: Überlandfahrten.

Gaby hatte sich mit ihrem Mann zusammengesetzt. Da ihre Ehe kinderlos geblieben war, hatte der Berufssoldat nichts dagegen, daß seine dreißigjährige Frau in den Job einstieg.

Seitdem fuhr sie die Strecke London-Southampton. Auch wieder unfallfrei, wie sie mit Stolz bemerkte.

Nur an diesem Samstag paßte es Rodney, ihrem Mann, überhaupt nicht, daß sie Dienst hatte.

Sie saßen beim Frühstück. Rod Mansfield rührte mißmutig im Tee herum und schaute zu, wie sich die Milch verteilte. Er hatte über seinen Schlafanzug einen Morgenmantel geworfen und die Stirn in ärgerliche Falten gelegt.

Natürlich bemerkte Gaby das. Sie streckte den Arm aus und streichelte die Wange ihres Gatten. »Sei doch nicht sauer, ich bin ja am Abend wieder hier.«

»Sagen wir mal besser in der Nacht.«

»Dafür habe ich morgen frei.«

»Und ich Dienst.«

»Aber erst am Abend. Es bleibt uns noch der Tag.«

Rod Mansfield hob die Schultern. »Deine optimistische und positive Einstellung möchte ich haben. Kann man die eigentlich erlernen?«

Gaby lachte und biß in den Honigtoast. »Nein, die ist angeboren.«

»Kann ich mir denken.« Rod blickte seine Frau an. Die Uniform stand ihr ausgezeichnet, und die weiße Bluse darunter bildete einen Kontrast zu dem rabenschwarzen Lockenhaar, das den Kopf der Frau wie eine wahre Flut umwallte. Gabys

Gesichtszüge waren vielleicht ein wenig zu herb, manche sagten auch männlich, doch das störte Rod nicht. Er liebte seine Frau, und vor allen Dingen hatten es ihm die dunklen Augen und die gutgewachsene Figur angetan. Gaby konnte sich sehenlassen.

»Woran denkst du?« fragte sie plötzlich, als sie den Blick ihres Mannes bemerkte.

»An dich.«

»Wie schön. Und?«

»Und daran, daß du wahrscheinlich wieder einige Angebote während der Fahrt bekommen wirst.«

Gaby winkte ab. »Das hält sich in Grenzen.«

»Davon bin ich nicht überzeugt. Die Männer wären ja dumm, wenn sie es nicht versuchten. Habe ich auch.«

»Bei dir war das was anderes.«

»Man kann nie wissen.«

»Du immer mit deiner blöden Eifersucht. Ich habe dich geheiratet und keinen anderen.«

»Schon gut, soll ich dich wegbringen?«

»Das wäre nett.«

Rod schob den Stuhl zurück. »Allright, ich ziehe mich dann nur noch um.«

Er ging und ließ eine nachdenkliche Frau zurück. Gaby hatte bereits mit dem Gedanken gespielt, ihren Job aufzugeben, aber sie brauchten das Geld. Und wenn sie die Strecke nach Southampton fuhr, dann hatte sie wenigstens nur Tagdienst. In London war sie oft auch nachts gefahren. Aber lange würde sie das nicht mehr machen. Ihr Mann litt zu sehr darunter.

Rodney kam zurück. »Ich bin fertig«, sagte er. »Und vergiß deinen Proviant nicht.«

»Nein, nein.« Gaby packte die Tasche. Der Inhalt bestand aus vier Äpfeln und drei Sandwiches. Es waren auch Traubenzuckertabletten dabei und eine Flasche mit Tee. Mehr brauchte die Fahrerin nicht.

Rodney Mansfield saß schon in dem grünen Ford, der auf der Straße parkte, als seine Frau das Haus verließ. Eine Nachbarin grüßte und fragte: »Geht's wieder auf Fahrt?«

»Ja.«

»Und das am Samstag.«

»Was will man machen?«

»Ja, ja, das liebe Geld.«

Rodney konnte die Frau nicht riechen und winkte aus dem Wagen. Als Gaby einstieg, fragte er: »Was wollte die alte Kuh denn jetzt schon wieder?«

»Das übliche.«

»Wenn die stirbt, muß man ihr Maul noch zusätzlich totschlagen«, grinste Mansfield und scherte aus der Parklücke.

»Sei nicht so gemein, die Frau steht allein auf der Welt.«

»Ihr Pech.«

Gaby schwieg, denn es hatte keinen Sinn, mit ihrem Mann darüber zu diskutieren.

Abreisepunkt war Waterloo Station. Dort standen auf einem Platz die großen Überlandbusse. Rote Wagen, die von den Londoner Verkehrsbetrieben unterhalten wurden. Gegenüber den modernen Reisebussen hatten sie einen Nachteil.

Sie waren nicht so bequem. Auf der langen Strecke, die etwas über hundert Meilen betrug, mußte sich die Fahrerin so manches Schimpfen anhören, was auch berechtigt war. Doch die Stadt hatte kein Geld, die Busse zu modernisieren oder neue zu kaufen, so fuhr man dann halt mit den alten weiter.

Die beiden mußten quer durch die City und auch über die Themse hinweg. Der Verkehr hielt sich zum Glück noch in Grenzen, auf der Rückfahrt würde Rodney jedoch in einen Stau kommen, das stand für ihn jetzt schon fest.

Manchmal murmelte er vor sich hin, wenn ihn andere Autofahrer ärgerten, ansonsten blieb er stumm. Auch Gaby sagte nichts. Sie konzentrierte sich bereits auf die vor ihr liegenden Stunden. Sie würden hart genug werden. Die Fahrerei war kein Vergnügen, sie artete zumeist in Dauerstreß aus.

Als das graue Gebäude des großen Bahnhofs vor ihnen auftauchte, setzte sich die Frau seufzend auf und strich mit allen zehn Fingern durch die Haare.

»Jetzt geht es rund«, sagte sie.

Rod nickte. Er lenkte den Ford auf den Parkplatz für die großen Busse, wo seine Frau ausstieg.

Rod verließ ebenfalls den Wagen.

Zahlreiche Busse standen in den Parktaschen. Es herrschte ein ständiges Ankommen und Wegfahren. Aus allen Teilen des Landes kamen die schweren Wagen und hatten hier ihre Endstation. Auch die innerstädtischen Busse liefen Waterloo an.

Gabys Bus leuchtete knalligrot. An den Seiten zierten Reklameposter das Metall.

Noch eine Viertelstunde, dann würde es losgehen. Zwei Reisende stiegen ein. Ein älteres Ehepaar. Der Mann und auch die Frau schauten überrascht, als sie die Frau in der blauen Uniform bemerkten. Sie steckten die Köpfe zusammen und tuschelten.

Rodney Mansfield verabschiedete sich von seiner Gattin mit einem langen Kuß.

»Und gib auf dich acht, Liebling«, sagte er.

»Klar, was soll denn schieflaufen?«

»Ich meine nur.«

»Sei du auch brav.«

Rod grinste. »Ja, ich gehe zu meiner Freundin, der Nachbarin, und setze mich auf ihren Schoß.«

»Untersteh dich!«

Rod lachte, gab seiner besseren Hälfte noch einen Kuß und verschwand winkend. Er mußte seinen Wagen wegstellen, der Platz wurde von den Bussen benötigt.

Hupend fuhr Rod an, seine Frau grüßte noch und wurde dann von dem älteren Mann angesprochen.

»Sagen Sie mal, Lady, fahren Sie vielleicht den schweren Bus?«

»Ja.«

Der Mann schluckte. Er hatte einen faltigen Hals, sein Adamsapfel hüpfte auf und nieder. »Ganz allein?«

»Natürlich.«

»Und das geht so?«

»Sicher.«

»Na dann.« Er ging wieder zu seiner Frau zurück und tuschelte mit ihr.

Gaby aber schloß die Fahrertür auf. Als sie einen Blick auf das Ehepaar warf, hatten die beiden kehrtgemacht. »Wir fahren doch lieber mit dem Zug!« rief der Mann und eilte hinter seiner besseren Hälfte her, wobei er zwei Koffer schleppte.

Gaby machte sich nichts daraus. Sie kannte ähnliche Szenen. »Verrückte Typen«, sagte sie und lachte.

Dabei konnte sie nicht ahnen, daß dieser Entschluß die beiden alten Menschen vor einem gräßlichen Tod bewahrt hatte...

An diesem verdammten Samstag lief aber auch alles schief. Erst einmal waren mir die Zombies entwischt, und als ich versuchte, meinen Partner Suko über das Autotelefon zu erreichen, bekam ich keine Verbindung. Bis mir einfiel, daß Suko und Shao nicht zuhause waren. Sie wollten sich irgendeinen Kung-Fu-Kampf ansehen.

Danach telefonierte ich abermals. Diesmal mit meiner Dienststelle. Ich ließ mir sofort den Fahndungsleiter geben und erklärte ihm, was geschehen war.

Ich sagte ihm bewußt nicht, daß fünf Untote in dem braunen Bentley hockten, aber eine Großfahndung sollte trotzdem anlaufen. Nur sollten sich die Beamten keinesfalls auf einen langen Kampf einlassen, sondern nur Bescheid geben, wenn der Wagen gesehen wurde.

Der Kollege hatte alles verstanden und versprach, das Richtige in die Wege zu leiten.

Nun konnte ich wählen. Sollte ich Polizisten herbestellen, damit die mir halfen, die Reifen zu wechseln, oder... Ich unterbrach meinen Gedankengang. Den Anruf konnte ich vergessen, denn ich hatte nur ein Ersatzrad im Kofferraum. Es waren aber beide Vorderräder platt. Ich kam mir vor wie auf einer Insel. Dabei befand ich mich nur zehn Meter vom südlichen Londoner Stadtteil entfernt.

Da hatte ich die Idee.

Wer wohnte denn im Londoner Süden und gar nicht mal so weit von hier weg?

Bill Conolly, der alte Eisenfresser. Er hatte sich sogar einen nagelneuen Porsche zugelegt, nachdem er den alten zu Schrott gefahren hatte, wobei ich noch Zeuge gewesen war.

Bill war zu Hause.

Allerdings meldete sich Sheila, seine Frau. »Du, John, das finde ich aber toll, daß du an einem Samstag anrufst. Willst du mit uns Kaffee trinken?«

»Nein, Sheila, vielen Dank. Ich möchte nur, daß Bill zu mir kommt und mir hilft.«

»Wieder ein Fall?«

»Nur eine Reifenpanne«, log ich ein wenig.

Sie lachte. »Das gibt es doch nicht.«

»Leider doch. Dann gib mir mal deinen Bettkumpel.«

Bill hatte mitgehört, denn er lachte, als er den Hörer nahm. »Du hast eine Panne?«

»Ja.«

»Ich dachte immer, dein Bentley wäre so hundertprozentig in Schuß. Inspektion und so.«

»Ich bin nicht freiwillig in die verdammten Nägel gefahren.«

Bill wurde ruhig. »Ärger, also?«

»Richtig.«

»Und wo steckst du jetzt? Wenn ich dir beim Radwechsel helfen soll, brauche ich...«

»Es wird keinen Radwechsel geben, mein lieber Bill, da zwei Vorderräder im Eimer sind. Du kannst mich abholen.« Ich erklärte ihm, wo ich zu finden war.

»Das geht schnell. Ich fliege, John.«

Ich kletterte aus dem Wagen, haute die Tür zu und dachte daran, daß ich wieder zurückgehen mußte, weil meine Beretta noch im Haus lag. Ich hätte später auch mit Bill zum Haus fahren können, doch ich wollte die Wartezeit unbedingt nutzen.

Zum Glück bin ich gut zu Fuß. Es machte mir nichts aus, den Weg auf Schusters Rappen zu gehen. Ich blieb nicht auf der Fahrspur, sondern stiefelte quer durchs Gelände. Dabei schreckte ich einige Gänse und Enten auf. Vor allen Dingen waren es die Gänse, die mich böse anstierten und schnatterten.

Ein friedlicher Park. Niemals hätte ich vermutet, daß hinter dieser idyllischen Fassade das Grauen lauerte. Es war allerdings nicht das erstemal, daß ich solch eine Feststellung gemacht hatte. Nach außer hin alles klar, doch im Innern kochte die Hölle.

Als ich schließlich vor dem Eingang stand, waren über zehn Minuten vergangen. Und ich hatte einen zügigen Schritt vorgelegt. Die Tür stand noch immer offen. Mit ein paar Sätzen überwand ich die Treppe und betrat das Haus, wo mir sofort die Stille auffiel.

Sie hatte etwas Bedrückendes an sich. Ich merkte, daß in diesem Haus Grauenvolles geschehen war, obwohl es keine Toten gab.

Ich ging zum Lift.

Überlaut hörte sich jetzt das Summen an, als mich der Fahrstuhl in den Keller brachte.

Dort verließ ich die Kabine, trat in den Gang, wandte mich nach rechts und ging dorthin, wo ich meine Waffe vermutete. Da das Licht so überaus mies war, leuchtete ich mit der Bleistiftlampe und entdeckte die Beretta tatsächlich.

Ich hob sie auf, schaute nach und nickte zufrieden, als ich sämtliche Kugeln im Magazin fand. Durch die Ritzen der Labortür krochen noch immer Schwaden. Es war ein widerlicher Geruch. Ich trachtete danach, so rasch wie möglich das Haus zu verlassen.

Daraus sollte nichts werden.

Plötzlich vernahm ich ein Schmatzen und Kichern, das zwar gedämpft, aber dennoch gut hörbar an meine Ohren drang.

Ich erstarrte und lauschte.

Kein Zweifel, das Geräusch war nicht im Flur aufgeklungen, sondern im Labor!

Dort befand sich jemand!

Noch ein Vampir-Zombie?

Ein Theoretiker war ich noch nie gewesen. Das wollte und mußte ich herausfinden.

Auf leisen Schritten näherte ich mich der Tür, die wieder ins Schloß gefallen war. Die Angeln waren gut geölt, denn als ich die Tür aufzog, quietschte sie nicht.

Ich warf einen Blick durch den Spalt.

Qualmwolken, die mir entgegentrieben und zum Husten reizten. Allerdings nicht so dicht, als daß ich die Gestalt übersehen hätte, die im Hintergrund stand, einen mit Blut gefüllten Erlenmeyerkolben in beiden Händen hielt und langsam zum Mund führte...

Sie zählte über siebzig Lenze, war in ihrem Leben schon in der ganzen Welt herumgekommen, sammelte alles, was es über Horror gab, und ließ sich auch keinen Gruselfilm entgehen. Sie war dreifache Witwe, lebte in einem Haus in Mayfair und ging ihr Leben gern auf Dämonenjagd.

Stammleser wissen längst, von wem die Rede ist.

Von Lady Sarah Goldwyn, der Horror-Oma! Dieser sympathischen alten Dame, die weder Tod noch Teufel fürchtete und eigentlich immer Action haben mußte.

So auch heute.

Mrs. Goldwyn hatte sich innerhalb von zwei Minuten dazu entschlossen, eine alte Freundin in Southampton zu besuchen. Die beiden älteren Damen waren zusammen zur Schule gegangen und hatten auch gemeinsam die ersten Streiche ausgeheckt. Später hatten sich ihre Wege getrennt. Erst als Rose Kimballs Mann starb, da hatte sie wieder Kontakt mit der in London lebenden Lady Sarah aufgenommen. Bisher hatten die beiden nur miteinander telefoniert, doch nun wollte Lady Sarah die Freundin Rose endlich einmal besuchen.

Die hatte natürlich freudestrahlend zugestimmt und ihr die schnellsten Züge genannt, doch Lady Sarah hatte ihren eigenen Kopf. Sie wollte mit dem Bus fahren.

Da sah sie mehr, da dauerte die Vorfreude länger, da konnte sie auch mit Fahrgästen plaudern. Und wenn das Wetter noch schön war, machte die Reise doppelten Spaß.

Dafür gestand sie Rose dann zu, noch zwei Tage länger in Southampton zu bleiben.

Den Bus hatte sie sich schon ausgesucht, und mit einem Taxi ließ sie sich zum Bahnhof bringen. Sie zahlte den Fahrpreis, legte noch ein Trinkgeld drauf und sah sich um.

Es war gar nicht leicht, sich mit den Tafeln zurechtzufinden. Lady Sarah machte einen etwas zerstreuten Eindruck, so wie sie dastand in ihrem langen Mantel, dem altmodischen Hut auf dem Kopf und den zahlreichen Ketten um den Hals. Zudem trug sie an der rechten Hand noch eine Tasche und in der linken ihren Regenschirm. Eine Handtasche hatte sie ebenfalls bei sich.

Das sah auch ein junger Mann, der auf einem viereckigen

Betonklotz hockte und ansonsten Löcher in die Luft starrte. Ein kaltes Grinsen umspielte seine Lippen, als er aufstand und langsam auf die Horror-Oma zuschlenderte.

Vor ihr blieb er stehen.

Lady Sarah hob den Blick. »Bitte sehr?« sagte sie fragend.

»Hallo, Oma«, grinste der Kerl. »Kommst du nicht zurecht?« Er baute sich vor ihr auf und hakte die beiden Daumen lässig in den Gürtel seiner schmalen, kunstledernen Hose. Sein Haar war struppig, das Gesicht zeigte einen verschlagenen Ausdruck. Hilfsbereit war der Typ gewiß nicht. Er gehörte zu der Sorte, die sich auf unrechte Art und Weise durchs Leben schlugen und sicherlich schon manchen Knast von innen gesehen hatten.

Lady Sarahs Augen blitzten. Sie war zwar schon siebzig, aber eine Oma noch lange nicht. Was dieser Kerl sich einbildete! Diese Anrede bezeichnete sie als Frechheit.

»Danke, ich komme schon zurecht«, erwiderte sie kühl.

»Das glaube ich kaum.« Der Typ behielt sein Grinsen bei. Sein Arm fuhr zurück, die Hand fummelte am Rücken herum, und als wie wieder zum Vorschein kam, hielten die Finger den Griff eines Messers mit schmaler, langer Klinge umfaßt.

»So ist das also«, sagte Lady Sarah.

»Genau, Oma, so ist es.« Die Messerhand wischte nach vorn, so schnell, daß Lady Sarah nicht mehr zurückweichen konnte. Sie sah noch das Blitzen, und im nächsten Augenblick fühlte sie sich erleichtert. Erleichtert insofern, daß ihre Handtasche fehlte. Der Räuber hatte einfach den Riemen gekappt.

Er schnappte sie noch während des Falls mit der freien Hand auf, drehte sich und wollte weg.

Lady Sarah konnte manchen Spaß vertragen, doch was zuviel war, das war zuviel. Diesem Burschen mußte mal jemand Manieren beibringen. Da sich kein anderer in der Nähe befand, wollte Lady Sarah das übernehmen.

Ihre Allround-Waffe trug sie bei sich. Das war der Regenschirm, der einen mit Blei gefüllten, krummen Griff hatte.

Der Dieb startete.

Er kam nur einen Schritt weit. Lady Sarah hatte den Schirm blitzschnell gedreht, und die Krücke fuhr dem Mann unten zwischen die Beine, wobei sie das linke Fußgelenk umklammerte. Damit hatte der Kerl nicht gerechnet. Er warf beide Hände in die Höhe, fiel nach vorn und landete unsanft auf seinem Gesicht.

Sofort löste Lady Sarah den Griff und setzte die Krücke nun als Schlagwaffe ein.

Sie klopfte dem Kerl auf den Schädel. Zweimal traf sie ihn. Beim ersten Schlag jaulte der Räuber noch, beim zweiten verdrehte er die Augen und meldete sich ab.

»Ich werde dir helfen, ältere Damen zu überfallen«, schimpfte sie und bückte sich, um ihre Handtasche aufzuheben. Sie klemmte sich die Tasche unter den Arm.

Der Kerl hörte sie nicht. Er lag am Boden, war zwar nicht bewußtlos, konnte sich aber nicht bewegen. Er stierte gegen den Himmel und bekam nichts mit.

Doch ein Bobby hatte gesehen, was geschehen war. Er eilte herbei.

»Ist Ihnen was passiert, Madam?« fragte er hastig.

»Nein, aber ihm.« Lady Sarah deutete auf den Kerl am Boden. »Er wollte unbedingt meine Handtasche.«

»Erstatten Sie Anzeige?« Der Bobby bückte sich und zog den Kerl am Kragen der Jacke hoch.

»Lohnt es sich denn?«

»Und wie. Den hatten wir schon immer in Verdacht, von kleinen Raubüberfällen zu leben.«

»Gut, denn sperren Sie ihn ein.« Lady Sarah nannte ihren Namen und die Adresse.

Der Bobby zog mit dem Straßenräuber ab. Ihm war ein guter Fang gelungen.

Die Horror-Oma nahm ihre große Tasche auf und suchte den Bus, der sie nach Southampton bringen sollte. Sie fand ihn auch. Nur wenige Plätze waren besetzt. Mrs. Goldwyn konnte sich ihren aussuchen und war überrascht, daß eine Frau den Bus fuhr.

»Darf ich Ihnen helfen?« fragte Gaby Mansfield lächelnd und griff nach der Reisetasche.

»Danke sehr. Wirklich freundlich von Ihnen.«

»Das ist unser Service.« Gaby nahm die Tasche. »Wo möchten Sie sitzen?«

»Am besten vorn.« Sie nahm zwei Sitze hinter der Fahrerin Platz. Gaby stellte die Tasche noch ins Gepäcknetz.

»Dann darf ich Ihnen eine angenehme Reise wünschen«, sagte sie.

»Danke. Wie lange fahren wir eigentlich?« erkundigte sich die Horror-Oma.

»Drei Stunden werden es sein.«

Mrs. Goldwyn nickte und nahm den Hut ab. Das graue Haar hatte sie nach hinten gekämmt und zu einem Knoten gebunden. »Dann bekomme ich wohl viel von der Landschaft zu sehen.«

»Das kann man sagen, Lady.«

»Ich bin Mrs. Goldwyn, Kind.«

»Mein Name ist Gaby Mansfield.«

»Fahren Sie die Strecke schon lange?« fragte die Horror-Oma.

Gaby lachte. »Sagen Sie jetzt bloß nicht, Sie haben Angst, weil eine Frau den Bus lenkt.«

»Nein, das nicht. Wenn man so alt geworden ist wie ich, dann hat man keine Angst mehr.«

»Das finde ich gut.« Gaby nickte der Frau noch einmal zu und entschuldigte sich dann, weil sie sich um die nächsten Fahrgäste kümmern mußte. Eine Frau mit zwei kleinen Mädchen, deren helle Stimmen sofort durch den Bus schallten.

Die drei Personen nahmen in der Mitte des Busses Platz.

Gaby Mansfield kontrollierte die Fahrausweise, dann wurde es auch schon Zeit. Die Türen schlossen sich mit zischenden Geräuschen.

Lady Sarah wandte den Kopf.

Außer ihr befanden sich noch weitere sechs Fahrgäste im Bus. Das würde sicherlich nicht so bleiben. Unterwegs stiegen bestimmt noch mehr Leute ein.

Ein Vibrieren und Zittern lief durch den großen Wagen, als Gaby den Zündschlüssel drehte. Es gab einen Ruck, dann setzte sich der Bus langsam in Bewegung.

Die Fahrt begann. Und niemand der Fahrgäste ahnte, in welch einer Hölle sie enden sollte...

Mir stockte der Atem!

Da hielt sich also noch ein Vampir auf, der mir bei meinem ersten Besuch entgangen war.

Die Kreatur hatte mich noch nicht gesehen. Sie war voll und ganz damit beschäftigt, das Gefäß zu leeren, denn das Blut war für sie die Lebensenergie.

Ich holte noch einmal tief Luft und betrat vorsichtig das Labor. Innerhalb der Schwaden konnte man nicht atmen, deshalb hielt ich die Luft an, als ich mich auf Zehenspitzen weiterbewegte und mich dabei noch duckte.

Die Gestalt hatte noch immer nichts bemerkt. Sie war so im Genuß vertieft, schlürfte und schmatzte dabei, daß sie die Umgebung völlig vergaß.

Ich huschte weiter und duckte mich so weit hinter einem Labortisch, daß ich so eben noch über die Platte peilen konnte. Dabei sah ich die Gestalt im Profil vor mir und bekam vor Überraschung große Augen, denn das Wesen war eine Frau.

Eine ältere Frau schon. Mit grauweißen Haaren und einem dürren Körper.

Ich wollte noch näher ran, denn die Schwaden behinderten doch die Sicht. Zudem mußte ich das Wesen stören und vor allen Dingen überraschen.

Dabei kam mir eine gute Idee. Ich schnappte mir eine leere Porzellanschale und warf sie links neben der Frau zu Boden, wo sie klirrend zerbrach.

Die Gestalt zuckte herum.

Genau das hatte ich gewollt.

Ihr Rücken lag frei, drei lange Schritte brachten mich an die Kreatur heran, und ich drückte ihr die Mündung der Beretta in den Nacken. »Wenn du dich von der Stelle rührst, schieße ich!« zischte ich durch die Zähne, aber dennoch verständlich.

Die Frau versteifte.

Zwei, drei Sekunden geschah nichts. Dann stieß die Untote vor mir ein Kichern aus. »Deine Pistole schreckt mich nicht, Mister. Du kannst mich nicht töten.«

»Auch nicht mit Silberkugeln?«

Wieder vergingen Sekunden. »Wieso? Ist deine Waffe damit geladen, Mister?«

»Ja.«

»Wer bist du?«

»Ich heiße John Sinclair.«

Sie zuckte zusammen. »Der Geisterjäger?«

»Du kennst mich?«

»Ich habe genug gehört. Ricardo hat mir von dir erzählt. Er haßt dich.«

»Das kann ich mir vorstellen. Wer bist du?«

Die Alte kicherte. »Wenn ich dir das sage, wirst du überrascht sein.«

»Raus mit der Sprache!« forderte ich.

»Ich bin seine Mutter!«

Das war in der Tat eine Überraschung. Dieser Teufel hatte wirklich vor nichts haltgemacht. Er hatte sogar seine Mutter in den tödlichen Strudel mit hineingezogen und sie in eine blutsaugende Vampirin verwandelt.

Mein Gott...

In welch ein schlimmes Nest hatte ich hier nur hineingestochen? Und dieser Mann hatte einmal als Kollege beim Yard gearbeitet. So etwas war ungeheuerlich.

Ich löste die Mündung vom Nacken der Frau und trat einen Schritt zurück.

»Dreh dich um!« befahl ich.

Sie gehorchte. Das Gefäß mit dem Blut behielt sie dabei in der rechten Hand.

Dann schaute ich sie an.

Sie bot ein Bild des Jammers und des Schreckens. Je nachdem, aus welchem Blickwinkel man die Sache betrachtete. Ihr Gesicht war eingefallen, die Haut zeigte eine graue Tönung, die Augen waren klein und verschwanden fast in den Höhlen. Doch die Mundpartie war das schlimmste in ihrem Gesicht. Sie präsentierte sich blutverschmiert, denn ein Teil der Flüssigkeit war nicht in ihren Mund, sondern daneben gelaufen. Die Lippen hatte sie zurückgezogen, so daß ich zwei lange Eckzähne sehen konnte.

Das gab mir den letzten Beweis, einen weiblichen Vampir vor mir zu haben. Sie trug ein violettes Kleid, das mal sehr teuer gewesen sein mußte, doch jetzt zeigte es schmutziggraue Flecken.

»Warum warst du nicht bei den anderen?« wollte ich wissen.

»Ich habe geschlafen.«

»Wie lange bist du schon ein Vampir?«

»Erst seit zwei Tagen. Deshalb ist meine Haut auch noch nicht so grün wie die der übrigen.«

Das war in der Tat ein Grund.

»Die anderen sind geflohen«, erklärte ich. »Weißt du, wo sie sich verstecken wollen?«

»Nein.«

»Wollen Sie nach London?«

Sie kicherte mich an. »Selbst wenn ich es wüßte, würde ich es dir nicht sagen, denn du bist unser Feind, aber nicht unsterblich, John Sinclair.«

»Das weiß ich selbst. Da ich jedoch euer Feind bin, weißt du auch, was mit dir geschieht.«

»Du willst mich töten!«

»Nein, erlösen.«

»So siehst du es, Geisterjäger, aber mir gefällt das Leben. Ich sehe keinen Grund, es abzubrechen. Denn nur als Vampir werde ich das ewige Leben besitzen, von dem viele träumen und es nie erreichen. Ich habe es geschafft.«

»Der Preis ist zu hoch.«

»Für mich nicht. Ich habe ihn gern gezahlt. Ich werde tagsüber schlafen und nachts auf die Jagd gehen Zusammen mit meinem Sohn und den anderen.«

»Dazu kommt es nicht mehr«, stellte ich klar.

»O doch«, erwiderte die Untote und reagierte blitzschnell. Eine kaum zu erkennende Bewegung mit der rechten Hand, und der Schwall Blut aus dem Erlenmeyerkolben fuhr mir entgegen.

Instinktiv wich ich zur Seite. Ganz schaffte ich es nicht mehr. Das Zeug klatschte mir ins Gesicht, ich schloß rasch den Mund, um nichts zwischen die Lippen zu bekommen, denn es fehlte mir noch, daß auch mich der Vampirkeim anfiel.

Ich schoß nicht, sondern wischte mir das widerliche, klebrige Zeug aus dem Gesicht.

Die Zeit reichte der Blutsaugerin, um mich anzuspringen. Sie kam wie eine Furie. Ihr magerer Körper prallte gegen mich. Einger fuhren gegen meine Kehle und kratzten die Haut dort auf. Ich wurde bis an den Labortisch zurückgedrängt, dessen Kante ich im Kreuz spürte, und zog das Knie hoch.

Die Vampirin rammte dagegen. Doch sie empfand keinen Schmerz. Im Gegenteil, sie lachte darüber und griff erneut an. Diesmal packte sie eine mit Lauge gefüllte Flasche und wollte sie mir auf den Schädel schmettern.

Ich sprang zur Seite.

Mit ungeheurer Wucht hieb die Glasflasche gegen die geflieste Kante des Labortisches und zerbrach in zahlreiche Stücke. Die gefährliche Lauge spritzte nach allen Seiten davon, wobei der größte Teil die Untote traf.

Für wenige Sekunden stand sie starr, denn die Lauge hatte auch ihr Gesicht getroffen, zusammen mit einigen kleinen Glassplittern. Ich hatte zum Glück kaum etwas abbekommen, nur an den Hosenbeinen. Mein Sprung war weit genug gewesen.

Die Untote drehte sich. Sie sah noch schrecklicher aus als zuvor. Die scharfe Lauge rann über ihr Gesicht und vermischte sich mit dem Blut, das noch an ihren Lippen klebte. Aber aufgeben wollte die Bestie nicht. Sie hatte meinen Tod beschlossen, und sie wollte vor allen Dingen mein Blut.

Mir blieb keine Wahl mehr.

Ich zielte dorthin, wo bei einem Menschen das Herz sitzt, und drückte ab.

Die Kugel traf genau.

Plötzlich wurde der Vorwärtsdrang der Untoten gestoppt. Sie riß beide Augen auf, hob die Arme und krallte sie in die Kleidung. Dann drehte sie sich halb herum, taumelte zur Seite, lief mit schleifenden Schritten auf die Sitzgruppe zu und fiel bäuchlings auf einen Sessel, wo sie liegenblieb.

Ich senkte die Waffe und ging zu ihr.

Die Mutter des ehemaligen Chemikers lebte nicht mehr. Mein Silbergeschoß hatte ihr unseliges Leben zerstört. Ich wollte sie auf die Seite drehen und mußte dabei achtgeben, daß ich nicht in die an der Kleidung klebende Lauge faßte. Bei dieser Bewegung bekam der Sessel das Übergewicht und kippte zusammen mit der Frau um.

Jetzt sah ich ihr Gesicht.

Nein, sie löste sich nicht auf. Die Gesichtszüge hatten einen fast friedlichen Ausdruck angenommen. Sie war noch nicht so lange ein Vampir, als daß sie zu Staub geworden wäre.

Die Frau tat mir leid, aber ich hatte keine andere Möglichkeit gehabt, als mich so meiner Haut zu wehren.

Erst jetzt merkte ich, wie schwer es war, in diesem Raum Luft zu bekommen.

Ich mußte unbedingt weg.

Als ich im Gang stand, hustete ich mich erst einmal frei. Obwohl die Luft dort auch nicht besonders frisch war, kam sie mir doch herrlich frisch und rein vor.

Ich dachte an Bill Conolly, der sicherlich schon wartete, und fuhr nach oben.

Eine wirklich friedliche Stille empfing mich. Auf der Treppe blieb ich stehen und lauschte dem Zwitschern der Vögel. Kaum glaublich, daß ich soeben einer kleinen Hölle entronnen war. Wieder einmal bewahrheitete sich, wie dicht Himmel und Hölle nebeneinander lagen.

Dann wurde die Stille durch das satte Röhren eines Motors unterbrochen. Am Geräusch erkannte ich den Porsche. Schon bald bog der rote Flitzer um die Kurve. Die breiten Reifen knirschten über den Kies und zermalmten ihn.

Ich winkte.

Bill sah mich. Vor der Treppe stoppte er und stieg aus, während ich ihm entgegenging.

»Hatte mir schon gedacht, daß ich dich hier oben finde«, sagte er und nickte. »Sieht ja stark aus, das Häuschen.«

Ich hob die Schultern. »Nur äußerlich. Im Innern ist es eine kleine Hölle.«

»Wieso?«

»Ich habe Sheila bewußt nichts gesagt, aber wir können uns unter Umständen auf einen heißen Kampf gefaßt machen.«

»Und gegen wen?«

»Vampir-Zombies.«

Bills Augen wurden groß. Ich sah den Schauer über sein Gesicht laufen.

»Ehrlich?«

»Leider.«

Er schluckte. »Mann, das mußt du mir erzählen, John.«

Ich berichtete, was mir widerfahren war. Bill wiegte den Kopf. »Das ist natürlich ein heißes Ding«, murmelte er. »Die Zombies sind entkommen. Demnach können sie auch tagsüber existieren.«

»Sieht so aus.«

»Hast du eine Ahnung, wo sie sich hingewandt haben könnten?« wollte er wissen.

»Nein.«

»Ich tippe auf London.«

»Daneben.«

»Wieso?«

»Denke mal nach. Was sollen sie da? Sie würden nur auffallen. Nein, die halten sich woanders versteckt. Vielleicht fahren sie nach London, wenn es dunkel geworden ist.«

»Das wäre allerdings eine Möglichkeit. Und was machen wir so lange?«

»Warten, was sonst.«

»Dann muß ich Sheila Bescheid geben.«

»Tu das.« Ich gab Bill eine meiner Berettas. »Für alle Fälle, oder hast du deine Pistole mit?«

»No, die liegt zu Hause.« Er grinste. »Ich wußte ja nicht, daß es wieder zur Sache geht. Tut mir auch ganz gut. Bei der Medusa war ich ja auch nicht dabei.«

»Sei froh«, erwiderte ich. Bill spielte dabei auf meinen letzten Fall an, bei dem es um versteinerte Monster und eine gefährliche Medusa gegangen war.

Ich nahm neben Bill Platz und fuhr mit ihm gemeinsam dorthin, wo der Bentley mit seinen beiden platten Vorderreifen stand.

Über Ricardos Gesicht flog ein triumphierendes Lächeln. Es war ihnen tatsächlich gelungen, den Verfolger abzuhängen. Gut, daß sie noch die Nägel in Reserve gehabt hatten.

Vor der Schnauze des braunen Bentley tauchte das große Eingangstor aus Schmiedeeisen auf. Die beiden Hälften standen sperrangelweit offen.

Der Bentley mit seiner höllischen Fracht rauschte hindurch. Nach etwa hundert Yards führte die schmale Straße auf eine Kreuzung zu. Und dort mußte sich Ricardo Ray entscheiden.

Rechts führte der Weg nach London. Links ging es nach Wimbledon, das lag näher.

Wimbledon war berühmt geworden durch sein Tennisturnier. Wurde nicht gespielt, dann war es ein ruhiger, beinahe verträumter Ort im Grünen.

An der Kreuzung stoppte Ricardo Ray und entschied sich dafür, nach links zu fahren – Richtung Wimbledon. London reizte ihn zwar auch, aber da konnten sie noch während der Abendstunden und vor allen Dingen in der Nacht hin.

Da kein Verkehr herrschte, konnte er ruhig einen Moment warten. Er drehte den Kopf.

Die vier Grünhäutigen hockten im Fond. Zwar sehr eng, aber es ging. »Ich habe mich für Wimbledon entschieden«, erklärte der ehemalige Chemiker. »Einverstanden?«

Die Vampir-Zombies nickten. Sie hätten auch nie widersprochen, denn der Vampir war ihr Meister, dem sie zu gehorchen hatten. Auch die Frau, die sonst, als alle noch normal waren, oft gegen Ricardo gesprochen hatte.

Edna war seine Schwester. Sie hatte ebenfalls in dem Haus gelebt, zusammen mit der Gestalt, die neben ihr saß. Verheiratet waren sie nicht gewesen, denn Ryan Rogers gehörte zu seinen normalen Zeiten zu den Typen, die nichts von der Ehe, sondern nur etwas von der freien Liebe hielten. Er hatte sich Schriftsteller genannt, doch seine Lyrik wollte kein Verleger drucken. Geld besaß er nicht, und er schmarotzte sich so bei Edna durch, die einen Narren an dem Kerl gefressen hatte. Jetzt sah die Sache ja anders aus.

Neben dem früheren Dichter hockten Rays Brüder. Der um fünf Jahre jüngere Knabe hieß Ernest, der andere, nur zwei Jahre jüngere, hörte auf den Namen Paul.

Das also war seine Familie.

Nur die Mutter hatte er nicht mitgenommen, weil alles so

schnell gegangen war. Ricardo nahm sich jedoch vor, sie bei passender Gelegenheit zu holen.

Er fuhr wieder an.

Nach einigen hundert Yards tauchten die ersten Schilder auf, die zu den Parkplätzen wiesen, wo die Besucher des Tennisturniers ihre Wagen abstellen konnten. Jetzt waren sie verlassen. Die Straße führte bis Southampton, war gut ausgebaut, und Ray überlegte schon, ob er nicht bis zur Küste fahren sollte, verwarf den Gedanken jedoch wieder, denn London bot ihm und seinen Kreaturen wesentlich mehr Chancen, unterzuschlüpfen.

Sie ließen Wimbledon hinter sich. Bis zur nächst größeren Ortschaft waren es noch ein paar Meilen, und Ray konnte auf die Tube drücken. Der Bentley wurde beschleunigt. Leicht überholte er zwei Lastwagen und auch einige Pkw. Immer wenn sie überholten, duckten sich die vier Wesen im Fond zusammen. Es brauchte niemand zu sehen, wer dort hinten im Wagen hockte.

»Wir brauchen Blut«, meldete sich Edna aus dem Fond. Sie rutschte unruhig hin und her, öffnete den Mund und präsentierte ihre beiden Vampirzähne.

»Später.«

»Nein, nicht später. Jetzt!«

»Du mußt dich noch gedulden. Die anderen tun es auch.«

»Die wollen auch Blut. Nicht wahr, Ryan?«

»Ja«, krächzte der ehemalige Dichter.

»Reißt euch zusammen«, zischte Ricardo Ray. »Wir können jetzt noch nichts unternehmen.«

»Lange warten wir nicht mehr«, drohte Edna.

Ray ärgerte sich. Er war überhaupt sauer, daß alles so hatte kommen müssen, aber er konnte nichts mehr daran ändern. Sinclair war zu schnell und stark gewesen. Er hätte jetzt tot sein müssen, wenn alles nach Plan gelaufen wäre, statt dessen befanden sie sich nun auf der Flucht.

Das paßte Ray nicht.

Er war auch lange genug beim Yard gewesen, um zu wissen, wie Sinclair reagieren würde.

Fahndung!

Deshalb mußten sie damit rechnen, daß irgendwelche Landpolizisten nach dem braunen Bentley Ausschau hielten. Und aus diesem Grunde wollte Ricardo Ray so viele Meilen wie möglich zwischen sich und sein Wohnhaus bringen.

Schnurgerade stach die Straße in die grüne Landschaft hinein. Sie zerteilte Wiesen und Weiden, auf denen hin und wieder hohe Bäume mit gewaltigen Kronen wuchsen, die Dächer aus grünem Laub bildeten. Vereinzelt erschienen auch Gehöfte, die einsam zwischen den Feldern und Weiden standen.

»Dort können wir uns doch Blut holen«, sagte Edna, die immer unruhiger wurde.

»Später.«

»Verdammt, ich will aber nicht warten.« Sie schlug die rechte Hand mit den langen Nägeln in die lederne Rückseite des Fahrersitzes.

»Noch einmal, und ich breche dir das Genick!« drohte Ricardo.

Da war Edna ruhig. Sie wußte genau, wie weit sie gehen konnte. Wenn ihr Bruder so sprach, setzte er seine Versprechungen meist in die Tat um.

Zweimal schon waren sie an kleinen Einbuchtungen vorbeigefahren. Es waren Bushaltestellen, denn auf dieser Straße fuhr auch der Bus von London nach Southampton.

Ray hatte die Haltepunkte zwar gesehen, aber sich nichts dabei gedacht. Noch ahnte er nicht, wie sehr ein Bus sein weiteres Schicksal bestimmen sollte.

Er hatte ein anderes Problem. Im Rückspiegel waren zwei Punkte aufgetaucht, die schnell größer wurden.

Motorräder!

Und auf ihnen hockten – es war jetzt deutlich an den Uniformen zu erkennen – zwei Polizisten.

Ray fuhr zu schnell. Das wußte er genau und senkte deshalb die Geschwindigkeit, was den anderen natürlich nicht verborgen blieb. So fragte sein Bruder Ernest: »Was ist los? Warum fährst du auf einmal so langsam?«

»Dreh dich mal um!«

Das tat nicht nur Ernest, sondern die anderen drei Vampir-Zombies ebenfalls.

»Bullen!« kreischte Edna.

»Genau.«

»Die können wir kriegen!« zischte sie und rieb sich schon die Hände.

»Nein, ihr geht in Deckung!«

»Ich denke gar nicht daran!«

Ryan Rogers reagierte besser. Er packte Edna und drückte ihren Kopf nach unten, wobei er und die anderen ebenfalls in Deckung gingen, so daß sie auf den ersten Blick von außen nicht zu sehen waren.

Die beiden Polizisten waren schon ziemlich nah. Nicht mehr als zwanzig Yards trennten sie von dem braunen Bentley. Jetzt gaben sie noch einmal Gas.

Die Beamten gehörten zu den Männern, die über die Ringfahndung nach dem braunen Bentley Bescheid wußten. Man hatte ihnen mitgeteilt, daß dieser Wagen gesucht wurde, sie ihn jedoch auf keinen Fall anhalten sollten, da die Insassen brandgefährlich waren.

Jetzt befanden sie sich auf gleicher Höhe. Und sie schauten in den Bentley hinein.

Da saß nur einer hinter dem Steuer.

Die Polizisten nickten sich während der Fahrt zu. Sie waren ein Team und verstanden sich blind. Jeder wußte genau, was der andere wollte, wenn er so reagierte.

Anhalten hieß das.

Sie überholten den Bentley, und Ricardo Ray wollte schon aufatmen, als er sah, daß die beiden Männer ihre Kellen hervorholten und damit winkten.

Jetzt war alles klar.

»Vielleicht kommt ihr doch noch zu eurem Blut!« flüsterte Ray und fuhr abermals langsamer.

Das Schicksal hatte es nicht gut mit den fünf Zombies gemeint. Ohne Ärger kamen sie hier nicht mehr weg. Ricardo Ray überlegte auch schon, ob er die beiden einfach umfahren sollte, entschied sich jedoch dagegen.

Er stoppte.

Auch die beiden Beamten hatten ihre Maschinen angehalten und aufgebockt. Während einer bei den Maschinen blieb, schlenderte der andere auf den Bentley zu.

Ray wollte dem Mann noch eine Chance geben und befahl den anderen, sich nicht zu rühren. Er selbst öffnete die Tür, stieg aus und ging dem Polizisten ein paar Schritte entgegen.

Der Mann schob das Visier seines Helms hoch. Er grüßte lässig.

Ray lächelte, allerdings so, daß man seine beiden spitzen Zähne nicht sah. »Habe ich etwas falsch gemacht?« fragte er.

»Ja.«

»Ich bin zu schnell gefahren, nicht?«

»Auch.«

»Wieso auch?«

»Darf ich Ihre Papiere sehen?« erkundigte sich der Polizist.

Ricardo Ray nickte. Obwohl er innerlich unter Strom stand, ließ er sich äußerlich nichts anmerken, griff in die Innentasche, holte seine Brieftasche hervor und reichte dem Beamten seine Fahrlizenz. Der schaute sich das Dokument genau an, während er von Ray und seinem Kollegen nicht aus den Augen gelassen wurde. Schließlich nickte er und gab Ray das Dokument zurück.

»In Ordnung, Sir.«

»Danke.« Ricardo Ray atmete auf. Das schien ja noch mal glatt gegangen zu sein. Doch die nächsten Worte des Polizisten änderten seine Meinung schlagartig.

»Sind Sie allein unterwegs, Sir?«

»Ja.«

Der Polizist schaute Ray genau an. Nach einer Weile meinte er: »Darf ich mich davon überzeugen?«

»Wieso? Glauben Sie mir nicht?«

»Ich möchte mich nur selbst davon überzeugen. Wir haben Order, die Wagen zu durchsuchen. Terroristenfahnung, Sie verstehen sicherlich.«

Du Lügner, dachte Ray, sagte aber nichts dergleichen, sondern machte eine einladende Bewegung. »Bitte, Sir, sehen Sie sich ruhig um.«

Der Beamte setzte sich in Bewegung. Er wurde dabei von seinem Kollegen und von Ricardo Ray beobachtet, der ihm etwas langsamer folgte.

Der Polizist erreichte den Wagen. Er zögerte aber noch, weil der Bus aus London andonnerte und vorbeifuhr. Als er verschwunden war, zog der Beamte die Tür auf.

Von nun an überstürzten sich die Ereignisse...

Ricardo Ray war schneller gegangen und hatte aufgeholt. Als der Polizist neben dem Wagen stehenblieb, verhielt auch er seinen Schritt. Genau eine Körperlänge hinter dem Beamten.

Der bückte sich und schaute in den Wagen.

Da hob Ricardo Ray den Arm und schlug zu. Er hatte sich vorher mit einem schnellen Blick davon überzeugt, daß außer dem zweiten Beamten kein weiterer Zeuge in der Nähe war.

Der Polizist fiel nach vorn und damit gegen den Wagen. Hastig riß ihm Ricardo Ray den Helm ab und schleuderte ihn von sich. Wie eine rote Kugel eierte der Helm über die Straße.

Erst jetzt wurde der zweite Beamte aufmerksam, da Ray zuvor zwischen ihm und seinem Kollegen gestanden hatte. Er setzte sich sofort in Bewegung, nachdem er seine Schrecksekunde überwunden hatte, und fingerte im Laufen nach der Waffe.

Dies war die Zeit, wo die blutrünstige Edna Ray den Wagenschlag aufstieß. Sie konnte sich nicht mehr beherrschen, wollte dem Mann an den Hals, um ihm das Blut abzusaugen. Gierig verließ sie den braunen Bentley.

Auch Ryan Rogers, Ernest und Paul wollten aus dem Wagen. Sie hielt ebenfalls nichts mehr.

Ricardo schleifte den Beamten vom Bentley weg. Er hielt ihn unter den Achseln gepackt, ging mit ihm um den Wagen herum und schleuderte ihn in den Graben.

Dort blieb er liegen. Der Hieb hatte ihn ziemlich fertiggemacht. Er konnte sich kaum bewegen. Sein Körper schien mit Beton übergossen zu sein, der langsam erstarrte.

Drei Vampire stürzten sich auf ihn...

Der zweite Polizist hatte das zwar alles mitbekommen, doch sein Gehirn weigerte sich, das Unglaubliche aufzunehmen. Das durfte einfach nicht wahr sein, was er da zu sehen bekam.

Er hielt seine Waffe jetzt in der Hand und schrie: »Bleiben Sie stehen, verdammt! Stoppen Sie!«

Ricardo Ray dachte gar nicht daran, die Befehle zu befolgen. Und seine Artgenossen erst recht nicht.

Er ging weiter.

Dafür stoppte der Polizist.

Der andere war jetzt so nah, daß der Beamte einen Schuß riskieren konnte. Er würde ihn nicht verfehlen, denn der Mann konnte sehr gut schießen. Und er sah auch das Gesicht des Mannes. Der Mund war aufgerissen, und der Polizist sah die beiden spitzen Zähne, wie sie für einen Vampir so typisch sind.

Da wußte er Bescheid. Gleichzeitig dachte er an die Warnung, die von der Leitstelle über Funk durchgegeben worden war. Auf keinen Fall den Wagen anhalten.

Sie hatten es getan – und mußten jetzt die Konsequenzen tragen.

Der Mann schoß.

Er zielte auf die Brust des Vampirs. Zusammen mit der Kugel fauchte eine Mündungsflamme aus der Waffe. Der Schütze sah auch genau, wie die Kugel in die Brust des Gegners hieb, doch sie richtete keinen Schaden an.

Der Vampir zuckte zwar zusammen und verhielt seinen Schritt, dann jedoch umspielte ein böses Lächeln seine zurückgezogenen Lippen, während er langsam weiterging.

Noch einmal drückte der Beamte ab.

Wieder traf die Kugel. Sie hieb dem Untoten in den linken Oberschenkel und riß ihm das Bein weg, doch der andere fing sich wieder, er fiel nicht auf die Straße, sondern ging weiter.

Die Augen des noch jungen Polizisten wurden groß. Er war plötzlich unfähig, sich zu bewegen. Er blieb stehen und starrte der lebenden Leiche entgegen, die fast so nahe an ihn herangekommen war, daß er sie mit dem ausgestreckten Arm berühren konnte.

Doch er schaffte es nicht.

Dafür griff Ricardo Ray zu.

Da löste sich die Erstarrung des Polizisten. Er drückte ein drittes Mal ab. Diesmal explodierte der Schuß dicht vor dem Gesicht des anderen, die Kugel fetzte die Wange auf, doch kaum ein Tropfen Blut war zu sehen. Nur ein hellrotes, wäßriges Zeug, das man beim besten Willen nicht als Blut bezeichnen konnte.

Da hielt es der Polizist nicht mehr aus. Er warf sich auf dem Absatz herum, bevor der Vampir zugreifen konnte, und rannte auf seine Maschine zu.

Ich muß die anderen alarmieren! überlegte der Polizist. Ich muß sie warnen. Ich muß Bescheid geben.

Fast wäre er an seiner aufgebockten Maschine vorbeigelaufen. Er stoppte im letzten Augenblick und prallte gegen den schweren Feuerstuhl. Das Funkgerät befand sich an der Lenkstange. Es war noch eingeschaltet. Ohne auf den vorschriftsmäßigen Text zu achten, sprach der junge Polizist in wilder Panik die Alarmmeldung ins Mikro. Er vergaß auch nicht, seinen Standort durchzugeben, und die Worte überschlugen sich dabei.

Dann schlug eine Pranke nach ihm. Das Mikro fiel ihm aus der Hand, er selbst taumelte zur Seite und fing sich einen Hieb ein, der ihn aufs Pflaster schleuderte. Zum Glück hatte er noch seinen Helm auf dem Kopf, so daß der den Aufprall abfing.

Ricardo Ray stürzte sich auf sein Opfer.

Der junge Polizist wehrte sich mit dem Mute der Verzweiflung. Er zog seine Beine an, stieß sie wieder vor und schleuderte den Vampir von sich.

Dann sprang er auf, wollte flüchten, doch der unheimliche Blutsauger packte seine Fußknöchel und hielt ihn fest.

Wieder fiel der Mann.

Von Ferne näherte sich ein Lastwagen. Ray sah dies ebenfalls und hatte es plötzlich mehr als eilig. Mit beiden Fäusten schlug er zu und schleifte den jungen Beamten in den Straßengraben, wo hohes Gras und Unkraut wuchsen, das die beiden deckte.

Der Beamte schrie.

Ein Faustschlag erstickte seinen Schrei.

Der Lastwagen donnerte vorbei.

Das war auch das Zeichen für die übrigen drei Blutsauger, sich aus ihrer Deckung zu erheben. Sie liefen quer über die Straße und erreichten die Stelle, wo Ricardo Ray mit seinem Opfer im Graben lag.

Der Polizist war bewußtlos. Den Helm hatte er verloren. Die Haut in seinem Gesicht war aufgeplatzt. Die Vampire sahen das Blut. Gemeinsam stürzten sie sich auf ihn...

Minuten später erhoben sie sich wieder. Ihre Bewegungen

waren geschmeidiger geworden, sie hatten sich gestärkt, waren aber noch nicht satt.

»Was machen wir?« fragte Ryan Rogers.

Ricardo Ray wischte sich über den Mund. »Wir müssen weiter. Der Hund hat Alarm gegeben.«

»Zu Fuß?«

»Nein, mit dem Auto.«

Sie rannten wieder zu ihrem braunen Bentley und stiegen ein. Wuchtig hämmerten sie die Türen zu.

Ray startete.

Eine dicke Qualmwolke quoll aus dem Auspuff. Reifen radierten über den Asphalt, dann war der Wagen weg.

Aus den beiden Gräbern aber erhoben sich Minuten später zwei Polizisten. Sie waren zu Vampiren geworden...

Ich war nervös.

Untätig hockte ich in dem flachen Porsche, rauchte eine Zigarette und wartete darauf, daß etwas geschah. Aber noch hatte die Großfahndung keinen Erfolg gezeigt.

Es blieb ruhig.

»Die haben sich irgendwo in den Wäldern versteckt und warten die Nacht ab«, meinte Bill.

Ich hob die Schultern. »Weiß nicht, aber sie waren scharf auf Blut.«

»Können sie denn tagsüber existieren?« fragte Bill.

»Muß wohl.«

Der Reporter grinste. »Vampire sind auch nicht mehr das, was sie früher mal waren. Da konnte man nämlich sicher sein, daß sie am Tage in ihren Gräbern lagen und nur nachts herumgeisterten. Aber so...«

Da hatte mein Freund recht. Es gab Vampire, die sich durchaus im Hellen bewegten. Sie waren zwar nicht so stark wie nachts, aber sie gingen auch nicht ein.

Träge trieb der blaugraue Rauch aus den geöffneten Türen. Bill hatte seinen Porsche neben dem Bentley geparkt, dessen Fahrertür ebenfalls nicht geschlossen war, damit ich hörte, wenn angerufen wurde.

Bis jetzt hatte sich nichts getan.

»Wie bist du eigentlich auf diesen Ricardo Ray gekommen?« fragte Bill Conolly. »Der war doch ein Kollege von dir. Hast du bei der Arbeit Verdacht geschöpft?«

Ich schüttelte den Kopf. »Überhaupt nicht. Ray gehörte zu der Gruppe von Experten, die die Blutreste der Fariacs analysierten. Wahrscheinlich muß das Blut einen solch schlimmen Keim in sich getragen haben, daß dieser übergegriffen und auch Ricardo Ray infiziert hat.«

Bill produzierte auf seiner Stirn Waschbrettfalten. Ein Zeichen dafür, daß er stark nachdachte. »Du hast vorhin gesagt, daß Ray zu der Gruppe gehörte, die das Zeug analysierte.«

»Richtig.«

»Wäre es dann nicht möglich, daß sich auch die anderen infiziert haben?«

Ich warf meinem Freund einen schrägen Blick zu. »Mal den Teufel nicht an die Wand, aber möglich ist es.«

»Und?«

Ich hob die Schultern. »Nichts und. Ich weiß es nicht, Bill. Wir müssen erst diese fünf Vampir-Zombies finden. Dann können wir weitersehen.«

»Natürlich.«

Mit mir war zu diesem Zeitpunkt nicht gut zu diskutieren. Ich hatte ganz einfach Angst. Weniger um mich als um die unschuldigen Menschen, die den gefährlichen Vampir-Zombies in den Weg laufen könnten. Sie würden vor nichts haltmachen, sondern – ihrem grausamen Trieb folgend – die Menschen umbringen.

Ich zog den Kopf ein und stieg aus dem flachen Flitzer.

»Wo willst du hin?« fragte Bill.

»Mal nachhören.«

Kaum hatte ich im Bentley Platz genommen, als ich angerufen wurde. Diesmal allerdings nicht vom Einsatzleiter, sondern von meinem direkten Chef, Sir James Powell, der ebenfalls aus seiner Wochenendruhe geholt und in den Fall eingeschaltet worden war.

»John, hören Sie?«

»Ja.«

»Die Vampire sind gefunden worden.«

»Und?« Plötzlich stand ich unter Strom.

»Zwei Streifenpolizisten haben den braunen Bentley auf der Straße nach Southampton gesehen und angehalten.«

»Was haben sie?«

»Ja, sie haben sich nicht an die Anweisungen gehalten. Einer von ihnen hat in höchster Panik eine Meldung durchgegeben. Wie der Mann redete, müssen wir damit rechnen, daß die Polizisten von den Vampiren angegriffen worden sind. Ich gebe Ihnen jetzt den Standort durch, wo die Sache passiert ist.«

Gespannt hörte ich zu. Als Sir James seinen Bericht beendet hatte, war ich um einiges schlauer.

»Sir, wir fahren sofort los. Bill Conolly ist bei mir.«

»Gut. Wenn möglich, geben Sie mir Bescheid.«

»Verstanden, Sir.« Ich unterbrach die Verbindung.

Bill sah, wie hastig ich aus dem Bentley kletterte. Er schaltete sofort und ließ den Motor an. Ich hatte kaum die Beifahrertür geschlossen, als wir schon starteten.

Die Jagd auf die Vampir-Zombies hatte begonnen...

Die Horror-Oma fühlte sich ›sauwohl‹.

Sie hatte sich inzwischen an das Schaukeln gewöhnt und auch an das Motorengeräusch, das immer dann lauter wurde, wenn die Fahrerin einen neuen Gang einlegte.

In London waren noch fünf Fahrgäste zugestiegen, aber drei hatten dafür den Bus wieder verlassen.

Die meisten Reisenden verhielten sich ruhig. Sie hockten auf ihren Plätzen, schauten aus dem Fenster oder lasen.

Nur die Kinder lärmten ein wenig. Das lag auf der Hand. Für die Kleinen war solch eine Busreise nicht gerade ein Vergnügen. Da hatten sie keinen Platz, denn man konnte nicht verlangen, daß sie die ganze Zeit über ruhig sitzenblieben.

Ein paarmal schon waren die beiden Mädchen nach vorn gelaufen. Sie hatten blondes Haar, das zu Zöpfen gedreht worden war. Da sie sich sehr glichen, nahm Mrs. Goldwyn an, daß es sich bei ihnen um Zwillinge handelte.

Immer wenn sie nach vorn liefen, um der Fahrerin für einen

Augenblick über die Schulter zu schauen, blickten sie auch die Horror-Oma an. Lady Sarah zwinkerte ihnen jedesmal zu.

Die beiden Mädchen kicherten dann und verschwanden. Für ein paar Minuten blieben sie jeweils bei ihrer Mutter, danach ging das Spiel wieder von vorn los.

Als sie zum fünftenmal über den Gang liefen, winkte Mrs. Goldwyn ihnen zu. »Kommt doch mal her«, sagte sie.

Die beiden trauten sich noch nicht. Sie lächelten zwar, legten dabei die Köpfe schief, aber so recht wollten sie nicht.

»Wie heißt ihr denn?« fragte Lady Sarah.

»Marylin«, sagte die eine.

»Das ist aber ein schöner Name. Und du?« wandte sich Mrs. Goldwyn an das zweite Girl.

»Ich bin Jeanie.«

»Auch ein toller Name.« Lady Sarah nickte. »Möchtet ihr denn etwas Süßes?«

Nicken.

Die Horror-Oma kramte in ihrer Tasche herum und förderte eine Tüte mit Bonbons hervor.

»Wir müssen aber erst die Mummy fragen«, sagte Jeanie. Oder war es Marylin?

»Dann tut das schnell.«

Die beiden liefen zurück, während Mrs. Goldwyn die Tüte aufriß. Es waren saure Drops, die sie da eingesteckt hatte. An der Schulter der Fahrerin schaute sie vorbei und sah am Randstreifen der linken Fahrbahn einen braunen Bentley parken. Weiter vorn standen zwei Motorräder der Streifenpolizei.

Wieder einer, der zu schnell gefahren ist, dachte Lady Sarah und mußte gleichzeitig an einen jungen Beamten namens John Sinclair denken, der ebenfalls einen Bentley fuhr. Nur war der silbergrau und nicht braun. Es war erst einige Tage her, da hatte sie mit John Sinclair ein makabres Erlebnis gehabt. Mafiosi hatten sie in einer Verbrennungskammer des Friedhofs eingesperrt und das Gas schon angestellt. Sie konnte heute noch nicht richtig begreifen, daß sie sich wieder aus dieser Lage herausmanövriert hatten.

Die beiden Mädchen kamen zurück. Neben Lady Sarah blieben sie stehen und lächelten scheu.

»Nun?« erkundigte sich die Horror-Oma. »Was hat eure Mummy gesagt?«

»Wir dürfen.«

»Na, fein«, erwiderte Lady Sarah und kippte die Tüte um, so daß die Bonbons in die geöffneten Hände der beiden Mädchen fielen. Die beiden begannen sofort damit, das Papier abzuwickeln.

»Aber nicht in den Gang werfen«, sagte Lady Sarah.

»Nein, nein.«

»Wohin fahrt ihr denn?« wollte Lady Sarah wissen.

Die Kinder schoben die Bonbons von der linken in die rechte Mundhöhle und antworteten gleichzeitig: »Zu unserer Tante. Die wohnt in Southampton.«

»Da will ich auch hin.«

»Dann sind wir solange zusammen!« freuten sich die beiden.

»Ja, das sind wir.«

Die Mutter kam. Sie hatte blondes Haar wie ihre beiden Töchter. »Belästigen die Kinder Sie auch nicht?« fragte sie.

»Ach woher. Ich bin ja froh, wenn mir jemand dabei hilft, die Reisezeit zu verkürzen.«

»Das finde ich prima von Ihnen. Ansonsten sind ältere Menschen nicht so freundlich zu den Kindern.«

»Dann dürfen sich die Alten auch nicht wundern, wenn die Jungen sie nicht akzeptieren.«

»Eine sehr weise Einstellung, Madam.«

»Wenn man siebzig Lenze zählt, dann bleibt das nicht aus«, erwiderte die Horror-Oma.

»Ich hätte Sie wirklich für jünger gehalten.«

Lady Sarah lachte. »Das sagen Sie nur so, Madam.«

»Nein, wirklich, nicht.«

»Dann bedanke ich mich. Aber ich will Ihnen das Geheimnis verraten. Ich habe viele Freunde unter den jungen Menschen. Wir respektieren uns, das ist das ganze Geheimnis.«

»Ich finde so etwas toll.«

»Kennen Sie auch eine Geschichte?« fragte Marylin.

»Nein, das reicht jetzt, Marylin«, erwiderte ihre Mutter. »Die Dame möchte ihre Ruhe haben. Sie hat euch schon Süßigkeiten gegeben. Jetzt kommt mal wieder mit.«

»Aber warum denn?« lachte Lady Sarah. »Wenn die Kleinen eine Geschichte hören wollen, um so besser. Ich kenne viele Geschichten, die ich ihnen erzählen kann. Zudem wird die Fahrt dann für mich auch nicht so langweilig.«

»Wenn es Ihnen wirklich nichts ausmacht?«

»Nein, Madam. Ich heiße übrigens Sarah Goldwyn.«

»Und ich bin Ann Goldman.«

»Freut mich.«

Die Frau ermahnte ihre Kinder noch einmal, ruhig zu sein, und sie begab sich wieder an ihren Platz. Lady Sarah aber rutschte auf dem Doppelsitz zur Seite, damit die beiden Mädchen den nötigen Platz hatten. Gespannt setzten sie sich.

Mrs. Goldwyn hatte sich bereits eine Geschichte ausgedacht, eine Tierfabel, doch sie sollte nicht mehr dazu kommen, sie zu erzählen. Es begann damit, daß der Bus langsamer wurde.

Lady Sarah schaute nach draußen und entdeckte rasch den Grund. Eine Haltestelle.

Und dort stand jemand.

Den Mann hatte Mrs. Goldwyn schon irgendwo einmal gesehen. Das war noch gar nicht lange her. Sie dachte nach, kam aber nicht darauf, bis eines der beiden Kinder rief:

»Das ist doch der Mann, der vorhin an dem braunen Wagen stand und auf die Polizisten wartete.«

Lady Sarah lachte. »Du hast eine wirklich gute Beobachtungsgabe, Marylin.«

»Nein, ich habe das gesagt.«

»Dann bist du so gut, Jeanie.«

Das Mädchen strahlte.

Der Bus hielt.

Zischend öffnete sich die Tür an der Fahrerseite.

Die beiden Kinder hatten für einen Augenblick die Geschichte vergessen. Sie beugten sich zur Seite und sahen beide dem Mann entgegen, der seinen Fuß hob und ihn auf die unterste Stufe der Treppe setzte...

Bill Conolly fuhr wie der Teufel. Erst als wir die Kreuzung erreichten, tippte er auf die Bremse.

Der Porsche stand sofort.

Ich orientierte mich kurz, denn hier spielte ich nicht nur den Beifahrer, sondern auch den Wegweiser.

»Links.«

»Klar!« Bill gab Gas. Und wie. Raketengleich schoß der knallrote Porsche davon.

Wir hatten wirklich nicht viel Zeit. Ich konnte mir sehr gut vorstellen, daß die Polizisten gegen die Vampire nichts hatten ausrichten können, wenn sie ihnen tatsächlich über den Weg gelaufen waren. Die Blutsauger waren einfach zu stark. Zudem besaßen die Beamten keine Waffen, die sie hätten gegen die Blutsauger einsetzen können.

Es herrschte nur wenig Verkehr auf der Straße, die bis nach Southampton führte. So weit wollten wir gar nicht. Ich hoffte stark, die Zombie-Vampire noch in den nächsten Minuten stellen zu können.

Keiner von uns sprach.

Bill Conolly mußte konzentriert fahren, während ich mich ebenfalls konzentrierte, nach vorn durch die breite Scheibe blickte und genau die Straße im Auge behielt.

Noch sahen wir nichts. Nur die riesige Tennisanlage, als wir Wimbledon passierten.

»Da sind sie«, sagte Bill. Er hatte nicht die Polizisten gemeint, sondern die beiden Motorräder, die einsam und verlassen am Rand der Straße standen.

Sir James Powell hatte ausgezeichnet und mit Übersicht reagiert. Es waren keine anderen Beamten in der Nähe. Nur Bill und ich sollten den Kampf aufnehmen, falls irgend etwas passiert war.

Der Reporter fuhr langsamer.

Vor uns rollte ein weinroter Austin. Wir hatten ihn erst überholen wollen, doch jetzt blieb Bill dahinter.

»Verdammt, warum fährt der nicht schneller?« schimpfte der Reporter. »Ich kann kaum was sehen.« Er schielte rechts an dem Austin vorbei und zischte einen Fluch.

»Was ist?«

»John, da ist ein Polizist.«

»Und?«

»Der sieht mir ganz danach aus, als wäre er kein Mensch. Verdammt, der ist verrückt, das packt der nicht mehr.«

Dann sah auch ich ihn.

Der Polizist mußte sich vor den Wagen geworfen haben. Der Austinfahrer hatte zwar noch abgebremst, aber keinen durchschlagenden Erfolg damit gehabt, denn die Kühlerschnauze des Wagens hatte den Polizisten erwischt und in die Höhe geschleudert. Er überschlug sich dabei in der Luft, schlenkerte mit Armen und Beinen und krachte rechts an der Straße ins Gebüsch.

Genau in dem Augenblick, als auch wir standen. Bill hatte sich hart auf das Pedal gestemmt. Zum Glück gab es keinen Auffahrunfall.

Die Tür des Austin wurde aufgestoßen, und der Fahrer verließ gestikulierend und schreiend seinen Wagen. »Ich konnte nichts machen!« heulte er. »Der Kerl ist mir genau vor den Wagen gelaufen. Er tauchte so plötzlich auf...«

»Verschwinden Sie!« brüllte ich ihn an. »Los in den Wagen mit Ihnen. Fahren Sie weiter!«

»Aber ich...«

»Fahren Sie!« Ich packte ihn an beiden Schultern und drückte ihn zurück, auf seinen Austin zu. »Jetzt rein mit Ihnen!«

Er gehorchte tatsächlich, bekam aber das folgende Bild noch genau mit. Der von ihm angefahrene Polizist kletterte langsam aus dem Graben. Mit steifen, ungelenken Bewegungen torkelte er auf die Straße und schlenkerte mit den Armen wie eine Gliederpuppe.

Bei diesem Anblick wurden auch meine letzten Zweifel beseitigt. Der Polizist vor uns war kein Mensch mehr, sondern ein blutgieriges Monster – ein Vampir.

Er hielt genau auf den Austinfahrer zu. Der Motor des Wagens lief noch. Ich schlug gegen die Scheibe. »Weg!« schrie ich.

Der Fahrer nickte und gab Gas. Er konnte das alles nicht recht begreifen. Aber er startete.

Ich konnte mich hier nicht auf einen langen Kampf einlassen, die Straße war befahren, wir mußten es kurz und bündig machen.

Ich zog die Beretta.

Auch Bill hatte den Porsche verlassen und meine Ersatzpistole in die Rechte genommen. Seine Augen leuchteten. Er war wieder in Aktion und meinte grimmig: »Jetzt geht's rund, sagte der Papagei, als er in den Propeller flog...«

Trotz des Ernstes der Lage mußte ich grinsen. Bill verlor seinen Humor nur selten, dann mußte es schon knüppeldick kommen.

Der Polizist hatte bemerkt, daß der Wagen verschwunden war. Er suchte sich neue Opfer.

Und die waren wir.

Schwerfällig drehte er sich um. Die Arme hielt er dabei vom Körper abgespreizt. Den Helm hatte er verloren. Wir sahen beide, daß seine Gesichtshaut eine leichte grünliche Färbung angenommen hatte. Demnach war er gebissen worden. Ricardo Rays Gesicht zeigte die Farbe ja nicht, er hatte von dem Blut nur getrunken. Ein Phänomen, das auch ich nicht erklären konnte.

Wenn wir genauer hinschauten, sahen wir auch die feinen Blutstreifen am Hals des Mannes. Wie zwei Fäden liefen sie an der Haut entlang und verschwanden im Kragen.

Noch war der Vampir weit genug weg. Ich hatte Zeit, mich umzudrehen, und sah den zweiten.

Auch er kletterte aus dem Graben. Als er die Straße erreichte, blieb er stehen.

»Ich nehme den zweiten«, sagte ich zu Bill, wartete seine Antwort gar nicht erst ab und ging los.

Der Blutsauger kam mir entgegen.

Ich zuckte zusammen, als ich einen Schuß hörte. Hastig wandte ich den Kopf und sah, wie der erste Vampir zusammenbrach, weil ihn Bills Kugel getroffen hatte.

Er hatte dem Blutsauger in die Brust geschossen.

Mein Gegner lebte noch.

Und er hielt einen Stein in der Hand. Er war naß, weil er zuvor im Graben gelegen hatte.

Den rechten Arm hatte er bereits erhoben. Im nächsten Augenblick ließ er ihn fallen und schleuderte den Stein.

Ich duckte mich.

Das genau war verkehrt, denn der Vampir hatte nicht direkt

auf meinen Kopf gezielt. Der Stein traf zwar nicht meinen Schädel, aber die rechte Schulter, und das tat weh.

Ich zuckte zusammen und verbiß nur mühsam einen Fluch. Für einige Augenblicke war ich abgelenkt.

Der Blutsauger warf sich gegen mich.

Ich sah die Bewegung und brachte mich durch einen raschen Sprung in Sicherheit, so daß er ins Leere fiel. Dann schwenkte ich den Arm mit der Waffe, die Pistolenmündung folgte seiner Bewegung, und ich drückte ab.

Die Kugel hieb ein Loch in die Lederkleidung und traf dort, wo ich es haben wollte.

Ins Herz!

Schwer stürzte der Untote aufs Gesicht und blieb liegen.

»Das war's«, sagte Bill.

Sein Gegner lag auf dem Rücken. Er hatte Arme und Beine ausgebreitet.

Wir aber mußten uns beeilen. Nicht nur, daß der Porsche mitten auf der Fahrbahn stand, jetzt lagen auch noch zwei ehemalige Vampire im Weg.

Wir schleiften sie hastig zur Seite. Zwei Wagen rauschten vorbei. Ich sah die Gesichter der Fahrer, wie sie aus den Fenstern schauten. Niemand hielt an.

Bill fuhr den Porsche ein Stück weg, während ich mir die Schulter massierte. Dieser dämliche Treffer hätte wirklich nicht zu sein brauchen.

»Erledigt«, sagte der Reporter.

Ich nickte. Die Polizisten sahen friedlich aus. Ihr Gesichtsausdruck hatte sich verändert. Ich schluckte hart. Gern hatte ich dies nicht getan, aber es gab nun einmal keine andere Möglichkeit, um diese Blutsauger zu besiegen.

An den Motorrädern meldete sich das Funkgerät. Wir vernahmen das hohe Piepen.

Ich stand näher an den Maschinen und meldete mich. Die Leitstelle wollte etwas wissen.

Als der Mann hörte, wer ich war, wurde seine Stimme förmlicher: »Sir, was hat es gegeben?«

»Lassen Sie Ihre beiden Kollegen abholen«, sagte ich mit rauher Stimme. »Sie sind tot.«

Sekundenlang schwieg der Mann. Die Überraschung mußte er verdauen. Ich hoffte nur, daß er meine weiteren Worte auch gut begriff und sie sich einprägte.

»Keine Großfahndung mehr nach dem braunen Bentley. Das heißt, nicht in der Art, wie es Ihre beiden Kollegen getan haben. Wenn der Wagen gesehen wird, auf keinen Fall anhalten. Geben Sie nur den Standort bekannt und die ungefähre Richtung, wo der Bentley hinfährt. Ich hoffe, wir haben uns verstanden.«

»Ja, Sir.«

Ich hängte ein. Bill stand neben seinem Wagen, hatte eine Hand auf das Dach gelegt und sah mir entgegen, als ich auf ihn zukam.

»Wir fahren weiter«, erklärte ich.

»Und wohin?«

»Die Richtung behalten wir bei. Southampton.«

»Rechnest du denn damit, daß du auf die Blutsauger triffst?« erkundigte sich Bill.

»Was sollten sie anderes machen?«

»Sich verstecken.«

Ich schüttelte den Kopf. »Glaube ich nicht. Die sind daran interessiert, so schnell wie möglich viele Meilen zwischen sich und den Tatort hier zu bringen. Ich glaube auch nicht, daß sie die Richtung gewechselt haben und nach London gefahren sind.« Dabei deutete ich in die Runde. »In dieser Gegend hier gibt es zahlreiche Verstecke.«

»Die wir alle durchkämmen müssen, wie?«

Ich hob die Schultern. »Vielleicht. Falls wir sie nicht vorher entdecken. Oder zumindest ihren Bentley.«

»Deinen Humor möchte ich haben.«

Ich grinste. »Komm, Alter, laß uns fahren.«

Eine Minute später waren wir bereits unterwegs.

Der Mann am Buseinstieg hob den Blick, als er sich bei der Fahrerin erkundigte: »Fährt dieser Bus bis Southampton?« Er bewegte beim Sprechen kaum den Mund.

Gaby Mansfield beugte sich nach links, dem Ausstieg zu. »Ja, Mister, wir fahren dorthin.«

»Das ist nett.« Der Mann lächelte und drehte sich halb zur Seite. Und plötzlich hatte er eine Waffe in der Hand, die er auf die völlig entsetzte Fahrerin richtete.

»Bis hierher war es Spaß, jetzt wird es ernst«, sagte der Mann.

Gaby Mansfield hatte etwas sagen wollen, doch angesichts der Walther-Pistole hielt sie den Mund.

Ricardo Ray und die anderen hatten sich entschlossen, nicht mit dem Bentley weiterzufahren. Der Wagen war zu bekannt geworden. Es hatte den Mann wirklich große Überredungskünste gekostet, die anderen auf seine Seite zu bringen, doch schließlich waren sie einverstanden. Einen Bus voller Menschen als Fluchtfahrzeug, etwas Besseres konnte es gar nicht geben.

Das waren nicht nur Geiseln, das bedeutete auch Blut.

Viel Blut...

Gaby Mansfield starrte auf die Waffe, und auch Mrs. Goldwyn sah sie, weil der zufällige Blickwinkel ihr das erlaubte. In den Augen der Horror-Oma blitzte es nur einmal kurz auf, ansonsten hatte sie sich ausgezeichnet in der Gewalt.

Vor allen Dingen sorgte sie dafür, daß die Kinder nichts bemerkten. Sie zog beide zu sich heran und wechselte mit ihnen die Plätze, so daß die Zwillinge jetzt am Fenster saßen und sie den Sitzplatz außen am Gang einnahm.

»Toll, daß wir am Fenster sitzen dürfen«, sagte Marylin oder Jeanie.

Mrs. Goldwyn nickte.

»Es geschieht Ihnen nichts, wenn Sie ruhig sind«, sprach Ray wieder und winkte mit der linken Hand.

Das Zeichen für die vier Blutsauger.

Sie hatten im Gebüsch gewartet, das den Parkplatz umgab. Ungesehen von den im Bus sitzenden Menschen.

Jetzt kamen sie hervor.

Vier grausame, blutrünstige Monster, die auch von den anderen Fahrgästen entdeckt wurden.

Die ersten aufgeregten Worte schallten durch den Bus. Einige Menschen schrien, und die meisten sahen jetzt die Pistole in der Hand des Mannes, der mit einem Satz das große Fahrzeug enterte.

Er lächelte – und zeigte seine Zähne!

Gaby Mansfield erstarrte. Sie ging zwar so gut wie nie ins Kino und las auch keine Horror-Romane, aber sie wußte, daß solche Zähne nur ein Vampir hatte.

Und als sie die grünhäutigen Wesen hinter dem Mann sah, steigerte sich ihre Angst. Denn die sahen noch schlimmer aus. In schmutziger Kleidung, dabei ebenfalls mit diesen widerlichen Zähnen versehen. Und plötzlich glaubte sie nicht mehr an einen Scherz, sondern wußte, daß dies ernst war.

Die vier Vampir-Zombies stiegen ein.

Nun wurden sie auch von den übrigen Fahrgästen gesehen. Bei den meisten war es mit der Beherrschung vorbei. Sie sprangen auf und schrien wild durcheinander.

Nur die Horror-Oma blieb ruhig, obwohl auch ihr Herz schneller schlug und sie sich der großen Gefahr bewußt war, in der sie schwebten. Sie dachte im Augenblick nur an die Kinder, daß die nicht durchdrehten.

»Die Tür zu!« zischte Ray.

Zischend schloß sich der Einstieg. Kalkweiß im Gesicht blieb Gaby auf ihrem Fahrersitz hocken.

Ricardo Ray aber drehte sich um. Drohend wies die Mündung der Waffe in den Bus.

»Ruhe!« brüllte der Mann. Hinter ihm drängten sich die vier Kreaturen, zum Teil mit blutverschmierten Lippen.

Die beiden Mädchen begannen zu weinen, während Mrs. Goldwyn leise und beruhigend auf sie einredete, dabei aber die Eindringlinge nicht aus den Augen ließ.

Dann war Ray es leid. Er schoß. Dabei hatte er auf ein Fenster gezielt, das von der Kugel in ein Spinnennetz aus bröselndem Glas verwandelt wurde.

Der Schuß verfehlte seine Wirkung nicht.

Es wurde ruhig.

Ricardo Ray ließ noch ein paar Sekunden verstreichen, bevor er zu seiner Rede ansetzte. Dabei lächelte er teuflisch und präsentierte seine gefährlichen Hauer.

»Dieser Bus ist von uns besetzt worden!« stellte er zu Beginn seiner Rede fest. »Ich hoffe, Sie alle hier richten sich danach. Meine Freunde und ich werden ab jetzt diktieren, wohin die Fahrt geht. Und ich kann euch das Ziel nennen. In die Hölle!« Er lachte, und dieses Lachen jagte den anderen Angstschauer über den Rücken. »Damit ihr alle wißt, mit wem ihr es zu tun habt, sage ich es euch. Wir sind Vampire. Echte Vampire. Das hier ist keine Verkleidung, und ihr wißt sicherlich, daß Vampire, um überleben zu können, nur eins brauchen: Blut!«

Nach seinen Worten wurde es still. Niemand wagte jetzt noch etwas zu sagen.

»Ich sehe, ihr habt mich verstanden. Meine Freunde werden sich jetzt neben euch setzen und genau darauf achtgeben, daß niemand aus der Reihe tanzt.« Er wandte sich um. »Los, nehmt eure Plätze ein!«

Das ließen sich die vier Untoten nicht zweimal sagen. Unter den entsetzten Blicken der Passagiere streiften sie an ihrem Anführer vorbei. Jeden Fahrgast bedachten sie mit gierigen, hungrigen Blicken, jeder war für sie ein potentielles Opfer. Ob Mann, Frau oder Kind – diese blutsaugenden Monster machten da keine Unterschiede. Gefühle oder Rücksicht kannten sie nicht.

Auch Lady Sarah wurde angesehen.

Es war Edna, die ihr ins Gesicht schaute. Lauernd, abschätzend... Die Untote ging nicht weiter, sondern blieb neben dem Sitz stehen, während sich ihre Artgenossen bereits die Plätze ausgesucht hatten.

»Deine Kinder?« hauchte Edna.

»Ja!« erwiderte Lady Sarah und betete innerlich, daß die beiden Mädchen ruhig blieben.

»Hübsche Kinder, Alte!« flüsterte Edna. »Sehr hübsche. Und vor allen Dingen frisches Blut!«

Mrs. Goldwyn wurde kalkbleich. Sie war wirklich nicht auf den Mund gefallen, aber in diesen schrecklichen Augenblicken wußte auch sie nicht, was sie sagen sollte. Diese Bestie hatte sich tatsächlich die beiden Kinder ausgesucht.

Edna zog die Lippen noch weiter zurück. Dann streckte sie den Arm aus, er fuhr dicht am Gesicht der alten Dame vorbei, und kalte Vampirfinger berührten die Haut der Zwillinge.

Die Mädchen starrten das grausame Wesen aus weit aufgerissenen Augen an. Ihre Lippen zitterten, die Augen schwammen in Tränen. Sie standen unter einem gewaltigen Druck und hatten nichts anderes als Angst.

»Ja«, flüsterte Edna, »das Blut ist für mich.«

Die Untote beugte sich noch weiter vor. Lady Sarah nahm den widerlichen Geruch wahr, den sie ausströmte, und sie ekelte sich davor. Sollte diese Bestie es wagen, den Kindern tatsächlich etwas anzutun, dann würde sie kämpfen.

Auch die Mutter der beiden hatte gesehen, was dieses weibliche grünhäutige Wesen vorhatte. Sie konnte an den Rückenlehnen der Sitze vorbeischauen. Als sie bemerkte, daß sich ihre Kinder in Gefahr befanden, sprang sie auf.

»Nein!« kreischte sie. »Du verdammte Bestie! Laß sie in Ruhe! Ich will nicht, daß du...«

Sie wollte in den Gang, doch sie hatte nicht mit Ryan Rogers gerechnet, der neben ihr saß.

Rogers griff zu.

Wie Stahlklammern waren seine Fäuste, als er sie in die Schultern der Frau drückte und die Mutter der beiden Mädchen auf den Sitz niederdrückte.

Die Frau versuchte sich zu wehren, doch sie kam gegen die Kraft dieses Untoten nicht an. Der war zu stark, und er öffnete sein Maul, um die Zähne in den Hals seines Opfers zu schlagen.

Zahlreiche Augenpaare schauten zu, doch niemand traute sich, einzugreifen.

Die Frau schrie.

Das Geräusch traf die übrigen Fahrgäste wie ein harter Schock. Sie duckten sich regelrecht zusammen, das Entsetzen fraß sich in ihren Gesichtern fest, aber sie waren zu schwach, etwas zu tun.

»Blut!« keuchte Ryan. »Dein Blut!« Und die spitzen Enden der Zähne berührten schon fast den Hals des Opfers.

Da griff Ricardo Ray ein.

Von seinem Platz lösen konnte er sich nicht, das war zu riskant, aber sein scharfer Befehl erreichte auch so den Vampir.

»Laß sie, Ryan!«

Der Blutsauger zuckte zusammen. So dicht an seinem Ziel aufgeben? Das wollte er nicht und zögerte.

»Laß sie, verdammt!«

Da endlich gab Rogers nach. Seine Hände lösten sich von der Frauenschulter, er selbst richtete sich auf, um sich jedoch sofort wieder fallen zu lassen.

Neben der Frau blieb er sitzen und ließ sie keine Sekunde aus den Augen.

Die Mutter weinte. Ann Goldman konnte einfach nicht mehr. Tränen stürzten aus ihren Augen und rannen als kleine Bäche die Wangen hinab. Jeder litt mit ihr, aber auch jeder im Bus dachte daran, daß ihn das gleiche Schicksal treffen konnte.

Zum Glück hatte Lady Sarah die beiden Kinder ruhig halten können. Sie waren wirklich einmalig, weinten und schrien nicht, sondern hockten nur völlig verschüchtert auf ihren Sitzen.

Ricardo Ray übernahm wieder das Wort. Er gab sich keine Mühe mehr, die Zähne zu verdecken, sondern zeigte sie auch, während er redete. »Daß ihr hier alle in unserer Hand seid, daran gibt es keinen Zweifel mehr. Und ich will euch auch nicht darüber im unklaren lassen, was mit dem geschieht, der es wagt, sich unseren Befehlen oder Anordnungen zu widersetzen. Wir werden ihn blutleer trinken!«

Er legte nach diesen Worten eine kunstvolle Pause ein, um das Gesagte erst einmal wirken zu lassen. Als niemand etwas erwiderte, fuhr er fort: »Wir werden weiterfahren, als wäre nichts geschehen. Nur mit dem einen Unterschied, bis Southampton geht die Reise nicht. Habt ihr mich verstanden?«

Ray erhielt keine Antwort, doch er schaute jedem einzelnen Fahrgast ins Gesicht.

Auch Sarah Goldwyn blickte er an. Scharf und fordernd, dabei auch lauernd, als würde er der Frau nicht trauen.

Sie verfiel nicht so sehr in Panik wie die anderen, sie hielt dem Blick des Ungeheuers sogar stand.

In der Tat dachte die Horror-Oma darüber nach, wie sie das Schicksal zu ihren Gunsten wenden konnte. Doch allein und ohne jegliche Hilfe war es ihr nicht möglich. Sie dachte an John Sinclair. Bisher war er immer mit von der Partie gewesen, doch diesmal mußte sie ohne ihn auskommen.

John befand sich in London, und die Stadt würde bald immer weiter hinter ihnen liegen.

Der Blick des Vampirs glitt von Lady Sarah weg und biß sich an der Fahrerin fest.

Gaby Mansfield hatte den Worten des Blutsaugers bisher schweigend zugehört. Sie hatte sich nicht in der Lage gefühlt, irgend etwas zu sagen oder zu unternehmen. Sie dachte aber daran, daß sie die Fahrerin war und die Verantwortung für die Passagiere hinter ihr trug. In ihrer Hand lag es, ob sie den Befehlen dieser höllischen Kreatur nachkam. Nur – widersetzen konnte sie sich auch nicht, dann war sie schneller tot, als sie denken konnte. Oder sie wurde zu einem Vampir, denn die Eindringlinge hatten damit gedroht, die Menschen blutleer zu trinken. Und an einen Bluff glaubte sie nicht. Nicht bei diesen Kreaturen, den grauenhaften Zombies oder Vampiren.

Alpträume waren wahr geworden, anders konnte sich die Frau das nicht erklären.

»Schläfst du ein?« Die Stimme des Anführers unterbrach ihre Gedanken.

Gaby Mansfield schreckte hoch. Plötzlich zitterte sie wieder, die Angst wurde noch größer.

»Du mußt fahren!« sagte Ray. »Und du wirst fahren.« Er hatte seine Pistole wieder weggesteckt. »Los jetzt!«

»Ich... ich kann nicht!« flüsterte sie.

»Fahr.«

»Bitte...«

Mit der flachen Hand schlug der Vampir zu. »Die zehn Meilen wirst du noch schaffen, verdammt. Wenn nicht, dann werden wir dich als erste vornehmen. Du kannst dich entscheiden.«

Er hatte so laut geredet, daß alle im Bus die Worte hörten. Die Blicke richteten sich auf Gaby Mansfield.

Sie nickte schließlich. »Okay«, hauchte sie tonlos. »Ich werde Ihren Befehlen Folge leisten.«

Sie startete den Bus. Es war eine Routinebewegung, die ihr auch in dieser Streßsituation glatt von der Hand ging.

Abermals lief das Zittern durch das große Fahrzeug. Sogar die Scheiben vibrierten ein wenig.

Dann fuhr der Bus an.

Gaby Mansfield starrte mit brennenden Augen durch die

große Scheibe. Und wie auch die Fahrgäste in diesem Bus suchte sie fieberhaft nach einem Ausweg.

Sie fand keinen...

Wir hatten die Stelle längst hinter uns gelassen, wo wir den untoten Polizisten über den Weg gelaufen waren. Bill Conolly fuhr jetzt langsamer. Er ließ sich von zahlreichen Wagen überholen. Während er auf die Straße achtete, schaute ich immer häufiger nach rechts oder links. Dabei hatte ich Glück, daß die Gegend hier nicht zu dicht bewaldet war, sondern Wiesen und Weiden sich im ewigen Wechsel ablösten. Dazwischen gab es die üblichen Zäune. Hin und wieder sahen wir Schafe oder Kühe auf den Weiden stehen und das saftige Gras rupfen.

Am Himmel stand eine blasse Sonne. In den letzten Tagen war es wieder verdammt kalt geworden. In Mittelengland hatte es sogar geschneit, und das Anfang Mai.

Hier ließ sich das Wetter ertragen.

Dann sahen wir den Fahrer des Austin. Er hatte seinen Wagen an den Fahrbahnrand gestellt und war ausgestiegen.

»Soll ich halten?« fragte Bill.

»Ja.«

Dicht hinter dem Austin brachte Bill Conolly seinen Porsche zum Stehen. Als ich den Schlag aufstieß, rannte der Austin-Mann schon auf mich zu und wies mit dem Finger auf mich. »Sie sind daran schuld, daß ich Fahrerflucht begangen habe. Mensch, wenn die mich erwischen, bin ich meine Fahrlizenz los.«

Ich schüttelte den Kopf. »Das sind Sie nicht, Mister.«

»Und warum nicht?«

Ich zeigte ihm meinen Ausweis. »Ich bin selbst Polizist und habe Ihnen erlaubt zu fahren.«

Der Mann bekam große Augen. Die wenigen Haare auf seinem Kopf schienen sich aufrichten zu wollen. Auf der Halbglatze glitzerten plötzlich Schweißperlen. »Wollen Sie mich hier auf den Arm nehmen? Ist der Ausweis gefälscht?«

»Nein, echt.«

»Wie kommen Sie dann dazu?«

»Es ginge zu weit, Ihnen das zu erklären. Sie haben niemanden totgefahren. Der Mann war schon tot, als er Ihnen in den Wagen lief.«

Der andere sah mich an wie einen Geisteskranken. Er ging vorsichtshalber ein paar Schritte zurück und hob ängstlich seine Arme, die er vors Gesicht hielt.

»Hören Sie, Mister, das ist kein Spaß. Sie sind verrückt. Sie müssen es sein.«

Ich ging ihm nach. »Nein, ich habe nicht gescherzt. Nicht mit diesen Dingen.«

Er nickte und blieb stehen. »Okay, Sie haben nicht gescherzt. Wunderbar. Was wollen Sie noch?«

»Ich möchte Sie fragen, ob Sie vielleicht einen braunen Bentley gesehen haben.«

»Hab ich nicht.«

»Überlegen Sie.«

»Nein, wenn ich es Ihnen sage. Ich habe keinen braunen Bentley gesehen und auch keine weißen Mäuse. Ich habe überhaupt nichts gesehen. Gar nichts, keinen Toten, der mir in den Wagen gelaufen ist – nichts.« Er kicherte und schlug sich gegen die Stirn.

Bill rief: »Gib es auf John. Mit dem kommst du nicht klar.«

Das sah ich mittlerweile auch ein. Ich nickte dem Mann zu, stieg wieder in den Porsche, und Bill fuhr an. Als wir an dem Knaben vorbeirollten, tippte er sich gegen die Stirn.

Den alten Autofahrergruß hatte er zum Abschied für uns übrig. Wir konnten es ihm nicht einmal übelnehmen, und die Suche ging weiter.

»Wer sucht, der findet«, sagte Bill und beschleunigte.

Ich enthielt mich eines Kommentars und achtete auf von der Fahrbahn abzweigende Wege. Es war durchaus möglich, daß die Zombies in einen dieser Wege hineingefahren waren und den Wagen dort stehengelassen hatten.

Ich sah keine Spur von dem Bentley.

Zehn Minuten vergingen. Alles war völlig normal. Der Betrieb hatte etwas zugenommen. Die uns überholenden Wagen wurden zahlreicher. Wieder erschien die Einmündung eines

Weges. Etwa zweihundert Yards wegeinwärts begann ein Waldstück.

Wir waren schon fast vorbei, als ich den Wagen sah. Er stand dicht vor dem Wald.

»Stopp!«

Bill hielt sofort. Hinter uns befand sich niemand, deshalb hatte der Reporter so heftig auf die Bremse treten können.

»Fahr da rein.«

Bill fuhr ein kleines Stück rückwärts, schlug das Steuer ein und rollte in den Weg.

Es war mehr ein Pfad, wo die Reifen zahlreicher Trecker ihre Spuren hinterlassen hatten. Der flache Porsche schwankte auf und nieder, ich stieß mir ein paarmal den Kopf, dann stoppte der Reporter dicht hinter dem Bentley.

Bevor wir ausstiegen, zogen wir unsere Waffen, obwohl ich schon jetzt erkannte, daß der Wagen leer war.

Mit schußbereiten Pistolen näherten wir uns dem braunen Fahrzeug und blieben dicht daneben stehen.

Bill schaute von der Fahrerseite hinein, ich von der anderen.

Leer, wie wir es uns schon gedacht hatten. Und nicht abgeschlossen, ich konnte die Tür aufziehen.

Ein widerlicher Gestank drang uns entgegen. So stanken oder rochen nur Zombies.

»Aber sie waren hier«, sagte Bill. Ebenso wie ich sah auch er sich nach Spuren um.

Das Gras war an dieser Stelle zertrampelt, das blieb uns nicht verborgen. Es hatte sich auch noch nicht wieder aufgerichtet, demnach war es noch nicht so lange her, daß die fünf Vampir-Zombies den Wagen verlassen hatten.

»Fragt sich nur, wo sie stecken«, sagte Bill und hatte mir damit aus der Seele gesprochen.

Ich deutete in die Runde. »Überall und nirgends. Vielleicht sollten wir es mal im Wald versuchen.«

»Du willst ihn durchkämmen?«

»Sag mir eine andere Möglichkeit.«

»Ich weiß keine.«

»Na bitte.«

Wir machten uns auf die Suche, drangen in den Wald ein, bei

dem die Bäume manchmal sehr dicht standen und ihre Zweige über unsere Kleidung kratzten.

Um es vorwegzunehmen, einen Erfolg erzielten wir nicht. Kein Vampir-Zombie hatte sich im Wald versteckt. Zwischen den Bäumen war nichts zu sehen.

Etwas deprimiert kehrten wir zum Porsche zurück. Wir hatten durch die Suche Zeit verloren und auch keine Spuren gefunden, die auf eine Flucht der Monster durch den Wald hingedeutet hätten.

»Die sind schlauer, als ich dachte«, sagte Bill.

»Leider.«

»Wo könnten sie stecken?«

»Daß sie zu Fuß laufen und per Anhalter fahren, ist nicht drin«, erwiderte ich.

»Warum eigentlich?« fragte Bill.

Ich sah meinen Freund an. »Meinst du das im Ernst?«

»Klar, denn Spaß kann ich nicht vertragen. Überleg doch mal. Für die wäre es doch am besten, irgendeinen fremden Wagen anzuhalten und damit abzudampfen, wo der braune Bentley polizeilich bekannt ist.«

Bei näherem Betrachten war Bills Kombination gar nicht so schlecht. Je mehr ich darüber nachdachte, hielt ich sie sogar für wahrscheinlich. Trucks fuhren genug. Es war sicherlich nicht schwer, einen anzuhalten, den Fahrer dann zu töten und sich auf der Ladefläche zu verstecken.

Ich stieß meinen Freund an. »Komm, du alte Sense, laß uns fahren.«

»Und dabei auf Lastwagen achten«, meinte Bill beim Einsteigen.

»Genau.«

Wir rollten langsam der Straße entgegen und bogen ein. Schon kurz vor uns sahen wir einen Truck.

»Dran vorbei?« fragte Bill.

»Ja. Und ich peile mal ins Fahrerhaus.«

Bill überholte, blieb aber auf gleicher Höhe mit dem Wagen. Ich machte den Hals lang und versuchte, vom Gesicht des Fahrers etwas zu erkennen.

Ich sah eine blaue Schildmütze, ein Stück Stirn, eine kräftige Nase, wie sie Karl Malden hatte.

Nein, das war nicht der Gesuchte.

»Gib Stoff«, sagte ich.

Bill drückte auf den Pinn. Wir überholten noch drei Trucks. Immer mit negativem Ergebnis.

»So langsam werde ich mutlos«, sagte Bill.

Ich grinste schief. »Man merkt, daß du kein Polizeibeamter bist. Du hast zu wenig Geduld.«

»Vielleicht.«

Weit vor uns tauchte ein rotes Ungetüm auf. Es war der Bus nach Southampton. Ich hatte eigentlich gar nicht vor, ihn genau zu beobachten, sah aber dann, wie hinten die Tür aufflog und wieder zugedrückt wurde.

Auch Bill hatte es erkannt. »Da ist ja schwer Hully Gully. Verflucht gefährlich.«

Ich nickte.

Dann sahen wir den Bus nicht mehr, denn eine große Kurve enthob ihn unserer Sicht!

Auch wir nahmen die Kurve.

Eigentlich hätte der Bus wieder auftauchen müssen, doch er war nicht mehr zu sehen.

Ich wurde nachdenklich – und mißtrauisch. »Fahr mal langsamer«, wies ich Bill an.

»Wieso?«

»Der Bus ist verschwunden.«

Bill lachte. Es klang nicht ganz echt. »Was geht uns der Bus an? Moment mal.« Plötzlich wurden seine Augen groß. »Oder meinst du vielleicht, John...«

»Gar nichts meine ich. Ich finde es nur etwas ungewöhnlich, daß so mir nichts dir nichts ein normaler Linienbus von seiner Hauptstrecke verschwindet. Da stimmt doch was nicht.«

»Kann sein.«

Wir hatten die Einmündung fast erreicht. Bill betätigte den Blinker, dann rollten wir auf dem schmalen Weg weiter, der zum Glück asphaltiert war.

Und wir sahen den Bus.

Er fuhr geradeaus weiter, an einem langen Waldstück entlang, das links den Weg begrenzte. Rechts begannen weite Felder und auch Wiesen.

»Jetzt bin ich wirklich mal gespannt«, murmelte ich...

Ihre Beine zitterten, die Arme vibrierten.

Gaby Mansfield hatte Angst. Große Angst sogar. Und sie hatte sich auch nicht an die schreckliche Situation gewöhnen können. Die Furcht hockte ihr wie ein Alp im Nacken und bedrückte sie stark.

Der Anführer stand hinter ihr. Obwohl er die Waffe nicht mehr in der Hand hielt, reichte allein seine Anwesenheit aus, um jeden Widerstandswillen zu unterdrücken. Gaby sagte keinen Ton, doch ihre Gedanken spielten verrückt.

Wenn wenigstens ihr Mann dagewesen wäre, vielleicht hätte der einen Ausweg gewußt, aber so war alles deprimierend. Sie war völlig auf sich allein gestellt.

Von Geiselnahmen und ähnlichen Dingen hatte sie bisher nur aus der Zeitung erfahren oder die Bilder im Fernsehen gesehen. Auch in der Ausbildung war nicht darüber geredet worden, man hielt so etwas nicht für möglich. Nun war der Fall eingetreten.

Ein Bus voller Geiseln in der Hand von höllischen Kreaturen. Das war kaum zu begreifen. Wenn sie das jemandem erzählte, würde ihn dieser für eine Lügnerin halten.

Und doch eine Tatsache.

Was tun?

Weiterfahren, nur weiterfahren. Stur geradeaus blicken, auf das graue Band der Straße, und um Himmels willen nur nicht die Angst auf die Fahrweise übertragen. Das gäbe ein Unglück. Aber wäre es wirklich so schlimm? Was würde geschehen, wenn sie den Wagen einfach in den Graben fuhr? Ein Unfall, alle Fahrer würden anhalten, um nachzusehen. Nur brachte sie damit auch andere in Gefahr. Diese Möglichkeit wollte sie als letzte gebrauchen.

Sie wunderte sich darüber, wie ruhig sich die Fahrgäste verhielten. Keiner schrie, es gab keine Panik, alle blieben normal auf ihren Plätzen sitzen.

Und normal hockte auch die Horror-Oma auf ihrem Platz. Sie schaute stur geradeaus, während sie selbst nach einer Lösung aus der Falle suchte. Beide Hände hatte sie um den Griff des Stockschirms gekrallt, während sie und die beiden Kinder von Edna, der Blutsaugerin, nicht aus den Augen gelassen wurden.

Diese Bestie war auf sie fixiert.

Auch die Mädchen hatten sich wieder gefangen. Eine der beiden Kleinen fragte: »Was sind das für welche?«

Lady Sarah schaute die Fragerin an und entdeckte das kleine Muttermal am Hals. »Bist du Marylin?«

»Ja.«

»Das sind böse Kreaturen, mein Kind.«

»Und was sind Kreaturen?« wollte Jeanie wissen. »Menschen?«

»Ja, auch das.«

»Warum sind die so grün?«

»Ich weiß es nicht, Kinder.«

»Dürfen wir denn nicht zu unserer Mutter?« fragte Marylin.

»Nein, mein Schatz, die anderen würden es dir sicherlich nicht erlauben.«

»Soll ich sie fragen?«

Diese Kinder, dachte Mrs. Goldwyn. Nehmen das alles nicht so schwer, weil sie noch nicht begriffen. Vielleicht hatten sie es deshalb am besten. Sie ahnten nicht, in welch einer tödlichen Gefahr sie schwebten. Sobald der Bus die Straße verlassen würde, ging es rund. Dann würden die Vampir-Zombies ihr wahres Gesicht zeigen, denn sie brauchten Blut, um zu existieren.

Edna kicherte. »Die beiden gefallen mir«, sagte sie mit einer seidenweichen, widerlich klingenden Stimme. »Sie gefallen mir sogar sehr gut. Ich werde mich...«

»Halten Sie den Mund!« fuhr Sarah Goldwyn die Frau an.

»Was willst du, alte Vettel? Das ist ja widerlich. Dir werden wir das Genick brechen, das Gezeter von dir widert mich an. Aber das Blut der Kinder, das ist gut.« Edna stand auf und wollte sich auf die beiden Mädchen stürzen.

Lady Sarah war jetzt alles egal. Auch wenn sie sich dabei selbst in höchste Gefahr begab, konnte sie nicht zulassen, daß die Vampirin die Kinder angriff.

Mit dem bleigefüllten Griff schlug Lady Sarah zu. Der Griff klatschte gegen das rechte Auge der Untoten. Es gab ein dumpfes Geräusch, und die Blutsaugerin schrie auf. Obwohl sie keinerlei Schmerzen spürte, war sie doch überrascht worden. Sie schüttelte den Kopf wie ein Boxer, der einen Treffer kassiert hatte, und fauchte die Horror-Oma an.

»Du kommst mir nicht davon, das hast du nicht umsonst getan, du widerliche...« Den Rest verstand keiner, die Vampirin verschluckte ihn, aber sie warf sich auf Lady Sarah zu.

Auch Ricardo Ray griff nicht ein. Er ließ Edna wirken. Ein Exempel konnte nicht schaden.

Wieder reagierte Mrs. Goldwyn. Sie drehte den Schirm, und Edna fiel genau in die Spitze hinein, die allerdings nicht so spitz war, daß sie ihren Körper hätte durchdringen können, doch es reichte, um Edna zurückzudrängen.

Sie fiel wieder auf ihren Sitz.

Ihr Gesicht hatte sich noch mehr verzerrt. Sie war von dem Widerstandswillen der Frau überrascht und gleichzeitig ungeheuer aufgebracht. So etwas hatte sie nicht für möglich gehalten. Eine Frau, die sich gegen sie stellte, und diese Frau war noch alt dazu.

Zuerst hatte die Horror-Oma ja nachsetzen wollen, doch sie hielt sich zurück, denn ihr war etwas eingefallen, an das sie zuvor nicht gedacht hatte.

Das kleine Kreuz.

Es war ein Talisman, den sie immer um ihren Hals trug und den ihr ein alter Mönch mal geschenkt hatte. Das Kreuz war geweiht, sie wußte es.

Und wovor hatten Vampire Angst? Unter anderem vor einem Kreuz. Leider war es nur winzig, nicht so groß wie das, das John Sinclair trug, aber es bedeutete eine geringe Chance.

Edna kam.

Da hatte die Horror-Oma das Kreuz hervorgeholt. Sie hielt es nicht offen, sondern in ihrer Hand versteckt. Als die Vampirin gegen sie fiel, da öffnete sie die Faust und drückte das Kreuz gegen die Wange der Untoten.

Edna zuckte hoch.

Ein gellender, nicht menschlicher Schrei drang aus ihrem Mund, der schaurig durch den Bus zitterte und den Menschen eine Gänsehaut über den Körper jagte.

Edna schrie und schrie. Sie taumelte in den Gang hinein, schlug um sich, traf Freund und Feind, und jeder sah, was die Berührung mit dem Kreuz bei ihr angerichtet hatte.

Auf der Wange befand sich ein Brandmal. Ebenso groß wie das Kreuz. Es hatte diesen Abdruck hinterlassen, eine Kerbe in die Haut gebrannt, aus der Qualm in dünnen Schwaden kroch.

Edna gebärdete sich wie toll. Sie taumelte nach hinten, heulte, schrie, keuchte und spie eine wäßrige rote Flüssigkeit aus. Sie war geschwächt, sogar so sehr, daß sie zusammensackte und im Gang sitzen blieb.

Die Kinder begannen zu weinen. Das hielten ihre Nerven nicht durch. Auch die Erwachsenen blieben nicht mehr still. Unruhe entstand, und Ricardo Ray, der bis jetzt nur auf seine Schwester gestarrt hatte, merkte, daß ihm das Ruder langsam aus der Hand genommen wurde, was er auf keinen Fall zulassen konnte.

Er verließ seinen Platz und sprang auf Mrs. Goldwyn zu.

Die hatte mit einer ähnlichen Reaktion gerechnet. Blitzschnell streckte sie ihre rechte Hand aus und hielt dem Blutsauger das Kreuz vors Gesicht.

»Wage es nicht!« schrie sie. »Wage es nicht, du Bestie. Ich werde dich sonst vernichten!«

In Rays Augen glühte es. Tief in seinen Pupillenschächten brannte ein unheilvolles Feuer. Aus der Kehle drang ein gefährliches Knurren, dann ging er zurück und zog seine Pistole. Blitzschnell senkte er die Mündung, so daß sie auf Lady Sarahs Kopf zielte.

»Was hindert mich daran, dich zu töten?« flüsterte er heiser. »Was hindert mich daran?«

Lady Sarah gab keine Antwort. Aber sie hatte Angst. Ihr Herz klopfte schneller. Die Echos der Schläge dröhnten in ihrem Kopf nach. Wenn der abdrückte, war alles zu spät.

Die anderen Vampir-Zombies waren ebenfalls aufgesprungen. Nur Edna hockte im Gang. Alle wollten sie miterleben, wie Ricardo Ray Lady Sarah erschoß.

»Drück ab!« kreischte die Untote vom Boden her. »Drück endlich ab! Ich will sie tot sehen und ihr Blut!«

»Ja, ich tu's!« knirschte Ray.

Lady Sarah wurde aschfahl. Sie zitterte plötzlich. Nie hätte sie gedacht, daß sie mal erschossen werden würde.

Auch Gaby Mansfield hatte mitbekommen, was in ihrem Rücken geschah, obwohl sie fuhr. Der große Innenspiegel erlaubte es ihr. Und sie wollte nicht, daß diese mutige Frau starb. Sie selbst konnte kaum etwas tun, sie mußte auch an die anderen denken, doch sie setzte eine verzweifelte Idee in die Tat um.

Sie drehte das Lenkrad blitzschnell nach links. Ruckartig ging das und ohne Vorwarnung.

Die Wirkung war frappierend.

Alle, die standen, bekamen die plötzliche Reaktion zu spüren. Sie flogen nach rechts, fielen zwischen die Sitze in den Gang, und auch Ricardo Ray konnte sich nicht mehr halten. Er purzelte ebenfalls zu Boden. Sein Hinterkopf krachte gegen eine Haltestange, doch er spürte keine Schmerzen. Der plötzliche Ruck hatte ihn nur aus dem Konzept gebracht, und es dauerte, bis er sich wieder gefangen hatte.

Die Erwachsenen schrien ebenso wie die beiden Kinder. Einige von ihnen spürten die Körper der Untoten auf sich und rechneten damit, gebissen zu werden.

Noch zögerten die Blutsauger. Das Ereignis hatte sie zu sehr überrascht. Einer jedoch wollte das Durcheinander ausnutzen.

Ein Mann war es, der dicht an der hinteren Tür saß. Er brauchte nur die Hand auszustrecken, um die Klinke zu ergreifen. Paul, der in seiner Nähe gestanden hatte, war durch den Ruck zu Boden geschleudert worden und ging jetzt daran, sich zu erheben, wobei er eine Hand um einen Sitzgriff klammerte.

Der Mann rutschte zur Seite, spürte das kühle Metall der Klinke und wollte sie nach unten drücken.

Er schaffte es auch.

Im selben Augenblick stand Paul wieder auf den Beinen. Als die Tür aufschwang, warf er sich vor und hieb beide Fäuste gegen den Kopf des Mannes.

Der hatte Glück, weil er mit der Stirn gegen das Polster schlug und nicht gegen eine Haltestange. Der Vampir aber griff über seinen Rücken hinweg, faßte den Griff und knallte die Tür zu.

Dann fuhr er herum und warf sich über das Opfer. Er war wahnsinnig, packte den Mann, schleuderte ihn auf den Rücken. Sein Opfer lag jetzt auf der Rückbank, hatte die Augen weit aufgerissen und starrte in das verzerrte Gesicht des Vampirs dicht über dem seinen.

Er sah die Zähne.

Diese langen Hauer, die fast bis zur Unterlippe reichten und ruckartig nach unten stießen.

Der Mann bäumte sich auf, als er die scharfen Schmerzen an seinem Hals spürte, die kalten Lippen auf seiner Haut, und dann hatte er das Gefühl, die Umgebung wäre in Watte getaucht worden. Er bekam nichts mehr mit, wurde nur immer blasser...

Es war still geworden. Nur das Geräusch des Motors drang an die Ohren der entsetzten Menschen, wurde dann aber von einem anderen übertönt.

Sie sahen nichts, weil die hohen Rückenlehnen ihnen den Blick auf die Rückband versperrten.

Aber sie hörten es...

Wie Messerstiche drangen ihnen die Geräusche unter die Haut, und sie wußten, welches Schicksal auch ihnen bevorstand. Jetzt hatten die Kreaturen ihr wahres Gesicht gezeigt.

Gaby Mansfield fuhr.

Sie sah die lange Kurve, aus ihren Augen rannen Tränen und legten einen Schleier vor ihre Pupillen. Denken und fühlen konnte sie nicht mehr, was sie tat, das machte sie automatisch.

Sarah Goldwyn hielt die beiden Kinder und das Kreuz fest umklammert. Dabei konnte sie ihren Blick nicht von dem Anführer der Meute lösen, der sich langsam erhob.

Würde er schießen?

Nein, er steckte die Waffe weg, schaute nicht sie an, auch nicht das Kreuz, sondern blickte durchs Fenster.

Und er sah den Weg!

»Fahr da rein!« schrie er Gaby an, so daß sie heftig zusammenzuckte. »Los, worauf wartest du noch!«

Sie blinkte. Und sie dachte daran, daß sie dieser Weg in den Tod führen konnte.

Der Bus packte die Kurve. Schon bald schmatzten die Reifen über den Belag.

Links wuchs der dichte Wald, rechts waren die Felder. Kein Gehöft in der Nähe, kein Dorf.

Eine bessere Stelle hätten sich die Kreaturen für ihre grausamen Pläne nicht aussuchen können.

Sie standen wieder auf den Beinen. Als letzter erhob sich Paul. Blut beschmierte sein Kinn, die Augen leuchteten – die Bestie hatte sich gestärkt.

Auch Edna war in die Höhe gekommen. Nur hatte das Kreuz weitere Spuren hinterlassen. Ihre linke Gesichtshälfte war verbrannt. Weiß schimmerten die Knochen.

Aber sie war noch immer rasend. Denn sie sah, daß ihr Bruder Paul Blut getrunken hatte.

»Du... du!« keuchte sie. »Du hast schon getrunken. Und ich?« Sie wirbelte herum, starrte Ricardo Ray an, streckte den Arm vor und zeigte mit dem Mittelfinger auf ihn. »Gib uns endlich das, was wir brauchen!« keifte sie.

»Ja, ihr könnt es euch nehmen. Sie soll anhalten, dann...« Er sprach nicht mehr weiter, weil Ernest einen heiseren Schrei ausgestoßen hatte. Ein zufälliger Blick aus dem Heckfenster hatte ihm gezeigt, daß der Bus verfolgt wurde.

»Da ist ein Wagen!« kreischte er. »Wir werden verfolgt...«

Sekundenlang sprach niemand ein Wort, so daß das Geräusch des Motors überlaut zu hören war.

Ricardo Ray eilte mit Riesensätzen durch den Bus, kniete sich auf die hintere Bank und blickte durch die Scheibe.

Es stimmte, sie wurden verfolgt.

Soeben war ein roter Wagen in den schmalen Weg eingebogen, dessen Blinker noch aufleuchtete, dann aber verglühte.

Ray ballte die Hände. Seine Augen funkelten. Er wußte nicht, was das zu bedeuten hatte, und wollte auch nicht an einen Zufall glauben. Hier fuhren höchstens Bauern her, aber nicht in einem Porsche. Gesehen hatte er den Wagen auch noch nie. Von der Polizei schien er nicht zu sein, was bedeutete er dann?

Ricardo Ray rannte wieder zurück.

Mit Genugtuung bemerkte Lady Sarah die Aufregung des Blutsaugers. Seine Blicke irrten hin und her, dann stellte Ryan Rogers schon die berechtigte Frage.

»Was sollen wir machen?«

»Es sitzen höchstens zwei Personen in dem Fahrzeug«, sagte Ray nach einer Weile des Nachdenkens, wobei er nicht merkte, daß Gaby Mansfield die Geschwindigkeit gedrosselt hatte. »Und mit zwei Personen mehr oder weniger werden wir fertig. Wir halten an, und ihr, meine Freunde, duckt euch. Sollten die anderen wissen wollen, was geschehen ist, dann werdet ihr nur das sagen, was ich euch jetzt mitteile. Die Kinder müssen zur Toilette. Okay?«

Nicken.

»Hast auch du das verstanden?« schrie Ray Gaby Mansfield an. Er war nervös, denn dieser Bluff stand auf tönernen Füßen.

»Ja!« lautete die Antwort.

»Dann ist ja alles klar.« Ray schaute nach, ob seine Artgenossen in Deckung lagen.

Sie waren es.

»Alles klar«, sagte er. »Stoppen.«

Gaby Mansfield drückte auf das Bremspedal...

»Ich bin nur gespannt, wo die hinwollen«, murmelte Bill Conolly und ging noch mehr vom Gas. Im zweiten Gang schaukelten wir dahin.

»Bestimmt wollen sie nicht nach Southampton.«

»Und jetzt halten sie.«

Die roten Augen am Heck glühten auf. Der schwere Bus hielt an. Wir befanden uns etwa dreißig Yards dahinter, und auch Bill Conolly tippte auf die Bremse.

»Was jetzt?« fragte er.

»Wir steigen aus.« Während meiner Antwort hatte ich schon die Tür aufgestoßen und schwang meine langen Beine ins Freie. Bill folgte ein wenig später, so daß ich als erster auf den Bus zuschlenderte.

Ich hatte erwartet, daß die Türen geöffnet wurden und Menschen ausstiegen, doch das geschah nicht. Alles blieb ruhig. Der Bus kam mir wie ein Raubtier aus Blech vor, das auf irgend etwas lauerte und auf dem Sprung stand.

Ich hatte ihn erreicht und schritt an der rechten, der Fahrerseite, entlang. Leider lagen die Fenster etwas hoch. Ich konnte hin und wieder nur die Umrisse eines Gesichts erkennen, doch niemand winkte mir zu oder machte sich sonst irgendwie bemerkbar.

Dann vernahm ich ein bekanntes Zischen. Noch bevor ich die Fahrertür erreichte, schwang sie auf.

Eine Busfahrerin kletterte heraus und blieb auf der untersten Stufe stehen.

Ich lächelte. »Guten Tag«, sagte ich.

Sie erwiderte den Gruß.

Ohne sich groß auszukennen, war zu sehen, daß mit der Frau irgend etwas nicht stimmte. Sie war blaß, hatte aber gleichzeitig verweinte Augen.

Beides erweckte mein Mißtrauen. Hinzu kam die Ruhe innerhalb des Busses. Ich versuchte einen Blick hineinzuwerfen, doch die Fahrerin stand so, daß sie mir die Sicht verdeckte.

Absicht?

»Ist bei Ihnen alles klar?«

»Ja, wie kommen Sie darauf?«

»Nur so. Ich wunderte mich, daß Sie plötzlich vom Weg abbogen. Ich bin übrigens Oberinspektor Sinclair, damit Sie sehen, daß ich nicht ohne Grund frage.«

»Po... Polizei?«

»Ja, Miss...«

In ihren Augen blitzte es. Eine Warnung, ein Zeichen? Ich wußte es nicht, aber sie hatte mir signalisiert, daß einiges nicht stimmte.

Ich wußte jetzt Bescheid.

»Wir sind abgebogen, weil wir Kinder im Bus haben. Die mußten mal nötig.«

»Das ist natürlich ein Grund!« lächelte ich. »Nur sehe ich keine Kinder.«

»Die sind noch drin.«

»Wollen Sie die Kleinen nicht holen?« Ich fragte völlig harmlos und brachte die Fahrerin jedoch in schwere Verlegenheit...

»Ich weiß nicht, ich...«

Blitzschnell ging ich einen Schritt vor. Ehe die Frau es sich anders überlegen konnte, hatte ich sie gepackt und an mich gerissen. Dann huschte ich an ihr vorbei und warf einen Blick in den Bus.

Viel sah ich nicht.

Einen leeren Fahrersitz und einen Fuß, der auf mich zuschoß.

Damit hatte ich wirklich nicht gerechnet und wurde deshalb völlig überrascht. Ich kam nicht schnell genug weg. Der Tritt traf mich genau unter der Kinnspitze.

Das war der berühmte Pferdetritt. Vor meinen Augen explodierte das Weltall zu zahlreichen farbigen Sternen. Ich merkte noch, wie ich nach hinten fiel und hörte Bill Conollys wilden Fluch.

Bewußtlos wurde ich nicht, aber ich dämmerte so dahin und sah den Bus, als würde er aus weichem Kaugummi bestehen, das jemand immer hin- und herzog, auf jeden Fall wechselte er laufend sein Aussehen.

Ich sah einen Arm aus der Türöffnung schnellen und hörte auch einen Schrei.

Die Fahrerin!

Sie wurde von der Hand gepackt und in den Bus gezogen. Dann peitschte ein Schuß, und dicht neben mir prallte die Kugel gegen den Straßenbelag.

Die Tür schloß sich.

Und ich lag hier halb im Gras und halb auf dem Asphalt und tastete nach meiner Kinnlade. Ein trauriges Bild für den Geisterjäger John Sinclair.

»Kannst du noch?« Das war Bill, der da fragte. Er hockte plötzlich neben mir.

»Ja, zum Henker.«

»Dann steh auf.«

Das schaffte ich nicht allein. Bill mußte helfen. Er hievte mich hoch.

Da fuhr der Bus ab. Es gab einen Ruck, die Reifen wühlten rechts neben dem Weg in den feuchten Boden, und wir hatten das Nachsehen. Bill ließ mich los. Ich wankte noch, merkte aber, daß es mir langsam besser ging. Zum Porsche laufen konnte ich allein.

Ich ließ mich in den Sitz fallen und zog die Tür zu. Noch immer waren die Sehperspektiven etwas schief. Von Sekunde zu Sekunde besserten sie sich.

»Hinterher!« krächzte ich.

Bill lachte. »Glaubst du, ich schlafe?«

»Konnte ja sein.«

»Du hast es gerade nötig. Du siehst mit deinem Kinn aus wie ein Buntspecht. Dich so überraschen zu lassen...«

»Ja, ja, ich weiß. Du hättest es besser gemacht. Warum hast du eigentlich nicht eingegriffen?«

»Wegen der Geiseln.«

Das war verständlich. Aber wir mußten uns etwas einfallen lassen. Diese Vampir-Zombies hatten tatsächlich den Bus gekapert und sich eine hervorragende Ausgangsposition geschaffen. Wir würden nichts unternehmen können, solange sie die Menschen in ihrer Gewalt hatten. Zudem war einer von ihnen bewaffnet.

»Schlechte Karten, wie?« sagte Bill.

Ich nickte.

»Was machen wir?«

»Anhalten.«

»Wieso?«

»Der Bus hat doch auch gestoppt.«

Das stimmte. Am Ende dieser schmalen Straße hatte er angehalten. Auch das Waldstück führte nicht mehr weiter. Dafür breiteten sich vor uns Felder aus. Zwei Bauern fuhren mit ihren Treckern über die Äcker. Sie befanden sich aber ziemlich weit entfernt.

Plötzlich wurde die hintere Tür des Busses geöffnet. Im nächsten Augenblick kippte eine Gestalt nach draußen, prallte zu Boden und überschlug sich...

Lady Sarah zuckte zusammen, als hätte sie einen Peitschenhieb erhalten.

Mein Gott, die Stimme des Mannes draußen, die kannte sie. Die gehörte John – John Sinclair, dem Geisterjäger!

Es war wie ein Traum, aus dem Lady Sarah erwachte. Oder war es wirklich nur ein Traum?

Nein, die Stimme des Mannes hatte sie sich nicht eingebildet. John Sinclair mußte draußen vor dem Bus stehen und mit der Fahrerin reden. Mrs. Goldwyn versuchte, den Hals lang zu machen, um etwas zu erkennen, doch sie saß auf der anderen Seite, und das ärgerte sie.

»Was ist da?« fragte Jeanie.

»Da ist ein Freund von mir gekommen«, erklärte Lady Sarah.

»Wird er uns helfen?«

»Ganz bestimmt.«

»Und warum tut er das nicht?« wollte Marylin wissen.

»Warte erst einmal ab. Das ist nicht so einfach für meinen Freund. Aber er schafft es.« Was allerdings nicht so sicher war, denn soeben huschte der Anführer auf die Tür zu, schwang sich nach draußen, und Mrs. Goldwyn sah nur noch, wie sein Bein hochschnellte.

Lady Sarah hörte sein hämisches Lachen. Im nächsten Augenblick zog er sich wieder zurück, aber er hielt die Fahrerin an den Haaren gepackt. Wütend schleuderte er Gaby Mansfield auf den Sitz. Die Frau stieß sich den Rücken am Lenkrad, ihr Gesicht verzog sich, und abwehrend hob sie die Hände, weil sie mit Schlägen rechnete.

Doch der Blutsauger beherrschte sich. Er fuhr die Frau nur hart an. »Fahr weiter! Fahr so lange, bis ich anders entscheide. Hast du mich verstanden?«

Die Antwort war ein »Ja«, aber kaum zu verstehen.

»Dann mach.«

Gaby richtete sich wieder auf.

Der Vampir schnellte herum, wobei er sich mit einer Hand an

der Griffstange festhielt. Sein düsterer Blick glitt über die anwesenden Fahrgäste und seine Artgenossen.

Und er sah auch den Mann, der von Paul gebissen worden war. Er erhob sich von der Rückbank.

Ein knurrendes Geräusch drang aus seinem Mund, der halb offenstand, so daß jeder, der ihn anschaute, die beiden gelblich schimmernden Vampirzähne sah.

Der Biß hatte ihn zu einem Untoten gemacht!

Als Gaby Mansfield anfuhr, wäre er fast nach hinten gekippt. Soeben konnte er sich noch festhalten.

Ricardo Ray streckte seinen Arm aus. »Du!« schrie er. »Sag mir, wie du heißt!«

»Arthur!«

»Okay, Arthur, du bist jetzt einer von uns. Willst du Blut, mein Freund?«

»Ja.«

Ray lächelte teuflisch. »Das kannst du haben, Arthur. Warte, ich komme zu dir.« Ricardo eilte durch den Gang und blieb vor dem neuen Vampir stehen. »Die Menschen hier sind für uns, das verstehst du sicherlich.« Er warf einen Blick durch die Scheibe und sah den roten Porsche, der langsam hinter dem Bus herfuhr. »Aber da verfolgt uns ein Wagen, in dem zwei Männer sitzen. Die kannst du dir holen. Sie haben Blut genug. Willst du das?«

Gier glomm in den Augen des neuen Vampirs auf.

Ray glitt zur Seite und öffnete die Tür. »Komm!« lockte er den Untoten. Als dieser zögerte, packte Ray ihn an der Schulter, wirbelte ihn herum und stieß ihn nach draußen.

Hart prallte der Vampir auf den Boden, wo er sich überschlug. Gaby Mansfield aber hatte angehalten, als sie sah, was sich im hinteren Teil des Busses abspielte.

»Fahr weiter!« brüllte Ray und zog die Tür zu...

Fast hätten wir den Mann noch überfahren. Bill bremste im letzten Augenblick. Dicht vor dem Körper des Mannes kam der rote Porsche zum Stehen.

Wir konnten ihn nicht sehen, weil ihn die flache Schnauze verdeckte. Er aber richtete sich auf, und ich sah seine Hände, mit denen er sich auf der Kühlerhaube abstützte.

Ich öffnete die Tür.

Das Gesicht des Mannes erschien. Mit dem offenen Mund und den beiden Vampirzähnen.

Da wußten wir Bescheid.

Gleichzeitig fuhr der Bus wieder an.

Ich mußte mich innerhalb von Sekundenbruchteilen entscheiden und tat es auch. »Kümmere du dich um unseren Freund!« rief ich Bill Conolly zu, während ich schon losrannte, um den verdammten Bus zu erreichen.

Bill war ebenfalls ausgestiegen. Und er hatte seine Beretta gezogen.

Der Untote schwang sich über die Motorhaube. Er wollte das Blut des Reporters.

Der stand so, daß die offene Tür einen Großteil seines Körpers deckte.

Als der Vampir auf ihn zuhechtete, gab er der Tür noch einmal Schwung, so daß sie gegen den Mann wuchtete und ihn zurückschleuderte. Er verlor das Gleichgewicht und prallte zu Boden.

Bill verließ seinen Platz, wartete, bis sich der Vampir herumgewälzt hatte, senkte die Waffenmündung und schoß.

Die geweihte Silberkugel traf den Vampir mitten in die Brust und zerstörte sein Leben. Ein letztes Mal bäumte er sich auf, dann verschwand der verzerrte Ausdruck aus seinem Gesicht und machte einem friedlichen Platz.

Er war erlöst.

Bill atmete auf, schaute nach vorn, und seine Augen wurden groß, während er flüsterte: »John, verdammt, bist du denn wahnsinnig geworden...?«

Während sich Bill Conolly um den aus dem Fahrzeug geworfenen Vampir kümmerte, rannte ich auf den Bus zu.

Am liebsten hätte ich ihm die Reifen zerstochen, aber dazu fehlte mir nicht nur die Zeit, sondern auch das Werkzeug.

Ich machte meine Beine lang, denn der Bus fuhr an.

Solch ein behäbiges Gefährt ist kein Sportwagen, und so dauerte es seine Zeit, bis er auf Touren kam.

Aus diesem Grunde kam ich auch an ihn ran und rannte sogar an der Fahrerseite entlang, bis ich den Einstieg erreicht hatte.

Jetzt wurde der Bus schneller.

Ich hielt das Tempo für drei Sekunden mit, hörte hinter mir einen Schuß und stieß mich ab.

Konnte ich es packen?

Für den Bruchteil einer Sekunde schwebte ich in der Luft, dann prallten meine Füße auf das Trittbrett des Einstiegs, und einen Atemzug später packten meine Hände zu. Ich umklammerte den großen Außenspiegel und hielt mich eisern fest.

Der Bus wurde schneller. Er holperte querfeldein, so daß es für mich schwieriger wurde, mich festzuhalten. Meine Füße hatte ich auf das Trittbrett gestemmt. Ich warf einen schnellen Blick nach links und sah das entsetzte, aber auch angespannte Gesicht der Fahrerin. Wie angeleimt hockte sie auf ihrem Sitz und hielt das Steuer fest umklammert.

Jemand klopfte an die Scheibe.

Das geschah hinter mir. Es gelang mir, den Kopf zu drehen, und meine Augen weiteten sich vor Überraschung. Das Gesicht jenseits der Scheibe kannte ich sehr gut.

In dem Zombie-Bus hockte keine geringere als Sarah Goldwyn, die Horror-Oma.

Trotz der Gefahr, in der wir ja alle schwebten, wirbelten die Gedanken durch meinen Kopf.

Wie kam sie in den Bus? War es Absicht oder ein Zufall? Egal wie, auf jeden Fall wußte ich, daß sich innerhalb des Busses jemand befand, der mich unterstützen würde. Es mußte mir nur gelingen, die Einstiegstür aufzuziehen.

Und das war schwer genug, wenn nicht sogar unmöglich, denn meine Lage war mehr als bescheiden.

Ich zog mich noch näher an die Tür heran und hielt mich nur mit einer Hand fest, weil ich mit der anderen die Klinke suchte. Das schien auch Ricardo Ray gesehen zu haben. Er hielt sich direkt neben der Fahrerin auf, damit er sie im Auge hatte.

Er hatte mich längst gesehen, ging einen Schritt nach vorn und stand an der Tür.

Dann zog er eine Pistole.

Plötzlich bekam ich Angst. Dieser Hundesohn würde durch die Scheibe schießen und mich auch treffen, denn er konnte mich gar nicht verfehlen!

Mir blieb nur eine Chance!

Abspringen!

Da griff die mutige Fahrerin ein. Der Vampir hatte sich zwar abgestützt, um die Schwankungen des Busses auszugleichen, doch den plötzlichen Ruck konnte er auch nicht mehr egalisieren. Die Frau drehte das Lenkrad heftig nach rechts.

Der Vampir kippte nach hinten.

Ich wurde auch von der Fliehkraft erfaßt und hatte Mühe, mich festzuklammern, schaffte es aber.

Selbst hier draußen hörte ich den Schrei, den Ricardo Ray ausstieß. Er mußte furchtbar wütend sein.

Und die Fahrerin riskierte noch mehr. Obwohl der Bus fuhr, ließ sie das Lenkrad los, sprang auf, eilte zur Tür und hämmerte ihre Hände auf den Griff.

Es war ein alter Bus. Bei ihm öffneten sich die Türen noch nach außen.

Sie schwang mir entgegen.

Ich machte mich flach und zog den Bauch ein, damit ich nicht getroffen wurde. Sie streifte mich noch, dann drückte der Fahrtwind sie bis zum Anschlag hin auf.

Jetzt konnte ich in den Bus schauen, denn die Frau fuhr wieder normal. Trotzdem schwankte und holperte das schwere Fahrzeug. Der Boden war zu uneben. Regelrechte Gräben und Schlaglöcher bildeten ein wirres Muster, das das gesamte Feld durchschnitt. Es war schwer für mich, den Halt zu bewahren, ich kam mir vor wie in einer schmalen Schaukel. War mal oben, dann wieder unten, und ich mußte unbedingt versuchen, den Einstieg in den Bus zu schaffen.

Ricardo Ray war wieder aufgestanden. Die offene Tür hatte auch ihre Nachteile.

Ray konnte jetzt frei auf mich schießen.

Gebückt stand er da. Sein Gesicht war vor Wut und Haß verzerrt. Mit der linken Hand hielt er sich fest, die rechte fuhr in die Höhe, und so legte er auf mich an.

Da griff Lady Sarah Goldwyn ein. Sie hockte noch immer auf ihrem Platz, weil sie die Kinder nicht ohne Aufsicht lassen wollte. Aber sie hatte noch ihre Handtasche.

Die schleuderte sie dem Vampir entgegen.

Lady Sarah traf ihn mitten ins Gesicht. Ricardo Ray taumelte zurück. Durch das Eingreifen der Horror-Oma bekam ich Luft und konnte mich in den Bus schwingen.

»Halten Sie an!« brüllte ich der Fahrerin zu, als ich in dem schmalen Gang hinter dem Einstieg stand.

Gaby Mansfield bremste.

So abrupt, daß auch ich das Gleichgewicht verlor und nach vorn taumelte, wobei ich gegen die Konsole prallte.

»John!« Ich hörte Sarah Goldwyns Schrei, als es zu spät war und ich die Übersicht noch nicht wieder gewonnen hatte.

Der Hieb mit dem Pistolenkolben traf mich dicht unter dem Nacken in den Rücken und schleuderte mich nach vorn. Im nächsten Augenblick spürte ich etwas Kaltes an meinem Hals.

Es war eine Pistolenmündung!

Bill Conolly starrte sekundenlang auf den Toten. In seinem Magen bildete sich ein Klumpen. Es war kaum vorstellbar, daß dieser Mensch mal ein Vampir gewesen war.

Aber es hatte keine andere Möglichkeit gegeben. Der Reporter schüttelte die trüben Gedanken ab und stieg wieder in den Porsche.

Er erschrak, als er sah, daß der Bus bereits einen so großen Vorsprung gewonnen hatte. Und er sah seinen Freund John Sinclair immer noch am Einstieg hängen.

Für Bill wurde es Zeit.

Er warf sich in seinen Wagen und startete. Nach wenigen Yards begann das schlechte Gelände. Der Bus verkraftete so etwas besser als der flache Porsche. Die Rillen und Hindernisse waren so tief, daß der Wagen immer wieder mit dem Boden hart aufstieß und Bill Conolly durchgeschüttelt wurde.

Der Reporter dachte nicht an seinen Auspuff oder an den Unterbodenschutz, für ihn zählten allein die Menschen, die sich in den Klauen der Vampir-Zombies befanden. Die Monster mußten unbedingt ausgeschaltet werden.

Bill fuhr noch schneller.

Bei jedem Schlag, der den Porsche von unten traf, verzog er das Gesicht. Bill schaffte es allen Widrigkeiten der Strecke zum Trotz, näher an den Bus heranzukommen.

Der Reporter holte gut auf.

Er sah auch, daß der schwere Bus einen Schlenker machte, dann weiterfuhr und sein Freund John Sinclair innerhalb des Fahrzeugs verschwand.

Dann stoppte der Bus.

Auch Bill Conolly hielt an. Zwei Sekunden überlegte er, ob er näher heranfahren sollte, denn es trennten ihn noch ungefähr dreißig Yards von dem roten Fahrzeug.

Bill entschied sich dafür, den Porsche stehenzulassen. Er stieg aus und rannte auf den Bus zu...

Der faulige Atem des Vampirs traf meine Nase, der Druck an meinem Hals ließ nicht nach.

»Jetzt kannst du zittern, John Sinclair!« zischte Ricardo Ray. »Richtig zittern, denn du hast nur noch wenige Sekunden zu leben, du verdammter Hund!«

Obwohl er leise gesprochen hatte, wurden seine Worte auch in den hinteren Reihen verstanden. Es war still geworden. Die Menschen, die vielleicht wieder Hoffnung geschöpft hatten, saßen deprimiert auf ihren Plätzen und wurden von den grünhäutigen Vampir-Zombies nicht aus den Augen gelassen.

Der Tod und das Grauen hatten Einzug gehalten.

Meine Lage war mehr als unbequem. Ich hing über der Konsole, hatte die Arme ausgestreckt und mich mit meinen gespreizten Händen am unteren Rand der Scheibe abgestützt. Rechts von mir saß die Fahrerin. Diese mutige Frau hatte alles versucht, doch sie war ebenso wie ich nicht in der Lage gewesen, die Vampire zu besiegen. Unglückliche Umstände hatten uns einen Streich gespielt.

Ich hörte Schritte.

Sehen konnte ich nicht, wer da ankam, aber ich vernahm die geifernde Frauenstimme.

Es war Edna, die Schwester des ehemaligen Chemikers.

»Überlaß ihn mir, Ricardo. Kill ihn noch nicht. Ich will sein Blut!«

»Nein, bleib da!« schrie der Vampir. Ich merkte, wie die Mündung der Waffe zitterte.

»Verschwinde, Edna!«

»Nein, Ray, ich will ihn!«

»Nimm dir die Alte!«

Edna heulte vor Wut auf. »Die hat das Kreuz! Wir nehmen sie uns später vor!«

»John Sinclair gehört mir!« Wie Ray das sagte, klang es endgültig, und auch Edna kannte ihren Bruder, sie machte einen Rückzieher.

Wie alle anderen hatte auch Lady Sarah Goldwyn meine ›Niederlage‹ mitbekommen. Nur war die Horror-Oma vor Schrecken nicht so starr, daß ihr Gehirn ebenfalls eingefroren war. Im Gegenteil, sie dachte nach. Ihre Gedanken arbeiteten fieberhaft. Sie suchte nach einem Ausweg und danach, wie sie mir am besten helfen konnte. Gleichzeitig wollte sie auf keinen Fall die beiden Mädchen in Gefahr bringen, deshalb mußte sie vorsichtig zu Werke gehen.

Noch immer hielt sie das Kreuz. Der kleine goldene Talisman wurde von ihrer rechten Hand umschlossen. Er war nicht zu sehen, aber die Horror-Oma spürte ihn.

Und sie ahnte, daß Ray mit seiner Drohung ernst machen würde, als er mit seiner Schwester fertig war.

Deshalb griff sie ein.

»Ich würde Sinclair nicht töten«, sagte sie, und ihre Stimme durchbrach die Stille.

Der Vampir hörte sie, reagierte jedoch nicht.

Lady Sarah wurde forscher. »Haben Sie mich nicht verstanden, Mr. Langzahn?«

Sie sprach bewußt forsch, wollte den Blutsauger reizen, und der ließ sich auch darauf ein.

Er drehte den Kopf.

Da gab die Frau ihre letzte Waffe aus der Hand. Sie schleuderte das kleine goldene Kreuz auf den Untoten zu.

Der sah das Kruzifix, seine Augen wurden groß, und er mußte weg, um nicht getroffen zu werden.

Fünfzig zu fünfzig standen die Chancen!

Würde er noch schießen?

Nein, er huschte zur Seite. Das Kreuz verfehlte ihn und klirrte gegen die Frontscheibe.

Dieses Geräusch machte mich munter. Ich sah das kleine Kruzifix, wie es an der Scheibe entlang herunterrutschte und auf die Konsole fiel.

Der Druck verschwand von meinem Hals.

Gleichzeitig geschahen zwei Dinge.

Bill Conolly stieß die hintere Tür auf, und um Lady Sarahs Hals legten sich zwei kalte Totenklauen...

Ich federte herum.

Es war eine blitzschnelle und gleitende Bewegung. Dabei winkelte ich den Arm an und streckte ihn sofort wieder aus, um mit der Handtasche zuzuschlagen.

Ich hieb dem Blutsauger fast den Kopf von den Schultern. Er flog zurück und prallte gegen seine Schwester, die ich aus den Augenwinkeln wahrnahm und ihr entstelltes Gesicht sah.

Die Beretta hatte ich aus der Hand geben müssen, als mich Ray mit der Walther bedrohte. Sie lag auf der Konsole, und ich konnte sie mir schnappen.

Natürlich hatte ich mit dem Schlag den Vampir nicht ausschalten können, er war schließlich kein Mensch, solche Treffer steckte er weg, ich bekam nur ein wenig Luft.

Als ich mit der Beretta in der rechten Hand abermals herumfuhr, hörte ich die Stimme meines Freundes.

»John!«

Ich zögerte.

Bill hatte es tatsächlich geschafft, sich unbeobachtet an den Bus heranzuschleichen und die Tür zu öffnen. Den Einstieg überwand er mit einem Satz, rief meinen Namen, machte aber gleichzeitig auf sich aufmerksam.

Es war Ernest, der ihn angriff.

Der grünhäutige Vampir-Zombie hatte hinter dem vorletzten Sitz in Deckung gelegen und schnellte hoch. Es war eine huschende Bewegung. Bill schwenkte zwar noch den Arm und drückte auch ab, gleichzeitig traf ein Schlag des Vampirs seine Waffenhand. Der Reporter verriß den Schuß, und die Kugel fuhr in die Decke des Fahrzeugs.

Zu einem zweiten ließ der Blutsauger den guten Bill nicht mehr kommen. Er wuchtete sich über die Rückenlehne des leeren Sitzes hinweg und schmetterte seine Fäuste gegen Bills Brust.

Der Reporter kippte zurück. Dicht neben der Tür fiel er auf den Sitz. Bevor er seine Waffe auf den Grünhäutigen richten konnte, hatte dieser Bills Arm gepackt und hebelte ihn zur Seite. Sein Griff war so hart und der Ruck so wuchtig, daß Bill aufschrie, weil die Schmerzen bis in seine Schulter strahlten.

Er ließ die Waffe los.

Sie fiel erst auf den Sitz, und der Vampir schob sie unbeabsichtigt zur Seite, so daß sie über die Kante rutschte und auf den Boden des Busses fiel.

Bill befand sich in einer schlechten Lage. Er konnte sich nur mit dem linken Arm verteidigen, der rechte schmerzte zu sehr, und er schien sogar ausgekugelt zu sein.

Bill biß so hart die Zähne zusammen, daß ihm das Wasser in die Augen trat.

Der Vampir war wie von Sinnen. Ein regelrechter Blutrausch überkam ihn. Er wollte seine beiden Eckzähne in Bill Conollys Hals hacken, doch der Reporter nahm den Kopf zur Seite. Der Vampir verfehlte ihn und schlug die Hauer in das Leder der Rückenlehne.

Bill hob seinen linken Arm an und hieb dem Blutsauger den Ellbogen in den Nacken.

Der Vampir knurrte nur. Mit beiden Händen krallte er sich an dem Reporter fest. Da Bill seinen rechten Arm nicht benutzen konnte, fehlte ihm die Stütze auf der anderen Seite. So gelang es dem Untoten, Bill Conolly wegzuziehen.

In Richtung Ausstieg!

Bill kippte. Er erhielt noch einen harten Stoß, wurde vorgeschleudert, hörte einen Schuß und fiel zusammen mit dem Vampir kopfüber aus dem Bus.

In den nächsten zwei Sekunden wußte der Reporter nicht, wo oben oder unten war. Er hatte dennoch Glück, denn der Blutsauger kam unter ihm zu liegen, so war der Aufprall für Bill nicht ganz so hart. Trotzdem schüttelte er ihn durch, und sein rechter Arm schien bis zur Schulter hinauf in Flammen zu stehen.

Mit der linken Hand schlug Bill ein paarmal zu, traf auch den Rücken des Gegners, doch die Schläge waren für ihn nur Mückenstiche. Er spürte sie kaum.

Statt dessen wälzte er sich auf die andere Seite und setzte dabei seine höllischen Kräfte ein, denen Bill nichts entgegenzusetzen hatte. Durch die Drehung gelang es dem Blutsauger, sich den Reporter so zurechtzulegen, daß Bill unter ihm lag.

Jetzt konnte Ernest, der Vampir, an seine Kehle!

Lady Sarah spürte die eiskalten Vampirklauen an ihrem Hals und zuckte zusammen. Selten in ihrem Leben war sie so überrascht worden. Mit diesem Angriff hätte sie nie gerechnet.

Sie keuchte und saugte pfeifend die Luft ein.

Ryan Rogers, der Vampir, drückte stärker zu. Undefinierbare Laute drangen aus seinem Maul, der faulige Atem streifte das Gesicht der alten Dame, und die Angst schoß in ihr hoch.

Auch die beiden Kinder hatten bemerkt, was geschehen war.

Marylin reagierte als erste. »Laß sie los!« schrie das Mädchen. »Laß sie los!«

Sie und ihre Schwester schlugen mit den kleinen Fäusten nach dem Blutsauger.

Ich wurde durch ihre Rufe aufmerksam.

Bisher hatte ich mich auf Bill Conolly konzentriert, der am Ende des Ganges erschienen war. Ich bekam mit, wie er von einem Vampir angegriffen und auf die Bank gedrückt wurde. Bill schoß auch, ich sah nur den Feuerblitz, aber nicht, ob die geweihte Silberkugel getroffen hatte.

Ich wollte Ricardo Ray!

Doch der war verdammt raffiniert und auch schnell. Er wußte, daß meine Kugeln für ihn tödlich waren, floh und packte seine Schwester Edna an den Hüften.

Bevor ich reagieren konnte, hatte er sie hochgestemmt und gegen mich geworfen.

Es war zu eng, ich kam nicht schnell genug weg. Edna prallte gegen mich, ich sah das halb zerstörte Gesicht, in dem die bleichen Knochen schimmerten und die wilde Angriffswut, mit der sie mich vernichten wollte.

Edna bekam mein Knie zu spüren. Ihre Arme rutschten ab, sie krümmte sich, ich hob den Fuß, trat zu und stieß sie in den Gang.

Jetzt hatte ich für einen Moment freie Bahn.

Ich sah die Panik in Rays Augen, doch da riß mich das Schreien der Kinder herum.

Mit Entsetzen erkannte ich, daß einer der grünhäutigen Vampire den Hals der alten Frau umklammert hielt. Er hievte sie sogar hoch, die Kinder schlugen auf ihn ein. Lady Sarahs Gesicht war schon leicht bläulich angelaufen, nur auf den Wangen tanzten hektische rote Flecken.

Eine Sekunde zögern konnte ihr Leben kosten. Deshalb ließ ich Ray fahren und wandte mich der alten Dame zu. Mit einem gewaltigen Satz überwand ich die Distanz, prallte auf sie und hieb mit dem Lauf in das Gesicht des würgenden Blutsaugers.

Er fauchte nur und ließ nicht los.

Ich schoß.

Aus einer Handbreit Entfernung traf die Silberkugel ihn voll in den Kopf. Ich konnte gar nicht vorbeischießen. Zudem war es wirklich die letzte Möglichkeit gewesen, das Leben der Horror-Oma zu retten.

Der Vampir sackte weg.

Auch die Hände lösten sich, sie rutschten an der Hinterseite des Sitzes entlang. Schwer fiel der Blutsauger zwischen die gepolsterten Bänke und blieb dort liegen.

Wahrscheinlich würde er zu Staub werden.

Neben mir schnappte Sarah Goldwyn verzweifelt nach Luft. Die Augen rollten in den Höhlen, ihre Lippen zitterten.

»Geht's wieder?« fragte ich hastig.

Sie nickte.

Die beiden Kinder schauten mich an wie einen Geist. Dann sah ich das Erschrecken in ihren Augen und ahnte, daß hinter meinem Rücken etwas Schlimmes passierte.

Da hörte ich schon die gellenden Schreie.

Es war Gaby Mansfield, die sie ausgestoßen hatte. Die Fahrerin hockte noch immer auf ihrem Sitz, doch der weibliche Vampir hatte sie angesprungen und ihren Körper gegen das große Lenkrad gedrückt.

Verzweifelt stemmte sich Gaby gegen den Druck der Untoten. Sie schlug, sie stieß mit dem Knie, dem Kopf, sie versuchte alles, sich aus dem Griff zu befreien.

Es nutzte nichts.

Die andere war stärker.

Immer weiter neigte sich der Kopf der Fahrerin nach hinten, dem Loch zwischen den Speichen zu.

Und Edna lag auf ihr.

Die Schreie waren verstummt.

Ich packte Edna an der Schulter, wirbelte sie mit eisenhartem Griff herum, sah die Blutstropfen an ihrem Mund und wußte nicht genau, ob sie von der Fahrerin stammten.

Wuchtig schleuderte ich Edna auf die offene Tür zu. Sie krachte noch gegen den Trennbalken, rutschte ab und schaffte es nicht mehr, sich zu fangen, sondern verlor das Gleichgewicht und fiel nach draußen.

Ich folgte ihr, blieb vor dem Ausstieg stehen und wartete, bis sie halb hochkam.

Dann feuerte ich.

Die Kugel hieb in den Körper des blutsaugenden Geschöpfs und zerstörte ihn endgültig.

Zwei Vampir-Zombies hatte ich erledigt.

Noch waren drei übrig. Und darunter befand sich der Anführer, Ricardo Ray.

Ich drehte mich wieder.

Nun trat das ein, was ich bereits die ganze Zeit über befürchtet hatte.

Es brach eine Panik aus.

Das Innere des Zombie-Busses verwandelte sich in eine Hölle, denn die Vampire drehten durch...

Vergebens kämpfte Bill Conolly gegen den Druck und die Kraft des Blutsaugers. Er lag unten, der andere hatte alle Trümpfe in der Hand. Und Bill konnte nur einen Arm bewegen, den linken.

Zum Glück lag der frei, so daß Bill ihn anwinkeln konnte, und als der Vampir zubiß, legte Bill Conolly seinen Arm quer vor die Kehle. Der Reporter trug eine hellgrüne Lederjacke, die Zähne hieben hinein, trafen nicht seine Haut.

Der Vampir keuchte wütend.

Bill rammte seinen Kopf nach oben.

Er schrie selbst auf, als er mit der Stirn einen der beiden Zähne traf. Dieser Zahn war dem Aufprall nicht gewachsen, er brach ab. Eigentlich war es zum Lachen, doch Bill konnte das nicht. Seine Hand krallte sich im Haar des Untoten fest und zog daran. Er riß den Kopf des Blutsaugers zurück und hielt eisern fest. Gleichzeitig zog er die Knie an und stemmte sie in den Körper seines untoten Gegners.

Damit gelang Bill die Befreiung.

Der Vampir wurde zurückgestoßen, und mit einem weiteren Tritt beförderte der Reporter ihn zur Seite.

Bill drehte sich sofort und stand auf.

Keuchend und breitbeinig blieb er stehen. Sein rechter Arm hing am Körper herab, als würde er gar nicht zu ihm gehören.

Und der Blutsauger griff an.

Er warf sich dem Reporter entgegen und flog genau in den Tritt hinein, mit dem Bill ihn empfing.

Der schleuderte ihn wieder zurück. Bill bekam etwas Luft. Er sprang auf den Ausstieg zu, kletterte in den Bus, hörte die Schreie und sah seine Pistole.

Bill schnappte danach.

Als seine Finger auf den Waffengriff klatschten, hing der Blutsauger wieder wie eine Klette an ihm. Der Vampir umkrallte Bills Hosengürtel, riß daran, und seiner Kraft hatte der Reporter nichts entgegenzusetzen. Er wurde zurückgezogen, fiel und krachte auf den Blutsauger.

Aber diesmal hatte er die Waffe.

Sofort rollte sich Bill zur Seite und stöhnte vor Schmerzen, als er auf seinen ausgekugelten rechten Arm fiel. Dieses Gefühl trieb ihm das Wasser in die Augen, aber der Reporter gab nicht auf.

Er schoß im Liegen.

Die erste Kugel verfehlte.

Als der Schuß aufpeitschte und das Geschoß nicht traf, machte der Vampir einen erschreckten Satz zur Seite. Und er sprang genau in den zweiten Schuß hinein.

Die Silberkugel jagte schräg in seine Brust. Ernest, der Vampir, schlug mit beiden Armen wild um sich, bevor er zu Boden krachte und auf dem Gesicht liegenblieb.

So löste er sich auf...

Bill aber stemmte sich in die Höhe. Jetzt, wo die Aufregung und der Streß des Kampfes vorbei waren, da spürte er, wie sehr sein rechter Arm schmerzte. Wenn ein Arzt hier gewesen wäre, hätte er ihn wieder einrenken können, so aber mußte Bill Conolly weiterhin die Schmerzen ertragen.

Und der Kampf war noch längst nicht zu Ende. Bill sah, wie eine Fensterscheibe zersplitterte und das Gesicht eines weiblichen Vampirs erschien.

Der Reporter erschrak.

Diese Blutsaugerin kannte er.

Es war die Busfahrerin!

Wie gesagt, die restlichen beiden Blutsauger drehten durch. Sie warfen sich auf die Menschen, aber nicht, um sie zu töten, sondern rissen sie hoch und schleuderten sie mir als Hindernisse in den Weg.

Plötzlich sah ich vor mir eine Wand von tobenden, schreienden und panikerfüllten Menschen. Die einzige, die die Nerven behielt, war Lady Sarah.

Sie umklammerte die beiden Kinder, schützte sie mit ihrem Körper und sorgte auch dafür, daß sie nicht allzuviel mitbekamen.

Vor mir tauchte eine Frau mit blonden Haaren auf. Ihr Gesicht war verzerrt. Die Angst leuchtete in ihren Augen. »Meine Kinder!« schrie sie. »Meine Kinder!«

Sie wollte zu ihnen, doch ich stieß sie zurück. »Bleiben Sie sitzen, verdammt.«

»Neiinnn!« kreischte sie und griff mich an.

Ich mußte mit der flachen Hand zuschlagen. Die blonde Frau flog zwischen die Sitze.

Ich kam weiter.

Da ich nicht gerade zu den Kleinsten zähle, konnte ich über die Köpfe der meisten hinwegschauen. Ich sah Ricardo Ray im hintersten Teil des Busses, wo er sich den Weg freikämpfte. Ein anderer Vampir, sein Bruder Paul, war noch nicht so weit gekommen. Er schlug sich mit einem älteren Mann herum, der ihm seine Reisetasche auf den Kopf drosch.

»Weg!« brüllte ich.

Meine Stimme hallte so laut, daß sie die übrigen Geräusche übertönte. Und der Mann verstand sofort.

Er warf sich zu Boden. Durch diese Aktion hatte ich freies Schußfeld.

Da gab es kein Zögern mehr, ich drückte ab.

Das geweihte Geschoß hieb in die seenlose Hülle des Blutsaugers und stieß ihn zurück. Er fiel gegen eine Sitzkante, konnte sich nicht mehr auf den Beinen halten und krachte zu Boden.

Nun war nur noch Ricardo Ray übrig.

Ich weiß auch nicht, weshalb ich den Kopf drehte, vielleicht war es eine innere Unruhe. Ich sah mit Schrecken, daß ich mich nicht getäuscht hatte. Es gab noch einen Vampir außer Ricardo Ray.

Die Fahrerin!

Ednas Biß hatte auf grausame Art und Weise Früchte getragen. Die dunkelhaarige Frau war ebenfalls zu einem Vampir geworden.

Und sie hatte sich bewaffnet!

Die Finger der rechten Hand umklammerten einen schweren eisernen Schraubenschlüssel, den sie mir über den Kopf ziehen wollte.

Sie schlug zu, bevor ich feuern konnte.

Ich drehte mich zur Seite, und der Schlüssel hieb gegen einen metallenen Haltegriff, wo er eine Kerbe hinterließ. Als die Frau zum zweitenmal ausholte, schlug ich mit der Faust zu und feuerte gleichzeitig. Zwei Taten, eine Bewegung.

Die Blutsaugerin wurde aus der Richtung gebracht, taumelte zur Seite, aber sie konnte ihren Schlag nicht mehr bremsen, sondern hieb mit dem Schraubenschlüssel in die Scheibe, die splitternd zerbrach. Sie selbst fiel ebenfalls noch vor, und ihr Kopf schaute aus dem Rechteck, an dessen Seiten noch die Splitter hingen...

Das genau sah auch Bill Conolly!

Er hatte die linke Hand schon erhoben, um eine Kugel auf das Wesen zu schießen, als er sah, daß dies nicht mehr nötig war.

Zuerst rutschte Gaby Mansfield der Schraubenschlüssel aus den Fingern. Dann zuckte ihr Gesicht, sie öffnete den Mund, ein dünner Blutfaden rann über die Zunge und fiel in Tropfen an der Unterlippe herab. Ein letzter Ruck ging durch ihren Körper. Ein verzweifeltes Aufbäumen, danach nahm das Gesicht wieder einen anderen Ausdruck an.

Einen normalen...

Bill Conolly schluckte. Über seinen Rücken rann eine Gänsehaut. Er bekam regelrecht Angst, bemerkte wohl aus den Augenwinkeln, daß einige Personen den Bus verließen, achtete aber nicht darauf, weil er zu sehr mit sich selbst und seinen Schmerzen beschäftigt war.

Bill stand dicht vor einer Ohnmacht, so weh tat ihm der rechte Arm. Der Reporter konnte nicht mehr kämpfen. Er schluchzte auf und taumelte zur Seite.

Deshalb sah er nicht, wie Ricardo Ray aus dem Bus sprang und um das Fahrzeug herumlief.

Dabei klatschte er mit beiden Füßen in ein Schlammloch, in dem noch Regenwasser stand...

Auf einmal war der Bus leer.

Oder fast, denn Sarah Goldwyn und die beiden Kinder waren noch sitzengeblieben.

Ich ging zu ihnen.

»John, mein Junge«, sagte die Horror-Oma, und ich sah Tränen in ihren Augen.

»Wir haben es fast geschafft«, erwiderte ich.

Sie streichelte meine Hand. »Holen Sie sich den verdammten Blutsauger, und schicken Sie ihn zum Teufel!«

»Wollen Sie nicht auch den Bus verlassen?« fragte ich.

»Ja, es ist besser.« Mrs. Goldwyn stand auf. Sie warf der Fahrerin einen scheuen Blick zu. »Sie hieß Gaby Mansfield«, sagte sie leise. »Und sie war so mutig. Verdammte Vampirbrut!«

Damit sprach sie mir aus dem Herzen. Sie faßte die beiden Mädchen an den Händen und verließ den Bus.

Ich schritt langsam durch den Mittelgang und schaute sogar unter den Sitzen nach.

Nichts, da hatte sich keiner mehr versteckt. Dann stand ich vor dem Ausstieg.

Die Menschen rannten über die Felder. Die Angst trieb sie voran. Weiter links sah ich, wie die Mutter ihre beiden Kinder in die Arme schloß. Sie waren gerettet, nicht zuletzt dank des ungeheueren Mutes einer älteren Dame.

Einer war noch frei: Ricardo Ray, der Mann, der an allem Schuld trug. Doch wo steckte er?

Ich sah Bill Conolly, der zu seinem Wagen gegangen war und auf der Motorhaube hockte, aber ich entdeckte keine Spur von Ray. Dieser Blutsauger schien sich in Luft aufgelöst zu haben, er machte auch keine Jagd mehr auf seine Opfer.

Ich schritt an der Rückseite um den Bus herum. Dort gab es eine altmodische Gepäckleiter, die hoch zum Dach führte, wo früher die Koffer und Reisetaschen verstaut wurden.

Wo hatte sich Ricardo Ray versteckt?

Diese Frage brannte mir auf der Zunge. Verdammt, er konnte sich doch nicht in Luft aufgelöst haben. Und warum sagte Bill nichts? Hatte er vielleicht etwas gesehen?

Ich wollte ihn schon anrufen, als mein Blick auf die Leiter fiel, die zum Dach führte.

Sie zeigte Schmutzspuren. Auf den untersten Sprossen klebte Lehm, und es hingen sogar noch Wassertropfen an dem Metall.

Plötzlich wußte ich, wo mein Gegner steckte.

Auf dem Dach!

Ich peilte nach oben.

Der Winkel war zu spitz, so daß ich Ricardo Ray nicht sah. Aber ich war mir sicher, daß er dort oben lauerte.

Was er konnte, schaffte ich auch. Ich begann, die Leiter hochzuklettern. Mit der linken Hand hielt ich mich fest, denn in der rechten hielt ich die Beretta.

Ich hatte soeben den Fuß auf die dritte Sprosse gesetzt, als mich Bills Ruf erreichte.

»John, er sitzt auf dem Dach!«

Mein Freund hatte gesehen, was ich vorhatte, und er hatte den besseren Blickwinkel.

»Vorsicht, er kommt!«

Ich hatte mich nach seinem Ruf beeilt, befand mich bereits mit dem Kopf auf gleicher Höhe wie der Dachrand, sah eine Waffe, ein Stück Schulter und hörte den Schuß.

Instinktiv zog ich den Kopf ein. Heiß jaulte die Kugel dicht über meinen Scheitel. Wahrscheinlich hatte sie noch ein paar Haare mitgenommen.

Ich feuerte zurück.

Ray war ebenso schnell wie ich, denn auch mein Geschoß traf ihn nicht.

Dann peitschten gleich drei Schüsse hintereinander auf. Es war Bill Conolly, der feuerte. Er hatte sich hingekniet und seinen linken Arm auf die Kühlerschnauze des Porsche gelegt. Zwar traf er den Vampir nicht, aber die geweihten, silbernen ›Grüße‹ zwangen den Blutsauger doch in Deckung.

Er mußte untenbleiben.

Was mir Gelegenheit gab, alles zu wagen. Ich kletterte noch eine Sprosse höher, peilte über den Rand und sah meinen Gegner flach auf dem Busdach liegen.

Bill schoß nicht mehr.

Ich wollte feuern, doch der Vampir wälzte sich zur Seite und sprang auf. Er federte in die Höhe, zielte auf mich und...

Klack, machte es.

Ricardo Ray hatte sich verschossen.

Ich jubilierte innerlich und kroch wie eine Schlange voran. Voller Wut schleuderte mir Ray die leergeschossene Walther entgegen, traf aber nicht, sondern nur die Dachkante, von der die Pistole abtickte und irgendwo verschwand.

Ich kam auf die Beine. »So, Blutsauger«, sagte ich. »Du bist der letzte!«

Er starrte mich an. Ich sah, wie es in seinem Gesicht arbeitete Wut, Haß und Enttäuschung zeichneten die Züge. Der Mund stand halb offen, und ich sah seine schimmernden Vampirbeißer

Dann griff er an.

Mit bloßen Fäusten wollte er mich niederschmettern. Ich hätte natürlich schießen können, aber das tat ich nicht. Statt dessen warf ich mich ihm entgegen und hieb ihm den Waffenlauf quer durchs Gesicht. Er knurrte nur, versuchte trotz dieser Aktion seine Fäuste in meinen Leib zu stoßen, doch ich wich aus.

Rays Schwung war zu groß. Er schaffte es nicht mehr rechtzeitig genug, vor der Dachkante zu stoppen. Der nächste Tritt glitt ins Leere, und Ray kippte nach unten.

Das hatte ich gewollt.

Blitzschnell streifte ich die Kette mit dem Kreuz über meinen Kopf, trat selbst an die Kante und ließ das Kreuz fallen.

Es fiel auf den Vampir, der sich soeben erheben wollte.

Die Wirkung war frappierend. Mit einem Schlag entfaltete das Kreuz seine gesamte Magie. Es brannte nicht nur einen Abdruck in die untote Hülle, sondern zerstörte den Vampir in Sekundenschnelle.

Zurück blieb der Kopf, der aus der grauen Asche des übrigen Körpers herausragte.

Mund und Augen bewegten sich noch, die Haut zitterte nach, dann wurde sie faltig, grau und lappig. Wie alter Stoff zerfiel sie, und die blanken Knochen leuchteten im Schein einer schon schräg am Himmel stehenden Sonne.

Ricardo Ray und seine Vampir-Zombies gab es nicht mehr...

Wir hatten noch einiges zu tun. Vor allen Dingen sorgte ich dafür, daß das übriggebliebene Fariac-Blut in den Panzerschränken des Yard verschwand.

Zuvor jedoch kümmerte ich mich um die Fahrgäste.

»Ihr hättet auch früher kommen können, ihr beiden«, sagte die Horror-Oma, während sie ihren Stock schwang.

»Ging nicht!«

Sie schaute mich an. »Und warum?«

»Reifenpanne.«

»Da sieht man mal wieder, daß auch ein Geisterjäger gegen technische Pannen nicht gefeit ist.«

Bill ging es wieder gut. Seinen Arm hatte jemand eingerenkt. Kein Arzt oder Sanitäter, sondern Mrs. Sarah Goldwyn. Sie hatte während des Krieges in einem Lazarett gearbeitet und noch nichts verlernt.

Auch nicht das Zubereiten von Tee. Das merkten wir drei Tage später, als wir bei ihr eingeladen waren. Zusammen mit Sheila, Johnny und zwei kleinen Ehrengästen.

Es waren Marylin und Jeanie, die Zwillinge, die zum Abschied Mrs. Goldwyn das größte Kompliment machten, indem sie gestanden, daß sie sich solch eine Oma schon immer gewünscht hätten.

Doch eine Sarah Goldwyn ist einmalig ...

ENDE

Flieh, wenn der Würger kommt

Vor dieser Unterredung hatte sich O. P. Osborne, der Zuchthausdirektor gefürchtet. Doch es gab keinen Weg daran vorbei, er mußte mit diesem Gefangenen reden.

Seufzend schlug er die Akte des Mannes auf. Da stand der Name. Erwin Wozny. Geboren in Polen, eingewandert 1970. Fünf Jahre später von der Polizei festgenommen. Da hatte er auch schon seinen traurigen Beinamen bekommen.

›Der Würger‹ wurde er genannt.

Wozny, der Würger. Das war ein Fressen für die Zeitungen. Sie schlachteten den Fall aus. Wozny wurde in einem wahren Schauprozeß für alle Zeiten hinter Gitter gesteckt.

Fünf tote Frauen gingen auf sein Konto.

Man legte Wozny auch nicht mehr mit anderen in der Zelle zusammen, nachdem ein Versuch schiefgelaufen war. Wozny hatte durchgedreht und seinen Zellenkumpan mißhandelt. Der Mann war mit schweren Verletzungen in die Klinik gebracht worden und kam noch einmal mit dem Leben davon.

Erwin Wozny erhielt nun eine Einzelzelle. Dort vegetierte er dahin. Er führte oft Selbstgespräche in seiner Heimatsprache. Da der Direktor gern wissen wollte, was dieser Wozny so alles von sich gab, ließ er einen Gefangenen holen, der polnisch verstand und dem Direktor das Erlauschte übersetzte.

Vom Teufel hatte Wozny gesprochen. Von der Hölle und einer fürchterlichen Rache. Namen wie Asmodina und Destero waren gefallen, doch damit konnten weder der Direktor noch der Übersetzer etwas anfangen.

Wozny spinnt, hieß es allgemein.

Und mit diesem Spinner wollte O. P. Osborne nun reden. Vielleicht hatte er sich in den letzten Monaten gebessert, man konnte Wozny ja nicht die gesamten Jahre über in eine Einzelzelle sperren. Außerdem sollte er wie die übrigen Gefangenen arbeiten.

Es klopfte. Das Geräusch riß den Direktor aus seinen Gedanken. Dann wurde die Tür geöffnet, und das Gesicht einer ältlichen Dame erschien. Sie war Osbornes Sekretärin.

»Der Gefangene, Sir!«

»Lassen Sie ihn reinkommen.«

»Mit oder ohne Bewachung?«

Osborne überlegte, entschied sich dann vertrauensvoll und erwiderte: »Ohne Bewachung. Die Leute können ja draußen solange warten.«

»Geht in Ordnung, Sir.«

Die Sekretärin schloß die Tür nicht völlig, so daß der Zuchthausdirektor durch den Spalt schauen konnte. Er sah die Bewegung im Vorzimmer, dann wurde die Tür wieder geöffnet.

O. P. Osborne stand auf. Das tat er immer, wenn ein Gefangener kam, obwohl er es gar nicht nötig hatte. Doch Osborne wollte demonstrieren, daß auch die Gefangenen Menschen waren.

Obwohl der Zuchthausdirektor ein ungutes Gefühl hatte, ließ er sich nichts anmerken. Er lächelte sogar und sagte: »Ich freue mich, daß Sie gekommen sind und zu meiner Einladung nicht nein gesagt haben.«

Wozny nickte nur.

»Nehmen Sie Platz.«

Der Gefangene schüttelte den Kopf. Er wollte stehenbleiben.

Ziemlich stur, der Bursche, dachte Osborne und schaute sich Erwin Wozny genauer an.

Er kannte ihn eigentlich mehr vom Bild. Auf den Fotos hatte Wozny schon schlimm ausgesehen. Seine Gestalt konnte man ruhig mit der eines Menschenaffen vergleichen. Gedrungen, breitschultrig, aber auch gleichzeitig geschmeidig. Vielleicht waren die Beine etwas zu kurz, dafür wuchsen die Arme länger. Hinzu kamen die Pranken des Mannes, die Würgehände, unter deren Druck bereits zahlreiche Menschen ihr Leben gelassen hatten. Sie waren ebenfalls überaus kräftig, und auf den Fingern wuchsen schwarze Härchen. Der Kopf war im Verhältnis zum Körper ziemlich klein. Er erinnerte an eine Kugel, die Ohren standen ein wenig ab, die Nase schimmerte immer etwas rötlich, der Mund wirkte wie ein fleischiger Klumpen, die Augen blickten verschlagen. Das grau gewordene Haar hatte er zu einer Bürste geschnitten, und die blaue Anstaltskleidung aus derbem, reißfestem Stoff zeigte kaum einen Flecken. Kein Wunder, er tat ja auch nichts.

O. P. Osborne räusperte sich, als er den stechenden Blick des Gefangenen auf sich spürte. Irgendwie fühlte sich der Direktor ertappt bei seiner Seelenanalyse.

»Sie wollen sich wirklich nicht setzen?«

»Nein.«

Wozny sagte nur dieses eine Wort, doch es reichte, um zu merken, daß er sich sprachlich noch längst nicht akklimatisiert hatte. Er redete noch mit dem harten osteuropäischen Akzent. Abermals fragte sich der Direktor, ob er keinen Fehler begangen hatte, Wozny in sein Büro zu holen; nun, das ließ sich nicht mehr ändern.

Osborne hatte sich wieder gesetzt und schlug die Strafakte des Mannes auf. Er blätterte ein paar Seiten durch, fühlte die bohrenden Blicke des Gefangenen auf sich, und ein Frösteln lief über seinen Rücken.

»Es sieht ja nicht gut aus, Mr. Wozny«, begann er von neuem. »Ihre Straftaten haben Sie vor Gericht selbst zugegeben. Fünf tote Frauen sind eine große Belastung, und es ist Ihnen klar gemacht worden, daß Sie die Freiheit wohl nie mehr wiedersehen werden.« Der Direktor hob den Kopf und schaute Erwin Wozny an, doch in dessen Gesicht regte sich nichts.

O. P. Osborne fuhr fort. »Deshalb meine ich, daß Sie sich in der langen Zeit doch etwas mehr in die Gemeinschaft einfügen sollten. Es ist nichts, wenn Sie die Jahre über nur in einer Einzelzelle sitzen, glauben Sie mir. Sie müssen an dem Anstaltsleben teilnehmen, Sie müssen arbeiten. Sie sollten etwas lesen, sonst sind Sie kein Mensch mehr. Ihr Gehirn wird einfrieren, wenn Sie sich nicht beschäftigen. Und Sie bekommen irgendwann einen Koller. Deshalb möchte ich einen Versuch machen, vorausgesetzt, Sie sind einverstanden. Ich will Sie in eine Zweierzelle legen.«

Osborne schaute den Gefangenen an und sah sein kurzes Grinsen. Dann öffnete Wozny den Mund. Er sagte abermals nur ein Wort.

»Nein!«

O. P. Osborne stöhnte auf. »Seien Sie doch nicht so stur, Mr. Wozny. Ich sage das ja nicht zum Spaß. Glauben Sie mir, wir haben unsere Erfahrungen...«

»Ich will nicht.«

»Dann wollen Sie immer in Ihrer Einzelzelle hockenbleiben?«

»Nein.«

Der Zuchthausdirektor war überrascht. »Jetzt verstehe ich Sie nicht. Haben Sie Ihre Meinung geändert?«

»Ich will hier raus!«

Diese vier heftig ausgestoßenen Worte erzeugten bei Osborne nur ein mildes Lächeln. »Das möchten alle. Aber bei Ihnen, Mr. Wozny, ist die Chance gleich Null.«

»Ich komme raus.«

»Wollen Sie ausbrechen?«

»Ja.«

»Und wann?« Osborne fand das Gespräch plötzlich ein wenig amüsant.

»Schon bald.«

»Aus diesem Zuchthaus hat es kaum einen Ausbruch gegeben. Auch Sie werden es nicht schaffen.«

»Ich habe Helfer.«

»Und wen?«

»Asmodina und Destero, den Dämonenhenker. Ich habe mit ihnen gesprochen. Sie helfen mir.«

Der Direktor lehnte sich zurück. »Jetzt machen Sie mal einen Punkt. Das glauben Sie doch selbst nicht, was Sie da sagen, das sind Hirngespinste...«

»Nein.«

»Auf dieser Basis können wir nicht weiterreden, Wozny. Ich werde Sie wieder abführen lassen.«

Erwin Wozny trat einen Schritt vor. Als seine Beine die Kante des Schreibtisches berührten, blieb er stehen und hob die rechte Hand, wobei er die Finger spreizte.

»Sehen Sie diese Hand! Schauen Sie sich die Finger genau an. Mit denen habe ich getötet, und diese Hand wird auch weiter töten, das verspreche ich. Schlimmer als zuvor, denn nun habe ich die Unterstützung der Hölle.«

»Reden Sie nicht so dumm daher!«

»Dumm?« höhnte Erwin Wozny. »Nein, das ist nicht dumm. Ich hasse meine Hand, ich hasse sie sehr, ich will sie nicht mehr haben. Und ich bekomme eine neue.«

Bevor Osborne reagieren konnte, geschah das Unwahrscheinliche. Der Gefangene hob den rechten Arm, drosch ihn nach unten und schlug ihn etwa in Ellbogenhöhe gegen die Kante des Schreibtischs. Es gab ein dumpfes Geräusch.

Entsetzt riß O. P. Osborne die Augen auf, denn was er sah, war unglaublich, war der kalte Horror.

Die Hand fiel ab, als wäre sie nicht die eines Menschen, sondern die einer Puppe...

Wie gelähmt blieb Osborne sitzen. Er hatte schon viel in seinem Leben durch- und mitgemacht, doch das hier schlug dem Faß den Boden aus. Das widersprach allen Naturgesetzen, das durfte nicht wahr sein, das war eine Halluzination...

Er wischte sich über die Augen.

Als er freie Sicht hatte, bemerkte er, daß er keiner Täuschung erlegen war. Denn dicht vor seinen Augen erschien der Armstumpf, Wozny hatte ihn vorgereckt.

Und kein Tropfen Blut drang aus der Wunde!

Osborne sah die Adern, die Venen, das Fleisch – nur kein Blut. Er glaubte, einen bösen Traum zu erleben, doch Wozny hatte noch mehr Überraschungen parat.

»Ich brauche sie nicht mehr!« zischte er. »Ich will sie nicht haben, weil ich eine andere bekomme. Jetzt, hier, sofort!«

Da erwachte Osborne aus seiner Erstarrung. Sein rechter Arm schnellte vor, er wollte auf den Alarmknopf unter der Tischplatte drücken, aber dagegen hatte Wozny etwas.

Mit der Linken packte er zu. Seine Finger wühlten sich in Osbornes Haare, ein gewaltiger Ruck, und der Zuchthausdirektor wurde von seinem Sessel gerissen. Er fiel zu Boden. Bevor er sich erheben konnte, war Wozny mit zwei Schritten neben ihm und riß ihn auf die Beine.

»Du schaust zu!« zischte er. »Du sollst alles sehen, mein Junge. Denn die Zeit des Würgers ist wieder angebrochen. Gib genau acht.« Er schleuderte den Direktor von sich, daß dieser mit dem Rücken gegen die Wand prallte.

Wozny streckte seinen linken Arm aus und deutete auf eine Stelle dicht unter dem Fenster. »Sieh da hin!«

Wie unter Zwang folgte der Blick des Direktors der angegebenen Richtung.

Dort entstand ein Flimmern. Als hätte jemand eine rote Wunderkerze versprüht, so sehr knisterte und sprühte es. Doch es blieb nicht dabei.

Etwas kristallisierte sich hervor.

Eine Hand!

Schaurig war sie anzusehen. Man hatte sie dicht hinter dem Gelenk abgetrennt. Die hellere Haut war noch zu erkennen, allerdings nur bis zum Ballen, denn dort begann der schwarze Handschuh. Und auf diesem Stoff hob sich der auf dem Mittelfinger sitzende Ring sehr deutlich ab. Osborne konnte sogar das Bild erkennen, das in den Ring eingraviert worden war.

Es zeigte einen Frauenkopf mit langen roten Haaren und zwei Hörnern, die aus der Stirn wuchsen.

Der Direktor des Zuchthauses hatte Asmodina gesehen, nur wußte er nichts von ihrer Existenz. Er stand nur da, zitterte und staunte, und er hatte Angst.

Die Hand bewegte sich.

Die Finger krallten sich zusammen, wurden wieder gespreizt, und dann wanderte die Hand auf Erwin Wozny zu, der in der Mitte des Zimmers stand und seinen Armstumpf erhoben hatte.

O. P. Osborne ahnte, was folgen würde, doch er wollte nicht daran glauben.

Bis er es mit eigenen Augen sah.

Die Hand setzte sich genau auf den Armstumpf des Gefangenen, als wäre sie nur dafür geschaffen worden. Sie bildete mit ihm eine Einheit, während die normale auf dem Boden lag und vor den entsetzten Augen des Zuchthausdirektors langsam verfaulte.

Erwin Wozny aber hatte eine neue Hand.

Die des Teufels!

Bisher hatte O. P. Osborne nie an Geister oder Spuk geglaubt. Nun aber änderte er seine Meinung, denn was er hier gesehen hatte, war nicht normal zu erklären, das widersprach allen physikalischen Gesetzen. So etwas war der Horror schlechthin.

Wozny lächelte böse. Sein Gesicht hatte sich irgendwie verändert. Der stupide Ausdruck war darin verschwunden und hatte einem anderen Platz geschaffen.

Einem lauernden, teuflischen, mordlüsternen...

»Das ist sie!« flüsterte er. »Desteros Würgehand. Grausam und tödlich. Mein Rufen hat Erfolg gezeigt. Nur einem Würdigen wollte Asmodina die Hand geben, damit er sein Erbe weiterführt.« Er hob seinen rechten Arm. »Diese Hand«, versprach er, »wird töten und würgen, und sie wird sich das zurückholen, was einmal ihr gehörte. Das Schwert Desteros. Dies ist ein Versprechen. Ein mit Blut geschriebenes und unterzeichnetes Versprechen. Und niemand auf der Welt kann mich jetzt daran hindern, das zu tun, was getan werden muß!«

Auf der Stirn des Zuchthausdirektors standen dicke Schweißtropfen. Seine Haut war aschgrau geworden, er bebte am gesamten Körper, denn er ahnte, was der andere vorhatte.

O. P. Osborne erhielt in den nächsten Sekunden die Bestätigung. »Dich werde ich töten. Du und andere habt mich in diese verdammte Zelle gesteckt. Dafür werdet ihr schrecklich büßen. Und zwar mit dem Tod!«

Erwin Wozny hatte die letzten Worte kaum ausgesprochen, da handelte er. Bevor Osborne ausweichen konnte, schnellte die Hand vor und packte zu.

Fünf behandschuhte, kraftvolle Finger legten sich wie Stahlklammern um die Kehle des Mannes.

Innerhalb einer Sekunde wurde Osborne die Luft abgedrückt. Er wollte noch einen Schrei ausstoßen, doch nur ein mattes Gurgeln drang aus seinem Mund.

Osborne sackte in die Knie.

Wie eine Maschine stand der unheimliche Würger vor ihm. Er drückte nur mit der rechten Hand zu, der linke Arm lag flach an seinem Körper.

Fast dreißig Sekunden blieben seine Finger am Hals des Zuchthausdirektors. Dann flammte plötzlich der Ring auf. Er leuchtete in einem glühenden Rot, das von den Augen der Teufelstochter ausgestrahlt wurde und für Wozny ein Zeichen war.

Er ließ den Zuchthausdirektor los.

Sekundenlang schwankte die Gestalt noch von einer Seite zur

anderen. Dann kippte sie nach links und schlug schwer zu Boden. Die gebrochenen Augen bewiesen sehr deutlich, daß O. P. Osborne nicht mehr lebte. Die Rache des Würgers hatte ihn getroffen.

Erwin Wozny aber lachte auf. Er drehte sich um und warf keinen Blick mehr auf die Leiche. Dafür schaute er auf seine Hand und lächelte den Ring an.

»Du hast mir geholfen!« keuchte er. »Du hast es geschafft. Ich danke dir, Asmodina...«

Das letzte Wort war kaum über seine Lippen gedrungen, als die Tür aufgestoßen wurde.

Zwei Männer standen auf der Schwelle.

Kräftige Gefängniswärter, die den Gefangenen hergebracht hatten. Sie sahen mit einem Blick, was geschehen war. Ihre Augen wurden groß. Zuerst wollten sie nicht glauben, daß so etwas überhaupt möglich sein konnte, dann aber reagierten sie entsprechend.

Schußwaffen trugen sie nicht, doch an ihren Koppeln hingen Gummiknüppel. Blitzschnell lösten sie die harten Schlagstöcke und drangen auf Erwin Wozny ein.

Der ließ sie kommen.

Mit einer fast lässigen Bewegung packte er zu, nachdem ihn der erste Hieb am Kopf getroffen hatte. Es war die Würgehand, die sich in die Schulter des Schlägers grub und hart zudrückte.

Der Mann stöhnte erst, dann schrie er. Schließlich sackte er in die Knie und blieb am Boden liegen.

Sein Kollege war hinter Wozny gelaufen. Pfeifend wischte der Gummiknüppel durch die Luft und hieb in den Nacken des unheimlichen Mörders.

Den Schlag hätte keiner überstanden. Jeder normale Mensch wäre bewußtlos zusammengebrochen, nicht so Erwin Wozny. Er zuckte zwar und duckte sich noch tiefer, dann aber federte er herum, und die schwarze Würgehand traf den Gefängniswärter mit einem gewaltigen Rundschlag.

Der Mann wurde fast aus den Schuhen gehoben, fiel über den Schreibtisch und räumte ihn ab. Bewußtlos kippte er zu Boden.

Erwin Wozny schüttelte sich, als hätte jemand kaltes Wasser über ihn gegossen, und verließ das Büro.

Im Vorzimmer hielt sich die Sekretärin auf. Sie hatte durch die offene Tür mit ansehen müssen, was geschehen war. In ihrem Gesicht paarten sich Angst und Nichtbegreifen. Als der Gefangene mit der schwarzen Hand das Büro verließ, da glaubte die Frau, ihr letztes Stündlein wäre angebrochen.

Sie warf sich auf die Knie nieder und hob flehend die Hände. Wozny kümmerte sich nicht um sie.

Er ging.

Mit einem lauten Krachen schmetterte er die Tür hinter sich zu.

Nebenan stöhnte der Mann mit der verletzten Schulter. »Rufen Sie die Wache an!« keuchte er. »Man muß die Bestie aufhalten...«

Erst nach diesen Worten erwachte die Sekretärin aus ihrer Erstarrung. Sie rief die Wache nicht an, sondern gab direkt Alarm. Plötzlich schrillten überall im Zuchthaus die Glocken. Die Echos hallten schaurig durch die Gänge, Wärter wurden aufgeschreckt und griffen nach ihren Waffen.

Die Jagd auf Erwin Wozny begann!

Auch der Ausbrecher hörte das Schrillen der Glocken und das hohle Pfeifen der auf den Dächern installierten Alarmsirenen. Er hatte dafür nur ein müdes Lächeln übrig.

Sie würden sich wundern, ihn konnte man nicht packen, nicht mehr, seitdem er sich unter dem Schutz der Hölle befand.

Vom Verwaltungstrakt, wo der Direktor sein Büro hatte, gab es einen Verbindungsgang zu den Gefangenenblocks. Es war ein kahler Betongang, absolut ausbruchsicher.

Zusätzlich durch Stahltüren gesichert, die allerdings offenstanden, denn vier bewaffnete Männer stürmten dem Ausbrecher entgegen. Sie waren mit Schnellfeuergewehren ausgerüstet und würden auch schießen, wenn Wozny nicht stoppte.

Sie sahen sich zur selben Zeit.

Sofort blieben die vier Männer stehen und legten ihre Gewehre an.

»Halt! Bleiben Sie stehen. Umdrehen, Hände an die Wand!« Die Worte peitschten Erwin Wozny entgegen.

Er stoppte tatsächlich. Seine Stirn legte sich dabei in Falten, und er tat so, als müßte er erst noch überlegen.

Zwei Wärter traten vor. Mit gleitenden Schritten bewegten sie sich auf Wozny zu. Die Männer wußten nicht genau, was geschehen war, aber sie kannten den Mann als brutalen Mörder.

Alle vier sahen ihn, und jeder sah auch die Würgehand mit dem Ring darauf. Es kam ihnen zwar ungewöhnlich vor, doch niemand brachte sie mit den vorangegangenen schlimmen Ereignissen in Verbindung. Sie glaubten immer noch, Wozny gestellt zu haben.

Bis sie eines Besseren belehrt wurden.

Die beiden Wärter befanden sich noch zwei Schritte von Erwin Wozny entfernt, als plötzlich etwas Seltsames geschah. Es war ein unheimlicher Spuk, für den niemand eine Erklärung zur Hand hatte.

Der Körper des Gefangenen löste sich auf!

Alle vier sahen, wie er durchsichtig wurde, dann nur ein Schemen war, und einen Atemzug später konnten sie ihn überhaupt nicht mehr sehen.

Erwin Wozny war verschwunden.

Nur etwas hatte er noch hinterlassen.

Seine Hand!

Sie schwebte nach wie vor in der Luft und glitt über die Köpfe der entsetzten Wärter, die zwar ihre Waffen hochrissen und feuerten, jedoch nicht trafen.

Die Hand war einfach zu schnell. Sie wischte zwischen den Wärtern umher, und in das Krachen der Schüsse mischten sich die entsetzten Schreie der Männer.

Querschläger pfiffen durch den Gang. Gefährliche Heuler, die zwei Männer verletzten.

Dann verschwand auch die Hand.

Zurück blieb das Grauen, und ein Rätsel, das sich keiner erklären konnte . . .

Wer konnte das Rätsel lösen? Zuerst kümmerte sich die ortsansässige Mordkommission um den Fall. Man erstellte Protokolle, nahm Zeugenaussagen auf und stellte fest, daß der Zuchthausdirektor erwürgt worden war.

Die Spuren der fünf Finger waren noch deutlich zu sehen. Als rote Streifen erschienen sie auf der Haut, die auch nicht blasser wurden. Der untersuchende Arzt hob ebenso die Schultern wie der Leiter der Mordkommission.

Ratlosigkeit stand in ihren Gesichtern zu lesen. Dann kam jemand auf den glorreichen Gedanken, den Fall an Scotland Yard abzuschieben. Sollten die Leute sehen, wie sie weiterkamen.

Und Scotland Yard reagierte prompt. Als Sir James Powell die Aussagen auf seinen Schreibtisch bekam und die Kopie durchlas, da stutzte er, als er zwei Namen las.

Asmodina und Destero!

Und schon wurde es ein Fall für mich, den Geisterjäger John Sinclair. Ich war ebenfalls wie elektrisiert, verlor keine Sekunde, klemmte mich in meinen Bentley und fuhr zu diesem Zuchthaus hin, wo alles seinen Anfang genommen hatte.

Viel hatte mir der Superintendent nicht erzählen können. Ein Gefangener wäre ausgebrochen. Er hätte sich unsichtbar gemacht, nachdem er den Zuchthausdirektor getötet hatte. Zudem waren noch zwei Namen gefallen.

Asmodina und Destero!

So etwas alarmierte und elektrisierte mich immer. Asmodina war die Nachfolgerin des Schwarzen Tods und hatte mir schon verdammt viel Kummer bereitet. Wie ihr Vorgänger, so hielt auch sie sich gern im Hintergrund und ließ andere für sich arbeiten.

Da war Dr. Tod mit seiner Mordliga, die darauf programmiert war, zerstörerische Werke zu vollbringen. Noch hatte er die Gruppe nicht ganz vollständig, und ich hoffte, daß er das letzte Mitglied, Xorron, auch nicht so leicht aufspüren würde.

Es gab außer der Mordliga noch unzählige niedere Dämonen, die auf Asmodinas Kommando hörten, doch einige kristallisierten sich immer wieder hervor. Dazu hatte auch Destero, der Dämonenhenker, gehört. Ich sagte bewußt hatte, denn mir war es gelungen, ihn, diesen fürchterlichen Dämon, zu besiegen. Ich hatte ihm sogar das Schwert entwendet und ihn damit umgebracht.

Oder sollte er nicht tot sein? Ich dachte ein paar Monate zurück und vergegenwärtigte mir noch einmal die Szene, wie Destero gestorben war.

Der Kampf hatte in Bill Conollys Haus stattgefunden, das von Asmodina in eine andere Dimension geschafft worden war. Bei dieser letzten Auseinandersetzung ging es wirklich um alles oder nichts, denn Asmodina und Destero wollten die Familie Conolly töten. Selbst vor dem kleinen Johnny hätten sie nicht haltgemacht. Alle wurden gerettet, Asmodina entkam, Destero starb.

Zuvor hatte ich ihm die Hand abgeschlagen. Seine behandschuhte Rechte, die irgendwie verschwunden war. Jedenfalls war sie mir nie mehr begegnet.

Als er so geschwächt war, gelang es mir, ihn zu töten. Es war ein harter Schlag für Asmodina gewesen, hinzu kam noch, daß sich das Schwert des Dämonenhenkers nun in meinem Besitz befand und mir schon gute Dienste geleistet hatte.

Nun, ich würde noch erfahren, wann und wie alles zusammenhing. Das Zuchthaus lag nur noch einige Meilen entfernt, ich brauchte nicht mehr länger als zehn Minuten zu fahren.

Es regnete.

Ein warmer Mairegen strömte auf die Erde nieder. Er überschattete alles mit einem düsteren Grau und ließ die Gegend hier noch trister erscheinen.

Es sah fast so aus wie in Dartmoor. Auch hier gab es Sumpf, waren einige Landstriche unbewohnt, und das letzte Dorf hatte ich bereits durchfahren.

Es gab noch eine Straße. Die führte geradewegs auf das Zuchthaus zu, einem düsteren Komplex, dessen Mauern nach einer großen Kurve vor mir aufwuchsen.

Nee, Freunde, hier wollte ich nicht einmal tot über dem Zaun hängen. Man sollte vielen Ganoven den Bau vorher mal zeigen, dann würden sie sich ihren Coup sicherlich noch mal überlegen.

Ein gewaltiges Eisentor teilte die hohe Mauer mit den Wachtürmen und dem Stacheldrahtzaun auf der Krone. Vor dem

Tor standen einige Wagen. Der Parkplatz war mit Schotter bedeckt, der unter den Reifen des Bentley knirschte.

Ich stoppte, stieg aus, warf mir schnell den Burberry über, zog den Kopf ein und lief die paar Schritte auf das Tor zu. Nebenan befand sich eine schmale Tür. Ebenfalls aus Eisen. Ich sah eine Klingel und schellte.

In der Tür öffnete sich ein Guckloch. Ich blickte in die obere Hälfte eines Gesichts, stellte mich vor und sagte, daß ich beim stellvertretenden Direktor Miller angemeldet war.

»Einen Moment, Sir.«

Die Klappe schloß sich wieder, der Beamte fragte erst einmal nach, und ich stand im Regen.

Es ging ziemlich schnell.

Ich wurde eingelassen und sah einen Innenhof, der nur in der Mitte einen grünen Fleck zeigte, wo eine Birke wuchs. Auch sie sah nicht gesund aus. Wer hier lebte, wurde allein schon vom Anblick krank. Die Zellenfenster kamen mir vor wie traurige Augen voller Hoffnungslosigkeit. Hin und wieder sah ich schemenhaft eine Gestalt hinter den Gittern.

Ich wurde abgeholt.

Ein hochaufgeschossener Beamter schleppte mich in den Verwaltungstrakt. Zum Glück brauchten wir nicht durch den Regen, sondern marschierten durch einige Gänge.

Im Vorzimmer des ermordeten Direktors wartete Horace Miller, der Stellvertreter. Er war ein noch junger Beamter, trug einen korrekt sitzenden grauen Anzug und spielte vor lauter Nervosität an seiner Brille.

Der Leiter der Mordkommission war ebenfalls anwesend, auch der Arzt und zwei Männer in grauen Kitteln. Sie würden den Toten hinterher wegtragen.

Miller reichte mir die Hand. »Ich freue mich, daß Sie so rasch wie möglich gekommen sind. Wir haben die Leiche noch nicht wegbringen lassen, vielleicht möchten Sie einen Blick darauf werfen.«

»Ja, das wäre nett.«

Wir gingen in das Büro.

Der Tote lag auf dem Boden.

Etwas stach besonders ins Auge.

Die fünf Würgemale!

Ich ging neben der Leiche in die Knie, sah mir die Male genauer an und erkannte dort, wo der Mittelfinger gesessen hatte, einen Abdruck. »Hat mal jemand eine Lupe?«

Ich erhielt sie.

Als ich mir den Abdruck genauer und vergrößert anschaute, hatte ich die Bestätigung.

Dort mußte ein Ring sein Zeichen hinterlassen haben. Der Abdruck war deutlich in der Vergrößerung zu sehen. Ein Frauengesicht, aus dessen Stirn zwei Teufelshörner wuchsen.

Asmodina!

Ich war also an der richtigen Adresse. Ein paar Sekunden blieb ich noch hocken, dann schwang ich mich wieder in die Höhe. Einige Augenpaare schauten mich fragend an.

»Das Opfer ist ohne Zweifel erwürgt worden«, sagte ich.

»Das haben wir auch festgestellt.« Die Stimme des Kripomannes klang spöttisch.

»Aber Sie haben den Mörder nicht hierbehalten können, obwohl Sie wissen, wer es war.«

»Das stimmt, Sir!« bestätigte Horace Miller. »Obwohl wir wirklich alles getan haben. Wir stellten das Zuchthaus auf den Kopf, schauten in jedem Winkel nach, weil wir den Aussagen der vier Wärter nicht trauten.«

»Was haben die denn gesagt?«

»Nun, sie erklärten einstimmig, daß sich Erwin Wozny vor ihren Augen in Luft aufgelöst habe.«

»Und?«

»Nichts und. Nur die Hand ist noch geblieben. Die Hand mit dem Ring. Sie haben auf sie geschossen, sie aber nicht getroffen, weil sie zu schnell war. Von Querschlägern sind zwei Männer verletzt worden. Einer schwebt in Lebensgefahr ...«

»Was geschah mit der Hand?«

Miller schob seine Brille zurecht und schaute mich an, als wollte er mich für seine Antwort um Verzeihung bitten. »Die ist auch verschwunden.«

»Diesen Ring hat keiner von Ihnen gesehen?«

»Nein, nur die Wärter.«

»Wie sah er aus?«

Diesmal gab der Leiter der Mordkommission die Antwort. »Er war ziemlich groß, also ein Herrenring, doch sein Motiv zeigte den Kopf einer Frau mit feuerroten Haaren und zwei Hörnern, die aus ihrer Stirn wuchsen. Eine Teufelin.«

Ich nickte und fragte weiter. »Hatte dieser Erwin Wozny irgendwelche okkulten Hobbys?«

»Wie... wie meinen Sie das?«

Miller hatte die Frage gestellt, ich erklärte es ihm genauer. »Hat er des öfteren vom Teufel gesprochen, von den Kräften der Hölle? Hat er gedroht? Sind Begriffe gefallen wie Mächte der Finsternis, Rache der Hölle oder ähnliches?«

»Ja, so etwas hat er in der Tat gesagt. Wir hielten es für Spinnerei.«

Ich lächelte bitter. »Das Gegenteil ist Ihnen ja heute bewiesen worden.«

»Das glauben Sie!« sagte der Beamte der Mordkommission. »Ich jedoch nicht. Für mich steht fest, daß dieses Verschwinden des Mörders eine völlig normale Erklärung finden wird.«

»Es wäre zu hoffen«, pflichtete ich ihm bei.

»Wieso sind Sie meiner Meinung?«

»Weil es dann vielleicht weniger Tote geben wird.«

»Sie glauben, daß Wozny weiter mordet?«

»Natürlich.«

»Der Meinung bin ich auch. Er wird sich wieder junge Frauen aussuchen, wie schon zuvor. Da steht uns was ins Haus. Erst dieser Ripper von Yorkshire, und jetzt Wozny, der Würger.«

»Ich glaube allerdings kaum, daß er sich auf Frauen spezialisieren wird«, gab ich meine Meinung bekannt.

»Und warum nicht?«

»Wenn er wirklich vom – sagen wir – Teufel befreit worden ist, wird der seine Forderungen stellen. Und die sehen anders aus. Er wird morden, aber gezielt und nur die Personen, die man ihm vorschreibt. Verlassen Sie sich darauf.«

»Wenn Sie meinen, Kollege. Mein Fall ist es zum Glück nicht. Kann ich die Leiche jetzt wegschaffen lassen?«

»Ich habe nichts dagegen.«

Die beiden Männer im Kittel traten an den Toten heran, hievten ihn hoch und legten ihn in eine Kunststoffwanne. Dann klemmten sie den Deckel fest und trugen die Leiche aus dem Zimmer. Ihr Chef folgte ihnen.

Zurück blieben Miller und ich.

»Sie glauben gar nicht, Sir, wie unangenehm mir das ist. Bisher hat die Presse noch nichts erfahren, aber wenn die Reporter Wind davon bekommen, ist der Teufel los. Unter den Gefangenen ist sowieso schon eine gewisse Unruhe zu bemerken.«

»Das kann ich mir vorstellen. Sind Sie schon lange im Amt?«

»Ein halbes Jahr.«

»Also gerade eingearbeitet.«

»So kann man's nennen.« Er zündete sich eine Zigarette an. »Ich hätte da noch eine Frage, Sir«, sagte er.

»Bitte.«

»Glauben Sie eigentlich, daß dieser Killer wieder hierher zurückkehrt, um Rache zu nehmen? Wissen Sie, man liest soviel. Ein Mann rechnet ab und so. Er hat Mr. Osborne umgebracht, und ich meine, daß er auch vor mir nicht haltmachen wird.«

»Nein, das glaube ich nicht.«

Er saugte tief den Rauch ein. »Sagen Sie das nur, oder meinen Sie das ernst?«

»Ich meine es so, wie ich es gesagt habe. Dieser Wozny hat jetzt andere Dinge zu tun. Ich hoffe nur, daß ich ihn vorher zu fassen bekomme, bevor er seine Drohung wahrmacht und andere Menschen tötet.«

»Ich wünsche Ihnen viel Glück, Mr. Sinclair.«

Das waren die letzten Worte, die ich mit diesem Mann wechselte. Ich hatte hier nichts mehr zu suchen. Derselbe Wärter, der mich hergeführt hatte, brachte mich auch wieder zurück. Ich war froh, die Enge des Zuchthauses verlassen zu können.

Es regnete noch immer. Vor dem Tor blieb ich für einen Moment stehen und saugte die kühle Luft ein. Nach dem Mief des Zuchthauses kam sie mir wie reiner Sauerstoff vor.

Auf der Rückfahrt nach London entwickelte ich bereits meinen Plan. Ich dachte darüber nach, wer am meisten gefährdet war. Dabei konnte ich die Familie Conolly und mich nicht ausschließen. Wir würden sogar auf der Todesliste des unheimlichen Würgers ganz oben stehen...

Dr. Marion Savallo.

Dieser Name stand auf dem Schild. Und die blondhaarige achtundzwanzigjährige Frau war stolz auf diesen Titel. Lange genug hatte sie kämpfen müssen, und lange genug hatte es gedauert, bis die männlichen Kollegen sie akzeptierten, denn sie war in eine Domäne der Männer eingebrochen.

Dr. Marion Savallo hatte einen außergewöhnlichen Beruf. Sie war Staatsanwältin und hatte das große Glück gehabt, bekannt geworden zu sein. Nachdem ein Kollege plötzlich erkrankte, mußte sie den Staat im Prozeß gegen den Frauenwürger Erwin Wozny vertreten. Ihr Name war damals in zahlreichen Gazetten erschienen, und auch um die Fotos hatten sich die Zeitungen gerissen.

Jetzt war sie voll im Geschäft.

Sie hatte die Wohnung gewechselt und sich drei eigene Zimmer im Stadtteil Mayfair gekauft, wo ein Terrassenhaus gebaut worden war, in dem zehn Eigentümer lebten. Ihre Wohnung lag in der obersten Etage, mit einem herrlichen Blick vom Wohnzimmer aus auf die Ostseite des Hyde Parks.

Marion schloß die Tür auf und betrat die Wohnung. Es roch noch immer ein wenig nach kaltem Rauch. Sie hatte am letzten Abend Gäste gehabt und wollte erst einmal durchlüften. In der quadratischen Diele nahm sie ihren Mantel ab und schaute sich im Spiegel an.

Sie war eine gut aussehende Frau. Das rote Kleid stand ihr besonders. Der weiße Gürtel hielt es in der Taille zusammen, so daß ihre Figur noch stärker nachmodelliert wurde. Ihr Haar trug sie halblang und zu einer Außenrolle gedreht. Brillantohrringe – ein Geschenk ihres Vaters – blitzten im Licht des Deckenstrahlers.

Die Frau war froh gewesen, nach Hause gehen zu können. Ein langer Tag lag hinter ihr, sie hatte Protokolle gewälzt und sich auf den nächsten Prozeß vorbereitet. Er wurde gegen einen

Heiratsschwindler geführt, und der Anwalt der Gegenpartei hatte sie als Frau für befangen erklärt. Das würde noch Ärger geben.

Ärgerlich schleuderte sie auch die Schuhe von den Füßen. Sie waren noch ziemlich neu und hatten den ganzen Tag über schon gedrückt. Dann schlüpfte sie in bequeme Hausschuhe, ging in den Wohnraum und stellte sich vor das große Fenster. Dahinter lag die vierzig Quadratmeter große Terrasse. Die hellen Fliesen glänzten regennaß. Auch vom Hydepark war nicht viel zu sehen. Die große Grünfläche verschwamm unter dem vom Himmel fallenden nassen Schleier.

Marion Savallo hatte ihre Wohnung modern eingerichtet. Im Livingroom herrschten die Produkte italienischer Möbel-Designer vor. Dazu paßte auch ein zweihundert Jahre alter Brotschrank, den sie von ihrem Vater zur Promotion geschenkt bekommen hatte.

Sie ließ sich in einen bequemen Leinensessel fallen, holte die Fernbedienung vom Glastisch und schaltete die Stereo-Anlage ein. Barbra Streisand sang ›Women in Love‹, und Marion summte die Melodie mit, die zu ihrem Lieblingshit geworden war. Zu Hause gab sie sich locker, da war sie nicht mehr die strenge Beamtin.

Vielleicht würde Fred, ihr Freund, noch vorbeikommen. Er hatte geschäftlich in Glasgow zu tun und wollte, wenn es möglich war, die Nacht mit ihr verbringen.

Er hatte einen Schlüssel und würde sie schon finden.

Die Platte lief fast eine halbe Stunde. Danach fühlte sich die Frau entspannt und entschloß sich, unter die Dusche zu steigen. Vom Schlafzimmer aus mit dem französischen Bett gab es einen direkten Durchgang zum Bad.

Die Kleidung schleuderte sie aufs Bett, stülpte die Badekappe über ihr blondes Haar und stellte sich unter die Dusche.

Zehn Minuten genoß sie die Wechselbäder, danach verspürte sie Hunger und briet sich ein Steak. Sie aß Salat dazu und trank einen herben Rotwein.

Ein Blick in die Radiozeitung verriet ihr, daß im Fernsehen ein alter Western lief. Sie schaltete das Gerät an, drehte aber den Ton leiser und wurde schläfrig. Sie merkte nicht, daß sie eingenickt war, nur als sie aufwachte, war es draußen schon dunkel.

»Mein Gott.« Hastig richtete sie sich auf und stellte fest, daß sie fast drei Stunden geschlafen hatte. Jetzt fühlte sie sich erfrischt und reif für einen Drink.

Sie mixte einen Wodka Lemon, schaute dem Nachrichtensprecher zu und stellte sich dann ans Fenster.

Die Straßenlaternen wirkten wie Planeten und Sterne in einem weit entfernten Sonnensystem. Dahinter lag die dunkle Wand des Parks, wo nur wenige Lichter leuchteten. Am Himmel flogen zwei glühende Punkte. Flugzeuge, die in Heathrow gestartet waren.

Die Maschinen erinnerten sie an den Urlaub, der in fünf Wochen fällig war. Sie wollte zu den Bahamas, vielleicht kam Fred sogar mit. Langsam leerte sie das Glas. Im Wohnraum brannte nur eine Lampe, die einen milden Schein abgab.

Über den Glasrand schaute sie hinweg auf die Terrasse.

Plötzlich wurden ihre Augen schmal. Genau gegenüber, wo sich die Brüstung mit den Blumenkästen befand, hatte sie eine Bewegung bemerkt. Dort stand jemand.

Dr. Marion Savallo hatte zwar keine Angst, doch das Gefühl der Unruhe blieb. Sie ging in den Wohnraum zurück und stellte ihr Glas weg. Dann zog sie den Gürtel des bunten Hausmantels enger und schritt wieder auf das Fenster zu.

Die Gestalt war verschwunden.

»Einbildung«, murmelte die Frau und lächelte. Sie sah, daß es aufgehört hatte zu regnen, und dachte daran, daß sie noch Partygläser von dem runden Gartentisch draußen holen wollte. Die Tür befand sich auf der rechten Seite der großen Scheibe. Marion legte den Hebel um und zog die Tür auf.

Mit einem Schritt überwand sie die Schwelle.

Plötzlich war der Schatten da.

Rechts von ihr tauchte er auf und hatte neben der Tür gelauert. Marion wirbelte herum, blickte in das feuchte Gesicht eines Mannes und glaubte, verrückt zu werden.

Vor ihr stand Wozny, der Würger!

Ich fuhr nicht nach Hause, sondern noch ins Büro. Sir James wartete auf meinen Bericht.

Als ich eintraf, deckte Glenda Perkins, meine Sekretärin, soeben ihre Schreibmaschine ab.

»Feierabend?« fragte ich.

Sie strahlte mich an. »Endlich.«

»Gab's was Neues?« Ich zog meinen Mantel aus.

»Nein, war alles ruhig. Und bei Ihnen?«

Ich hob die Schultern. »Wir müssen mit einigem Ärger rechnen. Desteros Hand ist wieder aufgetaucht.«

Glendas Augen wurden groß. »Wie?«

»Das erkläre ich Ihnen vielleicht morgen. Schönen Abend noch.«

»Sehen Sie doch mal nach draußen, John. Was soll man bei dem Wetter schon anstellen.«

»Da gibt es viel. Kino, Theater, ein Restaurant besuchen...«

»Allein?«

»Glenda.« Ich ging zu ihr und legte beide Hände auf ihre Schultern. Sie trug eine blaue Bluse mit weißen Punkten, und ich spürte die Wärme ihrer Haut. »Sie sind doch neulich erst von einem jungen Mann abgeholt worden.«

Glenda wurde rot. »Daß Sie mir das immer unter die Nase reiben müssen.«

»Mögen Sie ihn nicht?«

»Das ist längst vergessen.«

»Dann sind Sie also wieder frei?«

Sie wurde leicht rot. »So kann man es sehen.«

»So allerdings ist es schlecht, den Abend zu vertreiben. Ich hätte Ihnen ja gern Gesellschaft geleistet, aber der Job läßt es nicht zu. Später mal.«

»Das haben Sie schon oft gesagt, John.«

»Nie die Hoffnung aufgeben«, sagte ich. »Irgendwann klappt es doch einmal.«

»Tschau«, sagte sie, drehte sich um und ging. Ich half ihr noch in den Mantel. Auf dem Flur trennten wir uns. Glenda schritt zum Fahrstuhl, ich tigerte zu Sir James' Büro. Als ich mich noch einmal umdrehte, sah ich Glendas traurigen Blick.

Verdammt, man müßte sie wirklich einmal überraschend besuchen und dann...

Fast wäre ich an der Tür vorbeigelaufen, so sehr beschäftigte mich Glenda.

Ich klopfte. Als ich keine Antwort hörte, öffnete ich, durchquerte das leere Vorzimmer und betrat Sir James' Büro.

Der Alte hockte hinter seinem Schreibtisch und las in einer Akte. »Setzen Sie sich«, sagte er.

Ich nahm Platz.

»Finte oder nicht?« fragte er, ohne sich beim Lesen stören zu lassen.

»Keine Finte.«

Jetzt hob er den Kopf. »Berichten Sie.«

Ich tat es. Sir James hörte zu, und ich sah, daß sein Gesicht einen immer verkniffeneren Ausdruck annahm. Ihm paßte die Entwicklung der Dinge ebensowenig wie mir.

»Wir müssen also davon ausgehen, daß sich Desteros Hand am Arm eines anderen befindet«, sagte er.

»So sehe ich es.«

»Der Ring weist auf die Verbindung zu Asmodina hin. Dann wird sie auch die Hand geschickt haben. Wer könnte denn alles auf der Liste dieses Wozny stehen?«

Ich zählte ihm einige Personen auf, und der Superintendent widersprach mir nicht.

»Das bedeutet in der Tat eine große Gefahr«, murmelte er. »Ob er sich auch an den Leuten rächen wird, die ihn ins Zuchthaus gebracht haben?«

»Das wird Asmodina wohl kaum zulassen. Die verfolgt andere Pläne.«

»Was macht Sie so sicher, John?«

»Die Teufelstochter tut nichts umsonst. Wenn sie schon dafür sorgt, daß Wozny freikommt, wird er sich auch ihren Wünschen unterwerfen müssen. Bevor er durchdreht, wird er sich in Asmodinas Auftrag die Personen vornehmen, an denen sie ein persönliches Interesse hat. Mir hat sie nie verziehen, daß ich Destero das Schwert abgenommen und ihn damit getötet habe. Ich nehme an, daß sie es sich zurückholen will. Deshalb stehe ich auf Woznys Liste ganz oben.«

»Und die Conollys?«

»Die sind ebenfalls gefährdet«, gab ich zu. »Sie waren schließlich dabei, als Destero getötet wurde, und haben die Schmach praktisch miterlebt.«

»Dann müßten wir sie warnen.«

»Was ich gleich erledigen werde.«

»Trotzdem möchte ich den Leuten, die am Prozeß beteiligt waren, eine Warnung zukommen lassen. Schaden kann das auf keinen Fall.«

»Natürlich nicht.«

Sir James Powell blickte mich an. »John«, sagte er. »Ich möchte, daß Sie diesen Wozny finden und vor allen Dingen Desteros Hand zerstören. Ich will keinen würgenden Killer in London haben.«

»Klar.« Ich stand auf. »Sonst noch was?«

»Nein, im Augenblick nicht. Die Warnungen an die Prozeßteilnehmer werde ich veranlassen.«

»Danke.« In meinem Büro rauchte ich eine Zigarette und schnupperte den letzten Hauch von Glendas Parfüm. Eine Putzfrau erschien, verzog sich aber wieder, als sie mich am Schreibtisch sitzen sah. Sie schloß hinter sich die Tür.

Bill war nicht zu Hause, dafür aber Sheila.

»Aha«, sagte sie nur, als sie meine Stimme hörte. »Hast du wieder eine Reifenpanne?« Sie spielte dabei auf den letzten Fall an, bei dem Bill mir tatkräftig geholfen und Sarah Goldwyn, die Horror-Oma, ihm sogar noch den Arm eingerenkt hatte.

»Nein, diesmal nicht.«

»Das war ja eine komische Ausrede mit der Reifenpanne. Und ich habe sie noch geglaubt.«

»Sheila, ich konnte wirklich nicht weiter.«

»Na ja, schon gut. Was gibt es denn?«

»Das möchte ich Bill sagen.«

»Warum denn immer diese Geheimnistuerei? Bin ich denn ausgeschlossen?«

Sheila schien schlechte Laune zu haben, das war ihrer Stimme deutlich anzuhören.

»Nein, aber wir kennen deine Reaktionen. Und diesmal geht es auch dich etwas an – und den Kleinen...«

»Was? John, berichte...«

»Es geht um Destero.«

»Aber der ist tot.«

»Sicher, du warst ja selbst dabei. Du hast auch gesehen, daß ich ihm die Hand abgeschlagen habe. Die war verschwunden, ist nun jedoch wieder aufgetaucht und befindet sich am Arm eines Mörders. Sie wird wahrscheinlich von Asmodina gelenkt.«

»Das heißt, wir befinden uns in Gefahr.«

»Ja.«

»Dann danke ich dir für die Warnung, John.«

»Sollte irgend etwas sein, Sheila, du weißt ja, was zu tun ist. Und vergiß nicht, Bill zu benachrichtigen.«

»Er ist auf einem Vortrag, den ein ihm bekannter Professor hält. Hoffentlich wird er nicht unterwegs überfallen.«

»So rasch sicherlich nicht.« Ich verabschiedete mich und legte auf. Mir war gar nicht wohl, denn ich wußte, daß in London ein Würger herumlief.

Er hatte es auf uns abgesehen. Und er stand mit den Kräften der Hölle in Verbindung.

Eine brisante Mischung.

Was konnte ich dagegen unternehmen?

Nichts, vorerst wenigstens. Ich konnte schlecht durch London laufen und den Würger suchen. So mußte ich wieder einmal warten, bis er zuschlug, dann erst konnte ich reagieren.

Eine dumme Lage, in der ich mich befand. Leider war noch kein Computer erfunden worden, der die Attacken von Dämonen im voraus berechnete. Immer schlugen sie zuerst zu, und wir konnten dann nur versuchen, das Schlimmste zu verhindern.

Ich schnappte mir meinen Burberry-Mantel, schaltete das Licht aus und verließ den Bau.

Es war noch hell. Der Abendverkehr hatte begonnen. So dauerte es länger, bis ich meine Wohnung erreichte. Ich ging nicht zu mir, sondern nach nebenan, wo Suko und Shao wohnten.

Der Chinese öffnete. Er war noch immer leicht sauer auf mich, weil ich ihn bei meinem letzten Fall nicht informiert hatte. Aber es war wirklich nicht möglich gewesen. Im Zombie-Bus hatte es kein Telefon gegeben.

»Ein seltsamer Gast«, sagte er.

»Um so lieber wirst du mich empfangen.«

»Brauchst du mal wieder Hilfe?«

»Und wie.«

Suko grinste und schlug mir auf die Schulter. »Komm rein.«

Ich ließ mich im Wohnraum nieder. Shao, das chinesische Girl, hantierte in der Küche. Als ich schnuppernd die Luft einsaugte, sagte Suko: »Du kannst mitessen.«

»Einverstanden.«

»Und?« fragte er.

Ich berichtete.

Sukos Augen glänzten. »Verdammt«, kommentierte er, als ich geendet hatte, »da steht uns ja noch einiges bevor.«

»Und wie.«

»Was machen wir?« fragte Suko.

»Warten. Nichts als warten. Wir müssen dem anderen die Initiative überlassen.«

Der Chinese nickte. »Dabei können wir nur hoffen, daß er uns zuerst angreift.«

»Du sagst es«, erwiderte ich.

Obwohl sich Shao größte Mühe beim Kochen gegeben hatte, wollte mir das Essen nicht so recht schmecken. Die nahe Zukunft sah mir einfach zu düster aus...

Ein Traumbild, eine Halluzination! Daran glaubte Marion Savallo. Jemand mußte ihr einen bösen Streich gespielt haben, denn dieser Mann, der da auf ihrer Terrasse stand, der hockte hinter Gittern. Sie selbst hatte dafür gesorgt, daß er dahin geschafft wurde.

Sie trat zurück. Sie schrie nicht, sie verfiel nicht in Panik, sie glaubte es einfach nicht.

Da klingelte das Telefon.

Dieses schrille Geräusch brachte sie wieder in die Wirklichkeit zurück. Sie mußte noch halb geschlafen haben, denn als sie nach draußen schaute, war von Erwin Wozny nichts mehr zu sehen.

Überarbeitung!

Beim dritten Läuten erst lief sie quer durch den Wohnraum in die Diele, wo der Apparat stand. Sie machte Licht – und erstarrte.

Über dem Hörer schwebte eine Hand!

Pechschwarz war der Handschuh, den jemand über die Finger gestreift hatte. Nur am Gelenk leuchtete es heller, dort war ein Stück Haut zu sehen.

Und sie sah den Ring. Ein Schmuckstück mit einer großen Fläche, das das Bild einer rothaarigen Frau zeigte, aus deren Stirn zwei Hörner wuchsen.

Auf einmal war auch Dr. Marion Savallo unfähig, sich zu rühren. Sie konnte ihren Blick nicht von der schrecklichen Hand wenden, die wie an einem unsichtbaren Faden in der Luft hing und sich nicht bewegte.

Bis sie das Lachen hörte.

In ihrem Rücken.

Zuerst tat sie nichts, blieb einfach stehen, während ein kalter Schauer durch ihren Körper floß. Dann streifte ihr Blick die Garderobe, wo die Handtasche stand. Dort bewahrte sie immer das Sprühfläschchen mit dem Tränengas auf, aber es würde wohl zu spät sein, die »Waffe« hervorzuholen.

Im selben Moment verstummte das Klingeln.

Das war für Marion Savallo das Zeichen. Auf der Stelle kreiselte sie herum – und prallte gegen Wozny!

Ja, er war es!

Sie schrie.

Diesmal hatte sie sich nicht unter Kontrolle, denn Wozny grinste so diabolisch, daß es ihr den Atem verschlug. Die Angst peitschte in ihr hoch, und dann hob der Würger langsam seinen rechten Arm.

Marions Augen wurden groß. Sie sah nur einen Teil, einen Stumpf, denn die Hand fehlte.

Die schwebte über dem Telefon...

»Nein!« flüsterte sie und wankte zurück. »Nein, bitte. Das ist...

das ist...« Ihre Stimme versagte, weil die heiße Angst ihr die Kehle zudrückte.

Und sie wußte genau, weshalb Erwin Wozny zurückgekehrt war. Um sie zu töten!

Sie ging zurück.

Schon im Gerichtssaal hatte er sie immer mordlüstern angeschaut. Jetzt wollte er sein Versprechen einlösen.

Sie ging zurück.

Einen Schritt, den zweiten. Die Tür befand sich in ihrem Rücken, und sie war nicht abgeschlossen. Wenn es ihr gelang, die Wohnung zu verlassen, konnte sie vielleicht um Hilfe schreien. Andere würden sie hören, würden ihr vielleicht helfen...

Da griff die Klaue zu!

Plötzlich spürte Marion Savallo einen harten Schlag im Nacken. Im nächsten Augenblick umklammerten fünf Finger ihren Hals und drückten langsam zu.

Und Wozny setzte sich in Bewegung. Einen Schritt vor ihr blieb er stehen.

Pfeifend holte Marion Luft. Das ließ die würgende Hand gerade noch zu. Sie sollte reden können, denn Wozny wollte noch etwas von ihr hören.

»Ich bin zurückgekehrt«, flüsterte er.

»Was... was wollen Sie?« keuchte die Frau.

»Deinen Tod.«

»Nein! Ich... Sie sind im Gefängnis. Sie können es nicht sein. Wozny sitzt hinter Gittern.«

»Der Teufel hat mir geholfen«, sagte Wozny und kicherte böse.

Der Teufel!

Dieses Wort hallte in Marion Savallos Kopf nach. Ja, es mußte der Teufel sein, eine andere Erklärung hatte sie nicht. Zumindest stand Wozny mit dem Satan im Bunde.

Aber gab es den Teufel überhaupt? War das nicht alles eine Erfindung oder Einbildung der Menschen? Sie hatte oft genug darüber gelesen, es aber nie glauben wollen.

Und nun?

Marion spürte den Druck der Hand in ihrem Nacken und

wunderte sich eigentlich, daß man sie noch atmen ließ. Vielleicht wollte Wozny sie auch nur quälen?

Und da hatte sie gar nicht so unrecht. Wozny wollte seine Rache auskosten.

Er kicherte plötzlich. »Denkst du noch an früher? An den Gerichtssaal? Wie ihr mich fertiggemacht habt? Ja, erinnerst du dich, du widerliche Schlampe?«

»Sie waren ein Mörder. Sie hatten fünf Frauen getötet, dafür mußten Sie bestraft werden.«

»Nein, ich darf nicht bestraft werden!« zischte er. »Nicht ich, sondern die anderen. Aber ihr könnt mich nicht bestrafen!« Er kicherte plötzlich. »Ich lasse mich nicht in den Bau stecken und sitze nicht hinter vergitterten Fenstern. Ich bin frei. Endlich kann ich meine Rache einlösen, und du bist als zweite an der Reihe. Der Zuchthausdirektor ist schon tot.«

Dr. Marion Savallo glaubte nicht mehr an eine Chance. Dieser Teufel würde sein Versprechen einlösen.

Er tat es auch.

Die Hand packte fester zu.

Marion spürte noch den mörderischen Druck, alles verschwamm vor ihren Augen, dann gaben ihre Knie nach, und sie sank langsam dem Boden entgegen, wo sie schwer aufschlug und liegenblieb.

Als Tote...

Etwa eine halbe Minute später löste sich die Hand von der Kehle der Staatsanwältin. Sie schwebte durch die Luft, schlug einen Bogen und fand ihr Ziel, den Armstumpf des Würgers.

Wozny war zufrieden. Er sah sich kurz in der Wohnung um, fand ein wenig Bargeld und steckte es ein. »Das war die zweite«, flüsterte er, als er noch einmal zurück in die Diele ging und einen Blick auf die Tote warf. »Den dritten, den Richter, den hole ich mir jetzt.« Er lachte wieder schaurig.

»Nein, du wirst ihn nicht holen!«

Erwin Wozny zuckte zusammen, als er die Stimme vernahm. Sie gehörte einer Frau, die jedoch nirgendwo zu sehen war, denn sie hatte aus dem Ring gesprochen. Von dort hatte sich Asmodina, die Teufelstochter, gemeldet.

»Was willst du von mir?« flüsterte Wozny heiser.

»Du wirst nicht nur deinen Trieben folgen, sondern mir gehorchen. Ich bestimme, wen du als nächsten umbringst. Hast du mich verstanden?«

»Ja.«

»Dann ist es gut.«

»Aber er muß sterben!« keuchte Wozny. »Ich kann nicht länger leben, wenn er existiert.«

»Du bekommst ihn auch. Später...«

»Nein«, heulte Wozny, »jetzt!«

Das war Asmodina zuviel. Dieser Wozny vergaß, wem er seine freie Existenz zu verdanken hatte, und die Teufelstochter wollte ihm das gleich drastisch klarmachen. Die Hand gehorchte ihr, denn sie hatte sie erst aus den Dimensionen des Schreckens geholt. Bevor sich Wozny versah, war es schon geschehen. Die Hand hatte sich von seinem Arm gelöst.

»Ich werde dir zeigen, was es bedeutet, sich meinen Befehlen zu widersetzen!« zischte Asmodina, und ihr Gesicht auf der viereckigen Ringplatte verzog sich zu einer wilden Grimasse. Sie konnte Ungehorsam überhaupt nicht ausstehen. Das hatte sie schon oft gezeigt, wenn andere versuchten, sich in ihre Angelegenheiten einzumischen. Auch Dr. Tod hatte sie bereits gedemütigt, als er aufbegehrte.

Die Hand schwebte plötzlich vor Woznys Gesicht, aber so, daß die Finger auf ihn zeigten. Dann spreizten sie sich – und packten zu!

Plötzlich gurgelte Erwin Wozny auf. Er bekam keine Luft mehr. Mit ihm geschah das gleiche wie mit den Menschen, die jetzt nicht mehr lebten. Plötzlich spürte Wozny die Angst, die ihn erfaßte, als er nicht mehr atmen konnte, die Panik, das Grauen...

Er brach zusammen.

Mit seiner linken Hand versuchte er, die andere zu lösen, doch das schaffte er nicht. Zu hart drückten sich die behandschuhten Finger in seine Kehle.

Erwin Wozny fiel auf den Rücken. Kurz vor der Ohnmacht ließen die Finger seinen Hals los. Wozny konnte wieder atmen. Er keuchte, spie und gurgelte. Sein Gesicht hatte bereits eine andere Farbe angenommen. Es gelang ihm nur mühsam, sich auf die Beine zu stemmen. Dabei mußte er sich an der Wand abstützen. Er stieß noch eine Blumenvase um, deren Wasser den Teppich näßte.

Schwankend stand er da.

»Streck den Arm aus!« befahl die Stimme aus dem Ring.

Erwin Wozny gehorchte.

Die Würgehand beschrieb in der Luft eine Kurve und legte sich wieder um Woznys Gelenk.

»Das war die letzte Warnung«, machte ihm Asmodina mit scharfer Stimme klar.

Wozny nickte. Sprechen konnte er nicht. Seine Kehle fühlte sich an wie ein Reibeisen.

»Ab jetzt wirst du nur tun, was ich sage!« zischte die Teufelstochter. »Verstanden?«

»Ja.«

»Dann geh, die nächste Aufgabe wartet!«

Erwin Wozny verließ die Wohnung nicht auf dem normalen Wege. Asmodinas Magie ermöglichte es, daß er sich auflöste.

Zurück blieb eine Tote.

Ich hatte mich nach dem Essen in meine Wohnung zurückgezogen. Schwere Gedanken plagten mich. Ich dachte immer an die Hand, die einmal an Desteros Körper gesessen hatte. Mir war klar, daß sich Asmodina rächen wollte, auch in Desteros Namen, sonst hätte sie die würgende Klaue nicht geschickt.

In der Wohnung steht ein schmaler Schrank, wo ich einige Dinge aufbewahre. Unter anderem den Kelch des Feuers, den silbernen Nagel, mit dem ich einmal Dr. Tod getötet hatte, und seit einiger Zeit auch das Schwert, das ich Destero abgenommen hatte.

Diese Waffe war besonders wichtig. Nicht nur für mich, sondern auch für Destero. Es existierte zwar nur noch seine Hand, aber wenn sie in den Besitz des Schwertes gelangte, dann war sie so gut wie unbesiegbar. Die Hand und das Schwert bildeten ein höllisches Tandem, deshalb nahm ich an, daß Asmodina versuchen würde, sich das Schwert zurückzuholen. Vielleicht nicht heute, sondern morgen oder übermorgen, wenn sie mich erledigt hatte.

Es war inzwischen zwanzig Uhr geworden. Getan hatte sich nichts. Es blieb ruhig. Auch innerhalb des Hauses waren die Geräusche verstummt. Die meisten Menschen gingen zu Bett.

Auch ich.

Aber ich zog mich nicht aus, sondern legte mich in voller Montur auf die Matratze. Es war ein unbestimmtes Gefühl, das mich dazu trieb. Ich ahnte, daß in dieser Nacht noch etwas geschehen würde. Und wenn, dann wollte ich voll da sein.

Nach einigen Minuten fiel ich in einen leichten Schlaf. Im Laufe der Zeit hatte ich so etwas wie Routine bekommen, ich konnte schlafen, aber auch blitzschnell wach werden, wenn mich irgend etwas störte. Sei es nur ein fremdes Geräusch oder eine sich rasch verdichtende Ahnung.

Diesmal war es kein Einbrecher, der mich störte, sondern das Telefon. Es schrillte unüberhörbar laut.

Augenblicklich war ich voll da, hob ab und meldete mich.

Es war Earl Gantry, unser Einsatzleiter, der in dieser Nacht die Schicht leitete.

»Ich hoffe, du hast noch nicht geschlafen, John.«

»Kaum.« Ein Blick auf die Uhr zeigte mir, daß wir fast Mitternacht hatten.

»Du mußt noch mal raus. Mord.«

»Und wer?« fragte ich.

»Dr. Marion Savallo.«

»Die Staatsanwältin?«

»Ja. Ein Bekannter, der auch einen Wohnugsschlüssel besitzt, hat sie gefunden. Soviel ich gehört habe, ist sie erwürgt worden. Eine widerliche Sache.«

»Gib mir die Adresse.«

Er gab sie mir durch. Mein Weg würde mich nach Mayfair führen. Diesmal fuhr ich nicht allein, sondern sagte Suko Bescheid. Auch der Chinese hatte sich noch nicht ausgezogen.

»Ahnte doch, daß noch etwas passiert«, sagte er, als er seine Lederjacke überstreifte und Shao zum Abschied einen Kuß auf die Lippen hauchte.

Wir nahmen den Bentley und fuhren rüber nach Mayfair.

Dieser Stadtteil gehört zu den bevorzugten Wohngegenden Londons. Wir fuhren durch stille Straßen. Kaum ein Wagen begegnete uns. Nicht weit von der Ostseite des Hyde Parks entfernt lag das Terrassenhaus versteckt hinter hohen Ulmen, so daß nur das pyramidenförmig zulaufende Dach zu sehen war. Hier wohnte Marion Savallo, vielmehr hatte sie gewohnt.

Es gab eine schmale Stichstraße, die zum Haus führte und bei den Abstellplätzen mündete.

Dort standen auch die Wagen der Mordkommission.

Wir fuhren hoch.

Die Wohnungstür stand offen. Licht fiel in den Flur, und die Beamten befanden sich noch bei der Arbeit. Ich nahm einen typischen Tabakgeruch wahr und wußte, daß Inspektor Quincy in dieser Nacht Dienst hatte. Er war ungefähr so alt wie ich, wir kannten uns ziemlich gut.

»John, gut, daß Sie da sind«, sagte er und reichte mir die Hand. »Und der Schatten ist auch mitgekommen.« Damit meinte er Suko, der ebenfalls begrüßt wurde.

»Wie sieht es aus?« fragte ich.

Quincy, der immer etwas traurig aussah, hob die Schultern und kratzte über seinen Stoppelbart. »Nicht gut, die Würgemale sind deutlich zu sehen. Wie ich hörte, sind Sie an dem Fall interessiert. Hat das irgend etwas mit Geistern und Dämonen zu tun?«

Ich nickte.

Quincy brummte was in seinen nicht vorhandenen Bart und schaute durch den Türspalt. »Schätze, wir können mal nachsehen, ohne die Leute zu stören.« Er drückte die Tür auf.

Ich sah die Leiche. Sie lag auf dem Rücken. Marion Savallo war noch vollständig angezogen, im Gegensatz zu den früheren Opfern des Würgers. Ihr Hals lag allerdings frei, so daß ich deutlich die Würgemale erkennen konnte.

Wieder kniete ich mich neben das Opfer des unheimlichen Würgers. Die Male am Hals glichen denen des Zuchthausdirektors fast aufs Haar. Auch der Ringabdruck war zu erkennen.

Erwin Wozny lief Amok!

Sollte ich mich denn so getäuscht haben? Hatte Asmodina ihm wirklich erlaubt, den Weg der Rache zu gehen? Ich runzelte die

Stirn. Es sah alles ziemlich bescheiden aus, und ich fragte mich, warum Dr. Savallo nicht geflüchtet war. Man hatte sie anrufen wollen, um sie zu warnen, aber vielleicht war sie da schon tot gewesen.

Ich erkundigte mich nach der Uhrzeit.

Der Arzt wiegte den Kopf. »So schnell kann ich Ihnen keine genaue Zeit geben, aber zwei Stunden ist sie schon tot.«

»Dann muß sie gegen zehn Uhr gestorben sein.«

»Könnte angehen, Mr. Sinclair.«

Ich zündete mir eine Zigarette an. In diesen Augenblicken fühlte ich mich verdammt mies. Wir hätten schneller reagieren sollen, dann wäre das vielleicht nicht passiert. »Ist der Zeuge noch da, der die Leiche entdeckt hat?«

Quincy nickte. »Er sitzt im Wohnraum. Sie können ihm ein paar Fragen stellen.«

»Ja.«

Der Mann trank Whisky. Er hatte sich einen dreifachen eingeschenkt. Sein Blick war stumpf, die Haut hatte einen grauen Schimmer. Unruhig knetete er seine Hände.

Ich stellte mich vor.

Sein Name war Fred Burger. Er nannte ihn mir mit tonloser Stimme. Ich unterhielt mich ein paar Minuten mit ihm, ohne jedoch irgend etwas zu erfahren.

Zum Schluß meinte er: »Dieser Beruf war nichts für Marion. Sie gab sich zwar immer forsch, aber sie hat doch gelitten, das können Sie mir glauben. So manches Mal hatte sie auch Angst gehabt, denn nicht selten haben ihr die Verurteilten Rache versprochen. Einer hat das Versprechen in die Tat umgesetzt.« Er schaute sich um. »Wer war es, Oberinspektor? Sagen Sie mir den Namen.«

»Was nützt es, wenn ich Ihnen den verrate? Wollen Sie Ihre tote Freundin rächen?«

»Daran habe ich wirklich schon gedacht.«

Ich schüttelte den Kopf. »Überlassen Sie so etwas uns. Sie begeben sich nur in Gefahr.«

»Sie ist erwürgt worden«, sagte er. »Und sie hat ihrem ersten großen Prozeß einen Würger für immer hinter Gitter gesteckt. War es dieser Wozny?«

»Möglich.«

»Dann kriege ich ihn.«

Ich ging. Man sagt viel, wenn man unter dem ersten Schock steht. Und Fred Burger hatte einen Schock erlitten. Das war eine völlig natürliche Sache.

Für mich gab es hier nichts mehr zu tun. Ich klärte noch mit den Beamten der Mordkommission ein paar technische Details, dann machten Suko und ich uns wieder auf den Weg.

Im Lift fragte der Chinese: »Und jetzt?«

»Wir können nur raten. Wer steht als nächster auf der Liste? Der Richter? Die Geschworenen?«

»Oder die Conollys und wir«, sagte Suko leise.

»Das ist die Frage«, erwiderte ich.

Der Vortrag dauerte länger, als Bill Conolly angenommen hatte. Der Archäologe sprach über die neuesten Entdeckungen im Zweistromland zwischen Euphrat und Tigris. Es waren einige interessante Neuigkeiten dabei, und Bill machte sich eifrig Notizen.

Anschließend wurden noch zahlreiche Fragen gestellt. Auch der Reporter beteiligte sich daran, und als er auf seine Uhr schaute, da war es schon fast Mitternacht.

Bill erschrak.

Sheila würde sich Sorgen machen. Er hatte ihr versprochen, daß er spätestens um dreiundzwanzig Uhr zu Hause sein würde, und jetzt kam ihm das dazwischen.

Bill beschloß, seine Frau anzurufen. Im Gang fand er eine Telefonhaube.

Der Nachtwächter drehte bereits seine Runden. Sie befanden sich in einem Vortragsraum des Britischen Museums, diesem riesigen Gebäude, das im Stadtteil Bloomsbury und zudem in der Nähe der großen Universität liegt.

Viermal läutete es durch, als Sheila endlich abnahm. Ihre Stimme klang gehetzt.

»Ich bin's«, sagte Bill.

»Ist was passiert?«

»Wieso?«

»Weil du so spät anrufst.«

Bill lachte. »Ich wollte dich nicht beunruhigen, weil ich dir versprochen hatte, schon früher zurück zu sein. Leider hat es aber länger gedauert, ich fahre aber jetzt.«

»Dann ist es gut«, sagte Sheila. »Und sei bitte vorsichtig, Bill. Ich habe Angst.«

»Wovor?«

»John hat angerufen. Wir schweben in Gefahr, Bill.«

»Rede.«

Sheila berichtete schnell, und Bill lief nicht nur einmal ein kalter Schauer über den Rücken. Und ob er sich an den verdammten Fall erinnerte. Noch deutlich sah er alles vor sich, denn der Kampf gegen Destero hatte sich in seinem Bungalow abgespielt, und sogar der kleine Johnny war mit hineingezogen worden.

»Was tun?« fragte Sheila, nachdem sie ihren Bericht beendet hatte.

»Ich komme so schnell wie möglich zu dir!« versprach der Reporter. »Laß keinen rein.«

»Dann glaubst du also, daß wir uns in Gefahr befinden?«

»Wir dürfen zumindest die Möglichkeit nicht ausschließen«, erwiderte der Reporter.

»Ja, natürlich.«

»Bis gleich dann.« Bill hängte ein. Als er unter der Haube hervortauchte, war sein Gesicht um einige Spuren blasser geworden. Soeben verließen die letzten Zuhörer den Saal.

Ein Bekannter gesellte sich zu dem Reporter. »Nehmen wir noch einen kleinen Drink?«

Bill schüttelte den Kopf. »Nein, ich muß nach Hause. Bin sowieso schon über die Zeit.«

»Okay.«

»Vielleicht ein anderes Mal.«

»Klar.«

Das Museum hatte auch einen Parkplatz. Dort hatte Bill seinen Porsche abgestellt. Vor dem großen Eingang brannten ein paar Leuchten. Sie steckten auf Stäben. Ihr Licht erfaßte nur einen Teil des Parkplatzes, spiegelte sich aber auf den dicken Tropfen, die noch den Lack des Wagens benetzten.

Zum Glück regnete es nicht mehr. Es war wärmer geworden. Das wurde auch Zeit, schließlich zählte man schon Mai.

Bill pflanzte sich hinter das Lenkrad, startete und stellte einmal die Wischer an, damit sie die Scheibe von den Tropfen befreiten. Es war schwül geworden, die Innenscheiben beschlugen, Bill mußte das Gebläse einschalten.

Er ließ erst noch zwei Wagen vorbei, bevor er sich einordnete und auf die Museum Street fuhr, die in die Oxford Street mündete. Bis zu seiner Wohnung war es eine ziemlich weite Strecke. Er mußte fast quer durch London.

Auf der Oxford Street gab er mehr Gas und fuhr schneller, als es erlaubt war. Den Reporter trieb es nach Hause.

In Höhe des Hyde Parks bog er nach Süden ab und gelangte auf die breite Fulham Road. Bis jetzt war alles glatt gelaufen, nichts geschah. Bill fuhr durch ein völlig normales nächtliches London.

Es kam ihm in den Sinn, Sheila anzurufen. Diesmal meldete sie sich sehr schnell.

Bill hielt den Hörer des Autotelefons am Ohr. »Alles klar bei dir?« fragte er.

»Ja.«

»Und Johnny?«

»Schläft.«

Bill atmete auf. Der Kleine war seine größte Sorge gewesen. »Es dauert nicht mehr lange, ich fahre bereits auf der Fulham Street. In einer Viertelstunde bin ich da.«

»Beeil dich.«

»Natürlich, Liebes.« Bill legte wieder auf und wählte Sinclairs Nummer. Vielleicht wußte er mehr, denn mit genauen Fakten hatte Sheila ja nicht dienen können.

Es meldete sich niemand.

Bill gab nicht auf und ließ nebenan bei Suko klingeln. Dort wurde abgehoben, allerdings von Shao.

Sie konnte dem Reporter auch nicht viel sagen. Nur soviel, daß es wohl um einen Ausbrecher ging.

Bill überholte ein Taxi. »Weißt du den Namen?«

»Ja, Wozny.«

Damit konnte der Reporter erst nach einigem Nachdenken etwas anfangen. Ein Wozny war als Frauenwürger gejagt und auch gefaßt worden. Aber der hätte normalerweise hinter Gittern sitzen müssen. Wenn das nicht der Fall war, dann hatte er einen erfolgreichen Ausbruchsversuch gestartet.

»Ich danke dir«, sagte Bill, wünschte noch eine gute Nacht und legte auf.

Inzwischen näherte er sich dem Viertel, wo sein Bungalow stand. Es war eine ruhige Wohn- und Villengegend, abseits des großen Verkehrslärms. Hier waren die Straßen noch schmal, und auf den Gehsteigen wuchsen hohe, alte Bäume.

Bill gelangte an eine Kreuzung, achtete die Vorfahrt und bog dann nach rechts ab, um in die Straße zu gelangen, wo er mit seiner Familie wohnte.

Der Belag war noch naß. Er glänzte, wenn er vom Lichtteppich der Scheinwerfer getroffen wurde. Durch die Schwüle hatten sich Nebelschwaden gebildet. Sie krochen aus den Gullys oder bewegten sich als wallende Gebilde dicht über der Straße, die ausgestorben vor dem Reporter lag.

Es parkten keine Wagen auf den Gehsteigen, die Menschen, die hier wohnten, hatten ihre Garagen.

Der Reporter befand sich nur noch wenige hundert Yards von seiner Wohnung entfernt, als es geschah. Das Ereignis traf ihn unvorbereitet, weil Bill nicht mehr mit einer Gefahr gerechnet hatte.

Auf einmal stand die Gestalt vor ihm auf der Straße. In Bruchteilen von Sekunden nahm der Reporter die Einzelheiten wahr. Er sah den massigen, untersetzten Mann, der sich breitbeinig aufgebaut hatte. Seine Beine wurden bis zu den Knien vom Dunst umhüllt.

Fahren oder bremsen?

Bill trat das Bremspedal.

Das griffige Profil der breiten Pneus packte sofort. Der Wagen rutschte zwar wegen der Nässe, er blieb allerdings in der Spur und stand.

Bill spürte noch den Aufprall an der Stoßstange – es war ein kurzer, heftiger Ruck –, aber passiert war dem Mann nichts. Er ging nur zwei Schritte zurück und blieb stehen.

Bill zögerte. Sollte er aussteigen oder den Kerl umrunden und zu seinem Haus fahren? Nur wenige Yards war der Reporter noch von seinem Haus entfernt.

Aber wenn er zum Haus fuhr und der Kerl etwas von ihm wollte, würde er auch Sheila und den Kleinen in Gefahr bringen. Deshalb entschied sich Bill dafür, auszusteigen.

Und er war sicher, daß er in dieser Gestalt den Ausbrecher Erwin Wozny vor sich hatte. Etwas mulmig wurde ihm doch zumute, als er den Wagenschlag öffnete. Dabei tastete er nach seiner Pistole. Zum Glück hatte er die Silberkugel-Beretta mitgenommen. Er ging nicht mehr ohne sie aus. Seit dem letzten Fall, wo ihm John mit einer Waffe aushelfen mußte, schleppte Bill die Beretta lieber mit sich.

Der andere rührte sich nicht. Steif wie ein Brett stand er da und starrte Bill entgegen.

Der Reporter blieb stehen. Ein Schritt trennte ihn noch von dem Mann. Jetzt sah Bill auch die grobe Anstaltskleidung, die der Kerl trug, und somit waren seine letzten Zweifel beseitigt.

»Erwin Wozny«, sagte er.

»Ja. Du kennst mich?«

»Und ob. Schließlich hast du als Frauenmörder eine traurige Berühmtheit erlangt.«

Wozny lachte. »Das stimmt in der Tat. Aber ich habe nicht nur Frauen erwürgt, ich werde mich auch weiterhin rächen. Nur bin ich jetzt stärker als früher.«

»Willst du mich töten?« fragte Bill.

»Ja.«

»Und warum?«

»Weil sie es so befiehlt. Erst wenn ich euch ausgerottet habe, kann ich meinen wahren Racheauftrag durchführen. Asmodina ist die Tochter des Teufels. Sie allein hat mir die Kraft gegeben, damit ihr durch Desteros und meine Hand sterben könnt.«

Die ganze Szene kam Bill wie ein schlechter Horrorwitz vor. Da stand er auf der Straße, wo rechts und links Häuser lagen, und man teilte ihm seine Ermordung mit.

Was sollte er tun?

Um Hilfe schreien? Wer würde kommen? Vielleicht Sheila! Aber er durfte keine anderen in Gefahr bringen.

»Was hast du noch vor?« wollte Bill wissen.

»Wenn ich dich getötet habe, sind die anderen an der Reihe. Dieser Sinclair, deine Frau, dein Sohn, der Chinese. Ich will die Clique um John Sinclair ausrotten. Auch diese Detektivin soll daran glauben. Meine Hand wird sie töten.«

Unwillkürlich schaute Bill auf die Hände des Mannes. Das heißt, er wollte darauf schauen, aber er sah weder Hände noch Arme. Wozny hielt sie hinter seinem Rücken versteckt.

Doch dieser Würger sollte sich geirrt haben. So leicht war Bill Conolly nun doch nicht umzubringen, und so einfach wollte er es dem anderen auch nicht machen.

Der Reporter zog seine Pistole.

Im ersten Moment zuckte der Würger zusammen, dann jedoch lachte er. »Die Waffe schreckt mich nicht.«

Bill ließ sich von den Worten nicht beeindrucken. »Aus dem Weg!« befahl er scharf.

Das tat der andere nicht. Dafür reagierte er. Sein Arm tauchte hinter dem Rücken hervor, und plötzlich wurden Bills Augen groß. Dieser Arm war nur ein Stumpf, er hatte überhaupt keine Hand. Es war alles nur ein Bluff gewesen.

Bill starrte auf diesen halben Arm. Erwin Wozny hielt ihn so, daß der Reporter genau die Schnittstelle erkennen konnte, wo kein Blut aus der Wunde drang. Sie war aber noch nicht verheilt.

Am linken Arm war keine Verletzung festzustellen. Die normale Hand mit den fünf Fingern war vielleicht etwas größer als die eines Erwachsenen. Man sah, daß Wozny zupacken konnte, und das hatte er hinlänglich bewiesen.

Bill war durcheinander, denn damit hatte er nicht gerechnet. Shao hatte etwas von einer würgenden Hand gesagt, in einem schwarzen Handschuh steckend und mit einem Ring versehen, der das Gesicht der Asmodina zeigte.

Und ein Diener der Teufelstochter war dieser Mann, das hatte er Bill deutlich genug zu verstehen gegeben.

Plötzlich lachte Wozny. Er öffnete den Mund und stieß teils laute, teils kichernde Töne aus, dabei starrte er an Bill vorbei. Der Reporter stand so nahe, daß er in die Augen des Mannes blicken konnte. Und darin sah er so etwas wie Triumph aufflackern.

Triumph – worüber?

Bill wußte es nicht, aber sein sechster Sinn schlug Alarm. Sogar höchsten Alarm.

Er wirbelte herum.

Und da sah er die Hand!

Sie schwebte über dem flachen Porsche. Die fünf Finger waren gespreizt, der Ring mit Asmodinas Anlitz glänzte matt, und der Handschuh steckte über der Haut.

Sie wollte töten!

Jetzt wurde dem Reporter vieles klar. Er begriff in diesen schrecklichen Sekunden, daß die Würgehand und Wozny zwar zusammengehörten und quasi eine Einheit bildeten, ihm war aber auch klar, daß sie sich trennen konnten und jeder für sich agierte.

Ein teuflisches Gespann!

Wozny griff zuerst an.

Bill spürte seinen heißen Atem im Nacken, wollte sich abermals herumwerfen, als ihn der Schlag voll in den Rücken traf.

Der Reporter wurde nach vorn geschleudert und knallte wuchtig auf die Kühlerhaube seines Wagens...

Ich hatte mich mit Sir James Powell in Verbindung gesetzt. Der Superintendent war noch nicht zu Bett gegangen und hatte mir erklärt, daß die sich in Gefahr befindlichen Personen von ihm persönlich gewarnt worden waren.

Der Richter, der zweite Staatsanwalt, die Geschworenen, sie alle hatten Bescheid bekommen, und sie waren auch zu erreichen gewesen, bis eben auf Dr. Marion Savallo. Sie hatte nicht mehr abheben können.

Einigermaßen beruhigt legte ich den Hörer auf. Suko und ich saßen in meiner Wohnung zusammen und sprachen den Fall abermals durch. Neues hatte sich insofern ergeben, als daß Shao einen Anruf von Bill Conolly erhalten hatte, weil er genau wissen wollte, was geschehen war, und sich nicht auf Sheilas dürftige Informationen verließ.

Bill, Sheila, Johnny, Suko, vielleicht auch Jane und ich. Wir befanden uns in Gefahr. Der unheimliche Würger konnte überall erscheinen und blitzschnell zuschlagen, ohne daß wir uns vorbereiten konnten. Mit Waffen waren wir eingedeckt. Ich hatte sogar mein Schwert aus dem Schrank geholt, denn wenn ich auf Desteros Würgehand traf, wollte ich gewappnet sein.

»Ruf doch mal bei Bill an«, sagte Suko.

Den Gedanken hatte ich auch gehabt, nahm den Hörer auf und wählte die Nummer.

Sheila hob sofort ab.

»John hier«, sagte ich. »Ist Bill inzwischen da?«

»Nein, John.« Ihre Stimme flatterte.

Ich biß mir auf die Lippe. Verdammt, das paßte mir gar nicht in den Kram.

»John? Du sagst nichts.«

»Ich denke nur nach.« Dabei versuchte ich, meiner Stimme einen möglichst beruhigenden Klang zu geben, was mir allerdings sehr schwerfiel.

»Wann hat Bill angerufen?«

»Das war so nach dreiundzwanzig Uhr.« Sheila holte tief Luft. »Er hatte dann noch von der Fulham Road aus telefoniert und mich beruhigt. Er wollte fünfzehn Minuten nach dem Anruf bei mir sein. Bisher ist er nicht eingetroffen.«

Was sollten wir tun? Ich mußte mich innerhalb von Sekunden entscheiden und tat es.

»Wir kommen zu dir, Sheila!«

»Danke.«

Fast wütend warf ich den Hörer auf die Gabel. Suko stand schon an der Tür. Er hatte das Schwert gepackt und hielt es hoch.

Ich nickte. »Und ob wir es mitnehmen«, sagte ich und rannte aus der Wohnung.

Wieder waren meine Berechnungen falsch. Ich hatte angenommen, daß sich dieser Wozny zuerst auf mich stürzen würde, aber er machte es wesentlich geschickter, attackierte erst meine Freunde, hetzte mich umher, um dann zustoßen zu können.

Eine wirklich hinterhältige und raffinierte Taktik.

Der Bentley stand in der Garage. Mit quietschenden Pneus jagte ich die Auffahrt hoch.

Wieder wurde es ein Wettlauf mit der Zeit...

Bill spürte den Schlag bis in alle Knochen, als er auf den Wagen prallte. Zudem knallte er noch mit dem Kinn auf das Blech, so daß seine Zähne aufeinanderschlugen.

Aber er gab nicht auf.

Bill Conolly wußte genau, daß es für ihn tödlich sein konnte, wenn er jetzt nur eine Sekunde länger auf der Motorhaube liegenblieb. Deshalb rollte er sich zur Seite, nach rechts weg, so daß er von der Motorhaube kippte und auf den nassen Asphalt fiel.

Es war sein Glück, daß er so reagiert hatte, denn der nächste Hieb verfehlte ihn. Und auch die Hand packte nicht so schnell zu. Die Finger schlossen sich zwar, griffen jedoch ins Leere.

Bill rollte ein paarmal um die eigene Achse. Krampfhaft hielt er dabei die Beretta fest, die einzige Waffe, die ihm zur Verfügung stand.

Bill schoß.

Zweimal drückte er ab. Leider befand er sich zu sehr in der Bewegung, so daß beide Kugeln fehlten und in einen Baumstamm hieben.

Wozny duckte sich.

Dann setzte er zu einem gewaltigen Sprung an.

Bill sah den Schatten, warf sich auf den Rücken, winkelte die Beine an und schnellte sie wieder vor.

Erwin Wozny schaffte es nicht, seine Flugrichtung zu ändern. Voll bekam er die Sohlen in den Leib, gurgelte auf, wurde zurückgestoßen und knallte zu Boden.

Bill sprang auf.

Bisher hatten die Schüsse noch keinen alarmiert. Wenn sie gehört worden waren, hielt man sie vielleicht für Fehlzündungen, und so mußte der Reporter allein kämpfen.

Er huschte auf die andere Seite zu, die jetzt näher lag. Bill wollte hinter einem Baumstamm Deckung suchen. Er hätte es fast geschafft, doch die Hand war schneller.

Die Finger hatten sich zur Faust geballt und hieben wuchtig in Bills Rücken. Der Reporter wurde nach vorn geschleudert und krachte gegen den Stamm. Mit dem Gesicht streifte er die Rinde und spürte den heißen Schmerz.

Er warf sich herum.

Zu spät.

Der Reporter schaffte es nicht mehr, hinter den Stamm zu gelangen, die Hand war da – und griff zu.

Sie wuchtete gegen Bills Kehle, dessen Kopf zurückprallte und abermals mit dem Baumstamm Bekanntschaft machte. Diesmal war es der hintere Teil, und vor Bills Augen leuchteten Sterne auf. Er wurde allerdings nicht bewußtlos, sondern bekam klar und deutlich mit, was mit ihm geschehen sollte.

Die Hand wollte ihn erwürgen!

Hart drückte sie seine Kehle zu, und Bill, der versuchte, nach Luft zu schnappen, hatte das Gefühl, als gäbe es überhaupt keinen Sauerstoff mehr. Er würgte nur noch und gurgelte. Hinter der frei in der Luft schwebenden Mörderhand sah er Erwin Wozny.

Der Ausbrecher stand dort und lachte. Er sah aus wie ein teuflischer Joker, so sehr freute er sich.

Aber Bill gab nicht auf. Er kämpfte, obwohl er keine Luft mehr bekam. Beide Arme schleuderte er nach oben, preßte die Mündung der Beretta gegen die Hand und drückte ab.

Die Kugel hieb in die Klaue. Bill spürte auch den Ruck, aber die fünf behandschuhten Finger lösten sich nicht von seiner Kehle. Im Gegenteil, der Druck wurde stärker.

Und er hörte die Stimme. Nicht die von Erwin Wozny, sondern Asmodinas Organ. Sie sprach aus dem Ring zu ihm. Die flüsternden Worte drangen wie Hammerschläge an Bills Ohren.

»So wird es sein, Bill Conolly. So und nicht anders. Du sollst erleben, wie man stirbt. Langsam und sicher werde ich dich in Desteros Namen zu Tode quälen. Du hättest ihn mir nicht nehmen sollen, du nicht, verdammter Bastard!«

Über Bills Lippen drangen undefinierbare Laute. Speichel sprühte vor seinem Mund. Er versuchte mit seiner freien Hand das kurze Gelenk der Klaue zu umfassen, aber er hatte nicht mehr die Kraft dazu. Auf halber Höhe fiel sein Arm nach unten.

Bill schaffte es nicht.

Vor seinen Augen verschwammen die Gegenstände zu einem faserigen Grau, in das sich jedoch erste bunte Farben mischten. Es waren die Zeichen einer nahenden Bewußtlosigkeit, der dann alles vernichtende Tod würde folgen.

Die Kräfte des Reporters erlahmten. Er kam gegen den Druck nicht an. Seine Kehle wurde zusammengepreßt, die Lungen drohten zu platzen, und dann ging die Welt für ihn unter. Bill merkte nicht mehr, wie seine Knie nachgaben und er in dem brutalen Würgegriff zusammensackte.

»Du fährst wie ein Irrer!«

Zweimal bereits hatte Suko mir diesen Satz gesagt. Es war mir egal, und es interessierte mich auch nicht, wie viele Male ich aufgeschrieben wurde, ich wollte nur so schnell wie möglich an unser Ziel gelangen.

Bill schwebte in höchster Gefahr!

Für mich gab es keine andere Alternative. Wenn man alles zusammenzählte, mußte es so sein. Und ich wollte alles versuchen, um ihn zu retten.

Er hätte an meiner Stelle das gleiche getan.

Auch wir rasten über die Fulham Road, mußten noch über die Themse, deren Wasser schwarz schimmerte und bis zur Flußmitte vom schwachen Widerschein einer in der Nähe liegenden Industrieanlage angeleuchtet wurde.

Weiter – und schneller.

Im Londoner Süden bewohnten die Conollys einen prächtigen Bungalow, in dem wir so manches Fest gefeiert hatten.

Sollte es das alles nicht mehr geben?

Das Hemd klebte mir am Rücken. So konzentriert fuhr ich. Salzig lag auch der Schweiß auf meiner Stirn und bedeckte als glänzende Schicht die Oberlippe.

Endlich hatten wir die Gegend erreicht, wo Bills Bungalow stand.

Ruhige Straßen, kaum parkende Autos, kein Mensch zu sehen. Nur in wenigen Häusern brannte noch Licht.

Ich jagte auf eine Kreuzung zu. Kein Wagen kam mir entgegen. Blinker – dann rechts herum.

Die Straße.

Fernlicht!

Die gleißenden Scheinwerferaugen schleuderten ihre blendende Helligkeit in die Straße hinein, und sie trafen einen mitten auf der Fahrbahn stehenden Wagen.

Einen Porsche!

»Da!« schrie Suko und deutete nach links.

Ich sah es im selben Augenblick und bremste. Das Streulicht der voll aufgeblendeten Scheinwerfer riß konturenscharf jede Einzelheit aus der Dunkelheit.

Mit dem Rücken gegen einen Baumstamm gepreßt, stand Bill Conolly. Er hing im Griff der würgenden Klaue, die sich wie eine alte Garotte um seine Kehle gepreßt hatte. Als ich aus dem Bentley schnellte, sackte der Reporter soeben in die Knie.

Suko verließ den Wagen auf der anderen Seite. Wie auch ich hatte er die Szene förmlich in sich aufgesaugt, und er sah auch den Ausbrecher Erwin Wozny.

Der stand neben dem Porsche, hatte aber jetzt den Kopf gedreht und starrte Suko, durch das grelle Licht geblendet, entgegen. Er hob seinen linken Arm, um die Augen zu schützen.

Der Chinese kam aus der Helligkeit. Da ihn der andere nicht unmittelbar bedrohte, ließ Suko seine Waffe stecken und griff ihn mit den Fäusten an.

An das Schwert hatte Suko nicht mehr gedacht und ich auch nicht, denn für uns beide ging es wirklich um jede Sekunde.

Suko ging voll in den Mann hinein. Seine rechte Handkante säbelte durch die Luft und traf die Brust des Ausbrechers.

Wozny fiel zurück. Er stierte den Chinesen an, setzte sich auf seinen Allerwertesten und kippte ganz langsam nach hinten. Die Arme und Beine ausgestreckt, blieb er liegen und rührte sich nicht mehr. Sukos Hieb hatte ihm alle Kraft genommen.

Der Chinese nickte und wandte sich um.

Ich hatte inzwischen meinen Freund Bill erreicht. Und auch die verdammte Hand, die sich um Bills Kehle geklammert hatte.

Während des Laufens hatte ich das Kreuz hervorgeholt. Damit wollte ich zuschlagen.

Asmodina jedoch merkte es.

Nicht umsonst war ihr Gesicht auf dem Stein abgebildet. Sie sah, fühlte und reagierte.

Bevor ich zuschlagen konnte, löste sich die Hand von Bill Conollys Kehle und wischte davon. Ich konnte meinen raschen Lauf so schnell nicht mehr abbremsen und prallte ebenfalls gegen den Baum, während Bill in sich zusammensackte.

Sofort kreiselte ich herum. Noch hielt ich das Kreuz fest, und damit würde ich die würgende Klaue zerstören können.

Doch sie war weg!

Mein Blick irrte in die Runde. Dann mußte ich die Augen schließen, weil mich das Fernlicht des Bentley blendete.

Dafür hörte ich Sukos Schrei.

»John, sie ist am Wagen!«

Der Chinese rannte los, und auch mich hielt hier nichts mehr an meinem Platz.

Gemeinsam erreichten wir den Bentley, und beide sahen wir, daß wir zu spät gekommen waren.

Desteros Klaue – von Asmodinas geführt – hatte bereits reagiert. Sie war in den Wagen getaucht und hatte sich das genommen, mit dem ich sie eigentlich vernichten wollte.

Desteros Schwert!

Ich hätte heulen können vor Wut. So hatte uns die verfluchte Hand doch noch überlistet.

Suko tauchte in den Wagen und schaltete das Licht aus. Die Helligkeit verschwand, nur noch die Scheinwerfer des Porsche brannten, und in dem Licht sahen wir auch die Hand mit dem Schwert.

Sie schwebte hoch über unseren Köpfen! Alle fünf Finger hatten sich um den Griff des Schwerts geklammert und hielten die Waffe so fest, als wollten sie sie nie mehr loslassen.

Einem ersten Impuls folgend, wollte ich meine Waffe ziehen und schießen, dann ließ ich es bleiben. Es wäre nur Munitionsverschwendung gewesen. Auch wenn ich traf, mit Silberkugeln war der Teufelstochter nicht beizukommen.

Statt dessen standen wir da und beobachteten die Hand.

Zusammen mit dem Schwert wischte sie durch die Luft, ihrem neuen Ziel zu.

Wozny!

Der Mann, der von Suko niedergeschlagen worden war, erhob sich, als wäre nichts gewesen, und bevor wir reagieren konnten, preßte sich die Hand mit dem Schwert gegen seinen rechten Arm und vervollständigte seinen Körper.

Ein gellendes, hämisches Lachen schallte uns entgegen, und im nächsten Augenblick war die Gestalt verschwunden.

Weg – aufgelöst...

Wir standen da wie die Ölgötzen.

»Verdammt, verdammt!« flüsterte Suko. »Kannst du das begreifen, John?«

Ich schüttelte den Kopf. In diesem Moment fiel mir der Reporter ein. »Mein Gott, Bill!« rief ich und rannte schon los. In der letzten Aufregung hatte ich ihn ganz vergessen.

Der Reporter lag halb im Rinnstein. Als ich neben ihm niederkniete, sah ich in ein bleiches, hohlwangiges Gesicht, und ein furchtbarer Verdacht keimte in mir hoch.

Ich fühlte nach dem Puls.

Nichts...

War Bill tot?

»Laß mich mal«, sagte Suko, der gemerkt hatte, was los war. Er schob mich zur Seite. Ich war viel zu aufgeregt. Der Chinese ging in die Knie, fühlte, konzentrierte sich und nickte dann.

»Er schlägt. Zwar schwach, aber immerhin...«

Mir fiel wirklich eine Zentnerlast von der Seele. Für einen Moment wurde mir regelrecht schwindlig. Die Raserei hatte sich also doch noch gelohnt. Wir waren rechtzeitig eingetroffen, und Bill Conolly lebte.

Ich hörte schnelle Schritte und drehte den Kopf.

Eine Gestalt mit hellen, wehenden Haaren lief quer über die Straße auf uns zu.

Sheila!

Sie war völlig außer Atem, als ich sie abfing, aber so drehte, daß sie Bill nicht sehen konnte.

»Ich... ich hörte Schüsse!« keuchte sie. »Was ist geschehen? Wo ist Bill?«

»Er lebt.«

Sie warf den Kopf zurück. »Wo ist er?«

»Ruhig, Sheila, bitte sei ruhig.« Ich führte sie ein Stück zur Seite, und auch Suko machte Platz.

»Bill!« Sheila schrie den Namen ihres Mannes und wollte sich auf den Reporter werfen, aber ich hielt sie hart fest.

»Nicht, wir müssen ihn erst ins Haus tragen.«

»Aber warum? Was ist...«

»Erzähle ich dir alles, wenn wir drin sind. Komm jetzt.«

Sheila nickte und sah zu, wie Suko ihren Mann hochhob, als wäre er leicht wie eine Puppe.

Sheila ging neben ihm her, während Suko den Reporter ins Haus schaffte.

Ich aber mußte die beiden Wagen von der Straße fahren, da sie sonst den Verkehr blockierten. Hier kam zwar selten jemand her, aber ein Hindernis durfte trotzdem nicht auf der Fahrbahn stehen.

Den Bentley rangierte ich zwischen zwei Bäume und ließ ihn dort stehen. Mit dem Porsche fuhr ich die Einfahrt hoch und überholte dabei Shao, Bill und Suko.

Vor der Haustür wartete ich.

Sheila hatte nicht abgeschlossen. Sie stieß die Tür auf und ließ uns den Vortritt.

Suko ging zuerst. Er atmete kaum schneller, trotz der schweren Last, die auf seinen Armen lag.

»Bring ihn in das Schlafzimmer«, bat Sheila und lief an uns vorbei.

Ich schloß die Haustür. Wir hatten einen Teilsieg errungen, mehr nicht. Wichtig war erst einmal, daß wir Bill Conolly vor einem grausamen Schicksal bewahrt hatten. Wären wir ein paar Sekunden später gekommen, hätten wir es nicht geschafft.

In der offenen Schlafzimmertür blieb ich stehen. Suko hatte den Reporter aufs Bett gelegt, hockte neben ihm und massierte seinen Brustkasten.

Sheila stand. Sie schaute in das Gesicht ihres Mannes, das allmählich wieder etwas Farbe annahm. Deutlich waren die Würgemale an Bills Hals zu erkennen. Sie würden im Laufe der Zeit verschwinden.

Zehn Minuten beschäftigte sich Suko mit dem Reporter. Er berührte bestimmte Stellen und förderte somit die Atmung.

Schließlich hob und senkte sich der Brustkorb des Reporters. Suko stand auf. Schweiß glänzte auf seiner Stirn. »Es war wirklich im letzten Moment«, sagte er, und seine Stimme klang rauh. »Soll ich euch etwas sagen?«

Ich nickte.

»Einen Pulsschlag habe ich auch nicht gefühlt.«

Ich schloß die Augen. Verdammt, das war wirklich hart gewesen. Sheila schluchzte auf.

»Und wie hast du es geschafft?« fragte ich leise.

»Ich kenne da einige Tricks aus meiner Heimat«, erklärte Suko. »Sie haben auch hier gewirkt.«

Sheila blickte den Chinesen dankbar an, setzte sich dann auf die Bettkante und streichelte das Gesicht ihres bewußtlosen Mannes, das langsam wieder Farbe annahm.

Nur die Abdrücke am Hals waren noch nicht zurückgegangen. Nach wie vor stachen sie dunkelrot von der Haut ab. Auch die Umrisse des Rings waren zu sehen.

»Sollen wir Bill hier liegen lassen?« fragte ich.

»Ihr könnt ihn auch in den Wohnraum bringen«, schlug Sheila vor. Dabei schaute sie Suko an, ob der nichts dagegen hatte, doch der Chinese nickte nur.

Diesmal faßte ich mit an. Wir betteten den Reporter auf die große Couch im Livingroom.

Ich kannte mich hier aus und holte für Suko und mich einen Drink. Sheila wollte nichts.

Während wir tranken, blickte sie auf ihren Mann, der plötzlich die Augen aufschlug. Das geschah auch für uns unerwartet. Sheila stieß sogar einen leisen Schrei aus.

Dann mußte ich lachen, denn Bill versuchte zu sprechen. Es klappte nicht. Er produzierte nur krächzende Laute, die mit einem normalen Reden nichts zu tun hatten.

Ich wußte, was ihm fehlte, setzte das Glas mit Saft an seine Lippen und ließ ihn trinken.

Bill schluckte, verdrehte dabei die Augen und sah schielend zu mir hoch.

Ich nahm das Glas von seinen Lippen und setzte es auf den Tisch. »Wie geht es dir?«

Bill sprach mit einer Stimme, die sich wie die eines Heiseren anhörte. »Daß ich nicht im Himmel bin, war in dem Moment klar, als ich dein Gesicht sah, John. Du kämst nicht durch die Kontrolle.« Er grinste flatterhaft. »Verdammt, was ist passiert?«

»Erinnerst du dich nicht?« fragte ich ihn.

»Nur schwer. Da erschien plötzlich eine Gestalt auf der Straße...«

Bill runzelte die Stirn. »Ich stieg aus, denn der Kerl stand mir im Weg.«

»Und?«

Der Reporter überlegte weiter. »Da war plötzlich die Hand. Ich hatte hinter einem Baum Deckung suchen wollen, schaffte es aber nicht mehr.« Bill tastete zur Kehle hoch. »Verdammt, hatte die eine Kraft, da kommt kein Mensch gegen an.«

Ich nickte. »Es war Asmodinas Klaue. Für mich ist es ein Wunder, daß wir dich noch gerettet haben. Du warst nämlich schon klinisch tot. Wäre Suko nicht gewesen...« Ich hob die Schultern, »also, ich hätte dich nicht so hingekriegt.«

»Ehrlich?« fragte Bill.

Suko winkte ab. »Er übertreibt.«

Bill schaute Sheila an, die sich zu ihm hinunterbeugte und ihre Wange gegen die des Mannes legte. »Er hat recht, Bill. Suko hat sehr viel für dich getan.«

Der Reporter wollte sich bedanken, doch Suko verließ das Zimmer. So etwas war ihm unangenehm.

Bill hatte noch immer Mühe beim Sprechen. Krächzend hustete er sich die Kehle frei, aber auch das nutzte nichts. »Wie geht es denn jetzt weiter?« keuchte er.

Ich hob die Schultern.

»Ist das deine ganze Antwort?«

»Leider.«

»Nicht viel.«

»Weiß ich selbst.«

»Diese Hand gehört also zu Wozny«, stellte der Reporter fest.

»Und Wozny ist ein Vertrauter der Teufelstochter. Habe ich das so richtig gesehen?«

»Du hast.«

»Wozny ist auf Rachetrail. Mich hat er versucht, umzubringen. Wer ist der nächste?«

»Das fragen wir uns auch.«

»Du, John. Und auch Jane Collins ist in Gefahr«, erklärte Bill mit allem Ernst.

»Jane?« Ich war überrascht.

»Ja. Er hat es mir selbst gesagt. Wozny nahm sich die Zeit, noch mit mir zu reden. Er hat alle aus dem Sinclair-Team erwähnt. Jeden will er töten, auch die Frauen.«

»Und Johnny?« hauchte Sheila.

Bill schluckte. »Ihn sicherlich auch, wie ich diese Bestie kenne. Zudem kennt Asmodina keine Gnade. Ihr kommt es nicht darauf an, ob Frauen oder Kinder sterben. Wir haben ihr Destero weggenommen. Vielmehr John. Und dafür wird sie sich...« Bill konnte die nächsten Worte nicht mehr aussprechen, denn seine Stimme machte nicht mehr mit.

»Verhalte du dich ruhig«, sagte ich. »Wir kümmern uns schon um die Sache.«

»Mich wollt ihr wieder abschieben!« krächzte der Reporter.

»Du bleibst hier!« entschied Sheila. Wenn sie so redete, duldete sie keinen Widerspruch, das wußte auch ihr Mann, deshalb sagte er nichts mehr.

Mir ging es nicht aus dem Kopf, daß Wozny in Bills Beisein auch Janes Namen erwähnt hatte. Obwohl es mitten in der Nacht war, entschloß ich mich, sie anzurufen.

Es nahm niemand ab.

Achtmal ließ ich es durchläuten.

»Jane ist nicht zu Hause«, sagte ich leise.

Sheila erschrak, bis Bill sagte: »Hat sie nicht erzählt, daß sie weg wollte?«

Da fiel es mir wieder ein. Klar, die blondhaarige Detektivin hatte in Paris zu tun. Dort trafen sich zahlreiche Kollegen aus Europa zu einem Meinungsaustausch, den Jane auf keinen Fall verpassen wollte. Damit war auch dieses Problem gelöst.

Ich atmete auf.

Suko kam zurück. »Ich habe mich draußen umgesehen«, erklärte er. »Keine Spur von Wozny.«

»Das kann ich mir denken«, sagte ich. »Die haben etwas anderes zu tun. Vielleicht feiern sie den Sieg.«

»Haben die denn schon gewonnen?« fragte der Chinese.

»Zumindest besitzen sie das Schwert.«

Darauf wußten weder Suko, Bill noch Sheila etwas zu erwidern. Asmodina hatte sich das zurückgeholt, was eigentlich ihrem Diener gehört hatte. Und wir waren die Blamierten.

Suko schlug auf seine offene linke Handfläche. »Wenn wir nur wüßten, wo wir diesen Wozny finden können«, schimpfte er. »Ich habe keine Idee. Du, John?«

»Vielleicht bei dem Richter oder den Geschworenen.«

»Hast du Sir James Bescheid gesagt?«

»Nein, aber das könnte ich tun.« Ich rief meinen direkten Vorgesetzten an.

Als Sir James hörte, was uns widerfahren war, schwieg er für einen Moment. »Das ist wirklich starker Tobak«, gab er zu. »Sie haben das Schwert verloren.«

»Bin aber fest entschlossen, mir es zurückzuholen«, erwiderte ich.

»Das waren Sie bei dem Bumerang auch.«

Der Stich saß. Diese Waffe hatte mir mal Dr. Tod abgenommen, und sie befand sich noch immer in seinen Händen.

»Der Bumerang war etwas anderes«, erwiderte ich, »denn Solo Morasso hält sich zurück. Wozny aber wird angreifen.«

»Bei den gefährdeten Personen hat er sich bisher nicht blicken lassen«, erklärte Sir James. »Ich hätte sonst Bescheid bekommen. Wir haben vor jedes Haus zwei Polizisten gestellt, die sofort melden, wenn etwas passiert. Bisher ist alles ruhig geblieben.«

»Dann weiß ich auch nicht mehr weiter«, murmelte ich.

»Lassen Sie sich etwas einfallen, Oberinspektor. Ich erwarte von Ihnen Erfolge.«

Wütend legte ich den Hörer auf. Die anderen sahen es meinem Gesicht an, wie der Fall gelaufen war.

Ich hob beide Hände. »Stellt jetzt keine Fragen. Ich ärgere mich sowieso schon genug.«

»Ist der Alte wieder sauer?« Suko grinste.

»Und wie.«

Da klingelte es.

Alle zuckten zusammen. Unwillkürlich griff ich zur Beretta.

»Wer kann das sein?« fragte Sheila.

»Wir können ja nachsehen«, erwiderte ich und war schon auf dem Weg zur Tür.

Suko blieb bei mir, er deckte mir den Rücken. Als ich öffnete, war die Überraschung perfekt.

»Ich glaube, ihr habt Schwierigkeiten«, sagte eine vertraute Stimme.

Sie gehörte Myxin, dem Magier!

Wozny, der Würger, materialisierte sich dort, wo er sicher sein konnte, daß sich um diese Zeit kein Mensch aufhielt.

Auf dem Friedhof.

Direkt neben der Leichenhalle stand er plötzlich und blickte sich um. Düsternis umgab ihn. Die Bäume und Büsche deckten ihn. Der Himmel war eine graue Fläche. Vereinzelt nur blitzte ein Stern. Auf den Blättern der Bäume und Büsche blitzten hin und wieder noch die Wassertropfen vom letzten Regen.

Vor ihm begann ein schmaler Weg, der zu den Gräberfeldern führte. Witternd blieb Wozny stehen. Er lauschte, konnte jedoch nichts erkennen. Außer den Toten befand sich niemand mehr auf dem Friedhof.

Der Würger senkte den Blick und blickte auf seine Hand. Dort glänzte der Ring mit Asmodinas Antlitz. Sie war es auch, die zuerst etwas sagte.

»Wir haben einen Teilsieg errungen«, erklärte sie. »Mehr nicht.«

»Dann bist du nicht zufrieden?« fragte Wozny.

»Nein, überhaupt nicht.«

»Aber wir haben das Schwert.«

»Das ist auch alles. Dieser Conolly lebt und John Sinclair ebenfalls. Es hätte anders laufen können und auch müssen.«

»Sie waren eben zu schnell.«

»Das weiß ich selbst«, erwiderte Asmodina unwillig. »Deshalb werde ich jetzt anders vorgehen.«

»Und wie?«

Da lachte die Teufelstochter. »Ich habe bewußt dafür gesorgt, daß du dich hier auf dem Friedhof materialisierst, denn hier liegt jemand begraben, den du gut kennst.«

»Wer ist es?«

»Dein letztes Opfer.«

Wozny zuckte zusammen. Er duckte sich regelrecht und zischte durch den Mund.

»Hast du Angst?« höhnte die Teufelstochter.

»Nein, aber ich weiß nicht, was das mit meiner Rache zu tun haben soll.«

»Das wirst du gleich sehen. Erinnere dich mal an den Namen der Toten. Weißt du noch, wie sie hieß?«

»Ja, Diana Dickson.«

»Richtig. So nannte sie sich. Eigentlich hätte ich dich töten müssen, denn diese Frau gehörte mir.«

»Wie meinst du das?«

»Du hättest viele andere töten können, aber nicht sie, denn Diana befaßte sich mit Schwarzer Magie. Sie wollte unbedingt eine Hexe werden und hat auch einem kleinen Zirkel angehört. Bevor es jedoch soweit war, kamst du und hast sie erwürgt. Sie besaß damals noch keine magischen Kräfte, sonst wäre dir das nie gelungen. Nun brauchen wir ihre Hilfe.«

»Aber sie ist tot.«

»Wirklich?«

Als Asmodina dieses Wort sagte, da zweifelte Erwin Wozny fast an seinem Verstand.

»Dann habe ich sie nicht getötet?« flüsterte er.

»Doch, aber sie wird wieder leben. Ich weiß, daß sich die anderen aus dem Zirkel in dieser Nacht versammeln. Sie wollen versuchen, sie zu beschwören. Sollen sie, denn dann werden sie ihr blaues Wunder erleben.« Asmodina lachte. »Komm jetzt mit.«

Erwin Wozny war wie vor den Kopf geschlagen. Was die Teufelstochter da sagte, klang für ihn unglaublich, aber er widersprach nicht, sondern folgte seiner Herrin. Allerdings nicht auf dem Fuße, sondern er richtete sich nach ihren Anweisungen, die dem Würger aus dem Gesicht im Ring entgegenschallten.

Der Weg führte von der Leichenhalle weg über den menschenleeren Totenacker. Sie gingen unter den ausladenden Ästen alter Bäume her, passierten eine Reihe schlanker Pappeln und bogen nach links ab in einen schmalen, von einer Hecke flankierten Weg, der dort endete, wo sich das freiliegende Gräberfeld befand.

Jenseits des Areals führte eine Straße vorbei. Hin und wieder nur huschte ein Wagen über die Fahrbahn. Dann tauchten helle Augen auf, die rasch wieder verschwanden.

Das Grab Diana Dicksons war schnell gefunden. Es lag in der Nähe eines Wasserbeckens. Der rostige Hahn klatschte mit einem pitschenden Geräusch auf die Wasseroberfläche.

Wozny, der Würger, hielt das Schwert des Dämonenhenkers Destero in der rechten Hand. Es kam ihm so vor, als hätte er es immer getragen, und er wollte es auch nie wieder abgeben. Öfter schaute er auf die Hand. In der Dunkelheit leuchtete das Gesicht der Teufelstochter noch stärker als am Tage.

Ein paar Schritte mußte Erwin Wozny noch gehen, dann stand er vor dem Grab der Ermordeten.

Kein Kreuz zierte es. Um ihre Beerdigung hatte sich kaum jemand gekümmert. Verwandte waren nicht mehr vorhanden, und das von der Kirche gespendete einfache Fichtenkreuz hatte jemand aus der Erde gerissen und weggeworfen.

Zudem sah das Grab ungepflegt aus. Die lehmige Erde war eingefallen. Blumen gab es nicht, und kein Stein markierte die Randbefestigung.

Ein wenig seltsam war Wozny schon zumute, schließlich stand er vor dem Grab einer von ihm ermordeten Person, aber Asmodinas Einfluß zerstörte seine Bedenken.

Es war still auf dem Totenacker. Nur ein leichter Nachtwind fuhr über den Friedhof und brachte den Geruch der nassen Sträucher mit.

»Sie ist tot und wird leben!« hörte Erwin Wozny die flüsternde Stimme der Teufelstochter. »Diese Nacht ist für die Schwarze Magie wie geschaffen. Mein Geist und mein Einfluß werden in die feuchte Erde eindringen und die Tote wieder erwecken. Nimm das Schwert und zeichne damit ein großes A in die Erde.«

Erwin Wozny gehorchte. Er ging noch einen Schritt vor, stieß die Spitze in den noch feuchten Lehm und zeichnete den von Asmodina geforderten Buchstaben.

Die Schwertspitze wühlte die Erde auf. Deutlich war das A jetzt zu erkennen.

»Gut«, sagte die Teufelstochter. »Und nun tritt zurück.«

Auch das tat Wozny. Seine Blicke konnte er allerdings nicht von dem Grab abwenden. Er war gespannt, ob Asmodina es wirklich schaffen würde, die Tote wieder aus der kalten Erde zu holen. Schließlich lag sie sehr lange in ihrem Grab.

Und wie würde sie aussehen?

Die Beschwörung begann.

Erwin Wozny spürte die magische Kraft der Teufelstochter. Seine Hand begann zu vibrieren, als würde jemand Strom hindurchleiten. Es waren nur die schwarzmagischen Strahlen, die der Ring ausströmte und die nun das Grab trafen.

Und auch das A.

Plötzlich flammte der Buchstabe in einem kalten, violetten Licht auf, über das sich noch ein hellerer Schleier legte. Dieses Licht wurde so intensiv, daß es bis in die Tiefe des Grabs vordrang und die undurchdringliche Erde durchsichtig wie Glas werden ließ.

Erwin Wozny konnte in das Grab hineinschauen.

Er beugte sich vor, seine Augen wurden groß, und was er sah, hätte einen normalen Menschen zum Wahnsinn getrieben.

Nicht ihn, denn er stand voll unter dem bösen Einfluß der Teufelstochter.

Der Sarg bestand nur noch aus Fragmenten. Und zwischen ihnen, da lag sie, die Tote, Woznys Opfer.

Diana Dickson!

Doch wie sah sie aus! Diese ehemals hübsche Frau bot ein Bild des Schreckens, denn die Verwesung war bereits sehr weit fortgeschritten.

Sie lag zwischen den fauligen Trümmern der Totenkiste. Da sie sich in der Rückenlage befand, konnte Wozny auch ihr Gesicht erkennen. Das Fleisch war zum größten Teil verwest. Nur am Kinn sah der Mann noch die stockige Haut, die sich ebenfalls im Stadium der Auflösung befand. Bleich schimmerten die Knochen, und in den leeren Augenhöhlen hatte sich Lehm festgesetzt, in dem kleines Getier krabbelte.

Vom Totenhemd existierten nur noch Fetzen, die an dem Gebein klebten. Die Hände lagen noch über der Brust, die Skelettzehen wiesen nach oben, nichts hatte sich in der Lage der Toten seit der Beerdigung verändert.

Und jetzt sollte sie geweckt werden.

Erwin Wozny schluckte. Ohne Asmodinas Beisein wäre er, der brutale Würger, weggerannt, so aber blieb er stehen und löste seinen Blick nicht von der makaber aussehenden Gestalt.

Jetzt hatte sie das kalte Licht erreicht. Es war, als schösse ein Stromstoß durch ihren skelettierten Körper, der sie wieder zum Leben erweckte.

Die Tote bewegte sich.

Wozny öffnete seinen Mund. Seine Nackenhaare stellten sich aufrecht. Das war selbst ihm zuviel. Eine Tote, von ihm umgebracht, verließ die feuchte Erde des Grabes.

Er stöhnte auf und merkte, daß seine Knie wacklig wurden und nachgaben.

»Reiß dich zusammen!« zischte die Teufelstochter. Scharf drang ihre Stimme aus dem Ring hervor.

Erwin Wozny nickte nur.

Trotz dieser Mahnung war es ihm unmöglich, sich voll zu konzentrieren. Er schloß ein paarmal die Augen und bekam deshalb nicht mit, wie sich die Tote langsam aufstemmte, die hinderlichen Sargreste zur Seite drückte und in der Sitzstellung hocken blieb. Sie bewegte langsam den Kopf, schaute nach links und rechts, so daß durch die Bewegung der Lehm aus den Augenhöhlen rieselte.

Aber sie kam höher.

Dabei streckte sie ihre Arme aus, und Wozny sah mit Entsetzen, daß die Spitzen der skelettartigen Finger schon fast das obere Ende des Grabes berührten, so als wäre überhaupt keine Erde vorhanden.

Erwin Wozny schaute weiter zu.

Und es war doch Erde da. Er sah, daß sie von tastenden Fingern bewegt wurde, wobei sich größere Krumen lösten und an den Grabrand rollten.

Dann erschienen die gelblichen Klauen

Sie stießen aus der Erde, krümmten sich, und Wozny hatte das Gefühl, als würden sie ihm zuwinken.

»Nimm sie!« hörte er Asmodinas Stimme. »Faß die Hände, und hilf ihr aus dem Grab!«

Erwin Wozny schluckte. Er selbst wollte sich dagegenstemmen, doch Asmodinas Wille trieb ihn weiter. Der Würger war Wachs in den Händen der Teufelstochter.

Seine Linke streckte Wozny aus, denn in der Rechten hielt er das Schwert.

Er spürte die tiefe Kälte des Todes, als seine Finger die Totenklauen umklammerten. Ein Schauer lief über seinen Rücken, vor Furcht klapperte er mit den Zähnen, schließlich holte er ein Mordopfer aus dem Grab. Eine Frau, die er getötet hatte.

Ihr Schädel erschien, Reste von Erdkrumen klebten daran, aber vom Nachtwind wurden sie weggeweht. Wozny sah das klaffende Maul, das einmal der Mund gewesen war, darunter die letzten Hautreste und die breite, schimmernde Stirn.

Wenig später hatte er die lebende Tote vollends aus der feuchten Erde gezogen. Das Grab sah jetzt aus, als hätten dort zahlreiche Maulwürfe gewühlt. Einige Brocken Lehm waren auch zur Seite gefallen und lagen zu beiden Seiten des Grabes auf dem schmalen Weg.

Ein letzter Schritt, und Diana Dickson blieb vor ihrem Mörder stehen. Dessen Lippen zitterten, die Augen wurden groß, er schluckte, und sein Gesicht war bleich wie Hammelfett.

Er spürte die Angst.

Angst davor, daß sich die Tote rächen könnte. An ihm, ihrem Mörder.

Sie dachte gar nicht daran, denn sie blieb stehen und schaute auf den Ring an Woznys Hand. Durch ihn erhielt sie ihre Befehle. Und Asmodina reagierte.

Sie redete mit der eben aus dem Grab auferstandenen Untoten. »Du wirst ihm und auch mir folgen«, sagte sie. »Du wirst alles tun, was man dir sagt. Denn er und ich, wir bilden eine Einheit. Gemeinsam gehen wir dorthin, wo du dich in deinem früheren Leben aufgehalten hast. In den Zirkel. Denn nur da kannst du deine Schwestern begrüßen und meine Pläne somit ausführen.«

Das Skelett, das einmal Diane Dickson gewesen war, nickte.

»Hörst du den Ruf?« fragte Asmodina. »Sie versuchen, mit dir Kontakt aufzunehmen. Bisher ist es ihnen nicht gelungen, aber ich ermögliche es durch meine Magie. Nimm die Hand des Dämonenhenkers!«

Das Skelett streckte die knöcherne Klaue aus und umfaßte die behandschuhten Finger.

Fest griff Wozny zu. Dabei war er sich nicht einmal sicher, ob er es selbst war, der dies wollte. Das Schwert hatte er in die Linke genommen.

Im selben Augenblick flimmerte die Luft, und einen Atemzug später waren beide verschwunden.

Sie hinterließen als einzige Spur ein frisch aufgeworfenes Grab!

Myxin war nicht allein gekommen. Als ich einen Blick nach rechts warf, sah ich dort ein schwarzhaariges Mädchen, das einen dunklen Mantel trug, der nicht zugeknöpft war.

»Kara!« rief ich überrascht.

Sie lächelte und löste sich aus dem Schatten des Hauses. Ich gab die Tür frei, daß beide eintreten konnten.

Auch Suko zeigte sich überrascht. Wir hatten von Myxin lange nichts mehr gehört, um so erfreuter waren wir über sein Auftauchen und das seiner Begleiterin.

Wenn ich sage lange, dann stimmte das nicht ganz. Ich war erst vor kurzem durch eine Zeitverschiebung nach Atlantis gelangt und hatte dort den Untergang des gewaltigen Kontinents mit ansehen müssen. Dort war ich auch dem Schwarzen Tod begegnet, meinem Feind, und dem Seher und Myxin.

Ich hatte auch Karas Vater kennengelernt, Delios, den Weisen und Propheten. Er und andere hatten versucht, den Untergang dieses Kontinents zu stoppen, doch es war ihnen nicht gelungen. Die Gegenkräfte, vom Schwarzen Tod geleitet, hatten sich als wesentlich stärker erwiesen. So versank Atlantis in den Fluten.*

Kara lächelte uns an. Dabei wirkte ihr Gesicht mit den auffallenden Wangenknochen nicht mehr so asketisch-streng, sondern zeigte einen weicheren Ausdruck.

Sie freute sich, mich wiederzusehen, und sie begrüßte auch die anderen.

Bill grinste, als er Myxin sah. »Na, hast du den Weg mal wieder gefunden?«

Er und der kleine Magier mußten sich immer gegenseitig auf den Arm nehmen. Ihr Verhältnis hatte sich in der letzten Zeit gebessert. Früher hatte Bill dem Magier sehr skeptisch gegenübergestanden.

Kara und Myxin nahmen im Wohnraum Platz. Auch ich ließ mich nieder, während Suko stehenblieb.

»Ihr habt Schwierigkeiten«, sagte Myxin. »Und zwar mit meiner Feindin Asmodina.«

»Woher weißt du das?« fragte ich.

»Das merken wir. Wir haben, ihr würdet sagen, eine Antenne dafür. Die Aura ist von uns lokalisiert. Asmodina war hier.«

»Das stimmt«, sagte ich.

Myxin lächelte.

Ich aber schwächte seine Prophezeiung ab. »Sie war zwar in der Nähe, aber sie war es nicht selbst.«

Jetzt zeigten sich Kara und Myxin überrascht. »Kannst du uns das erklären?« fragte Kara.

»Gern.« Ich berichtete von Beginn an, und die beiden hörten aufmerksam zu.

Mit Wozny, dem Würger, konnten sie natürlich nichts anfangen. Dafür um so mehr mit Desteros Hand.

»Wir wußten nicht, daß Asmodina sie zurückgeholt hat«, erklärten sie beide.

»Ich habe auch nicht damit gerechnet, aber irgendwo mußte sie ja sein. Ich hatte sie ihm abgeschlagen, sie verschwand und tauchte nicht mehr auf, während wir weiterkämpften. Jetzt sitzt sie an der Hand dieses Würgers.«

---

* Siehe John-Sinclair-Taschenbuch, Band 73004: ›Alptraum in Atlantis‹

»Und sie hat das Schwert«, warf Suko, der Chinese, ein.

»Das Sinclair-Team hat also schlechte Karten!« stellte Myxin fest. »Da dieser Wozny voll unter Asmodinas Kontrolle steht, kann er auch überall hin, ohne daß ihr es merkt.«

»Er ist in der Lage, sich aufzulösen und an anderen Stellen wieder zu erscheinen«, präzisierte ich. »Wobei wir uns natürlich fragen, wo er als nächstes zuschlägt«, sagte Suko noch.

Myxin stand auf. »Wir sind ja nicht gekommen, um euch nur mit Fragen aufzuhalten, wir wollen euch helfen«, lächelte der kleine Magier. »Zudem bin ich dem Sinclair-Team noch etwas schuldig. Ihr habt schließlich meine Entführung verhindert.«

Ich winkte ab. »Hör ja damit auf.«

»Das stimmt schon. Hätte mich Asmodina damals bekommen, wäre ich nicht mehr am Leben.« Er wandte sich dem Mädchen aus dem Totenreich zu. »Wie ist es, Kara. Kannst du Kontakt zu ihr aufnehmen? Wirst zu erfahren, wo sie sich aufhält?«

»Ich müßte es versuchen.«

Kara war sehr ernst. Denn auch sie hatte ein Problem, mit dem sie nicht so leicht fertig wurde. Kara war auf der Suche nach dem Trank des Vergessens. Dieser Trank stammte noch aus Atlantis, und er ermöglichte es ihr, wenn sie ihn zu sich genommen hatte, unendliche Reisen durch die Dämonenreiche zu unternehmen. Sie konnte dann die Strukturen erforschen, ohne daß man ihr etwas antat. Das wußten auch die Gegner. Sie hatten den Trank in ihre Hände gebracht und hüteten ihn wie einen Augapfel. Dabei wußte niemand von uns, wer ihn tatsächlich besaß. Vielleicht sogar der Teufel. Aber das waren nur Vermutungen und keine bewiesenen Tatsachen.

Kara wechselte den Platz. Sie schlug dabei den Mantel zur Seite und zog ihr schmales Schwert mit der goldenen Klinge. Diese Waffe trug sie immer bei sich. Denn wie auch Destero damals oder der Samurai des Satans verließ sie sich ebenfalls auf das Schwert, das damals in Atlantis geschmiedet worden war.

Es hatte einen kostbaren Griff, in dem die volle Magie der weisen Atlanter konzentriert war.

Das Schwert war mächtig, allerdings nicht so stark wie der

Trank des Vergessens. Kara konnte damit, wenn sie sich konzentrierte und die Magie aktivierte, herausfinden, wo sich Gegner aufhielten. Denn dann wurden die magischen Strahlen abgelenkt und trafen als Rückkoppelung ihr Gehirn, wo sich dann plastische Bilder von dem Ort formten, der die magische Strahlung reflektiert hatte.

Alles ein wenig kompliziert, aber dennoch sehr wirksam, wie wir schon öfter erfahren hatten.

Kara nahm auf dem Boden Platz, stellte das Schwert so auf, daß es mit der Spitze den Teppich berührte, und umfaßte den Griff mit beiden Händen.

Die Gespräche im Raum verstummten. Wir alle hatten nur noch Augen für Kara.

Die Lippen hielt sie fest zusammengepreßt und atmete nur durch die Nase. Ihre dunklen Augen schienen noch größer zu werden. Gleichzeitig änderte sich der Blick. Man konnte das Gefühl haben, sie würde nach innen sehen oder in unendlich weite, unbekannte Fernen.

Fast schien es, als würde sie überhaupt nicht mehr atmen, als säße eine Tote vor uns.

Myxin löschte das Licht.

Dunkelheit legte sich über den Raum. Nur das große Feuer zeichnete sich als gewaltiger grauer Umriß ab.

Kara schien sich in einer anderen Welt zu befinden. Wir hörten nichts von ihr, und wir sahen sie auch nur als Schatten. Aber dann kristallisierte sich etwas hervor.

Aus dem Dunkel, zwischen ihren Händen, begann der Schwertgriff zu strahlen. Er diente als Katalysator zwischen Kara und einer anderen Ebene. Wir sahen, wie ihre Hände durchscheinend wurden und deutlich die Umrisse der Knochen hervortraten.

Ein fahler Schein, vom Griff ausgehend, leuchtete durch das Zimmer und ließ unsere Gesichter als bleiche Flecken aus der Dunkelheit hervortreten.

Irgendwie hatte sich die Atmosphäre verdichtet. Kein Wort war gesprochen worden, niemand von uns wagte, lauter zu atmen. Wir hielten quasi die Luft an.

Ich sah Bill Conolly, der auf der Couch lag, sich etwas aufgestützt hatte und Kara anschaute. Auch Sheilas Gesicht zeigte eine harte Spannung. Sie hatte die Lippen fest zusammengepreßt und nur Augen für die am Boden sitzende Kara.

Sukos Gesicht blieb unbewegt, seine Augen glänzten wie die von Myxin. Der kleine Magier hatte sich lautlos voranbewegt und hinter Kara Aufstellung genommen. Dabei legte er beide Hände auf ihre Schultern, als wollte er die Kraft noch verstärken.

Jeder von uns bemerkte, wie schwer es Kara fiel. Sie schwankte leicht, wurde jedoch von Myxin gehalten und konzentrierte sich weiterhin sehr stark.

Minuten vergingen.

Eine Zeit der Spannung. Würde Kara es schaffen? Konnte sie uns einen Weg zu Wozny, dem Würger, weisen?

Von einer Sekunde zur anderen war alles vorbei. Das Licht im Schwertgriff erlosch, auch der fahle Schein verblaßte, und wir saßen im Dunkeln da.

»Bitte Licht«, flüsterte Myxin.

Suko ging zum Schalter.

Als es hell wurde und wir uns über die Augen wischten, ließ Kara das Schwert los. Mit einem dumpfen Geräusch fiel es auf den Teppich und blieb dort liegen.

Sie war geschafft.

Auch sie sank nach vorn, doch Myxin griff zu, und auch Suko trat zu ihr. Er hievte Kara hoch. Gemeinsam brachten sie die Schöne aus dem Totenreich in einen Sessel, wo sie sich niederließ und erst einmal erholen konnte.

Jeder von uns konnte ihr nachfühlen, wie groß die Kraft gewesen war, die die Beschwörung gekostet hatte. Deshalb ließen wir sie auch in Ruhe und belästigten sie nicht mit Fragen.

Nur allmählich erholte sie sich wieder. Myxin bat um ein Glas Wasser. Ich holte es.

Kara nahm es mit noch zitternden Händen entgegen, wobei sie mir dankbar zulächelte. Danach trank sie in langen, durstigen Zügen das Glas bis zum Grund leer.

»Alles wieder okay?« fragte ich.

»Fast. Nur noch ein paar Minuten, aber ich habe Erfolg gehabt, das kann ich schon sagen.«

Mir fiel ein Stein vom Herzen.

Suko räusperte sich und schaute aus dem Fenster. In zwei Stunden schon würde es wieder hell werden. Ob wir bis dahin Erwin Wozny gefaßt hatten?

Welch eine Nacht!

Dann begann Kara zu reden. »Ich weiß«, sagte sie mit leiser Stimme und jedes Wort betonend, »wo sich die anderen aufhalten. Ich habe ihre Magie gespürt.«

Plötzlich standen wir unter Spannung. Mehrere Augenpaare hingen an ihren Lippen.

»Es gibt bei euch ein Sprichwort«, begann Kara. »Daß es den Täter an den Ort zurückzieht, an dem er seine Taten begangen hat. Dort ist Wozny. Aber er ist nicht allein. Eine Untote ist bei ihm. Ich spürte es, weiß nur nicht, wer es ist. Und es sind noch mehr Personen anwesend. Sie alle wollen das Böse, es sind... Hexen, soviel ich gesehen habe. Gefährliche Hexen...«

Kara legte eine Pause ein, die letzten Worte hatten sie angestrengt. Dann sprach sie weiter. »Sie sind in einem Park, dem großen, dem größten von London. Dort gibt es einen Pavillon. Ich habe ihn deutlich gesehen, er steht auf einem kleinen Hügel und wird durch hohe Bäume geschützt. Da genau haben sie sich versammelt.«

Es waren Karas letzte Worte, die sie zu dem Fall sagte. Sie konnte nicht mehr.

Und doch hatten wir mehr erfahren, als wir zu hoffen gewagt hatten. Ich rieb mir innerlich die Hände. Das würde eine Jagd geben. Sollten sie sich länger in diesem bewußten Pavillon aufhalten, würden wir Wozny noch in dieser Nacht stellen.

»Ich danke dir, Kara«, sagte ich.

Sie nickte nur, schaute an mir vorbei und sagte: »Fahr schnell hin, sonst ist es zu spät.«

»Und wie.« Ich winkte Suko. »Los, komm!«

»Ja, und ich«, meldete sich Bill Conolly mit krächzender Stimme von der Couch.

»Du bleibst liegen«, sagte Sheila und drückte ihren Mann wieder zurück.

Ich grinste. »Eine Ehe hat auch Vorteile, mein Junge. Man wird nicht so oft an die Front geschickt und kann zu Hause im warmen Bett liegenbleiben und sich pflegen lassen.«

»Mann, hau ab!« Bill suchte nach einem Gegenstand, den er mir an den Kopf werfen konnte. Er fand nur ein Glas, das Sheila ihm schnell aus der Hand drehte.

Bill maulte.

Wir waren schon an der Tür, als mich Karas Stimme noch einmal zurückhielt. »Nimm das«, sagte sie und hielt ihr Schwert hoch. »Ich glaube, du wirst es brauchen können.«

Dankbar nahm ich die Waffe entgegen.

Dann hielt uns wirklich nichts mehr.

Früher waren sie zu viert gewesen!

Dann wurde eine von ihnen ermordet, und so führten sie den Zirkel zu dritt weiter.

Sie nannten sich Schwestern des Bösen und hatten versprochen, nur dem Teufel zu dienen.

Drei junge Frauen, die im Berufsleben ›ihren Mann‹ standen. Da war die Anführerin Lilian Wayne. Sie hatte die dreißig schon überschritten, arbeitete in einer Versicherung als Abteilungsleiterin und war Chefin über eine Gruppe von fünf Männern. Kühl und unnahbar gab sie sich, trug nur streng geschnittene, meist graue oder blaue Kostüme und eine Brille mit Fensterglas.

Die zweite im Bunde hieß Doris Purdom. Sie leitete eine Boutique in der Oxford Street. Auch sie war erfolgreich im Beruf. Als Ledige suchte sie oft an langen Abenden nach Abwechslung. Auf die Männer, die sie kannte, pfiff sie. Die wollten nur das eine und waren zudem noch so große Schaumacher, die im Bett nicht das hielten, was sie zuvor versprachen.

Die Jüngste im Bunde, knapp zweiundzwanzig, hieß Monica Norris. Sie war Verkäuferin, hatte eine gescheiterte Ehe hinter sich und arbeitete in Doris Purdoms Boutique.

Die drei Frauen hatten sich zwar nicht gesucht, aber dennoch gefunden. Am Stand von Brighton waren sie durch Zufall ins Gespräch gekommen und hatten sich dann jeden Tag getroffen. Eine vierte, sie hieß Diana Dickson, war zu ihnen gestoßen.

Diese vier überlegten hin und her, wie sie ihrem Leben einen Sinn geben konnten, bis Lilian Wayne eines Tages vorschlug, dem Satan zu dienen.

Nur Doris Purdom war von Beginn an einverstanden gewesen, die anderen beiden zögerten noch. Schließlich konnten auch sie sich den anderen nicht mehr länger widersetzen und stimmten zu.

Sie überlegten und gaben sich den Namen ›Schwester der Bösen‹.

Von nun an trafen sie sich einmal in der Woche. In alten Büchereien und auf Trödelmärkten besorgten sie sich die einschlägige Literatur und lasen viel über Beschwörungen und finstere Riten, die noch aus dem Mittelalter stammten.

Sie kauften sich auch die dazu gehörigen Ingredienzen wie Kräuter, Salben, Pasten und besorgten sich entweihte Kreuze, Hexenkreise und auf den Kopf gestellte Druidenfüße.

Im Winter führten sie die Beschwörungen in den Wohnungen durch, tanzten nackt um den Hexenkreis, riefen den Satan an und hofften, daß er ihnen erscheinen würde. Sie berauschten sich an gefährlichen Tränken und ließen danach, wenn sie völlig außer Kontrolle waren, das ›Fest‹ zu einer Orgie entgleisen.

Ihnen machte es Spaß, bis eines Tages Diana Dickson ermordet wurde. Das hatte den drei anderen einen Schock versetzt. Sie hielten aber dennoch zusammen und machten sich auf die Suche nach dem Mörder. Nicht sie fanden ihn, sondern die Polizei.

Seit diesem Tag suchten sie nach einem Weg, den Mörder zu bestrafen. Sie wollten die Macht des Teufels, damit die Rache der Hölle ihn traf, dabei ahnten sie nicht, daß der Würger selbst mit dem Teufel spekulierte und dieser durch seine Tochter Asmodina etwas ganz anderes mit ihm vorhatte.

Davon ahnten die drei nichts, als sie sich in dem alten Pavillon trafen. Er lag wirklich versteckt. Kaum ein Mensch kannte die Stelle, weil er abseits der Wege und auch Straßen lag.

Im Sommer hatten sie schon des öfteren ihre Beschwörungen dort gehalten, und sie waren seltsamerweise nie gestört worden.

Der Teufel selbst schien seine schützende Klaue über diesen Ort zu halten.

Den Wagen hatten sie auch in dieser Nacht auf einem Parkplatz stehengelassen und waren zu Fuß ihrem Ziel entgegengegangen. Sie trugen Taschen bei sich, in denen sie all das aufbewahrten, was sie für ihre Beschwörungen benötigten. Heute sollte keine Orgie stattfinden, sondern ein abermaliger Versuch, mit ihrer toten Hexenschwester in Kontakt zu treten.

Nachdem sie eine Rasenfläche überquert hatten, fanden sie einen Trampelpfad, der in das wilde, wuchernde Buschwerk hineinführte, das den Pavillon umgab.

Sie hatten dieses Gebäude Tempel getauft und sich eine neue mit einem Spezialschloß gesicherte Tür einbauen lassen. Jede der drei Hexenschwestern besaß einen Schlüssel.

Lilian Wayne ging als erste. Doris Purdom folgte ihr, und den Schluß bildete Monica Norris.

Sie war auch die kleinste, hatte rotes Haar und trug es zu einer Pagenfrisur geschnitten. Normalerweise war sie etwas stiller, doch wenn sie von dem Gebräu berauscht war, dann kannte sie keine Hemmungen mehr.

Besonders freute sich Lilian Wayne darüber. Auch an diesem Tag trug sie das aschgrau gefärbte Haar hochgesteckt. Sie hatte auch nicht auf ihr Kostüm verzichtet, nur die Brille trug sie nicht. Das schmale Gesicht mit der etwas zu großen Nase paßte zu ihr, und die Mundwinkel waren ein wenig nach unten gebogen, so daß der Zug darum einen hochmütigen Ausdruck hatte.

Doris Purdom war der bunte Vogel unter ihnen. Supermodern gekleidet, trug sie auch heute ihre Pumphosen aus Wildleder und dazu eine bunte, dreiviertellange Strickjacke. Das brünette Haar hatte sie so geschnitten wie Lady Di, die verstorbene Exfrau des Prinzen Charles.

Der Pavillon stand auf vier massigen Holzbeinen, die tief in die Erde gerammt worden waren. Zwischen Erde und dem unteren Boden des Gebäudes bestand ein Zwischenraum von etwa einem Yard, so daß man unter dem Pavillon herkriechen konnte. Zur Eingangstür führte eine Holztreppe hoch, der Bau selbst hatte fünf Ecken.

Und gerade als Fünfeck war er für die drei Hexenschwestern überaus wichtig.

Lilian Wayne stieg die Stufen hoch und schloß die Tür auf. Ein seltsamer Geruch strömte ihnen entgegen, eine Mischung aus Kräutern und Tierblut. Das jedoch machte den Frauen nichts aus, sie hatten sich daran gewöhnt. Die beiden anderen blieben solange draußen, bis Lilian zwei schwarze Kerzen angezündet hatte, die das Innere des Pavillons mit ihrem flackernden Schein erhellten.

Monica Norris warf noch einen letzten Blick zurück. Der Wald und die Büsche schirmten das Gebäude gut ab. Das frische Laub wuchs sehr dicht, so daß es kaum eine Lücke gab.

»Kommt!« Die ältere winkte ihnen zu. Sie hatte sich bereits ihrer Kostümjacke entledigt.

Darunter trug sie nur die blanke Haut.

Kaum war die Tür geschlossen, als Lilian auch den Rock abstreifte und aus ihrem Slip stieg. In ihren Augen lag ein seltsamer Glanz, sie konnte es kaum erwarten, bis die Beschwörung begann. Heute sollte es besonders wild werden, das hatten sich die drei Teufelsdienerinnen vorgenommen.

Lilian öffnete die Tasche und holte ihre Kutte hervor. Sie zeigte eine beige Farbe, und auf Vorder- sowie Rückseite war jeweils ein Teufelskopf gemalt.

Die beiden anderen Hexenschwestern besaßen die gleiche Kutte. Auch sie hatten sich schon ausgezogen und streiften ihre neue Kleidung über. Dann setzten sie die Halbmasken auf, die auch einen Teil der Haare bedeckten und jeweils das ziegenköpfige Abbild des Satans zeigten, so wie er in der Literatur und der Malerei immer dargestellt war.

Monica kümmerte sich um den Aufbau. Sie stellte die Tiegel und Töpfe mit der Hexensalbe und den zahlreichen Pasten zurecht. Der magische Kreis brauchte nicht erneuert zu werden. In seiner Mitte fand die flache Tonschale Platz, in die Lilian aus einer Kanne dickes Tierblut goß. Hahnenblut.

Dieses Blut spielte eine besondere Rolle, denn sie hatten es mittlerweile geschafft, es auch ohne Feuer zu erwärmen. Nur durch bestimmte Kräuter und Essenzen der Schwarzen Magie sowie finsteren Beschwörungen.

Doris Purdom brachte die Tüte mit dem Knochenmehl. Sie streute es in das Blut, während eine andere Schale von Lilian Wayne geleert wurde. In ihr befanden sich allerlei Kräuter, die einen widerlich riechenden Sud bildeten, der das Blut hinterher zum Kochen brachte, so daß es Blasen warf.

Monica Norris hatte noch zwei Kerzen angezündet, so daß auch der letzte Winkel des Raumes von den tanzenden Lichtreflexen erfaßt wurde.

Die Beschwörung konnte beginnen.

Drei Frauen bauten sich außen um den Kreis herum auf.

Lilian übernahm das Wort. »Seid ihr bereit, Schwestern?«

»Wir sind es.«

»Schwört ihr, dem Satan und nur dem Satan allein zu gehorchen?«

»Wir schwören.«

»Würdet ihr für ihn alles tun, auch Leben Unschuldiger opfern, wenn er es verlangt?«

»Wir würden es tun«, murmelten die beiden Frauen und stimmten sich so richtig ein.

Lilian war zufrieden. Sie hatte auch keine anderen Antworten erwartet, weil es immer das gleiche Zeremoniell war, das sie durchführten. »Dann laßt uns beginnen, Schwestern!«

Die drei Frauen breiteten die Arme aus und faßten sich an den Händen. So hatten sie einen zweiten Kreis geschaffen, der sie aneinanderkettete und ihnen die nötige Kraft gab, um mit den Jenseitswelten Kontakt aufzunehmen.

Etwa eine Minute blieben sie stehen. Sie sprachen dabei kein Wort und konzentrierten sich nur. Jede von ihnen hielt den Blick auf die im Kreis stehende Schale gerichtet, in der das Blut allmählich anfing, warm zu werden.

Es begann zu dampfen...

Zuerst waren es nur leichte, kaum erkennbare Schwaden, die über die Oberfläche der widerlichen Flüssigkeit strichen, sich dabei verteilten und auch über die Ränder quollen. Ein ätzender Geruch breitete sich aus, der nach Schwefel stank und wie ein Gruß aus der Hölle auf die Frauen wirkte.

Ihre Augen verdrehten sie entzückt. Sie saugten den Rauch

förmlich ein, und während er tief in ihre Lungen drang, dachten sie an den Satan, der ihre Beschwörung erhören sollte.

An den Wänden hingen schwarze Kreuze. Man hatte sie jedoch verkehrt herum aufgehängt, und es waren die Kreuze, die das erste Zeichen gaben.

Sie begannen zu glühen.

So etwas war noch nie geschehen. Dieses direkte Zeichen der Hölle hatten die Hexenschwestern niemals zuvor gesehen.

Lilian sah es zuerst.

Sie schrie auf. »Da!« geiferte ihre Stimme. »Die Kreuze! Der Teufel gibt uns ein Zeichen. Er ist bereit, das Opfer anzunehmen. Endlich, wir haben so lange gewartet. Nun sind wir an der Reihe.«

Auch die beiden anderen Frauen sahen die glutroten Kreuze, und im selben Augenblick wurden sie von einem anderen Ereignis abgelenkt.

Die Schale schien zu explodieren. Es gab ein puffendes Geräusch, fontänenartig wurde das heiße Blut in die Höhe gespritzt und verteilte sich über die Frauen, deren Gewänder wie gesprenkelt aussahen.

Nichts befand sich mehr in der Schale.

Nur noch Rauch.

Und der quoll in immer dichteren Schwaden hervor, nebelte die Frauen ein und raubte ihnen fast den Atem.

»Satan!« schrie Lilian Wayne. »Satan, erhöre uns! Gib uns ein Zeichen. Sorge dafür, daß unsere Schwester Diana Dickson aus dem Jenseits erscheint und sich bei uns sehen läßt. Bitte, Satan, wir flehen dich an!«

Doch der Teufel blieb stumm.

Nur die Qualmwolke wurde noch dichter. Die drei Hexen waren auf die Knie gefallen, sie hatten die Arme erhoben und rangen ihre Hände. Sie flehten, schrien und...

Da hörten sie es.

Schritte!

Aber draußen – auf der Treppe.

Tapp, tapp, tapp...

Deutlich waren sie zu vernehmen, wie sie sich der Tür näherten und dann verstummten.

Die drei Hexen schauten sich an. Unruhig begannen die vier Kerzen zu flackern und warfen bizarre Schatten auf die Gesichter der drei Frauen.

Dann schlug jemand gegen die Tür.

Dreimal hallten die dumpfen Schläge, und bei jedem Schlag zuckten die Frauen zusammen.

Wer konnte das sein?

Schließlich faßte sich Lilian Wayne ein Herz. »Wer bist du?« rief sie laut.

»Ich, Diana Dickson, eure vierte Schwester...«

Obwohl die Hexen damit gerechnet und das Ereignis auch herbeigesehnt hatten, traf es sie doch wie ein Schock.

Alle drei zuckten zusammen.

Die Beschwörung war unterbrochen. Die Blicke klärten sich wieder, wurden lauernd, fragend und auch furchtsam.

Lilian übernahm das Wort. Es blieb ihr nichts anderes übrig, denn sie war die Chefin. »Wer bist du?« erkundigte sie sich.

Diana Dickson sagte: »Los, öffnet! Ihr habt mich doch gerufen. Ihr wolltet mich sehen. Hier bin ich.«

»Aber du bist tot«, hielt Lilian ihr entgegen.

»Was heißt schon tot?« Diana lachte. »Habt ihr denn nie etwas von der Kraft der Hölle gehört? Sie ist es doch, die sämtliche Schleusen öffnet, die uns die Möglichkeit gibt, Gesetze und sogar den Tod zu überwinden. Was habt ihr den gewollt? Doch nichts anderes als dies. Nun ist es eingetreten, der Satan hat euch erhört. Oder habt ihr Angst vor eurer eigenen Courage?«

»Nein.«

»Dann öffne!«

Lilian Wayne schaute ihre Hexenschwestern an. Sie las keine Bestätigung in ihren Blicken, die beiden Frauen überließen Lilian die Entscheidung.

Die ging zur Tür.

Verhalten waren ihre Schritte, zögernd und schleppend. Der Schlüssel steckte von innen. Ihre Finger berührten das kalte Metall. Sie schwitzte unter der Halbmaske. Eigentlich hatte sie das nicht gewollt, weil sie nicht daran glaubte, und doch war das Ereignis eingetreten.

Oder nahm sie jemand auf den Arm? Stand dort einer vor der Tür, der die Stimme ihrer vierten Hexenschwester täuschend echt imitieren konnte?

»Schließ endlich auf, Lilian!«

»Ja, sofort.« Die Frau hatte sich entschieden. Der Schlüssel bewegte sich im Schloß – die Tür war offen.

Sie wurde von der draußen stehenden Person nach innen aufgedrückt. Lilian mußte hastig zur Seite springen, sonst wäre sie von der Tür getroffen worden.

Und da stand sie.

Die beiden Hexenschwestern sahen die Frau ebenfalls.

Doris Purdom schrie auf, als ihr Blick auf die Gestalt fiel. Das war nicht Diana Dickson, sondern ein Skelett!

Monica Norris konnte ihren Schrei gerade noch unterdrücken. Sie preßte ihre Hand gegen den Mund, und Lilian fing vor Angst und Grauen an zu zittern.

»Ich grüße euch, meine Lieben«, sagte die skelettierte Frau. »Lange genug habt ihr ja auf mich gewartet.« Sie war auf der Schwelle stehengeblieben und sah sich um. »Ihr seht gut aus, besser als ich, denn mein Fleisch ist bereits vermodert oder von den Würmern gefressen worden.« Sie wußte, daß sie mit den Worten Grauen erzeugte, und das wollte sie auch. Aber sie hatte noch eine Überraschung für die Schwestern bereit.

»Ich habe euch einen lieben Gast mitgebracht«, erklärte sie und drehte sich langsam um. »Komm ruhig näher!«

Schwere Schritte waren zu hören. Der Gast mußte vor der Treppe gelauert haben.

Jetzt kam er hoch.

Das weibliche Skelett trat zur Seite, damit der andere vorbei konnte.

»Darf ich vorstellen«, sagte die Untote. »Das ist Erwin Wozny, mein Mörder!«

Der Hyde Park ist ein gewaltiges Areal, das nicht nur Grünflächen und gepflegte Anlagen aufweist, sondern auch von zahlreichen

Straßen und Wegen durchkreuzt wird. Es gibt dort sogar eine Polizeistation, mit deren Beamten ich schon mal Bekanntschaft gemacht hatte, als es darum ging, einen Werwolf zu jagen.

An der Südostseite, wo der Duke of Wellington Place liegt, gelangten wir in den Park. Dann sah ich zu, daß wir auf die Serpentine Road kamen, die am Nordufer des großen Sees vorbeiführt, nach dem die Straße ihren Namen hat.

Der See erinnerte mich immer an eine lange Zunge, die an ihrem hinteren Ende schmaler wurde. Von der Serpentine Road aus führt auch eine schmale Straße direkt zum Polizeirevier.

Um diese Zeit war der Park so gut wie menschenleer. Es gab zwar einige Stellen, wo Penner schliefen, aber die lagen woanders. Abseits der Straßen. Ebenso wie die Treffpunkte der ausgeflippten Jugendlichen.

Wir hatten die Straße für uns. Das Licht der Scheinwerfer huschte über den grauen Belag und riß mit seinen Ausläufern rechts und links die geisterhaft fahl wirkenden Büsche aus der Dunkelheit.

Wir hofften beide, daß Karas Tip stimmte, denn wenn wir diesen Wozny nicht unter Kontrolle bekamen, sah es nicht nur schlecht für uns, sondern auch für viele andere unschuldige Menschen aus. Der würde Amok laufen, wobei er noch auf die Unterstützung der Teufelstochter rechnen konnte.

Eine verdammt schlimme Sache.

Einmal huschte ein Hase durch den breiten Lichtteppich. Das Tier war zum Glück schneller als unser Wagen.

Wenn wir nach links schauten und unser Blick durch die Zwischenräume der mannshoch wachsenden Büsche fiel, dann sahen wir die schwarze Wasserfläche des Sees schimmern. Es war seltsam, das Gewässer schimmerte sogar bei der Dunkelheit.

Irgendwo warf die fast glatte Oberfläche Reflexe zurück, die von den einsam stehenden Laternen stammten, die in unregelmäßigen Abständen zu beiden Seiten die Fahrbahn säumten.

Wir mußten achtgeben. So genau kannte ich die Abzweigung auch nicht mehr. Dann jedoch sah ich das Schild. Es glänzte, als das Licht darauf fiel.

»Rechts«, sagte Suko.

Ich bog in die wesentlich schmalere Straße ein.

Wir fuhren durch einen Tunnel. So jedenfalls kam es mir vor, denn rechts und links der Straße wuchsen Bäume, die ein gewaltiges Dach bildeten.

Nach einer Fahrt von etwa sieben Minuten erreichten wir unser erstes Ziel, die Polizeistation.

Zwei Streifenwagen standen auf dem kleinen Parkplatz. Über der Tür brannte eine einsame Lampe. Das Gebäude bestand aus roten Steinen, an denen der Zahn der Zeit auch schon genagt hatte.

Ich fand für meinen Bentley ebenfalls noch eine Lücke, stoppte, und wir stiegen aus.

Angemeldet hatten wir uns nicht. So war es nicht verwunderlich, daß die Tür geöffnet wurde, bevor wir die Treppe hochsteigen konnten. Ein Beamter erschien. Mißtrauisch schaute er uns entgegen.

Ich hielt meinen Ausweis schon in der Hand. Im Lampenlicht las er die Legitimation und bat uns hinein.

Vier Polizisten zählte ich. Keinen kannte ich. Damals hatte eine andere Schicht Dienst getan.

Aber ich war bekannt. Die Kollegen hatten von mir berichtet.

Wir wurden gebeten, Platz zu nehmen.

Das wollte ich erst gar nicht einreißen lassen und blieb vor der Holzbarriere stehen, die auch vom Zahn der Zeit längst angenagt war.

Man fragte nach unseren Wünschen.

In drei Sätzen machte ich den Polizisten klar, was ich von ihnen wollte.

Ein uniformierter Inspektor, der Chef, nickte ein paarmal, bevor er sagte: »Natürlich, Sir, der Pavillon ist uns bekannt. Er liegt ziemlich versteckt.«

»Wissen Sie auch, was dort geschieht?«

Schräg schaute er mir ins Gesicht. »Etwas Ungesetzliches?«

»So kann man es nennen.«

»Da treffen sich immer drei Frauen von irgendeinem Club. So Emanzen, glaube ich. Wir haben unsere Einwilligung gegeben, als sie sich eine neue Tür mit einem Sicherheitsschloß einbauten. Ich konnte da nichts Ungesetzliches feststellen. Wirklich nicht.«

»Gut, bleiben Sie bei Ihrem Glauben. Wir wollen nur von Ihnen den genauen Weg wissen.«

»Keine Unterstützung?«

»Nein, das erledigen wir allein.«

Der Inspektor nickte. »Sie sind mit dem Wagen gekommen«, murmelte er. »Es ist allerdings schlecht, wenn Sie zu dem Pavillon mit Ihrem Auto fahren wollen. Die Wege sind verflucht schmal und...«

Ich unterbrach den Mann, weil er ein wenig zuviel redete. »Wir gehen zu Fuß.«

»Okay.« Der Inspektor wandte sich um und führte uns zu einer Seitenwand, an der eine große Karte hing, die den Hyde Park zeigte. Dort war praktisch alles eingezeichnet. Vom kleinsten Weg über das älteste Gebäude bis zur letzten Bank.

Auch der Pavillon.

»Er liegt genau hier«, sagte der Inspektor und deutete mit dem Zeigefinger in die nördliche Richtung. »Sie sehen, daß es kaum Pfade gibt, das Gebiet hier bezeichnen wir immer als Urwald. In diesem Pavillon ist man ungestört.«

Ich schaute genau hin, nahm einen Zettel und machte mir Notizen.

Dann bedankte ich mich bei den freundlichen Helfern.

»Und Sie wollen wirklich nur zu zweit los?«

»Ja.«

Suko meinte: »Es sind ja höchstens vier Gegner.«

Die Ironie verstanden sie nicht. Wahrscheinlich hielten sie uns für Angeber.

Die zweite Überraschung innerhalb weniger Minuten für die drei Frauen.

Und sie glaubten tatsächlich, sich verhört zu haben. Das konnte einfach nicht wahr sein, ihre ehemals tote Hexenschwester brachte ihren Mörder mit.

Wozny trat näher.

Der Widerschein einer brennenden Kerze streifte sein Gesicht. Und zwar so, daß es deutlich zu erkennen war. Auch die drei Frauen hatten damals sehr genau die Jagd nach dem Mörder ihrer ›Schwester‹ verfolgt, sie hatten die einschlägigen Gazetten gelesen, und in ihrer Erinnerung war das Bild des Killers haften geblieben.

Jetzt standen sie in natura vor ihm.

Und tatsächlich, er war es!

Wozny, der Würger!

Er hatte sich nicht verändert. Noch das gleiche verschlagene Gesicht, die kalten Augen, der verkniffen wirkende Mund, die riesigen Pranken, die mehrere Frauen auf dem Gewissen hatten.

Beim Anblick der Hände stutzten die Frauen. Vor allen Dingen, als sie die rechte sahen.

Die war nicht mehr wie früher, denn dort hatte er einen schwarzen Handschuh übergestreift, und er trug einen Ring am Mittelfinger, dessen Stein ein Bild zeigte.

Das Bild einer Frau.

Rote Haare, ein Gesicht ohne Gefühl, erbarmungslose Augen und zwei Hörner, die aus der Stirn wuchsen.

Ein Abziehbild des Satans!

Wozny betrat den Pavillon. Mit der rechten Hand hielt er nach wie vor den Griff des Schwerts umklammert. Kein Muskel regte sich in seinem Gesicht, als er die drei Frauen anstarrte.

Die Untote schleuderte die Tür zu. Mit einem lauten Geräusch fiel sie ins Schloß.

»Jetzt sind wir unter uns«, sagte sie, und aus ihrem Maul drang ein hohles Kichern, das den drei normalen Frauen einen Schauer über den Rücken wehte.

Lilian faßte sich als erste. Die anderen beiden hatten sich zurückgezogen. Sie trauten Wozny nicht, und der Anblick ihrer toten Mitschwester ging ihnen unter die Haut.

»Bist du es tatsächlich?« fragte sie.

»Ja«, erwiderte Diana, das Skelett. »Ich bin es.«

Lilian schluckte. Unter der langen Robe war ihr nackter Körper schweißfeucht. Sie spürte den eigenen Herzschlag oben im Hals. »Aber wie... wie ist das möglich? Du hast im Grab gelegen, du bist verfault, vermodert, du kannst nicht leben.«

»Sie hat mir geholfen!«

»Wer ist sie?«

»Schau auf den Ring!«

Plötzlich bewegten sich Asmodinas Lippen. Ihre Stimme formulierte Worte, die von allen Anwesenden verstanden wurden. »Ich habe ihr die Chance gegeben, weil ich mit euch noch etwas vorhabe. Ihr wolltet doch dem Satan dienen, nicht wahr?«

Ein zögerndes Nicken.

Asmodina lachte. »Meinem Vater dienen sehr viele. Er braucht euch nicht, aber er hat von euren anfängerhaften Versuchen, ihn zu beschwören, gehört. Ihr habt euch lange genug Mühe gegeben, so daß der Teufel ein Einsehen hatte. Ihr braucht nicht mehr ihm zu dienen, sondern mir.«

Sie legte eine Pause ein, um ihre Worte wirken zu lassen. Die drei Frauen blickten betreten zu Boden.

»Nun? Habt ihr euch entschieden?«

Lilian hatte als erste eine Entscheidung getroffen. Sie wußte, daß ihr keine Wahl blieb, denn sie hatte genug gehört und gelesen, daß der Teufel keine Alternative zuließ. Es gab für ihn nur ein entweder, kein oder.

»Ja«, sagte die Frau. »Ich für meinen Teil habe mich entschieden. Ich werde dir dienen.«

»Das ist ein Versprechen. Es gilt, denn du wirst es nie im Leben lösen können.«

»Ich weiß.« Lilians Stimme klang belegt. Die Frau hatte den Weg einmal eingeschlagen, ein Zurück gab es nicht mehr. Zudem erhoffte sie sich Jugend und Schönheit. So etwas konnte nur der Teufel geben und keine noch so gute Kosmetikfirma.

»Wie ist es mit dir?« wandte sich die Teufelstochter mit ihrer Frage an Doris Purdom.

Die hob die Schultern. Sie hatte die Halbmaske hochgeschoben, ihre Wangen zuckten und zeigten den inneren Zwiespalt auf, in dem sie sich befand.

»Mach es«, sagte Lilian.

»Es ist okay«, flüsterte Doris Purdom. »Ich werde dir auch dienen, Asmodina.«

»Gut, sehr gut. Ihr wißt ja, daß ich euch viel geben kann und als Gegenleistung den absoluten Gehorsam verlange.«

Lilian und Doris nickten. Nur eine nicht. Die Jüngste, Monica Norris. Sie hatte Angst.

Sie stand auch nicht neben ihren beiden Freundinnen, sondern hatte sich zurückgezogen, doch Asmodinas Blick entging niemand.

»Du!« sprach sie Monica an. So überraschend und hart, daß das Girl zusammenzuckte. »Willst du mir auch dienen und für immer treu ergeben sein?«

Obwohl sie als letzte gefragt worden war und Zeit genug gehabt hatte, sich eine Antwort zu überlegen, wußte sie nicht, was sie sagen sollte. Monica Norris hatte Angst. Sie verfluchte den Tag, an dem sie sich auf dieses höllische Spiel eingelassen hatte. Immer schon wollte sie aussteigen, jetzt war es zu spät.

Oder?

»Nein!« sagte sie plötzlich und wußte selbst nicht mehr, woher sie den Mut zu dieser Antwort nahm. »Ich werde dir nicht dienen und will auch nicht auf deiner Seite stehen!«

Asmodina lachte. »Ist das dein letztes Wort, Mädchen?«

»Ja, das ist es!«

»Dann wirst du die Folgen zu tragen haben, und die anderen werden genau zusehen, was mit denen passiert, die ihr Versprechen, das sie mir gegeben haben, brachen. Wozny! Nimm dein Schwert in die andere Hand.«

Der Würger gehorchte.

Die anderen Personen traten zur Seite. Lilian und Doris waren gespannt, ihre skelettierte Freundin kicherte hohl und bewegte ihre Knochenfinger in wilder Vorfreude.

Monica aber suchte nach einem Fluchtweg. Es gab keinen, denn vor der Tür stand der Würger, der würde sie nicht durchlassen. Und mit ihm geschah auch das Seltsame.

Plötzlich löste sich seine Hand!

Es war die rechte, die mit dem Ring am Mittelfinger. Sie schwebte in der Luft, und vor den entsetzten Augen der beiden Frauen glitt sie auf Monica Norris zu.

Das Mädchen schrie.

Sie war noch weiter zurückgewichen, bis sie die Wand an ihrem Rücken spürte, und sie sah, daß die Hand genau auf ihren Hals zielte. Der Ring funkelte, als er in den Lichtschein der Kerzen geriet. Das Gesicht der Asmodina zeigte höhnischen Triumph und hatte sich grausam verzerrt.

Monica Norris riß beide Arme hoch, sie wollte ihr Gesicht schützen, doch das war nicht mehr möglich.

Die Klaue griff bereits zu.

Fünf Finger legten sich um die Kehle des in Todesangst schwebenden Mädchens.

Und fünf Finger drückten mit der Kraft der Hölle zu!

Alle wurden Zeuge, wie das Mädchen starb. Die Hand kannte kein Erbarmen, und sie löste sich erst dann vom Hals der Monica Norris, als kein Leben mehr in ihr war.

Schwer fiel sie zu Boden.

Tot blieb sie liegen.

Die Hand aber schwebte über ihr, und abermals drang den Frauen das Gelächter der Asmodina entgegen. »So ergeht es den Personen, die mir nicht die Treue schwören, sondern mich nur ausnutzen wollen, denn auch ich habe meine Pläne mit euch. Ich sehe nicht ein, daß ihr nur mich ausnutzt, denn ich will von euch etwas haben. Mit eurer Zustimmung habt ihr mir eure Seele überschrieben. Sie wird immer mir gehören. Und Erwin Wozny wird euch als mein Vertreter führen. Ihr werdet Aufgaben zugeteilt bekommen, die ihr sofort und ohne zu fragen auszuführen habt. Schon in der nächsten Nacht werdet ihr zwei Menschen umbringen, die den Tod verdient haben. Einer von ihnen ist Richter, der andere Staatsanwalt. Alle rechnen damit, daß Wozny sie killt, doch das wird nicht der Fall sein. Ihr sollt sie ermorden!«

Es war seltsam, aber die Worte erschreckten weder Doris Purdom noch Lilian Wayne. Auch der Mord hatte ihnen nichts ausgemacht. Teilnahmslos hatten sie mit angesehen, wie Monica starb.

Lilian Wayne und Doris Purdom standen voll und ganz unter dem bösen Einfluß der Teufelstochter.

»Natürlich werdet ihr hier nicht mehr bleiben können. Ich finde für euch eine andere Stätte. Ich...«

Die Teufelstochter sprach nicht mehr weiter. Sie unterbrach sich selbst mitten im Satz. Etwas mußte sie gestört haben. Die Hand, die noch nicht an Woznys Arm zurückgekehrt war, wischte durch den Raum und näherte sich der Tür.

Es sah makaber aus, wie sie sich auf die Klinke legte und sie nach unten drückte.

»Was ist geschehen?« fragte Wozny.

»Ich habe ein Geräusch gehört«, antwortete Asmodina aus dem Ring. »Ich spüre die Gefahr.«

Die abgehackte Hand zog die Tür auf.

Auch Wozny schaute nach draußen. Ebenso die beiden Frauen und das Skelett.

Leer lag die Treppe vor ihnen.

Die Hand zog die Tür wieder zu. Doch Asmodina war noch nicht zufrieden. Sie wandte sich an die Untote.

»Du gehst und siehst nach, ob wirklich niemand da ist. Wenn du jemanden findest, dann töte ihn!«

»Ja!« krächzte Diana Dickson.

Die Hand zog die Tür wieder auf, und das wandelnde Skelett verließ den Pavillon...

Wir hatten unser Ziel gut gefunden. Nur einmal mußten wir uns anhand der Zeichnung orientieren.

Hier war der Hyde Park wirklich ein halber Dschungel. Es brannte auch kein Licht, die Dunkelheit lag wie ein übergestülpter Sack auf uns und dem Gelände.

Ich trug die Bleistiftlampe bei mir und schaltete sie hin und wieder ein.

Der dünne Strahl tanzte nicht nur über Blätter und Zweige, er ließ auch Spinnweben silberfarben aufleuchten, die als kunstvoll geflochtene Netze zwischen den Zweigen hingen und zitterten, wenn der Nachtwind sie traf.

Dann erreichten wir einen schmalen Pfad, der laut Zeichnung zum Pavillon führen sollte.

Wir schlichen leise voran. Hin und wieder tastete ich nach dem Schwert, das mir Kara überlassen hatte. Es steckte in meinem Gürtel.

Suko ging vor. Er konnte es fast mit einem Indianer aufnehmen, so lautlos bewegte er sich auf dem schmalen Pfad, der mit hohem Gras bewachsen war.

Knickstellen bewiesen uns, daß vor kurzem jemand hier gegangen sein mußte.

Je weiter wir vordrangen, um so vorsichtiger wurden wir. Es war durchaus möglich, daß die drei Weiber oder auch Wozny, wenn er sich tatsächlich noch in dem Pavillon aufhielt, Wachen eingeteilt hatten. Denen wollten wir nicht gerade in die Arme laufen. Schließlich sollte unsere Ankunft eine böse Überraschung für die andere Seite werden.

Suko blieb stehen und hob die Hand. Ich schloß mit zwei Schritten zu ihm auf und leuchtete kurz den Zettel an, den ich in der Hand hielt.

Wir befanden uns dicht vor dem Ziel, obwohl kaum etwas zu sehen war, da uns ein dichter Buschgürtel den Blick verwehrte. Auch der schmale Pfad war ziemlich zugewuchert. Wir hatten ihn überhaupt nur mit viel Glück gefunden.

Auf Zehenspitzen bewegten wir uns weiter, bis wir den dichten Buschgürtel erreicht hatten.

Dort blieben wir stehen und schoben behutsam ein paar Zweige zur Seite. Der Pavillon lag wirklich versteckt. Er war kaum zu finden, wenn man nicht den genauen Weg wußte. Er stand auf vier dicken Holzfüßen, so daß sich zwischen Erde und dem Boden des Gebäudes noch soviel Raum befand. So konnte man sich auf Knien unter dem Pavillon bewegen. Zum Eingang führte eine Holztreppe hoch.

Ich sah Suko an. »Was sagst du dazu?«

Der Chinese hob die Schultern. »Sieht gar nicht mal so übel aus«, erwiderte er flüsternd.

»Packen wir sie von zwei Seiten?«

»Wird wohl das beste sein.«

Zuerst einmal mußten wir den Buschgürtel durchqueren. Lautlos ging das natürlich nicht. Beide blieben wir ein paarmal mit unserer Kleidung hängen. Vorsichtig befreiten wir uns von den widerlichen Dornenarmen. Sicherlich gab es noch einen Weg, denn ich konnte mir nicht vorstellen, daß sich die drei Frauen jedesmal die Mühe machten, erst diesen Buschgürtel zu durchqueren.

Er lag zum Glück hinter uns.

Ich hatte Suko überholt. Ziemlich hoch wuchs das Gras, und so übersah ich die unterste Stufe der kleinen Treppe.

Mit der Fußspitze trat ich dagegen.

Normal wäre das Geräusch nicht aufgefallen, doch in der uns umgebenden Stille klang es doppelt laut.

Ich zuckte zusammen.

Hinter mir huschte Suko wie ein Schatten zur Seite. Auch ich suchte Deckung, trat dabei die Flucht nach vorn an und verbarg mich unter dem Pavillon.

Keine Sekunde zu früh, denn die Tür wurde geöffnet, das hörte ich an den typischen Geräuschen. Aber niemand erschien. Keine Schritte, die über die Holztreppe polterten.

Die Tür wurde wieder geschlossen.

Eins war jedoch sicher. Es befand sich jemand innerhalb des Pavillons. Unser Besuch würde nicht umsonst sein.

Ich kroch vor und wollte meine Deckung verlassen, als ich zum zweitenmal das Geräusch vernahm.

Abermals wurde die Tür aufgezogen.

Jetzt wurde es spannend.

Ich blieb still hocken und lauschte. Da hörte ich es.

Schritte!

Sie kamen die Treppe herunter. Langsam und bedächtig, als würde nicht ein Mensch laufen, sondern irgendeine mechanische Puppe.

Suko mußte den Ankömmling besser sehen, aber er konnte mir kein Zeichen geben.

Zum Glück waren die Stufen so angelegt, daß ich zwischen ihnen hindurchschauen konnte. Immer wenn sich der Unbekannte voranbewegte und die nächste Stufe noch nicht erreicht hatte, sah ich einen Teil des unteren Beins.

Mir stockte der Atem.

Zuerst wollte ich es gar nicht glauben, doch als ich es das zweitemal sah, wurde es bestätigt.

Der Ankömmling war überhaupt kein Mensch, denn bei ihm schimmerten die Knochen bleich und wächsern.

Sie waren fleischlos und ohne Haut, was nur einen Schluß zuließ.

Ein Skelett marschierte die Treppe hinab.

Es war eine ziemliche Überraschung für mich, wenn nicht sogar ein gelinder Schock, andererseits wußte ich, worauf ich mich einzustellen hatte.

Vorsichtig bewegte ich mich nach vorn.

Ich hatte Karas Schwert gezogen und hielt es in der rechten Hand, um sofort reagieren zu können.

Das Skelett hatte die Treppe überwunden und blieb stehen. Vor der untersten Stufe hielt es sich auf und schaute in die Runde. Irgendwie mußte es ahnen, daß hier Gegner lauerten, denn sonst wäre es längst wieder zurückgegangen.

Ich bewegte mich noch ein wenig vor und konnte das Skelett nun genauer betrachten.

Es bot ein schauriges Bild.

Er war aber kein reiner Knochenmann. Denn ich sah auch noch dünne Hautflecken, die an einigen Stellen auf den Knochen lagen, aber schon sehr brüchig waren.

Zudem war es eine Frau.

Wieso und weshalb sie hier war, das wußte ich nicht zu sagen. Tatsache war, daß wir sie nicht mehr zurücklassen durften, denn dann hätten wir einen Gegner mehr gehabt. Da wir die genaue Anzahl unserer Feinde nicht kannten, war es gut, wenn wir so viele ausschalteten, wie es nur eben ging.

Suko regte sich nicht. Für mich ein Beweis, daß er mir das Skelett überlassen wollte.

Ich hatte mir bereits einen Plan zurechtgelegt. Wie ein Rekrut robbte ich über den Boden, erreichte die Treppe, und das Skelett drehte mir den Rücken zu. Sein Kopf jedoch bewegte sich.

Einmal nach rechts, einmal nach links.

Dieses untote Wesen hatte anscheinend den Auftrag, die nähere Umgebung abzusuchen.

Nur an den Zwischenraum unter dem Pavillon dachte es nicht. Zu meinem Glück, wie ich grinsend feststellte.

Wieder ging es einen Schritt vor.

Ich bewegte mich gleichmäßig. Inzwischen hatte ich den Rand des Pavillons erreicht und machte mich bereit, in die Höhe zu schnellen.

Ich warf noch einen raschen Blick auf die Klinge. Damit hatte ich bisher nicht gekämpft, war mir jedoch sicher, ebensogut damit zurechtzukommen wie mit Desteros Waffe, die sich leider in der Hand meiner Feindin befand.

Aber nicht mehr lange, das schwor ich mir.

Ich holte noch einmal tief Luft, dann schnellte ich hoch, und meine Bewegungen wurden fließend.

Noch im Hochkommen holte ich mit Karas Waffe aus.

Irgendwie mußte das Skelett vernommen haben, was sich hinter seinem Rücken tat, denn es drehte sich um.

Da war die Klinge schon unterwegs.

Ich spürte überhaupt keinen Widerstand, als das goldene Schwert die Knochen traf, sah jedoch den Totenschädel, der plötzlich über den Schultern schwebte und – der Erdanziehung folgend – mit einem dumpfen Laut ins Gras prallte.

Geschafft.

Mit der Schwertspitze tippte ich den Torso an, der zur Seite fiel und neben dem Schädel liegenblieb.

Vor mir bewegten sich die Zweige.

Suko erschien und winkte mir zu. Mit zwei lautlosen Sprüngen war er bei mir und nickte.

»Einer weniger«, flüsterte ich.

»Und wie geht es jetzt weiter?« raunte der Chinese.

»Ich nehme die Treppe, während du versuchst, mir den Rücken zu decken. Wenn es eben geht, müssen wir die anderen in die Zange nehmen.«

Suko war einverstanden.

Er schlug mir noch auf die Schulter und war dann verschwunden. Lautlos wie ein Schatten.

Ich wartete einige Sekunden. Mein Plan war riskant, aber ich ging bewußt das volle Risiko ein.

Mein Kreuz hing außen vor der Brust, in der rechten Hand behielt ich weiterhin das Schwert. Ich wollte völlig normal und auch nicht schleichend die Stufen hochgehen, denn die anderen sollten annehmen, daß es das Skelett war, das sich auf dem Weg befand.

Etwas komisch war mir doch zumute, als ich die Treppe betrat. Langsam ging ich die Stufen hoch.

Eins, zwei ...

Meine Schritte verursachten ein hohles Geräusch, denn ich setzte die Füße bewußt hart auf.

Dann stand ich vor der Tür.

In diesem Augenblick wurde sie aufgerissen, und ich starrte in das mir unbekannte Gesicht einer blondhaarigen Frau, die eine Halbmaske über der oberen Hälfte des Kopfes trug...

Lilian Wayne war noch überraschter als ich, denn sie hatte nur mit der Rückkehr des Skeletts gerechnet.

Diesen Zustand nützte ich aus.

Meine linke Faust war nicht zu bremsen. Die Frau mußte den Hieb voll hinnehmen und flog zurück. Sie warf dabei die Arme hoch und stieß einen wütenden Schrei aus.

Als sie zu Boden krachte, stand ich bereits im Innern des Pavillons. Blitzschnell glitt mein Blick in die Runde.

Kerzen brannten, so daß ich Einzelheiten erkennen konnte. Eine Frau lag am Boden. Im Widerschein des Lichts sah ich ihren aufgerissenen und gebrochenen Augen an, daß sie nicht mehr lebte. Und ich erkannte auch die Würgemale an ihrem Hals.

Wozny hatte zugeschlagen.

Eine weitere Frau, die ebenfalls eine Maske trug, stand links von mir und rührte sich nicht vom Fleck. Die Überraschung mußte sie wie ein Hammer getroffen haben.

Die Blonde lag auf dem Boden und keuchte schwer, wobei sie ihre Hände gegen den Leib gepreßt hielt.

Aber da war noch die Hauptperson.

Wozny, der Würger.

Er stand am weitesten von mir entfernt.

Und ohne Hand!

Das nahm ich im Bruchteil einer Sekunde wahr. Ich ahnte auch die Gefahr, doch es war bereits zu spät.

Plötzlich bekam ich einen Schlag in den Nacken, und im nächsten Augenblick drückte die Klaue erbarmungslos zu...

So ganz hatte Suko der Plan nicht gepaßt, aber er wollte sich auf keine Diskussionen einlassen, wenn es darum ging, zu handeln. Der Chinese wand sich wie eine Schlange am Boden entlang, denn er wollte an die Rückseite des Gebäudes gelangen.

Suko schaffte es auch, stand auf und suchte vergebens nach einem Fenster oder Ausgang.

Das paßte ihm überhaupt nicht. Er und auch John hatten wohl damit gerechnet, daß noch eine zweite Tür vorhanden war. Die Überraschung schlug deshalb bei Suko negativ zu Buche, er ärgerte sich und biß sich vor Wut auf die Lippen.

Was tun?

Wieder zurück.

Suko hörte die Schritte, die auf den Holzstufen hohl widerhallten, er konnte den Weg seines Freundes verfolgen, vernahm auch, wie die Tür aufgezogen wurde, und hörte einen Fall.

Er blieb stehen.

Drei, vier Sekunden rührte er sich nicht. Sollte er eingreifen oder nicht?

Suko entschied sich für den Angriff. Nicht mehr so vorsichtig wie zuvor lief er den Weg wieder zurück. Er kam gerade zurecht, um zu sehen, daß die Tür aufgedrückt wurde.

Zwei Gestalten verließen den Pavillon.

Frauen!

Suko war überrascht. Er zögerte vielleicht zu lange.

Das nutzten die Frauen aus.

Sie griffen an!

Der Hieb und der gleichzeitige Griff in den Nacken schleuderten mich nach vorn. Einfach zu überraschend war dieser Angriff für mich erfolgt. Meine Beine machten sich quasi selbständig, ich taumelte auf Wozny zu, der grinsend dastand und mich erwartete.

Er hatte das Schwert.

In der linken Hand hielt er es, während die rechte nur noch ein Stumpf war.

Neben mir huschten die beiden Frauen vorbei und nach draußen. Die Blondhaarige bildete den Schluß. Sie hatte noch immer unter den Nachwirkungen des Schlages zu leiden.

Auf Suko würde ich verzichten müssen, denn es lag auf der Hand, daß sich der Chinese mit den Hexenclub-Weibern herumschlagen würde. Ich stand also allein gegen Wozny und gegen Desteros Klaue, die meinen Nacken umkrallt hielt und mit langen Fingern versuchte, mir die Luft abzudrücken.

Es blieb nicht nur beim Versuch, die Hand schaffte es tatsächlich. Ich riß den Mund auf, schnappte nach Luft, aber die Würgeklaue war zu hart. Ich mußte ohne den belebenden Sauerstoff auskommen.

Bevor ich auf Erwin Wozny zutorkelte, warf ich mich nach hinten und schaffte es durch den Gegendruck, stehenzubleiben.

Wozny grinste.

Und hinter mir hörte ich die Stimme der Teufelstochter, wie sie aus dem Ring sprach.

»Jetzt habe ich dich, Sinclair!« sagte sie und kicherte hohl. »Ich werde dich langsam erwürgen, du wirst Desteros Klaue nicht entgehen. Nie hätte ich gedacht, daß es so leicht sein würde, dich in die Falle zu locken. Es war ein Kinderspiel, aber nun habe ich dich.«

Ich hörte die Worte zwar, doch längst nicht mehr so klar und deutlich. Die Hand hing zu fest um meinen Hals, der Luftmangel machte sich bemerkbar, und ich fühlte mich wie in Watte eingebettet.

Mir mußte etwas einfallen, wollte ich nicht ein Opfer des schon toten Dämonenhenkers werden.

In der rechten Hand hielt ich Karas Schwert. Das Kreuz hing vor meiner Brust. Ich konnte es nicht wirkungsvoll einsetzen, denn die Hand befand sich in meinem Rücken und drückte zu.

Was tun?

Ich schleuderte meinen linken Arm zurück, die Hand griff über die Schulter, wobei ich versuchte, die Würgeklaue zu fassen und sie von meinem Hals zu reißen.

Ich berührte sie auch, spürte das kurze Gelenk zwischen meinen Fingern, aber es gelang mir nicht, die verdammte Hand von meinem Hals zu reißen.

Ich war zu schwach.

Und Asmodina lachte. »Nein, Sinclair, so nicht!« Sie drückte noch fester zu.

Es war wie ein Prankenhieb, der mich etwas nach vorn warf und gleichzeitig in die Knie preßte. Mir war klar, daß Asmodina durch Desteros Würgehand jetzt ein Ende machen wollte. Sie ließ sich nicht länger auf das Spiel ein, zuviel hatte ich ihr bereits angetan.

Und sie zog Erwin Wozny in die Auseinandersetzung mit ein. »Schlag zu!« brüllte sie.

Darauf hatte Wozny nur gewartet. ziemlich langsam und genüßlich grinsend hob er das Schwert, das einmal Destero und dann mir gehört hatte. Asmodina wollten sichergehen – mich erwürgen und gleichzeitig durch einen Schwerthieb töten.

Ich kriegte kaum noch Luft.

Auch Wozny sah ich längst nicht mehr klar. Sein massiger Körper verschwamm vor meinen Augen, ich kam mir vor wie ein Pendel, das von einer Seite zur anderen ausschlägt.

Wozny wartete noch eine Sekunde, sah meine Schwäche, holte dann aus, schrie mir seine Wut dabei entgegen und führte einen fürchterlichen Hieb gegen mich...

Die beiden Frauen mit den Halbmasken sprangen wie Furien auf den Chinesen zu.

Mit dieser Attacke überraschten sie selbst Suko. Er hatte zwar damit gerechnet, angegriffen zu werden, aber nicht so schnell und auch zielstrebig.

Suko kam nur halb weg. Er befand sich noch in der Drehung, als Lilian gegen ihn prallte. Auf der Treppe hatte sie ihre Hexenfreundin überholt, ihr Haß und ihr Kampfeswille waren nicht mehr zu bremsen.

Suko wurde von dem Aufprall zwar nicht umgeworfen, aber er gab sich selbst Schwung, fiel auf den Rücken, zog dabei die Beine an und schleuderte Lilian über seinen Kopf hinweg ins Gras.

Schreiend landete sie auf dem Bauch.

Die zweite war schon da. Sie sprang Suko an, als er hochkam. Der Chinese wußte, daß er keinen Dämon vor sich hatte. Rein instinktiv zögerte er, so hart zuzuschlagen, zudem war es eine Frau.

Sukos Rücksicht rächte sich. Die rechte Hand der Teufelsdienerin konnte er zwar noch zur Seite schlagen, doch die Linke kam voll durch. Und damit auch die Fingernägel.

Sie rissen blutige Streifen in Sukos Wange. Der Chinese stieß einen Fluch aus, zog den Kopf ein und schleuderte die Frau von sich weg. Sie überschlug sich im Gras, kam allerdings wieder auf die Füße, wie auch die erste.

Suko hörte ihre Schritte in seinem Rücken. Er huschte zur Seite und drehte sich.

Voll ließ er Lilian Wayne auflaufen. Sie wußte gar nicht, wie ihr geschah, wirbelte durch die Luft und flog sogar in die Büsche. Das Spielchen hätte Suko so weitertreiben können, aber die Lage war zu ernst. Er mußte die beiden Weiber ausschalten, sonst wurden sie doch noch gefährlich.

Zuerst war Doris Purdom an der Reihe.

Suko packte sie an der Schulter, drehte sie halb herum und tupfte die Handkante in ihren Nacken.

Der Schlag war genau dosiert. Ohne einen Laut von sich zu geben, sackte die Frau zu Boden und blieb bewußtlos liegen.

Lilian kam aus dem Gebüsch. Sie hatte sich bewaffnet und hielt einen stabilen Knüppel in der Hand, den sie dem Chinesen über den Kopf ziehen wollte.

Suko ließ sie kommen.

Als sie zuschlug, raste seine Handkante hoch. Sie und der Knüppel kollidierten. Plötzlich bestand er aus zwei Hälften, die obere wirbelte davon, die untere hielt Lilian noch in der Hand. Allerdings nicht mehr lange, Suko griff zu und entwand ihr die Hälfte.

Wie ein Raubtier fletschte die Frau die Zähne. Sie wollte nicht aufgeben und sah nicht ein, daß sie bereits verloren hatte. Abermals warf sie sich gegen den Chinesen.

Suko machte es »sanft«. Er fing die Handgelenke der Frau ab, ließ dann das linke los und nahm die Frau in den Polizeigriff. Sie beugte sich vor.

Suko schlug zu.

Wieder war es ein gebremster Schlag, der die Frau traf und ins

Reich der Träume schickte. Bewußtlos sank sie ins weiche Gras und blieb liegen.

Der Chinese richtete sich auf.

Niemand schien gesehen zu haben, was sich vor dem Pavillon abspielte. Mit langen Sätzen hetzte Suko auf den Holzbau zu und wollte die Treppe hocheilen, als Wozny erschien. In der Hand hielt er Desteros Schwert.

Was war mit John Sinclair?

Der Hieb war verdammt genau geführt worden. Ausweichen konnte ich nicht mehr, denn die Klaue hielt mich so fest umklammert, daß eine Bewegung unmöglich war.

Aber ich hatte Karas Waffe.

Und die riß ich hoch.

Schräg raste sie in den Schlag des Würgers hinein. Es gab ein klirrendes Geräusch, als beide Waffen aufeinanderprallten, und eine rotgelbe Funkenspur zog kometengleich ihre Bahn.

Gleichzeitig brach ich in die Knie.

Wozny mußte erst erneut ausholen.

Da setzte ich alles auf eine Karte. Meine rechte Hand mit dem Schwert wischte vor, und die Klinge traf den Würger dicht oberhalb der Gürtelschnalle.

Plötzlich erstarrte Wozny. Ein undefinierbarer Laut drang aus seinem aufgerissenen Mund. Er preßte seinen rechten Stumpf auf die Wunde und torkelte an mir vorbei auf die Tür zu.

Wozny hatte ich geschafft, aber nicht Desteros Klaue. Sie würgte mich nach wie vor.

Schon tanzten Schatten vor meinen Augen, ich vernahm Asmodinas haßerfülltes Zischen, bekam Herzjagen und umklammerte instinktiv mein Kreuz. In einer letzten Bewegung wuchtete ich es nach hinten, es sollte über meine Schulter fliegen und die Hand treffen.

Asmodina reagierte reflexartig. Sie wußte um die Kraft des Kreuzes. Bevor das Kruzifix die Hand berühren konnte, zog die Teufelstochter die Klaue zurück.

Luft!

Herrliche, frische Luft. Ich konnte endlich wieder frei atmen.

Ich wälzte mich auf dem Boden herum, warf dabei die in der Mitte des Raumes stehende Schale um und keuchte.

Verschwommen sah ich die Hand.

Sie zielte nicht nach mir, sondern befand sich auf dem Weg zu Erwin Wozny.

Der Würger stand an der Türschwelle. Das Schwert hielt er fest, doch die Klaue riß es ihm aus der Hand. Dann erhielt Wozny einen Schlag in den Rücken und kippte nach vorn.

Die Hand aber drehte sich.

Und jetzt hielt sie das Schwert.

Ihr Ziel war ich.

Asmodina lachte. Der Ring an der Klaue glühte. »Komm her, Sinclair!« geiferte sie, »ich will sehen, ob du wirklich so stark bist...«

Suko starrte Wozny an.

Der Würger hatte das Schwert. Aber der Chinese sah auch das Blut, das zwischen den Fingern des Mannes hervorsickerte. Und er sah noch etwas.

Die Hand!

Plötzlich schwebte sie neben Wozny, entriß ihm das Schwert und verschwand im Innern des Pavillons. Gleichzeitig erhielt der Würger einen Schlag in den Rücken, der ihn nach vorn katapultierte.

Polternd fiel Wozny die Stufen hinab. Er rollte Suko vor die Füße. Der Chinese drehte ihn auf den Rücken, sah die gebrochenen Augen und wußte Bescheid.

Erwin Wozny, der Würger, lebte nicht mehr!

Ich hatte große Mühe, überhaupt das Schwert mit der goldenen Klinge zu halten. Die Atemnot hatte mich geschafft. Ich kam kaum vom Boden hoch, und da war die verdammte Hand schon in meiner Nähe.

Das Lachen – ein Schlag.

Zu einer Abwehrbewegung war ich nicht mehr fähig. Es gelang mir noch, mich über den Boden zu rollen, und die Klinge verfehlte mich. Sie hackte in das Holz des Bodens, wo sie einen langen, hellen Splitter hervorriß.

Es sah wirklich makaber aus, wie die Hand in der Luft schwebte und das verdammte Schwert festhielt. Und sie war schnell, viel zu schnell für mich.

Dem nächsten Hieb entging ich abermals durch eine blitzschnelle Rolle. Dann packte ich mit der linken Hand die auf dem Boden stehende Tonschale, hob sie an und schleuderte sie der Klaue entgegen.

Ich traf.

Die Hand, schon schlagbereit, geriet aus der Bahn, so daß die Schwertspitze, die eigentlich meinen Kopf hätte treffen müssen, dicht an meiner Stirn vorbeiwischte.

Dann war ich auf den Beinen.

Ich hatte mich regelrecht hochgewuchtet und stellte mich nun zum Kampf. Die Schwächeperiode war vorbei, ich konnte wieder mitmischen. Aus den Augenwinkeln nahm ich wahr, wie Suko in der Tür auftauchte. »Weg!« schrie ich. »Das ist meine Sache!«

Der Chinese verstand.

Ja, ich wollte den Kampf. In diesem Fall hatte ich zuviel einstecken müssen, und all das hatte sich in mir aufgestaut, so daß es zu einer Entladung kommen mußte.

Breitbeinig stand ich da. Links von mir befand sich die offene Tür, mir gegenüber schwebte die Hand mit dem Schwert. Direkt über der erwürgten Frau.

Grell strahlte jetzt der Ring. Ein grünes Leuchten ging von ihm aus, in dessen Zentrum sich Asmodinas kaltes Gesicht mit den grausam blickenden Augen befand.

Sie nahm den Kampf an.

Wir belauerten uns. Asmodina wußte genau, daß ich inzwischen gelernt hatte, mit dem Schwert umzugehen. Sie bluffte geschickt. Ein Stoß nach links, dann blitzschnell zurückgezogen, danach sofort auf meinen Körper gezielt.

Ich parierte.

Hell peitschten die Klingen gegeneinander. Abermals flog eine Funkenspur durch den Raum. Ich legte alle Kraft in meine nächste Attacke und drückte die Hand zurück.

Eine blitzschnelle Drehung, und die Klaue war wieder frei. Der nächste Stoß.

Ich traf das Schwert auf halbem Weg, als ich seitlich dagegenschlug und es so aus der Richtung brachte. Sofort stieß ich nach, und fast hätte ich ein paar Finger abgeschlagen, doch die Hand zog sich sofort wieder zurück.

Und die Klinge hieb wieder zu.

Diesmal von oben nach unten.

Ich sprang mit einem mächtigen Satz zur Seite, prallte gegen die Wand und rollte mich buchstäblich daran entlang, bis ich wieder so stand, daß sich die Hand vor mir befand.

Desteros Klaue ging jetzt aufs Ganze.

Es wurde ein wildes Gefecht. Die beiden mit praller Magier gefüllten Schwerter klirrten gegeneinander. Eigentlich hatte ich damit gerechnet, daß Karas Waffe stärker sein würde, weil sie weißmagischen Ursprungs war, doch hier hoben sich die Kräfte auf.

Wie der Teufel kämpfte ich.

Die Hand war gedankenschnell. Die Schläge kamen von rechts, von links, von oben, und sie stießen auch von unten zu.

Ich geriet nicht nur ins Schwitzen, sondern wurde auch hart in die Defensive gedrängt.

Ich mußte zurück.

Immer weiter trieb mich die Hand auf die Tür zu. Am Windzug merkte ich, daß ich dem Ausgang schon verdammt nahe war.

»Vorsicht, John!«

Sukos Warnung kam zu spät, denn ich mußte einen gewaltigen Satz zurückspringen, um von dem schräg herabsausenden Schwert nicht getötet zu werden.

Dieser Schritt war zuviel. Ich trat ins Leere, verlor das Gleichgewicht und fiel kopfüber und rücklings die Stufen der Treppe hinab.

Auf einmal wußte ich nicht, wo oben noch unten war. Dafür hörte ich ein gellendes Lachen.

Siegessicher, höhnisch, triumphierend!

Ich spürte die Schmerzen, die durch meinen Rücken zuckten.

Die Stufen waren mir hart ins Kreuz getrieben worden, und als ich unten ankam, lag ich auf der Seite.

Die Hand war bereits da.

Nie würde ich mein Schwert schnell genug in die Höhe bekommen, um den Schlag zu parieren.

Da griff Suko ein!

Asmodina hatte sich zu sehr auf mich konzentriert, den Chinesen nicht beachtet.

Und der hatte die Dämonenpeitsche längst ausgerollt.

Blitzschnell schlug er zu. Es war die einzige Chance, die Hand von einem vernichtenden Schlag abzuhalten. Die drei Riemen pfiffen durch die Luft, und sie trafen die Klaue, wobei sie sich sogar noch um die Hand wickelten.

Ein wütender Schrei der Teufelstochter war die Folge. Suko drehte die Peitsche in Gegenrichtung, bekam sie auch frei und zog sie sofort wieder zurück.

Die Hand war geschwächt. Sie schwebte zwar noch immer in der Luft, aber sie konnte sich kaum noch halten. Das Schwert wurde zu schwer für sie.

Suko hob die Peitsche zum zweiten Schlag.

Das sah auch ich. »Laß es!« rief ich vom Boden her und streifte die Kette über meinen Kopf.

Asmodina stieß einen fauchenden Laut aus, als sie bemerkte, was ich vorhatte. Sie wollte sich zurückziehen, um Desteros Hand zu retten, da hatte ich bereits reagiert.

Als ihr das Schwert aus den Fingern rutschte, packte ich zu, ergriff die Klaue und legte das Kreuz auf den Handrücken.

Aus dem Fauchen wurde ein wilder Schrei, der noch in der Luft zitterte, als mein Kreuz die Klaue aus dem Jenseits zerstörte. Plötzlich sprühte ein kaltes Feuer aus dem Handschuh, das für zwei Sekunden in der Luft stehenblieb, dann wurde der Handschuh schlaff und fiel zu Boden.

Im Gras blieb er liegen.

Ohne Ring. Er war zu Asche geworden. Ich bückte mich, hob den Handschuh auf und drehte ihn herum.

Dreck rieselte zu Boden.

Graue Asche, vermischt mit winzigen Knochen. Wir aber konnten aufatmen.

Destero war endgültig vernichtet.

Am glimpflichsten waren noch die beiden Frauen davongekommen. Sie hatten mit dem Tod ihrer Freundin nichts zu tun. Ob sie sich trotzdem vor Gericht verantworten mußten, wußte ich noch nicht. Darüber hatten andere zu entscheiden.

Auch Sir James atmete auf, als er hörte, daß die Bedrohung abgewendet worden war, denn in London konnten nun einige Leute ruhiger schlafen.

Erwin Wozny wurde auf dem Friedhof des Zuchthauses beerdigt. Er war nur zeitweise von Asmondina mit dämonischen Kräften ausgestattet worden. So ließ sich auch sein plötzliches Auflösen und Verschwinden erklären.

Ich bekam den nächsten Tag frei.

Ausschlafen sollte ich mich. Es gelang mir nicht ganz, denn das Schicksal hielt wieder einen neuen Fall für mich bereit.

Diesmal nicht auf der Insel, sondern in Deutschland.

ENDE

Die Bestien aus dem Geistersumpf

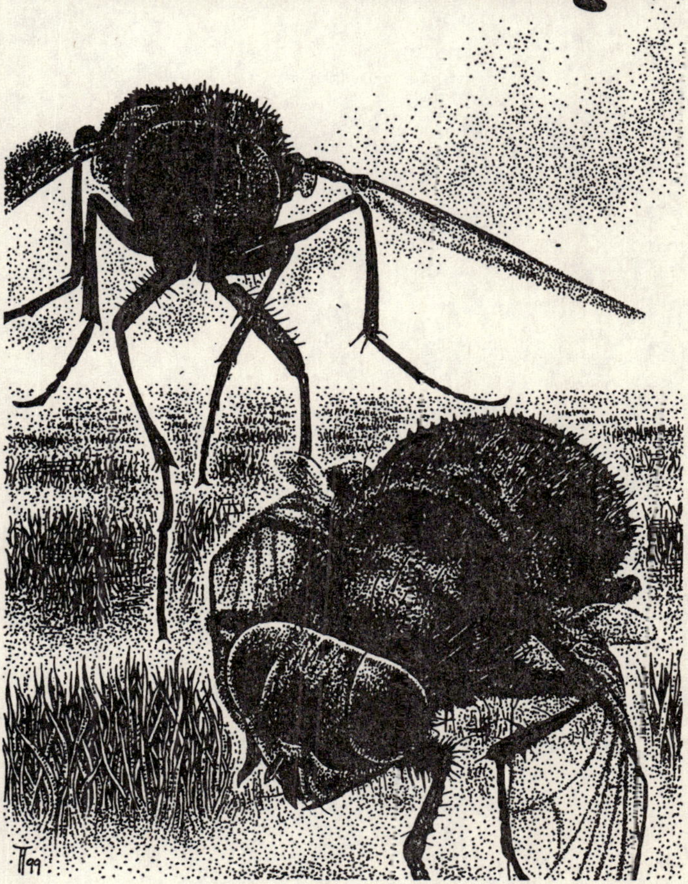

»Ihr Toten der Erde, ihr Grausamen der Finsternis, ihr Dämonen der Hölle, ihr Geister der Tiefe – wehrt euch gegen die zerstörerischen Kräfte der Menschen, gegen die Technik, gegen den Raub der Natur. Zeigt eure Macht, beweist ihnen mit euren Taten, wie mächtig ihr seid. Gebt diejenigen frei, die ihr vor langer Zeit in euren Schoß gezogen habt. Laßt die Leichen lebendig werden, damit sie das Blut trinken und erstarken. Die Menschen sollen lernen, daß sie die Natur nicht überlisten und zerstören können...«

Der Mann, der diese Worte sprach, war ein Wissender, ein Einsamer, ein Hasser.

Mutterseelenallein stand er einen Tag vor der Nacht der Nächte in der Dunkelheit, und das Mondlicht zeichnete die Konturen seines Körpers scharf nach. Aus den Feuchtgebieten wallte der Nebel hoch. Er schien aus dem Inneren der Erde zu steigen, fand seinen Weg durch zahlreiche Spalten und Risse und brachte eine flüsternde Botschaft mit, die nur für den einsamen Mann bestimmt war.

»Wir kommen!« raunten die unsichtbaren Stimmen.

»Du sollst uns nicht umsonst gerufen haben!« wisperten die Geister der Erde. »Wir werden deine Wünsche erfüllen, Freund. Bald schon. Bald wird der Tag anbrechen, wo die anderen es verfluchen, überhaupt geboren worden zu sein. Wir haben lange geschlafen, zu lange, aber wir sind aufgewacht und dabei, uns zu einer unheiligen Allianz zu verbünden. Warte noch eine kleine Weile, dann hast du deinen Triumph...«

Der Mann stand dort und lauschte. Bis über die Knie reichte ihm das saftige Gras. Die biegsamen Zweige der Weiden schienen sich ihm entgegenzuneigen, um seinen Wunsch demutsvoll aufzunehmen.

Flüsternd und raunend wurde die Nachricht weitergegeben, drang ein in die Tiefen der Erde, erreichte den Schoß der Hölle, und unbeschreibliche Gestalten machten sich bereit, das zu verteidigen, was einmal ihr Eigentum war.

Der Mann aber ballte die Hände. Seine Augen nahmen einen metallenen Glanz an. Trotz seines Alters wirkte er elastisch, jung und irgendwie aufgeschlossen. Die Augen glühten in einem fanatischen Feuer, und seine Blicke starrten das Pendel an, das langsam von einer Seite zur anderen schwang.

Er spürte die Erdmagie, die durch das Pendel weiter an seine Hand geleitet wurde.

Seine Botschaft war verstanden worden...

Über den fast schwarzen Himmel zuckte ein hellgelber Blitz, der die dunkle Wand aufriß wie einen Vorhang, sie aber im nächsten Moment wieder schloß.

Ein ferner Donner rollte heran, brachte Wind mit, der um die Bäume heulte und wie mit Geisterhänden das spröde Sumpfgras kämmte.

Der Mann wandte sich ab. Sein langer dunkler Mantel wurde vom Wind erfaßt und aufgebläht. Er ging in den Sumpf hinein, als wäre er schwerelos. Und tatsächlich berührten seine Füße nicht den schwammigen, gierigen Boden.

Der Mann war ein Geist. Wer ihn aus dem nahen Dorf gesehen hätte, der wäre geflüchtet. Denn dieser Mann, der eine Laterne bei sich trug und nachts durch den Sumpf spukte, war offiziell seit dreihundert Jahren tot...

Kommissar Will Mallmann hatte seinen Wagen frisch gewaschen und eingewachst. Nun sah der Manta wieder aus wie neu. Normalerweise hätte er sich die Mühe sparen können, denn eine Fahrt durch den Sumpf würde der Flitzer nicht sauber durchstehen.

Doch der Job verlangte es, und Kommissar Will Mallmann fügte sich. Zudem befand er sich in hübscher Gesellschaft, denn Will brauchte nicht allein loszugondeln. Bei ihm befand sich Dagmar Diefenthal, eine schwarzhaarige hübsche Frau, der man überhaupt nicht ansah, daß vor ihren Namen noch ein Doktortitel gehörte.

Sie hieß Dr. Dagmar Diefenthal, war Geologin und Ökologin und eine Verfechterin der Grünen Welle. Sie gehörte zu den Menschen, die dagegen waren, daß der Planet Erde geplündert wurde. Sie hatte gelernt, wie wichtig es war, mit der Natur und den Rohstoffen richtig umzugehen, und sie setzte sich mit all ihren Kräften ein, um den Rest Natur, den die Menschen noch besaßen, zu erhalten. Unterstützt wurde sie dabei von ihrem Vater, Professor Erwin Diefenthal, einem bekannten Umweltforscher. Seine Bücher wurden von verantwortlichen Politikern geschätzt.

Vater und Tochter hatten geforscht. Sie waren den Umweltverschmutzern nachgegangen, hatten sich mit Industrieunternehmen angelegt, Prozesse geführt, mal verloren, mal gewonnen, aber nie aufgegeben. Trotz zahlreicher Bestechungsversuchen, Morddrohungen und persönlicher Diffamierungen hatten sie es geschafft, die Verantwortlichen aufzuschrecken. Und so war es kein Wunder gewesen, daß der neueste Fall, der an sich alles auf die Spitze trieb, bei gewissen Stellen nicht ungehört verhallt war.

Die Diefenthals waren im norddeutschen Emsland einem unglaublichen Umweltskandal auf die Spur gekommen. Mitten im Moorgebiet hatten sie eine Müllkippe entdeckt, die es in sich hatte.

Biologisches Kampfgas!

Diese zwei Worte hoben einige BKA-Leute aus den Sesseln. Man rechnete mit dem Schlimmsten. Vermutungen wurden laut, daß Gangster oder Terroristen dort ein geheimes Lager besaßen. Nach zahlreichen Besprechungen und Konferenzen entschloß man sich, der Öffentlichkeit nichts mitzuteilen, sondern erst einmal einen Mann loszuschicken, der die Lage sondierte und einen Bericht anfertigte. Sollte er etwas entdecken, würde man sofort eingreifen.

Die Wahl fiel auf Kommissar Will Mallmann, einen Witwer, dessen Arbeit nicht nur darin bestand, die Stunden am Schreibtisch oder in der Computerzentrale abzusitzen, sondern voll an die Front führte. Der sich auf haarige, oft unglaubliche Fälle spezialisiert hatte und der wußte, daß es in der Welt sehr viele Dinge gab, die mit dem normalen Verstand nicht mehr zu erklären waren. Er hatte am eigenen Leibe erlebt, wie es ist, wenn man gegen Zombies, Dämonen und Untote kämpfte. Seine Frau war ihm am Tage der Hochzeit genommen worden, ein Dämon hatte sie getötet, doch Will Mallmann machte weiter. Er gab nicht auf, sondern stellte sich den finsteren Mächten, wo es ging.

Natürlich hatte er zumeist normale Fälle zu bearbeiten, doch es gab immer wieder Aufgaben, die ein Gebiet berührten, wo andere Menschen und normale Ermittlungsmethoden versagten. Das wußten inzwischen auch seine Vorgesetzten, und sie ließen Will Mallmann freie Hand.

Sie hatten sich eigentlich keinen besseren Spürhund aussuchen können als den Kommissar. Wenn irgend etwas an der brisanten Giftgeschichte dran war, Mallmann würde sie aufklären. Das stand fest.

Eigentlich hätten sie sich beide keinen besseren Partner wünschen können. Will Mallmann war ebenso zielstrebig wie die junge Doktorin. Getroffen hatten sie sich in dem kleinen Emslandort, der direkt am Rande des Moors lag. Hier endete nicht nur die Hauptstraße, hier schien auch die Zeit stehengeblieben zu sein, das hatte Will Mallmann bei seinem Eintreffen bemerkt.

Leider hatte er sich um zwei Stunden verspätet. Ein Unfall auf der Autobahn. Machen konnte man da nichts. Er hatte abwarten müssen, bis die Vollsperrung aufgehoben war.

Will lernte die junge Doktorin kennen. Sie waren sich von Beginn an sympathisch. Der Kommissar mochte die zielstrebige Art der Umweltschützerin, und er freute sich auch, daß sie keine Angst zeigte.

»Natürlich fahren wir in der Dunkelheit«, hatte sie gesagt. »Mein Gott, wir haben Sommerzeit, da ist es sowieso lange genug hell.«

»Ich freue mich, daß Sie so denken.«

»Manchmal stehen Frauen auch ihren Mann«, hatte sie erwidert und gelacht, wobei sich zwei Grübchen in ihre Wangen gruben.

Nur Professor Diefenthal wollte nicht mit. Er saß in seinem gemieteten Zimmer und brütete über einem Aufsatz.

Will öffnete die Wagentür und ließ Dagmar Diefenthal einsteigen. Sie trug einen dunkelblauen leichten Hosenanzug, darunter ein weißes T-Shirt und festes Schuhwerk, das im Sumpf unbedingt vonnöten war.

Selbstverständlich war ihre Ankunft von den Dorfbewohnern registriert worden. Die Menschen hier waren bodenständig und begegneten Fremden oft mit Mißtrauen. Sie hatten zu schlechte Erfahrungen gemacht. Vor allen Dingen mit den Torfstechern, die früher hier gelebt hatten, und im Dorf kursierten manch schlimme Gerüchte vom plötzlichen Verschwinden der Menschen.

Doch der Sumpf schwieg...

»Sie kennen den Weg ja«, sagte Will und startete.

Dagmar nickte.

Der Kommissar fuhr auf die schon tiefstehende Sonne zu. Es schien, als würden sie direkt in den glühenden Ball hineinfahren. Beide setzten ihre Sonnenbrillen auf.

Sie rollten über die Dorfstraße. Es gab nur eine Hauptstraße. Hier standen die wenigen Gaststätten, die Kirche, die Apotheke und auch die Schule. Die meisten Häuser waren klein und im Fachwerkstil errichtet. Sie standen mal versetzt, mal gerade, hatten Vorgärten mit grünen Zäunen. Hier baute jeder, wie er wollte.

Will und seine hübsche Begleiterin fuhren die Straße in die entgegengesetzte Richtung, dorthin, wo der Belag schlechter wurde und schließlich ganz verschwand.

Die andere Strecke, Richtung Osten, die führte in die dichter besiedelten Gebiete und auch zu den großen Autobahnzubringern, doch davon merkte man hier nichts.

»Schauen Sie sich die Gegend an, Herr Kommissar« sagte Dagmar Diefenthal. »Das hier wird eines Tages alles zerstört sein.«

»Sie sind sich sehr sicher!«

Dagmar nickte heftig. »Das bin ich mir auch. Ich habe lange genug zusehen müssen, wie Landschaften zersiedelt und ökologische Gleichgewichte vollständig zerstört wurden.« Sie deutete aus dem Fenster. »Sehen Sie den Vogelschwarm dort?«

»Natürlich.«

»So etwas wird bald der Vergangenheit angehören, wenn die Menschen so weitermachen und die Feuchtgebiete zerstören. Ach, ich könnte mich schon wieder aufregen.«

Will lächelte schmal. Aber die Frau hatte recht. Der Mensch durfte einfach nicht so weitermachen.

Die herrliche Landschaft. Flach und weit. Sumpfblumen standen in voller Blüte, Vögel stießen aus der Luft nieder, um sich mit einem blitzschnellen Schlag ihre Beute zu holen. In der Ferne stand der Wald wie eine grüne Wand, und ein paar weiße Wolken segelten am azurblauen Himmel.

Ein Fuhrwerk kam ihnen entgegen. Der große Leiterwagen war mit Mist beladen und wurde von zwei Pferden gezogen. Der Bauer hockte auf dem Bock und schaute das Auto mißbilligend an.

Durch die halb geöffnete Scheibe an der Fahrerseite drang die nach Landluft riechende Wolke.

Dagmar Diefenthal lächelte. »Auch das gehört dazu.«

»Sicher, Fräulein Doktor.«

Sie winkte ab. »Ach, lassen Sie doch den dummen Titel beiseite. Sagen Sie einfach, Dagmar.«

»Gut, dann nennen Sie mich Will.«

»Abgemacht.«

Die Straße wurde bereits schlechter. Der Belag war aufgerissen, kleine Schlaglöcher prüften die Gasdruckstoßdämpfer des Wagens. Will Mallmann und seine Begleiterin fuhren geradewegs in das Sumpfgebiet.

Bretteben war das Land. Wenn ein Hügel aus dem grünen Meer herausragte, dann wuchs auf ihm ein knorriger Baum, der seine Äste irgendwie mahnend in den Himmel reckte.

Die junge Doktorin blickte aus dem Fenster. Nach einer Schweigepause sagte sie: »Wissen Sie, wie man das Moor hier auch noch nennt?«

»Nein.«

»Das Geistermoor.«

Will warf ihr einen schnellen Blick zu. »Das muß einen Grund haben, fürchte ich.«

»Wieso sagen Sie: fürchte ich. Glauben Sie an Geister?«

»Vielleicht.«

Dagmar lachte und warf ihr volles Haar zurück. »Jetzt enttäuschen Sie mich aber. Ein Kommissar, der an Geister glaubt. So etwas habe ich noch nie gehört. Polizisten sind doch immer so realistisch.«

»Das eine hat mit dem anderen nichts zu tun.«

»Später müssen Sie mir das erklären, Will.«

»Gern, aber woher wissen Sie über das Moor Bescheid?«

»Ich halte mich schon ein paar Tage in der Gegend auf. Die Leute haben es mir erzählt. Es war schwer, Helfer zu finden, die den Bagger begleiteten.«

»Bagger?«

»Ja, wir haben einen Bagger in das fragliche Gebiet schaffen lassen, damit wir Proben nehmen konnten. Er wird uns sicherlich nützlich sein.«

»Möglich.«

»Außerdem müssen wir das Gelände aufwühlen. Diese Fässer sind schwer und bestimmt tief gesackt. Wird eine Heidenarbeit werden, sie herauszuholen.«

»Dann ist es noch gar nicht sicher, daß tatsächlich dort der Giftmüll lagert?« fragte Will.

»Natürlich. Ein Faß muß undicht gewesen sein. Wir haben doch Bodenproben entnommen.«

»Und wie sind Sie gerade auf dieses Gebiet gestoßen?«

»Weil wir im Augenblick die Feuchtgebiete unter die Lupe nehmen«, erklärte die junge Doktorin.

»Das ist in der Tat ein Grund.«

Will mußte noch langsamer fahren, da die Wegstrecke beschwerlicher wurde. Nicht nur die Löcher waren hier tiefer und breiter, auch die Breite des Weges nahm rapide ab.

Der Wald war näher gerückt. Will erkannte jetzt, daß es sich um hohe Weiden und Erlen handelte, die auf diesem Boden wuchsen. Hin und wieder schimmerte auch der helle Stamm einer Birke. Das Gras wuchs sehr hoch, es war hier widerstandsfähiger als auf den meisten privaten Kleingrundstücken.

Der typische Sumpfgeruch wehte in das Innere des Manta. Da roch es ein wenig nach Fäulnis, nach abgestandenem Wasser, aber auch nach der Frische eines Maiabends.

Die Luft drückte.

Der letzte Tag war sehr schwül gewesen. Unzählige Insekten tanzten über dem Sumpf und klebten zerschlagen an der Frontscheibe des Mantas. Auch der Himmel hatte sich etwas verändert. Er war grau geworden, zeigte allerdings nicht das Grau der Dämmerung, sondern tiefdunkle, jagende Wolken.

»Sieht nach Gewitter aus!« kommentierte Dagmar Diefenthal, die die Farbe ebenfalls bemerkt hatte.

»Haben Sie einen Schirm mit?« fragte Will.

»Nein.«

»Dann holen wir uns eben nasse Füße.«

»Macht mir nichts aus. Was meinen Sie, wo ich schon überall herumgeklettert bin!«

»Das nehme ich Ihnen unbesehen ab.«

Auf der rechten Seite wuchsen jetzt die hohen Erlen. Sie standen in Gräben, wo der Boden sehr feucht war. Die Straße hatte mittlerweile die Gestalt eines Pfades angenommen, der tiefer in das Sumpfgebiet hineinführte. Das Blau des Himmels war verschwunden, die graue Wand rückte bedrohlich näher, und in der Ferne spalteten erste Blitze den Himmel.

»Wetterleuchten«, sagte Will, »das kommt rasch näher.«

Dagmar schob die Unterlippe vor, wobei ihr Gesicht mit der kleinen Nase einen lustigen Ausdruck annahm. »Regen macht mir nichts. Wir versinken nur im Schlamm.«

»Auch wenn wir auf dem Weg bleiben?«

»Ja.«

»Sollen wir umkehren?« fragte Will.

»Wollen Sie das?«

»Nein, dann weiter.«

»Wir können uns ja einen Platz suchen, wo wir den Wagen abstellen. Den Rest gehen wir zu Fuß.«

Will Mallmann nickte. Er war einverstanden. Das Plätzchen fanden sie schnell. Es war eine breite Einbuchtung auf der linken Seite. Die Vorderreifen schmatzten, als der Manta einbog und Will Mallmann ihn drehte.

»Hier wird er uns nicht absaufen«, sagte Dagmar, als sie ausstieg.

Der Wind hatte zugenommen, die Luft drückte, es war schwül geworden und seltsam still.

Nur vereinzelt hörten sie das Quaken der Frösche. Die Tiere befanden sich ziemlich entfernt, der Schall trug weit.

Zu Fuß gingen die beiden weiter. Ihre Füße knickten das Gras. Weich und nachgiebig präsentierte sich der Boden. Um ihre Köpfe summte es. Zahlreiche Insekten umtanzten sie.

Sehr schnell wurde es dunkel.

»Mein Gott, wie in den Tropen«, sagte Dagmar.

»Waren Sie schon dort?«

»Dreimal.«

Schnell hintereinander zuckten jetzt die Blitze auf. Sie spalteten den Himmel und rissen das Grau wie mit riesigen Händen auseinander, bevor schlagartig der Donner krachte.

Der Wind nahm noch mehr zu. Er ließ die Haare der Wissenschaftlerin wie eine Fahne flattern.

»Wie weit müssen wir eigentlich gehen?« rief Will.

»Ungefähr zwei Kilometer. Wir müssen gleich nach rechts.«

Will nickte. Er vertraute sich der jungen Doktorin an, die ihre Schritte beschleunigte.

Irgendwie hatte der Sumpf eine andere Gestalt angenommen. Er kam dem Kommissar düsterer und auch gefährlicher vor. Der Wind rüttelte an den Zweigen, zerrte und riß an den Blättern und peitschte das hohe Sumpfgras wie ein Föhn die Haare. Selten hatte Will so einen dichten Wald in einem Sumpfgebiet erlebt. Zudem war die Erde dunkler geworden. Sie glich sich dem Schwarzgrau der herannahenden Gewitterfront an.

Ein schmetternder Donnerschlag.

Beide blieben wie angewurzelt stehen, weil sie nicht damit gerechnet hatten.

»Jetzt geht es los«, sagte Will, denn der erste Tropfen war bereits auf sein Handgelenk geklatscht.

Er hatte nicht zuviel versprochen, denn beide befanden sich plötzlich inmitten eines Infernos. Von einem Augenblick zum anderen begann es zu regnen. Nur war das kein Regen mehr, es schüttete schon vom Himmel. Im Nu konnte er nichts mehr sehen, der graue, dichte Wasservorhang machte es unmöglich, etwas zu erkennen.

Sie flüchteten unter einen Baum. Das war zwar nicht richtig, aber durch die Anzahl der Bäume war das Risiko, daß ihr Baum getroffen wurde, ziemlich klein.

Blitz auf Blitz fuhr vom Himmel. Gelbrot gezackte Linien, prächtig anzusehen und von krachenden Donnerschlägen begleitet.

Längst waren beide trotz des schützenden Blattwerks naß. Dagmar Diefenthal stand dicht neben Will Mallmann. Sie wischte sich die feuchten Haare aus der Stirn, während über ihr Gesicht das Wasser rann.

Es war dunkel geworden, und der Regen schien überhaupt nicht aufhören zu wollen.

»Haben Sie Angst?«

»Nein.«

Sie mußten schreien, um sich zu verständigen. Wenn der Blitz mal das Gelände für eine Sekunde erleuchtete, sahen sie die Wassermassen, die schon auf dem Sumpf standen, und auch um ihre Füße herum gurgelte und schmatzte es.

Wie ein Weltuntergang kam es ihnen vor.

Auf einmal wurde es still. Es schien so, als würde die Natur Atem holen, um einen besonders heftigen Schlag vorzubereiten.

Und der folgte prompt.

Zwei gewaltige Blitze rasten von verschiedenen Seiten aufeinander zu, vereinigten sich dicht über dem Erdboden und jagten in gezackter Linie in einen einsam stehenden Baum.

Ein gewaltiges Krachen, ein Schmettern und Bersten ertönte. Als hätte jemand mit einer Riesenaxt in den Baum geschlagen, so bestand er plötzlich aus zwei Hälften. Und beide brannten.

Es war eine lodernde Flamme, die den Baum umfing und auch von dem herunterströmenden Regen nicht sofort gelöscht werden konnte.

Dagmar Diefenthal und Will Mallmann wurden von dem Bild gefangen genommen. Sie starrten den Baum an, der gar nicht mal so weit von ihnen entfernt stand, eingehüllt war in einen bläulich schimmernden Flammenmantel, der jedoch nicht weiterbrannte, sondern zusammensackte und dann verschwunden war.

Es goß nach wie vor.

Ununterbrochen schüttete der Regen vom Himmel. Auf dem Moor hatte sich ein regelrechter See gebildet, in den es ununterbrochen platschte und klatschte.

Bis auf die Haut waren beide Menschen naß. Um sie herum floß und gurgelte das Wasser. Bis zu den Knöcheln standen sie in der Brühe. Man konnte das Gefühl haben, einen mittleren Weltuntergang mitzuerleben.

Etwas heller war es geworden. Die fast schwarzen Wolken waren vom Wind weitergetrieben worden, ein grauer Schein legte sich fahl über den Himmel.

Und dann sahen sie das Licht.

Woher es gekommen war, wußten weder Will noch Dagmar. Auf jeden Fall war es da und tanzte vor ihnen auf und ab.

»Da ist jemand!« sagte Dagmar.

Will Mallmann nickte. Auch er strengte seine Augen an. Das Licht bewegte sich aufgeregt hin und her, in einer unruhigen Linie, und die beiden Menschen sahen, daß es genau auf sie zuhielt.

»Der will was von uns«, sagte Will.

»Aber wer treibt sich denn außer uns schon bei solch einem Wetter im Moor herum?«

»Das werden wir ja gleich feststellen können«, erwiderte der Kommissar.

Das Licht war jetzt schon so nahe herangekommen, daß Will und Dagmar auch die Gestalt sahen, die vom zuckenden Schein angeleuchtet wurde.

Es war ein Mann. Er trug in der rechten Hand eine Laterne, die durch sein arythmisches Gehen immer auf und ab tanzte.

Jetzt kam der Mann näher, blieb plötzlich stehen und hob die Laterne so, daß sein Gesicht angeleuchtet wurde.

Ein Gesicht mit schlohweißen Haaren und einem ebenfalls weißen Oberlippenbart.

Dagmar Diefenthals Augen wurden groß. Sie schluckte. Dann entrang sich ein Schrei ihrer Kehle.

»Vater!«

Will Mallmann glaubte, sich verhört zu haben.

Vater, hatte Dagmar gerufen. Aber verflucht noch mal, ihr Vater hockte doch im Gasthof. Wie kam er in den Sumpf und vor allen Dingen bei diesem Wetter?

Professor Diefenthal war stehengeblieben und schwenkte

seine Laterne. Dadurch lag sein Gesicht einmal im Schatten, dann wurde es wieder angestrahlt.

Es war ein irgendwie geisterhaftes Bild, wie die Gestalt im strömenden Regen vor ihnen stand und ihre Laterne schwenkte.

Stand?

Wills Blick glitt an dem Mann entlang, bis zu den Füßen, und der Kommissar traute seinen Augen nicht.

Professor Diefenthal berührte nicht einmal den Boden.

Er schwebte!

Ein Geist?

Will Mallmann schluckte. Er schaute genauer nach, konzentrierte sich auf die Füße.

Es stimmte. Beide Füße berührten nicht den Boden.

Dann unterbrach Dagmars Stimme seine Gedanken. »Was willst du, Vater? Weshalb bist du gekommen?«

»Ich warne dich, Kind. Geh nicht weiter! Das Moor ist verflucht worden. Die Mächtigen in der Erde haben sich zusammengeschlossen. Sie werden sich furchtbar rächen. Man hat sie gestört. Nicht zum Moor, Kind! Sonst bist du des Todes!«

»Aber Vater, ich...«

»Nein, Dagmar. Ich bitte dich. Das Geistermoor ist verflucht. Verflucht, verflucht...«

Dreimal sprach Professor Diefenthal das Wort, dann drehte er sich um und verschwand.

Ein letztes Blinken seiner Laterne noch – vorbei...

Sprachlos starrten Dagmar und Will dem alten Professor nach, der so plötzlich aufgetaucht und ebenso plötzlich wieder verschwunden war. Auf dem Gesicht der jungen Doktorin standen Unglauben, Fassunglosigkeit und auch Angst.

Will Mallmann aber begann zu überlegen. Er hatte schon des öfteren mit Geistern und Spuk zu tun gehabt. Zwar hatte ihn das Auftreten dieser Gestalt auch überrascht, aber er trug es mit wesentlich mehr Fassung als Dagmar.

»Was... was war das?« flüsterte die schwarzhaarige Frau. Will sah deutlich, daß sich auf ihrem Gesicht eine Gänsehaut abzeichnete.

»Ihr Vater.«

»Nein!« Dagmar schrie das Wort. »Es ist unmöglich. Das kann nicht stimmen!«

»Sie haben ihn gesehen, ich habe ihn gesehen...«

»Eine Spukgestalt, eine Halluzination. Das ist der Alte mit der Laterne...«

»Sie wissen mehr?«

Dagmar nickte und starrte dabei zu Boden, wo um ihre Füße herum eine Lache stand. »Ja, ich weiß etwas mehr. Die Leute im Dorf erzählen sich so einiges. Der Mann mit der Laterne ist eine Gestalt, die hier schon seit Jahrhunderten spukt.«

»Aber das war Ihr Vater. Er kann dieser Mann nicht sein, weil er nicht so alt ist.«

Dagmar ballte die Hände zu Fäusten. »Ich habe ja auch keine Erklärung. Das ist alles so komisch, ich weiß es nicht...«

»Schon gut.« Will Mallmann nickte. Er schaute zum Himmel, und seine Augen weiteten sich vor Überraschung. »Da, Dagmar, sehen Sie. Es wird wieder klar.«

Als würden gewaltige Hände die Wolkenbank zur Seite schieben, so war das Grau verschwunden. Der Himmel präsentierte sich wie blankgefegt. Noch einmal kam die blaue Farbe durch, ein letztes Atemholen vor der Dunkelheit.

»Wollen Sie zurück?« fragte Will.

Dagmar hob die Schultern. »Ich weiß nicht so recht.« Sie blickte den Kommissar an. »Und Sie?«

»Ich will mir das Moor anschauen. Naß genug sind wir ja. Uns kann eigentlich nichts mehr überraschen. Aber wenn Sie meinen, daß...«

»Nein, nein, Will, ich gehe mit.«

»Dann kommen Sie.«

Die beiden gingen nicht, sie wateten. Ihre Füße schleiften durch das Wasser, das bei jedem Schritt hoch aufspritzte. Der Regen hatte aufgehört, nur noch von den Bäumen fielen die Tropfen und klatschten gegen ihre Rücken.

Der Weg war nicht mehr zu sehen. Das gesamte Moor hatte sich in einen gewaltigen See verwandelt.

»Es ist unwahrscheinlich«, sagte Will Mallmann. »In solch kurzer Zeit steht alles unter Wasser.«

Dagmar Diefenthal nickte. Sie war zu sehr mit ihren Gedanken beschäftigt und brachte kein Wort hervor. Will konnte es ihr nachfühlen. Es mußte für die junge Wissenschaftlerin ein Schock gewesen sein, plötzlich ihren Vater zu sehen. Ob sie überhaupt gemerkt hatte, daß sie einer Geistererscheinung gegenübergestanden hatte? Kaum, sonst hätte sie bestimmt etwas gesagt.

Kommissar Mallmann hütete sich, auch nur ein Wort davon zu erwähnen. Zudem wurde er das Gefühl nicht los, daß sie beide am Beginn eines gewaltigen Falles standen, der noch seine makabren Kreise ziehen würde. Was ging in diesem geheimnisvollen Geistermoor vor? Welche Kräfte hatten sich dort versammelt?

Will wollte der Frage nachgehen und auch eine Antwort finden, das nahm er sich fest vor.

Manchmal sanken sie bis über die Knie im Schlamm ein. Durch das Wasser war der Unterboden hochgespült worden, eine trübe, grünbraune Brühe, durchsetzt mit Algen und allerlei Getier.

Doch das Wasser floß ab.

Es fand seinen Lauf, blieb nicht stehen. Beide Wanderer hatten das Glück, daß sie nicht vom Weg abkamen.

Noch einmal schien die Sonne. Schräg schickte sie ihre Strahlen auf das Moor, wo sich über dem Wasser dicke, dampfende Schwaden bildeten, die sich zu Nebelwolken vereinigten.

Dagmar blieb stehen. »Wir sind gleich da«, sagte sie und deutete nach rechts, wo die hohen Weiden und Erlen nicht mehr wuchsen, sondern nur noch Buschwerk seine Zweige aus dem Wasser reckte.

Zehn Minuten dauerte ihr Weg, dann standen sie vor dem Ziel ihrer Wanderung.

Es war gewaltig.

Ein Krater mitten im Sumpf!

Sie standen am weichen, lehmigen Rand und schauten in die Tiefe, wo sich durch den Regen ebenfalls ein regelrechter See gebildet hatte. Trotzdem war das Wasser nicht hoch genug, um den Müll zu verdecken, der dort hineingekippt worden war.

Da schwammen Bretter, weiche Kartons und Kisten auf der

Oberfläche. An dem Rand gegenüber hatte sich eine Metalltonne im Buschwerk festgehakt. Sie war verrostet und sah schon aus dieser Entfernung undicht aus.

»Das ist das Übel!« flüsterte Dagmar. Sie deutete auf die Tonne.

Will nickte. Er dachte über den Geistersumpf nach. Die Leute, die davon sprachen, hatten sich wirklich etwas dabei gedacht. Dieser Teil des Sumpfes hatte schon eine geisterhafte Ausstrahlung. Es war nicht der Nebel, der über dem Wasser dampfte, sondern die gesamte Atmosphäre.

Da quakte kein Frosch, da schnatterte kein Sumpfvogel, es war still. Eine tödliche Stille.

»Hier liegt eine Zeitbombe«, sagte Dr. Dagmar Diefenthal mit sehr ernster Stimme. Sie deutete nach rechts, wo am Rand des Kraters der große Bagger stand.

Sein Metall war gelb lackiert worden, der Greifarm stand schräg, und die geöffneten Backen der Schaufel hingen über dem Wasser. Der Bagger wirkte wie ein gewaltiges stählernes Untier.

Plötzlich huschte etwas auf sie zu. Es kam aus der Luft. Unwillkürlich zogen beide die Köpfe ein und hörten das Summen dicht an ihren Ohren.

Will schlug nach dem Tier. Es klatschte gegen seine Handfläche und fiel zu Boden.

Der Kommissar bückte sich. Seine Augen wurden groß. Sprachlosigkeit zeichnete sich auf seinen Zügen ab. Was vor ihm auf dem Boden lag, war eine Fliege.

Aber was für eine!

Mindestens fünfmal so groß wie ein normales Tier. Die reichte schon in ihren Ausmaßen an einen Schmetterling heran. So etwas gab es vielleicht im tiefen Dschungel, aber nicht hier.

Auch Dagmar hatte die Fliege gesehen. »Mein Gott«, flüsterte sie, »wie ist das möglich?«

Will hob die Schultern.

Im selben Augenblick hörten sie das Klatschen. Genau hinter ihnen. Synchron drehten sie sich um.

Eine riesiger Kröte starrte sie an.

Dagmar Diefenthal stieß einen Schrei aus und klammerte sich

an Will Mallmann fest. Der Anblick hatte sie zutiefst geschockt. So etwas war schon Horror.

Bis zu den Knien reichte die Größe dieses mutierten Tiers. Übergroß waren auch die Augen, aus denen die Kröte die beiden Menschen anstarrte. Will glaubte sogar, ein böses Funkeln darin zu erkennen.

Dann stieß sich das Tier ab. Es geschah zum Glück etwas behäbig. Die Kröte hatte zuviel Masse zu bewegen, als sie sich auf den Kommissar zuwuchtete.

Der schleuderte Dagmar zur Seite, hob sein Bein und trat zu.

Will Mallmann verzog das Gesicht. Er hatte das Gefühl, einen Felsblock getroffen zu haben, aber er schaffte es, und die Kröte traf nicht ihn, sondern wuchtete seitlich an ihm vorbei.

Wieder klatschte sie zu Boden. Das geschah dicht vor dem Kraterrand, so daß sie Mühe hatte, das Gleichgewicht zu bewahren und den schrägen Abhang nicht hinunterzurutschen.

Will zog seine Waffe.

Er trug zwei bei sich. Eine normale Walther und eine Beretta, die er von seinem Freund John Sinclair aus London erhalten hatte. Letztere Pistole war mit Silberkugeln geladen.

Als sich die Kröte umdrehte, drückte der Kommissar ab.

Die Kugel fauchte aus dem Lauf und klatschte in den Körper des übergroßen, häßlichen Tiers.

Die mutierte Kröte zuckte zusammen, blähte sich auf und zerplatzte. Wie ein Regen fielen die zahlreichen Teile zu Boden, wo sie vergingen und zu Asche wurden.

Da wußte Will Mallmann Bescheid.

Er hatte es hier nicht mit normal mutierten Tieren zu tun, die durch irgendein Ereignis so geworden waren, sondern dahinter steckten dämonische Kräfte.

Hier hatte ein anderer seine Hand im Spiel. Das Auftauchen der Geisterscheinung, die Warnung, die übergroße Fliege, die Kröte, es paßte alles zusammen.

Dagmar Diefenthal sagte nichts. Die Frau lag aufgestützt auf dem Boden und starrte auf das, was einmal die Kröte gewesen war. Begreifen konnte sie nichts.

Will bückte sich. Er wollte so schnell wie möglich von hier weg. Der Kommissar reichte Dagmar die Hand.

Ihre Finger umklammerten schon sein Gelenk, damit er ihr auf die Füße helfen konnte, als es geschah.

Auf einmal bewegte sich der Boden unter ihren Füßen. Beide glaubten, auf einem großen Schwamm zu stehen, der gurgelte und schmatzte. Dagmar kam halb hoch, als dicht neben ihr ein armdicker Tentakel aus dem Boden schoß und auf ihre linke Schulter klatschte...

Will Mallmann war für einen Moment perplex. Damit hätte er nie gerechnet, und auch Dagmar Diefenthal konnte kaum glauben, was ihr widerfahren war. Sie schielte zur Seite, sah den gelbgrün schimmernden, fleischigen Arm, der sogar zum Teil durchsichtig war, und auf ihrem Gesicht zeichnete sich der Ekel ab, den sie empfand.

Mallmann packte zu.

Beide Hände krallte er um dieses widerlich schleimige Ding, das ihn an einen monsterhaften Wurm erinnerte. »Bleiben Sie nur ruhig!« schrie er. »Nicht bewegen!«

Dagmar nickte.

Das Ding saß fest, als wäre es mit Klebstoff bestrichen. So sehr sich Will auch anstrengte, er konnte den Tentakel nicht von der Schulter der Frau lösen.

Dafür geschah hinter ihm etwas. Ein zweiter Riesenwurm drehte sich aus der Erde.

»Will!«

Dagmar Diefenthal hatte den Wurm gesehen, weil sie an Mallmanns Schulter vorbeiblickte.

Ihr Warnschrei kam früh genug. Der Kommissar hechtete zur Seite, fiel zu Boden und rollte sich herum.

Neben ihm klatschte der Riesenwurm zu Boden. Wasser spritzte fontänenartig in das Gesicht des Kommissars.

Will riß die Beretta hervor.

Der Wurm hatte sich wieder aufgerichtet. Er kam Will Mallmann vor wie das Sehrohr eines U-Bootes, nur pendelte der Wurm von einer Seite zur anderen.

Mallmann schoß. Er hatte sich trotz der Streßsituation Zeit

zum Zielen gelassen, und die Kugel hieb in den glitschigen Körper des Monsters.

Die Wirkung war frappierend.

Das Silber entfaltete voll seine Kraft und zerstörte den Wurm von innen.

Es trocknete ihn regelrecht aus. Der Wurm fiel zusammen, seine Farbe änderte sich, wurde grau, und zurück blieb nur eine leere Hülle.

Das gleiche war mit dem Tentakel auf der Schulter der Frau geschehen.

Dagmar Diefenthal öffnete den Mund, um etwas zu sagen, doch Will Mallmann ließ es nicht dazu kommen. Er war schneller, bückte sich und zog die Frau auf die Beine.

»Weg hier!« schrie er. »Wir müssen weg!«

Dagmar nickte.

Sie und Will sahen aus, als hätten sie im schlammigen Wasser gebadet. An ihrer nassen Kleidung klebten zahlreiche Algen, Grashalme und Blätter. Das feuchte Zeug dampfte, die Luft war kaum zu atmen, es wurde schwül wie in einem Treibhaus.

Der Kommissar nahm die junge Doktorin an der Hand. Gemeinsam rannten sie los. Ihre Füße patschten in das Wasser, das hoch aufspritzte. Sie keuchten und bissen gleichzeitig die Zähne zusammen. Nur nicht aufgeben, weg, einfach weg hier.

Beide stolperten mehr, als daß sie gingen. Der Boden war glitschig, glich manchmal einer Rutschbahn, aber sie rissen sich zusammen und gaben nicht auf.

Zurück blieb das Geistermoor, dieser unheimliche Krater, in dem das Böse lauerte.

Die Gefahr war noch nicht vorbei.

Sie hockte in Gestalt zweier Vögel auf einem Baum und war blitzschnell da, als die beiden Flüchtlinge den Baum passierten. Krächzend stießen zwei Raben hinab, breiteten ihre Flügel aus und nahmen Kurs auf die beiden Menschen.

Will und Dagmar zogen die Köpfe ein.

Die Vögel waren aggressiv und starteten, nachdem sie einmal die beiden verfehlt hatten, zu einem neuen Angriff. Diesmal kamen sie von vorn. Pfeilschnell schossen sie heran, die Schnäbel weit aufgerissen, die schmalen roten Zungen vorgestreckt.

Mallmann hechtete nach links weg, Dagmar Diefenthal zur anderen Seite.

Aber die Vögel waren schlau. Auch sie teilten sich. Will gelang es, mit einem Faustschlag eines der Tiere zu treffen und somit zurückzuschleudern. Dagmar aber schlug ein Loch in die Luft. Schon hockte der Vogel auf ihrer Schulter.

Er hackte zu.

Dagmar schrie auf, als sie den Schmerz an der Wange spürte. Ein Stück Haut war herausgerissen worden, die blutende Wunde war groß wie ein Fünfmarkstück.

In einem Anfall von wilder Panik schlug die junge Doktorin um sich, traf auch mit dem angewinkelten Ellbogen das Tier und schleuderte es von ihrer Schulter.

Sofort flatterte der Vogel wieder hoch.

Da fiel ein Schuß.

Will Mallmann hatte seine Walther gezogen und sofort gefeuert. Das Bleimantelgeschoß hieb in den Körper des Vogels und riß ihn auseinander. Einige Federn flatterten hoch, das Gefieder färbte sich rot, dann blieb der aggressive Vogel tot liegen.

Der zweite wischte heran.

Er zielte nach Wills Kopf.

Der Kommissar drehte sich, während er am Boden hockte, und hatte das Tier vor der Mündung.

Abermals feuerte er.

Mitten im Flug wurde der Vogel getroffen. Er flatterte noch zweimal mit den Flügeln und sackte dann wie ein Stein in die Tiefe. Sein Körper klatschte in eine große Pfütze und versank.

Der Kommissar stand auf.

Dr. Dagmar Diefenthal hockte am Boden und weinte. Es war zuviel für sie gewesen. Eine Hand hielt sie gegen die Wange gepreßt, wo ihr der Vogel mit seinem Schnabel eine Wunde beigebracht hatte, die stark blutete. Obwohl Dagmar die Hand dagegengepreßt hielt, sickerte es rot zwischen ihren Fingern durch.

Will Mallmann kniete sich neben sie. »Darf ich mal?« fragte er und drückte behutsam ihre Hand zur Seite.

Eine widerliche Wunde, das sah der Kommissar sofort. Er holte ein sauberes Taschentuch hervor und preßte es auf die Stelle.

»Halten Sie das Tuch fest, bis wir am Wagen sind, dort habe ich einen Verbandskasten.«

Dagmar nickte.

Der Kommissar reichte ihr die Hand und half ihr auf die Füße. »So«, sagte er, »jetzt hoffe ich, daß wir Ruhe haben.«

Die Hoffnung erwies sich nicht als trügerisch. Unangefochten erreichten sie den Manta.

Der Wagen stand inmitten eines Sees. Will Mallmann wurde bleich. Es war fraglich, ob sie da rauskamen.

Er probierte es.

Die Räder drehten durch. Schlamm und Wasser spritzten hoch, der Manta selbst bewegte sich kaum vom Fleck. Will stieg wieder aus und bat Dagmar, sich hinter das Steuer zu setzen. »Versuchen Sie es mal«, sagte er. »Ich schiebe.«

Zweimal würgte die Frau den Motor ab. Sie war zu nervös. Will hatte sich hinter den Kofferraum gestellt. Fast bis zu den Knien stand er im Dreck. Beide Hände stemmte er gegen das Blech und drückte. Was er selbst nicht für möglich gehalten hatte, schafften sie.

Der Manta kam frei.

Verschwitzt, naß, aber dennoch von einigen Sorgen befreit nahm der Kommissar wieder hinter dem Steuer Platz. Dagmar hatte die Initiative ergriffen und sich bereits selbst aus der Autoapotheke bedient. Ihre Wange zierte jetzt ein Pflaster.

Sie fuhren los.

»Habe ich mich eigentlich schon bei Ihnen bedankt?« fragte die junge Doktorin.

»Das lehne ich auch ab.«

»Trotzdem, danke.«

Will lächelte. »Gern geschehen.« Er mußte aufpassen, denn die vier Räder fanden kaum Widerstand. Sie schwammen förmlich über den Weg. Will kam sich vor wie in einem Boot.

Er hatte die Scheinwerfer eingeschaltet, denn inzwischen war es doch dunkler geworden. Die Dämmerung ließ sich nicht mehr aufhalten. Dagmar warf dem Kommissar einen schnellen Blick zu. »Was wird eigentlich Ihre Frau zu diesem Abenteuer sagen?«

»Ich bin Witwer.«

»Oh, das wußte ich nicht.«

»Schon gut.«

Dr. Dagmar Diefenthal schwieg die nächsten Minuten. Ihrem Gesicht war abzulesen, daß sie grübelte. Sie nagte auf der Unterlippe, verzog dann die Nase und nieste.

»Nehmen Sie sich eine Decke«, sagte Will. »Sie liegt hinten auf dem Rücksitz.«

»Nein, ich komme auch so zurecht.«

Eine Erkältung hatte sich auch der Kommissar zugezogen. Er spürte bereits das Prickeln in der Nase.

»Ich verstehe das alles nicht«, murmelte die junge Doktorin. »Dabei darf es das doch gar nicht geben. Das ist eine Fabel, eine Legende, dieser Geistersumpf. Und dann das Auftauchen meines Vaters. Der ist nie dagewesen.« Sie schlug sich gegen die Stirn, daß es klatschte. »Wir müssen an Halluzinationen gelitten haben.«

»Waren der Monsterwurm, die Riesenkröte und die aggressiven Vögel auch Einbildungen?« erkundigte sich Mallmann.

»Nein.«

»Sehen Sie.«

»Haben Sie eine Erklärung?«

Will schüttelte den Kopf. »Noch nicht, Dagmar.«

»Aber Sie werden versuchen, eine zu finden?«

»Worauf Sie sich verlassen können. Ich bleibe am Ball, und nicht nur ich allein.«

»Wieso?«

Will drehte den Kopf. »Ich werde so rasch wie möglich ein Telefongespräch nach London führen, um einem sehr guten Freund Bescheid zu sagen.«

»Und der soll herkommen?«

»Ja.«

»Wie heißt denn der Mann?«

»John Sinclair. Er ist Oberinspektor bei Scotland Yard und wird auch der Geisterjäger genannt...«

Dinge gibt's, die gibt's gar nicht!

Kaum lag der Fall des Würgers Wozny und damit die endgültige Vernichtung Desteros hinter mir, erreichte mich ein

Anruf aus Germany. Mein alter Freund Will Mallmann war an der Strippe. Und was er mir zu berichten hatte, klang so, daß ich gar nicht anders konnte und meine Siebensachen packte.

Ich flog noch am selben Tag los. Das heißt, in den frühen Morgenstunden.

In Hamburg nahm ich mir einen Mietwagen, fuhr in Richtung Südwesten und damit in ein Gebiet, das mich irgendwie an das Teufelsmoor erinnerte, wo ich auf den Zyklopen der Hölle gestoßen war.

Bretteben, hin und wieder ein Dorf, ein weiter Himmel, mal ein Wald, wenig Autoverkehr. Eine Landschaft, die ganz gewiß ihren Reiz hat.

Ich hatte mir einen Golf genommen. Der Wagen war zwar nicht so bequem wir der Bentley, er fraß dafür auch nicht so viel Sprit. Zudem war ich allein gefahren, Suko sollte in London die Stellung halten. Es war ein wunderschöner Maimorgen, ich hatte das Fenster geöffnet und genoß die frische Luft, die in den Wagen wehte.

Meine Laune war dementsprechend, und eigentlich hätte ich hier liebend gern ein paar Tage ausgespannt. Doch was mir der gute Will am Telefon berichtete, klang alarmierend genug. Er sprach da von Monstern und mutierten Tieren, die sehr gefährlich waren und sofort Menschen angriffen. Ich sollte mithelfen, dieses Rätsel zu lösen. Und so etwas war mein Job.

Zweimal verfuhr ich mich. Kein Wunder, denn es waren keine Hauptstraßen, über die ich mich voranbewegte, sondern schmale Landstraßen, zum Teil noch mit Kopfsteinpflaster bedeckt.

Im Autoradio hörte ich den Norddeutschen Rundfunk, der mit flotter Musik morgendliche Langeweile vertrieb. Oft kamen mir Bauern auf ihren Treckern entgegen, und auf den saftigen Weiden fraßen sich schwarzweiße Kühe ihre Bäuche voll.

Wenn man das alles so sah, konnte man sich nicht vorstellen, daß das Grauen in dieser Idylle seinen Platz finden könnte. Leider war es so, denn Will Mallman konnte man nicht als Spinner oder Aufschneider bezeichnen. Er war ein Realist, seine Beobachtungen entsprachen immer den Tatsachen.

Den Namen des Ortes hatte ich mir aufgeschrieben. Des öfteren verglich ich den Zettel mit den am Straßenrand aufgestellten Wegweisern. Ich atmete auf, als ich den Namen zum erstenmal las. Jetzt war es nicht mehr weit, nur noch fünf Kilometer.

Die hatte ich schnell zurückgelegt. Als ich den Ort erreichte, wunderte ich mich über die Sauberkeit. Keine verschmutzten Straßen, helle, freundliche Häuser mit gepflegten Vorgärten. Viele Bauernhöfe aus roten Ziegelsteinen erbaut, ein paar Geschäfte, in deren Schaufensterscheiben sich die Strahlen der Sonne spiegelten, alles war wirklich nett und freundlich.

Will Mallmann hatte mir berichtet, wo er auf mich warten wollte. In einem Gasthof. Dort wurden auch Zimmer vermietet. Der Name war leicht zu merken.

Moorhof.

Ich fand ihn in der Dorfmitte und sah rechts neben der Tür des Fachwerkhauses den Manta stehen. Mit meinem Golf rollte ich daneben und stieg aus.

Eine Frau putzte die Fenster. Sie grüßte freundlich, als ich die alte Bohlentür aufstieß und die Gaststube betrat. Ein gemütlicher Raum, wirklich. Die Decke war niedrig. Der Rauch unzähliger Pfeifen und Zigaretten hatte die Holzbalken unter der Decke regelrecht imprägniert. Trotzdem roch es in dem Lokal nicht unangenehm, denn einige Fenster standen offen, so daß der Maiwind freie Bahn hatte.

Drei Gäste saßen im Schankraum. An einem runden Tisch direkt am Fenster hatten Kommissar Mallmann, ein weißhaariger älterer Herr und eine hübsche junge Frau Platz genommen. Will hatte mir ihre Namen gesagt. Das mußten Vater und Tochter Diefenthal sein.

Will hatte noch Ei an der Lippe, als er den Stuhl zurückschob, aufstand und mir entgegenlief. Im Gürtel steckte die Serviette, sein Gesicht zeigte eine wahre Freude.

»John, endlich!« rief er, blieb vor mir stehen und schlug mir beide Hände auf die Schultern.

»Mann, hast du einen Schlag.«

»Laß dich ansehen!« Will lachte und freute sich. »Immer noch der alte. Die Mordliga hat dich nicht geschafft, John. Ich freue mich.«

Auch ich schlug Will auf die Schulter. »Beim letzten Zusammentreffen hattest du noch sieben Haare mehr«, sagte ich.

Der Kommissar mit dem markanten Römerprofil nickte. »Da sagst du was. Das Leben streßt.«

»Auch einen deutschen Beamten?«

»Den erst recht.«

»Und ich dachte immer, das einzige, was bei dem arbeitet, wäre der Magen.«

»Du bist doch selbst Beamter.«

»Aber kein deutscher.«

Will lachte. »Komm, setz dich. Ich möchte dich mit den anderen bekannt machen.«

Wir stellten uns vor.

Professor Diefenthal war ein kerniger Oldtimer. Seine sonnenbraune Haut bewies, daß er sich oft in der Natur aufhielt. Er sah aus wie ein Gentleman der alten Schule. Bekleidet war er mit einem grünen Cordanzug. Das schon weiße Haar war dicht wie eine Perücke.

Da war noch seine Tochter. Schwarzhaarig, schlank, mit einer guten Figur.

Ich konnte es nicht lassen, und mußte meinen Scherz loswerden. »Bei Ihnen wäre ich auch gern Doktorvater gewesen«, grinste ich.

Sie lachte. Spaß konnte sie anscheinend vertragen. Das war gut so.

Ihr Vater meinte: »Täuschen Sie sich mal nicht, junger Mann. Dagmar hat einen ganz schönen Dickkopf.«

»Hauptsache keinen dicken Kopf.« Ich nahm Platz, denn es war noch ein Stuhl frei.

»Möchtest du etwas essen?« fragte Will Mallmann.

Ich ließ meinen Blick über den Tisch schweifen. Da sah ich Schinken, Käse, Wurst und Marmelade. Ja, ich verspürte Hunger.

Eine vollschlanke Wirtin mit rosigen Wangen erschien. Bei ihr bestellte ich ein Frühstück.

Ich war natürlich neugierig und hielt mit meinen Fragen auch nicht zurück.

Will berichtete. Zwischendurch erhielt ich mein Frühstück, ließ es mir schmecken und hörte genau hin.

»Eine Erklärung habt ihr nicht?« fragte ich und wischte mit einer Serviette über die Lippen.

»Nein.«

Ich nahm noch einen Schluck Kaffee. »Aber es hält sich das Gerücht, daß dieses Geistermoor verflucht ist. Warum?«

Zum erstenmal mischte sich Professor Diefenthal in das Gespräch ein. »Darüber kann ich Ihnen Auskunft geben«, sagte er. »Vor einigen hundert Jahren gab es hier viele Fremdarbeiter, die den Dorfbewohnern zugeteilt wurden. Meist waren es Kriegsgefangene, die die schwere Arbeit im Moor verrichten mußten. Da die Dorfbewohner durch die Kriege, Hunger und Krankheiten sowieso schlecht auf den Feind zu sprechen waren, entlud sich ihr Haß zwangsläufig gegen die Fremden. Es kam zu zahlreichen Gewalttaten und auch zu Morden. Oft wurden die Gefangenen einfach ins Moor geworfen, wo sie dann versanken. Das sprach sich natürlich herum, es gab auch immer wieder Männer, die gegen diese Morde waren. Der bekannteste war Pfarrer Osenberg. In seinen Gottesdiensten wetterte er gegen die Mörder und klagte sie namentlich an. Er selbst hatte einen Sohn im Krieg verloren, ein zweiter war verschollen, und trotzdem ließ er Milde und Güte walten, statt Strenge. Das paßte den meisten Einwohnern nicht. Sie rotteten sich zusammen und schlossen ein finsteres Komplott. Eines Nachts lauerten sie im Sumpf auf den Pfarrer. Er kam vom Besuch eines Köhlers zurück und lief den Häschern in die Arme. Sie machten kurzen Prozeß mit dem mutigen Mann und warfen ihn ins Moor. Er versank bei lebendigem Leibe, noch mit seiner Laterne in der Hand, während die Häscher um ihn herumstanden und sich ausschütten wollten vor Lachen. Der Pfarrer verfluchte sie zwar nicht, aber er schrie ihnen entgegen, daß sie noch von ihm hören würden. Seit dieser Zeit geistert er nachts im Moor herum. Seine Seele findet keine Ruhe. Sie will auch keine Ruhe finden, denn er ist derjenige, der die einsamen Wanderer warnt, sich in den Geistersumpf zu begeben. Er erscheint ihnen, leuchtet sie mit der Laterne an und rät ihnen zur Umkehr. Die Laterne und sein magisches Pendel sind seine Erkennungszeichen.«

Ich nickte. Da ich Dagmar Diefenthal schräg gegenübersaß, war mir aufgefallen, daß sie bei dem Gespräch immer blasser geworden war. Die Finger hatte sie ineinander verkrampft und starrte auf die Tischplatte. Irgend etwas bedrückte sie, das stand für mich fest.

Ich wollte es wissen und fragte: »Geht es Ihnen nicht gut, Fräulein Diefenthal?«

»Doch, doch.«

»Dann entschuldigen Sie.«

»Nein, es geht ihr nicht gut«, erklärte der Professor. »Ich weiß das und kenne auch den Grund.«

Gespannt schaute ich den Mann an.

Professor Diefenthal lehnte sich zurück und sagte: »Dieser Pfarrer Osenberg war ein Ahnherr von mir. Und zufällig sieht er noch genauso aus wie ich.«

Das war eine Überraschung. »Wirklich?« fragte ich.

»Ja, Herr Sinclair. Aber es kommt noch etwas hinzu. Herr Mallmann und meine Tochter sind diesem Geist am gestrigen Tag begegnet, als sie ins Moor fuhren, um den Geistersumpf zu suchen...«

Hoppla, das war wirklich eine Überraschung. Davon hatte mir der gute Will nichts erzählt.

»Stimmt das?« fragte ich ihn.

»Ja, John.«

»Und jetzt?«

»Wir haben auf dich gehofft. Wir hätten gern, daß du das Rätsel löst.«

Ich nickte. »Aber an sich geht es um den Umweltskandal.«

»Ja, das war der Aufhänger.«

Dagmar Diefenthal fragte: »Werden Sie mit uns in das Moor fahren, Herr Sinclair?«

»Natürlich. Wann?«

»Am besten gleich.« Will Mallmann gab die Antwort. »Du

wirst dich vielleicht wundern, John, aber an dieser bewußten Stelle steht bereits ein Bagger. Professor Diefenthal wollte dort Bodenproben entnehmen. Das können wir ja zusätzlich erledigen?«

»Natürlich.«

Hier griffen zwei Fälle ineinander. Wobei ich mich fragte, ob die Tiermutation etwas mit dem Pfarrer zu tun hatte oder ob sich die Tiere durch dieses verdammte Gift so entwickelt hatten. Beides war möglich.

»Haben Sie schon mit den Bewohnern hier gesprochen?« erkundigte ich mich.

»Nein, wir wollten keinen beunruhigen.«

»Dann fahren wir allein?«

»Ja.«

Mir war es recht. Zudem war mir der Tag lieber als die Nacht. Und ich wurde das Gefühl nicht los, daß uns einiges bevorstand. Was das anging, sollte ich mich nicht geirrt haben.

»Wer fährt mit mir?« fragte ich.

Der Professor hob die Hand. »Ich werde so frei sein, Herr Sinclair.«

»Okay.« Ich mußte grinsen, weil der gute Will ein leicht rotes Gesicht bekam. »Ihre Tochter hat sich ja schon an den Chauffeur gewöhnt«, sagte ich.

»Das stimmt.«

Wir standen auf. Ich wollte mein Frühstück bezahlen, doch Will ließ das nicht zu.

Fünf Minuten später saßen wir in den Wagen. Will fuhr mit seinem Opel voran, ich hängte mich hinter ihn, wobei ich gespannt war, welche Überraschungen das Moor für uns noch auf Lager hatte...

Die breiten Reifen des Lastwagens wühlten den Weg auf. Sie durchbrachen die Grasnarbe, schleuderten faustgroße Stücke Erde hinter sich und ließen sich unter keinen Umständen von ihrem Ziel abbringen.

Das war der Sumpf!

Der Mercedes hatte Giftfässer geladen. Genau achtzehn Fässer standen auf der Ladefläche. Sie waren festgezurrt worden, damit sie nicht umkippten.

Die Fabrik, die die Giftfässer loswerden wollte, lag dreißig Kilometer nördlich, dicht an der Küste. Für die beiden Fahrer war es jedesmal eine Fahrt mit Risiko. Dementsprechend gut wurden sie auch bezahlt. Jeder von ihnen erhielt sechshundert Mark, und damit konnte man schon eine Weile auskommen.

Skrupel kannten beide nicht. Offiziell kassierten sie Arbeitslosenunterstützung, doch eine Beschäftigung hatten sie fast jeden zweiten Tag.

Man kannte sie eben in der Branche. Da genügte ein Anruf, und die beiden standen bereit.

Sie hatten schon Waffen gefahren, Schmuggelgut über die Grenze geschafft und durften sich in einigen Städten des Orients nicht mehr blicken lassen, weil dort die Blutrache auf sie lauerte.

Sie hießen Michael Haas und Matthias Bast. Beide stammten sie aus Hamburg, wo sie auch hin und wieder wohnten. Sie hatten schon in der Fremdenlegion gedient, waren allerdings da unehrenhaft entlassen worden, weil sie drei Offiziere krankenhausreif geschlagen hatten. Spaßen konnte man mit ihnen nicht.

Beide hatten die Dreißig gerade überschritten und befanden sich sozusagen im besten Mannesalter.

Obwohl sie fast die gleichen Charakter hatten, unterschieden sie sich äußerlich sehr wohl.

Michael Haas war groß und kräftig. Sein rotblondes Haar wuchs wie die Borsten einer Bürste auf seinem Kopf und war durch keinen Kamm zu bändigen. Die Sonne der südlichen Länder hatte seine Haut verbrannt, deshalb sah sein Gesicht immer rot aus.

Matthias Bast war fast einen Kopf kleiner. Schwarzhaarig, dafür breiter und muskulöser. Ihm fehlte ein Stück Nase. Ein Perser hatte ihn mal skalpieren wollen. Nun, der Mann lebte nicht mehr. Seine Gebeine bleichten irgendwo am Khyber-Paß.

Diese beiden Männer waren bereit, den Teufel aus der Hölle zu holen, falls dies nur genug Geld brachte. Zudem fuhren sie nie unbewaffnet. Michael Haas verließ sich dabei auf seine Schrotflinte mit den abgesägten Läufen. Sie hatte eine sagenhafte Streuung. Wenn er in Wut geriet, schoß er sich damit den Weg frei. Zum Glück war das nur selten geschehen. Nur einmal hatte er sie gegen marokkanische Banditen eingesetzt. Den Burschen hatte hinterher nichts mehr geschmeckt.

Bast liebte sein Messer. Er konnte damit umgehen wie ein Artist. In jeder freien Minute übte er auch das Messerwerfen. Zwei dieser gefährlichen Klingen trug er immer bei sich. Auf St. Pauli hatte er sich einen traurig berühmten Namen als Messerstecher gemacht. So manche Dirne hatte dies zu spüren bekommen.

Haas hielt das Lenkrad sehr fest. Der Boden war uneben, zudem glitschig, so daß der Mercedes schwer zu kämpfen hatte. Es machte keinen Spaß, über diese Wege zu fahren, doch Job war Job, beide Männer fanden sich damit ab.

Bast rauchte. Er qualmte immer die Selbstgedrehten, deren Tabak widerlich stank und Haas dazu veranlaßte, das Seitenfenster nach unten zu kurbeln.

»Dein Kraut zieht einem ja die Socken aus«, beschwerte er sich.

»Du hast ja keine Ahnung. Wer Filterzigaretten raucht, kann hier gar nicht mitreden.« Bast drückte sein Kreuz gegen den Rücksitz und stemmte die Füße vor die Konsole. So machte er es sich bequem. Die Schaukelei des Lastwagens fing er geschickt ab.

»Paß lieber auf, ob du jemanden siehst«, sagte Haas und biß die Zähne zusammen, weil der Wagen mit dem linken Rad wieder durch ein Schlammloch rauschte.

»Ach, da ist schon nichts.« Bast winkte ab und ließ den Zigarettenrauch durch die Nasenlöcher strömen. »Wer sollte uns was wollen? Und wenn, kriegt er Stoff. Schließlich fahren wir die Strecke zum drittenmal. Ins Geistermoor traut sich sowieso niemand, weil es dort spukt.« Er kicherte. »Wenn die wüßten, was wir denen da in die Karpaten kippen, die würden sich vor Ärger und Wut in die Furt beißen.«

Michael Haas grinste schief. Er war nicht so phlegmatisch wie sein Kumpan. Ihn ärgerte es zum Beispiel, wenn die Zweige der

Bäume über das Dach der Plane kratzten, bei ihm mußte alles perfekt und glatt über die Bühne laufen.

»Gestern hätten wir hier nicht fahren können«, meinte er. »Bei dem Regen.«

»Wir haben eben Glück.«

»Dein Wort in Hugos Gehörgang«, erwiderte Michael Haas. Dann schimpfte er wieder, weil er Mühe hatte, den großen Lkw auf dem schmalen Pfad zu halten. Rechts von ihnen breitete sich die tückische, grünschillernde Fläche aus. Die fraß sogar den Lastwagen samt Inhalt, wenn es darauf ankam.

Der Wald wurde lichter, ein Zeichen, daß die beiden Männer ihr Ziel bald erreicht hatten. Zum letztenmal waren sie vor acht Wochen in dieser Gegend gewesen. Das war die dritte Fuhre. Eine vierte hatte man ihnen schon angekündigt.

»Da muß man ja eine Gefahrenzulage kriegen!« schimpfte Haas. Es wurde immer schwerer, mit dem Wagen durchzukommen. Der Boden war noch weicher als zu Beginn, richtig seifig kam er den beiden Männern vor.

»Dann soll der Alte demnächst noch zwei Blaue drauflegen«, sagte Bast, »sonst kann er sich andere suchen.«

»Ja, das reiben wir ihm unter die Weste.«

Auch Matthias Bast hatte sich wieder aufrecht hingesetzt. Er starrte durch die Scheibe. Der Weg war überhaupt nicht mehr zu sehen. Sie fuhren jetzt nach Gefühl. Der Lastwagen kämpfte sich regelrecht voran. Michael Haas mußte all seine Fahrkünste aufbieten, um durchzukommen. Sein Optimismus hatte ihn verlassen. Durch den Regen war die Strecke zu sehr aufgeweicht worden, es war fast ein Wunder, daß sie überhaupt noch von der Stelle kamen.

»Da ist es ja«, sagte Bast und zeigte nach vorn.

Er hatte nicht gelogen. In der Tat sahen sie bereits den Krater, wo sie ihre Ladung hineinkippen wollten. Noch ungefähr hundert Meter, dann hatten sie es geschafft.

Plötzlich stieß Bast einen Fluch aus. »Verdammt, was ist das denn?«

»Wo?«

»Rechts, am Rand!«

Auch der Fahrer wandte den Blick. Beide sahen jetzt den gelb angestrichenen Bagger, der dicht vor dem Krater stand. Das stählerne Ungetüm paßte überhaupt nicht in diese Umgebung hinein und wurde von den Männern sofort mit Mißtrauen beobachtet.

»Ein Torfbagger ist das nicht« sagte Haas.

»Ob sie was entdeckt haben?«

»Möglich. Nur sehe ich keine Leute.«

Bast zog die Nase hoch. »Umkehren ist nicht drin. Wir kippen den Mist ab und verschwinden.«

»Okay.« Haas stoppte. Er orientierte sich kurz und fuhr dann in eine Kurve, um mit der Außenkante der Ladefläche an den Rand zu gelangen. Dabei merkte er, wie die Reifen tiefer sanken. Er gab noch mehr Gas, schaffte es wieder, haute den Rückwärtsgang rein und setzte langsam nach hinten, während sein Kumpan Bast die Tür geöffnet hatte, auf dem Trittbrett stand und letzte Anweisungen gab.

»Noch ein Stück!« rief er. »Ja – weiter – halt, so ist es gut!«

Plötzlich ging ein Ruck durch den Wagen. Gleichzeitig sackte er nach hinten weg und beide Männer fluchten, was ihr Wortschatz hergab.

Da Bast schon in der offenen Tür stand, sprang er nach draußen. Sofort sank er ein, zog sein Bein jedoch wieder aus dem Sumpf und watete an der Ladefläche vorbei.

Ruckartig blieb er stehen. Seine Augen weiteten sich, der Schweiß trat ihm auf die Stirn, und in seinem Magen setzte sich ein Klumpen fest. Was er sah, war ein Alptraum.

Der schwere Wagen saß fest.

Bis zur Achse hing er mit beiden Hinterrädern im Sumpf. Da kam der ohne Hilfe nicht mehr raus. Der Regen des gestrigen Tages hatte den zuvor einigermaßen zu befahrenden Weg in so einen Morast verwandelt, daß es unmöglich war, den Lkw wieder freizubekommen.

»Michael!« Bast wollte rufen, aber er konnte den Namen seines Freundes nur krächzen. Zu tief steckte der Schock.

»Ja?«

Bast lief rot an. »Steig schon aus, verdammt! Und sieh dir die Scheiße hier an!«

Michael Haas sprang aus dem Fahrerhaus.

Auch er sah die Bescherung. Sein Kopf lief noch roter an. Dann zischte er einen Fluch in französischer Sprache durch die Zähne, der sich gewaschen hatte.

Bast zündete sich eine Selbstgedrehte an und blies den ersten Rauch gegen einen Mückenschwarm. »Und jetzt?« fragte er.

»Abladen.«

»Klar.« Bast grinste. »Aber wie geht es weiter? Sollen wir die Karre hochheben, Herkules?«

»Ach, leck mich doch. Die lassen wir stehen und machen uns dünne.«

»Dann haben dich die Bullen sofort. Die kriegen raus, wem der Wagen gehört.«

»Vielleicht versinkt er im Laufe der nächsten Tage völlig im Sumpf. Wir lassen ihn stehen.«

»Das gefällt mir nicht, ehrlich.« Bast ging ein paar Schritte zur Seite. Wo er vorhin noch gestanden hatte, sammelte sich Wasser in den Trittstellen.

Haas bewegte sich wieder auf das Führerhaus zu. »Ich stelle den Kipper an.« Er kletterte in den Wagen und faßte nach dem Hebel. Zufällig warf er einen Blick durch die Scheibe nach vorn.

Da hockten sie!

Zwei widerlich fette Kröten. Fast so groß wie Schweine und mit funkelnden Augen.

Zuerst tat Haas nichts. Er schaute nur. Dann holte er seine Schrotflinte aus der Koje und sprang wieder nach draußen.

Bast sah die Waffe in der Hand des Kumpans. »He, was willst du damit?«

»Komm her!« Die Stimme des Mannes klang schrill.

Matthias Bast setzte sich in Bewegung. Seine Augen wurden groß, als er neben Haas stehenblieb und die beiden übergroßen, widerlichen Kröten sah.

»Mann, die sind ja wie Schweine!« flüsterte er.

Michael Haas nickte. »Genau.«

»Leg sie um!«

Haas hob die Schrotflinte. Als hätten die Kröten es geahnt, wuchteten sie vom Boden ab.

Der Mann schoß. Eine armlange Feuerlohe fauchte aus der

Mündung. Zusammen mit einem Hagel von gehacktem Schrot brannte und hieb die Mündungsflamme in die Körper der beiden Kröten. Wieder einmal machte sich die Streuwirkung bezahlt.

Die Kröten wurden im Sprung zerfetzt. Viel blieb von ihnen nicht übrig. Voller Wut stampfte Haas mit dem Kolben auf die Überreste. »Solche Biester habe ich noch nie gesehen.« Er drehte die Waffe wieder um, kippte den Lauf und lud nach.

Das waren die letzten Patronen, die er mitführte. Eine behielt er noch in der Tasche.

»Fällt dir eigentlich nichts auf?« fragte Bast.

»Nein, wieso?«

»Die Stille ist verdammt unnatürlich. Da hörst du keinen Laut. Wie auf dem Mond.«

»Warst du denn schon mal da?« spottete Haas.

»Laß die Scherze, mir ist es verflucht ernst.«

Haas nickte. Auch er stand jetzt und lauschte. Sein Freund hatte recht. Da stimmte was nicht.

Aber wieso?

»Schätze, wir verziehen uns«, schlug Matthias Bast vor. »Hier halte ich es nicht länger aus.«

Dann hörten sie das Summen.

Beide drehten sich auf der Stelle und blickten dorthin wo die meisten Bäume standen.

Da war alles schwarz.

Eine gewaltige Wolke schwebte zwischen den Ästen und Zweigen. Eine Wolke, die nicht stand, sondern sich bewegte und jetzt auf sie zuflog.

Beide ahnten die Gefahr, und beide reagierten richtig. Während sich Michael Haas im Führerhaus in Sicherheit brachte, wollte Bast das gleiche tun.

Er rutschte aus.

Plötzlich lag er im Dreck. Der Fluch erstickte ihm auf den Lippen, weil Wasser in seinen Mund drang.

Als er sich erhob, waren die Fliegen da, und Michael Haas hämmerte wuchtig die Tür zu...

Das Moor!

Wieder einmal erlebte ich es hautnah. Eine Gegend, die unzweifelhaft ihren Reiz hat, die wichtig für die Ökologie, aber auch ungeheuer gefährlich ist.

Will Mallmann fuhr langsam. Ein paarmal merkte ich, wie sein Wagen schmierte, weil die Reifen nicht mehr faßten, denn die Unterlage war einfach zu glatt. Auch ich kam mit dem Golf nicht so zurecht und hatte Mühe, ihn in der Spur zu halten.

Professor Diefenthal merkte natürlich, was los war. »Ist nicht so einfach wie auf der Straße, wie?«

»Da sagen Sie was.«

»Und Sie beschäftigen sich mit Geistern und Dämonen?« erkundigte er sich.

»Ja.«

»Dann glauben Sie die Sache mit dem Pfarrer Osenberg?«

»Unbedingt.«

»Wie schätzen Sie ihn ein?«

»Dazu müßte ich erst mit ihm reden.«

»Stimmt«, sagte der Professor.

Dann hatte ich eine Frage. »Sie heißen Diefenthal, aber nicht Osenberg. Wie ist das möglich, wo er Ihr Ahnherr war?«

»Das ist mütterlicherseits gewesen.«

»Und er sieht so aus wie Sie?«

»Ja, das muß eine Laune der Natur gewesen sein. Ein Schlag der Hölle vielleicht auch.«

»Möglich.«

Ich ließ Will Mallmann nicht aus den Augen. Wir kamen nur langsam voran, weil die Räder oft sehr tief einsanken. Doch beide Wagen schafften es immer wieder freizukommen.

Unzählige Insekten umschwirrten uns. Sie klebten auch an den Scheiben. Ihre Körper und das Blut bedeckten das Glas mit einem regelrechten Schmier.

Ich spritzte Wasser dagegen und betätigte die Wischer. Das nutzte nichts, die Tiere hafteten zu fest. Sie sahen auch normal aus. Nicht wie die Riesenfliegen, von denen mir Will Mallmann berichtet hatte. Zu optimistisch wollte ich allerdings nicht sein, denn noch hatten wir den Geistersumpf nicht erreicht.

Als die Bremsleuchten des Mantas aufglühten, stoppte auch ich. Der Golf rutschte ein wenig vor.

»Was ist denn nun?« fragte Professor Diefenthal und runzelte unwillig die Stirn.

»Das werden wir gleich haben«, erwiderte ich und öffnete die Tür, denn Will Mallmann und Dagmar hatten an ihrem Wagen das gleiche getan. Lag vielleicht ein Hindernis auf dem Weg?

Nein, das war nicht der Fall. Allerdings konnte ich über das Dach des Opels schauen und sah, weshalb Kommissar Mallmann so plötzlich gestoppt hatte.

Vor dem Wagen stand ein Mann.

Weiße Haare, ein langer Mantel, ein weißer Oberlippenbart, fast ein Ebenbild des Professors. Und er trug eine Laterne in der Hand.

Ich schluckte und ging auf den Manta zu. Hinter mir stieg der Professor aus, ich kümmerte mich nicht darum.

Will und Dagmar standen starr auf der Stelle und blickten der unheimlichen Gestalt entgegen. Ich sah, wie bleich ihre Gesichter waren. Neben Will blieb ich stehen, räusperte mich leise und fragte flüsternd: »Ist er das?«

»Ja.«

»Und?«

»Nichts, John. Vielleicht versuchst du mal mit ihm zu reden.«

»Ja, das könnte ich.«

Professor Diefenthal hastete heran. Ich hörte seine dumpfen Schritte und drehte mich um.

»Lassen Sie mich das machen«, sagte er, »ich will mit ihm sprechen.«

Ich schüttelte den Kopf. »Lieber nicht, Professor. Wenn ich Hilfe brauche, wende ich mich an Sie. Wissen Sie, ich habe da so meine eigenen Methoden.«

»Na ja, wenn Sie meinen.« Überzeugt hatte ich ihn nicht, das hörte ich an seiner Stimme.

Bevor ich auf Osenberg zuschritt, holte ich mein Kreuz hervor, und streifte die Kette über den Kopf. Ich war gespannt, wie der Pfarrer darauf reagierte.

Drei Schritte vor ihm blieb ich stehen. Und nun erkannte ich, daß er den Boden überhaupt nicht berührte, sondern ein paar Zentimeter darüber schwebte.

Kaum zu glauben...

»Wer bist du? Und was willst du von uns?« stellte ich die ersten Fragen.

»Ich bin Pfarrer Osenberg und will euch warnen. Einmal habt ihr Glück gehabt, aber dieses Mal ist das nicht mehr der Fall. Die Geister der Erde haben sich verstärkt. Sie werden euch vernichten, das Moor gibt keinen mehr her, den es einmal in den Klauen hat. Merkt euch das. Dreht um und fahrt weg!«

»Und dir tut man nichts?« fragte ich.

»Nein, denn ich bin schon tot.«

»Und trotzdem lebst du? Wie kommt das?« wollte ich wissen.

»Ganz einfach, Mann mit dem Kreuz. Ich habe die Kraft des Himmels hinter mir.«

»Nicht der Hölle?«

Da lächelte der Pfarrer. »Nein, der Hölle habe ich abgeschworen, als sie sich an mich heranmachen wollte. Als man mich in das Moor warf, beschwor ich die Geister der Erde, die ja überhaupt nicht schlecht, sondern friedlich sind. Ich merkte es, als ich mein Pendel kreisen ließ. Die Geister wollen nur nicht gestört werden, sondern ihre Ruhe haben. Da die Menschen sich jedoch nicht darum kümmerten, haben sie dafür gesorgt, daß aus den Tieren schlimme Geschöpfe wurden, die alles fernhalten, was sich dem Geistersumpf nähert. Und ich überwache diesen Sumpf, warne die Guten und lasse die Bösen fahren. Deshalb noch einmal: Kehrt um, bevor es zu spät ist.«

Ich schüttelte den Kopf. »Das geht nicht, Pfarrer Osenberg. Es ist unmöglich.«

»Warum?«

»Weil wir diesem Geistersumpf unbedingt einen Besuch abstatten müssen. Dort hat jemand Giftfässer hingekippt, und vielleicht ist die Mutation der Tiere dadurch entstanden. Wir müssen dort für Ordnung sorgen, Pfarrer.«

»Überlaßt das denen, die dafür vorgesehen sind«, erklärte er mir mit harter Stimme.

Da hob ich mein Kreuz.

Er sah es und zuckte zusammen.

War er vielleicht doch ein Dämon? Ich lächelte und fragte: »Paßt Ihnen das Kreuz nicht, Pfarrer?«

»Doch, doch«, sagte er. »Ja. Ich wundere mich nur.«

»Worüber?«

»Daß Sie vor mir stehen. Es wird im Reich der Geister oft von dem Sohn des Lichts gesprochen, von dem Mann mit dem Kreuz, vom Erben der Engel...«

Ich zuckte zusammen. Was hatte dieser einsame Mann hier im Moor gesagt? Sohn des Lichts? Erbe der Engel? Woher wußte er von diesen Begriffen? Bisher war mir die Herkunft des Kreuzes nicht genau bekannt. Wußte dieser Mann vielleicht mehr?

Ich ließ mir meine Überraschung nicht anmerken, sondern fragte: »Wieso spricht man von mir?«

»Man kennt dich in der Geisterwelt.«

Ich überlegte, bevor ich die nächste Frage stellte. »Nicht in der Dämonenwelt? Hat das eine wirklich nichts mit dem anderen zu tun?«

»Nein, Geisterjäger, das sind zwei ganz verschiedene Welten. Die Geisterwelt ist nicht die der Schatten, oder wenn, dann die der hellen Schatten. Sie beobachtet. Sie sieht genau zu, wie du und deine Freunde den Kampf gegen die Dämonen führen, aber sie greift nicht ein. Nur dann, wenn sie unmittelbar bedroht ist, wie hier geschehen, denn sie läßt es nicht zu, wenn ihr Lebensraum zerstört wird, dann schlägt sie zurück. Auch sehr hart. Noch warne ich euch, mein Geist ist mit dem der Erdgeister verbunden. Kehrt um!«

Es waren Worte, die ich mir genau eingeprägt hatte. Ich nahm sie sehr ernst, und als ich einen Blick in die Runde warf, sah ich die fassungslosen und auch betretenen Gesichter der anderen.

Was sollten wir tun?

Professor Diefenthal ging einen Schritt vor und ergriff das Wort. Er machte es geschickt, als er sagte: »Ich kann dich sehr gut verstehen, Pfarrer Osenberg. Du und ich, wir entstammen einer Linie. Du bist mein Ahnherr, wir sind Verwandte, obwohl wir in verschiedene Zeiten und auch Ebenen existieren. Deshalb möchte ich dich bitten, uns den Weg freizugeben, weil wir im Geistersumpf die Fässer bergen müssen. Wenn das geschehen ist, verschwinden wir und kommen nicht mehr zurück. Ist das ein Angebot?«

»Ja und nein.«

»Wieso?«

»Der Krug ist schon zerbrochen«, antwortete Pfarrer Osenberg. »Ihr könnt nichts mehr aufhalten, nur noch fliehen. Wir werden mit dem fertig, was geschehen ist. Wenn ihr in den Geistersumpf eindringt, werdet ihr die Folgen selbst zu tragen haben. Die Geister sind im Prinzip nicht gegen euch, aber sie sind auch nicht für euch. Wenn ihr den Sumpf betretet, werdet ihr auf sie stoßen, und ich weiß nicht, wie sie sich verhalten.«

»Was meinen Sie, Herr Sinclair?« fragte mich der weißhaarige Professor. »Kann ich es wagen?«

»Wir müssen hin!« sagte Dagmar Diefenthal.

Das war eine feste Aussage, und sie entsprach meiner Meinung.

»Ich habe euch gewarnt« sagte der Pfarrer nur.

»Ja, das wissen wir. Du kannst uns trotzdem den Gefallen tun und die Geister bitten, uns nicht als Feinde zu betrachten. Mehr wollen wir nicht.«

Der Pfarrer, der schon seit dreihundert Jahren tot war, nickte. Sein Mantel wehte, die Laterne in seiner Hand schwankte. Hinter der gelben Scheibe leuchtete Licht, obwohl keine Kerze zu sehen war. Ein magisches Phänomen.

»Ich habe deine Worte vernommen, Geisterjäger. Und trotzdem wäre es besser, wenn ihr umkehrt.« Mehr sagte er nicht, sondern wandte uns den Rücken zu und ging.

Wir blickten ihm nach.

Die Gestalt schwebte auf die rechts der Straße liegende, weite grüne Fläche zu, die in trügerischer Ruhe dalag und deren Grashalme vom Wind gebeugt wurden.

Der alte Pfarrer glitt durch das Gras, als würde er von unsichtbaren Händen geschoben.

Dann war er plötzlich verschwunden...

Wir sahen uns an. Kommissar Mallmann wischte sich über das Gesicht. »Verdammt«, sagte er, »das war ein Ding. Daß er nicht geblufft hat, haben wir schließlich am eigenen Leibe erfahren müssen. Dieser Geistersumpf ist die Hölle.«

»Willst du hierbleiben, Will?«

»Nein, auf keinen Fall.«

Die Diefenthals waren ebenfalls der Meinung des Kommissars. Auch sie wollten die einmal in Angriff genommene Aufgabe fortführen. Sie ließen sich nicht beirren.

»Fahren wir weiterhin mit zwei Wagen?« erkundigte sich Will Mallmann.

Ich war dafür. »Sollte einer der Wagen, aus welchen Gründen auch immer, im Sumpf versinken, haben wir noch die Chance, mit dem anderen wegzukommen.«

Ich erntete Zustimmung.

»Dann los«, sagte Professor Erwin Diefenthal. Seine Stimme klang ein wenig kratzig. Dem Gesicht des Wissenschaftlers war anzusehen, daß er sich noch immer mit den Worten des Pfarrers beschäftigte.

Auch ich war überrascht von der Existenz dieser, sagen wir, guten Geisterwelt. Ich hoffte nur, daß sie sich irgendwann mal auf meine Seite schlagen würde.

Ich öffnete die Heckklappe des Golfs. Dort stand mein Koffer. Der Deckel klappte hoch, als ich die Verschlüsse berührt hatte. Ich trug nur meine Beretta und das Kreuz bei mir. Im Koffer lagen der Dolch, die Gemme, die magische Kreide, die Bolzenpistole, die ich gern gegen Vampire einsetze.

Das Schwert, das einmal Destero gehört hatte und sich nun wieder in meinem Besitz befand, hatte ich in London gelassen. Es mußte auch ohne gehen. Auch die Dämonenpeitsche befand sich bei Suko. Er sollte nicht waffenlos herumlaufen, falls in England etwas passierte.

Dolch, Kreide, die Gemme steckte ich ein. Auch noch eine Ersatzberetta holte ich aus dem Koffer. Die Waffe hielt ich in der Hand und schaute die beiden Diefenthals an. »Hat einer von Ihnen schon mal geschossen?«

»Nein!« erwiderte der Professor.

Auch Dagmar schüttelte den Kopf.

»Trotzdem wäre es besser, wenn einer von Ihnen die Waffe nimmt. Uns werden Gefahren begegnen.«

Vater und Tochter sahen sich an. Schließlich nickte Dagmar. »Geben Sie mir bitte die Pistole, Herr Sinclair.«

Sie bekam sie, und ich erklärte ihr mit wenigen Worten die genaue Funktion.

Dagmar zeigte technisches Verständnis. Sie begriff schnell, was sie zu tun hatte.

»Und schießen Sie bitte nur im Notfall«, sagte ich mit allem Ernst in der Stimme.

»Natürlich.« Sie lächelte. »Mein Gebot ist es, Leben zu erhalten, nicht zu zerstören. Darin beziehe ich nicht nur den Menschen ein, was selbstverständlich ist, sondern auch die gesamte Umwelt, in der wir uns bewegen.«

»Danke. Es ist gut, wenn man Menschen trifft, die so denken.«

Wir stiegen wieder in die Wagen. Kommissar Mallmann übernahm die Spitze.

Langsam fuhren wir weiter. Noch gespannter als zuvor. Was würde uns erwarten? Auch Professor Diefenthal, der neben mir hockte, blickte immer wieder aus dem Fenster. Er suchte nach irgendwelchen Anzeichen, doch es war nichts zu erkennen.

Still und trügerisch lag das Moor vor uns.

Mir allerdings waren die breiten Spuren auf dem Weg aufgefallen. Die sahen aus, als wäre hier ein Lastwagen hergefahren. Und das vor gar nicht allzu langer Zeit, denn das Gras war noch geknickt, und die im Boden befindlichen Rillen hatten sich noch nicht ganz mit Wasser gefüllt.

Ich machte den Professor darauf aufmerksam.

»Von unserem Bagger stammen die nicht«, sagte er.

»Dann müssen wir damit rechnen, daß noch jemand den Geistersumpf besucht hat.«

»Vielleicht die Giftmüllkipper?«

Verflixt, die Idee war gar nicht so abwegig.

Wenig später sahen wir den Wagen. Und was sich unseren Augen bot, war das Grauen schlechthin...

Die Monsterfliegen waren da!

Fünfmal so groß wie normale. Ungeheuer gefährlich und darauf versessen zu töten.

Matthias Bast hieb beide Hände gegen den Türgriff, umklammerte ihn voller Verzweiflung und wollte die Tür aufreißen, um sich ins Führerhaus zu retten.

Es war schon zu spät.

Hätte Michael Haas die Tür jetzt geöffnet, wäre der unheimliche Fliegenschwarm auch in seine Fahrerkabine gedrungen, so mußte er mit ansehen, wie sein langjähriger Kumpan von den Bestien zu Tode gequält wurde.

Die schwarze Wolke stürzte sich auf ihn. Ein Summen und Schlagen war in der Luft. Diese dicken Fliegen waren so zahlreich, daß von Matthias Basts Körper nichts mehr zu sehen war. Die kleinen Bestien hatten ihn völlig eingedeckt. Auf jedem Quadratzentimeter hockten sie.

Bast schrie.

Seine Hände rutschten vom Türgriff ab, er hämmerte gegen die Tür.

»Du Schwein!« brüllte er. »Du verdammtes Schwein! Mach auf! Öffne!« Jedes Wort begleitete er mit schweren Schlägen, die sogar das starke Blech des Wagens einbeulten.

Michael Haas konnte nicht öffnen. Die Fliegen bedeckten nur zur Hälfte die Scheibe, durch die untere konnte er schauen und mußte mit ansehen, wie Matthias zugrunde gerichtet wurde.

Sein Schreien verstummte. Wie dicke Klumpen waren die Fliegen in seinen Mund eingedrungen, krabbelten über sein Gesicht, drangen in die Nasenlöcher und suchten sich ihren Weg durch die Ohren. Trotz ihrer Größe waren die Körper geschmeidig und schlank, so daß sie überall Einlaß fanden.

Matthias Bast konnte nicht mehr schreien. Er bekam keine Luft mehr, denn die Masse der Fliegen erstickte alles. Langsam verließen ihn die Kräfte, und er sank in die Knie. Überall am Körper spürte er die kleinen Bisse, die die Fliegen ihm zufügten, aber er registrierte sie kaum noch.

Sehen konnte er nichts mehr, auch nicht fühlen. Sie drangen durch die Speiseröhre in seinen Körper hinein.

Dann schien es ihm, als erhielte er einen letzten, gewaltigen Schlag. So ungeheuer, daß dieser sein Bewußtsein auslöschte und ihn in die Tiefe riß.

Doch es war nicht nur das Bewußtsein, das verging. Es war der Tod, der ihn gepackt hielt.

Matthias Bast hatte ein grauenvolles Ende gefunden. Und sein Kumpel Haas schaute zu.

Er hatte seinen Blick einfach nicht vom Fenster abwenden können und immer noch damit gerechnet, daß Matthias es schaffte. Sein Hoffen war vergebens.

Er sah, daß sich der Körper seines Freundes nicht mehr bewegte. Nur noch die schwarzen Fliegen klebten wie eine dicke Teerschicht auf ihm.

Da wußte Michael Haas Bescheid!

Das Entsetzen zeichnete seine Gesichtszüge. Sie waren verzerrt und schienen regelrecht eingefroren zu sein. Er zitterte, seine Zähne schlugen aufeinander, als hätte er Schüttelfrost. Noch zwei Sekunden starrte er auf das Gewimmel neben dem Wagen, dann startete er den Motor und versuchte, den schweren Lkw aus dem Sumpfloch zu bekommen. Der Motor heulte auf, die Räder drehten durch, und sie wühlten sich noch tiefer in den Sumpf hinein. Michael merkte, wie der Wagen langsam absackte.

Keine Chance!

Er mußte im Führerhaus hockenbleiben und konnte nur beten, daß ihn die Fliegen verschonten.

Als hätten sie ein geheimes Kommando erhalten, so plötzlich stoben sie hoch. Die dunkle, wimmelnde Wolke huschte am Seitenfenster vorbei und stieß in den Himmel, wo sie sich langsam auflöste.

Michael Haas aber hatte einen freien Blick auf die Leiche. Was er sah, ließ ihn fast an seinem Verstand zweifeln und drängte Übelkeit in ihm hoch.

Die Kleidung des Mannes war völlig zerfetzt. Die Fliegen hatten sie regelrecht zerrissen, so daß seine Haut zu sehen war. Aber wie sah sie aus!

Unzählige Tropfen schimmerten im dunklen Rot auf der Haut. Dort hatten die gefährlichen Monsterfliegen zugebissen und die Blutperlen als Rückstand hinterlassen.

»Mein Gott, ich werde noch wahnsinnig!« flüsterte Michael Haas. Er hatte in seinem Leben verdammt viel durchgemacht, hatte sich als Legionär hart durchschlagen müssen, und nun das.

Er rutschte ein wenig zurück, wobei er die auf dem Sitz liegende Schrotflinte berührte. Laut lachte er auf. Damit konnte er keine Fliegen töten.

Wie irre begann er zu lachen. Es war ein wahnsinniges Gelächter, seine strapazierten Nerven spielten nicht mehr mit. Irgendwie mußte er sich freie Bahn schaffen, es ging nicht anders. Dabei trommelte er mit den flachen Händen auf dem Lenkradring herum und legte seinen Kopf zwischen die Speichen.

Michael Haas merkte nicht, daß sich das Grauen bereits wieder näherte.

Diesmal waren es keine Monsterfliegen, sondern zwei Tentakel der Riesenwürmer.

Sie hatten gespürt, was geschehen war. Daß irgendwo noch ein Opfer lauerte, das sie sich holen konnten. In der Tiefe des Sumpfes erwachten sie zu ihrem grauenhaften Leben. Die glitschigen, aber auch geschmeidigen Arme glitten dicht unter der Oberfläche des Sumpfes dahin und suchten einen Weg, um hervorzukommen.

Sie fanden einen.

Die schwammige Oberfläche bewegte sich. Auf den stehenden Pfützen bildete das Wasser unruhige Kringel.

Blasen stiegen auf, der Sumpf schmatzte, gurgelnde Geräusche entstanden, als der erste Tentakel des Riesenwurms an die Oberfläche stieg und von einer Seite zur anderen schwankte.

Noch befand sich der größte Teil innerhalb und auf dem Grund des Kraters, doch das änderte sich sehr rasch.

Glatt und geräuschlos stieg er höher.

Und entdeckte den Lastwagen.

Der schwere Arm kippte nach links und näherte sich geräuschlos dem Lkw.

Michael Haas merkte davon nichts. Er hatte nach wie vor seinen Kopf in die Arme gelegt und spürte an der Stirn den klebrigen Kunststoff des Lenkrads. Dabei zitterte er wie im Fieber. Sein Lachen war verstummt. Als er sich aufrichtete, bildeten Tränen und Schweiß eine salzige Mischung auf seinem Gesicht. Er konnte nicht mehr klar sehen. Die Scheibe schwamm vor seinen Augen, die grüne Fläche wurde zu einem wogenden Meer.

Der Schlag gegen den Wagen traf ihn völlig unvorbereitet. Der Tentakel hatte sich so weit aus dem Sumpf geschoben, daß er sich mit dem Lastwagen praktisch auf gleicher Höhe befand. Dann schlug er mit großer Wucht dagegen.

Das schwere Gefährt erzitterte.

Dafür blieb Michael Haas starr sitzen. Nur eine Gänsehaut kroch über seinen Rücken. Ganz langsam wandte er den Blick nach rechts, wo er aus den Augenwinkeln einen Schatten wahrgenommen hatte.

Da sah er den Tentakel.

Dick wie der Stamm einer Birke klebte er an der Scheibe und mußte noch weiter über das Dach führen.

Michael Haas begann zu schreien. Er hob die Hände, ballte sie zu Fäusten, öffnete sie wieder, schrie weiter und griff dann zur Schrotflinte.

»Bestie, verdammte Bestie!« keuchte er auf und drückte ab.

Die Schrotladung zerhieb die Scheibe. Sie schlug auch gegen den Tentakel, die einzelnen Rehposten hämmerten hinein, und der Krach drohte das Führerhaus auseinanderzureißen.

Einen Erfolg erzielte Michael Haas nicht.

Im Gegenteil, der Tentakel drückte weiter zu, mit solch einer Kraft, daß das starke Blech des ganzen Führerhauses knirschte.

Michael hörte das Geräusch und wurde fast wahnsinnig. Die Augen quollen ihm aus den Höhlen, er warf sich auf die Tür zu, wollte sie aufreißen, doch der Druck von oben war so stark, daß sich die Tür verklemmt hatte.

Er saß in der Falle!

Oder?

Die Scheibe. Sie war zerstört und vielleicht der einzige Fluchtweg, der ihm blieb.

Er warf die Schrotflinte zur Seite und kroch über den Sitz auf die Scheibe zu. Bevor er sich jedoch durch die Öffnung zwängen konnte, schlug der zweite Tentakel zu.

Der Lastwagen bekam einen gewaltigen Schlag, der ihn nicht nur bis zu den Achsen erschütterte und durchrüttelte, sondern ihn auch zur Seite schleuderte.

Der Lkw kippte. Gleichzeitig zogen die an dem Wagen klebenden Tentakel an ihm und rissen ihn dem Rand des Kraters immer näher.

Michael Haas, der das Fenster schon fast erreicht hatte, wurde in die Lücke zwischen Sitz und Boden geschleudert. Mit den Handballen fiel er in die Scherben, fügte sich dabei kleinere Wunden zu, doch er achtete nicht darauf.

Er wollte raus.

Keuchend wälzte er sich herum, packte mit beiden Händen die Sitzkante und stemmte sich in die Höhe.

Noch lag die Öffnung frei und war der Wagen nicht völlig gekippt. Er hielt sich.

Michael Haas schöpfte die Hoffnung eines Verzweifelten.

Brutal wurde sie zerstört.

Plötzlich löste sich einer der Tentakel und wischte durch das offene Fenster.

Der Tentakel traf genau.

Michael Haas hatte schreien wollen, doch die schleimige, aber dennoch elastische Masse verschloß ihm den Mund. Und nicht nur das. Sie zog ihn auch auf das Fenster zu, indem sie sich um seinen Körper wickelte.

Michael Haas kämpfte von diesem Augenblick gegen den Tod!

Der Golf stand schräg, so heftig hatte ich auf die Bremse getreten. Etwa hundert Meter vor uns befand sich der berühmte Geistersumpf, ein Krater innerhalb der Moorlandschaft, an dessen Rand nicht nur der Bagger stand, sondern auch ein Lastwagen.

Und der wurde von zwei monströsen Tentakeln umklammert, die an ihm zogen und zerrten. Das Gefährt konnte dem Gewicht nicht länger standhalten, es würde irgendwann kippen.

Neben dem Lastwagen lag eine bewegungslose Gestalt. Ich

konnte von meinem Standpunkt aus nicht erkennen, ob sie tot war, aber das spielte im Augenblick auch keine Rolle.

Etwas ganz anderes war mir aufgefallen. Trotz der relativ großen Entfernung hatte ich gesehen, daß sich innerhalb des Führerhauses etwas bewegte.

Ein Mensch!

Und er befand sich in Lebensgefahr.

Ich rannte los, ohne den anderen großartig Bescheid zu geben, denn nun war jede Sekunde wichtig.

Abermals bekam der Wagen Druck. Sogar das Blech bog sich, und etwas rumpelte über die Ladefläche, wobei es gegen die Verkleidung schlug.

Natürlich konnte ich nicht so schnell laufen wie auf trockenem Boden, dazu war die Unterlage viel zu weich, glatt und nachgiebig. Ich wuchtete mich in langen Sätzen voran, rutschte ein paarmal weg und hatte Glück, daß ich nicht auf die Nase fiel.

Fast wäre ich gegen den Wagen geprallt, konnte mich im letzten Augenblick noch fangen.

Der Tentakel hing außen über. Er sah aus wie ein gewaltiger Rüssel. Mit einem Sprung mußte ich ihn erreichen.

Oder schießen!

Ich zog die Beretta.

Der Tentakel war überhaupt nicht zu verfehlen. Schräg hieb das Silbergeschoß in den fleischigen, gleichzeitig auch glitschigen Arm. Ich konnte die Bahn sogar noch verfolgen, denn erst eine Armlänge weiter blieb die Kugel stecken und entfaltete dort ihre verheerende Kraft.

Der Arm schlug wild um sich. Gleichzeitig sonderte er eine stinkende, sirupartige Flüssigkeit ab, die vor meinen Füßen in dicken Tropfen zu Boden klatschte.

Ich sprang zur Seite und gleichzeitig zurück, denn ich hatte den Mann im Führerhaus nicht vergessen.

Der Lastwagen stand schon schräg. Ich mußte mich recken, um an den Türgriff zu gelangen.

Wütend riß ich daran.

Das Ding klemmte.

Ein zweiter Versuch. Und jetzt hatte ich Glück. Als ich noch einmal meine gesamte Kraft einsetzte, flog mir die Tür förmlich entgegen.

Ich ließ mir selbst keine Sekunde, um Einzelheiten dessen aufzunehmen, was sich in der Fahrerkabine abspielte. Ein Tentakel hatte den Körper eines rothaarigen Mannes umklammert und zog ihn mit aller zur Verfügung stehenden Kraft auf das Fenster zu. Es war ein hartes, verzweifeltes Ringen, in dem der Mensch verlieren mußte, weil er gegen die Kräfte des Monsters machtlos war.

Die Beretta steckte ich weg. Einen Schuß konnte ich auf keinen Fall riskieren, ich hätte zu leicht den Mann treffen können. Deshalb änderte ich meine Taktik und nahm den Dolch.

Mehr kriechend als springend erreichte ich das Innere des Fahrerhauses und stürzte auf den Mann zu, der verzweifelt um sein Leben kämpfte und kaum noch Luft bekam.

In seinem Gesicht las ich die Gefühle, die ihn beherrschten. Helfen Sie mir! schrie es mir dort stumm entgegen.

Und ob ich half.

Der Dolch hatte die gleiche Wirkung wie die Silberkugeln. Ich führte den Arm schräg, als ich in nach unten sausen ließ, denn ich wollte nicht riskieren, daß ich durch den Tentakel stach und dabei den Arm des rothaarigen Mannes verletzte.

Leicht fuhr die Klinge in die weiche, aber dennoch voller Kraft steckende Masse.

Plötzlich zuckte der Tentakel hoch. Ich kam nicht schnell genug weg und wurde an der Schulter getroffen. Der Schlag warf mich etwas zurück, ich fing mich aber wieder und sah, wie sich der Tentakel vom Körper des Mannes abwickelte.

Der andere war frei!

Er hatte den Mund weit aufgerissen und saugte den Atem in die Lungen. Dabei hielt er sich die Brust, dort mußte er starke Schmerzen verspüren.

Ich konnte nicht länger mit ihm hierbleiben. »Kommen Sie!« rief ich und streckte ihm meine Hand entgegen.

Er hielt mir seinen zitternden Arm entgegen. Unsere Hände hatten sich schon berührt, als es geschah.

Plötzlich wurde der schwere Lastwagen abermals von

einem Schlag erschüttert, neigte sich noch mehr zur Seite und kippte...

Es geschah etwas schneller als in Zeitlupe.

Doch stellen Sie sich mal vor, wir hockten im Führerhaus, das schwere Gefährt neigte sich auf die Seite, und wir konnten nichts tun. Schon drang die erste Flüssigkeit durch die offene Scheibe an der mir gegenüberliegenden Seite. Es flogen Dreck und Schlamm, der Wagen rutschte nach einem weiteren Stoß wie auf einer seifigen Ebene ab und lag dann ruhig.

Voller Todesangst klammerte sich der rothaarige Mann an mir fest. In den Augen leuchtete die Panik, und ich versuchte, ihn mit ruhig gesprochenen Worten zu besänftigen.

Durchdrehen durften wir jetzt auf keinen Fall.

»John! John!«

Das war Will Mallmann Stimme, und sie erklang verdammt weit entfernt. Demnach waren wir ein gehöriges Stück gerutscht.

»Ich bin okay, Will!« brüllte ich zurück, und der Rothaarige zuckte zusammen. »Wir müssen nur sehen, daß wir hier rauskommen.«

»Sei vorsichtig!«

Ich gab keine Antwort mehr, sondern schaute den Fahrer an.

»Schaffen wir es denn?« fragte dieser.

»Wir müssen.«

»Wer sind Sie?« fragte er.

Ich stellte mich vor.

»Engländer?«

»Ja.«

»Ich heiße Michael Haas.«

»Sie und Ihr Partner haben das Gift in diesen Tümpel gekippt?«

»Ja, verdammt.«

»Darüber reden wir später.«

»Das schaffen wir nie. Matthias ist tot. Den haben die Fliegen gekillt.«

Scharf sog ich die Luft ein. Dann hatte dieser Fall das erste Opfer gekostet. Ich wollte dafür sorgen, daß es nicht mehr wurden. Vorsichtig zog ich mich zurück, wobei ich darauf achtete, daß ich mich nicht zu hastig bewegte.

»Bleiben Sie am Ball«, riet ich Haas, »und lassen Sie um Gottes willen meine Hand nicht los.«

Er nickte.

Zum Glück unterstützte er mich bei meinem Bemühen. Er stemmte sich ebenfalls ab, wenn ich mich rücklings auf die andere Tür zubewegte.

So einfach war das nicht, denn der Lastwagen lag genau auf der rechten Seite.

Mit dem Fuß stieß ich die Tür auf. Zum Glück hielt sie und fiel nicht wieder zurück.

Es bereitete mir Mühe, die Hand des anderen zu lösen, denn er wollte unbedingt festhalten. Doch es ging nicht anders. Erst einmal mußte ich den Lkw verlassen.

Ich umfaßte die Regenrinne mit beiden Händen und zog mich mit einem Klimmzug in die Höhe. Dann kletterte ich hinaus und ließ einen ersten Blick in die Runde schweifen.

Es sah böse aus.

Wir waren den gesamten Hang hinabgerutscht und lagen nun auf dem Grund des Kraters. Der Wagen sank langsam, aber beständig immer tiefer. So war es eine Frage der Zeit, bis er endgültig gesunken war.

Und wir mit ihm?

»John!«

Ich drehte den Kopf. Will Mallmann und die Diefenthals standen am Kraterrande und schauten in die Tiefe. Mit einem Seil hätten sie uns hochhieven können, aber das hatten wir nicht.

Wir mußten uns etwas anderes einfallen lassen. Nur – was?

Ich suchte nach einem weiteren Tentakel, konnte aber keinen entdecken. Bestimmt lauerten sie unter der grün schillernden Oberfläche des Sumpfs.

»Kommen Sie!« schrie ich Michael Haas zu.

»Ja.«

Seine Stimme klang nicht mehr so kläglich oder angsterfüllt wie zuvor. Er hatte sich einigermaßen gefangen und kämpfte sich in die Höhe.

Dann stieß ich die Tür zu, so daß wir auf der Außenseite stehen konnten und zusahen, wie der verdammte Lastwagen weiter von dem Sumpf gefressen wurde.

»Hier kommen wir nicht weg!« schrie Haas.

»Hören Sie auf zu jammern. Natürlich packen wir es. Sie müssen sich nur zusammenreißen.« Ich blickte hoch und wollte Will Mallmann anrufen, doch der war verschwunden.

»Wo steckt Mallmann?« rief ich.

»Er läuft zum Bagger«, erwiderte Dagmar Diefenthal.

Ich grinste. Der alte Fuchs hatte eine gute Idee gehabt. Wenn der Schwenkkran bis zu uns reichte, konnte Will Mallmann uns beide retten.

»Jetzt drücken Sie uns die Daumen«, sagte ich zu meinem unfreiwilligen Partner.

Haas nickte.

Will hockte bereits im Führerstand der Maschine. Noch war nichts zu hören. Es würde auch noch eine Weile dauern, bis sich der Greifarm in Bewegung setzte, denn Will mußte sich erst mit den zahlreichen Hebeln und Instrumenten vertraut machen.

Die Zeit verging sehr schnell. Immer wieder suchten meine Blicke die Oberfläche ab.

Zum Glück tat sich dort nichts. Trügerisch ruhig lag sie vor unseren Augen.

Michael Haas zitterte. Sein Adamsapfel hüpfte nervös auf und ab, so oft schluckte er.

Meine Ruhe war ein wenig gespielt, denn auch mich hielt die Spannung gepackt.

Wir standen hier auf der Tür des Lastwagens, und der sank Zentimeter für Zentimeter in die Tiefe. Es war wirklich nur eine Frage der Zeit, wer schneller sein würde.

Mallmann oder der Lkw.

Die Diefenthals standen noch immer am Rand des Kraters. Ihre Blicke wieselten zwischen dem Bagger und uns hin und her.

Ich dachte an die Gefahren, die auf uns lauerten, und rief ihnen zu: »Geht in den Wagen, dort seid ihr sicherer!«

Sie blieben.

Unter uns schmatzte, rauschte und gurgelte es. Das geschah

immer dann, wenn Wasser in die Öffnungen des Lkw strömte. Das Fahrzeug wurde schwerer und sackte deshalb schneller in die Tiefe des mordgierigen Geistersumpfs.

Da hörten wir das Rattern!

Endlich. Will hatte die Maschine angestellt. Uns fiel ein dicker Stein vom Herzen.

Jetzt kam es darauf an.

Der lange Greifarm bewegte sich. Er schwang vor, wieder zurück, nach rechts und links. Auch die Schaufel öffnete sich. Ich sah die langen, glänzenden Metallzinken, die mir wie die Reißzähne eines Hais vorkamen, und hoffte nur, daß Will das Gerät soweit bedienen konnte, daß ich nicht zwischen die Zinken geriet.

Mallmann übte einige Male. Das war gut so. Er mußte mit dem Bagger umgehen können, sonst fegte er uns vielleicht noch durch eine unbedachte Handlung in den Sumpf.

»Verdammt, der soll sich beeilen!« knirschte Haas.

»Halten Sie den Mund.«

»Wollen Sie verrecken?«

»Nein, aber ich will, daß unsere Rettung gelingt und nicht durch unüberlegte Aktionen in Gefahr gebracht wird.«

»Mann, Sie haben Nerven!«

»Zum Glück, mein Lieber, zum Glück.« Dann kümmerte ich mich nicht mehr um ihn, sondern sah zu, wie der lange Arm über den Sumpf hinwegfuhr und sich uns zum Ziel nahm.

Die Trossen, an denen die Schaufel hing, liefen über mehrere Rollen. Will hatte den richtigen Hebel oder Knopf gefunden, den er betätigen mußte, um die Schaufel genau zu dirigieren. Er ließ sie etwas nach unten sinken.

Ich schätzte die Entfernung ab.

Die Perspektive war zwar ein wenig schlecht, doch die Schaufel mußte sich etwa in Kopfhöhe befinden.

Sie schwang näher.

Mallmann war ein richtiger Könner. Ich würde mich später bei ihm für die Rettung revanchieren.

Noch war es nicht soweit.

Der Kommissar mußte achtgeben, denn die Schaufel schwang doch einige Male stark hin und her.

Ich beobachtete es sehr mißtrauisch.

Und dann schrie Michael Haas auf.

So schnell es ging, drehte ich mich.

Sie stürzten aus der Luft auf uns zu. Vier wilde, wahnsinnig gewordene Vögel...

Normalerweise wäre es relativ einfach gewesen, sich dieser Vögel zu erwehren, aber wir befanden uns hier nicht auf normalem Boden, sondern auf einem schwankenden Untersatz und hatten zudem noch verdammt wenig Platz.

»Hinlegen!« brüllte ich Haas an.

Er reagierte nicht sofort und mußte die Folgen tragen, den zwei schwarze Vögel flogen ihn direkt an und hackten mit ihren Schnäbeln nach ihm. Plötzlich blutete sein Ohr, und auch im Nacken war er von den Biestern getroffen worden.

Bei mir prallte ein Vogel gegen die Brust. Es war ein Rabe. Bevor er seinen Schnabel durch die Kleidung und in mein Fleisch hauen konnte, traf ihn meine Faust. Ich hatte so wuchtig zugeschlagen, daß der Vogel in den Sumpf klatschte.

Sofort zog ich meinen Dolch.

Mit einem Stich spießte ich die nächste Bestie auf und kassierte dann einen Hieb gegen die Wange, weil Haas wie ein Irrer um sich schlug und vor Angst fast durchdrehte.

Ein Rabe hatte sich auf seinen Kopf gesetzt. Ich sah schon Blut im Haar des Mannes.

Da schnellte mein Arm vor.

Mit dem Silberdolch teilte ich den Vogel in zwei Hälften. Er verendete.

Der letzte flog weg.

Ich war in Schweiß gebadet. Die letzte Minute hatte mich doch verdammt angestrengt.

Ich schaute zum Bagger hin.

Die Schaufel hatte über die Hälfte der Strecke zurückgelegt, der Gelenkarm des Baggers stand jetzt waagerecht über dem Sumpf, und er wurde immer noch tiefer gedrückt, bis es nicht mehr ging.

»John! Weiter geht es nicht.« Mallmann schrie.

Verdammt, das Ding reichte nicht bis zu uns hin. Es fehlten vielleicht zwei Meter.

»Das halte ich nicht aus!« stöhnte Haas. »Scheiße, das halte ich nicht aus!«

»Sie müssen!« erwiderte ich. »Los, bewegen Sie sich!«

»Wohin?«

»Über die seitliche Plane. Da sind wir näher dran.«

Er starrte mich an, als würde er an meinem Verstand zweifeln. »Los, kommen Sie!« drängte ich.

Er nickte.

Ich ließ Haas vorgehen. Als er die Plane betrat, sackte sie zusammen. Zwei Schritte blieb ich hinter ihm, wobei ich beide Arme ausgebreitet hatte, um das Gleichgewicht zu bewahren.

Wir kamen nur langsam voran. Haas war sehr nervös, immer wieder knickte er ein.

»Beeilung!« feuerte ich ihn an. »Und reißen Sie sich zusammen, Mann!«

Er knirschte mit den Zähnen.

Hoffentlich erschienen nicht gerade jetzt die verdammten Tentakel, denn ich hatte keine Lust, von einem getroffen und von der Plane gefegt zu werden.

Es klappte.

Michael Haas erreichte als erster das Ende der Plane. Zwei Sekunden später stand ich neben dem zitternden Nervenbündel und schätzte die Entfernung der Schaufel ab.

Höchstens ein Meter.

Aber der mußte mit einem Sprung durch die Luft überwunden werden. Gar nicht so einfach. Zudem stand die Schaufel offen. Die spitzen Greifzähne blinkten.

»Schließ die Schaufel!« brüllte ich Will Mallmann zu, indem ich aus beiden Händen neben meinem Mund einen Trichter formte.

Will hatte mich verstanden.

Die beiden Backen schlossen sich mit einem klickenden Geräusch. Ich wandte mich an meinen Nebenmann.

»Schaffen Sie es?«

»Weiß nicht.«

»Es ist die einzige Möglichkeit.« Ich streckte den Arm aus und deutete nach vorn. »Versuchen Sie, die oberen Kanten der beiden Schaufelhälften zu packen. Dann ist alles klar. Danach ziehen sie sich hoch und klettern in die Schaufel. Soviel Platz ist da noch.«

Er nickte. Die Lippen hatte er so fest zusammengepreßt, daß sie einen fast blutleeren Strich bildeten.

»Alles klar?«

»Ja«, krächzte er.

»Dann los.«

Ich trat einen Schritt zur Seite, damit Haas mehr Bewegungsfreiheit hatte. Wie das berühmte Häufchen Elend wirkte er, wie er da neben mir stand.

Er gab sich selbst Schwung.

Ein paarmal holte er mit den Armen aus, knickte in den Knien ein und stieß sich ab, wobei sich ein Schrei von seinen Lippen löste. Ich schaute dem Körper nach.

Schräg wuchtete er durch die Luft. Die Arme hatte Haas ausgestreckt, dann klatschten seine Hände gegen die Schaufel. Ich hatte das Gefühl, er würde abrutschen, doch es ging ein Ruck durch die Gestalt, und er griff zu.

Nur mit einer Hand klammerte er sich am Schaufelrand fest, hob jetzt auch die andere und stützte sich ab.

Mir fiel ein Stein vom Herzen.

Wie eine leere Hülle blieb er hängen.

»Weiter!« feuerte ich ihn an. »Sie sollen da nicht übernachten, zum Teufel!«

Das Schreien nutzte etwas. Er sammelte noch einmal seine Kräfte und zog sich hoch.

Dann hockte er in der Schaufel.

Das war erledigt.

Nun war ich an der Reihe. Anscheinend hatten gewisse Kräfte etwas dagegen, daß ich mich rettete, denn das Wasser begann plötzlich zu brodeln. Strudel bildeten sich. Wellen breiteten sich aus und klatschten auch gegen den Lkw.

Der Wagen schwankte.

»John, beeil dich!« schrie Mallmann.

Der hatte gut reden. Ich konnte kaum das Gleichgewicht halten und würde es schwer haben, mich abzuschnellen.

Was sich dort unter der grünen Oberfläche abspielte, war mir unbekannt. Ich hatte auch keine Lust, es näher kennenzulernen, denn ich mußte weg.

So gut wie eben möglich versuchte ich, mich den Schwankungen anzupassen. Durch die Bewegungen sank der Lastwagen tiefer in den Sumpfsee hinein, mein Sprung mußte noch weiter und noch riskanter werden, falls ich es überhaupt schaffte.

Haargenau gab ich acht, lief noch einen halben Schritt vor und wuchtete mich in die Höhe.

Selten habe ich mit einem Satz, dazu noch auf schwankender Unterlage, solch einen Sprung zurückgelegt. Ich flog steil nach oben, unter mir schillerte die mordgierige, grüne Fläche, und ich hatte wirklich das Glück des Tüchtigen.

Beide Hände klatschten gegen die Baggerschaufel. Sie rutschten aber auch ab.

Hastig griff ich nach, wobei ich meinem Körper noch einmal einen Ruck gab – und packte zu.

Geschafft!

Herrgott, ich hatte es geschafft. Ein erlösender Schrei drang aus meinem halb offenen Mund. Zwei Sekunden blieb ich in dieser Haltung hängen, dann zog ich mich hoch.

Das heißt, ich wollte es. Doch da war plötzlich die Klaue, die mein linkes Bein umklammert hielt.

Wie ein Feuerstrahl zuckte der heiße Schreck durch meine Brust. Ich senkte den Kopf etwas, verdrehte die Augen und schaute an meinem Körper entlang nach unten.

Ich sah die Hand.

Eine braune, fast mumifiziert wirkende Klaue, die mein Gelenk festhielt. An der Klaue hing ein Arm. Ich entdeckte Schultern und einen Kopf, braun und naß glänzend.

Das mußten die Moortoten sein!

Gestalten, die vor Jahren in den Sumpf geworfen worden waren und jetzt wieder erwachten.

Mit dem rechten Fuß trat ich wild zu. Ich traf den Kopf, aber der Griff lockerte sich nicht.

»John!« schrie Will Mallmann. »Was ist?«

Eine Antwort erhielt er nicht. Ich war zu sehr mit meinem Problem beschäftigt. An die Beretta konnte ich nicht, dafür hätte ich eine Hand loslassen müssen.

Also die zweite Möglichkeit.

Ich legte sämtliche Kraft in den Klimmzug, zog mich hoch und die an meinem Bein hängende Gestalt ebenfalls.

Vor mir tauchte Michael Haas' Gesicht auf. Er starrte nach unten, sah ebenfalls die Gestalt.

»Ihre Hand!« keuchte ich.

Er schüttelte den Kopf, hatte nur Augen für die braune Sumpfbestie. Verdammt, ich kam nicht höher. Das Gewicht war zu stark. Und dieser Kerl vor mir reagierte nicht.

Doch, er tat etwas.

Plötzlich verschwand seine Rechte in meinem Jackenausschnitt. Er zog die Beretta aus dem Holster, kippte sie über den Rand der Schaufel, zielte und schoß.

Zweimal drückte er ab.

Ich hörte, wie die Kugeln in die mumifizierte, aber noch gut erhaltene Bestie klatschten, und vernahm einen gurgelnden Laut. Dann ein Klatschen, das Gewicht an meinem Bein war verschwunden.

Ich zog mich hoch.

Michael Haas half mir dabei, in die Schaufel zu gelangen. Dort ließ ich mich erschöpft nieder und spürte die Schräge in meinem Rücken. Lange ruhte ich mich nicht aus, stemmte mich wieder vor und blickte über den Rand.

Auf dem Wasser schwamm die Sumpfbestie. Oder vielmehr das, was von ihr übriggeblieben war.

Stücke!

Arme, Beine, der Schädel, halb zertrümmert und zum Teil pulverisiert. Die Silbergeschosse hatten ganze Arbeit geleistet.

Ich bedankte mich bei Michael Haas. Er winkte ab. »Mann, hören Sie auf. Wenn Sie nicht gewesen wären, wäre ich jetzt schon da unten.« Er deutete mit dem Zeigefinger in die Tiefe.

Da hatte er recht. Ich nahm meine Waffe und steckte sie wieder weg.

Da hörten wir schon die Stimme des Kommissars. »Alles klar, John? Können wir?«

»Okay!«

Der Baggerarm knickte wieder zusammen und bildete dort, wo die Räder liefen, einen spitzen Winkel. Dann schwenkte der Arm herum, und schließlich befanden wir uns wieder über trockenem Grund.

»Aufgepaßt, jetzt!« rief Mallmann.

Er öffnete die Schaufel. Wir hatten damit gerechnet und purzelten nicht, sondern sprangen zu Boden.

Mallmann stellte den Motor des Baggers ab. Dann verließ er das Führerhaus und kam uns entgegen.

»Daß wir das geschafft haben«, sagte er, schlug mir auf die Schulter und strahlte über beide Wangen.

»Unkraut vergeht eben nicht«, sagte ich und deutete auf Michael Haas. »Das ist der Giftmüllkipper.«

Scharf blickte Will den Mann an, während sich die beiden Diefenthals in Bewegung gesetzt hatten und zu uns kamen.

»Sie wußten, was Sie geladen hatten, Herr Haas?«

»Nein, nicht genau.«

»Es war hochprozentiges Gift!« sagte Will. »Sie hätten damit nicht nur Tiere oder die Umwelt vernichten können, sondern auch Menschen. Ist Ihnen das eigentlich nie klar geworden, Mann?«

»So genau habe ich nie darüber nachgedacht.«

»Dazu werden Sie noch Zeit haben.«

»Ich habe nur einen Job angenommen.«

»Und von wem?«

»Keine Ahnung. Das ging nur über Mittelsmänner.«

»So kommen Sie mir nicht raus«, erklärte Mallmann. »Ich will wissen, Herr Haas...«

Ich unterbrach den Kommissar mit einer Handbewegung. »Hat das nicht Zeit bis später? Du hast gesehen, was dort unten im Sumpf noch herumkraucht?«

»Diese braunen Gebilde?«

»Ja.«

»Sie leben, Will«, sagte ich. »Das sind Untote.«

»Und was schlägst du vor?«

»Wir müssen sie vernichten.«

Will Mallmann sah mich an wie einen Geisteskranken. »Willst du den Sumpf trockenlegen?«

Ich hob die Schultern.

»Wer will den Sumpf trockenlegen und warum?« Der Professor Diefenthal stellte die Frage. Er und seine Tochter Dagmar hatten uns soeben erreicht.

Ich erklärte ihnen den Grund.

Der Gelehrte bekam große Augen. »Das wird schwer sein«, meinte er und wandte sich an seine Tochter. »Wie ist deine Meinung?«

»Ich stimme dir zu.«

»Moment«, sagte ich. »Vielleicht haben Sie nicht gesehen, was und wer sich dort im Krater noch alles herumtreibt. Das sind Monster, die konservierten Moortoten von früher. Und die müssen wir vernichten, sonst werden die Menschen hier irgendwann noch einmal ihr blaues Wunder erleben.«

Die Diefenthals starrten mich an. Nach einer Weile des Schweigens hob der Professor die Schultern. »Ich begreife einfach nicht, wie so etwas möglich ist. Diese Menschen sind seit unzähligen Jahren tot. Gut, das Moor konserviert, aber es erweckt keine Toten zum Leben. So müssen wir das sehen.«

»Und doch leben sie«, hielt ich ihm entgegen.

»Wie denn?«

»Denken Sie an den Pfarrer Osenberg. Ist der nicht auch schon lange tot?«

»Ja. Sie haben recht, Herr Sinclair.« Erwin Diefenthal schaute auf seine Schuhspitzen, die langsam im Moorboden versanken. »Auch der Pfarrer lebt. Wir müssen die Tatsachen hinnehmen und erst einmal nicht nach den Gründen fragen.«

Ich ging ein paar Schritte zur Seite und blickte in den Geistersumpf. Der Lastwagen war bereits so weit gesackt, daß nur noch ein kleiner Teil der Plane aus der grünen Brühe hervorschaute. Mückenschwärme tanzten über dem Wagen. Von den Killerinsekten sah ich nichts, und auch die riesigen Kröten oder Monsterwürmer ließen sich nicht blicken.

Neben mir sah ich eine Bewegung. Dr. Dagmar Diefenthal war zu mir gekommen.

Ich lächelte schmal. »Nun?« fragte ich.

»Sagen Sie, Herr Sinclair, glauben Sie wirklich, daß eintreten könnte, was Sie befürchten?«

»Davon bin ich überzeugt.«

»Sie glauben also daran, daß diese braunen Monster, die wir ja auch gesehen haben, den Geistersumpf irgendwann verlassen.«

Ich nickte und schüttelte danach sofort den Kopf. »Sie werden ihn verlassen, Fräulein Diefenthal. Aber nicht irgendwann, sondern so rasch wie möglich.«

»Was veranlaßt Sie zu dieser Annahme?«

»Das will ich Ihnen sagen.« Ich deutete in die Runde. »Dieses Gebiet hier gehört seit vielen Jahren den Mutationen, den lebenden Sumpftoten und der Natur. Ich habe die Warnung des Pfarrers genau gehört und bestens verstanden. Er wußte, wovon er redete. Die Toten sind erwacht, weil irgend jemand Kontakt mit den Erdgeistern aufgenommen hat. Das muß der Pfarrer gewesen sein. Er hat gesehen, wie die Menschen die Umwelt hier vergifteten, und konnte einfach nicht mehr schweigen. Das ist alles.«

»Und deshalb sollen sie aus dem Sumpf steigen?« fragte mich die junge Doktorin.

»Ja, und sie werden sicherlich auch versuchen, uns als Zeugen zu beseitigen.«

»Dann müssen wir also mit dem Tod rechnen?«

»Natürlich, aber wir werden etwas dagegen tun. Glauben Sie mir. Wir locken sie praktisch auf unsere Fährte, damit die, die nach uns kommen und den Sumpf trockenlegen, ungestört arbeiten können. wenn Sie anderer Meinung sind, lassen Sie es mich wissen.«

»Nein, nein, schon gut.« Dagmar Diefenthal starrte über die grüne Fläche.

Ich ahnte ihre Gedanken und sagte: »Sie halten sich noch versteckt. Der endgültige Tod eines dieser Monster hat ihnen vielleicht einen Schock versetzt.«

Dagmar Diefenthal hob die Schultern. »Wenn man Sie so reden hört, Herr Sinclair, dann kann man direkt Angst bekommen. Das ist ja der reinste Horror und wie im Kino.

Womöglich glauben Sie auch an Vampire und andere Gestalten.«

»Nein, daran glaube ich nicht.«

»Aha.«

»Moment, lassen Sie mich ausreden, meine Liebe. Ich habe selbst gegen sie gekämpft.«

Dagmar Diefenthal schaute mich mit einem teils bösen, teils amüsierten Blick an. »Wollen Sie mich auf den Arm nehmen?« fragte sie.

»Das täte ich zwar gern, aber es ist mir ernst. Es gibt Vampire.«

»Und das kann ich bestätigen«, sagte Kommissar Mallmann, der die letzten Worte gehört hatte.

»Ich sage nichts mehr.« Dagmar ging zu ihrem Vater.

Will fragte mich: »Hast du eine Idee, John?«

»Ja.«

»Und welche?«

Ich deutete auf den Bagger. »Du kennst dich doch aus und kannst mit der Maschine umgehen.«

»Sollen wir versuchen, den Grund aufzuwühlen?«

»Genau.«

Will stülpte die Unterlippe vor und nickte. »Das wäre eine Möglichkeit. Damit machen wir unsere Freunde ein wenig nervös.« Mallmann drehte sich und lief auf den Bagger zu. Geschmeidig kletterte er ins Führerhaus.

»Was haben Sie vor?« rief der Professor.

Ich erklärte es ihm.

»Wenn Sie sich einen Erfolg davon versprechen, ich will Sie nicht hindern«, sagte er.

Ich gab dem Kommissar ein Zeichen.

Will Mallmann stellte den Motor des Baggers an. Der kratzte ein paarmal, die Maschine schüttelte sich, dann drückte Will den Hebel, der den Greifarm in Bewegung setzte.

Der fuhr aus.

Sekunden später klatschte er ins Wasser. Hoch spritzte die grüne Brühe auf, als die Schaufel versank. Der Kommissar übereilte nichts. Langsam senkte sich der Arm und glitt immer tiefer in den Monstersumpf hinein. Womöglich schreckten wir auch die Riesenwürmer auf, aber das Risiko mußten wir in Kauf nehmen. Es konnte allerdings auch sein, daß meine Silberkugeln ganze Arbeit geleistet hatten. Darauf hoffte ich stark.

»Ich spüre Widerstand, Grund erreicht!« meldete der Kommissar.

»Dann wühl mal etwas!«

»Mach ich, John.« Will grinste. Es bereitete ihm offenbar Spaß, sich als Baggerführer zu betätigen.

Will Mallmann drehte den Arm. Die Schaufel wühlte sich in den Grund. Wellen entstanden. Eine braunschwarze, trübe Brühe wurde in die Höhe gewirbelt und näherte sich der Oberfläche.

»Keinen Widerstand?« rief ich.

»Noch nicht.«

Auch die anderen schauten zu. Ich wandte mich an Michael Haas, der seinen Schrecken überwunden hatte. »Sagen Sie mal, wo haben Sie die Fässer eigentlich immer hingekippt?«

Er deutete dorthin, wo der Lastwagen versunken war. »Es war immer die gleiche Stelle.«

Da würden wir wohl kaum etwas finden, weil der gesunkene Lastwagen dort alles versperrte. In diesem Moment verschwand er endgültig unter Wasser. Wir hörten noch das Klatschen, Gurgeln und Schmatzen, dann war der Wagen verschwunden. Einige Strudel entstanden, die regelrechte Trichter bildeten, Wellen liefen nach, und nichts mehr deutete darauf hin, daß hier ein Lastwagen verschwunden war. Der Sumpf hatte ihn regelrecht gefressen.

Ich warf einen Blick zum Himmel und erschrak. Es war düster geworden. Weit im Westen schob sich eine graue Wand näher, in der es gelblich schimmerte.

Ein Gewitter war im Anmarsch.

Ich hatte schon mehrmals Maigewitter erlebt. Sie waren überaus kräftig und brachten wahre Wassermassen an Regen mit sich. Wirklich kein Vergnügen, in so etwas zu geraten.

Wir würden wohl das Pech haben. Auch hatte sich die Luft verändert. Es war wesentlich schwüler geworden. Das Atmen wurde beschwerlicher. Wie Blei schien die Luft über dem Moor zu stehen. Eine regelrechte Wand. Die Mücken flogen noch tiefer und wurden auch aggressiver. Summend umtanzten sie uns im wilden Reigen.

Will Mallmann schwenkte die Schaufel. Er klappte sie auch auf, dann wieder zu. Systematisch suchte der Kommissar dabei den Grund des Geistersumpfs ab, wobei man von Grund eigentlich gar nicht sprechen konnte, denn dieser Sumpf war irgendwie bodenlos. Er fraß alles. Aber es gab unter dem Wasser eine widerstandsfähige Fläche und dort konnten sich die Bestien vielleicht aufhalten.

»Widerstand!« rief der Kommissar.

Mit diesem einen Wort hatte er uns alle elektrisiert. Er stoppte für einen Moment seine Bemühungen.

»Was ist es?« fragte ich. »Eine Gifttonne?«

»Nein, ich glaube es nicht.«

»Kannst du es packen?«

»Das versuche ich soeben.«

Will bewegte seine Arme. Wir konnten sehen, wie sich das Seil straffte, weil es einen Ruck gab.

Auch die beiden Diefenthals waren näher getreten. Der Professor und seine Tochter starrten auf die Oberfläche, als würde jeden Moment dort ein Schatz erscheinen.

»Hab' ihn!« rief Mallmann.

»Langsam hoch!« Ich hob die Hand.

Das Seil rollte wieder. Zugleich schob sich der Arm des Krans wieder mehr zusammen.

Sekunden vergingen. Der Kommissar machte es wirklich spannend, denn er folgte genau meinen Anweisungen.

Was würde er an die Oberfläche fördern?

Wir rechneten mit allem. Die beiden Schaufelbacken des Baggers waren groß genug, um auch sperrige Gegenstände zu packen.

»Achtung! Jetzt!« rief der Kommissar.

Das Wasser wurde aufgewühlt. Wellen entstanden, zogen Kreise. Schaumige Blasen zerplatzten, die Schaufel erschien. Sie tauchte langsam aus dem Wasser und war mit Algen, zahlreichen Gräsern sowie alten, verfaulten Farnen übersät.

Dann war es soweit.

Unsere Augen wurden groß, als wir sahen, was die Baggerschaufel zwischen ihren Zinken festhielt.

Ein braunes Sumpfmonster!

»Stopp!« rief ich.

Will hörte sofort auf.

Etwa einen halben Yard über der Oberfläche kam die Schaufel zur Ruhe, und wir hatten Zeit, uns das braune Monster, von dem Wasser in Strömen tropfte, ansehen zu können.

Es war unzweifelhaft ein Mensch. Wir sahen den Körper, den Kopf, die Beine, die Arme. Die Haut erinnerte uns an braunen Schlamm oder an Baumrinde. So jedenfalls sah sie aus. In dicken Fäden tropfte Schlamm in das Wasser zurück Das Zeug hielt den Untoten wie ein Kokon umspannt.

Und das Monster lebte!

Zwar saßen die scharfen Zinken in seinem Leib, doch jeder von uns konnte erkennen, wie es die Arme, und die Beine bewegte. Zwar nur langsam und bedächtig, aber immerhin.

»Was soll ich machen?« fragte Will.

»Schwenk langsam hier rüber.«

»Okay.«

Ich spürte Dagmar Diefenthals Finger an meinem Arm. »Herr Sinclair, was haben Sie vor? Wollen Sie das Monster, das so lange im Sumpf gelegen hat, freilassen?«

»Nein.« Ich schaute zu, wie der Arm zur Seite schwenkte, einen Kreisbogen beschrieb und sich den trockeneren Stellen näherte, wo wir uns aufhielten.

»Gehen Sie zurück!« wies ich Dagmar Diefenthal an.

Sie folgte meinem Ratschlag.

Ich beobachtete den Kran und nahm meine Beretta in die rechte Hand.

»Fallen lassen!«

Will reagierte gut. Die beiden Schaufelhälften öffneten sich. Wie das Maul eines Untiers klappten sie auseinander, das Sumpfmonster verlor den Kontakt und fiel zu Boden.

Schwer schlug es auf.

Die anderen sprangen zurück, nur ich näherte mich der Gestalt, die auf dem Rücken lag und sich erst einmal nicht rührte. Deutlich war zu sehen, wo die blinkenden Stahlzinken zugepackt hatten. Sie hatten Löcher in den brüchig wirkenden Körper des Monsters gerissen, es aber nicht getötet.

Ich sah mir das Gesicht an.

Es hatte die gleiche Farbe wie der übrige Körper. War braun, rissig und knorrig. Es gab eine Nase, einen Mund, aber keine Augen. Sie mußten verwest sein. Wo sie sonst gewesen waren, starrte ich in zwei Löcher.

Das Monster stand auf.

Ich ging einen Schritt zurück und sprach es an. »Wer bist du?«

Eine Antwort erhielt ich nicht. Dafür wehte mir ein fauliger Geruch entgegen, den diese Bestie ausströmte.

Die mumifizierte Leiche hob beide Arme. Ich sah, daß sie kaum noch Finger hatte. Was sich dort an den Gelenken befand, waren nur noch Stummel.

»Es ist wirklich wahr!« flüsterte Professor Erwin Diefenthal. »Es ist keine Täuschung.«

Nein, die war es beileibe nicht. Ich dachte darüber nach, wie alt dieses Wesen wohl war. hundert Jahre, zweihundert? Der Sumpf konservierte fast unendlich. Bisher hatten sie friedlich in der feuchten Erde gelegen, doch nun waren sie geweckt worden. Die Erdgeister wollten ihre Rache.

Das hatte uns Pfarrer Osenberg deutlich genug zu verstehen gegeben.

»Können Sie es nicht irgendwie betäuben, damit wir es mitnehmen?« fragte Dagmar Diefenthal.

»Das wird wohl kaum möglich sein.«

»Wollen Sie es töten?« rief ihr Vater.

Darauf gab ich keine Antwort. Es würde mir jedoch nichts anderes übrigbleiben. Diese Bestien waren nicht mit friedlichen Absichten aus den Tiefen des Geistersumpfes gestiegen, sie wollten sich an den Menschen rächen, wie es ihr Auftrag vorsah.

Und das mußten wir verhindern!

Motive spielten hier keine Rolle. Man konnte für die Wesen Verständnis haben, doch das hörte auf, wenn es um Leben und Tod ging. Wenn sie morden wollten.

Der Kiefer klappte auseinander. Mir schien es, als wollte dieses haarlose Wesen etwas sagen, und tatsächlich drang ein tiefes Ächzen aus dem Maul.

Dann schlug es nach mir und ging gleichzeitig vor. Da ich auf der Hut war, konnte ich leicht ausweichen. Ich schoß auch nicht, sondern nahm den Dolch.

Jeder beobachtete mich, als ich das Monster kommen ließ. Ich wartete, bis es noch einen Schritt von mir entfernt war, und stieß dann zu. Es war ein wuchtiger Stoß, die Messerklinge drang tief in diesen borkigen Körper ein, wobei ich das Gefühl hatte, in Teer gestochen zu haben.

So zäh war die Masse, obwohl sie danach überhaupt nicht aussah.

Die Bestie wankte.

Sie kippte nach hinten, fing sich, glitt nach vorn, und ich zog den Dolch hervor. Er hatte eine große Wunde hinterlassen, aus der im selben Augenblick Rauch quoll. Der Qualm verbreitete einen beißenden Gestank und strömte nicht nur aus der Wunde, sondern nahm auch vom Innern des Körpers Besitz. Das Zeug quoll aus dem Maul und den Augenhöhlen.

Die Sumpfbestie verkohlte von innen.

Wie die anderen stand ich da und schaute zu. Die Haut trocknete aus, wurde spröde, knisterte und brach.

Wie die Rinde von einem Baum, wenn sie vom Beil des Fällers abgehackt wurde. Zurück blieb nur eine Masse, die mich in ihrem Aussehen weiterhin an Teer erinnerte.

»Warum haben Sie das Wesen getötet?« fragte mich Professor Erwin Diefenthal.

»Weil es sonst Sie umgebracht hätte.«

»Das ist nicht bewiesen!«

»Keine Angst, dafür wird er büßen!« hörten wir plötzlich eine bekannte Stimme und drehten uns wie auf Kommando um.

Mitten im Geistersumpf schwebte der Pfarrer Osenberg!

Wie immer trug er seine Laterne. Doch sein Gesichtsausdruck hatte sich verändert. Nichts mehr war von Milde, von Güte oder Weisheit zu lesen, nein, dieser neue Ausdruck zeigte nur noch eins.

Rache!

Vor allen Dingen funkelte er mich an, schließlich hatte ich ein Sumpfmonster getötet. »Ich habe euch gewarnt«, sagte er, »doch ihr wolltet nicht hören. Ihr hättet wegfahren sollen, und alles wäre so geblieben. Doch durch den Tod der beiden Sumpflebewesen habt ihr die Rache der Erdgeister herausgefordert. Nun gibt es kein Halten mehr. Die Wesen werden über euch und die anderen Menschen herfallen und furchtbare Rache üben.«

»Warum?« rief ich ihn an. »Nur weil ich eins von ihnen getötet habe? Es hat mich schließlich angegriffen.«

»Nicht nur deshalb«, erwiderte Pfarrer Osenberg. »Auch die Taten der Vergangenheit sind wieder in das Gedächtnis der Wesen gerufen worden. Deshalb werden sie sich an den Nachkommen derer rächen, die dafür verantwortlich sind, weshalb sie ihr schreckliches Dasein erleiden mußten. Wehe euch...«

Das waren die letzten Worte. Der Pfarrer drehte sich um und verschwand.

Eine Schweigepause entstand. Es wurde still. Außer Mallmann und mir starrten alle zu Boden.

Will unterbrach das Schweigen schließlich. »Was hältst du von den Worten, John?«

»Es sind keine leeren Versprechungen.«

»Dann müssen wir damit rechnen, daß alle ihren Sumpf hier verlassen, um uns zu töten.«

»Nicht nur uns.«

»Du denkst an die Menschen im Dorf?«

»Genau.«

»Aber das ist ja schrecklich« flüsterte Dagmar Diefenthal. »Wir müssen hin und sie warnen...«

»Das werden wir auch«, sagte ich.

»Ohne mich!« mischte sich Michael Haas ein. »Ich verschwinde von hier. Glauben Sie, ich wäre wahnsinnig und lasse mich so ohne weiteres massakrieren? Ich habe erlebt, was mit meinem Freund geschehen ist. Nein, da spiele ich nicht mit.«

Mallmann wandte sich dem Sprecher zu. »Sie bleiben«, befahl er mit harter Stimme.

»Nie.«

»Schließlich tragen Sie einen Teil der Verantwortung für das, was geschehen ist.«

»Okay, Herr Kommissar. Sie kennen meinen Namen, ich gebe Ihnen auch meine Adresse in Hamburg. Wenn Sie mich unbedingt verhaften wollen, dann bitte. Aber später. Vorausgesetzt, Sie können es noch, und die Sumpfmonster haben Sie nicht gefressen.«

Will schaute mich an.

Ich nickte. »Laß ihn.«

»Gehen Sie«, sagte der Kommissar.

»Will keiner von Ihnen mit?«

»Wir fahren zum Dorf«, erklärte der Kommissar.

»Okay, dann mache ich mich auf die Socken. Viel Glück, Kommissar. Ehrlich.«

Michael Haas lief los. Wir sahen ihm nach, wie er sich so rasch wie möglich voranbewegte.

»Sollen wir denn noch hierbleiben?« erkundigte sich Professor Diefenthal.

»Nein. Wir müssen zum Dorf und die Menschen warnen«, erwiderte ich.

»Es wird eine Panik geben!«

»Möglich. Aber haben Sie einen besseren Vorschlag, Professor?«

»Nein, den habe ich nicht.«

»Und wenn wir hier auf sie lauern?« meinte Will.

»Weißt du, ob sie nur aus diesem Sumpf gekrochen kommen?«

»Mit Bestimmtheit nicht.«

»Eben. Dann laßt uns fahren.«

Wir verließen diesen ungastlichen Ort. Die Leiche des zweiten Fahrers wollte Kommissar Mallmann später abholen lassen. Erst mußte der andere Fall gelöst werden.

Kaum ein Wort wurde gesprochen, als wir zu den Wagen gingen. Der Himmel war noch dunkler geworden. Langsam, aber bedrohlich näherte sich die Gewitterfront.

Noch sahen wir keine Blitze, auch der Donner hielt sich zurück, aber der Wind war bereits eingeschlafen, die Temperatur fiel ab, und jeder Atemzug bereitete in der feuchten Luft Mühe. Wir gingen ziemlich schnell, da wir so rasch wie möglich die Autos erreichen wollten.

Sie standen noch dort. Niemand hatte sich an ihnen zu schaffen gemacht.

Ich sah mir die Reifen an. Sie waren zwar ein wenig eingesackt, doch hoffte ich, starten zu können.

Professor Erwin Diefenthal fuhr wieder in meinem Leihgolf mit. Ich hatte bereits die Tür geöffnet, als mich der Gelehrte anstieß. »Da, sehen Sie doch!«

Mein Blick flog nach links, wo sich das Moor wie eine unendliche grüne Fläche ausbreitete.

Dort stand der Pfarrer. Er war gut zu sehen, weil er sich auf einer Insel aufhielt. Doch er war nicht allein. Michael Haas hing schlaff in seinem Würgegriff. Haas wurde hochgehoben und weit ins Moor geschleudert. Wir hörten noch das Klatschen, dann versank er in den grün schillernden Fluten.

»Verdammt, verdammt!« stöhnte der Professor. »Das Schicksal hätte er sich ersparen können.«

Ich nickte.

Auch Kommissar Mallmann und Dagmar Diefenthal hatten mitbekommen, was mit dem Fahrer des Lastwagens geschehen war. Beide waren bleich. So hatte sich die Rache des Pfarrers letztendlich doch noch erfüllt. Beide waren nun tot.

»Steigen Sie ein, Professor«, sagte ich.

Diefenthal nahm neben mir Platz. Ich hämmerte die Tür zu und startete. Wills Manta rollte bereits vorbei. Er war gut weggekommen. Ich mußte einmal zurück und dann wieder vor. Schließlich kam ich auch von der Stelle.

Wir fuhren den Weg zurück und auf die kleine Ortschaft zu, wo bereits die Gewitterwand lag. Es wurde immer dunkler, aber noch hielten sich die Elemente zurück.

Die schweren Wolken lagen wie eine finstere Drohung über dem Ort. Mir kam es so vor, als hätten sie sich mit den Schergen der Hölle verbunden...

Auch von den Einwohnern war längst bemerkt worden, was da auf sie zukam. Die Geschäftsleute räumten ihre vor den Schaufenstern stehenden Stände weg, vor einer Gaststätte wurden Stühle und Tische hineingetragen, und manches Fenster klappte zu.

Die Menschen warfen sehr oft argwöhnische Blicke zum Himmel hoch, und auch vor dem Gasthaus hatten sich zwei ältere Männer versammelt, die über das Gewitter sprachen.

»Im letzten Jahr hatten wir hier die Hölle«, sagte der eine. »Da sind doch Häuser unterspült worden.«

»Ja, diese Gegend kriegt man nie in den Griff.« Ihr Gespräch brach ab, als wir ausstiegen. Sie schauten unsere Wagen an und fragten: »Waren Sie im Moor?«

Mallmann gab Antwort: »Ja.«

»Dann sind Sie vielleicht der Kommissar, der sich um die Giftfässer kümmern will?«

»So ist es.«

»Und? Haben Sie die Dinger gefunden?«

»Sie liegen im Geistersumpf.«

Da wurden die beiden Alten blaß. »Sie haben sich wirklich so ohne weiteres dorthin getraut?«

»Warum nicht?«

»Nur so.« Die Männer verschwanden.

»Hätte ich etwas sagen sollen?« fragte Will Mallmann mich.

»Nein, die sind schon durch das Herannahen des Gewitters beunruhigt genug.«

»Und was machen wir?«

»Erst einmal reingehen.«

Gemeinsam betraten wir die Gaststube, die noch immer leer war, denn die Bewohner hatten sich in ihre Häuser zurückgezogen, um das Unwetter abzuwarten.

Die Wirtin schloß soeben die Fenster. Als sie uns sah, zeichnete sich Überraschung auf ihrem Gesicht ab. »Waren sie tatsächlich im Sumpf? Ich hörte so etwas.«

»Ja«, erwiderte Mallmann.

»Spukt es da wirklich?«

»Nein.«

»Na ja, Herr Mallmann, aber die Leute erzählen...«

»Die erzählen viel.«

»Richtig, die Herrschaften. Möchten sie etwas zu trinken haben?«

Durst hatten wir alle. Ein Glas Bier konnte wirklich nicht schaden. Will und ich bestellten eins. Auch Dagmar Diefenthal nahm das gleiche wie wir.

Der Professor trank Limonade.

Wir steckten die Köpfe zusammen und berieten uns. Jeder konnte seinen Vorschlag auf den Tisch legen.

Will Mallmann war dafür, daß wir uns teilten und an vier strategisch wichtigen Punkten die Beobachtungsposten aufbauten.

Dagegen hatte ich etwas. »Zu gefährlich, Will. Du kannst dich wehren, ich kann es. Doch Professor Diefenthal und seine Tochter sind den Wesen ziemlich hilflos ausgeliefert.«

Das sah der Kommissar ein. »Wie machen wir es dann?«

»Wir müßten Sie, Professor, und Ihre Tochter erst einmal in Sicherheit bringen«, schlug ich vor.

»Nein!« Heftig schüttelte der weißhaarige Gelehrte den Kopf. »Das kommt nicht in Frage.«

»Und warum nicht, bitte schön?«

»Glauben Sie, ich kneife?«

Ich lächelte spärlich. »Ihren Mut in allen Ehren, Professor, aber haben sie wirklich begriffen, mit welchen Wesen wir es zu tun haben? Die können Sie nicht so einfach töten. Wenigstens nicht mit den normalen Waffen.«

»Und Ihr Dolch?«

Ich beugte mich vor und dämpfte meine Stimme. »Mein lieber Herr Professor Diefenthal, das war kein normaler Dolch. Seine Klinge besteht aus gehärtetem und geweihtem Silber. Damit kann man Dämonen und Wesen der Finsternis töten. Allerdings auch nur welche der mittleren oder niedrigen Ränge.«

Professor Erwin Diefenthal starrte mich ungläubig an. »Und das stimmt alles?«

»Ich habe keinen Grund, Sie zu belügen.«

»Hm.« Er neigte den Kopf, fuhr sich mit fünf Fingern durch die Haare und blickte seine Tochter an. »Was meinst du, Dagmar? Sollen wir auf Herrn Sinclairs Vorschlag eingehen?«

»Es ist wirklich besser«, unterstützte mich auch Kommissar Mallmann.

Dagmar hob die Schultern. Ihr Blick war unruhig, die Wangen zuckten, ein Zeichen ihrer Nervosität.

»Wenn wir tatsächlich in Lebensgefahr sind, wäre es vielleicht besser, daß wir uns auf die Zimmer zurückziehen und abwarten, bis alles vorbei ist.«

»Wenn du meinst.«

Will Mallmann lächelte. »Ich freue mich, daß Sie vernünftig sind, Dagmar.«

Die Wirtin knipste die Lampe der runden Korbleuchte über unserem Tisch an. Es war inzwischen wirklich schon verflixt dunkel geworden. »Gleich geht es los!« rief die Frau, die am Tresen stand und dort mit einem Tuch über die Messingleiste fuhr.

Sie hatte die Worte kaum ausgesprochen, als der erste Blitz auf die Erde niederfuhr. Sein Widerschein drang durch das Fenster und übergoß in Sekundenbruchteilen unsere Gesichter mit seinem fahlen Schein.

Sofort folgte ein gewaltiger Donnerschlag.

Wir alle zuckten zusammen.

Mit dem Schlag flog die Tür auf und knallte gegen die Wand.

Vor Schreck schrie die Wirtin auf.

Dieser Schrei alarmierte auch uns. Wir drehten uns um und glaubten, unseren Augen nicht trauen zu können.

Auf der Türschwelle stand eine Gestalt, die eigentlich schon längst tot war.

Michael Haas!

Ihn hatte man als ersten geschickt.

Ich sprang so heftig auf, daß der Stuhl umkippte.

Haas bot einen schlimmen Anblick. Es war zu sehen, daß er aus dem Moor gekrochen war. Sein Körper war über und über mit Gras und Algen bedeckt. Die Haut sah bleich aus, die Augen waren aufgerissen, die Pupillen blickten starr.

Es war ein lebender Toter!

Ich starrte ihn an und war nicht weiter vorgegangen. Hinter

mir hörte ich die flüsternden Worte der Menschen, die ebenso überrascht waren wie ich. Denn so früh hätte ich mit dem Auftauchen unserer Gegner nicht gerechnet.

Hinter dem Tresen schlug die Wirtin hastig ein Kreuzzeichen und murmelte ein Gebet. Sie mußte instinktiv erfaßt haben, daß mit dieser Person etwas nicht stimmte.

Es hatte angefangen zu regnen. Wahre Fluten schaufelte der Wind durch die offene Tür in die Gaststätte.

Ich warf einen kurzen Blick über die Schulter. Will Mallmann und die beiden Diefenthals rührten sich nicht. Der Kommissar hatte allerdings seine Waffe gezogen.

»Bleibt stehen«, sagte ich, »das schaffe ich allein. Und du, Will, achte auch auf die Wirtin.«

»Okay.« Mallmann lief zum Tresen.

Ich nahm abermals den Dolch und balancierte die Spitze zwischen Daumen und Zeigefinger.

Ich mußte mich erst von dem Gedanken befreien, hier keinen Menschen, sondern eine leblose Hülle vor mir zu haben, denn groß verändert hatte sich Michael Haas nicht.

Sein Auftrag war klar: Er sollte töten, und er würde es auch befolgen, das wußte ich, denn ich hatte genügend Erfahrung mit Untoten und Zombies gesammelt.

Er blieb nicht mehr stehen, sondern setzte sich in Bewegung. Das rechte Bein schob er zuerst vor, das linke folgte.

Ich hob den Arm.

Wo der Zombie zuvor gestanden hatte, schillerte eine Wasserlache auf den dicken Bohlen. Draußen rauschte der Regen nieder, aber kein weiterer Donnerschlag war erfolgt. Die Dunkelheit hatte sich verstärkt. Es war fast so finster wie in der Nacht.

Das waren genau die Bedingungen für höllische Wesen, wie dieser Zombie eines war.

Ich hob den rechten Arm, um das Messer besser schleudern zu können. Aus dem Handgelenk schaffte ich das nicht.

Einen Schritt weiter ließ ich ihn noch vorgehen, dann schleuderte ich das Messer.

Die geweihte Klinge flirrte durch die Luft. Sie war fast so

schnell wie ein Blitzstrahl, und sie drang mit einem dumpfen Aufprall in die Brust des grausamen Wesens.

Der Vormarsch wurde gestoppt. Plötzlich breitete der Untote beide Arme aus, versuchte irgendwo Halt zu finden, doch das war nicht möglich.

Er faßte ins Leere.

Sein Körper kippte zur Seite, er schlenkerte noch einmal den Kopf, dann krachte er schwer auf den Holzboden und blieb liegen.

Ich ging zu ihm. Meine Schritte klangen ziemlich laut. Keiner sprach ein Wort.

Neben dem Toten beugte ich mich nieder. Wo das Messer ihn getroffen hatte, war die Haut schwarz verfärbt. Dieser Untote würde keinen Menschen mehr bedrohen. Er war endgültig erledigt.

Ich nahm das Messer wieder an mich und hörte einen erstickt klingenden Laut.

Will Mallmann war es, der der Wirtin den Mund zuhielt. Der Schrei erstarb im Ansatz.

»Seien Sie ruhig!« zischte er. »Es passiert Ihnen nichts. Die Gefahr ist vorbei.«

Die Frau nickte, und Will löste zögernd seine Hand. Er geleitete die Wirtin zu einem Stuhl, wo sie sich niederließ und weinte. Der Schock schlug voll durch. Verständlich.

Ich ging zu den anderen. »Sie sind da«, sagte ich mit heiserer Stimme. »Wobei ich nicht weiß, ob er nur die Vorhut gewesen ist und die anderen sich noch auf dem Weg befinden.«

»Und jetzt?« fragte Dagmar Diefenthal.

»Es bleibt bei unserem Plan. Sie gehen auf Ihr Zimmer und nehmen die Wirtin mit. Versuchen Sie bitte, die Frau zu beruhigen.«

»Wir werden uns um sie kümmern«, versprach Professor Erwin Diefenthal.

Die geschockte Frau stand auf. Sie ging selbst wie eine Marionette zwischen den Diefenthals her. Will Mallmann und ich warteten ab, bis alle drei nicht mehr zu sehen waren, dann gingen auch wir.

An der Tür blieben wir noch einmal stehen und starrten in den Regenvorhang. Auf dem Parkplatz hatte sich bereits ein regelrechter See gebildet, der jede Sekunde von zahlreichen Tropfen getroffen wurde.

»Wir könnten uns teilen«, sagte Will. »Ich gehe nach rechts, du nach links.«

»Einverstanden. Und wann treffen wir uns hier wieder?«

Will lächelte schmal. »Wenn es geht, in einer Viertelstunde.«

»Gut.«

»Viel Glück.« Will schlug mir noch auf die Schulter. Er zog den Kopf ein und verschwand im strömenden Regenvorhang.

Ich folgte ihm zwei Sekunden später.

Nach drei Schritten war ich naß bis auf die Haut. Der Regen fiel mit solch einer Wucht vom Himmel, daß ich Angst haben konnte, die Tropfen würden mich erschlagen.

Ich hastete los.

Rasch hatte ich den Parkplatz hinter mich gebracht und erreichte die Straße. Das Wasser schwemmte über meine Knöchel. Auf der Fahrbahn hatte sich bereits ein großer See gebildet. An den Gullys staute es sich ebenfalls, oder es rauschte gurgelnd und schmatzend durch die Gassen an den Gehsteigen.

Ich kämpfte mich im wahrsten Sinne des Wortes voran. Immer wieder wischte ich über mein Gesicht, um wenigstens für Sekunden etwas klarer sehen zu können, bevor mir neue Fluten entgegenklatschten. Der Wind war böig angewachsen. Er schüttelte die Kronen der Bäume und riß bereits kleine Äste ab.

Weiter vorn sah ich einen hellen Streifen am Horizont. Dort schien noch die Sonne, aber dieses verdammte Unwetter hatte den Tag zur Nacht gemacht.

Ich schaute nicht nur geradeaus, sondern warf meine Blicke auch nach rechts und links. Kaum waren die Häuser zu erkennen. Hätte hinter einigen Fenstern kein Licht gebrannt, das die Rechtecke zu verwaschenen, gelben Flecken machte, so hätte ich die Gebäude nur in ihren Umrissen gesehen.

Zwei helle Augen kamen mir entgegen.

Ein Wagen.

Ich trat an den Straßenrand und blieb in einer gewaltigen Wasserlache stehen. Der Wagen fuhr vorbei, und seine Reifen schleuderten wahre Fontänen in die Höhe. Auch ich wurde getroffen, was allerdings keine Rolle mehr spielte.

Der Wagen verschwand.

Ich ging weiter.

Niemand außer mir war noch auf der Straße zu sehen. Selbst die Hunde hatten sich verzogen. Der Lebensmittelhändler stand in seinem Geschäft und starrte in den Regen. Ich konnte ihn deshalb so gut erkennen, weil er das Licht angelassen hatte.

Wieder ein Blitz.

Er fegte in einer gewaltigen Zickzacklinie hernieder und hatte kaum die Erde berührt, als ein schmetternder Donnerschlag ertönte.

Dann ging es Schlag auf Schlag. Blitz – Donner, Blitz – Donner. Ich befand mich in einer wahren Hölle, denn der Regen rauschte mit unverminderter Stärke weiter.

Immer wenn ein Blitz aufzuckte, sah ich in seinem fahlen Widerschein einen Teil der Straße.

Noch eine gewaltige, blaugelbe, fahle Zickzacklinie, die aus dem Himmel zuckte, verästelte und ihr Ziel traf.

Einen Baum und die Scheune daneben.

Ich hörte einen verwehenden Schrei, weiter rechts wurde es heller, weil Flammen aufzüngelten, und der schwache Widerschein erreichte auch die Hauptstraße.

Ich sah sie.

Sie gingen nebeneinander, bildeten eine Linie. Wie in Wildwestfilmen.

Aber das war kein Western, ich hatte es auch nicht mit Filmschauspielern zu tun, sondern mit Sumpfmonstern...

Während draußen das Inferno tobte, führte die Wirtin ihre Gäste eine Holztreppe hoch in die erste Etage. Dort lagen die Gästezimmer. Die Frau – sie hieß Erna Schwenke – hatte sich wieder einigermaßen von ihrem Schock erholt, obwohl sie noch immer leichenblaß war.

Professor Diefenthal zog seine Zimmertür auf. Er ließ Erna Schwenke als erste eintreten. Das Zimmer lag zur Rückseite des Gebäudes hin, wo sich der große Obstgarten an das

Grundstück anschloß und die Liegewiese, die jetzt unter Wasser stand.

»Nehmen sie Platz, Frau Schwenke«, sagte der Professor und schob einen Korbstuhl heran.

Die Frau setzte sich, während Dagmar die Tür schloß. An der Decke verbreitete die altmodische Schalenlampe gelbes Licht. Die Möbelstücke warfen Schatten. Das Fenster war alt und vierteilig, wie man es oft bei diesen Fachwerkhäusern sah.

»Habe ich das wirklich erlebt oder nur geträumt?« fragte Erna Schwenke.

Professor Diefenthal drehte sich um. Er lächelte. »Vielleicht haben Sie es nur geträumt«, erwiderte er. »Gehen Sie einfach davon aus, Frau Schwenke.«

Die Wirtin nickte. Leise sagte sie: »Wenn doch mein Mann hier wäre. Aber der ist in Hamburg bei seiner Schwester. Sie liegt fast im Sterben.« Die Frau wischte sich über die Augen.

Eine Schweigepause entstand. Die Regenmassen klatschten gegen die Scheiben, sie trommelten auch auf die Fensterbank, und an dem Glas lief das Wasser in langen Bahnen entlang.

»Was haben denn Ihre Freunde vor?« erkundigte sich Erna Schwenke. »Warum sind sie nicht mitgekommen?«

»Sie sehen sich draußen um.«

»Wieso?«

»Es würde zu weit gehen, Ihnen das zu erklären«, sagte Dagmar Diefenthal. »Wir können uns auf sie verlassen.«

»Das alles scheint was mit diesem Sumpf zu tun zu haben«, murmelte die Frau. »Es muß einfach.«

»Möglich.«

Vater und Tochter blieben ziemlich einsilbig. Sie wollten Frau Schwenke nicht zuviel erzählen, denn die Wahrheit hätte sie wohl kaum ertragen.

Der Professor trat wieder ans Fenster. Er brachte sein Gesicht dicht an die Scheibe und versuchte, nach draußen zu schauen. Da war kaum etwas zu erkennen. Nicht einmal die Konturen der Obstbäume konnte er sehen. Nur wenn er seinen Blick nach links richtete, sah er einen Ast, der bis dicht an das Fenster heranwuchs.

Ansonsten war alles finster. Und der Regen rauschte mit unverminderter Wucht und Stärke vom Himmel.

Plötzlich zuckte Erwin Diefenthal zusammen. Er hatte ein Licht gesehen – und zwar nicht auf dem Boden, sondern auf einer Höhe mit dem Fenster.

Das Licht bewegte sich unruhig hin und her, als würde jemand einen hellen Gegenstand schwenken.

»Dagmar, komm mal her!«

Die junge Doktorin erhob sich von der Bettkante, auf der sie gesessen hatte, und stellte sich neben ihren Vater.

»Sieh mal nach draußen!«

Auch Dagmar brachte ihr Gesicht dicht vor die Scheibe, und ihr fiel das Licht ebenfalls auf.

»Was ist das?« flüsterte sie.

»Ich habe einen schrecklichen Verdacht«, erwiderte der Professor ebenso leise.

»Du meinst – den Pfarrer?«

»Ja.«

»Das würde bedeuten, daß die anderen auch schon im Dorf sind«, hauchte Dagmar.

»Genau.«

Die junge Frau wurde bleich. Als sie abermals durch die Scheibe schaute, war das Licht verschwunden.

»Er ist weg.«

»Tatsächlich«, murmelte der Professor. »Vielleicht war es auch völlig harmlos.«

»Hoffen wir's.«

»Was ist denn geschehen?« wollte Erna Schwenke wissen. Ihr Blick flog zwischen Vater und Tochter hin und her.

»Eigentlich nichts«, erwiderte der Professor.

»Lauert da einer im Garten?«

»Auch nicht.«

»Na ja.« Erna Schwenke hob die Schultern. Eine Minute verging, in der nichts geschah. Nur das Licht an der Decke flackerte ein paarmal. Dann aber hörten sie ein Geräusch.

Schritte!

Sie klangen eine Etage tiefer auf, doch sie wurden von Sekunde zu Sekunde lauter, denn sie näherten sich über die Treppe der Tür des Gästezimmers.

»Da kommt jemand!« Erna Schwenke zitterte vor Angst. »Wer kann das sein?« Ihre Stimme klang schrill.

»Wahrscheinlich einer unserer Freunde«, antwortete der Professor, obwohl er selbst nicht daran glaubte.

Er hatte kaum ausgesprochen, als die Tür aufflog und der alte Pfarrer Osenberg auf der Schwelle stand. Er schwenkte seine Laterne, der Schein warf bizarre Schatten in den Raum, die über die Bettdecken und die Wände tanzten.

»Die Stunde der Abrechnung ist da«, sagte der unheimliche Pfarrer mit hohler Grabesstimme...

Will Mallmann hetzte ebenso durch den Regen wie ich. Auch ihm schlugen die Wassermassen gegen den Körper und näßten ihn durch bis auf die Haut.

Immer wieder wischte er sich das Wasser aus dem Gesicht, doch es nutzte nichts. Sämtliche Schleusen hatte der Himmel geöffnet und brachte immer mehr Nachschub.

Mallmann erreichte ziemlich schnell das Ende des Dorfes, wo eine kleine Kirche lag und wo auch die großen Gehöfte standen. Die Straße beschrieb hier eine Kurve. Ein schmaler Weg führte auf die Kirche zu.

Der Kommissar blieb stehen.

Er schaute zurück, sah in den rauschenden Wasservorhang hinein und glaubte, am Himmel einen helleren aber auch rötlichen Widerschein zu sehen.

Feuer?

Blitz und Donner erschütterten die Erde. Manchmal wurde es hell über den Dächern, wenn die Blitze fahl leuchteten, dann war das Dorf wieder sekundenlang in Dunkelheit gehüllt.

Ein Wechselspiel.

Der Kommissar überlegte, ob es noch Sinn hatte, den Weg fortzusetzen. Wenn die Sumpfwesen kamen, dann konnte er sie auch in der Stadt abfangen. Zudem würden sie bestimmt nicht die Hauptstraße nehmen.

Ein Wagen kam aus dem Dorf und fuhr vorbei. Er wühlte sich förmlich durch den Regen.

Mallmann schimpfte. An diesem Tage schien sich alles gegen sie verschworen zu haben. Sogar das Wetter stand mit den finsteren Mächten im Bunde.

Dann sah Will das Licht.

Es war nur ein schwacher, heller Fleck, der auch nicht ruhig stand, sondern hin- und herbewegt wurde.

Der Kommissar, ausgestattet mit analytischem Verstand, rekapitulierte. Das Licht konnte eine ganz harmlose Erklärung haben. Andererseits war es möglich, daß dieser Schein von einer Laterne stammte, die ein gewisser Pfarrer Osenberg trug.

Will wollte sich vergewissern.

Er lief dorthin, wo er den Schein gesehen hatte, doch das Licht war verschwunden. Als Will stehenblieb und sich umschaute, sah er den Laternenschein wieder vor sich, aber schon weiter entfernt, auf der Hauptstraße.

Mallmann rannte.

Er lief den gleichen Weg zurück, den er gekommen war. Der Regen schlug ihm jetzt voll ins Gesicht. Er kam nicht mehr von der Seite oder von hinten.

Wills Füße patschten in die riesigen Wasserlachen. Es hemmte seinen Lauf, doch der Kommissar dachte nicht daran, aufzugeben. Als er sah, daß das Licht nach links abschwenkte, wußte er Bescheid.

Dort lag der Parkplatz und dahinter das Haus, wo die Wirtin und die beiden Diefenthals warteten.

Will verlangsamte seinen Lauf. Er durfte jetzt nichts überstürzen, sondern mußte vorsichtig sein. Der andere konnte ihm durchaus eine Falle gestellt haben.

Vor der Eingangstür blieb er stehen. Dann drückte er sie auf und hielt dabei die Klinke fest, damit ihm der Wind die Tür nicht aus der Hand schlug.

Will huschte in die Gaststube. Da es nicht völlig dunkel war, sah er hinter dem Tresen die offene Tür. Wahrscheinlich hatten die drei Menschen den Weg genommen.

Will nahm ihn auch.

Er gelangte in einen schmalen Flur und sah die Treppe. Rechts von ihm stand ein großer Bauernschrank. Der Kommissar zögerte nicht mehr länger und nahm die Treppe in Angriff, denn er hatte oben Stimmen gehört.

Und eine davon gehörte dem Geisterpfarrer Osenberg.

Der Kommissar hatte seinen Fuß soeben auf die zweite Stufe gesetzt, als sich aus dem toten Winkel neben dem Schrank eine Gestalt löste und näher schlich.

Es war ein braunes Sumpfmonster!

Vier Gegner, die die überflutete Straße herunterkamen und das Dorf besetzen wollten.

Und ich stand allein.

Ich war nicht mehr weitergegangen, sondern wartete auf die Sumpfbestien.

Noch immer floß der Regen in wahren Strömen vom Himmel. Das Inferno hatte nicht nachgelassen. Aber der Regen hatte auch ein Gutes. Die Flammen waren gelöscht.

Sie kamen näher.

Vielleicht zehn Schritte noch, dann mußten wir aufeinandertreffen. Ich zog die Beretta und behielt den Dolch in der linken Hand. Mit diesen beiden Waffen wollte ich sie erledigen.

Wieder schlug ein Blitz aus den Wolken, verästelte, und ich sah meine Gegner für einen winzigen Augenblick sehr deutlich. Es waren die braunen untoten Körper, die sich mir näherten. Tote, die seit Jahrhunderten im Moor gelegen hatten und jetzt durch die Magie der Erdgeister zu unheilvollem Leben erwacht waren.

Mich schüttelte es.

Ich hob die rechte Hand und zielte genau. Zuerst nahm ich mir den links außen gehenden Zombie vor. Wenn er erledigt war, wollte ich den zweiten erschießen, dann den dritten und danach den letzten.

Ich feuerte.

Zusammen mit einem vom Himmel fahrenden Blitz peitschte die Beretta auf, und der gewaltige Donnerschlag schluckte auch das Krachen der Waffe.

Die Silberkugel hatte den Kopf des Sumpfmonsters getroffen und ihn halb zerstört. Das Wesen kippte um, blieb liegen, löste sich auf, so daß die Einzelteile vom Regenwasser weggeschwemmt wurden.

Ich schwenkte die Waffe.

Der zweite Schuß.

Diesmal hieb die Kugel in die Brust des Wesens und riß es von den Füßen.

Das ging ja besser, als ich dachte.

Wie auf dem Schießstand stand ich im strömenden Regen da und zielte genau.

Nur noch zwei Gegner, und die waren so nahe gekommen, daß ich sie gar nicht verfehlen konnte.

Bis ein Blitz ausgerechnet in den Baum schlug, der mir am nächsten stand. Ich vernahm ein gewaltiges Krachen und Splittern, zuckte zusammen und dachte nicht mehr daran zu schießen. Mein Blick flog nach links.

Da krachte mir schon der erste Ast ins Genick. Der Hieb saß. Als hätte jemand mit der Handkante zugeschlagen, so wurde ich nach vorn getrieben und fiel hin.

Ich sah Sterne, landete mit dem Gesicht in der Pfütze und hörte das Bersten und Knirschen.

Der Baum kippte.

Ich wollte hoch, mußte weg und fühlte, daß meine Glieder wie mit Blei gefüllt waren.

Da fiel er mir schon entgegen. Ich hatte mich mit letzter Kraft hochgestemmt, und sah plötzlich das weit verzweigte Ast- und Zweigewerk dicht vor meinen Augen.

Ich schaffte es nicht mehr.

Die Äste und Zweige trafen mich voll, klemmten mich ein, und ich verlor meine Beretta.

Das war Pech. Ich hatte mich schon auf der Siegerstraße gesehen, und jetzt dieser Mist. Der Baum hatte mich so hart eingeklemmt, daß ich buchstäblich auf die Straße gepreßt wurde. Das Wasser stand so hoch, daß es mir schon über die Schultern rann. Der Nacken schmerzte noch immer, doch darum konnte ich mich nicht kümmern, ich mußte mich befreien...

Es war schwer, sich aus dem Astgewirr hervorzuwühlen. Vor

allen Dingen kostete es Zeit, und die hatte ich nicht. Zudem waren da noch die beiden Monster. Ich hatte nicht gesehen, daß auch sie getroffen worden waren, hörte dafür das Knacken und Brechen der Äste, als sie sich einen Weg zu mir bahnten.

Sie kamen also!

Ich hob meine Arme, öffnete die Augen, spürte das Wasser und auch Blätter, die mir die Sicht verwehrten. Mit beiden Händen umklammerte ich den über mir liegenden Ast und versuchte, ihn in der Mitte durchzubrechen.

Das gelang nicht.

Den anderen.

Diesen knackte ich.

Meine Sicht wurde besser.

Und das war gut so. Wie riesige Schatten tauchten die beiden Sumpfmonster auf und näherten sich mir. Kraftvoll traten sie im Wege liegende und hinderliche Äste und Zweige zusammen, so daß sie freie Bahn hatten, um mich, den Wehrlosen, zu töten...

Der kann auch normal laufen! schoß es Professor Diefenthal durch den Kopf. Seltsam. Der Professor stand starr wie auch die beiden Frauen.

Der Pfarrer in der Tür lächelte. Aber es war ein böses Lächeln, kein freundliches. Und er schwenkte seine Laterne so, daß sie ihren Schein auch in die hinterste Ecke warf.

»Warum habt ihr nicht auf mich gehört?« fragte Pfarrer Osenberg fast vorwurfsvoll und blickte sein Ebenbild dabei an.

Professor Diefenthal hob nur die Schultern. Mehr konnte er einfach nicht tun.

Dafür reagierte die Wirtin. Erna Schwenke kannte natürlich die Sagen der näheren Umgebung. Sie wußte auch von dem Mann mit der Laterne, der im Moor hauste und gerade so beschrieben worden war wie der auf der Türschwelle stehende Eindringling.

Erna Schwenke konnte nicht anders. Sie mußte diesen Mann einfach anstarren.

Einen Geist...

Plötzlich begann sie zu zittern, und ihre Zähne schlugen hart aufeinander. Das Gesicht verzerrte sich zu einer regelrechten Grimasse, als sie flüsterte: »Ja, er ist es. Er ist der Pfarrer, der damals...«

»Halt dein Maul, du alte Vettel!« zischte Osenberg und packte mit einer Hand zu. Erna Schwenke spürte den eisenharten Griff an ihrer Schulter und sank zusammen. Sie drehte den Kopf, schaute sich ihre Schulter an und sah etwas Grauenhaftes. Dort, wo die Hand sie berührt hatte, war nicht nur der Pullover zerrissen, sondern auch die Haut zerstört. Die Stelle auf der Schulter hatte einen braunen Farbton angenommen, der langsam, aber ständig größer wurde.

Erna Schwenke wagte nicht zu sprechen, doch ihr Gesicht sagte genug. Darin stand der Schrecken regelrecht eingemeißelt.

Osenberg lachte. »Hütet euch, von mir angefaßt zu werden. Jeder, den ich berühre, wird zu einem Sumpfmonster. Die Kraft haben mir die Geister der Erde mitgegeben. Das nur als kleine Warnung für euch, damit ihr seht, daß ihr gegen mich nicht ankommt.«

Erna Schwenke fiel zurück und wimmerte. Sie hatte sich lang auf das Bett gelegt, Schweiß bedeckte ihr Gesicht, die Augen hatten jeglichen Glanz verloren.

Dagmar Diefenthal, die neben ihr saß, rückte unwillkürlich zur Seite. Sie hatte Angst, Erna Schwenke war ihr unheimlich geworden.

Professor Erwin Diefenthal faßte sich ein Herz und sprach den Geisterpfarrer an. »Warum haben Sie das getan, Pfarrer Osenberg? Sie sind doch dem Guten verpflichtet. Sie müssen Menschenleben retten, nicht zerstören.«

Der Pfarrer starrte seinem Ebenbild ins Gesicht. »Retten? Zerstören? Ich habe versucht zu retten. Vor vielen, vielen Jahren, als Unschuldige von den Einwohnern dieses Ortes in den Sumpf geworfen wurden, damit sie starben. Ich habe mich gegen einen Teil meiner eigenen Gemeinde gestellt. Aber sie wollten nicht hören, sie haßten nur, sie waren verbohrt, und sie wollten auch mich nicht mehr haben. Sie stießen mich ebenfalls in den Sumpf. Ich sollte so sterben wie die anderen. Stell dir das vor, ich mußte ebenso sterben wie meine Brüder und Schwestern. Auch ich lernte diesen gewaltigen Horror kennen, den der schreckliche Sumpf für mich bereithielt. Aber ich starb nicht. Die Geister der Erde erkannten mein Bemühen, sie sorgten dafür, daß ich zu einem Wanderer und Mahner wurde. Ich habe nur gewarnt, wobei ich viele Menschen davon abhielt, den Geistersumpf zu betreten. Bis auf einige Unbelehrbare. Sie gingen doch in den Sumpf, das Schicksal hat sie ereilt. Sie starben, lebten aber dennoch weiter, denn sie gingen ein in den Kreislauf der Geister und Monster. Als untote Sumpfwesen lagen sie bereit, um mich zu unterstützen, wenn es soweit ist. Diese Zeit ist nun angebrochen. Die Menschen haben zu viele Frevel begangen. Sie nahmen die Natur nicht mehr ernst, vergewaltigten sie, und durch ihr Gift und mit Hilfe der Sumpfgeister entstanden die schrecklichen Mutationen, wie du sie gesehen hast. Fliegen, fünfmal so groß wie normal. Kröten, gefährlich und angriffslustig, und die Riesenwürmer, die ihre Feinde zerquetschen und sie in den Sumpf ziehen. Es gibt keine Gnade mehr, die Zeit der Rache ist endgültig angebrochen, und du kannst mich nicht mehr umstimmen.«

Die Diefenthals hatten die Worte sehr wohl vernommen und gut zugehört. Dagmar schüttelte den Kopf. Sie konnte nichts begreifen, und sie rief: »Wir haben doch versucht, den Sumpf zu retten«, rief sie. »Nur wir allein. Wir wollten nicht, daß es so weitergeht. Du mußt uns glauben!«

»Große Worte...«

»Die aber stimmen!« sagte der Professor.

»Jetzt ist es zu spät!« flüsterte der unheimliche Pfarrer. »Die Sumpfbestien sind unterwegs. Ich habe lange genug gezögert, nun kann ich nicht mehr...«

Professor Erwin Diefenthal hob in einer hilflos anmutenden Bewegung die Schultern. Er wußte sich keinen Rat mehr, wußte nicht mehr weiter. Versucht hatte er alles, doch die anderen waren stärker gewesen, zu stark.

Erna Schwenke stöhnte. Sie warf sich auf dem Bett hin und her. Der Umwandlungsprozeß nahm seinen grauenhaften Fortgang. Die Verfaulung, an der Schulter begonnen, erfaßte nun auch den Arm, breitete sich aus, wanderte und hatte bereits den Ellbogen erreicht.

Das Fleisch war braun geworden. Faul, braun und brüchig. Und die beiden Diefenthals wußten, was auch ihnen bevorstand.

»Ihr habt gesehen, was mit dem geschieht, der sich mir in den Weg stellt«, sagte der unheimliche Pfarrer. »Ich frage euch deshalb, wer zuerst sterben will.«

Vater und Tochter tauschten einen Blick. Der Mann zeigte sich gefaßter als die junge Doktorin. Dagmars Gesicht war verzerrt, übermächtig wurde die Angst.

»Nun?«

Tief atmete Professor Erwin Diefenthal durch. »Du kannst mich als ersten nehmen, Ahnherr. Und ich bitte dich, damit zufrieden zu sein. Laß meine Tochter leben!«

»Nein!«

Die Antwort klang endgültig.

Da wußten die Diefenthals, daß sie keine Gnade zu erwarten hatten...

Will Mallmann hörte und sah seinen Gegner nicht, aber er roch ihn. Will hatte soeben seinen Fuß auf die zweite Stufe gesetzt, als der Modergeruch praktisch über seine Schulter wehte und die Nase traf.

Der Kommissar handelte sofort.

Er drehte sich nicht um, sondern sprang einen gewaltigen Satz nach vorn, überwand drei Stufen und drehte sich erst dann.

Das Monster stand an der Treppe.

Ja, es war diese braunhäutige Sumpfbestie, die Will bereits in der freien Natur gesehen hatte. Obwohl der Kommissar höher stand, kam ihm diese Gestalt ungeheuer groß vor.

Groß und gefährlich...

Mallmann war klar, daß ihm diese Bestie keine Chance lassen würde, und sie griff auch sofort an.

Beide Arme streckte das Sumpfmonster aus, wuchtete seinen Körper trotz der Größe geschmeidig nach vorn und warf sich gegen Will Mallmann, der erst eine Schrecksekunde zu überwinden hatte, bevor er schießen konnte.

Die Sumpfbestie packte ihn an der linken Hand. Als es mit der Rechten ebenfalls zugreifen wollte, riß Will Mallmann seinen Arm hoch, sah das aufgerissene Maul des Wesens dicht vor sich und streckte den Pistolenlauf hinein.

Dann drückte er ab.

Der Schuß peitschte trocken auf. Die Mündungsflamme und die Kugel jagten in den Rachen der Sumpfbestie und warfen sie zurück. Polternd fiel das Wesen die beiden Stufen hinab und blieb vor der Treppe liegen, wo es langsam verging.

Der Kommissar atmete auf. Sein Herz schlug wie verrückt. Er hatte in den letzten Sekunden große Angst gehabt, doch nun war es geschafft.

Augenblicklich fielen ihm wieder die beiden Diefenthals ein. Sie befanden sich oben und mit ihnen dieser unheimliche Pfarrer.

Will war klar, was der Mann mit den Menschen vorhatte, so zögerte er keine Sekunde und raste die Treppe hoch.

Kaum hatte er den Gang in der ersten Etage erreicht, hörte er schon den verzweifelten Schrei einer Frau.

Das war Dagmar!

In Will Mallmann vereiste etwas. Gerade diese junge Doktorin hatte auf ihn einen sehr sympathischen Eindruck gemacht. Irgendwie hatte sie ihn ein wenig an seine verlorene Frau erinnert, deshalb war seine Beziehung zu ihr eine ganz besondere. Und wenn sie starb, würde er sich immer Vorwürfe machen.

Will hetzte durch den Gang, stieß die Tür mit der Schulter auf und sprang in das Zimmer.

»Halt!« brüllte er.

Mit einem Blick erfaßte Will Mallmann die Lage.

Dagmar hockte noch auf dem Bett, aber ihr Vater befand sich in höchster Bedrängnis. Der unheimliche Pfarrer stand vor ihm und hielt mit einer Hand seinen Hals umklammert. Professor Diefenthal war schon in die Knie gesunken. Er war einfach zu schwach, sich gegen die Kräfte seines Ahnherrn zur Wehr zu setzen.

Will sah auch Erna Schwenke, erkannte aber nicht, was mit ihr passiert war, dafür blieb ihm einfach nicht die Zeit.

Will sah auch Erna Schwenke, erkannte aber nicht, was mit ihr passiert war, dafür blieb ihm einfach nicht die Zeit.

Der Pfarrer hörte die Stimme in seinem Rücken, ließ den Professor los und wirbelte herum.

Er starrte in die Mündung der Beretta.

»Es ist aus!« sagte der Kommissar mit kalter Stimme. »Du bist am Ende deines Weges!«

Der Mann mit der Laterne lachte. »Wirklich? Glaubst du wirklich, was du da sagst?«

»Ja.«

»Dann schau dir mal deine linke Hand an!«

Ein Trick? Eine Falle?

»Na los!«

»Will!« schrie Dagmar. »Bitte...«

Da senkte der Kommissar den Blick. Er hatte das Gefühl, in Eiswasser getaucht worden zu sein. Die linke Hand war braun geworden, denn sie begann langsam aber sicher zu verfaulen...

Trotz der Dunkelheit fielen die Schatten der beiden Monster über mich. Sie brauchten sich nur zu bücken, dann hatten sie mich. Und ich konnte meinen rechten Arm nicht bewegen, weil er von diesen verdammten Ästen eingeklemmt war.

Aber ich mußte etwas tun.

Der Dolch.

Ihn hielt ich noch mit der linken Hand fest. Und dieser Arm war nicht so fest eingeklemmt. Wenn ich genügend zog und riß, dann konnte ich ihn befreien.

Ich versuchte es.

Mein Ärmel hatte sich irgendwo an einem vorspringenden Stück Holz verhakt, so daß ich den Arm drehen mußte. Das wiederum kostete Zeit.

Die erste Sumpfbestie war schon so nahe, daß sie sich nur fallen zu lassen brauchte.

Was sie auch tat.

Plötzlich prallte das verdammte Monster auf mich. Ich spürte den schweren Körper auf den Zweigen und Ästen über mir, hörte ein Knacken und Knirschen, wenn das Zeug brach, und dann tasteten Klauen über meinen Leib und suchten die Kehle.

Auch das zweite Monster griff mich an. Es beschäftigte sich mit meinen Beinen, ich spürte die widerlichen Klauen um meine Fußgelenke. Nach wie vor strömte der Regen vom Himmel, klatschte mir ins Gesicht, doch darum kümmerte ich mich nicht. Die Unbilden der Natur waren ein Klacks zu der Gefahr, in der ich schwebte.

Die Bestie wollte mich erwürgen!

Verzweifelt bewegte ich meinen linken Arm, zerrte und riß, setzte Gewalt und Kraft ein und schaffte es tatsächlich, den Arm freizubekommen. Ich konnte ihn aus dem Astwerk hervorstoßen, umklammerte hart meinen Dolch und drehte auch mein Handgelenk.

Jetzt zeigte die Klinge zu Boden.

Die Klauen hatten meine Kehle erreicht. Von Würgern und ähnlichem hatte ich seit Wozny und Desteros Todeshand genug, meine linke Hand fuhr nach unten, und schräg drang die Klinge in den Körper des Sumpfmonsters.

Ich merkte, wie es zuckte. Es bäumte seinen Körper auf, fuhr hoch, und aus dem Maul drang mir nicht nur fauliger, stinkender Atem entgegen, sondern auch ein schauriges Ächzen.

Das Monster erzitterte, sein untotes Leben wurde zerstört.

Schwer rollte es zur Seite.

Dafür kam das zweite.

Es ließ sich einfach auf das mich umgebende Astwerk fallen. Das war sein Fehler.

Ich drehte mein Handgelenk so, daß die Klinge mit der Spitze nach oben zeigte.

Das Monster fiel genau in den Dolch.

Bis zum Heft drang die Klinge in den mich an zähen Teer erinnernden Körper.

Wieder das Zucken, das Ächzen, der grauenhafte Schrei.

Ich schloß die Augen, wollte nicht sehen, wie das Monster auf mir lag und zu Staub zerfiel.

Eine halbe Minute verging.

Der Regen spülte die pulvrigen Überreste von mir weg und in den Rinnstein, wo sich das Zeug verlief.

Ich hatte es geschafft. Jetzt brauchte ich nur noch unter der verdammten Baumhälfte hervorzukriechen. Irgendwo vernahm ich Stimmen. Licht zuckte über die Straße. Die hellen Finger der Taschenlampen trafen auch den umgestürzten Baum und mich.

»Da liegt einer!«

»Zwei Mann her und helfen!«

Zum Teil hatte ich mich schon selbst befreit, als die Männer Äste und Zweige abbrachen. Sie schufen damit freie Bahn. Ich sah auch meine Beretta. Hastig steckte ich sie weg.

Kräftige Hände halfen mir auf die Füße.

Schwankend stand ich da, schaute in fremde Gesichter, die geisterhaft bleich im Schein der Taschenlampen wirkten.

Ich bedankte mich.

Die Leute hatten Fragen. Ich schüttelte den Kopf und vertröstete die Männer auf später. Sie wußten ja nicht, was geschehen war, denn noch fehlte von Will Mallmann jede Spur.

Es wurde wieder heller. Der Regen ließ nach, das Gewitter hatte sich verzogen.

Ich fragte die Leute, ob sie etwas von Will Mallmann und den beiden Diefenthals gesehen hatten.

Kopfschütteln.

Dann jedoch hörten wir einen erschreckten Ruf. Einer der Männer hatte ihn ausgestoßen. Er stand gebückt da, hatte den Arm ausgestreckt und deutete auf die gegenüberliegende Straßenseite, wo eine Gestalt stand, die sich am Pfahl eines Verkehrszeichens festhielt.

Meine Augen wurden groß. Den Mann kannte ich. Es war kein geringerer als der Kumpan von Michael Haas...

Zwei Männer wollten vorlaufen, stoppten jedoch, als sie meinen scharfen Befehl vernahmen.

»Bleiben Sie stehen!«

Sie zuckten regelrecht zusammen und blieben zurück, als ich über die Straße ging.

Der andere sah mir entgegen.

In seinem Zustand bot er ein Abbild des Schreckens. Nichts hatte sich an seinem Körper verändert. Die Kleidung war zerfetzt. Wo die helle Haut zum Vorschein kam, hatten Blutperlen ihr makabres Muster hinterlassen.

Im Gesicht, auf den Armen, der Brust – einfach überall.

Dieser Geistersumpf war eine verfluchte Sache. Da wurden Tote zum Leben erweckt, damit sie das Grauen und das Entsetzen über die Menschen bringen konnten.

Ich mußte es stoppen.

Der Untote stieß sich von der Laterne ab. Er hatte mich gesehen und als einen Feind eingestuft.

Wankend kam er näher. Kaum konnte er sich auf den Füßen halten, und aus seinen kleinen Wunden perlte immer neues Blut, weil das alte vom Regen abgewaschen wurde.

»Grruuuaaahhh...« Er röchelte, stieß grauenhafte Laute aus und wollte mich packen.

Nein, ich schoß nicht. Er war viel zu langsam, deshalb nahm ich meinen Dolch.

Der Zombie fiel in die Klinge. Als sie in seinen Körper drang, zuckte er noch einmal hoch, dann krachte er zu Boden und blieb verkrümmt liegen.

Später sollte ich erfahren, daß er Matthias Bast hieß.

Ich drehte mich um.

Die Einwohner hatten mich beobachtet. Stumm, entsetzt. Einige hielten Kreuze umklammert, ich sah auch den protestantischen Geistlichen. Ihm winkte ich zu.

Er kam zu mir.

»Was kann ich für Sie tun?«

Mit drei Sätzen berichtete ich ihm von den unheimlichen Vorgängen. Und daß sich dieser Pfarrer Osenberg in der Nähe befand.

»Aber das ist unmöglich!« flüsterte er.

»Leider doch.«

»Und was haben Sie vor?«

»Ich will ihn finden. Wo kann er sein?«

Ich erhielt eine Antwort. Allerdings nicht von ihm, sondern von einer Beretta.

Der peitschende Klang war nicht zu überhören.

Ich konnte auch die Richtung feststellen und dachte mit Schrecken an die Diefenthals und an Will Mallmann.

Mich hielt nichts mehr...

Der Kommissar dachte nicht mehr an seinen Gegner. Vergessen waren auch Vater und Tochter Diefenthal, er sah nur seine Hand.

Und die verfaulte.

Mein Gott...

In seinem Gehirn breitete sich eine völlige Leere aus, er begriff und wollte nicht begreifen. Das war so ungeheuerlich, so schlimm, daß es nicht wahr sein durfte.

»Du hast sie angefaßt!« hörte er die Stimme des ehemaligen Pfarrers. »Dafür mußt du büßen...«

Will Mallmann hob den Kopf. Der Blick traf das teuflisch lächelnde Gesicht des ehemaligen Geistlichen. Schweiß lag auf Wills Haut. Die Wangen zuckten ebenso wie seine Lippen. Er fror und schwitzte zur gleichen Zeit.

Es war die Todesangst...

Sein Blick glitt weiter. Er traf den hinter Osenberg stehenden Professor und sah, daß sich um dessen Hals ein brauner Ring gelegt hatte. Auch Diefenthal hatte das Grauen erwischt.

Der Kommissar saugte tief die Luft ein. Er kämpfte gegen einen Schwindel an und sah plötzlich wieder klar. »Nein!« keuchte er »Nein und abermals nein. Du sollst nicht gewinnen, du Teufel. Ich werde dich töten. Ich nehme dich mit, bevor ich selbst den langen Weg gehen muß. Das hast du nicht umsonst getan, es soll deine letzte Tat gewesen sein!« Nach diesen Worten drückte der Kommissar ab.

Dreimal feuerte er auf die vor ihm stehende Gestalt. Die erste Kugel zielte er auf den Kopf, die beiden anderen durchbohrten Osenberg in Brusthöhe.

Sie durchbohrten ihn im wahrsten Sinne des Wortes, denn sie fanden keinen Widerstand. Aus der festen Materie war im Bruchteil einer Sekunde eine durchscheinende geworden. Der Pfarrer existierte nur noch als Geist.

Aber Will sah etwas anderes.

Professor Diefenthal wankte. Er war von einer durch den

Körper des Pfarrers fliegenden Kugel getroffen worden. Dabei krallte er seine Hand gegen die rechte Brust, und Will sah Blut aus der Wunde sickern.

Das versetzte ihm einen zweiten Schock.

Er zitterte. Der Kommissar war auf einmal nicht mehr fähig, seine Beretta zu halten, die Waffe rutschte ihm aus den Fingern und fiel zu Boden.

Will Mallmann war erledigt.

Osenberg aber schwebte über dem Bett und näherte sich der schreckensstarren Dagmar Diefenthal.

»Und nun bist du an der Reihe!« sagte er mit höhnisch triumphierender Stimme...

»Wirklich?«

Der teuflische Pfarrer hatte mit allem gerechnet, nur nicht mit meinem plötzlichen Erscheinen. Ich war wie der Blitz aus heiterem Himmel aufgetaucht, stand auf der Türschwelle und hielt in der rechten Hand die mit Silberkugeln geladene Beretta.

Osenberg verharrte.

Er blickte auf die Pistole und lachte. »Damit kannst du mich nicht erschrecken, Sinclair!«

Auch Will hörte meinen Namen. Langsam drehte er sich um. »John?« fragte er flüsternd.

Ich erschrak. Erst jetzt erkannte ich, was mit ihm los war. Und ich sah den fast wahnsinnigen Ausdruck in seinen Augen.

Zorn, Wut und Haß vereinigten sich in meinem Innern zu einer wilden Flamme.

Aber ich konnte mich um ihn nicht kümmern, erst einmal war der andere an der Reihe.

»Vielleicht kann ich dich mit der Pistole nicht schrecken, Osenberg« stimmte ich ihm zu. »Aber damit bestimmt.« Kaum hatte ich das letzte Wort ausgesprochen, als ich meine linke Hand öffnete und ihm das Kreuz zeigte.

Plötzlich breitete er die Arme aus. Ich wußte nun, daß ich ihn geschockt hatte.

»Sieh es dir an, Osenberg!« flüsterte ich. »Sieh es dir genau an! Damals hast du diesem Kreuz die Treue geschworen, aber du hast den Schwur gebrochen. Jetzt ist die Zeit reif, wo sich das Kreuz dafür an dir rächen wird. Es wird dich vernichten, du Teufel in Menschengestalt. Du Wahnsinniger, du Dämon...«

Meine Worte schienen auf fruchtbaren Boden gefallen zu sein, denn Osenberg zeigte sich irritiert. Er wußte nicht, wie er reagieren sollte.

»Töte ihn!« keuchte Will Mallmann. »John, ich bitte dich. Bring ihn um!«

Ich schrie den ehemaligen Pfarrer an. »Dem Kreuz hast du abgeschworen, durch das Kreuz sollst du sterben!«

Und dann schleuderte ich mein geweihtes, mit der Kraft der vier Erzengel verstärktes Kruzifix auf Osenberg zu, der dem Metall auch durch eine noch so schnelle Bewegung nicht ausweichen konnte.

Er nahm den Treffer voll.

Ich sah ihn unter der Decke schweben, sah sein verzweifeltes Aufbäumen. Der Rücken bog sich durch. Vom Kreuz aus schleuderten Blitze nach allen Seiten weg. Sie drangen wie Messer in den falschen Pfarrer hinein und zerschnitten ihn.

Ja, er wurde auseinandergerissen. Ihn traf die harte, aber gerechte Strafe des Himmels. Auch seine Laterne zerplatzte, wobei die Splitter durch den Raum flogen.

Zurück blieb ein ätzender Rauch, der in dicken Schwaden über unsere Köpfen hinwegtrieb.

Ich hatte ihn besiegt, doch um welchen Preis.

Drei Menschen waren in diesem Zimmer von dem schrecklichen Erbe des unheimlichen Pfarrers befallen worden.

Erna Schwenke, die Wirtin, atmete kaum noch. Die Hälfte ihres Körpers zeigte die braune Farbe, wobei die Haut wie brüchig gewordenes Leder wirkte.

Professor Diefenthal lag auf dem Boden. Auch sein Hals wies die äußerlichen Eigenschaften des Sumpfmonsters auf. Zudem war er noch von einer Kugel getroffen worden.

Dann Will Mallmann. Seine Hand sah schlimm aus. Die Verwandlung in ein Sumpfmonster war kaum mehr aufzuhalten.

Mußte ich ihn töten?

Ich kniete neben ihm.

Er schaute mich an. Mit einem Blick, der alles ausdrückte, Furcht, Trauer, Angst...

»Wie ist das passiert, Will?« Meine eigene Stimme kannte ich kaum noch wieder.

Ihm fiel das Sprechen schwer. »Ich habe die Sumpfmonster berührt.«

»Aber ich auch!«

»Dann müßtest du...«

»Bei mir ist alles normal!« Verdammt, wieso war ich nicht in Mitleidenschaft gezogen worden?

Hatte ich einen Schutz?

Ja, das Kreuz!

»Moment«, sagte ich, schnellte hoch und nahm mein Kreuz auf. Will schaute mir zu, als ich es gegen seinen in Mitleidenschaft gezogenen Arm preßte.

Er schrie auf.

Ein fauliger Gestank ließ Übelkeit in mir hochschießen. Ich unterdrückte das Gefühl, zog das Kreuz wieder zurück und hätte schreien können vor Freude.

Der Arm war völlig normal.

Will Mallmann sagte nichts. Er konnte nicht sprechen, starrte mich an und fiel um.

Die letzten Minuten waren zuviel für ihn gewesen...

Auch Professor Diefenthal konnte gerettet werden. Ebenso die Wirtin Erna Schwenke.

Dem Professor allerdings ging es schlecht. Er mußte ins nächste Krankenhaus geschafft werden. Das besorgte ein Notarztwagen. Dagmar fuhr mit.

Sie verabschiedete sich sehr herzlich von Will Mallmann. Die beiden verabredeten ein Treffen.

Mich hielt eigentlich nichts mehr. Am anderen Morgen setzte ich mich in meinen Wagen und rauschte ab, nachdem ich mich von Kommissar Mallmann verabschiedet hatte und er sich noch einmal für seine Rettung bedankte.

Als ich in Hamburg eintraf und den Wagen wieder abgab,

führte ich noch ein Telefongespräch. Ich wollte wissen, wie es dem Professor ging.

Er würde durchkommen.

Mir fiel ein Stein vom Herzen. Als zwei Stunden später die Maschine vom Rollfeld abhob, hatte ich den Geistersumpf schon vergessen. London wartete auf mich und bestimmt ein neuer Fall, denn anders war es noch nie gewesen...

ENDE

Dieser Band enthält folgende JOHN SINCLAIR-Romane:

Der Moloch
Die Feuerhexe
Flucht in die Schädelwelt
Im Land des Vampirs
Schreie in der Horror-Gruft
Mein Todesurteil
Die Schöne aus dem Totenreich
Alptraum in der Geisterbahn

Logan Costello, der Mafiaboß von London, hat in diesem Band seinen ersten Auftritt. Godwina, die Feuerhexe, rächt sich nach vierhundert Jahren an den Nachfahren ihrer Mörder. John wird erst in die mörderische Schädelwelt verschlagen, dann in die Vergangenheit am Rhein, wo er die Vorfahren von Marek, dem Pfähler, kennenlernt und die Vampir-Sippe der Fariacs vernichtet. Kara, die Schöne aus dem Totenreich und Tochter von Atlantis, tritt in Johns Leben, und John und Suko bringen schließlich die Teufelskinder der Mandinis in einer Geisterbahn zur Strecke...

3-404-73719-1

BASTEI LÜBBE